THE SCARPETTA FACTOR

PATRICIA CORNWELL

THE SCARPETTA FACTOR

스카페타 팩터

퍼트리샤 콘웰 지음 | 권도희 옮김

RHK
알에이치코리아

차례

01 이스트 강에서 불어온 쌀쌀한 바람 6

02 보넬과 과학 수사대 35

03 도디 호지 59

04 노장의 지혜 82

05 반박하거나 무시할 때 107

06 더 자극적인 방향으로 127

07 욕망의 블랙홀 139

08 맨해튼, 택시의 공포 173

09 이 도시는 잠드는 법이 없지요 187

10 악마의 향수 211

11 자업자득 241

12 와인 한 병, 포도나무 열매 268

13 순수한 이타성 282

14 그런 건 내 방식이 아니니까 311

15 편집증 환자 341

16 다리 위에 있던 그 남자 360

17 그들의 정체 382

18 말 한 마리가 끄는 이륜마차 405

19 사라진 시계 424

20 종이 신발 455

21 수집품 489

22 토니 다리엔의 시간 508

23 작고 볼품없는 재료들 530

01

이스트 강에서 불어온 쌀쌀한 바람

이스트 강에서 불어온 쌀쌀한 바람에, 빠른 걸음으로 30번가를 걸어가고 있는 케이 스카페타 박사의 코트 자락이 펄럭거렸다.

크리스마스가 불과 일주일 앞으로 다가왔지만, 그녀가 생각하기에 꼭 짓점 세 개로 죽음과 불행이 연결되어 있는 여기 맨해튼 비극 삼각지대에서만큼은 그런 분위기가 전혀 느껴지지 않았다. 스카페타의 뒤로는 추모 공원이 있었고, 그곳에 있는 거대한 하얀 천막에는 아직도 신원이 확인되지 않아 집으로 돌아가지 못한, 그라운드 제로에서 나온 유해들이 밀봉된 상태로 남아 있었다. 왼쪽 앞에는 예전에 벨뷰 정신병원이었다가 이제는 노숙자들의 쉼터가 된 고딕 양식의 붉은 벽돌로 된 건물이 있었다. 바로 그 맞은편에 법의국에서 쓰는 격실이 딸린 하역장이 있었는데, 지금 회색 강철로 된 차고 문이 열려 있었다. 트럭 한 대가 후진을 하더니, 셀 수 없이 많은 합판으로 된 운반대들을 내려놓기 시작했다. 오늘은 시체 안치소가 제법 시끄러웠을 것이다. 복도에서 쉴 새 없이 울리는 쿵쾅거리는 소음이 원형 극장처럼 울려 퍼졌을 테니까. 시체 안치소의 기사들이 분주하

6

게 어른 크기, 아이 크기의 평범한 소나무 관들을 끌어 모으고 있었다. 도시의 공동묘지에서는 점차 늘어나는 매장을 감당하기 힘들었다. 바로 경제적인 문제 때문이었다. 모든 것이 다 그렇듯.

스카페타는 치즈버거와 감자튀김을 포장해서 들고 온 것을 후회하고 있었다. 이 음식들이 뉴욕 대 의과대학 구내식당의 판매대 위 온장고 속에 얼마나 오랫동안 들어 있었을까? 지금 시간은 오후 3시였고, 늦은 점심이었다. 그녀는 그 음식들이 어떤 맛일지 너무나도 잘 알고 있었다. 하지만 건강에도 좋고, 실제로 맛있게 먹을 수도 있을 샐러드 바를 주문하기에는 시간도 없었고, 귀찮기도 했다. 오늘은 자살, 사고사, 살인사건의 피해자들, 의사에게 진찰 한 번 받지 못하고 죽은 가난한 사람들, 혹은 그보다 더 안타까운 고독사를 한 사람들의 시신까지 모두 열다섯 구나 들어왔다.

스카페타는 아침 일찍, 오전 6시부터 일을 시작했다. 오전 9시경에는 두 구의 부검을 끝냈고, 가장 힘든 시신 한 구를 마지막으로 남겨 놓았다. 젊은 여자의 시신으로, 상처들과 부산물들이 많아 부검에 시간도 많이 걸리고 자칫 혼동하기 쉬운 사례였다. 스카페타는 토니 다리엔의 시신과 장장 다섯 시간 넘게 씨름했다. 꼼꼼하고 자세하게 도표를 그리고 기록을 남기고, 수십 장의 사진을 찍었으며, 차후 검사를 위해 뇌를 통째로 포르말린이 담긴 양동이에 옮겨 놓았다. 평소보다 많은 체액들과 장기들, 조직들의 일부를 채취해 보존했다. 이 사례에 관련된 것들은 가능한 한 모든 것을 보존하고, 기록으로 남겼다. 이 젊은 여자 시신에 특별한 무언가가 있는 건 아니었지만 모순되는 점들이 보이는 것이 이상했다.

스물여섯 살 된 젊은 여자의 사인은 맥이 풀릴 만큼 흔한 것이었기에, 아주 기본적인 사항들을 확인하는 차원에서라면 자세한 부검이 필요 없었다. 사인은 둔기에 의한 외상이었다. 표면에 여러 가지 색이 칠해진 어떤 물건으로 후두부를 가격당한 것이다. 그런데 다른 여러 가지 사실들이 뭔가 이치에 맞지 않았다. 우선 그녀의 시신은 동이 트기 직전, 이스트

110번가에서 9미터 남짓 떨어진 센트럴파크 외곽 지역에서 발견되었다. 피해자인 토니 다리엔은 비가 내렸던 전날 밤, 조깅을 하던 중에 성폭행당한 뒤 살해된 것으로 추정되었다. 그녀의 운동복 바지와 팬티가 발목까지 내려와 있었고, 플리스(양털처럼 부드러운 직물―옮긴이) 스웨터와 스포츠 브라가 가슴 위로 젖혀져 있었다. 피해자의 목에 휘감겨 있는 폴라텍 스카프는 매듭이 이중으로 묶여 있었다. 경찰과 법의학 수사관은 그 현장을 보자마자, 한눈에 피해자가 하고 있던 스카프로 교살당했을 거라고 추측했다.

하지만 토니 다리엔은 교살당한 것이 아니었다. 스카페타는 시체 안치소에서 부검을 하면서 그녀가 스카프에 목 졸려 죽었다는 흔적을 찾을 수 없었다. 질식의 흔적이나, 발적, 좌상과 같은 생체 반응이 없었고, 마치 여자가 죽은 뒤에 스카프로 목을 조르기라도 한 것처럼 목 주변에 메마른 찰과상 흔적만 남아 있었다. 범인이 피해자의 머리를 뒤에서 내려친 다음, 조금 지난 시점에서 목을 졸랐을 가능성도 있었다. 어쩌면 범인은 그녀가 이미 죽었다는 것을 알아차리지 못했을지도 모른다. 만일 그렇다면 범인은 피해자와 얼마 동안 함께 있었다는 것일까? 머리의 대뇌피질 출혈, 타박상, 부기에 근거해 피해자는 한참 동안 숨이 붙어 있었다. 몇 시간 동안은 살아 있었을 가능성도 있었다. 그렇지만 범행 현장에는 혈흔이 많이 남아 있지 않았다. 심지어 시신을 뒤집어 보기 전까지는 피해자가 후두부에 부상을 입었다는 것조차 알아차리지 못했을 정도였다. 4센티미터가 조금 안 되는 찢어진 상처는 많이 부어오르긴 했지만, 비 때문에 혈흔이 씻겨 나갔는지 피가 많이 흐른 모습은 아니었다.

스카페타는 그 점이 의심스러웠다. 두피가 찢어지면 피를 많이 흘리게 되는데, 토니의 길고 숱이 많은 모발에 묻어 있던 피들이 간밤에 내린 간헐적인 비바람에 거의 다 씻겨 나갔다는 건 있을 수 없는 일이었다. 이렇게 비가 내리는 겨울밤에 범인이 피해자의 두개골을 내려친 다음, 그 옆에서 한참 동안을 기다렸다가 여자의 숨을 확실하게 끊기 위해 스카프로

목을 졸랐단 말인가? 그게 아니면 성폭행을 하는 중간에 목을 조른 것일까? 시반과 사후경직 상태는 범죄 현장에서 보이는 사실과 어째서 다른 것일까? 피해자는 지난밤 공원에서 목숨을 잃었다. 그리고 사망 추정 시간은 36시간 이내인 것으로 보인다. 스카페타는 이 사건이 당혹스러웠다. 어쩌면 지나치게 생각하는 것일 수도 있다. 아니면 제대로 생각을 하지 못하고 있는 것일 수도 있다. 사실 그녀는 무척 힘들었다. 아무것도 먹지 못했기 때문에 혈당도 많이 떨어져 있었다. 이 시간까지 입에 넣은 거라고는 커피밖에 없는 데다가, 그조차 너무 많이 마셨다.

스카페타는 3시에 시작하는 직원 회의에 늦을 것 같았다. 그 뒤에 체육관에 들렀다가 남편인 벤턴 웨슬리와 저녁 식사를 하고, 정말 가고 싶지 않은 CNN에 가려면 6시까지는 집에 돌아가야 했다. 〈크리스핀 리포트〉에는 정말 출연하고 싶지 않았다. 어쩌다가 스카페타는 방송에 나가 칼리 크리스핀과 함께, 사람이 죽은 뒤 체모의 변화를 현미경으로 관찰하는 법을 비롯하여, 과학 수사에서 다른 분야들의 중요성에 대해 이야기를 하는 일에 동의하게 되었으며, 그로 인해 연예계에 뛰어들었다는 오해까지 받게 된 것일까? 그녀는 포장한 점심 식사를 들고 하역장을 통과했다. 그곳에는 사무실과 시체 안치소에서 쓰이는 물건들이 담긴 상자들과 카트들과 합판들이 쌓여 있었다. 플렉시 유리 뒤에서 통화를 하고 있던 경비원이 그곳을 지나치는 그녀를 흘낏 쳐다보았다.

스카페타가 목에 걸고 있던 전자 카드를 램프 상단에 대자 묵직한 금속 문이 열렸다. 하얀색 지하철 타일에 암녹색으로 포인트를 준 지하 통로에 들어서니 어디로든 이어져 있을 것 같기도 하고, 아무 데도 이어져 있을 것 같지 않기도 한 철로들이 놓여 있었다. 비상근 검시관으로 이곳에서 처음 일하기 시작했을 때, 그녀는 자주 길을 잃곤 했다. 원래 가려고 했던 인류학 연구실 대신 신경 병리학 연구실이나 심장 연구실에 가기도 했고, 여자 탈의실 대신 남자 탈의실에 들어간 적도 있었으며, 부검실 대신 감압실로 간 적도 있었다. 냉동고나 계단통을 잘못 찾는 일은 말할 것도 없고, 심지어 오래된 철강 화물 엘리베이터를 탔을 때는 전혀 엉뚱한 층에 내린 적도 있었다.

스카페타는 이내 이곳 설계 원리가 여기 격실에서부터 시작되는 합리적인 원형 수로 방식으로 되어 있다는 것을 알아차렸다. 하역장과 마찬가지로 격실도 거대한 차고 문 뒤에 있었다. 법의학 운구 팀이 시신을 가져오면, 그 시신을 격실 안에서 들것에 옮긴 다음, 문 위에 있는 방사선 검출기 아래로 통과시킨다. 그 시신이 생전에 암에 걸렸을 경우, 치료를 위해 사용했던 방사성 의약품으로 인한 방사성 물질이 남아 있다는 경보음이 울리지 않는다면, 그다음 단계에 있는 저울로 옮겨져 그 시신의 몸무게와 키를 측정한다. 그다음부터는 시신의 상태에 따라 정해진다. 만일 상태가 좋지 않거나 사람에게 유해한 요소가 잠재되어 있다고 여겨질 경우, 시신은 감압실 옆에 있는 감압 냉동고로 보내진다. 그리고 특별히 환기가 잘되고, 여러 가지 다른 보호 장비들이 갖추어진 격리된 방에서 부검을 진행한다.

만일 시신의 상태가 좋다면 격실의 오른쪽으로 복도를 따라 이동하면서 그 시신의 부패 단계에 따라 여러 장소로 이동된다. 엑스레이실, 조직 샘플 보관실, 아직 부검하지 않은 막 도착한 시신들을 보관하는 대형 냉동고들이 놓여 있는 법 인류학 연구실. 그리고 엘리베이터를 타고 위층으로 올라가 증거 보관실, 신경병리학 연구실, 심장 병리 연구실, 부검실을 거친다. 그렇게 부검을 끝낸 시신은 처음 들어왔던 격실로 되돌아가 그곳에 있는 대형 냉동고에 보관된다. 지금쯤은 토니 다리엔도 시신 주머니에 싸인 채 그 냉동고 안에 들어가 있을 것이다.

하지만 그렇지 않았다. 토니 다리엔은 스테인리스 냉동고 문 앞에 놓여 있는 바퀴 달린 들것에 실려 있었고, 신원 확인 담당 직원 한 명이 시신을 덮어 놓은 푸른 시트를 턱 바로 아래까지 끌어 올리고 있었다.

"지금 뭐하는 거예요?" 스카페타가 물었다.

"위층에서 약간 소동이 있었어요. 시신을 보여 줘야 할 것 같아서요."

"누구한테, 무슨 이유로요?"

"로비에서 피해자의 어머니가 딸의 시신을 보여 줄 때까지 돌아가지 않겠다고 하나 봐요. 걱정하지 마세요. 제가 잘 처리할게요." 30대 중반의 나이에, 검은색 곱슬머리와 칠흑같이 까만 눈동자를 가지고 있는 그 직원의 이름은 르네로, 유족들을 상대하는 데 특별한 재능을 가지고 있었다. 그렇기에 만일 그녀가 누군가와 문제가 있다고 한다면 그건 보통 일이 아니었다. 대부분의 경우, 르네가 진정시킬 수 있었다.

"신원 확인에는 피해자의 아버지가 온 줄 알았는데."

"서류 작성은 피해자의 아버지가 했어요. 그래서 그분한테는 박사님이 제게 보내 주신 사진을 보여 드렸죠. 박사님이 구내식당에 가시기 직전에 보내 주신 사진 말이에요. 그리고 몇 분 뒤에 피해자의 어머니가 나타나더니, 그 두 사람이 로비에서 싸우기 시작했어요. 그것도 아주 맹렬하게요. 결국에는 피해자의 아버지가 그대로 나가 버렸어요."

"이혼한 사이인가 보죠?"

"단순히 이혼한 정도가 아니라 서로를 증오하는 게 확실해 보이더군요. 그리고 피해자의 어머니는 무슨 일이 있어도 딸의 시신을 직접 봐야 한다고 고집을 부리기 시작했어요." 르네는 보라색 니트릴 장갑을 낀 손으로 부검으로 인한 봉합선이 보이지 않도록 죽은 여자의 이마를 축축하게 젖어 있는 머리카락으로 덮은 뒤, 남은 가닥은 가지런히 모아 귀 뒤로 넘겼다. "박사님은 바로 직원 회의에 들어가셔야 하죠? 이 일은 제가 처리할게요." 르네는 스카페타가 들고 있는 음식 봉투를 쳐다보았다. "아직 점심도 못 드셨네요. 오늘 뭐 좀 드셨어요? 아마 평소처럼 아무것도 못 드셨겠죠. 대체 몸무게가 얼마나 빠진 거예요? 계속 그 상태로 가다가는 해골인 줄 알고 문화인류학 연구실에 보내질 거예요."

"피해자의 부모들은 무슨 일로 싸운 거예요?" 스카페타가 물었다.

"장례식 때문예요. 어머니 쪽은 롱아일랜드에서 장례식을 치르고 싶어 했고, 아버지 쪽에서는 뉴저지에서 하고 싶었나 봐요. 또 어머니는 매장을 원했지만, 아버지는 화장을 하고 싶어 하더군요. 두 사람은 딸 문제로 싸운 거예요." 르네는 마치 피해자도 그 대화에 참여하고 있다는 것처럼 망자의 시신을 다시 어루만졌다. "그런 다음 그 사람들은 박사님이 생각할수 있는 모든 문제를 놓고 상대방을 비난하기 시작했어요. 그렇게 난리법석을 떨고 있을 때 그 자리에 에디슨 박사님이 나타나셨어요."

에디슨 박사는 법의국장이었다. 그리고 스카페타가 이 도시에서 일할 때의 상관이기도 했다. 그녀는 아직 자신이 다른 사람의 감독을 받아야 한다는 사실이 약간 힘들었다. 그녀 자신이 국장이기도 했고, 그렇지 않을 때도 대부분 독자적으로 개업해서 일을 했기 때문이다. 하지만 스카페타는 뉴욕 법의국의 책임자가 되고 싶다는 생각은 없었다. 그런 요청을 받은 적도 없고 앞으로도 그럴 일은 없을 것이다. 이 정도 규모의 법의국을 이끌어 나가는 것은 대도시의 시장이 되는 것이나 마찬가지였다.

"규정을 알고 있잖아요. 분명히 말하지만, 이 시신은 밖으로 나갈 수 없어요. 따로 법적 지시가 떨어지지 않는 한 시신은 이곳에 있어야 해요. 피해자의 어머니에겐 사진을 보여 드리면 되잖아요?"

"그렇게 하려고 했죠. 하지만 피해자의 어머니는 사진을 보려고 하지 않았어요. 계속해서 딸을 보고 싶다면서 직접 보기 전에는 여기서 한 발자국도 움직이지 않을 거라고 했어요."

"지금 그분은 가족실에 계신가요?"

"제가 그쪽에 모셔다 드렸어요. 그리고 박사님 책상에 서류 사본이 들어 있는 폴더를 가져다 놨어요."

"고마워요. 위층에 올라가면 볼게요. 르네는 피해자의 시신을 원래대로 냉동고로 내려 보내요. 피해자의 어머니 문제는 내가 가서 처리할게요. 혹시 가능하면 에디슨 박사님께 내가 3시 회의에 참석하지 못할 것 같다고 전해 줄래요? 아마 벌써 시작했을 거예요. 박사님이 댁으로 돌아가시기 전에 뵙긴 해야 하는데. 이번 건에 대해 박사님과 할 말이 있거든요." 스카페타가 말했다.

"에디슨 박사님께 그대로 전할게요. 오늘 TV 쇼, 잘하세요." 르네가 바퀴가 달린 들것의 손잡이를 붙잡으면서 말했다.

"박사님께 사진들을 보냈다는 말도 전해 줘요. 그렇지만 부검 보고서는 아직 작성하지 않았으니까, 내일까지는 그 사진들 때문에 박사님을 괴롭힐 일은 없다는 말도 함께요."

"그 쇼 광고를 봤어요. 근사하던데요." 르네는 계속해서 그 TV 프로그램에 대해 말했다. "칼리 크리스핀과 계속 나오는 그 프로파일러라는 남자는 정말 참기 힘들지만 말이에요. 이름이 뭐라고 했더라, 에이지 박사였던가요? 그 사람들이 해나 스타에 대해 말하는 것이 역겹고 지겨워요. 장담하건대, 박사님한테도 틀림없이 그 이야기를 물어볼 거예요."

"CNN에서는 내가 수사 중인 사건에 대해 말하지 않을 거라는 것을 알고 있어요."

"박사님은 그 여자가 죽었다고 생각하세요? 전 틀림없이 그럴 거라고 생각해요." 엘리베이터에 올라타는 스카페타의 뒤로 르네의 목소리가 따라왔다. "아루바(서인도제도 남부, 베네수엘라 북서안의 섬—옮긴이)의 그 여자처럼 말이에요. 이름이 나탈리였던가? 사람이 사라지는 데는 이유가 있어요. 누군가 그 사람이 사라지기를 원하기 때문이지요."

스카페타는 확실한 다짐을 받았다. 칼리 크리스핀은 그런 질문을 하지 않을 것이고, 감히 그럴 생각조차 하지 못할 것이다. 엘리베이터가 올라가는 동안 스카페타는 자신이 그렇게 생각해도 되는 근거를 떠올렸다. 그녀는 단순히 어떤 전문가, 외부인, 가끔 얼굴을 비추는 초대 손님, 카메라 앞에 나서는 사람이 아니었다. 그녀는 CNN의 고위 법의학 분석가였으며, 그 쇼의 제작자인 알렉스 바차와의 관계가 돈독하기도 했다. 해나 스타에 관한 토론은 말할 것도 없고, 언급조차 하지 않을 생각이었다. 해나 스타는 뛰어난 미모를 가진 금융계의 거물로, 추수감사절 전날, 그리니치빌리지에 있는 레스토랑에서 나온 뒤 택시에 올라타는 모습이 목격된 것을 마지막으로 흔적도 없이 사라졌다. 만일 최악의 경우, 해나가 죽었고 그 시

13

신이 뉴욕 시에서 발견된다면, 관할구이기 때문에 스카페타가 그 사건의 검시를 담당하게 될 수도 있었다.

스카페타는 1층에서 내렸다. 그리고 특수 운영 부서들이 자리 잡고 있는 긴 복도를 지나 또 다른 닫혀 있는 문으로 들어갔다. 그 안쪽 로비에는 암적색과 푸른색의 천소파와 의자들, 탁자, 그리고 잡지들이 꽂혀 있는 책장이 놓여 있었고, 1번가가 내려다보이는 창가에는 크리스마스트리와 큰 촛대가 장식되어 있었다. 접수대 위의 대리석에는 "대화를 중단하라, 웃음소리를 내지 마라, 여기는 죽음이 살아 있는 사람을 도우며 기뻐하는 곳이니(Taceant colloquia, Effugiat risus, Hic locus est ubi mors gaudet succurrere vitae)"라고 새겨져 있었다. 접수대 뒤로 바닥에 놓여 있는 라디오에서 음악 소리가 흘러나왔다. 이글스가 〈호텔 캘리포니아〉를 노래하고 있었다. 경비원 중 한 명인 필렌이 텅 빈 로비에서 자기 마음대로 음악을 틀어 놓은 것이었다.

"…당신이 원한다면 언제나 떠날 수 있어요. 하지만 당신은 결코 떠날 수 없을 거예요." 그 아이러니한 가사에 아랑곳없이 필렌은 작은 소리로 노래를 따라 불렀다.

"가족실에 누가 있지 않나요?" 스카페타가 접수대 앞에 멈춰 서서 물었다.

"아, 죄송해요." 필렌은 손을 뻗어 라디오를 껐다. "노랫소리가 가족실까지 들리진 않았을 거예요. 하지만 전 괜찮아요. 음악을 듣지 않아도 돼요. 너무 지루해서 한번 틀어 봤던 것뿐이에요. 아시죠? 아무래도 아무 일 없이 계속 앉아 있으니까요."

필렌이 접수대에서든 시체 안치소가 있는 아래층에서든 일을 하는 동안, 여건이 될 때마다 경쾌한 소프트 록 음악을 듣는 이유는 지루함 때문이라기보다는 여기가 결코 행복하지 않은 일들을 일상적으로 지켜보아야 하는 곳이기 때문일 것이다. 스카페타는 슬픔에 잠긴 유족이 그 음악이나 노래 가사를 우연히 듣고 무례하다고 여기거나 화를 내지 않는 한, 필렌이 음악을 들어도 상관없다고 생각했다.

"다리엔 부인에게 내가 곧 찾아뵐 거라고 전해 주세요. 서류 몇 개만 확인하고, 15분쯤 뒤에 갈 거예요. 음악 듣는 건, 다리엔 부인이 있는 동안만 잠깐 참아 줘요, 알겠죠?" 스카페타가 말했다.

로비 왼쪽으로는 스카페타가 에디슨 박사와 두 명의 비서, 새해가 되면 신혼여행에서 돌아올 수석 비서가 함께 쓰는 행정 구역이 있었다. 반세기 전에 지어진 건물이라 공간이 부족해 상근 법의학자들의 사무실이 있는 3층에는 스카페타가 사용할 빈방이 없었다. 그래서 그녀는 예전에는 이곳에 오면 국장 회의실이 있던 곳에 머물렀다. 1층에 있는 그 방에서는 1번가로 통하는 법의국의 청록색 벽돌로 된 출입구가 환히 내다보였다. 스카페타는 방문을 열고 안으로 들어갔다. 코트를 걸어 두고, 책상 위에 햄버거가 들어 있는 봉투를 올려놓은 뒤 컴퓨터 앞에 앉았다.

웹 브라우저를 연 뒤, 검색창에 "바이오그래프(BioGraph)"라고 입력했다. 화면 상단에 "이것을 찾으시나요? 바이오그래피(BioGraphy)."라는 질문이 떴다. 아니. '바이오그래프 레코드(Biograph Records).' 그것도 아니다. '아메리칸 뮤토스코프 앤드 바이오그래프 컴퍼니(American Mutoscope and Biograph Company).' 이건 토머스 에디슨 밑에서 일했던 발명가가 1895년에 세운 미국에서 가장 오래된 영화 회사다. 토머스 에디슨은 몇 대 위인지는 몰라도 법의국장인 에디슨 박사의 선조다. 아주 재미있는 우연의 일치다. 그런데 아침에 시체 안치소로 들어온 토니 다리엔이 왼쪽 손목에 차고 있던 특이한 형태의 시계 뒷면에 찍혀 있던 'B'와 'G'가 대문자인 바이오그래프(BioGraph)는 어디서도 찾을 수가 없었다.

버몬트 주의 스토에서는 폭설이 내리고 있었다. 커다란 눈송이들이 발삼전나무와 구주소나무의 가지 위에 묵직하게 쌓였다. 눈보라로 인해 운행을 중단한 그린 산맥을 횡단하는 스키 리프트들은 가냘픈 거미줄에 매달려 있는 것처럼 출발대에 고정되어 있었다. 이런 날씨에 스키를 타는 사람은 아무도 없었고, 모두 실내에 가만히 있는 것밖에는 할 일이 아무 것도 없었다.

루시 파리넬리의 헬리콥터도 벌링턴 근처에서 꼼짝도 못하고 있었다. 그나마 헬리콥터는 격납고 안에 들어가 있으니 안전하긴 했지만, 루시와 뉴욕 주 부지방검사인 제이미 버거는 아무 데도 갈 수가 없었다. 저녁 9시 는 되어야 눈보라가 남쪽에서부터 그친다고 하니, 적어도 다섯 시간, 어쩌 면 그보다 더 오랜 시간 동안 이곳에 발이 묶여 있어야 할 상황이었다. 눈 보라가 그친다고 해도 비행을 하기 위해서는 상승 한도가 3000피트(약 914미터) 이상 되어야 하고, 시계가 5마일(약 8킬로미터) 이상 보여야 하며, 북동쪽에서 30노트(약 시속 55킬로미터) 이상의 강한 바람이 불어야만 했 다. 제시간에 뉴욕으로 돌아가기 위해서는 순풍을 타야만 가능했다. 하지 만 버거는 기분이 언짢은 듯 온종일 다른 방에서 전화기만 붙잡고 있었 고, 기분을 풀 생각조차 하지 않았다. 그런 그녀의 태도로 보아, 버거는 날 씨 때문에 그들이 예정보다 오래 이곳에 머무르게 된 이 상황을 전부 헬 기를 조종한 루시의 책임으로 여기고 있는 것 같았다. 사실 이 상황은 일 기 예보가 틀린 게 문제가 아니라, 예상치 못하게 작은 폭풍우 두 개가 캐 나다의 서스캐처원 근처에서 하나로 합쳐진 뒤 북극 기단과 만나면서 이 같은 엄청난 눈보라가 생성된 것이 문제였다.

루시는 유튜브 비디오의 소리를 낮췄다. 1987년 공연 실황 중 믹 플리 트우드의 〈변해 가는 세상(World Turning)〉 드럼 독주가 흘러나오고 있 었다.

"이제 잘 들리는 것 같아? 여기 전파 상태가 안 좋아. 날씨도 도와주지 않고." 루시가 전화기 너머에 있는 케이 이모에게 물었다.

"한결 나아진 것 같아. 알아봐 달라고 한 일은?" 루시의 조본 헤드폰 안 에서 스카페타의 목소리가 울렸다.

"아직까진 아무것도 나온 게 없어. 그게 이상해."

루시는 세 대의 맥북을 켜 놓고 있었다. 각각 4면으로 분할된 화면에 항공 기상 정보 센터의 최신 정보, 뉴럴 네트워크(인간 뇌의 정보 처리를 모델로 한 네트워크—옮긴이) 검색을 통해 찾아낸 자료들, 관심 있는 웹사이트들로 연결되는 링크들, 해나 스타의 이메일, 루시의 이메일, 그리고 배우인 햅 저드가 유명해지기 전에 파크 종합병원 영안실에서 수술복을 입고 있는 보안 카메라 영상 등을 띄워 놓고 있었다.

"그 상표가 확실해?" 루시가 물었다. 그녀는 컴퓨터 화면들을 하나씩 집중해서 살피고 있었다.

"시계 뒷면에 그렇게 찍혀 있어." 스카페타의 목소리는 진지하면서도 다급했다. "바이오그래프(BioGraph)." 그녀는 다시 한 번 철자를 불러 주었다. "그리고 일련번호가 새겨져 있어. 어쩌면 인터넷 검색 같은 일반적인 소프트웨어로는 찾아낼 수 없을지도 몰라. 이를테면 바이러스처럼 말이지. 아직까지 무엇을 찾는지조차 모르고 있는 상황이니, 너라고 해도 못 찾을 수도 있어."

"안티바이러스 소프트웨어와는 다른 거야. 내가 사용하는 검색 엔진은 소프트웨어를 기반으로 하는 게 아니니까. 나는 공개 소스를 검색해. 내가 바이오그래프를 찾지 못한 건 그게 넷상에 없기 때문이야. 기록이 아무 데도 없어. 게시판이나 블로그, 데이터베이스, 그 어디에서도 아무것도 잡히지 않아."

"제발 해킹은 하지 마." 스카페타가 말했다.

"난 그저 운영 체계의 허점을 이용하는 것뿐이야."

"그래. 그렇다면 네가 뒷문이 열려 있다고 다른 사람 집에 그냥 들어가는 것도 불법 침입이 아니겠구나."

"바이오그래프에 관해 나와 있는 게 없으니까 내가 찾지 못하는 거야." 루시는 이모와 '결과는 수단을 정당화하는가'에 대해 끊임없이 반복되는 토론을 더 이상 계속하고 싶지 않았다.

"그 원리까진 모르겠지만, 이 시계가 USB 포트와 연결할 수 있는 아주 정교한 기계일지도 모르지. 도킹 스테이션(노트북의 무게를 줄이기 위해 네트워크 장치나 주변기기들을 분리한 것-옮긴이)처럼 충전하는 것일 수도 있어. 이 시계가 그 정도로 값이 나가는 물건일지는 의심스럽지만."

"시계로든 어떤 장치로든 아무것도 나오지 않아." 루시는 자신의 뉴럴 네트워크의 검색 엔진들이 앵커 텍스트(링크가 설정되어 있는 텍스트-옮긴이), 파일 형태들, URL, 타이틀 태그(웹페이지를 검색할 시 내용으로 구분이 가능한 일종의 부제-옮긴이), 이메일과 IP 주소에서 나온 무한한 검색어들을 분류한 끝에 내놓은 결과물들을 보았다. "지금도 계속 찾고 있지만, 이모가 말하는 것과 비슷해 보이는 것도 없어."

"이게 뭔지 알아낼 방법이 있어야 할 텐데."

"방법이 없어. 그게 문제라니까. '바이오그래프'로는 시계나 여타 장치는 말할 것도 없고, 토니 다리엔이 차고 다니던 것과 전혀 상관없는 물건으로도 나오는 게 없어. 그러니까 토니 다리엔의 바이오그래프 시계는 존재하지 않는다는 말이지." 루시가 말했다.

"그게 무슨 말이야?"

"인터넷상에 존재하지 않는다는 뜻이야. 통신망 안, 비유하면 사이버스페이스 안에는 없다는 거지. 그러니까 그 바이오그래프 시계는 가상 세계에선 없는 물건이야. 만일 내가 그걸 실제로 본다면 뭔지 알 수 있을지도 모르지. 어쩌면 이모가 말한 대로, 그 물건이 일종의 데이터 저장 장치일 수도 있고." 루시가 말했다.

"연구실에서 검사가 끝날 때까지는 안 돼."

"젠장. 그 사람들한테 드라이버나 망치는 쓰지 말라고 해." 루시가 말했다.

"DNA 채취를 위해 면봉만 쓸 거야. 지문 검사는 이미 경찰에서 했고. 아무것도 나오지 않았지. 그리고 제이미한테 편한 시간에 통화하자고 전해 줘. 거기서 즐겁게 지내다 와. 지금은 사담을 나눌 시간이 없네."

"제이미를 보게 되면 그렇게 전해 줄게."

"같이 있는 거 아니었어?" 스카페타가 물었다.

"해나 스타 사건에다가 지금 이 사건까지 터졌잖아. 그 때문에 제이미는 이곳에 잠깐 발이 묶여 있는 상황이 마음에 많이 걸리나 봐. 이모도 그런 게 어떤 건지 잘 알잖아."

"제이미가 행복한 생일을 보내기를 바랐는데."

루시는 더 이상 그 일에 대해서는 말하고 싶지 않았다. "거기 날씨는 어때?"

"바람 불고 추워. 잔뜩 흐리고."

"비가 제법 올 거야. 도시 북쪽에서는 눈이 올 수도 있고. 하지만 자정 무렵에는 날이 갤 거야. 그쪽부터 기압이 약해지고 있으니까."

"너와 제이미는 날씨가 좋아질 때까지 거기 있었으면 좋겠어."

"만일 내가 헬기를 못 띄우면 제이미는 개썰매라도 찾아 나설 거야."

"출발하기 전에 전화해. 부디 조심하고. 나는 이만 가 볼게. 토니 다리엔의 어머니를 만나야 하거든. 보고 싶다. 조만간 같이 저녁 먹을 수 있는 거지?" 스카페타가 물었다.

"물론." 루시가 대답했다.

그녀는 수화기를 내려놓고, 다시 유튜브의 볼륨을 높였다. 여전히 믹 플리트우드가 드럼을 치고 있었다. 루시는 록 콘서트에서 키보드 독주를 하듯 맥북들 위에 양손을 올려놓고, 날씨 업데이트 상황을 다시 확인한 뒤, 해나 스타의 메일함에 막 도착한 이메일을 열었다. 사람들은 참 이상했다. 누군가가 실종되었고, 심지어 그 사람이 죽었을지도 모른다는 것을 알고 있으면서도 어째서 이메일을 계속 보내는 것일까? 루시는 해나 스타의 남편인 보비 풀러가 뉴욕 경찰이나 지방검사실, 또는 루시 같은 법의학 컴퓨터 전문가가 해나의 이메일을 감시하고 있다는 것을 모를 정도로 멍청한 건 아닌지 궁금했다. 지난 3주일 동안 보비는 실종된 아내에게 하루도 빠짐없이 이메일을 보냈다. 어쩌면 그는 자신이 무슨 일을 하고 있는지 정확하게 알고 있으며, 자기가 비엔 아미(bein-aimée: 사랑하는 사람), 슈슈(chouchou: 귀염둥이), 아모레 미오(amore mio: 내 사랑), 그의 평생의 사랑에게 이메일을 쓰는 것을 수사 기관에 알리고 싶은 것인지도 모른다. 만일 보비가 해나를 죽였다면, 아내에게 계속해서 사랑의 편지를 쓸 수는 없을 것이다. 그렇지 않은가?

발신: 보비 풀러

발신일: 12월 18일 목요일 오후 3시 24분

수신: 해나

제목: Non posso vivere senza di te(난 당신 없이 살 수 없어)

우리 애기.
자기가 어딘가에서 안전하게 이 글을 읽고 있었으면 좋겠어. 내 심장이 영혼의 날개 위에 올라타고 자기가 어디 있는지 찾고 있는 중이야. 잊지 마. 나는 먹지도, 자지도 못하고 있다는 걸. B.

루시는 보비의 IP 주소를 확인했다. 이제는 한눈에 알 수 있었다. 바로 노스마이애미비치에 있는 보비와 해나의 아파트로, 보비는 언론을 피해 그 아파트에 숨어 지내면서 나날이 여위어 가고 있었다. 루시는 그곳이 얼마나 호화로운지 잘 알고 있었다. 얼마 전에 그가 사랑스러운 아내를 도둑맞았던 바로 그 아파트였다. 보비가 보낸 이메일을 볼 때마다 루시는 그의 정신 상태를 이해해 보려고 노력했다. 만일 해나가 죽었다는 사실을 알게 되면 보비가 어떤 느낌을 받을 것인지 궁금했다.

어쩌면 그는 아내가 죽은 것을 알고 있거나, 아내가 죽지 않았다는 것을 알고 있을지도 모른다. 아니면 보비가 이 모든 일을 꾸민 장본인이라, 해나가 어떻게 됐는지 정확하게 알고 있을 수도 있다. 루시는 알 수가 없었다. 그래서 보비의 입장에서 생각해 보려고 했지만 쉽지 않았다. 그녀에게 중요한 것은 해나가 뿌린 대로 거두었다는 것, 그리고 아마 지금이 아니더라도 머지않아 결국 그렇게 될 거라는 것이었다. 어떤 험한 꼴을 당해도 할 말이 없을 해나 때문에 루시는 시간과 돈을 낭비했을 뿐만 아니라, 그보다 훨씬 소중한 것을 빼앗겼다. 해나가 실종된 3주일 동안, 버거와 아무것도 하지 못했으니까. 심지어 버거는 루시와 같이 있을 때도 따로 떨어져 있었다. 루시는 겁이 났다. 화가 치밀어 올랐다. 그때마다 자신이 끔찍한 짓을 저지를지도 모른다는 느낌이 들었다.

루시는 조금 전에 받은 보비의 이메일을 다른 방에 있는 버거에게 보냈다. 버거는 그 방 안을 계속 돌아다니고 있었다. 단단한 마룻바닥 위를 스치는 그녀의 발소리가 들렸다. 루시는 맥북들의 분할 화면 중 한 개에 떠오른 웹사이트 주소에 관심을 기울였다.

"이제 어떻게 할까?" 텅 빈 거실에서 그녀가 말했다. 이곳은 루시가 버거의 깜짝 생일 휴가를 위해 빌린 5성급 리조트로, 고속 무선 통신, 벽난로, 깃털이 들어 있는 침대, 800TC(thread count의 약자로, 가로 세로가 1인치인 정사각형 안에 들어가는 씨실과 날실의 개수를 말한다—옮긴이)의 침구가 구비되어 있었다. 이 피서지에는 원래 의도했던 친밀함, 로맨스, 즐거움을 제외한 모든 것이 다 있었다. 그래서 루시는 해나를 원망했고, 햅 저드를 원망했고, 보비를 원망했고, 모든 사람들을 다 원망했다. 그들에게 사로잡혀 있는 것 같은 느낌이 들었다. 그래서 버거가 자신을 원하지 않는 것 같았다.

"이건 정말 말도 안 돼. 여기서 나갈 순 있는 거야?" 버거가 창문 밖으로 보이는 풍경을 언급하며 다가왔다. 세상이 온통 다 하얗게만 보였다. 눈이 베일처럼 드리워져 나무와 지붕도 윤곽만 드러나 있었다.

"이게 뭐지?" 루시가 중얼거리며 링크를 눌렀다.

그 IP 주소가 테네시 대학교의 법인류학 센터에 접속한 기록이 남아 있었다.

"누구랑 이야기했어?" 버거가 물었다.

"이모. 지금은 혼잣말한 거고. 누구하고든 말은 해야 하는 거니까요."

버거는 루시의 말 속에 담긴 빈정거림을 모른 척하며, 자기도 어쩔 수 없는 일이었다는 변명을 하지 않았다. 해나 스타가 실종되고, 변태 성욕자인 햅 저드가 그 정보를 가지고 있을지도 모른다는 사실은 버거의 잘못이 아니었다. 더군다나 그 일만으로는 부족했는지 지난밤에 센트럴파크에서 조깅하던 여자가 강간당한 채 살해된 사건이 일어난 것 역시 그녀의 잘못은 아니었다. 버거는 루시에게 자신을 좀 더 이해해 달라고 말할 수도 있었다. 하지만 그녀는 그렇게까지 이기적으로 굴 수 없었다. 자신이 성장하기 위해 필요한 것은 자신감을 가지고, 상대에게 아무것도 요구하지 않는 것이었다.

"그 드럼 소리 좀 그만 들으면 안 될까?" 버거의 편두통이 다시 시작됐다. 종종 있는 일이었다.

루시가 유튜브를 끄자, 거실이 조용해졌다. 벽난로에 켜 놓은 가스 불길 소리 외에는 아무 소리도 들리지 않았다. 루시가 말했다. "이 변태가 똑같은 짓을 더 저지른 모양이네."

버거가 안경을 쓰고, 맥북을 들여다보기 위해 몸을 앞으로 내밀었다. 그녀에게서 아모르베로 목욕용 오일 향기가 났고, 화장기는 전혀 없었다. 버거는 화장할 필요가 없었다. 헝클어져 있는 짙은 색 짧은 머리카락에, 속에 아무것도 입지 않은 채로 검은색 웜업 슈트를 입은 그녀의 모습은 숨이 막힐 만큼 매력적이었다. 아무렇지 않은 듯, 열린 지퍼 사이로 가슴골이 고스란히 드러나고 있었다. 루시는 버거의 그런 모습에 어떤 의도가 있는 건지 확신할 수 없었다. 루시는 어느 누구보다도 최첨단인 환경에서 살고 있었지만, 정서적인 면에서는 구식이었다. 루시는 버거를 품에 안고 싶었고, 예전 사람들이 하던 고전적인 방식을 보여 주고 싶었다.

"이자가 바디 팜의 웹사이트를 검색했어요. 그래서 이 인간이 자살한 뒤에 자기 시신을 연구용으로 기증할 생각을 하는 건지도 모른다고 생각했죠." 루시가 말했다.

"지금 누구 얘기를 하는 거야?" 버거가 맥북 화면에 떠 있는 웹페이지의 제목을 읽었다.

녹스빌, 테네시 대학교
법의학 센터 사체 기증 설문지

"햅 저드 말이에요. 그자의 IP 주소가 이 웹사이트에 접속한 흔적이 있어요. 가명을 쓰긴 했지만…. 잠깐만. 이 지저분한 놈이 무슨 짓을 하고 있나 한번 보죠. 이 흔적을 따라가면 알게 되겠지." 웹페이지를 열었다. "여기 화면 좀 봐요. 포디스크 소프트웨어 세일. 윈도에서 실행되는 상호작용 프로그램이에요. 유골을 분류하고, 신원 확인을 하는 거죠. 이 인간 정말 병적이네. 정상이 아니야. 내가 말했죠. 저자한테서 틀림없이 뭔가 나올 거라고."

"솔직하게 말해야지. 네가 찾으려고 했기 때문에 그 뭔가가 나온 거잖아. 그동안 그 범죄를 입증할 수 있을 만한 증거를 찾으려고 애썼으면서." 루시가 정직하지 않다는 것을 넌지시 비치듯 버거가 말했다.

"내가 증거를 찾아낸 건 저자가 남겨 두었기 때문이에요." 루시가 대꾸했다. 두 사람은 지난 몇 주일간 햅 저드 때문에 싸웠다. "당신이 그렇게 말이 없는 이유를 모르겠어요. 내가 이 일을 조작이라도 했다고 생각하는 거예요?"

"난 저자와 해나 스타에 관한 이야기를 하고 싶을 뿐이야. 그런데 넌 저 남자를 처벌하고 싶어 하잖아."

"당신이 이야기를 하고 싶다면 저자가 잔뜩 겁을 집어먹게 만들어야 해요. 특히 그 망할 놈의 변호사 없이 대화를 나누고 싶다면 말이에요. 이제 내가 당신이 원하는 대로 할 수 있게 만들었잖아요."

"우리가 여기서 나갔을 때, 그자가 모습을 보인다면 그렇겠지." 버거가 컴퓨터 화면에서 멀리 떨어지면서 결정했다. "어쩌면 그자는 다음 영화에서 인류학자나 고고학자, 탐험가 역을 맡았을지도 몰라. 레이더스나 고대의 저주가 걸려 있는 무덤 속에서 미라가 나오는 그런 영화에서 말이야."

"맞아요. 저질 극작가가 쓰고 있는 시나리오에서 자기가 맡기로 한 뼈

23

뚤어진 배역에 완전히 몰입해 메서드 연기(배우가 자신이 맡은 배역의 생활과 감정을 실생활에서도 경험하는 연기법—옮긴이)를 하고 있는 거라고 하겠지. 우리가 그자를 뒤쫓아 알아낸 파크 종합병원에서의 유별난 취미도 연기 때문이었다고 둘러댈 거예요."

"우리는 그자를 뒤쫓지 않을 거야. 그렇게 안 해. 그러니까 다른 건 아무것도 하지 말고, 네가 컴퓨터 검색으로 알아낸 사실들만 그자에게 보여줘. 마리노와는 내가 얘기해 볼 테니까."

루시도 나중에 피트 마리노와 이 문제에 대해 의논해 볼 생각이었다. 두 사람의 대화를 버거가 엿들을 위험이 없는 곳에서. 그는 햅 저드를 존중하는 마음 같은 것도 없을 뿐만 아니라, 전혀 두려워하지 않았다. 마리노는 상대가 유명인사라 할지라도 수사를 하거나 잡아넣는 데 거리낌이 없었다. 그런데 버거는 어쩐지 저드를 두려워하고 있는 것 같았다. 루시는 그 상황을 이해할 수가 없었다. 지금껏 버거가 다른 누군가를 두려워하는 모습은 본 적이 없었다.

"이리 와 봐요." 루시는 버거를 잡아당겨 자기 무릎에 앉혔다. "이제 뭐 할까?" 그녀는 버거의 등에 얼굴을 비비며, 웜업 슈트 속으로 양손을 밀어넣었다. "안달할 필요가 어디 있어요? 눈보라는 밤늦게나 걷힐 거야. 그때까지 같이 낮잠이나 자요."

그레이스 다리엔은 길고 검은 머리에, 살해당한 딸과 똑같이 오뚝한 코와 도톰한 입술을 가지고 있었다. 붉은색 모직 코트의 단추를 턱 밑까지 채우고 있는 그녀는 작고 가련해 보였다. 그레이스 다리엔은 창문 앞에 서서 검은색 철책과 죽은 덩굴식물로 뒤덮여 있는 벨뷰 병원의 벽돌담을 내려다보고 있었다. 하늘은 납빛이었다.

"다리엔 부인? 스카페타라고 합니다." 스카페타는 가족실로 들어가 문을 닫았다.

"실수했을 가능성도 있어요." 다리엔 부인이 창가에서 물러섰다. 손을 심하게 떨고 있었다. "뭔가 잘못됐을 거라는 생각이 들어요. 그럴 리가 없어요. 죽은 건 다른 사람일 거예요. 그 시신이 우리 딸이라는 걸 당신이 어떻게 확신할 수 있어요?" 다리엔 부인은 냉수기 가까운 곳에 있는 작은 나무 탁자 앞에 앉았다. 그녀의 얼굴은 망연자실하고 아무 표정이 없었지만 눈빛에는 공포가 가득했다.

"경찰 측에서 수거한 피해자의 소지품을 통해 따님의 신원을 일차로 확인했습니다." 스카페타는 다리엔 부인의 맞은편에 놓여 있는 의자에 앉았다. "전 남편 되시는 분께서도 사진을 보고 확인을 해 주셨어요."

"여기서 찍은 사진이겠죠."

"네. 뭐라 애도의 말씀을 드려야 할지 모르겠습니다."

"그 사람이 딸을 1년에 한두 번밖에 보지 못했다는 말도 하던가요?"

"치과 기록을 비교해 볼 것이며, 필요하다면 DNA 검사도 할 생각입니다." 스카페타가 말했다.

"딸애를 담당했던 치과 의사에 대해 알려 드릴 수 있어요. 나랑 같은 의사한테 다니고 있었으니까요." 그레이스 다리엔은 가방 속을 뒤지기 시작했다. 그리고 탁자 위에 립스틱과 콤팩트를 덜그럭 소리를 내며 내려놓았다. "집에 돌아갔을 때, 그 소식을 전해 주러 온 형사한테도 말했어요. 이름은 잘 기억나지 않는데, 여자였어요. 그러자 그 여자 형사가 다른 형사를 부르더군요. 남자였어요. 이름이 마리오인가 마리나라고 했던 것 같은데." 그녀의 목소리는 떨렸고, 눈을 깜박거리며 눈물을 참고 있었다. 그리고 가방에서 작은 수첩과 펜을 꺼냈다.

"피트 마리노였나요?"

다리엔 부인은 뭔가를 적더니, 부들부들 떨리는 손으로 힘겹게 그 종이를 뜯었다. "그 치과 의사의 전화번호는 생각이 나지 않네요. 여기 그 의사의 이름과 주소가 있어요." 그리고 그 종이를 스카페타에게 건네주었다. "마리노. 그 이름이 맞는 것 같네요."

"그 사람은 뉴욕 경찰국 소속 형사로, 부지방검사인 제이미 버거의 사무실에서 일하고 있어요. 이 사건은 버거 검사가 담당하게 될 겁니다." 스카페타는 다리엔 부인이 건네준 종이를 르네가 가져다준 파일 폴더 안에 밀어 넣었다.

"그 형사가 토니의 아파트에서 머리빗과 칫솔을 가져가겠다고 말했어요. 잘은 모르지만, 이미 가져갔을 거예요. 다른 말은 듣지 못했어요." 이제 다리엔 부인은 목소리까지 떨면서 말을 이어 나갔다. "내가 집에 없었기 때문에 경찰이 래리에게 먼저 연락한 거예요. 난 고양이를 데리고 수의사한테 갔어요. 고양이를 안락사시키기 위해서요. 하필 이럴 때 말이에요. 경찰들이 찾고 있을 때 난 그런 일을 하고 있었단 말이죠. 지방검사의 사무실에서 나왔다는 그 형사는 딸애의 아파트에 있는 물건들이 있어야 DNA를 확인할 수 있다고 했어요. 아직 그런 검사조차 하지 않았는데 어떻게 죽은 여자가 내 딸이 확실하다고 하는 건지 난 정말 모르겠어요."

스카페타가 보기에 피해자의 신원이 토니 다리엔이라는 데는 의심할 여지가 없었다. 시신과 함께 가져온 플리스 재킷의 주머니에 아파트 열쇠와 운전면허증이 들어 있었다. 검시를 하면서 찍은 엑스레이에서도 쇄골과 오른쪽 팔에 골절을 치료한 흔적이 보였다. 뉴욕 경찰이 건네준 자료에 따르면 토니는 5년 전 자전거를 타고 가다가 교통사고를 당한 적이 있다고 되어 있었다. 그 치료된 부위는 오래전에 부상당한 것이며, 토니가 교통사고 당시 다쳤다고 한 부위와도 일치했다.

"딸애한테 도심에서 조깅할 때는 조심하라고 수도 없이 말했어요. 몇 번을 말했는지 몰라요. 하지만 그 애도 어두워진 뒤에는 조깅을 하지 않았어요. 그날 밤에는 비도 왔는데 토니가 왜 나갔는지 모르겠어요. 그 애는 비를 맞으며 뛰는 것을 싫어했거든요. 특히 이렇게 날씨가 추울 때는 말이에요. 아무래도 무슨 실수가 있었을 거라고 생각해요."

스카페타는 다리엔 부인 쪽으로 클리넥스 통을 밀어 주며 말했다. "시신을 보기 전에 확인차 몇 가지 질문을 드리고 싶은데요. 괜찮으시겠어요?" 시신을 직접 보고 나면 그레이스 다리엔은 대화를 나눌 만한 상태가 아닐 것이다. "따님과 마지막으로 연락하신 게 언제죠?"

"화요일 아침이요. 정확한 시간은 모르겠지만 아마 오전 10시경이었을 거예요. 내가 전화를 걸어서 이런저런 이야기를 나눴으니까."

"이틀 전, 그러니까 12월 16일이었단 말이군요."

"그래요." 다리엔 부인이 눈가를 훔쳤다.

"그 뒤로 다른 연락은 하지 않으셨나요? 전화 통화든, 음성 메시지나 이메일로든?"

"우린 매일 대화를 하거나 이메일을 하진 않아요. 하지만 딸애가 문자를 보냈어요. 그건 보여 드릴 수 있어요." 그녀는 가방을 집어 들었다. "그 형사한테도 이렇게 말했던 것 같아요. 그 사람 이름이 뭐라고 했죠?"

"마리노요."

"그 형사는 토니의 이메일 주소를 알고 싶다고 했어요. 이메일을 조사해야 할 필요가 있다면서 말이에요. 그래서 이메일 주소를 알려 주긴 했지만, 암호는 나도 몰라요." 다리엔 부인은 가방 안에서 휴대전화와 안경을 찾았다. "내가 화요일 아침에 토니에게 전화를 했던 건 햄이 좋은지, 칠면조가 좋은지를 물어보기 위해서였어요. 크리스마스 때 먹을 음식으로 말이에요. 그 애는 둘 다 싫다고 하더군요. 그리고 자기가 생선을 가져올지도 모른다고 했어요. 난 네가 원한다면 뭐든 상관없다고 말해 줬죠. 평상시와 똑같았어요. 계속 그런 내용의 이야기들을 나눴던 것 같아요. 토니의 남동생 두 명도 집으로 오기로 되어 있었으니까요. 우리는 롱아일랜드에서 모이기로 했어요." 그녀는 먼저 안경을 쓴 다음, 떨리는 손으로 휴대전화에서 뭔가를 찾기 시작했다. "내가 거기 살고 있거든요. 아이슬립에 말이에요. 난 그곳에 있는 머시 병원에서 간호사로 일하고 있어요." 다리엔 부인은 스카페타에게 휴대전화를 건네주었다. "지난밤 딸이 보낸 문자예요." 그리고 그녀는 클리넥스 통에서 화장지를 몇 장 더 뽑았다.

스카페타는 그 문자 메시지를 읽었다.

보낸 사람: 토니

며칠 더 빼 보려고 노력하고 있지만 크리스마스라 아주 힘들어요. 대타로라

도 일해야 하는데, 이 시기에는 아무도 바꿔 주려고 하지 않아요. XXOO('키스와

포옹을 전하며'-옮긴이)

CB# 917-555-1487

받은 시간: 12. 17. 수요일. 08:07 p.m.

스카페타가 말했다. "여기 917로 시작하는 번호가 따님의 전화번호인
가요?"

"그 애의 휴대전화 번호예요."

"이 문자가 무슨 뜻인지 말씀해 주시겠어요?" 스카페타는 마리노가 이
미 이 문자 내용을 알고 있을 거라고 확신했다.

"토니는 야간 근무와 주말 근무를 하고 있어요. 다른 사람 대신 일을 해
서라도 크리스마스 휴가 기간을 좀 더 길게 해 보려고 애를 쓰고 있다는
말이에요. 이번에는 그 애의 남동생들도 오니까요." 다리엔 부인이 말했다.

"전 남편 분은 따님이 헬스 키친에서 웨이트리스로 일한다고 했습니
다만."

"그 사람은 마치 토니가 접시나 나르고 햄버거나 만든다는 것처럼 말했
을 거예요. 딸은 하이 롤러 레인스에 있는 라운지에서 일했어요. 좋은 곳
이에요. 일반 볼링장이 아닌 아주 고급스러운 곳이죠. 토니는 언젠가 라스
베이거스나 파리, 몬테카를로 같은 곳에 있는 대형 호텔에서 자기 레스토
랑을 갖는 게 꿈이었어요."

"따님이 밤늦게까지 일을 했습니까?"

"대부분 수요일은 그렇지 않았어요. 토니는 보통 월요일부터 수요일까
지 쉬고, 목요일부터 일요일까지 장시간 일을 했으니까요."

"지금 이 상황에 대해 아드님들도 알고 있나요? 뉴스를 통해 이 소식을
알리고 싶진 않습니다만." 스카페타가 물었다.

"아마 래리가 말했을 거예요. 난 좀 더 기다려 볼 생각이었으니까. 이 일이 사실이 아닐 수도 있잖아요."

"우리는 어느 누구라도 이런 소식을 뉴스로 알게 되는 것을 바라지 않습니다." 스카페타는 가능한 한 부드럽게 말했다. "남자친구는 어떤가요? 따님이 특별히 만나는 사람이 있었습니까?"

"잘 모르겠어요. 사실 지난 9월에 토니의 아파트를 찾아갔을 때, 침대에 동물 인형들이 잔뜩 놓여 있었고, 향수도 많았어요. 어디서 난 거냐고 물어봤지만 제대로 말해 주지 않더군요. 그리고 추수감사절 때는 내내 휴대전화만 붙잡고 문자를 보내면서, 기분이 잠깐 좋았다가 금세 다시 나빠지곤 했어요. 박사님도 사랑에 빠진 사람들이 어떻게 행동하는지는 잘 아실 거예요. 토니가 직장에서 사람들을 많이 만난다는 건 알고 있어요. 아주 매력적이고, 여자의 마음을 설레게 만드는 그런 남자들을 말이에요."

"따님이 그런 이야기를 아버지에게 했을 가능성이 있을까요? 예를 들자면 남자친구에 대해서 말이에요."

"그 두 사람은 그렇게 친하지 않아요. 어째서 전 남편이 저러는 건지, 정말 무슨 생각으로 저러는 건지 모르시는 모양이네요. 전부 나한테 복수하고, 사람들한테는 자기가 가족도 버린 술주정뱅이에, 도박 중독자가 아닌 충실한 아버지라는 것을 보여 주기 위해서 저러는 거예요. 토니는 자기가 화장되는 것을 결코 바라지 않을 거예요. 만일 최악의 상황으로 피해자가 정말 내 딸이라면, 난 우리 어머니의 마지막을 지켜 준 '레빈 앤드 손스' 장례식장을 이용할 거예요."

"부인과 다리엔 씨가 토니 양의 시신 안치 문제에 대해 합의하기 전까지는 법의국에서도 따님을 보내 드릴 수 없을 것 같습니다."

"전 남편 말을 들으면 안 돼요. 토니가 아기일 때 떠났던 사람이에요. 어째서 그 사람 말을 들어주려는 거죠?"

"법적으로 이런 문제는 반드시 합의하게 되어 있어요. 필요하다면 재판을 통해서라도 말입니다. 그 전에는 따님을 보내 드릴 수가 없어요. 유감스럽게 생각합니다. 지금 같은 상황에서 부인에게 이런 일로 실망감과 혼란스러움을 안겨 드리고 싶지는 않았습니다만." 스카페타가 말했다.

"무슨 권리로 20여 년 만에 갑자기 나타나서 딸애의 소지품들을 갖고 싶다고 요구하느냔 말이에요. 로비에서 그렇게 나와 싸우면서도 전 남편은 거기 있던 여자 분에게 딸애가 여기 올 때 지니고 있던 물건들은 뭐가 되어도 좋으니 갖고 싶다고 말했어요. 심지어 우리 딸이 아닐 수도 있는 상황에서 말이에요. 어떻게 그런 무시무시하고 무정한 말을 할 수가 있는지! 전 남편은 술에 취한 채로 사진을 봤어요. 박사님 같으면 그런 사람을 믿을 수 있겠어요? 이런, 맙소사. 내가 알아야 할 일들이 뭐죠? 미리 마음의 준비를 할 수 있게 알려 주세요."

"따님의 사인은 둔기에 의한 외상으로, 두개골이 부서졌고 뇌가 손상되었습니다." 스카페타가 말했다.

"누군가 그 아이 머리를 내려쳤다는 말이군요." 다리엔 부인의 목소리가 떨리더니, 감정을 억누르지 못하고 흐느껴 울기 시작했다.

"머리에 심한 부상을 입었어요. 그렇습니다."

"얼마나 많이 맞은 거예요? 한 번 맞아서 그렇게 됐다는 건가요?"

"다리엔 부인, 지금 당장은 부인께 모든 사실들을 다 말씀드릴 수가 없다는 것부터 말씀드릴게요. 이 자리에서 부인께 어느 정도까지 알려 드릴 것인지 고민하고, 현명하게 판단을 내리는 것도 제 의무니까요. 결정적인 정보가 밖으로 새어 나갔을 경우, 실제로 따님을 공격한 범인이 이런 끔찍한 범죄를 저지르고도 도망갈 수 있게 돕는 일이 벌어질 수도 있습니다. 부인께서도 양해해 주실 거라 생각해요. 일단 경찰 수사가 끝나면, 그때 제가 부인과 따로 만나 좀 더 자세한 사항들을 알려 드릴 수 있을 겁니다." 스카페타가 말했다.

"토니가 정말 그렇게 밤늦은 시간에 비를 맞으며 센트럴파크 북쪽에서 조깅을 했단 말인가요? 무엇보다 그 애가 거기서 뭘 하고 있었던 거죠? 이 정도는 물어봐도 괜찮겠죠?"

"우리 모두 많은 질문을 하지만, 안타깝게도 대답을 별로 찾지 못했어요. 하지만 제가 알기로 따님의 아파트는 2번가의 어퍼이스트사이드에 있었어요. 토니 양이 발견된 지점에서 20블록 떨어진 곳이죠. 그 정도면 조깅을 하는 사람들에게 그리 먼 거리는 아닙니다만." 스카페타가 대답했다.

"하지만 어두워진 뒤였고, 센트럴파크잖아요. 어두워지고 나면 그곳은 할렘에 가까워요. 토니는 어두워지고 난 뒤에는 거기서 뛰지 않았을 거예요. 게다가 그 애는 비를 싫어해요. 추운 것도 정말 싫어했죠. 누군가 그 애를 뒤에서 공격한 건가요? 아니면 범인과 맞서 싸웠나요? 오, 하느님."

"이미 말씀드렸다시피 자세한 사항들은 지금 당장 말씀드릴 수가 없습니다. 하지만 따님의 시신에서 싸운 흔적은 나오지 않았다는 것은 말씀드릴 수 있어요. 토니 양은 머리를 얻어맞은 뒤, 큰 상처를 입었고 출혈이 무척 심했을 겁니다. 주요 조직의 반응으로 보아 상당히 오랜 시간 숨이 붙어 있었다는 것을 알 수 있었어요." 스카페타가 대답했다.

"그래도 의식은 없었겠죠."

"검시 결과에 따르면 상당히 오랜 시간 동안 생존해 있었어요. 하지만, 맞아요. 따님은 의식이 없었습니다. 공격을 당한 뒤에는 자신에게 무슨 일이 벌어진 건지 전혀 알지 못했을 수도 있어요. 확실한 검사 결과가 나와 봐야 알겠지만 말입니다." 스카페타는 파일을 펼치고, 건강 기록 양식을 꺼내 다리엔 부인의 앞에 놓았다. "전 남편 분께서 작성하신 겁니다. 부인이 보시고 확인해 주셨으면 합니다만."

다리엔 부인은 떨리는 손으로 그 서류를 집어 들고 자세히 살폈다.

"이름, 주소, 생년월일, 부모 이름. 뭔가 고칠 것은 없는지 말씀해 주세요. 따님한테 고혈압, 당뇨병, 저혈당증, 정신적인 문제와 같은 지병의 유무나, 이를테면 임신을 한 적이 있는지와 같은 문항들에 대해 말이에요." 스카페타가 말했다.

"전 남편은 전부 다 '아니요'에 표시를 했네요. 도대체 이 사람이 뭘 안다고?"

"신경쇠약이나 우울증도 없고, 평소와 달리 공격적인 성향을 보이는 행동의 변화 같은 것도 없다고 되어 있어요." 스카페타는 바이오그래프 시계가 떠올랐다. "따님한테 불면증은 없었나요? 무엇이든 예전과 다른 점은 없었습니까? 아까 최근 들어 따님의 기분이 좀 안 좋아 보였다고 하셨죠."

"아마 남자친구나 직장 문제, 경제적인 문제 같은 것으로 고민했을 거예요. 딸애가 일하는 직장에서 여직원들 몇 명이 해고당했거든요. 토니도 다른 사람들과 마찬가지로 기분이 좋지 않았을 거예요. 특히 지금 같은 계절에는 말이에요. 그 애는 겨울을 싫어했거든요."

"혹시 따님이 복용하는 약이 있나요?"

"내가 알기로는 처방전 없이도 살 수 있는 그런 약밖에 없어요. 비타민 같은 거요. 토니는 자기 몸을 잘 챙겼으니까요."

"토니 양의 담당의나 주치의가 누구였는지 알고 싶은데요. 다리엔 씨가 그 항목에는 답을 쓰지 않으셔서요."

"전 남편은 모르니까요. 그 사람은 이제껏 한 푼도 도와준 적이 없어요. 토니는 대학에 들어간 뒤로 자기가 벌어서 생활했어요. 그래서 나도 딸애의 주치의가 누군지 몰라요. 토니는 병에 걸린 적도 없었고, 내가 아는 사람들 중에 가장 기운이 넘치는 애였어요. 잠시라도 가만히 있는 적이 없었으니까요."

"따님이 평소에 즐겨 하고 다니는 액세서리에 대해 아시나요? 몸에 늘 지니고 있는 반지나 팔찌, 목걸이 같은 것 말이에요." 스카페타가 물었다.

"모르겠어요."

"시계는요?"

"그것도 잘 모르겠네요."

"검은색 플라스틱으로 된 스포츠시계를 보신 적이 있나요? 커다란 검은색 전자 손목시계예요. 혹시 그와 비슷한 걸 본 적이 있으신가요?"

다리엔 부인이 고개를 저었다.

"주로 연구하는 사람들이 그런 종류의 시계를 쓰더군요. 부인과 같은 직업을 가진 사람들도 많이 사용하고 있죠. 틀림없이 부인도 본 적이 있을 겁니다. 그런 시계는 심박수를 확인할 때 쓰기도 하고, 수면 장애가 있는 사람들이 차고 있을 수도 있을 테니까요." 스카페타가 말했다.

다리엔 부인의 눈에서 희망의 빛이 보였다.

"추수감사절에 따님을 봤을 때는 어땠습니까? 지금 제가 말한 것과 비슷한 시계를 차고 있던가요?" 스카페타가 물었다.

"아뇨. 정말이에요. 토니는 그런 시계를 차고 있지 않았어요. 그 비슷한 것도 본 적이 없어요." 다리엔 부인이 고개를 저었다.

스카페타는 다리엔 부인에게 딸의 시신을 확인하겠느냐고 물었다. 그리고 두 사람은 자리에서 일어나 옆방으로 들어갔다. 작고 휑한 방이었다. 연초록색 벽에 뉴욕 시의 스카이라인을 찍은 사진들만 걸려 있었다. 조망창은 거의 허리까지 오는 높이로, 관대 위에 올린 관과 비슷한 높이였다. 그 반대편으로는 강철판이 보였다. 사실 그 판은 시체 안치소에서 토니의 시신을 올려 보낸 엘리베이터 문이었다.

"저 문을 열기 전에 먼저 부인이 어떤 모습을 보게 될지 설명해 드리고 싶어요. 잠깐 소파에 앉으시겠어요?" 스카페타가 말했다.

"아뇨, 괜찮습니다. 서 있을 거예요. 준비됐어요." 다리엔 부인의 크게 뜬 눈에는 두려움이 깃들어 있었고, 숨을 가쁘게 몰아쉬고 있었다.

"저기 있는 버튼을 누를 거예요." 스카페타가 벽에 붙어 있는 버튼 세 개가 달려 있는 판을 가리켰다. 두 개는 검은색이고 한 개는 빨간색인, 오래된 엘리베이터 버튼이었다. "그리고 저 문이 열리면 시신이 보일 거예요."

"네. 알았어요. 준비됐어요." 다리엔 부인은 간신히 대답했다. 그녀는 잔뜩 겁에 질려 마치 얼어붙을 것처럼 추운 듯 온몸을 부들부들 떨면서, 기력이 다한 것처럼 숨을 거칠게 몰아쉬고 있었다.

"시신은 조망창의 반대편에 있는 엘리베이터 안에 있는 들것 위에 놓여 있을 겁니다. 여기서는 왼쪽 얼굴을 볼 수 있을 거예요. 나머지 부분은 전부 시트로 덮어 놓았을 겁니다."

스카페타는 맨 위에 있는 검은색 버튼을 눌렀다. 그러자 강철문이 큰 소리를 내면서 양쪽으로 열렸다. 긁힌 자국이 많이 나 있는 플렉시 유리를 통해 푸른색 시트로 몸을 감싸고 있는 토니 다리엔의 창백한 얼굴과 감은 두 눈, 핏기 없이 메마른 입술과 행군 덕에 여전히 축축한 검은색 긴 머리가 보였다. 토니의 어머니는 조망창을 양손으로 눌렀다. 정신을 차린 그녀는 비명을 지르기 시작했다.

02

보넬과 과학 수사대

피트 마리노는 그 원룸 맨션을 둘러보며 긴장을 놓지 않았다. 그곳의 특징과 분위기를 읽어 내고, 이곳이 그에게 무슨 말을 하고 있는지를 직감으로 알아내기 위해서였다.

현장은 죽은 사람들과 똑같다. 그 침묵의 언어를 알아들을 수만 있다면 그들은 많은 이야기를 해 줄 것이다. 마리노는 벽에 있는 소켓에 충전기들이 여전히 꽂혀 있는데도, 토니 다리엔의 노트북과 휴대전화가 보이지 않는다는 사실에 이내 짜증이 났다. 그가 계속 다른 건 없어진 게 없느냐고 잔소리를 해 대자, 담당 경찰은 이 맨션은 이번 살인사건과 아무 관계가 없지 않느냐고 대꾸했다. 그렇지만 마리노는 이곳에 누군가 있는 것 같은 느낌을 받았다. 어째서 그런 느낌이 드는 것인지는 알 수 없었지만, 목덜미에 누군가 자기를 쳐다보고 있거나, 관심을 끌려고 하는 것 같은 느낌이 들었다. 하지만 그의 눈에는 아무것도 보이지 않았다.

마리노는 복도로 나왔다. 제이미 버거의 허락 없이는 아무도 출입할 수 없도록 정복 차림의 뉴욕 경찰이 지키고 있었다. 버거는 자신이 이곳에서 더 이상 필요한 것이 없고, 자기가 만족할 때까지 이곳을 봉쇄하길 원했다. 마리노에게 전화로 단호하게 지시를 내렸지만, 실제로 그녀는 한 입으로 두 말을 했다. 토니 다리엔의 맨션에서 너무 시간을 끌지 말라고 하면서도, 그곳을 마치 범죄 현장인 것처럼 다루라는 것. 도대체 어떻게 하란 말인가? 마리노는 다른 사람들의 말은 말할 것도 없고, 상사의 말조차 듣지 않은 적이 지나치게 많았다. 그는 자기가 하고 싶은 일을 했다. 마리노가 보기에는 토니 다리엔의 맨션도 사고 현장이었기 때문에, 그 안을 이제 막 이 잡듯이 뒤진 참이었다.

"어떻게 된 일인지 말해 봐. 아니면 보넬에게 전화해 보든가. 여기서 노트북과 휴대전화가 없어진 것에 대해 할 말이 있으니까. 보넬이 그것들을 가지고 간 건지 확인해 봐야겠어." 마리노가 문 앞을 지키고 있던 멜린크 경관에게 말했다.

보넬은 오늘 아침 일찍 과학 수사대와 함께 이 맨션을 샅샅이 수색하고 간 뉴욕 경찰의 사건 담당 수사관이었다.

"형사님이 전화하면 되잖아요?" 멜린크는 불빛이 어둑한 복도에서 계단 근처에 접이식 의자를 가져다 놓고 벽에 기댄 채 앉아 있었다.

마리노가 그곳을 떠나면 멜린크는 그 의자를 맨션 안으로 옮긴 다음, 휴식 시간을 제외하고는 자정에 교대 근무자가 올 때까지 그 자리에 앉아 있을 것이다. 더럽게 짜증나는 일. 하지만 누군가는 해야 하는 일이었다.

"지금 많이 바쁜가?" 마리노가 멜린크에게 물었다.

"지금 이렇게 내 엄지손가락이 내 엉덩이 위에서 어슬렁거리고 있다고 해서 내가 바쁘지 않다는 뜻은 아니죠. 지금은 생각하느라 바쁘니까." 총알을 연상시키는 작은 남자가 헤어젤을 잔뜩 발라 뒤로 넘긴 검은 머리를 톡톡 두드리며 말했다. "보넬 수사관이 어디 있는지 알아볼 수는 있어요. 하지만 일단 내 말부터 한번 들어 보지 않을래요? 여기 도착했을 때, 나와 교대했던 경관이 과학 수사대 대원들이 했다는 말을 전해 줬어요. '그 여자의 휴대전화는 어디에 있지? 노트북은?' 하지만 그들은 누군가 여기 들어와서 그 물건들을 가져갔을 거라는 생각은 하지 않았다고 해요. 증거가 없으니까요. 바로 그게 그 여자에게 무슨 일이 벌어졌는지를 명백하게 보여 주는 거라는 생각이 들어요. 사람들은 어째서 야밤에 공원에서 조깅을 하는 걸까요, 그것도 여자가? 정말 이해할 수가 없다니까요."

"그렇다면 보넬과 과학 수사대가 여기 왔을 때 문이 잠겨 있었단 말인가?"

"그렇다니까요. 1층 건너편에 살고 있는 조라는 남자가 문 따는 실력이 아주 좋더군요." 그쪽을 가리켰다. "형사님이 직접 보세요. 쇠지레로 억지로 따고 들어간 흔적이 없어요. 문은 잠겨 있었고, 창문에는 차양이 드리워져 있었어요. 손을 댄 흔적이 전혀 없었고, 모든 것이 정상적이었답니다. 내 앞에 근무했던 경관에게 들은 이야기예요. 그 친구는 과학 수사대가 조사하는 과정을 모두 지켜봤으니까요."

마리노는 손잡이와 데드볼트를 살펴본 뒤, 장갑 낀 손으로 직접 만져 보았다. 그런 다음 주머니에서 꺼낸 손전등의 불빛까지 비추며 자세히 살펴보았지만, 억지로 침입한 흔적은 보이지 않았다. 멜린크의 말이 맞았다. 망가졌거나, 최근에 긁힌 자국 같은 건 보이지 않았다.

마리노가 말했다. "보넬이 어디 있는지 알아봐 주게. 내가 직접 그 여자한테 확인해야 할 게 있으니까. 비상 차량 배치 담당자한테도 연락해 보고. 이제 곧 우리 상사가 시내로 돌아오면, 이 문제로 50개가 넘는 질문을 받게 될 거야. 사람들은 대부분 노트북을 갖고 나갈 때 충전기까지 같이 챙겨 나가지. 저게 아무래도 마음에 걸려."

"과학 수사대에서 컴퓨터를 가져갔다면 충전기도 같이 가져갔을 거예요. 그 사람들은 전부 가져가니까요. 어쩌면 피해자가 예비 충전기를 가지고 있지 않을까요? 피해자가 노트북을 가져다 놓은 곳에 충전기가 있거나, 아니면 예비 충전기를 가지고 갔을 수도 있죠. 내가 보기에는 그런 것같아요." 멜린크가 말했다.

"자네의 가설을 들으면 버거 검사도 틀림없이 고맙다는 친필 편지를 보내 줄 거야."

"여검사와 일하는 건 어떤가요?"

"아주 끝내주지. 내가 기운을 차릴 때까지 약간만 여유를 주면 좋을 텐데. 보통 하루에 다섯 번, 열 번이라니까. 내가 아주 녹초가 됐을 때조차 말이야."

"그게 정말이면, 난 스파이더맨이겠네요. 내가 들은 바로 버거 검사는 남자들한테 빠지는 일이 없다고 하던데요. 나도 지나가면서 본 적이 있는데 눈길 한 번 주지 않았어요. 어쩌면 버거 검사가 권력이 있기 때문에 그런 악의적인 소문이 도는 걸지도 모르겠네요. 그렇죠? 그런 권력과 명성을 가진 여자가 또 어디 있겠어요? 사람들이 하는 말이 다 사실이 아니라는 건 형사님도 알고 계실 거예요. 내 여자친구도 그런 일을 당했다니까요. 여자친구는 소방관이에요. 그 말만 하면 모두들 여자친구가 레즈비언 아니면, 달력 사진에 나오는 수영복 입은 여자일 거라고 가정하죠."

"이런. 자네 여자친구가 달력에 나온 그 여자 소방관들 중 한 명이었어? 올해 달력에 나왔다는 거지? 바로 주문해야겠는데."

"다들 그렇게 가정한다고 말했잖아요. 그래서 물어보는 건데요. 제이미 버거 검사에 대한 소문도 그냥 소문인 건가요? 인정할게요. 정말 궁금해서 그래요. 인터넷에 온통 버거 검사와 스카페타 박사의… 딸인지 조카인지와의 관계에 대한 이야기로 도배되어 있거든요. 예전에 FBI에서 일했다가 지금은 버거 검사의 컴퓨터 수사 요원으로 일하고 있다는 그 젊은 여자 말이에요. 정말 제이미 버거는 남자를 싫어해서 남자들만 잡아넣는 건가요? 버거 검사가 잡아넣는 범인들이 대부분 남자인 것은 사실이잖아요. 성범죄를 저지르는 건 대부분 남자지만 여자들도 있을 텐데 말이에요. 이런 소문들의 진상을 아는 사람은 아마 형사님밖에 없을 거예요."

"영화 기다리지 말고, 책이나 읽지."

"무슨 책이요?" 멜린크가 접이식 의자에 앉은 채, 권총대에 달려 있는 주머니에서 휴대전화를 꺼냈다. "무슨 책을 말하는 거예요?"

"자네가 쓰면 되겠군. 호기심이 아주 넘쳐 나니까." 마리노는 우중충한 황갈색 페인트가 칠해진 벽과 갈색 양탄자가 깔려 있는 복도를 끝까지 쳐다보았다. 여기 2층에만 집이 여덟 채였다.

"아까도 말했지만, 난 이런 시시한 일을 평생 하고 싶지는 않다는 생각을 해요. 아무래도 수사관이 되어야 할 것 같아요." 멜린크는 마치 마리노가 관심을 가지고 있고, 두 사람이 오래 사귄 친구라도 되는 것처럼 계속해서 말을 했다. "형사님처럼 제이미 버거 검사 사무실에 배치되고, 검사님이 남자를 싫어하지만 않는다면 더할 나위 없겠죠. 아니면 FBI의 은행 강도 팀 특수 기동 부대나 테러 대책반과 같은 곳에 제대로 된 사무실을 두고 매일 출근을 하거나, 기사가 집까지 데려다주는 그런 정당한 대우를 받으면서 일을 할 수도 있을 거예요."

"여긴 경비가 없어. 이 건물에 들어오는 방법은 열쇠를 가지고 있거나, 내가 왔을 때 자네에게 문을 열어 달라고 했던 것처럼 누군가에게 초인종을 눌러 안으로 들여보내 달라고 하는 수밖에 없단 말이야. 일단 우편함이 있는 공용 구역에서 선택을 해야겠지. 왼쪽으로 돌아, 아까 말했던 열쇠 따기 전문가가 있는 집까지 포함, 맨션 네 개를 지나친 다음 계단을 올라가든가, 아니면 오른쪽으로 돌아서 세탁실과 관리실, 기계실과 창고를 지나 계단을 올라가야 해. 2층으로 올라오면 바로 자네가 있는 그 지점이고, 토니의 맨션 문 앞까지는 2미터도 채 되지 않아. 만일 누군가 토니의 맨션에 들어갔다면 어떤 이유에서인지 몰라도 열쇠를 가지고 들락날락했다는 말이고, 그때 이웃들의 눈에 띄지 않게 조심했을 거야. 자네는 여기 얼마나 오랫동안 앉아 있었나?"

"여기에는 2시에 왔어요. 아까도 말했지만, 그 전에는 다른 경관이 지키고 있었고요. 내 생각에는 시신이 발견되자마자 곧장 이곳으로 누군가를 보냈을 거예요."

"그래, 나도 알아. 버거 검사는 이 일과는 무관해. 자네는 이곳에 사는 주민들을 몇 명이나 봤나?"

"여기에 오고 나서요? 한 명도 못 봤는데요."

"다른 집에서 물 내려가는 소리나 사람들이 걸어 다니는 소리, 그 외 다른 소음은 들리지 않았나?" 마리노가 물었다.

"여기 온 뒤로 난 지금처럼 계단 앞에 앉아 있거나, 집 안에 있었어요. 아무 소리도 들리지 않았죠. 하지만 그건 내가 여기서 지키고 있는 시간에만 그랬다는 거예요. 한두 시간쯤 됐네요." 멜린크가 시간을 확인했다.

마리노는 손전등을 외투 주머니에 집어넣었다. "사람들이 외출했을 시간이긴 하지. 이 건물에는 은퇴한 노인이나 집에 틀어박혀 있는 사람들은 없어. 일단 엘리베이터가 없으니, 노인이나 장애인, 몸이 아픈 사람들은 이런 집을 선택하지 않을 거야. 여긴 집세 통제도 없고, 조합도 없고, 긴밀한 공동체도 없고, 장기 입주자들도 없지. 거주 기간이 평균 2년이니까. 독신들과 아이가 없는 커플들이 많이 살아. 평균 연령은 20대에서 30대고. 총 40채가 있는데, 지금은 그중 여덟 채가 비어 있어. 아무래도 부동산 업자들 중에 이런 맨션을 소개하는 사람들이 별로 없는 모양이야. 경기가 안 좋기 때문이겠지. 그래서 이렇게 집들이 비기 시작한 거야. 지난 6개월간 계속 비어 있었어."

"그런 걸 어떻게 알아요? 〈고스트 앤드 크라임〉에 나오는 것 같은 영적 능력이라도 있는 거예요?"

마리노는 주머니에서 종이 뭉치를 꺼냈다. "실시간 범죄 정보 센터를 통해서 이 건물에 사는 입주자들의 명단을 얻었지. 그들이 누구인지, 무슨 일을 하는지, 체포 경력은 있는지, 직장은 어디인지, 어디서 쇼핑을 하는지, 어떤 차종을 소유하고 있는지, 누구랑 잠을 자는지까지 말이야."

"한 번도 가 본 적이 없어요." 그건 실시간 범죄 정보 센터를 일컫는 것이었다. 하지만 마리노가 보기에 멜린크는 기본적으로 뉴욕 경찰국이라는 우주선을 조종하는 원폴리스플라자의 정보 기술 센터를 마치 미 해군 항공모함 엔터프라이즈에 명령을 내리는 함교처럼 생각하는 것 같았다.

"애완동물도 없고." 마리노가 덧붙였다.

"애완동물과 무슨 관련이 있다는 거죠?" 멜린크가 하품을 했다. "저녁 근무로 바꾼 뒤로 정말 죽겠어요. 잠을 한숨도 잘 수가 없거든요. 여자친구도 나도 한밤중에 배를 타는 것 같다니까요."

"낮 시간에는 집에 사람이 없는데, 누가 개를 산책시켜 주겠나? 여기 집세는 최하 1,200달러일 거야. 이런 곳에 사는 세입자들은 개를 산책시켜 주는 사람을 고용할 여유가 없을 뿐만 아니라, 성가신 일들은 피하고 싶을 거야. 이견 있나? 다시 본론으로 돌아가자면, 여기에는 보는 눈도 듣는 귀도 별로 없다는 말이지. 내가 말하는 것처럼 낮 시간에는 말이야. 만일 나 같은 사람이 나쁜 마음을 먹고 피해자의 집에 들어가려고 한다면 낮에 들어갈 거야. 그 시간에는 거리나 보도에는 사람들이 있어도, 건물 안에 들어가기만 하면 아무도 보는 사람이 없으니까." 마리노가 말을 이었다.

"피해자가 여기서 공격당한 건 아니잖아요. 그 여자는 공원에서 조깅하다가 살해당했어요." 멜린크가 말했다.

"보넬을 찾아. 그리고 수사관이 되고 싶다면 빨리 훈련을 받는 게 좋을 거야. 어쩌면 자네가 딕 트레이시(체스터 굴드의 만화 《딕 트레이시》의 주인공 형사-옮긴이)가 될지도 모르니까."

마리노는 토니 다리엔의 맨션 안으로 들어갔다. 현관문은 열어 놓은 채였다. 토니 다리엔은 사회생활을 처음 시작하는 수많은 사람들처럼 아주 작은 공간에서 살고 있었다. 마치 사방이 갑자기 줄어들기라도 한 것처럼 마리노가 집 안에 서 있는 것만으로도 내부가 꽉 차는 느낌이었다. 집 크기는 대략 37평방미터 정도 되는 것 같았다. 할렘에 있는 그의 아파트도 여기보다 많이 크다고 할 순 없었지만, 적어도 침실이 한 개 있어서 거실에서 잠을 자진 않았다. 이웃들과 함께 쓰는 간이 탁자를 놓고 인조 잔디를 깐 뒤뜰도 있었다. 대놓고 자랑할 정도는 아니지만, 그래도 여기보다는 훨씬 살 만한 곳이었다. 마리노는 한 시간 삼십 분 전, 처음 이곳에 도착했을 때 평소 범죄 현장을 조사할 때처럼 세세한 부분보다는 전체적으로 둘러보았다.

이제 그는 좀 더 집중해서 살피기 시작했다. 입구로 들어가 돌아서면, 작은 등나무 탁자가 놓여 있었다. 그 위에는 시저 팰리스 호텔(라스베이거스 소재-옮긴이) 기념품인 재떨이가 놓여 있었다. 어쩌면 토니는 거기에 열쇠를 담아 두곤 했을지도 모른다. 그녀가 살해당할 당시 입고 있었던 플리스 재킷의 주머니에서 발견된 은색 주사위가 달려 있던 열쇠 꾸러미 말이다. 어쩌면 그녀도 자기 아버지를 닮아 도박을 좋아했을지도 모른다. 마리노는 로렌스 다리엔을 조사해 보았다. 음주 운전 적발 기록 두 번에, 파산했으며, 몇 년 전에는 뉴저지 버겐카운티의 도박 사건에 연루된 적이 있었다. 다만 그 일은 제노베세 범죄 조직이 주도한 것으로 보이는 조직적인 범죄의 정황이 포착되어, 가족을 버리고 자녀 양육비도 주지 못하는 MIT 출신의 전직 생체전기 엔지니어이자, 쓰레기 같은 인간, 실패자인 그 남자에 대한 기소는 취하되었다. 어쩌면 그의 딸 역시 그런 질 나쁜 자들과 어떤 연관이 있을지도 모르는 일이다.

토니는 술꾼처럼 보이진 않았다. 마리노가 보기에 지금까지 그녀의 모습은 파티를 즐기거나 그런 충동을 가지고 있는 사람처럼 보이진 않았다. 실제로는 그 반대로 자제심이 강하고, 야망이 있고, 정력적이며, 건강에 광적으로 관심이 많았다. 현관문 앞에 놓여 있는 등나무 탁자 위에는 토니가 달리기 대회, 아마도 마라톤 대회에 나갔을 때 찍은 사진이 놓여 있었다. 그녀는 모델처럼 예뻤다. 긴 검은색 머리에, 키가 크고 마른 편이었다. 엉덩이와 가슴이 작은 전형적인 달리기 선수 같은 몸에, 불굴의 투지가 깃든 표정으로 열심히 달리고 있었다. 주위에는 다른 선수들도 많았고, 길옆에서는 사람들이 응원을 보내고 있었다. 마리노는 그 사진을 찍어 준 사람이 누군지 궁금했다.

입구에서 몇 걸음만 들어가면 주방이 나왔다. 투 버너 스토브와 냉장고, 개수대, 찬장 세 개, 서랍 두 개. 모두 하얀색이었다. 조리대 한쪽에는 아직 뜯지 않은 우편물 더미가 쌓여 있었다. 마치 토니가 우편물을 그 위에 놔두고, 다른 일로 바빴거나 중요한 우편물이 없어서 그냥 내버려 둔 것처럼 보였다. 마리노는 평소 그가 광고지라고 부르는 카탈로그들과 쿠폰이 붙어 있는 광고 전단지들을 살펴보았다. 그 외에 이 건물 입주자들에게 내일, 그러니까 12월 19일 오전 8시부터 정오까지 단수가 될 거라는 것을 알리는 연분홍색 전단지가 있었다.

그 옆에 놓여 있는 스테인리스 건조대에는 버터나이프와 포크, 숟가락, 접시, 그릇, 커피 잔이 있었다. 커피 잔 위에는 〈저편(Far Side)〉(미국 만화가 게리 라슨의 작품-옮긴이)〉의 그림이 새겨져 있었다. '미드베일 영재 학교'에 다니는 아이가 "당기시오"라고 쓰여 있는 문을 밀고 있는 그림이다. 수세미와 주방세제 통이 놓여 있는 개수대는 텅 비어 있었고 깨끗했다. 조리대 위에도 빵 부스러기나 음식 얼룩 하나 없었고, 마룻바닥도 티끌 없이 깨끗했다. 마리노가 개수대 아래 있는 찬장을 열자, 하얀 비닐봉지를 씌운 작은 쓰레기통이 보였다. 그 안에는 갈색으로 변했고 독한 냄새가 나는 바나나 껍질과 시들어 버린 블루베리 몇 알, 두유 통, 커피 찌꺼기, 쓰고 버린 종이 타월들이 수북하게 담겨 있었다.

그가 그 종이 타월들을 몇 개 들고 흔들자, 꿀과 감귤 냄새, 레몬 향이 깃든 암모니아 냄새가 났다. 아무래도 가구나 유리 세정제 냄새인 것 같았다. 마리노는 레몬 향이 나는 윈덱스 스프레이 통과 밀랍과 오렌지 오일이 함유된 목재 보호재 병이 있다는 것을 알아차렸다. 토니는 아주 부지런하거나, 어쩌면 강박증이 있어서, 집에 마지막으로 돌아왔을 때 청소를 하고 정리를 한 것일 수도 있다. 그녀는 윈덱스를 어디에 쓴 것일까? 마리노는 아직 이 집에서 유리를 보지 못했다. 그는 맞은편 벽으로 걸어가 차양 뒤를 살피며, 장갑을 낀 손으로 유리창을 문질러 보았다. 그 창문은 더럽진 않았지만, 최근에 닦은 것 같지도 않았다. 어쩌면 토니는 그 윈덱스로 거울이나 그런 것을 닦았을 수도 있다. 아니면 다른 누군가가 집 안에 남아 있는 자신의 지문이나 DNA를 지우려고 썼을 수도 있다. 마리노는 주방으로 되돌아왔다. 열 걸음도 되지 않았다. 쓰레기통에서 나온 종이 타월들은 증거 봉투에 담았다. DNA 검사를 의뢰할 생각이었다.

토니는 시리얼을 냉장고 안에 보관했다. 통곡물로 만든 카셔 시리얼 몇 통, 그리고 두유, 블루베리, 치즈, 요구르트, 양상추, 체리 토마토, 파르마 소스가 들어간 것처럼 보이는 파스타가 담긴 플라스틱 통이 들어 있었다. 포장 음식일 수도 있고, 어딘가에서 저녁 식사를 하고 남은 음식을 싸 가지고 온 것일 수도 있다. 언제? 어젯밤일까? 그녀가 집에서 먹은 마지막 식사는 바나나와 블루베리를 섞은 시리얼과 커피다. 아침 식사? 토니가 오늘 아침에 아침 식사를 하지 않았다는 건 말할 필요도 없는 일이다. 그렇다면 그녀는 어제 아침에 이 집에서 아침 식사를 한 뒤, 온종일 나가 있었고, 저녁 식사를 어딘가에 있는 이탈리아 식당에서 했다는 말인가? 그런 다음에 무엇을 했지? 집으로 돌아와 싸 가지고 온 파스타를 냉장고에 넣은 다음, 비가 내리는 그날 밤 언젠가 조깅을 하러 나갔다는 말인가? 마리노는 토니의 위에 남아 있는 음식물이 무엇일지 생각했다. 스카페타가 부검을 하면서 뭔가 발견한 것은 없는지 궁금했다. 그는 오늘 오후에 스카페타와 통화를 하려고 두 번이나 시도했고, 몇 번이나 메시지를 남겼다.

마리노가 부츠를 신은 큼지막한 발을 움직일 때마다 마룻바닥에서 삐걱거리는 소리가 울렸다. 그는 거실 쪽으로 돌아왔다. 2번가에서 들리는 자동차 엔진 소리와 경적 소리, 보도를 지나다니는 사람들 때문에 시끄러웠다. 그 끊임없는 소음과 활기 때문에 토니가 이 도시에서의 안전에 대해 잘못된 인식을 가졌을 수도 있다. 그녀는 거리와 가까운 2층에 사는 덕분에 혼자 고립되어 있다는 느낌을 받지 않았겠지만, 어두워진 다음에는 집 안이 보이지 않도록 차양을 내려야만 했을 것이다. 멜린크는 보넬과 과학 수사대가 여기 도착했을 때, 토니가 차양을 내려놓은 상태였다고 말했다. 그게 언제였을까? 만일 그녀가 어제 아침 이 집에서 마지막 식사를 했다면, 아침에 일어나자마자 차양을 올리지 않았을까? 창문 사이에 작은 식탁과 의자 두 개를 갖다 놓은 것으로 보아, 토니는 창밖을 내다보는 것을 좋아한 것이 분명했다. 식탁은 깨끗했고, 그 위에는 밀짚으로 된 접시 받침이 한 장 놓여 있었다. 마리노는 토니가 어제 아침, 이 자리에 앉아 시리얼을 먹는 모습을 떠올려 보았다. 그렇다면 어째서 차양이 내려져 있었던 것일까?

창문 사이 벽에는 평면 TV가 걸려 있었다. 32인치 삼성 제품이었다. 리모컨은 2인용 소파 옆에 있는 커피 테이블 위에 놓여 있었다. 마리노는 토니가 마지막으로 본 채널이 무엇인지를 확인하기 위해 리모컨을 들고 전원 버튼을 눌렀다. TV가 깜박거리더니 〈헤드라인 뉴스〉가 나오기 시작했다. 앵커 중 한 명이 '수사 당국에서 아직 신원을 밝히지 않는 센트럴파크 조깅자' 살인사건에 대해 보도하다가, 화면이 바뀌면서 이 사건에 대한 성명서를 발표하는 블룸버그 시장이 나오고, 이어서 켈리 경찰 국장이 나왔다. 이런 일이 있으면 항상 그렇듯 정치인들, 책임자들이 나와 시민들을 안심시키는 말을 하는 것이다. 마리노는 가만히 듣고 있다가 이어서 AIG의 긴급 구제에 대한 거센 반발이 있다는 다음 뉴스가 나오자 TV를 껐다.

그는 리모컨을 커피 테이블의 원래 있던 자리에 다시 내려놓았다. 그리고 주머니에서 수첩을 꺼내 그 TV 채널을 기록했다. 보넬과 과학 수사대도 이런 사실을 알고 있을지 궁금했다. 마리노는 토니가 그 뉴스를 언제부터 봤을지 궁금했다. 아침에 일어나자마자 제일 먼저 TV를 틀었을까? 낮에도 뉴스를 주로 봤을까, 아니면 자기 전에 뉴스를 본 것일까? 마지막 뉴스를 볼 때 토니는 어디에 앉아 있었을까? TV는 더블베드가 있는 쪽을 향해 비스듬히 걸려 있었다. 침대는 연한 푸른색 새틴으로 덮여 있었고, 베개 위에 봉제 인형 세 개가 놓여 있었다. 너구리, 펭귄, 타조였다. 마리노는 그녀에게 그 인형들을 준 사람이 누군지 궁금했다. 어쩌면 엄마가 준 것일지도 모른다. 남자친구에게 받은 것 같지는 않았다. 그 인형들은 남자친구가 게이가 아닌 이상, 여자친구에게 선물로 줄 물건들이 아니었다. 마리노는 장갑 낀 손가락으로 펭귄 인형을 쿡 찔렀다. 펭귄의 상표를 살핀 다음, 너구리와 타조의 상표도 살폈다. 건드 사의 제품이었다. 마리노는 그 상표명을 수첩에 적었다.

침대 옆에는 서랍이 달린 탁자가 놓여 있었다. 그 서랍 안에는 손톱 다듬는 줄과 AA 건전지 몇 개, 모틴(진통제 상표-옮긴이)이 들어 있는 작은 병, 낡은 범죄 소설 두 권이 들어 있었다. 《제프리 다머 이야기: 미국의 악몽》과 《에드 게인-사이코》였다. 마리노는 책 제목들을 수첩에 적은 뒤, 혹시 토니가 메모를 해 놓은 것은 없는지 책들을 들척이며 살펴보았다. 아무것도 없었다. 《제프리 다머 이야기》의 책장 사이에는 2006년 11월 18일자 영수증이 꽂혀 있었다. 그 책은 캘리포니아의 버클리에 있는 모스 북스에서 중고로 구입한 것이었다. 혼자 사는 여자가 이런 무서운 책을 읽다니? 어쩌면 누군가 그녀에게 준 책들일 수도 있었다. 마리노는 그 책들을 증거 봉투에 집어넣었다. 연구실로 보내 지문이나 DNA를 찾아볼 것이다. 그의 직감이었다.

침대 왼쪽에는 옷장이 있었다. 그 안에는 몸에 달라붙는 도발적인 의상들이 가득했다. 레깅스, 발랄한 디자인의 튜닉 스웨터, 목이 깊이 파인 스크린 프린트의 상의들, 스판덱스, 맵시 있는 드레스도 두 벌 있었다. 마리노는 그 옷들의 상표를 봐도 뭐가 뭔지 알 수가 없었다. 패션 디자인에 대해서는 아는 게 없었다. 베이비 팻, 쿠지, 켄지 걸. 옷장 바닥에는 10여 켤레의 신발들이 놓여 있었다. 토니가 살해당할 당시 신고 있던 것과 비슷한 아식스 운동화들을 비롯해, 겨울에 신는 양가죽 어그도 있었다.

위쪽 선반에는 리넨 제품들이 쌓여 있었고, 그 옆에 마분지 상자가 한 개 놓여 있었다. 마리노는 그 상자를 꺼내 안을 살폈다. 영화 DVD가 들어 있었는데 대부분이 코미디와 액션이었고, 〈오션스 일레븐〉 시리즈와 도박을 소재로 한 영화들도 있었다. 토니는 조지 클루니, 브래드 피트, 벤 스틸러를 좋아했다. 아주 폭력적인 작품은 없었으며, 침대 옆에 있던 책 같은 공포물도 없었다. 어쩌면 그녀가 DVD를 더 이상 사지 않는 것일 수도 있었다. 공포물을 비롯해서 영화를 볼 때 케이블의 유료 채널을 이용했을 수도 있다. 어쩌면 노트북으로 영화를 봤을지도 모른다. 도대체 토니의 노트북은 어디에 있는 걸까? 마리노는 사진을 찍고 수첩에 기록을 했다.

그는 문득 겨울 코트를 보지 못했다는 생각이 떠올랐다. 옷장에는 윈드 브레이커 몇 벌에, 유행이 많이 지난 빨간색 긴 모직 코트가 있었다. 고등학교 때 입던 것일 수도 있고, 어쩌면 엄마나 누군가에게서 물려받은 옷일지도 모른다. 그렇다면 토니는 오늘처럼 추운 날씨에 외출할 때 무슨 옷을 입은 것일까? 파카나 스키 점퍼 같은 두툼한 옷들은 있었다. 옷장에는 평상복과 플리스와 방풍방수복을 포함한 운동복들이 많았다. 그녀는 출근하러 갈 때는 어떤 옷을 입었을까? 이렇게 추운 날씨에 볼일이 있거나, 저녁 약속이 있다거나, 운동을 나갈 때 무슨 옷을 입고 나간 것일까? 토니의 시신 근처에서 두꺼운 겨울 외투는 발견되지 않았다. 플리스만 걸치고 있었다. 마리노는 어젯밤처럼 추운 날씨에 있을 수 없는 일이라는 생각이 들었다.

그는 하나밖에 없는 욕실로 들어가 불을 켰다. 하얀 세면대, 샤워기가 붙어 있는 하얀 욕조, 안쪽은 하얗고, 바깥쪽은 물고기가 그려져 있는 푸른색 샤워 커튼이 보였다. 하얀 타일 벽에는 사진 액자가 몇 개 걸려 있었다. 토니가 뛰고 있는 사진들로, 현관에서 보았던 것과 다른 것이었다. 전부 다른 번호를 붙이고 있는 것으로 보아 많은 대회에 참가한 것이 분명했다. 그녀는 달리기를 정말 좋아했던 모양이다. 그리고 향수도 좋아했다. 한쪽 구석에는 각각 다른 향에, 다른 브랜드의 향수 여섯 병이 놓여 있었다. 펜디, 조르지오 아르마니, 에스카다. 마리노는 토니가 그 향수들을 염가 판매점에서 구입한 것인지, 아니면 그가 크리스마스 선물을 하기 위해 한 달 전에 일찌감치 인터넷으로 주문한 것처럼 70퍼센트 할인가로 산 것인지 궁금했다.

마리노는 지금으로선 조지아 바카디에게 트러블(문제)이라는 이름의 향수를 선물로 주는 것이 잘하는 짓이 아니라는 생각이 들었다. 21달러 10센트라는 엄청난 할인가로 구입한 거라 향수통도 없었다. 그가 이베이에서 그 향수를 발견했을 때는 재미있다는 생각이 들었고 들떠 있었다. 하지만 두 사람 사이에 정말 문제가 있는 지금으로서는 아무 재미가 없었다. 문제가 너무 많다 보니 그들은 계속 싸웠고, 만나는 횟수도, 전화 통화도 줄어들었다. 이건 경고였다. 역사는 반복되는 것이니까. 마리노는 지속적인 관계를 맺을 수가 없었다. 애초에 바카디와 만나지 말았어야 했다. 결혼해서 행복하게 사는 것이 가능했다면 아마 지금까지도 도리스와 계속 살고 있었을 것이다.

그는 세면대 위에 있는 약품 수납장을 열었다. 스카페타가 제일 먼저 그 안에 무엇이 들어 있는지를 물어볼 거라는 것을 알고 있었다. 모틴(진통제), 미돌(생리통약), 운동용 테이프, 밴드 에이드, 소독 솜, 물집 치료약, 그리고 비타민이 많이 있었다. 처방된 약은 세 개가 있었는데, 모두 같은 약으로 처방받은 시기만 달랐다. 추수감사절 전에 받아 온 약이 가장 최근에 처방받은 것이었다. 디플루칸(항진균제). 마리노가 약사는 아니었지만, 디플루칸이 어떤 약인지 잘 알고 있었다. 만일 자기가 좋아하는 여자가 이 약을 복용하고 있다면 기분이 좋지는 않을 것이다.

아마 토니는 만성 질염을 앓고 있었을 것이다. 섹스를 많이 해서 그런 것일 수도 있고, 아니면 조깅을 열심히 하기 때문일 수도 있다. 조깅을 할 때 에나멜가죽이나 비닐처럼 공기가 통하지 않는 소재로 된, 몸에 달라붙는 옷을 입는다면 말이다. 마리노는 항상 그런 질병에 가장 나쁜 것이 땀이 차는 것과 살균이 될 만큼 뜨거운 물로 세탁을 하지 않는 것이라는 말을 들어 왔다. 그는 여자들이 팬티를 전자레인지에 넣고 말린다는 이야기도 들은 적이 있었다. 예전 리치먼드 경찰서에 있었을 때, 공기를 순환시키는 것이 최고의 예방이라고 주장하며, 팬티를 입지 않는 것이 몸에 좋다는 사람도 있었다. 마리노가 약품 수납장에 들어 있는 물건들을 모두 조사한 뒤, 세면대 아래 수납장을 살펴보니 그 안에는 대부분 화장품이 들어 있었다.

그는 계속해서 욕실에서 사진을 찍고 있었다. 그때 멜린크가 전화 통화를 하면서 안으로 들어왔다. 그리고 보넬 형사와 연락이 되었다는 듯 엄지손가락을 들어 올렸다.

마리노가 그에게서 전화를 받아 든 뒤 대답했다. "전화 바꿨소."

"무슨 일이시죠?" 마리노가 좋아하는 저음에, 듣기 좋은 목소리였다.

그는 보넬을 몰랐다. 지금까지 이름조차 들어 본 적이 없었다. 뉴욕 경찰국의 규모를 생각한다면 놀랄 일도 아니었다. 경찰 인원만 4만 명이 넘었고, 그중에서 형사는 6,000명에 이르렀다. 마리노는 멜린크에게 복도에 나가 있으라고 고갯짓을 했다.

"궁금한 게 있어서요. 난 버거 검사와 같이 일을 하고 있소. 이제까지 한번도 그쪽과 만난 적이 없는 것 같은데."

"난 지방검사들을 직접 상대해요. 그래서 만난 적이 없는 거겠죠." 그녀가 대답했다.

"당신에 대한 이야기도 들어 본 적이 없어요. 강력반에 온 지 얼마나 됐소?"

"삼각측량하는 것보다 잘할 만큼 오래 있었어요."

"수학자라도 되는 거요?"

"혹시 버거 검사에게 필요한 정보가 있다면, 직접 연락하라고 하세요."

마리노는 자신을 버거에게 도달하는 두름길처럼 여기는 사람들에게 익숙했다. 버거에게 직접 말할 수는 있지만, 자신에게는 말해 줄 수 없다는 온갖 허튼 이유들을 다 들어 봤다. 보넬은 강력반에 온 지 얼마 되지 않았을 것이다. 그렇지 않다면 이 정도로 주제넘고, 방어적인 태도를 보일 리가 없었다. 어쩌면 소문을 들어서 비호감인 마리노와 직접 상대해 봐야 좋을 것이 없다고 생각했을 수도 있었다.

"그쪽도 알다시피 버거 검사가 지금 좀 바빠요. 그래서 내가 대신 질문하는 겁니다. 버거 검사도 내일 출근하자마자 수사가 어떻게 되고 있는지, 이번 사건의 여파로 앞으로의 관광 산업에 피해를 주지 않기 위해 어떻게 할 것인지 궁금해하는 시장님의 전화를 받고 싶진 않을 테니까. 크리스마스 일주일 전에 센트럴파크에서 조깅하던 여자가 강간 살해를 당한 사건이 일어났으니, 아무래도 로케츠 무용단의 공연을 보여 주기 위해 부인과 아이들을 데리고 뉴욕에 오려던 사람의 마음이 변할 수도 있지 않겠소."

"버거 검사가 당신한테 그런 지시를 내리진 않았을 것 같아요."

"아니. 검사가 내게 지시를 내린 거요. 그렇지 않으면 내가 토니 다리엔의 맨션에 뭐하러 왔겠소?"

"버거 검사에게 정보가 필요하면 내게 직접 연락하라고 해요. 검사님이 필요한 건 무엇이든지 기꺼이 알려 드릴 테니까." 보넬이 말했다.

"어째서 나한테는 말을 하지 않겠다는 거요?" 전화 통화한 지 1분도 되기 전에 마리노는 이미 화가 나 있었다.

"버거 검사와 마지막으로 통화한 게 언제죠?"

"그걸 왜 묻는 거요?" 뭔가 터졌다. 마리노가 모르는 무슨 일이 있는 것이다.

"당신이 내 질문에 대답을 해 준다면 도움이 될지도 모르죠. 쌍방으로 일을 하자는 거예요. 당신은 나한테 질문하고, 나는 당신에게 질문하고." 보넬이 말했다.

"내가 버거 검사와 통화한 오늘 아침까지도, 당신 쪽 사람들은 사건 현장인 공원도 수습하지 못하고 있었소. 바로 그때 검사가 이 빌어먹을 사건을 자기가 담당하게 되었다면서 전화로 수사를 지시한 거요." 이제 마리노의 말은 변명하는 것처럼 들렸다. "이 망할 전화로 버거 검사와 온종일 통화 중이오."

엄밀히 말하면 사실이 아니었다. 그는 버거와 총 세 번 통화했고, 그마저도 세 시간 전에 한 통화가 마지막이었다.

"내가 하고 싶은 말은 이렇게 나한테 말하는 대신, 버거 검사와 다시 한 번 이야기를 해 보는 게 나을 거라는 거예요." 보넬이 말했다.

"내가 버거 검사한테 할 말이 있으면 전화를 걸 거요. 내가 당신한테 전화를 한 것도 물어보고 싶은 게 있어서고. 알아들었소?" 마리노는 초조해지자, 맨션 안을 돌아다니며 말했다.

"알았어요."

"성 말고 이름이 뭐요? 이니셜로 말고."

"L. A. 보넬이에요."

마리노는 보넬의 외모가 어떤지, 나이가 몇 살이나 되었을지 궁금했다. "반갑소. 난 P. R. 마리노요. 교섭 쪽에 재능이 있지. 난 그저 당신 쪽 사람들이 토니 다리엔의 노트북과 휴대전화를 가져가지 않은 게 사실인지 확인하고 싶었던 것뿐이오. 당신들이 여기 왔을 때도 그 물건들이 이 집에 없었던 건지 알고 싶기도 하고."

"없었어요. 충전기만 있더군요."

"토니의 핸드백이나 지갑도 없었소? 옷장 안에 빈 지갑이 두 개 있었는데, 평소에 들고 다니던 지갑은 없는 것 같아서 말이오. 조깅하러 나가면서 지갑이나 핸드백 같은 걸 가져갔을 것 같지도 않고."

잠시 침묵이 흘렀다. "아뇨. 그런 건 없었어요."

"그렇다면 그건 중요한 일이군요. 아무래도 토니 다리엔의 지갑이나 핸드백이 사라진 것 같으니 말이오. 이 집에 있던 물건들 중에 연구실로 보낸 게 있소?"

"우리는 그 맨션을 범죄 현장으로 보고 있지 않아요."

"그 사실을 그렇게 완전히 배제하는 것이나, 어떤 형태나 방식으로든 연관이 없을 거라고 단정 짓는 것이 도리어 이상하군요. 범인이 면식범일 수도 있지 않겠소? 피해자의 집 안에 누군가 있었을지도 모르는 일 아니오?"

"피해자는 집 안에서 살해당하지 않았어요. 가재도구가 부서진 흔적도 없었고, 도둑맞거나 손을 댄 흔적도 없었으니까요." 보넬은 보도 자료라도 읽는 것처럼 말했다.

"이봐요. 지금 당신은 망할 놈의 언론을 상대하는 게 아니라, 동료 경관에게 말을 하는 거요." 마리노가 말했다.

"피해자의 노트북과 휴대전화가 없어진 것만이 단 하나 예외적인 일이에요. 어쩌면 지갑이나 핸드백도 없어진 것일 수도 있죠. 그래요. 그 부분을 확인해야 할 필요가 있다는 점에 있어서는 나도 동의해요." 보넬의 목소리가 조금 전보다는 약간 부드러워진 것 같았다. "제이미 버거 검사가 돌아오면 그때 한자리에 모여 사건의 세부적인 사항들에 대해 논의해 보도록 하죠."

"난 당신이 토니의 집에 대해 좀 더 신경 써야 한다고 생각하오. 누군가가 이 안에 침입해 없어진 그 물건들을 가져갔을지도 모르니까." 마리노는 그대로 넘어가지 않았다.

"피해자가 직접 그 물건들을 다른 곳에 가져갔을 수도 있어요." 전화상으로 마리노에게 말할 수 없는 뭔가를 보넬은 분명히 알고 있었다. "이를테면 피해자가 지난밤 공원에 나갈 때 휴대전화를 가져갔는데, 범인이 가져갔을 수도 있죠. 아니면 피해자가 그 물건들을 이미 다른 곳, 그러니까 친구 집이나 남자친구 집에 놔둔 채, 집에 돌아올 때까지 그 사실을 미처 모르고 있었을 수도 있어요. 그리고 그날 저녁에 조깅을 나간 거죠. 그런 경우 많잖아요."

"목격자와 이야기는 나눠 본 거요?"

"내가 뭘 하고 있다고 생각하는 거예요? 쇼핑센터나 어슬렁거리며 돌아다니는 줄 알아요?" 보넬이 마침내 화를 냈다.

"여기 이 건물 안에서처럼." 마리노가 말했다. 그리고 그녀가 자신의 질문에 마지못해 대답한 거라고 이해한 듯 잠시 말을 멈췄다가 다시 덧붙였다. "당신과 전화를 끊자마자 나는 버거 검사에게 전화해서 이 상황을 전부 알릴 거요. 세부적인 수사 상황을 공유하자는 내 제안에 대해 당신 쪽에서 제대로 수사 협조를 해 주지 않는다고 말이오."

"버거 검사와 우리 쪽의 수사 협조에는 아무 문제가 없어요."

"좋소. 그럼 계속해 봅시다. 조금 전에 내가 했던 질문부터 말이오. 누구와 이야기를 나눈 거요?"

"목격자가 두 명 있었어요. 피해자와 같은 층에 산다는 남자가 어제 오후 늦게 피해자가 집에 들어가는 모습을 봤다고 했어요. 퇴근해서 집에 돌아왔다가 다시 체육관으로 나가는 길에 토니가 계단을 올라오는 모습을 봤다더군요. 그 남자가 복도를 지나가는 동안 토니는 자기 맨션의 문을 열고 있었다고 했어요."

"어느 쪽으로 지나갔다고 하던가요?"

"그 복도에는 양쪽 끝에 각각 계단이 있어요. 그 사람 말로는 토니와 가까운 쪽이 아니라, 자기 집과 가까운 쪽 계단으로 내려갔다고 하더군요."

"그렇다면 그 남자는 가까운 곳에서 본 건 아니군요. 당신이 말한 것처럼 제대로 보지는 못했을 거요."

"자세한 내용은 다음에 이야기하도록 하죠. 그쪽에서 제이미에게 말한다면 우리 모두가 한자리에서 만날 수도 있을 테니." 보넬이 대답했다.

"그 자세한 내용을 지금 바로 알려 주시오. 그게 버거 검사의 간접적인 지시였으니까. 나는 당신이 지금 말하는 대로 현장을 확인하는 중이오. 그 남자가 복도 끝에서 토니를 봤다면 거리가 거의 3미터 정도 떨어져 있었소. 그 목격자와는 직접 이야기를 한 거요?"

"간접적인 지시라. 새로운 표현이군요. 그래요. 내가 직접 그 목격자와 이야기를 나눴어요."

"그 목격자의 집은 어디요?"

"210호요. 피해자의 집에서 왼쪽으로 세 번째 집 건너편이에요. 반대편 복도 끝 쪽에 있죠."

"그럼 내가 한번 들러 보겠소." 마리노는 210호에 사는 사람의 신상에 대해 알아보기 위해 주머니에서 실시간 범죄 정보 센터에서 받은 자료를 꺼냈다.

"그 사람은 거기 없을 거예요. 긴 연휴 기간 동안 도시를 떠나 있을 거라고 했으니까. 그 사람은 여행용 가방 두 개와 비행기표를 들고 있었어요. 내가 보기엔 당신이 번지수를 잘못 찾은 것 같군요."

"'번지수를 잘못 찾다'니, 그게 무슨 뜻이오?" 이런 젠장. 이런 말까지 들어야 하는 것일까?

"내 말은 당신이 가지고 있는 정보가 내가 가진 정보와 다를 수도 있다

53

는 뜻이에요. 당신이 받았다는 간접적인 지시에 따라 내가 뭔가 말해 주려고 했지만, 당신은 신경도 쓰지 않았죠." 보넬이 대답했다.

"그게 뭐든 나와 함께 나눕시다. 내가 가진 정보를 줄 테니, 당신이 가지고 있는 정보도 알려 줘요. 그레이엄 투레트." 마리노가 실시간 범죄 정보 센터에서 받은 정보를 읽기 시작했다. "41세. 건축가. 내가 가진 정보는 시간을 들여 알아낸 것들이오. 당신은 정보를 어디서 구했는지 모르겠지만, 그리 힘들게 알아냈을 것 같지는 않소만."

"내가 이야기를 나눈 목격자는 그레이엄 투레트가 맞아요." 이제 보넬은 화가 풀린 것 같았다. 그녀의 목소리가 조심스럽게 들렸다.

"그 그레이엄 투레트라는 자는 토니와 친했다고 합니까?" 마리노가 물었다.

"그렇지 않다고 했어요. 그 사람 말로는 토니의 이름조차 몰랐다고 했어요. 하지만 어제 오후 6시경 맨션으로 들어가는 그녀의 모습을 확실하게 봤다고 했어요. 토니가 우편물을 들고 있었다고 하더군요. 편지와 잡지, 전단지처럼 보였다고 했어요. 나는 이런 이야기를 전부 전화 통화로 하고 싶진 않아요. 그리고 아까부터 통화 대기음이 계속 울리고 있어요. 그만 끊어야겠어요. 제이미가 돌아오면 그때 만나도록 하죠."

마리노는 버거가 시외에 있다는 사실에 대해 말한 적이 없었다. 보넬이 이미 버거와 통화를 했고, 둘 사이에 오간 이야기를 그에게는 말하지 않는 거라는 생각이 들었다. 그들은 마리노가 모르는 뭔가를 알고 있었다.

"무슨 전단지요?" 그가 물었다.

"밝은 분홍색 종이로 된 전단지요. 그날, 그러니까 어제 모든 집에 꽂혀 있었기 때문에 그레이엄 투레트는 멀리 떨어져 있었어도 금세 알아봤다고 했어요."

"여기 왔을 때 토니의 우편함을 확인했소?" 마리노가 물었다.

"그곳이 나만 들어갈 수 있는 곳인가 보네요. 당신도 열쇠를 가지고 있잖아요. 토니의 열쇠는 공원에서 발견되었을 당시, 그녀의 주머니에 들어 있었어요. 일단 이 말부터 할게요. 이번 사건을 우리가 담당하게 돼서 아주 민감한 상황이에요." 보넬이 말했다.

"나도 알고 있소. 센트럴파크에서 강간 살인이 일어났으니 민감한 상황일 수밖에 없겠지. 나도 현장 사진을 봤소. 당신 도움 없이 말이오. 법의국조사관들을 통해서 말이지. 그 열쇠 세 개는 행운의 주사위 열쇠고리에 달려 있었지만, 결국 행운을 가져다주진 않았다는 것을 알려 준 셈이오."

"오늘 아침, 과학 수사대와 여기 왔을 때 우편함을 확인해 봤지만, 아무것도 없었어요." 보넬이 말했다.

"그 투레트라는 자의 집 전화번호는 가지고 있는데 휴대전화 번호는 없군요. 그자와 연락을 취하고 싶을 경우에 대비해서 내 이메일로 연락처 좀 알려 주겠소?" 마리노는 보넬에게 이메일 주소를 알려 주었다. "보안 카메라 기록부터 확인해 봐야 할 거요. 이 건물 앞에 한 대 정도는 달려 있을 거요. 아니면 근처 어딘가에 있겠지. 누가 들어오고 나갔는지 확인해야 할 거요. 내 생각에는 실시간 범죄 정보 센터에 연락을 해서 여기 보안 카메라들에 접속할 수 있는지 알아보는 것이 좋을 것 같소."

"어째서요? 경관이 한시도 빠짐없이 지키고 있는데. 누군가 그곳으로 돌아올지도 모른다고 생각하는 건가요? 토니가 살았던 곳이 그녀의 죽음과 어떤 식으로든 연관이 있을 거라는 말인가요?"

"누가 지나갈지는 아무도 모르는 일이오. 살인자들은 호기심이 많고, 편집증이 있는 사람들이니까. 어쩌면 그자들은 이 빌어먹을 거리 건너편에 살 수도 있고, 바로 옆집에 사는 아이일 수도 있소. 누군지 알 게 뭐요? 여기서 중요한 건, 만일 실시간 범죄 정보 센터에서 어떻게든 이쪽 보안 카메라 전산망에 접속이 가능하고, 그 기록이 우발적으로 지워지지만 않았다면 우리가 그 영상을 확보할 수 있다는 거요. 버거 검사는 그 영상을 원할 거요. 그게 가장 중요한 점이지. 또 버거 검사는 그날 아침 시신을 발견했다는 사람들이 911에 신고했을 때의 음성 파일도 원할 거고." 마리노가 말했다.

"신고자는 한 명이 아니었어요. 차를 타고 그 길을 지나가던 몇몇 사람들이 뭔가를 본 것 같다고 전화를 했으니까요. 그래서 언론에 퍼지게 되었고, 전화가 쉴 새 없이 울려 대기 시작했던 거죠. 아무래도 이야기를 하긴 해야 할 것 같네요. 그쪽과 내가 말이에요. 당신은 입을 다물 생각이 없는 것 같으니, 더욱더 얼굴을 맞대고 이야기해야죠." 보넬이 대답했다.

"토니의 통화 기록과 이메일 내용도 확인해야 할 거요. 잘되면 그 휴대전화와 노트북이 어떻게 된 것인지 알아낼 수 있을 테니. 이를테면 토니가 친구 집에 그 물건들을 놓고 왔다는 것을 확인할 수 있을 거요. 지갑이나 가방도 마찬가지고." 마리노가 말을 이었다.

"아까도 말했지만, 그런 건 만나서 얘기하죠."

"난 이런 일들을 해야 한다고 생각하오." 마리노는 보넬이 대장 노릇하게 놔둘 마음이 없었다. "혹시라도 토니를 찾아갔었는데, 그녀가 조깅을 나갔다가 다시 돌아오지 않았다고 말하는 사람이 나타날지도 모르니까. 노트북과 휴대전화도 찾아내고, 지갑과 가방도 찾아야 해요. 그렇게 되면 내 기분도 좀 나아지겠지. 왜냐하면 난 지금 이 순간 기분이 아주 좋지 않으니까 말이오. 당신은 토니의 현관 앞에 놓여 있는 탁자 위에 있는 사진을 봤소?" 마리노는 토니의 집으로 다시 들어가 그 사진을 집어 들었다. "토니는 343번 번호표를 달고 달리기 대회에 나갔어요. 욕실에도 사진이두 장 더 있소만."

"그게 왜요?" 보넬이 물었다.

"토니는 헤드폰을 쓰고 있지 않고, 사진들 어디에도 아이팟 같은 건 보이지 않아요. 그리고 난 이 집 안에서 아이팟이나 워크맨 같은 것을 보지못했소."

"그래서요?"

"그래서 내가 하고 싶은 말은 이거요. 당신의 빌어먹을 마음에 스며든 위험. 맨해튼 거리를 달리는 사람들, 대회에 참가하는 사람들은 음악을 듣지 않아요. 그건 금지된 일이오. 내가 찰스턴에 살고 있을 때는 해병대 마라톤 대회가 주요 기사였소. 그 기사들 중에는 헤드폰을 끼고 나타나는 선수는 실격할 수도 있다는 으름장을 놓는 내용이 있었지."

"지금 무슨 이야기를 하고 싶은 거예요?"

"만일 누군가 당신 뒤로 다가와 뒤통수를 내리칠 경우, 당신이 볼륨을 최고로 높인 채 음악을 듣고 있지 않는 한 인기척을 느낄 확률이 높다는 말이오. 그리고 토니 다리엔은 뭘 때 음악을 듣지 않는 것처럼 보인단 말이지. 그런데 누군가 그 여자 뒤로 다가가서 머리 뒤를 있는 힘껏 후려쳤는데도 토니는 고개를 돌리지 않았다는 말이오. 당신은 그런 상황이 신경 쓰이지 않소?"

"범인은 정면에서 공격했고, 피해자가 얼굴을 보호하기 위해서라든가 어떤 이유에서든 고개를 숙였을지도 모르는 일이죠. 그리고 토니는 정확하게 뒤통수를 맞은 게 아니라, 약간 왼쪽, 그러니까 왼쪽 귀 뒤쪽을 맞았어요. 어쩌면 토니가 범인의 공격을 알아차리고 돌아서려 했지만, 이미 늦었던 것일 수도 있어요. 아무래도 당신이 놓쳐 버린 정보 때문에 그런 가정을 하는 것 같군요."

"일반적으로 사람들이 공격을 알아차리고 자신을 보호하려고 할 때는 반사적으로 팔과 손을 들어 올려요. 그때 방어흔이 생기지. 내가 본 현장 사진상으로는 토니에게서 그런 흔적을 보진 못했소. 아직 스카페타 박사와 이야기를 하진 않았지만, 아마 내 말이 맞을 거요. 토니 다리엔은 아무것도 모르고 있다가 갑자기 쓰러진 거요. 어두워진 뒤에 밖에 나가 뛰는 것도 약간 이례적인 일이긴 하지만, 토니는 달릴 때 헤드폰을 끼지 않는 사람이었으니 주위에서 일어나는 일에 대해 알아차릴 수 있었을 거란 말이오." 마리노가 말했다.

"어젯밤, 토니가 대회에 나간 건 아니잖아요? 어째서 당신은 토니가 헤드폰을 절대로 쓰지 않았을 거라고 생각하는 거죠? 어쩌면 토니는 지난밤, 헤드폰을 썼을 수도 있고, 범인이 아이팟이나 워크맨을 가져갔을 수도 있어요."

"내가 아는 사람들 중에 달리기에 진심인 사람들은 대회에 나가든 나가지 않든, 헤드폰을 쓰지 않아요. 특히 도심에서는 말이오. 한번 주위를 돌아 봐요. 뉴욕에서 마주치는 진지한 태도로 달리는 사람들 중에 헤드폰을 쓴 사람들이 있는가. 그래야 그들이 자전거 길로 잘못 가거나 조심성 없는 운전자들이 모는 차에 치이지 않고, 뒤에서 노상강도를 당하지 않기 때문이오."

"당신도 달리기 선수예요?"

"봐요. 당신이 내게 확실하게 알려 주지 않는 정보가 뭔지는 모르겠지만, 내가 가진 정보는 모두 내가 직접 눈으로 보고 알아낸 정보요. 아무것도 모르는 상황에서 성급한 결론을 내리는 일이 없도록 주의해야 하니까." 마리노가 말했다.

"나도 마찬가지예요. 내가 당신에게 하고 싶었던 말도 바로 그 말이에요. P. R. 마리노."

"L. A.는 대체 무엇의 약자요?"

"캘리포니아에 있는 도시 외에는 없어요. 날 보넬이나 얼간이라고 부르고 싶은 게 아니라면 그냥 엘에이라고 불러요."

마리노는 미소 지었다. 어쩌면 그녀도 괜찮은 사람일지도 모른다. "그럽시다. 엘에이. 난 이제 하이 롤러 레인스로 갈 거요. 거기서 만나지 않겠소? 어때요?"

"아무래도 당신은 아이큐가 60도 되지 않는 것 같군요. 신발도 남이 신겨 줘야겠어요."

"70에 가깝소. 사실 머리는 좋은 편이지. 그리고 신발은 내가 신을 수 있다오." 마리노가 말했다.

03

도디 호지

스카페타는 마리노가 온종일 그녀에게 연락을 취하려고 했다는 사실이 놀랍지 않았다. 그는 두 통의 음성 메시지를 남겼고, 몇 분 전에는 문자 메시지도 보냈다. 특유의 오탈자와 도저히 해독이 불가능한 축약어로 된 문장이었는데, 블랙베리 휴대전화가 자동으로 완성시켜 주지 않는 한 구두점이나 대문자 같은 건 전혀 찾아볼 수 없는 문자 메시지였다. 마리노는 아직까지도 문자 메시지를 보낼 때 문장 부호나 띄어쓰기를 어떻게 해야 하는 것인지 알지 못했지만, 본인은 아랑곳하지 않았다.

> 버거가시외에서오후에돌오는데로
> 다리엔의자려들보고싶어할거심그리고
> 나도말할개잇고물어볼것도많이잇음

마리노는 스카페타에게 제이미 버거가 시외에 있다는 사실을 상기시켜 주었다. 그건 스카페타도 잘 알고 있었다. 버거가 오늘 밤 뉴욕에 돌아오면, 마리노의 알아보기 힘든 문자가 계속 날아올 것이다. 버거는 부검 결과와 스카페타가 알아냈을지도 모를 증거들에 대해 자세한 보고를 받고 싶어 할 테니까. 이번 사건을 버거의 성범죄 전담반에서 담당할 것이기 때문이다. 좋다. 스카페타는 마리노가 남긴 음성 메시지들을 들을 필요가 없었다. 그가 알아낸 정보들이나 의문점들에 대한 내용일 테니까. 시간이 날 때 전화를 하면 될 것이다. 그것도 괜찮았다. 그녀 역시 마리노에게 할 말이 많았다.

스카페타는 사무실로 들어가면서 마리노에게 답신을 보내기로 했다. 루시가 2주일 전에 사다 준 블랙베리를 사용하려니 모든 것이 성가셨다. 스카페타는 트로이의 목마가 용의주도하고 지독한 공격이라고 생각했다. 엄청난 재앙을 몰고 올 물건을 뒤뜰로 끌어 들이게 만들다니. 조카인 루시는 버거, 마리노, 벤턴, 스카페타도 자기가 가진 것과 똑같은 최신형에, 성능이 뛰어난 개인용 휴대 단말기를 가지고 있어야 한다는 결정을 내린 뒤, 모두의 손에 직접 이 블랙베리를 쥐여 주었다. 그리고 엔터프라이즈 서버까지 구축했다. 루시는 이렇게 해야 삼중 데이터 암호화와 방화벽으로 인증된 환경에서 서로 통신을 주고받을 수 있다고 설명했다.

이 손바닥만 한 크기의 새 기계는 터치스크린에 카메라, 비디오 레코더, GPS, 미디어 플레이어, 무선 이메일, 문자 메시지 기능을 탑재하고 있었다. 다시 말하자면, 스카페타가 이 기계에 쓰는 시간이나 흥미에 비해 지나치게 기능이 많았다. 그녀는 지금까지 그 스마트폰과 사이가 좋지 못했다. 그 기계가 스카페타보다 똑똑하다는 건 확실했다. 그녀는 잠시 멈춰서서 양쪽 엄지손가락으로 LCD 화면에 문자를 입력했다. 매번 글자를 잘못 입력했기 때문에 삭제하고, 다시 입력해야 했다. 마리노와 달리 그녀는 오탈자가 가득한 문자를 보낼 마음이 없었다.

나중에 전화할게요. 국장과 만나기로 되어 있어요.
문제가 있어요. 보류해 놓은 일들 말이에요.

그 정도 내용이면 스카페타가 생각하기에는 충분히 구체적이었다. 문자 메시지에 대한 불신이 크긴 하지만, 최근 들어 사람들이 모두 사용하기 때문에 문자 메시지를 사용할 수밖에 없는 상황이 점점 늘어나고 있었다.

사무실 안에는 아까 갖다 놓은 치즈버거와 감자튀김에서 나는 퀴퀴한 냄새가 진동을 하고 있었다. 그녀의 점심은 화석처럼 굳어 가는 중이었다. 사무실 문밖에 있는 쓰레기통에 봉지째 갖다 버린 뒤, 창문에 내려진 블라인드를 걷어 올렸다. 그리고 법의국의 정문 앞에 있는 화강암으로 된 계단을 내려다보았다. 로비에서 가만히 기다릴 수 없는 고인의 가족이나 친구들이 그 계단 위에 종종 앉아 있곤 했다. 스카페타는 그 자리에서 그레이스 다리엔이 지저분한 하얀색 닷지 차저의 뒷좌석에 올라타는 모습을 지켜보았다. 이제 다리엔 부인은 아까보다 몸은 덜 떨고 있는 것 같았지만, 충격에 여전히 비틀거리고 있었다.

그레이스 다리엔은 딸의 시신을 보자, 하마터면 실신할 뻔했다. 그래서 스카페타는 그녀를 다시 가족실로 데려가, 한참 동안 자리에 앉아 쉬게 했다. 따뜻한 차를 한 잔 만들어 주고, 제정신이 아닌 다리엔 부인이 집으로 돌아갈 수 있을 만큼 안정을 찾을 수 있도록 보살폈다. 스카페타는 다리엔 부인이 어떻게 지내게 될 것인지를 생각했다. 부인에게 옆에서 한시도 떨어지지 않고, 부인을 혼자 두지 않는 친구가 있기를 바랐다. 아마 병원의 동료들이 부인을 보살펴 줄 것이고, 아들들도 서둘러서 아이슬립으로 달려올 것이다. 어쩌면 다리엔 부인과 전 남편도 살해당한 딸의 유해와 유품 처리에 관한 싸움을 끝낼 수도 있고, 인생이 그런 씁쓸한 갈등으로 점철하기에는 너무 짧다는 것을 깨달을지도 모른다.

스카페타는 책상에 앉았다. 실제로 그녀는 임시로 만든 작업 공간에 둘러싸여 있었다. 그리고 바로 옆에는 프린터와 팩스의 받침대로 대신 쓰고 있는 철제로 된 문서 보관함 두 개가 있었다. 스카페타의 뒤쪽에 놓여 있는 탁자에는 올림푸스 BX41 현미경이 놓여 있었고, 그 옆에 광섬유 조명

기기와 비디오카메라가 있어서, 인화지에 인쇄를 하거나, 전자 이미지를 캡처하는 동안 슬라이드나 모니터상에 나온 증거들을 볼 수 있었다. 손에 쉽게 닿는 곳에는 오래된 친구 같은 책들이 구비되어 있었다. 《세실 의학 교과서》, 《로빈스 병태 생리학》, 《머크 매뉴얼》, 세이퍼스타인, 슐레진저, 페트레코의 저서들과 집에서 가지고 온 몇 가지 물건들이 놓여 있었다. 존스 홉킨스 의대 시절부터 사용했던 해부용 도구 세트와 여러 가지 다른 수집품들은 그녀에게 법의학의 오랜 전통을 되새겨 주었다. 놋쇠 저울과 사발, 막자. 주둥이가 넓은 병들. 남북 전쟁 당시의 야전용 외과 수술용 도구 세트. 1800년대 후반의 복합 현미경. 경찰 모자와 핀들 모음.

스카페타는 벤턴의 휴대전화에 전화를 걸었다. 곧장 음성 사서함으로 넘어가는 것은 보통 그가 전화기 전원을 꺼 두었다거나, 법의학 심리학자로서 상담을 맡고 있는 벨뷰의 남자 죄수 병동에 있을 때처럼 전화를 사용할 수 없는 어딘가에 있다는 것을 의미했다. 스카페타는 벤턴의 사무실로 전화를 걸었다. 그가 전화를 받자 그녀는 기분이 한결 나아졌다.

"아직 거기 있었네. 같이 합승하고 싶어?" 스카페타가 말했다.

"당신이 날 태우러 올 거야?"

"소문에 따르면 당신이 무지 쉬운 사람이라던데. 난 한 시간쯤 더 있어야 끝날 것 같아. 에디슨 박사님과 할 이야기가 있거든. 당신은 어때?"

"한 시간쯤 더 일해야 해. 나도 우리 상관과 회의가 있어서." 벤턴의 목소리가 가라앉은 것 같았다.

"당신 괜찮은 거야?" 그녀는 어깨와 턱 사이에 전화기를 낀 채, 이메일을 확인하기 위해 로그인을 했다.

"아무래도 용 한 마리를 무찔러야 할 것 같아." 벤턴의 사람을 달래는 것 같은 바리톤 목소리는 평소와 다름이 없었지만, 스카페타는 그의 목소리 안에 분노와 불안감이 깃든 날카로움이 서려 있음을 느낄 수 있었다.

"난 당신이 용들을 무찌르는 게 아니라 돕고 싶어 하는 줄 알았는데. 아무래도 그 일에 대해 나한테 말하지 않은 게 있나 보네." 그녀가 말했다.

"당신 말이 맞아. 말하지 않은 게 있어." 벤턴이 대답했다.

그는 말할 수 없었다고 말하고 있다. 어떤 환자와 문제가 생긴 게 분명했다. 그리고 그런 기미가 있었다. 지난 한 달 동안, 스카페타는 벤턴이 매사추세츠 벨몬트에 위치한 하버드 의대 산하 정신병원인 맥린을 피하고 있다는 인상을 받았다. 지금 두 사람은 벨몬트에 집을 가지고 있었고, 벤턴은 예전에 맥린에서 일했었다. 그는 평소보다 스트레스를 많이 받은 듯했고, 정신이 딴 데 가 있는 사람처럼 행동했다. 뭔가 그를 초조하게 만드는 일이 벌어진 것 같았다. 그가 말하고 싶어 하지 않고, 법적으로도 이야기하는 것이 금지된 어떤 일이 일어난 것이다. 스카페타는 그에게 무슨 일인지 물어야 할 때와 혼자 내버려 두어야 할 때를 잘 알고 있었다. 오래전부터 벤턴과 공유할 수 있는 일이 많지 않다는 사실에는 익숙해져 있었다.

그들의 생활은 빛만큼 어둠도 많은 방들처럼 비밀로 가득 차 있었다. 두 사람이 함께하는 긴 여행의 지도 위에는 별개의 우회로들과 목적지들이 그려져 있었다. 그런 사실을 잘 알고 있다는 것은 그녀 입장에서도 힘든 일이지만, 그의 입장에서도 여러 가지 면에서 좋지 않았다. 스카페타가 맡은 사건들 중에도 경우에 따라 법의학 심리학자인 남편과 그 사건에 대해 의견을 나누거나, 그의 의견과 충고를 구하는 일이 비윤리적일 경우가 간혹 있긴 했다. 어쨌든 그녀로서는 평소 자신이 받은 남편의 도움에 보답할 길이 좀처럼 없었다. 벤턴의 환자들은 살아 있었기에, 스카페타의 담당인 고인들이 누리지 못하는 일정 권리와 특권을 가지고 있었다. 자신이나 다른 사람들이 위험에 처하거나 범죄로 입증된 경우가 아니면, 벤턴은 환자에 대한 비밀 유지 조항을 어기지 않고는 스카페타와 그 환자에 대한 의논을 할 수가 없었다.

"집에 언제쯤 돌아갈지 의논해 봐야 할 때가 된 것 같아." 벤턴이 점점 돌아가지 못하는 시간이 길어지고 있는 매사추세츠 집과 연휴에 대한 이야기로 화제를 돌렸다. "저스틴이 집을 장식해야 할지 궁금해하고 있어. 그래 봐야 나무에 백색 전구 줄 몇 개를 걸쳐 놓는 정도겠지만."

"집에 누가 있는 것처럼 보일 테니까 그렇게 하는 것도 좋을 것 같은데." 스카페타가 이메일들을 훑어보면서 말했다. "빈집털이들도 예방하고 말이야. 내가 듣기로는 도둑이나 강도가 지붕으로 침입한대. 그러니까 전구 줄을 걸어 달라고 해 줘. 회양목에 걸면 될 거야. 현관문 양쪽하고, 정원에만 걸어 놔도 괜찮을 것 같아."

"그 정도면 더할 게 없을 것 같은데."

"여기 일이 어떻게 될지 몰라서, 일주일 안에 집으로 돌아갈 수 있을지 모르겠어. 정말 지독한 사건을 맡았거든. 사람들도 싸우고 있고." 그녀가 말했다.

"그건 내가 적어 놓을게. 전구 줄로 장식하면 도둑들을 쫓을 수 있을 거야. 다른 일들은 신경 쓸 것 없어."

"아파트에 놓을 아마릴리스를 골라야지. 어쩌면 옮겨 심을 수 있는 작은 전나무도 있을지 몰라. 혹시 당신이 원한다면 며칠 정도는 집에서 보낼 수 있을 거야." 스카페타가 말했다.

"내가 그렇게 하고 싶은 건지 모르겠어. 아무래도 여기서 연휴를 보내는 걸로 계획을 세워야 할 것 같아. 그럼 더 이상 문제 될 게 없겠지. 어때? 괜찮겠어? 그렇게 하는 걸로 할까? 함께 저녁 식사나 하면 어때? 제이미와 루시를 부르는 거야. 그리고 마리노도 불러야겠지."

"그게 당신 생각이라면."

"물론이야. 당신도 그 사람을 부르고 싶을 때 말이지만."

벤턴은 마리노를 부르고 싶다고 말하지 않았다. 그는 마리노를 부르고 싶지 않았다. 그런 척할 필요도 없었다.

"좋아." 스카페타가 대답했다. 하지만 그녀는 기분이 좋지 않았다. "연휴 기간 동안 그냥 뉴욕에 있는 걸로 해." 스카페타는 그렇게 결정을 내리고 나자, 정말 기분이 나빠지기 시작했다.

그녀는 1910년에 지은 2층짜리 방갈로 형태의 집을 떠올렸다. 목재와 회반죽, 석재로 단순한 조화를 이루고 있는 그 집은 스카페타가 프랭크로이드 라이트(1867~1959. 미국의 유명 건축가─옮긴이)를 얼마나 숭배하는 지를 매일같이 되새겨 주었다. 순간 그녀는 광고에라도 나올 것 같은 스테인리스 설비들로 가득한 커다란 주방이 그리웠다. 깊숙하게 파여 있는 천창과 벽돌 굴뚝이 그대로 보이는 침실이 그리웠다.

"어디라도 상관없어. 집이든 여기든. 우리가 같이 있을 수만 있으면 말이야." 그녀가 덧붙였다.

"당신한테 물어보고 싶은 게 있는데. 혹시 평소와 다른 우편물을 받은 적이 있어? 이를테면 크리스마스카드 같은 거 말이야. 매사추세츠의 사무실이나 뉴욕 법의국, CNN으로 뭔가 오지 않았어?"

"크리스마스카드? 특정 인물에게서 받았는지를 물어보는 거야?"

"그냥 평소와 다른 게 있나 궁금해서."

"이메일, 이메일 카드를 받았지. 모르는 사람들은 대부분 CNN으로 보낸 모양이야. 그런 건 다행히 그쪽에서 전부 봐 줬어."

"단순한 펜레터를 말하는 게 아니야. 무슨 말이나 노래가 나오는 카드 같은 걸 말하는 거지. 이메일 카드 말고 진짜 카드로 말이야." 벤턴이 말했다.

"누군가 염두에 둔 사람이 있는 것처럼 들리네."

"그냥 물어본 거야." 벤턴은 누군가를 염두에 두고 있었다. 환자였다. 아마 그가 무찔러야 한다는 용일 것이다.

"그런 건 없었어." 그녀는 국장에게서 온 이메일을 열어 보며 말했다. 잘됐다. 국장은 5시까지 국장실에 있을 모양이다.

"그럼 그 문제는 더 이상 말할 필요 없겠군." 그건 벤턴이 더 이상 말하고 싶지 않다는 뜻이었다. "출발할 때 연락해. 정문에서 기다리고 있을 테니까. 오늘은 하루 종일 당신이 정말 보고 싶었어." 그가 말했다.

벤턴은 면으로 된 병동용 장갑을 끼고, 증거용 비닐 봉투에서 크리스마스카드 한 장과 페덱스 봉투를 꺼냈다. 아침 일찍 넣어 두었던 것이다.

벨뷰 병원으로 보내 온 그 볼품없는 크리스마스카드 때문에 그는 불안했다. 불과 닷새 전에 맥린 병원에서 풀려난 도디 호지가 벤턴이 지금 벨뷰 병원에 있다는 것을 어떻게 알아낸 것일까? 그가 어디에 있는지 그녀가 어떻게 알 수 있단 말인가? 벤턴은 여러 가지 가능성을 타진해 보았다. 온종일 그 카드에 대해 생각하다 보니, 도디라는 망령이 벤턴에게서 정신과 의사가 아닌, 그의 안에 내재되어 있던 경찰을 이끌어 낸 모양이다.

그는 도디가 오늘 밤 스카페타가 〈크리스핀 리포트〉 생방송에 출연한다는 광고를 봤을지도 모른다고 생각했다. 특히 크리스마스가 가까운 시기인 만큼 벤턴도 아내와 함께 왔을 거라고 가정했을 것이다. 그리고 도디는 벤턴이 이 도시에 온다면 벨뷰에 들를 것이며, 적어도 우편물을 확인할 것이라고 예측했을 것이다. 퇴원한 뒤, 도디의 정신 질환이 악화되었을 가능성도 있었다. 불면증이 심해졌을 수도 있고, 그녀가 갈망했던 흥분을 해소하지 못했을 수도 있다. 하지만 벤턴은 어떤 가설도 만족스럽지가 않았다. 그렇게 몇 시간이 지나가자, 그는 점점 불안해졌고, 경계심이 강해졌다. 벤턴은 도디가 성격에 맞지 않게 이런 요란한 행동을 한 것이나, 자신이 이런 사태를 미처 예측하지 못했다는 사실이 걱정스러웠다. 그리고 그녀가 혼자서 이런 행동을 하지는 않았을 거라는 점도 마음에 걸렸다. 벤턴은 자기 자신에 대해서도 걱정스러웠다. 아무래도 도디가 그의 내면에서 직업에 적합하지 않은 이런 성향과 행동을 일깨운 것 같았다. 최근 들어 그는 자신감을 잃었다. 일이 뜻대로 되지 않았다.

그 카드의 붉은색 봉투에는 아무것도 쓰여 있지 않았다. 벤턴의 이름도, 스카페타의 이름도, 도디 호지의 이름도. 그건 적어도 그가 그녀에 대해 알고 있는 사실과 통하긴 했다. 맥린에 있을 때 도디는 글씨를 쓰는 것을 거부했고, 그림도 그리려고 하지 않았다. 처음에는 자기가 수줍음이 많기 때문이라고 주장했다. 그리고 그녀는 입원 기간 동안 약물 치료를 받기로 한 뒤부터 전신 떨림이 심해지고 인지 능력이 떨어졌으며, 단순한 기하학적 도형을 따라 그리는 것도 못하게 되었고, 정해진 순서에 따라 숫자를 세는 일이나, 카드를 분류하는 일, 블록을 맞추는 일이 불가능해졌다고 했다. 그렇게 근 한 달간, 도디는 문제를 일으키거나 불평을 했고, 잔소리나 충고를 늘어놓았고, 남의 사생활을 캐거나 거짓말을 했으며, 아무나 붙잡고 이야기를 하거나 목청껏 소리를 질러 댔다. 스스로를 과장하는 연극적인 행동들과 마술적 사고만으로는 부족했던 그녀는 자신만의 영화에서 스타이자, 동시에 가장 열렬한 팬이었다.

벤턴이 보기에는 도디의 그런 연극적인 모습보다 성격 장애가 더 걱정이었다. 도디는 미시간 주 디트로이트의 한 매장에서 사소한 절도와 난동을 부린 죄로 체포된 뒤, 정신적인 치료를 받는 것과 동시에, 가능한 한 그곳에서 멀리 떨어진 곳으로 보내자는 목적에 따라 맥린에 오게 되었다. 베티의 북스토어 카페에서, 비명을 지르고 울부짖는 과장된 행동을 보이는 여자와 엮이고 싶어 하는 사람은 아무도 없었다. 도디는 영화계의 스타인 햅 저드의 이모로, 실제로 '무료 증정자 명단'에 있었기 때문에 그녀가 바지 앞쪽에 햅 저드가 출연한 액션 영화 DVD 네 편을 쑤셔 넣었다고 해도 훔친 건 아니었다. 심지어 베티조차도 도디가 미시간 주나 디트로이트, 또는 자기 가게에 다시는 발을 들이지 않는다는 조건하에 기꺼이 고소를 취하해 주었다. 고소 취하 조건은 도디가 3주일 이상 입원 치료를 받는 것으로, 그녀가 그 조건을 충실히 이행한다면 그 사건은 그대로 끝나는 것이었다.

도디가 맥린 병원에 입원하는 데 동의한 것은 그곳이 부유하고 유명한 사람들과 VIP들이 즐겨 찾는 병원인 데다가, 그녀 소유의 농장이 있는 코네티컷의 그리니치와도 가깝고, 세일럼에 가는 것이 편리했기 때문이었다. 세일럼에서는 도디가 좋아하는 다양한 마법 용품들을 구입할 수 있었고, 독심술을 하거나 의식을 치러 주기도 했으며, 돈을 받고 크래프트에서 나오는 기념품들을 빌려주거나 제공할 수 있었다. 그녀는 값비싼 입원비를 전부 자신이 부담하는 대신, 가장 유명하고 유능한 정신과 전문의에게 치료받고 싶다고 요구했다. 일단 남자여야 하고, 박사 학위가 있어야 하며, 연방 수사국에서 근무한 경력이 있어야 하고, 초자연적인 현상에 대해 열린 마음을 가지고 있으며, 고대 종교와 같은 다른 종교에 대한 이해심이 있는 사람이어야 한다고 했다.

도디가 첫 번째로 선택한 정신과 의사는 워너 에이지 박사였는데, 그가 전직 FBI 프로파일러인 데다가, TV 출연을 했기 때문이라고 했다. 하지만 그 요청은 거절당했다. 일단 에이지 박사가 맥린 병원 소속이 아니었기 때문이고, 두 번째로는 에이지에 대해 조사한 결과 법의학자인 필 박사와 연관이 있다는 것이 밝혀지자, 디트로이트 지방검사 사무실에서 좋아하지 않았기 때문이다. 에이지 박사의 이름이 그런 구설수에 오르내리게 되자, 반대로 환자가 누구인지는 중요하게 생각하지 않는 벤턴의 이름이 수면 위로 떠올랐다. 벤턴은 에이지 박사를 몹시 경멸했다. 하지만 벤턴은 맥린 병원에 직업적인 의무가 있었기 때문에 운 나쁘게도 유명인사와 관계가 있고, 자신이 마녀라고 주장하는 여자를 담당해야 하는 이 번거로운 임무의 후보가 될 수밖에 없었다. 일단은 도디를 법정에 세우지 않고, 감옥에 보내지 않는 것이 목표였다. 이 땅에 있는 어느 감옥에서도 도디가 들어오는 것을 반기지 않을 것이었다.

그녀가 입원해 있던 4주일 동안, 벤턴은 가능한 한 뉴욕에서 많은 시간을 보냈다. 그래야 스카페타와 함께 있을 수 있을 뿐만 아니라, 도디에게서 떨어져 있을 수 있었다. 지난 일요일 오후, 도디가 퇴원하자, 벤턴은 안도했다. 그는 몇 번이나 도디가 정말 그리니치에 있다는 농장이 아니라 집으로 돌아갔는지를 확인했다. 그리니치에 농장이 있다는 것 또한 거짓말이었기 때문이다. 그녀는 뉴저지 주의 에지워터에 있는 작은 집에 세들어 살고 있었다. 도디는 확실히 그곳에서 혼자 살고 있었다. 전 남편 네 명은 모두 죽었거나 오래전에 헤어졌다. 불쌍한 남자들.

벤턴은 수화기를 집어 들고 벨뷰 법의학과 과장인 너선 클라크 박사에게 내선으로 전화를 걸어 잠깐 만나 줄 수 있는지를 물었다. 클라크 박사가 오기를 기다리면서, 벤턴은 페덱스 봉투를 다시 한 번 살펴보았다. 자세히 살펴보면 살펴볼수록 그의 근심과 당혹감은 더해만 갔고, 자신이 해선 안 된다는 것을 알고 있는 방식으로 행동하게 되었다. 페덱스 운송장에는 발신인 주소가 적혀 있지 않았고, 수신란에는 여기 벨뷰의 주소가 적혀 있었다. 직접 손으로 쓴 것이지만 너무 정밀해서, 마치 인쇄한 것처럼 보일 정도의 필체였다. 도디와 같은 사람이 썼을 거라고는 믿을 수 없는 서체였다. 맥린에 있는 동안, 그녀는 갖가지 서류에 꼬불꼬불하고 커다란 글씨로 날려 쓰듯 서명했다. 벤턴은 그 카드 봉투에서 두껍고 번들거리는 카드를 꺼냈다. 카드 앞장에는 뚱뚱하고 덩치가 큰 산타가 미친 듯이 밀방망이를 휘두르며 쫓아오고 있는 아내를 피해 도망가고 있는 그림과 함께 "'호(ho: 산타의 웃음소리인 '호호'도 의미하지만, '매춘부'를 뜻하는 속어로도 쓰인다-옮긴이)'라고 말하는 게 누구야!"라고 적혀 있었다. 그가 그 카드를 펼치자, 도디 호지의 목소리로 녹음한 음정이 맞지 않은 노래가 흘러나오기 시작했다. 곡은 〈성스럽고, 행복한 크리스마스(A holly, jolly Christmas)〉였다.

호 디, 두 디(ho-dee, do-dee: 원곡의 가사는 holly, jolly로, 여기서는 도디 호
지와 음을 맞춰 바꿔 부른 것으로 보인다-옮긴이) 크리스마스를 보내길.
당신이 나를 생각한다면
어디를 가든 겨우살이를 걸어 줘.
그리고 당신 트리에 천사를 달아 줘.
즐겁고 즐거운 크리스마스 보내길. 벤턴과 케이!

사람을 미치게 만드는 똑같은 가사가 도디의 어린애 같고 숨이 찬 목소리를 통해 쉴 새 없이 반복해서 흘러나왔다.

"벌 아이브스(1909~1995. 미국의 가수이자 배우-옮긴이)가 아니라는 건 확실하군." 클라크 박사가 코트를 입고 모자를 쓴 채, 끈이 긴 낡은 가죽 가방을 들고 사무실로 들어왔다. 벤턴은 클라크 박사의 그 가방을 볼 때

마다 포니 속달 우편(미 서부 개척 시대의 빠른 말을 이용한 우편 제도-옮긴이)과 포장마차가 달리던 시대에 쓰던 우편 가방을 떠올렸다.

"조금만 참고 들으시면 이 노래가 끝날 겁니다. 녹음 시간이 정확하게 4분이거든요." 벤턴이 말했다.

클라크 박사는 가방을 의자에 내려놓고, 벤턴이 앉아 있는 쪽으로 다가왔다. 그리고 양손으로 책상 가장자리를 붙잡아 몸을 지탱하면서 앞으로 몸을 숙여 그 카드를 쳐다보았다. 그의 나이는 70대 초반으로, 최근 파킨슨병이라는 진단을 받았다. 항상 정신 못지않게 몸에서도 활기가 넘쳤던 이 재능 있는 남자에게는 너무 가혹한 벌이었다. 테니스, 스키, 암벽 타기, 개인 비행기 조종하기…. 클라크 박사는 도전하지 않은 종목이 별로 없을 정도로 수많은 도전을 했고 모두 성공했다. 박사의 삶에 대한 애착은 무한했다. 이제까지 그는 생물학과 유전학, 환경학을 속여 왔다. 어쩌면 납페인트의 칠이 벗겨지거나, 낡은 배관이 바깥에 드러나는 것처럼 클라크 박사의 뛰어난 두뇌의 기저 핵에도 활성산소로 인한 손상이 일어나는 것 역시 자연스러운 일일지도 모른다. 하지만 그가 말년에 이런 징벌을 받게 될 줄은 아무도 몰랐다. 병세는 빠르게 진행되고 있었다. 클라크 박사의 몸은 많이 구부정해졌고, 움직임도 서투르고 둔해졌다.

벤턴이 카드를 덮었다. 도디의 목소리가 가사 중간에 뚝 끊겼다. "직접 만든 카드가 분명해요. 보통 메시지 카드의 녹음 시간은 10초 정도로 짧으니까요. 길어야 45초 정도지, 4분이나 되는 건 없어요. 제가 알기로 이렇게 길게 녹음을 하려면, 메모리가 훨씬 큰 음성 모듈을 따로 구입해야 할 겁니다. 그런 음성 모듈은 인터넷으로 주문할 수 있고, 이런 크리스마스 카드를 직접 만들 수 있죠. 이 유별난 환자도 그렇게 만들었을 겁니다. 아니면 누군가 그 여자를 대신해서 만들어 준 거겠죠."

벤턴은 흰색 병동용 장갑을 낀 손으로 그 카드를 들어 올려, 클라크 박사가 카드의 모서리 부분을 볼 수 있게 돌렸다. 카드의 모서리 부분이 정확히 딱 맞게 연결되어 있었다.

"그 여자나 누군가는 이런 크리스마스카드가 있다는 것을 알아냈을 겁니다. 그리고 그 여자 목소리로 녹음을 한 음성 모듈을 이 안쪽에 먼저 붙인 다음, 그 위에 네모난 종이를 붙인 거죠. 아마 다른 크리스마스카드에서 아무것도 쓰여 있지 않은 면을 잘라서 붙였을 겁니다. 그래서 이 여자가 보낸 카드의 안쪽에는 아무 글씨도 쓰여 있지 않은 거죠. 도디 호지는 아무것도 쓰지 못하니까요. 그 여자는 맥린에 입원해 있는 동안 아무것도 쓴 적이 없습니다. 자기는 글씨를 쓸 수 없다고 말했죠."

"그래포포빅(쓰기 공포증 – 옮긴이)인가?"

"그것도 그렇지만, 그 여자 말로는 약물 치료 때문이라고 하더군요."

"자신에 대한 평가를 극복하지 못하는 완벽주의자로군." 클라크 박사가 책상의 반대편으로 돌아가며 말했다.

"꾀병을 부리고 있기도 하고요."

"하. 꾀병이란 말인가. 동기가 뭐지?" 클라크 박사는 이미 벤턴의 말을 믿지 않고 있었다.

"그 여자의 가장 강력한 동기는 돈과 관심입니다. 어쩌면 다른 게 있을지도 모르죠. 맥린에서 함께 있었던 한 달 동안 그 여자가 어떤 사람인지, 대체 우리가 무엇을 한 것인지 모르겠습니다. 그리고 그 이유가 무엇인지도 모르겠고요." 벤턴이 말했다.

클라크 박사는 천천히 조심스럽게 앉았다. 그에게는 더 이상 아무리 사소한 신체적인 동작이라 할지라도 당연한 것이 없었다. 벤턴은 클라크 박사가 이번 여름 이래 부쩍 늙어 보인다는 사실을 깨달았다.

"이런 일로 번거롭게 해 드려서 죄송합니다. 바쁘실 텐데 말이에요." 벤턴이 덧붙여 말했다.

"번거로울 것 없네, 벤턴. 나도 자네와 대화를 나누고 싶었으니까. 그래서 전화를 해 볼까 생각하던 중이었지. 자네가 어떻게 지내는지 궁금했으니까." 클라크 박사는 마치 두 사람이 이야기할 것들이 많이 있는데 벤턴이 피하고 있었다는 것처럼 말했다. "그렇다면 그 여자는 종이와 연필을 가지고 하는 모든 검사들을 거부했겠군."

"벤더 게슈탈트 검사(지능이나 성격 장애를 분석하기 위한 검사로 단순한 형태의 도형 9개를 따라 그리게 하는 것이다-옮긴이), 레이 오스테리스 복합 도형 검사, 숫자 부호 치환 검사, 문자 소거 검사를 받지 않았고, 심지어 선 추적 검사조차 받지 않았습니다. 어떻게 해도 그 여자에게 그림을 그리거나 글씨를 쓰게 할 수가 없었으니까요." 벤턴이 말했다.

"정신 운동 기능 검사는 했나?"

"블록 배치 검사(지능 검사의 일종으로 제시된 도판과 똑같이 블록을 나열할 수 있는지를 알아보는 검사-옮긴이)나 그루브 막대 검사(신경정신학적 검사로 열쇠 구멍 같은 홈들이 파여 있는 검사판 위에 열쇠 모양의 핀들을 꽂을 수 있는지를 알아보는 검사-옮긴이), 수지력 검사도 하지 못했습니다."

"그건 흥미롭군. 반응 시간 측정을 할 만한 검사를 아무것도 하지 않았다니 말이야."

"그 여자는 약 때문에 그런 검사들을 할 수 없다고 핑계를 댔습니다. 그 약을 먹으면서부터 떨림이 심해졌으며, 심지어 연필도 잡지 못할 정도로 손이 심하게 떨린다고 주장했어요. 그래서 글씨를 쓰거나 그림을 그리거나, 여러 가지 물건들을 조작하면서 창피를 당하고 싶지는 않다고 하더군요." 벤턴은 도디 호지가 늘어놓았던 불평들을 그대로 전하다가, 클라크 박사의 몸 상태를 떠올리지 않을 수 없었다.

"그 여자에게 어떤 신체적인 활동도 요구할 수 없었다는 거군. 정신적인 면에서도 어떤 평가나 판단도 내리지 못했다는 말이고. 그 여자는 자신에 대한 평가를 받고 싶지 않았던 거야." 클라크 박사는 벤턴의 머리 뒤쪽에 있는 창문을 응시하고 있었다. 마치 베이지색 병원 벽돌과 주위를 검게 물들이고 있는 어둠 이외에 뭔가 다른 것이 보이기라도 하는 것처럼. "어떤 약을 처방했나?"

"지금은 아무 약도 먹지 않고 있을 겁니다. 그 여자는 제때 약을 복용하지도 않았고, 자기 기분이 좋아지는 것, 이를테면 술 같은 게 아니면 다른 것에는 관심이 없었으니까요. 입원 기간 동안 그 여자가 복용했던 약은 리스페달입니다."

"그 약이라면 지연성 운동 장애를 유발하기도 하지. 하지만 아주 드문 경우야." 클라크 박사가 말했다.

"그 여자는 근육 경련을 일으킨 적이 없어요. 거짓으로 경련이 난 척한 적을 제외하면 말입니다. 물론 그 여자 본인은 항상 그런 증상이 있었다고 주장하긴 했습니다만." 벤턴이 말했다.

"이론상으로는 리스페달의 부작용으로 그럴 수도 있지. 특히 나이 많은 여자일 경우에는 말이야."

"그 여자의 경우는 꾀병이에요. 전부 헛소리란 말입니다. 그 여자는 문제가 좀 있어요." 벤턴이 다시 말했다. "그나마 다행인 건, 직감에 따라 그 여자와 상담을 할 때마다 비디오 녹화를 해 두었다는 거죠."

"그 여자는 비디오 녹화를 어떻게 받아들이던가?"

"그 상황에 맞는 옷을 입더군요. 어떤 캐릭터가 떠오르는지에 따라, 기분이 어떤가에 따라 말입니다. 남자를 유혹하는 여자처럼 굴거나, 구세군처럼 행동할 때도 있었고, 어떤 때는 마귀할멈이 될 때도 있었어요."

"그 여자가 폭력적으로 변할까 봐 두려운가?" 클라크 박사가 물었다.

"그 여자는 폭력에 심취되어 있었습니다. 악마 숭배의 기억이 되살아났기 때문이라면서 말이에요. 그 여자는 아버지가 돌 제단에서 아이들을 죽였고, 자기와 성교를 했다고 했습니다. 하지만 그런 일이 정말 있었다는 증거가 없어요."

"그런 일에 무슨 증거가 남아 있겠나?"

벤턴은 대답하지 않았다. 그가 환자의 진실성을 확인해서는 안 된다. 수사를 할 생각은 아니었다. 이런 방식은 그의 직관과 어긋나는 일이었다. 지나친 일이었으며, 경계선을 넘는 일이기도 했다.

"글씨를 쓰는 건 싫어하지만, 연극은 좋아한다고 했지." 클라크 박사가 벤턴을 뚫어지게 쳐다보며 말했다.

"연극이 공통분모였죠." 벤턴이 말했다. 그리고 그는 클라크 박사가 이미 진실에 도달하고 있는 중이라는 것을 알았다.

클라크 박사는 벤턴이 한 일을, 적어도 뭔가 했다는 것을 알아차렸다. 벤턴은 무의식적으로 도디에 관한 이야기를 교묘하게 조작하고 있었다. 그는 자기 이야기를 해야 할 필요가 있었다.

"그 여자는 연극에 대한 끝없는 욕구와 수면 장애 때문에 거의 평생을 고통받았습니다. 맥린의 수면 연구실에서 검사를 해 봤는데, 지난 몇 년간 진행했던 수면 기록 연구에도 참여했다는 것을 확인할 수 있었죠. 도디는 일주기 율동 수면 장애가 확실하며, 만성적인 불면증에 시달리고 있었어요. 불면증이 점점 심해지면서, 그 여자의 판단력과 통찰력이 떨어지기 시작했고, 생활은 점점 더 엉망이 되어 갔습니다. 그 여자는 엄청 방대한 지식을 가지고 있어요. 머리가 아주 좋습니다."

"리스페달을 복용해도 효과가 없었나?"

"경조증(실제 상황에 맞지 않는 활기, 과활동성, 자존감의 고양 등, 조증보다는 정도가 약한 정신적 질환–옮긴이)이 나을 정도는 아니지만 기분은 좀 좋아진 것 같았습니다. 불면증도 좀 나아진 것 같다고 하더군요."

"그렇지만 그 여자가 약을 계속 먹지 않는다면 상태가 점점 나빠질 걸세. 나이가 어떻게 되지?" 클라크 박사가 물었다.

"56세입니다."

"조울증인가, 정신분열증인가?"

"차라리 그런 거라면 치료가 되겠죠. 도디는 이중인격 장애와 경계선 연기성 인격 장애에, 반사회적 성격 특성을 가지고 있습니다."

"대단하군. 그렇다면 어째서 그 여자에게 리스페달을 처방한 건가?"

"지난달에 들어서자, 그 여자는 망상과 거짓 믿음 때문에 힘들어하는 것처럼 보였습니다. 하지만 사실을 알고 보니 도디는 병적인 거짓말쟁이였어요." 벤턴은 도디가 디트로이트에서 체포되었을 때의 상황을 간략하게 설명했다.

"그렇다면 그 여자가 시민권을 침해했다는 이유로 자네를 고소할 수도 있겠군. 입원은 자기 의지가 아니었으며, 강압적인 투약으로 영구적인 손상을 입었다고 주장할 수도 있지 않겠나?" 클라크 박사가 물었다.

"그 여자는 자신의 시민권을 병원 측에 일임하고 법률 상담이나 그 외 다른 일들과 관련된 자신의 권리에 대한 고지를 받았음을 확인하는 문서에 자발적으로 서명했어요. 그러니까 제가 고소당할 걱정은 없습니다."

"난 자네가 그 병동용 장갑을 계속 끼고 있기에, 고소당할 것을 걱정해서 그러는 줄 알았지."

벤턴은 그 카드를 다시 페덱스 봉투에 집어넣은 뒤, 그 상태로 증거 봉지에 집어넣고 봉했다. 그리고 병동용 장갑을 벗어 쓰레기통에 버렸다.

"그 여자는 맥린에서 언제 퇴원했나?" 클라크 박사가 물었다.

"지난 일요일 오후에 퇴원했습니다."

"그 여자가 병원에서 나가기 전에 상담을 했나?"

"퇴원하기 이틀 전인 금요일에 했습니다." 벤턴이 대답했다.

"그 자리에서 주면 자네의 반응을 바로 지켜보는 기쁨을 누릴 수 있는데도, 그 여자가 어떤 애정의 징표나, 크리스마스카드를 직접 주지 않았단 말인가?"

"그렇습니다. 그 자리에서는 케이에 대한 이야기만 했죠."

"알고 있네."

클라크 박사는 당연히 알고 있었다. 그는 벤턴이 걱정하고 있는 것이 무엇인지 너무나 잘 알고 있었다.

클라크 박사가 말했다. "도디가 맥린을 선택한 것은 그 유명한 케이 스카페타의 유명한 남편인 자네가 맥린에서 일하고 있다는 것을 알았기 때문은 아닐까? 자네와 함께 좋은 시간을 보낼 수 있기 때문에 맥린을 선택한 것일 수도 있어."

"그 여자는 처음에 절 선택하지 않았습니다."

"그럼 누구였나?"

75

"다른 사람이었어요."

"나도 아는 사람인가?" 클라크 박사가 자못 의심스럽다는 듯 물었다.

"이름은 많이 들어 보셨을 겁니다."

"그렇다면 도디가 그 첫 번째 선택을 진심으로 한 것인지에 대해서도 의심해 봐야 하지 않을까? 아무래도 그 여자의 의도와 진실성에 문제가 있으니까 말이지. 그 여자는 처음부터 맥린을 선택했나?"

"그렇습니다."

"의미심장하군. 처음부터 그 여자가 마음에 둔 의사가 있었다면, 병원에 대해서는 선택의 여지가 없었다는 말이 되니까."

"말씀하신 그대로입니다." 벤턴이 말했다.

"도디한테 돈은 좀 있나?"

"헤어진 전 남편들에게 받은 게 있다고 하더군요. 도디는 자비로 병원의 별동에서 지냈어요. 병원비도 전부 현금으로 계산했습니다. 아, 수속은 변호사가 했지만요."

"요즘은 얼마나 들지? 하루에 3,000달러쯤인가?"

"그쯤 됩니다."

"그렇다면 그 여자는 현금으로 9만 달러 이상을 냈다는 말이군."

"입원할 당시 예치금을 넣었고, 그 외 잔액은 퇴원할 때 냈습니다. 디트로이트에 있는 변호사를 통해 은행 송금으로 말이죠." 벤턴이 말했다.

"그 여자는 디트로이트에 살고 있나?"

"아뇨."

"하지만 변호사는 디트로이트에 있다고 하지 않았나?"

"그래 보였던 거죠." 벤턴이 말했다.

"그렇다면 도디는 디트로이트에서 무엇을 하고 있었던 건가? 체포되기 전에 말이야."

"자기 말로는 여행 중이었다고 했습니다. 휴가를 보내러 간 거라면서. 그랑 팔레에서 묵었다고 하더군요. 슬롯머신과 룰렛 테이블에 마법을 걸고 있었던 모양입니다." 벤턴이 말했다.

"그 여자가 대단한 도박꾼인가?"

"과장님이 원하시면, 그 여자는 행운의 부적도 팔 겁니다."

"자네는 그 여자가 그냥 싫은 게 아니라, 정말 많이 싫은 모양이군." 클라크 박사가 벤턴을 날카로운 시선으로 쳐다보며 말했다.

"그 여자가 저 때문에 맥린 병원을 선택한 건 절대 아닙니다. 케이 때문도 아니고요." 벤턴이 대답했다.

"이야기를 들어 보니 자넨 벌써 두려워하고 있군." 클라크 박사가 안경을 벗더니, 회색 실크 넥타이로 닦았다. "최근에 자네 주위에서 걱정스럽거나, 특별히 의심할 만한 일이 있었나?"

"어떤 특별한 일이 있었는지를 물어보시는 겁니까?"

"말해 보게." 클라크 박사가 말했다.

"전 편집증 환자가 아닙니다."

"편집증 환자들도 항상 그렇게 말하지."

"지금 그 말씀은 평소 하시는 천연덕스러운 농담으로 받아들이겠습니다." 벤턴이 말했다.

"어떻게 지내고 있나? 이번 일 말고 말이야. 이것 말고도 많은 일들이 있었으니까. 지난달에만 해도 한꺼번에 많은 일들이 있었지." 클라크 박사가 물었다.

"일이야 항상 많죠."

"케이가 TV에 출연하면서 사람들에게 많이 알려지지 않은가." 클라크 박사가 안경을 썼다. "워너 에이지도 마찬가지고."

벤턴은 한동안 클라크 박사가 에이지에 대해 무슨 말을 할 것이라고 생각하고 있었다. 어쩌면 그 때문에 클라크 박사를 피했던 것인지도 모른다. 그 말이 맞을 것이다. 그는 오늘까지 클라크 박사를 피하고 있었다.

"뉴스에서 워너를 보면 자네가 여지없이 반응을 보일 거라는 생각이 들었네. 자네의 FBI 경력을 끝장낸 남자, 자네처럼 되기 위해 자네의 인생

전부를 망가뜨린 자니까. 비유해서 말하자면 지금 그자는 공식적으로 자네를 연기하고 있는 셈이지. 법의학 전문가이자 FBI 프로파일러라는 가면을 쓰고 말이야. 그러다 마침내 유명세를 탈 기회를 얻은 거지." 클라크 박사가 말했다.

"사실이 아니거나, 과장된 이야기를 하는 사람들이 많으니까요."

"위키피디아에 나와 있는 그자의 약력을 본 적 있나? 그자는 자네의 스승이자, 프로파일링의 창시자들 중 한 명으로 기재되어 있어. 인터넷에 나온 그대로 옮기자면, 자네가 FBI 아카데미의 행동 과학 팀 팀장으로 있으면서 케이 스카페타와 불륜을 시작했을 때, 그자는 스카페타와 함께 악명 높은 사건들을 수도 없이 해결했다고 되어 있다네. 그자가 케이와 같이 일했다는 건 사실인가? 내가 알기로 워너는 FBI의 프로파일러는커녕, 다른 어떤 일도 할 수 없는 위인인데 말이야."

"위키피디아에 나오는 내용 같은 걸 믿으시는 줄은 몰랐습니다." 벤턴은 마치 클라크 박사가 거짓말을 퍼트리는 사람이라도 되는 것처럼 말했다.

"내가 위키피디아를 종종 들여다보는 이유는 익명의 개개인들이 자신들이 사실이라고 믿고 제공한 정보들을 모아 만든 온라인 백과사전이기 때문일세. 다른 인터넷 사이트들 역시 익명의 개인들이 어떤 대상에 대해 편파적이고, 부풀린 내용의 글들을 올리고 있지. 그런데 이상하게도 지난 몇 주일 사이에 에이지의 양력이 아주 많이 편집되고, 내용도 확대되었다네. 그걸 누가 했을까?" 클라크 박사가 말했다.

"아마 그 작자가 직접 했을 겁니다." 벤턴은 분노와 억울함 때문에 속이 꼬이는 것 같았다.

"사실 난 루시가 그런 걸 찾아냈거나, 이미 알고 있다면 잘못된 정보들은 모두 없애 버릴 거라고 생각했지. 하지만 그 애가 나처럼 이렇게 세세한 부분까지 확인하지는 못할지도 모른다는 생각이 들더군. 자네가 내게 말해 주었던 과거사를 루시한테 말하지는 않았을 테니 말이야." 클라크 박사가 말했다.

"그렇게까지 필사적으로 관심을 끌려고 하는 몇몇 사람들을 상대하는 것보다는 우리 시간을 좀 더 바람직한 일에 써야 하니까요. 그 따위 인터 넷 소문에 루시가 가지고 있는 뛰어난 컴퓨터 범죄 과학 수사 능력을 낭비할 필요는 없습니다. 그리고 과장님 말씀이 맞아요. 전 그 애에게 제가 과장님께 말씀드렸던 일들에 대해 말하지 않았습니다." 벤턴은 이런 위협을 마지막으로 느꼈던 때가 언제인지 기억할 수 없었다.

"오늘 오후에 자네가 전화를 하지 않았더라면, 가까운 시일 내에 무슨 이유로든 이렇게 이야기를 나눌 자리를 만들었을 걸세. 자네가 워너 에이지를 파멸시키고 싶어 하는 건 당연한 일이야. 하지만 나는 진심으로 자네가 그 마음을 극복해 내길 바라고 있다네." 클라크 박사가 말했다.

"그 일이 지금 우리가 하던 이야기와 무슨 관계가 있는지 모르겠습니다만."

"세상만사 모든 일은 연관되는 법이지." 클라크 박사는 벤턴의 마음을 들여다보기라도 하는 것처럼 쳐다보았다. "벤턴, 하지만 이제 자네 환자였던 도디 호지 문제로 돌아가야 되겠군. 어쨌든 그 여자도 관련이 있는 것 같으니 말이야. 온갖 생각이 다 들고 있다네. 일단 그 카드가 뜻하는 것은 가정 폭력인 것이 분명해. 남자가 모멸감을 느끼게 여자를 매춘부라고 부르자, 아내가 남편을 두드려 팰 생각으로 막대기를 휘두르며 쫓아가는 거지. 성적인 함축이라고도 할 수 있네. 다시 말하자면 하나도 재미없는 농담이라는 거지. 그 여자는 자네에게 무슨 이야기를 했나?"

"투영이요." 벤턴은 워너 에이지를 향한 자신의 분노를 떨쳐 버려야만 했다. "그 여자가 투영하고 있는 것에 대해 이야기를 했습니다." 그는 침착하게 말하고 있는 자신의 소리를 들었다.

"좋아. 자네가 보기엔 그 여자는 무엇에 투영을 하던가? 산타는 누구지? 산타 부인은?"

"산타는 접니다." 벤턴은 말했다. 분노의 파도가 지나가고 있었다. 마치 쓰나미처럼 큰 파도였다. 그 파도는 서서히 물러나더니 거의 다 사라졌다. 그의 마음도 점차 가라앉기 시작했다. "산타 부인이 적대적인 이유는 내가 뭔가 비열하고 지독한 짓을 저질렀다고 그 여자가 생각하기 때문이죠. 산타인 나는 '호, 호, 호'라고 웃어요. 그런데 산타 부인은 내가 자기를 매춘부라고 불렀다고 생각하는 겁니다."

"도디 호지는 자기가 근거도 없이 비난을 받고, 경멸당하며, 자신의 진가를 인정받지 못했고, 하찮게 여겨진다고 생각하고 있군. 하지만 그 여자는 자신의 그런 인식이 근거가 없다는 것을 알고 있어. 그래서 연극성 인격 장애가 일어나는 거지. 그 카드에서 알 수 있는 가장 확실한 메시지는 불쌍한 산타가 그의 말을 심하게 오해한 아내에게 얻어맞게 생겼다는 거야. 그리고 도디는 그게 농담이라는 것도 확실히 알고 있어. 그렇지 않으면 이 카드를 고르지 않았을 걸세."

"그 여자가 그 카드를 직접 고른 거라면 그렇겠죠."

"자네는 계속 그런 식으로 말을 하는군. 그 여자가 다른 사람의 도움을 받았을 수도 있다는 가능성이 있다고 말이야. 그렇다는 건 공범이 있을 수도 있다는 말이겠지."

"그 공범은 기술적인 부분을 담당했을 겁니다. 이런 녹음 장치에 대해 알고, 주문을 해서 그 끔찍한 카드를 만들었을 테죠. 도디는 충동적이고, 순간적인 기쁨을 추구합니다. 병원에 있을 때 제가 본 그 여자의 모습과 이 정도 수준의 세심함은 일치하지 않아요. 그리고 도디에게는 이럴 시간이 없었지 않습니까? 아까 말씀드렸다시피 그 여자는 지난 일요일에 퇴원했어요. 페덱스는 어제, 그러니까 수요일에 배달 왔습니다. 그 여자가 어떻게 이 카드를 여기로 보낼 수 있었겠습니까? 페덱스 운송장에 손으로 직접 쓴 주소도 이상하고요. 모든 게 다 이상합니다." 벤턴이 말했다.

"그 여자는 극적인 것을 갈구하지 않나. 그리고 그 노래가 나오는 카드도 극적이지. 이런데도 자네는 그 여자의 연극적인 성향과 일치하지 않는다고 생각하는가?"

"도디가 이 연극을 볼 수 없다는 것을 과장님이 직접 언급하지 않으셨습니까? 연극에 관중이 없으면 재미없죠. 그 여자는 제가 카드를 펼치는 광경도 보지 못하고, 제가 어떤 반응을 보일지 알 수가 없을 겁니다. 어째서 퇴원하기 전에 저한테 직접 주지 않은 걸까요?" 벤턴이 말했다.

"그래서 다른 누군가가 그 여자를 부추겼다는 말이로군. 그 공범이 말이야."

"그 가사도 마음에 걸립니다." 벤턴이 말했다.

"어떤 부분이 말인가?"

"'어디를 가든 겨우살이를 걸어 줘. 당신 트리에 천사를 달아 줘.'라는 부분이요." 벤턴이 대답했다.

"천사는 누구를 뜻하겠는가?"

"과장님은 누구라고 생각하십니까?"

"케이일 수도 있겠지." 클라크 박사가 벤턴을 응시했다. "'당신 트리'는 자네 성기를 뜻하는 것일 수도 있어. 한마디로 자네와 케이 사이의 성관계를 말하는 거야."

"더불어 폭력적인 제재를 암시하고 있기도 하죠." 벤턴이 말했다.

04

노장의 지혜

스카페타가 사무실 문을 가볍게 두드리고 안으로 들어갔을 때, 뉴욕 시 법의국장은 몸을 숙이고 현미경을 들여다보고 있었다.

"당신이 참석하지 않은 직원 회의 시간에 무슨 일이 있었는지 알고 싶지 않소?" 브라이언 에디슨 박사는 스카페타를 쳐다보지도 않은 채, 현미경 재물대 위에 올려놓은 슬라이드를 움직이면서 말했다. "당신 이야기가 오르내렸지."

"별로 알고 싶진 않네요." 스카페타는 사무실 안으로 들어가 에디슨 박사의 책상 맞은편에 놓여 있는 팔걸이의자에 앉았다.

"뭐, 내가 진정시키긴 했어요. 원래 회의 주제는 당신이 아니었으니까." 그가 돌아서며 스카페타를 쳐다보았다. 에디슨의 백발은 헝클어져 있었고, 눈빛은 매같이 날카로웠다. "하지만 주제가 바뀌고 말았어요. CNN, TLC, 디스커버리, 이 세상에 있는 온갖 케이블 채널로 말이지. 우리가 매일 얼마나 많은 전화를 받고 있는지 알고 있소?"

"전 국장님이 그 일을 전담시킬 비서를 따로 고용할 수 있을 거라고 생각하는데요."

"실제로는 사람들을 내보내야 하는 상황이라오. 지원 부서나, 기술자들 중에서 말이지. 관리 부서나 보안 부서 역시 인원을 삭감해야 할 상황이고. 지금처럼 뉴욕 주에서 예산을 또다시 30퍼센트 삭감하겠다는 위협을 받고 있는 상황에 앞으로 어떻게 될지 누가 알겠소. 우리는 연예계에 있는 게 아니에요. 그렇게 되고 싶지도 않고, 그럴 여유도 없지." 그가 말했다.

"혹시 저 때문에 곤란하신 거라면 죄송해요."

에디슨 박사는 스카페타가 개인적으로 알고 있는 사람들 중에 가장 뛰어난 법의학자일 것이다. 그리고 스카페타와 방식이 다소 다르긴 해도 자신이 맡은 일은 완벽하게 처리하는 사람이었다. 그건 어쩔 수 없는 일이다. 그는 법의학을 공중보건으로 간주했고, 사람들의 생사가 관련된 사안들을 알려야 할 때, 그러니까 어떤 위험이나 전염병이 돌기 시작할 때, 이를테면 잠재적으로 위험하게 설계되어 있는 침대가 있다는 것을 알게 되었다든가, 한타 바이러스가 돌기 시작할 때가 아니라면 방송을 무시했다. 그런 에디슨의 생각도 틀린 것은 아니었다. 다른 것도 마찬가지다. 세상이 변했어도, 반드시 예전보다 좋아진 것은 아니듯이.

"제가 의도하지 않았던 일이라 어디로 가야 할지 길을 찾고 있는 중이에요. 나지막한 길밖에 없는 세상에서 가장 높은 길을 걷게 된 거죠. 이럴 땐 어떻게 해야 하는 걸까요?" 스카페타가 물었다.

"그 높이에 맞추기 위해 몸을 숙여야 하지 않겠소?"

"제가 하고 있는 일이 그런 거라고 생각하지 않으셨으면 해요."

"CNN 일에 대해서는 어떻게 생각하고 있소?" 에디슨이 건물 안에서는 더 이상 피울 수 없게 된 브라이어 파이프를 집어 들면서 물었다.

"그걸 일이라고 생각한 적 없어요. 요즘 같은 세상에는 그런 방식으로라도 정보를 알리는 일이 필요하다고 생각해서 TV에 나갔던 것뿐이에요." 스카페타가 대답했다.

"그야 이길 수 없다면 동참해야겠지요."

"국장님이 원하시면 그만둘 수도 있어요. 처음부터 그렇게 말씀드렸잖아요. 의도적으로 법의국을 곤란하게 만드는 일을 할 생각은 없었고, 그런 일로 타협할 생각도 없으니까요."

"부질없이 이 문제에 대해 더 이상 이야기할 필요는 없을 것 같소. 이론적으로는 나도 당신 뜻에 반대하는 건 아니니까. 케이. 대중은 사법 제도나 과학 수사에 관한 여러 가지 일들에 대해 많이들 잘못 알고 있어요. 물론 범죄 현장이나, 법원 소송, 법률, 세금이 쓰이는 모든 곳들이 엉망인 건 사실이지. 하지만 나는 TV 쇼에 나간다고 그런 문제들이 해결될 거라고는 믿지 않아요. 물론 그건 내 생각이긴 하지. 그렇지만 내 방식이 그러니, 가끔씩 난 당신에게 인디언 묘지 주위를 둘러보라는 말을 할 수밖에 없다오. 해나 스타 역시 그중 하나고."

"아무래도 회의 주제는 제가 아니라 그 사건이었던 모양이네요." 스카페타가 말했다.

"나는 그런 쇼를 보지 않아요." 에디슨이 파이프를 천천히 만지작거리며 말했다. "하지만 칼리 크리스핀이나 워너 에이지가 나오는 쇼에서 해나 스타를 케일리 앤서니(2008년 미국 플로리다 주에서 실종되었던 두 살 된 아기가 5개월 뒤, 집 근처에서 살해된 채 유해로 발견되었고, 수사 결과 모친인 케이시 앤서니가 범인으로 지목되었으나 법정에서 무죄로 풀려난 사건-옮긴이)나 애나 니콜 스미스(1967~2007. 미국의 유명 모델. 플로리다 호텔 객실에서 약물 중독으로 사망한 채로 발견되었다-옮긴이)에 이어 즐겨 다루는 소재로 써먹고 있다는 건 알고 있소. 그리고 오늘 밤 쇼에서 그 사람들은 당신에게 공원에서 조깅하다가 살해당한 피해자에 대해 절대 해서는 안 되는 질문들을 퍼부을 거요."

"CNN에서도 제가 진행 중인 사건에 대해서는 말하지 않을 거라는 조건에 동의했어요."

"크리스핀이라는 그 여자도 그 조건에 동의한 거요? 그 여자는 규칙을 따라야 한다는 것을 모르는 것 같던데. 더군다나 생방송이니 그 여자가 무슨 소리를 할지 모르지 않소."

"오늘 그 쇼에서는 현미경으로 관찰하는 법에 대한 이야기를 하기로 되어 있어요. 특히 체모 분석에 대해서 말이에요." 스카페타가 말했다.

"좋군. 그건 도움이 될 거요. 연구실에 있는 우리 동료들 중에는 대중이나 정치인들이 DNA가 마법의 램프라고 여기고, 그 외 다른 전문 분야들을 불필요한 것으로 여기는 것에 대해 걱정하고 있으니까. 아무래도 요즘 사람들은 DNA만 채취할 수 있다면 모든 문제들을 해결할 수 있고, 섬유, 체모, 독극물, 문서 조사, 심지어 지문까지도 필요 없다고 생각하고 있으니까 말이오." 에디슨 박사가 지난 몇 년간 사용한 적이 없는 재떨이 위에 파이프를 다시 내려놓으며 말했다. "내가 보기에 토니 다리엔의 신원은 쉽게 파악된 것 같은데. 경찰 쪽에서는 그 정보를 대중에 알리고 싶어 할 거요."

"토니 다리엔의 이름을 알리는 건 문제될 게 없습니다. 하지만 제가 알아낸 세부적인 사항들에 대해서는 아직 발표할 수가 없어요. 아무래도 범죄 현장이 피해자가 살해당한 장소가 아니라 조작된 것 같습니다. 피해자는 조깅을 하다가 공격당한 것이 아닐 수도 있어요."

"그렇게 생각하는 근거는?"

"아주 많아요. 일단 피해자는 머리 뒤쪽을 얻어맞았어요. 바로 여기 좌측 측두골 후두부에 일격을 당했죠." 스카페타는 에디슨 박사에게 보여주기 위해 자신의 머리에서 그 위치를 가리켰다. "그런데 피해자가 그 공격을 당한 후, 몇 시간 정도 살아 있었을 가능성이 있어요. 상처 부위가 넓고 깊게 퍼져 있고, 두피 아래 출혈성 부종이 있다는 것이 그 증거죠. 피해자의 목을 스카프로 조른 건 사망한 이후에 저지른 짓이고요."

"범행 도구는 어떤 거요?"

"원형 분쇄 골절로 뼛조각들이 여러 개 뇌에 박혀 있었어요. 어떤 것인지 몰라도 피해자의 머리를 내리친 흉기는 최소 지름이 50밀리미터이고 표면이 둥근 물체예요."

"그냥 내리친 게 아니라, 뼈가 부서질 정도로 세게 내리쳤다는 말인데."
에디슨 박사는 생각에 잠겼다. "그렇다면 망치처럼 생긴 것도 아니고, 표면이 평평한 둥근 물체도 아니란 말이군요. 표면 지름이 50밀리미터라고 했으니 야구방망이는 아닐 것이고. 그 정도면 당구공 크기 정도이려나. 정말 뭔지 궁금하군."

"제가 보기에 피해자는 화요일에 사망했어요." 스카페타가 말했다.

"시신이 부패하기 시작했소?"

"아뇨. 하지만 간이 굳었고, 등 뒤에 나타난 일련의 자국으로 보아 사망한 뒤에 시간이 어느 정도 지났다는 것을 알 수 있었어요. 그 자국으로 보면 피해자는 적어도 열두 시간 동안 옷을 벗고, 양팔을 옆구리에 붙인 채 손바닥을 바닥에 붙인 채로 누워 있었단 말이에요. 하지만 피해자가 발견됐을 당시에는 그런 모습이 아니었어요. 공원에서 발견됐을 때 말이에요. 똑바로 누워 있긴 했지만, 팔꿈치가 약간 구부려진 채로 양팔을 머리 위로 올리고 있었죠. 마치 누군가 피해자를 끌었거나, 손목을 잡아당긴 것처럼요."

"경직 상태는 어땠소?" 에디슨 박사가 물었다.

"제가 피해자의 사지를 움직이려고 하자 쉽게 부러졌어요. 다시 말해 사후경직이 끝나서 다음 단계로 넘어갔다는 거죠. 그러니 시간이 제법 지났다는 뜻이에요."

"당신 말대로라면 피해자의 몸을 움직이거나, 운반하는 것이 어렵지 않았어야 했다는 건데. 피해자를 공원에 유기할 때, 시신이 너무 뻣뻣하면 옮기기 어려울 테니 말이오. 건조 상태는 어땠소? 지금 당신은 피해자의 시신이 발견되기 전에 어딘가 차가운 곳에서 하루나 이틀 정도 보관되어 있었을지도 모른다고 생각하고 있는 거 아니오?" 그가 물었다.

"손가락과 입술, 타슈 누아르(사체가 진드기 매개로 물릴 경우 나타나는 검은 딱지가 덮인 부분—옮긴이) 부위가 약간 건조한 상태였어요. 그리고 피해자는 눈을 살짝 뜨고 있었는데, 결막 역시 건조해져 갈색으로 변해 있었죠.

겨드랑이 온도는 10도였고요. 지난밤 최저 기온은 1도였어요. 낮 최고 기온은 8도였죠. 스카프에 졸린 부위는 피부 표면에 메마른 갈색 찰과상으로만 남아 있었어요. 얼굴이나 결막에 홍조도 없었고, 점상 출혈도 없었어요. 혀도 튀어나오지 않았고요." 스카페타가 대답했다.

"그렇다면 사후에 목을 졸랐다는 거군. 스카프는 어디쯤 묶여 있었소?" 에디슨이 결론을 내렸다.

"목 중간에요." 그녀는 에디슨에게 자기 목의 그 부위를 가리켰다. "앞쪽에 이중으로 매듭지어져 있었어요. 그래서 스카프를 절단할 수밖에 없었죠. 스카프는 목 뒤쪽으로 절단해서 떼어 냈어요. 그쪽에는 생명 반응이 전혀 없었고, 몸속도 마찬가지였어요. 설골, 갑상선, 횡문근이 모두 온전했고, 상처도 없었죠."

"그러니까 당신 생각에는 피해자가 다른 곳에서 살해당했고, 시신이 발견된 공원가에 유기된 것일 수도 있다는 말이군. 대낮에 발견되라고 말이오. 아침에 그렇게 빨리 발견된 것도 사람들이 지나치는 장소였기 때문이란 말이고. 피해자가 묶여 있었던 흔적이라도 있소? 성폭행 흔적은?"

"결박당한 흔적이나 상처는 없었고, 방어흔도 없었어요. 하지만 양쪽 허벅지 안쪽에서 타박상을 찾아냈어요. 후음순소대에서도 표면에 쓸린 자국과 극소량의 출혈, 인접 부위에 상처가 남아 있었고, 대음순도 붉은색이었어요. 질 입구나 질둥근천장 부근에서 분비물은 보이지 않았습니다만, 질 내벽에는 비정상적인 염증이 있었어요. 증거는 PERK로 수집했습니다." 스카페타가 말했다.

그녀가 말한 것은 물리적 증거 복구 키트(Physical Evidence Recovery Kit)로, 그 안에는 DNA 채취용 면봉도 포함되어 있었다.

스카페타가 말을 이었다. "범죄 수사용 손전등으로도 피해자를 살피면서 남아 있는 증거들을 수집했는데, 섬유도 있었지만 대부분이 피해자의 체모였어요. 피해자가 가격당한 상처 부위의 머리카락은 밀었는데, 그 머리카락 속에 파편과 가루가 가득하더군요. 확대경으로 상처 부위를 살펴

보니 깊숙한 곳에 페인트 입자가 남아 있는 것이 보였어요. 밝은 빨강, 밝은 노랑, 검정색. 이제 그게 뭔지 알아내야죠. 연구실에 있는 사람들에게 가능한 한 많은 것들을 빨리 알아내야 한다고 말해 놨어요."

"당신은 평소에도 그렇게 말하는 걸로 알고 있소만."

"또 한 가지 흥미로운 점이 있었어요. 피해자가 양말을 잘못 신고 있었어요." 스카페타가 말했다.

"어떻게 잘못 신었다는 거요? 뒤집어서 신었단 말인가?"

"달리기용 양말은 오른발과 왼발의 모양이 해부학적으로 정확하게 디자인되어 있어요. 실제로 표시도 되어 있죠. 왼쪽 양말에는 L, 오른쪽 양말에는 R이 새겨져 있어요. 그런데 피해자는 양말을 거꾸로 신고 있었어요. 왼쪽 발에 오른쪽 양말을 신고, 오른쪽 발에 왼쪽 양말을 신고 있었단 말이죠."

"그건 피해자가 모르고 잘못 신었을 가능성도 있지 않소?" 에디슨 박사가 재킷을 입었다.

"그럴 수도 있겠죠. 하지만 피해자처럼 양말까지 달리기용으로 꼼꼼하게 옷차림에 신경 쓰는 사람이 양말을 거꾸로 신을까요? 그리고 그렇게 비가 내리고 추운 밤에 장갑도 끼지 않은 채, 플리스 외에는 외투나 귀마개도 없이 달리러 나갔을까요? 다리엔 부인의 말에 따르면 토니는 날씨가 나쁠 때는 달리는 걸 싫어한다고 했어요. 뿐만 아니라 다리엔 부인은 토니가 차고 있던 특이한 시계에 대해서도 알지 못했어요. 바이오그래프라는 이름이 새겨진 커다란 검은색 플라스틱 전자시계인데, 어쩌면 무슨 정보를 저장하는 장치일지도 모르겠어요."

"구글에서 찾아본 거요?" 에디슨 박사가 책상에서 일어났다.

"루시한테도 찾아보라고 했어요. DNA 검사가 끝난 뒤에 그 애에게 시계를 살펴보라고 할 참이에요. 지금까지 알아본 바로는 바이오그래프라는 이름의 시계나 장치는 없어요. 토니 다리엔의 주치의나 알고 지낸 사람들 중에 토니가 어째서 그런 시계를 차고 있고, 그 시계가 무엇인지 아는 사람이 있기만을 바라는 중이에요."

"지금 당신이 시간제가 아니라 전업으로 일하고 있다는 걸 알고 있소?" 에디슨 박사가 가방을 집어 들고, 문 뒤에 걸려 있던 코트를 내렸다. "이번 달에는 매사추세츠에 한 번도 돌아가지 않았던 걸로 아는데."

"여기 일이 좀 바빴잖아요." 스카페타도 자리에서 일어나 소지품들을 챙기며 말했다.

"누가 그렇게 당신을 몰아붙이는 거요?"

"보스턴으로 빨리 돌아가기 위해서요." 스카페타가 코트를 걸치자, 두 사람은 함께 사무실을 나섰다. "과거를 되풀이하는 건 부끄러운 일이에요. 워터타운 북동쪽에 있는 사무실은 여름쯤에 문을 닫게 될 거예요. 보스턴 법의국의 일만으로도 주체하지 못할 지경이니까요."

"그렇다면 벤턴이 왔다 갔다 해야 되겠군."

"비행기를 타고 다녀야죠. 가끔은 루시가 자기 헬리콥터에 태워 줄 거예요. 여기서도 많이 그랬으니까."

"루시가 그 바이오그래프라는 시계 조사를 도와준다니 다행이오. 우린 루시에게 정식으로 일을 의뢰할 형편이 되지 않으니까. 만일 DNA 검사 가 끝난 뒤에 그 시계가 어떤 장치이며 그 안에 무슨 자료가 들어 있다는 것이 밝혀진다면, 제이미 버거 검사가 동의할 경우 그게 무엇인지 나도 알고 싶군요. 아침에 시청에서 회의가 있다오. 시장과 다른 사람들이 있 는 그 불펜 안에서 말이지. 지금 우리가 맡은 사건들 때문에 관광 산업이 좋지 않은 상황이니 말이오. 해나 스타에 지금은 토니 다리엔 사건까지 터졌으니까. 그 자리에서 내가 무슨 말을 듣게 될지는 당신도 알고 있을 거요."

"그 사람들이 우리 쪽 예산을 계속 삭감한다면 우리가 일을 제대로 못 하게 될 것이고, 그렇게 되면 관광 산업에 더욱 좋지 않을 거라는 것을 상 기시켜 주고 오셔야겠네요."

"내가 처음 여기서 일을 시작했던 1990년대 초에는 전국에서 일어나는 살인사건의 10퍼센트가 이곳 뉴욕에서 일어났지." 라디오에서 흘러나오는 엘튼 존의 노래가 들리는 로비를 지나치면서 에디슨 박사가 말했다. "첫 해 동안 2,300건의 살인사건이 일어났소. 작년에는 살인사건이 78퍼센트 감소해서 500건도 채 일어나지 않았어요. 사람들은 그걸 잊어버린 모양 이오. 모두들 최근에 일어난 살인사건만 생각한다니까. 필렌이 음악을 듣 고 있는 모양이군. 내가 저 라디오를 압수해야 되겠소?"

"그렇게 하지 않으실 거잖아요." 스카페타가 말했다.

"당신 말이 맞소. 여기 사람들은 모두 열심히 일하지. 그런데 여기선 웃 을 일이 많지 않으니까."

그들은 차가운 바람을 맞으며 1번가의 보도로 나섰다. 차 소리가 요란 했다. 러시아워는 절정이었고, 택시들은 경적을 울리며 달리고 있었다. 그 리고 구급차들이 사이렌을 울리며 몇 블록 앞에 있는 벨뷰 종합병원과 그 옆에 있는 뉴욕 대 랑곤 메디컬 센터를 향해 달려가고 있었다. 5시가 조금 넘었을 뿐인데, 바깥은 완전히 깜깜했다. 스카페타는 벤턴에게 전화해야 한다는 사실을 떠올리고, 가방 안에서 블랙베리를 찾기 시작했다.

"오늘 밤 행운을 빌겠소. 난 그 쇼를 보지 않을 거지만." 에디슨 박사가 그녀의 팔을 두드리며 말했다.

도디 호지와 노란색 별들이 새겨진 검은색 표지의 마법서. 그녀는 어디 를 가든 그 책을 가지고 다녔다.

"주문을 외우고, 의식을 치루고, 부적을 쓰고, 산호 조각이나 쇠못, 통카 콩(브라질 등지에서 나며 향료나 코담배 등에 사용한다 — 옮긴이)이 들어 있는 작은 비단 주머니들을 팔았어요. 사실 그 여자가 맥린에 있는 동안 문제 가 좀 있었어요. 다른 환자들과 병원 직원 몇 명이 도디의 자칭 영적 기념 품들을 사거나, 돈을 주고 부적을 사거나 상담을 요청했던 거죠. 그 여자 는 자기가 영적 능력과 다른 초능력을 가지고 있다고 주장했어요. 예상하 셨겠지만, 특별히 곤경에 처해 있는 사람들이 도디와 같은 여자에게 쉽게 넘어갔던 거죠." 벤턴이 클라크 박사에게 말했다.

"디트로이트의 서점에서 DVD를 훔친 걸 보면 영적 능력 같은 건 없는 것처럼 보이는데. 정말 그런 게 있었다면 자기가 붙잡힐 거라는 것을 예측했을 테니 말이야." 클라크 박사는 바로 앞에 있는 진실에 조금씩 가까워지고 있었다.

"그렇게 말하면 그 여자는 훔친 게 아니라고 대답할 겁니다. 햅 저드가 조카이기 때문에, 실제로 그 DVD를 가져갈 권리가 있었으니까요." 벤턴이 말했다.

"햅 저드와 친척이라는 건 사실인가? 아니면 그것도 거짓인가? 자네가 보기에 과대망상인 건가?"

"그 여자가 정말 햅 저드의 친척인지 아닌지는 모릅니다." 벤턴이 말했다.

"그런 건 쉽게 알아볼 수 있을 것 같은데." 클라크 박사가 말했다.

"그래서 오늘 아침 일찍 LA에 있는 햅 저드의 에이전트 사무실에 전화를 했습니다." 벤턴은 자백이라도 하듯 말했다. 그는 자기가 어째서 이 이야기를 꺼낸 건지 알 수 없었지만, 그렇게 될 것을 알고 있었다.

클라크 박사는 아무 말 없이 쳐다보며, 벤턴이 다음 말을 이어 나가기를 기다렸다.

"에이전트는 긍정도 부정도 하지 않은 채, 자신은 햅 저드의 사생활에 대해 말할 위치에 있지 않다고 하더군요." 벤턴은 분노의 물결이 다시 밀려오는 것을 느꼈다. 이번에는 조금 전보다 더 컸다. "그런 다음 제가 무슨 이유로 도디 호지라는 이름을 가진 사람에 대해 물어보는 건지 알고 싶다고 했습니다. 그 에이전트라는 여자가 말하는 투로 보아 아무리 아닌 척해도 제가 물어본 도디 호지에 대해 정확하게 알고 있는 것 같다는 생각이 들더군요. 아시다시피 제가 말할 수 있는 내용은 극히 제한적이기 때문에, 그저 그렇다는 정보를 얻어서 확인하려는 거라고 대답했죠."

"그러니까 자네는 자네가 누군지, 어째서 그 일에 관심을 가지는 건지 말하지 않았다는 거군."

벤턴은 침묵으로 대답을 대신했다. 너선 클라크는 벤턴에 대해 잘 알고 있었다. 왜냐하면 벤턴이 자신에 대해 알려 주었기 때문이다. 그들은 친구였다. 아마 클라크 박사는 벤턴의 유일한 친구이며, 스카페타를 제외하면 벤턴의 가장 깊은 속내까지 들여다본 유일한 사람일 것이다. 심지어 스카페타조차도 그의 밑바닥까지 들여다본 적이 없었다. 그녀가 두려워하는 곳을 피했기 때문이다. 그 바닥은 스카페타가 가장 두려워하는 것이었다. 클라크 박사는 벤턴에게서 진실을 끌어냈고, 벤턴도 막지 않았다. 끝을 내야만 했다.

"그런 게 바로 전직 FBI의 문제지, 안 그런가? 비밀리에 조사하고, 어떤 방법을 써서든 정보를 얻어 내고 싶은 것을 참을 수가 없다는 것. 심지어 민간인이 된 지 몇 년이나 지났는데도 말이야."

"아마 그 에이전트는 저를 기자라고 생각했을 겁니다."

"자네 이름은 밝힌 건가?"

벤턴은 대답하지 않았다.

"자네가 누구고, 무슨 이유로 어디서 전화한 건지 말하지 않았다는 말이로군. 그렇게 되면 환자 정보 보호법을 위반한 것일 수도 있어." 클라크 박사가 말을 이었다.

"네. 그럴 겁니다."

"그러지 말았어야지."

벤턴은 아무 말 없이 클라크 박사가 마음껏 이야기하도록 내버려 두었다.

"아무래도 자네와 FBI에 대해 심도 깊게 이야기를 해 봐야 할 것 같군. 이제껏 우리는 자네가 증인 보호 프로그램에서 지낸 몇 년에 대해서만 이야기를 했었지. 케이는 자네가 샹도니 패밀리 범죄 조직에게 살해당했다고 생각하고 있었고, 자네는 사람들이 생각하는 것보다 훨씬 큰 고통 속에 숨어 살아야 했던, 그 암흑의 시간에 대해 말이야. 하지만 이제부터는 FBI에서 일했던 과거에 대해 자네가 지금 어떻게 생각하고 있는지 알아

봐야겠어. 어쩌면 자네는 그 일을 과거로 여기지 않을 수도 있으니 말이야."

"그건 아주 오래전에 있었던 일입니다. 완전히 다른 삶이었어요. 연방 수사국도 지금 같지 않았을 때였죠." 벤턴은 그 일에 대해 더 이상 이야기하고 싶지 않았지만, 그래도 말했다. 그는 클라크 박사가 계속 이끌어 가게 내버려 두었다. "하지만 그 말씀이 맞을 겁니다. 한 번 경찰은,"

"영원한 경찰이지. 나도 그 상투적인 문구는 알아. 솔직히 말하자면 그걸 상투적인 문구로만 볼 수는 없지. 자네는 오늘도 환자 보호를 우선시해야 하는 정신과 전문의 대신 경찰처럼 행동했다는 사실을 인정했어. 도디 호지가 자네 내면의 뭔가를 깨운 거야."

벤턴은 아무 말도 하지 않았다.

"그저 잠재웠다고 자네가 생각했을 뿐, 실제로는 결코 잠들 수 없는 뭔가를 말이지." 클라크 박사가 말을 이었다.

벤턴은 여전히 침묵을 지켰다.

"그래서 난 자문했다네. 그걸 깨운 건 대체 무엇일까? 도디는 진짜 기폭제가 아니었을 거야. 그 여자는 그 정도로 중요하지 않으니까. 도리어 촉매제에 가깝다고 할 수 있지. 자네도 그렇게 생각하지 않나?" 클라크 박사가 물었다.

"그 여자가 뭔지는 모르겠습니다. 하지만 그 말씀이 맞아요. 그 여자는 기폭제가 아닙니다."

"나는 기폭제가 워너 에이지일 거라고 생각하네. 지난 3주일 동안 그자는 오늘 밤 케이가 출연하는 그 쇼에 초대 손님으로 여러 번 나와 FBI 법정 정신과 전문의이자, 원조 프로파일러, 온갖 연쇄 범죄와 사이코패스에 대해 잘 알고 있는 전문가 행세를 했으니까. 자네는 그자에게 좋지 않은 감정을 가지고 있는 게 당연하지 않은가. 실제로 예전에는 그자를 보면 죽이고 싶은 마음이 든다는 말도 했었으니까. 케이는 워너에 대해 알고 있나?"

"개인적으로는 모릅니다."

"그자가 자네에게 무슨 짓을 했는지 모른단 말인가?"

"그때 일에 대해 이야기하지 않았습니다. 그때 일은 그냥 넘기고 처음부터 다시 시작하기 위해 노력했죠. 전 그 당시 일에 대해 말을 할 수 없었어요. 하지만 설령 제가 말할 수 있었다고 해도 케이가 들으려고 하지 않았을 겁니다. 듣고 싶어 하지 않으니까요. 솔직하게 말하자면 제가 아무리 분석을 해도 케이가 그 일에 대해 무엇을 기억하고 있는지 알 수가 없습니다. 그래서 아내를 힘들게 하지 않으려고 조심해 왔던 거죠."

"어쩌면 케이가 그 일을 떠올리게 되면 무슨 일이 벌어질지 두렵기 때문이겠지. 자네는 케이가 화를 낼까 봐 두려워하는 건지도 몰라."

"케이는 얼마든지 화를 낼 자격이 있어요. 하지만 그 사람은 그 일에 대해 말을 하지 않아요. 그래서 케이 역시 자기 자신이 느끼게 될 분노를 두려워하고 있다는 생각이 듭니다." 벤턴이 말했다.

"자네의 분노는 어떤가?"

"분노와 증오는 파괴적이죠. 전 분노나 증오심을 느끼고 싶지 않습니다." 마치 산을 들이마시기라도 한 것처럼, 분노와 증오가 그의 위에 구멍을 뚫고 있었다.

"워너가 자네에게 한 짓에 대해 케이에게 자세히 말할 생각이 없는 모양이군. 워너가 TV에 나온 것을 보고 자네 속이 많이 상했을 거야. 그래서 자네가 그렇게 들어가지 않으려고 애써 왔던 그 방문이 열린 거지." 클라크 박사가 말했다.

벤턴은 아무 말도 하지 않았다.

"워너가 자네와 경쟁하기 위해 의도적으로 케이가 나오는 쇼를 노린 거라고 생각할 수도 있겠나? 나는 칼리 크리스핀이 자네와 케이 두 사람 모두에게 연락을 했다는 말을 자네에게서 들은 줄 알고 있었어. 그런데 실제로는 칼리 크리스핀이 방송 중에 그런 말을 했던 거지. 내가 그걸 어디선가 보고 들었던 모양이야. 결국 자네는 그 쇼에 나가는 것을 거절했어. 그런데 그다음에 어떻게 됐나? 워너가 대신 나오게 된 거야. 이게 음모일까? 자네에게 맞서려는 워너의 계획의 일부인 걸까? 이 모든 일들이 자네에 대한 그자의 경쟁심에서 비롯된 것일까?"

"케이는 사람들이 여러 명 나오는 쇼에는 절대 패널로 참가하지 않아요. 전문가라고 주장하는 사람들이 나와 서로 소리치고 싸우는 〈할리우드 스퀘어〉라는 프로그램에서도 섭외가 왔지만 거절했죠. 그래서 〈크리스핀 리포트〉에도 나가지 않으려고 했어요."

"자네가 구사일생으로 돌아와 보니, 자네의 인생을 훔치려고 했던 남자는 유명인사가 되어 있었지. 그자가 가장 부러워했던 자네처럼 말이야. 그리고 이제 그 남자는 자네 부인과 같은 방송국, 같은 쇼에 나오게 됐어." 클라크 박사가 다시 주제를 돌렸다.

"케이는 그런 쇼에 자주 나가지도 않고, 그렇게 다른 사람들과 함께 나오는 프로그램에는 절대 나가지 않아요." 벤턴이 되풀이해서 말했다. "칼리의 쇼에도 단독으로 출연하는 거라 나가기로 한 거예요. 한마디 덧붙이자면 제 조언도 듣지 않고 말이죠. 지금까지 두 번이나 그 방송에 나갔던 것도 그 프로그램 제작자와의 친분 때문이었어요. 지금 칼리로서는 누구한테든 도움을 청해야 하는 상황이에요. 시청률이 계속 떨어지고 있으니까. 실제로 이번 주에도 시청률이 걷잡을 수 없이 떨어졌죠."

"자네가 이번 일에 대해 회피하거나 방어적인 태도를 보이지 않는다는 점이 다행이야."

"저는 케이가 이 모든 일에서 멀리 떨어져 있기만을 바랄 뿐입니다. 칼리에게서도 말이에요. 케이는 지나치게 착하고, 지나치게 다른 사람들을 도우려고 해요. 자기가 이 세상의 선생님이라도 되는 것처럼 말이죠. 케이가 어떤지 잘 아시잖아요."

"내 생각이긴 하지만, 최근 들어 더욱 쉽게 알 수 있게 되긴 했지. 자네는 지금 어느 정도 힘든 건가? 혹시 위협적으로 느껴질 정도인 거야?"

"전 케이가 TV에 나오지 않았으면 좋겠습니다. 하지만 아내도 자기 인생을 살아야 하니까요."

"내가 알기로 워너는 해나 스타가 실종되었던 3주일 전부터 각광받기 시작했다네. 그 이전까지는 뒤쪽에 있어서 보이지도 않았어. 〈크리스핀 리포트〉에서 얼굴을 비추는 건 아주 드문 일이었지."

"아무래도 재미도 없고, 카리스마가 있는 것도 아닌 별 볼 일 없는 사람이 TV 황금 시간대에 얼굴을 비추려면 칼리와 함께, 세상을 떠들썩하게 만든 사건에 대해 부적절하고 자극적인 이야기를 떠드는 방법밖에 없었을 겁니다. 한마디로 재수 없는 놈인 거죠."

"워너 에이지의 평판에 관해 자네에게 이견이 없다니 마음이 놓이는군."

"그렇게 하는 건 잘못이니까요. 정말 잘못한 겁니다. 아무리 얼간이라 할지라도 잘못하고 있다는 건 알고 있을 거예요." 벤턴이 말했다.

"지금까지 자네는 그자의 이름을 입에 올리거나 직접적으로 언급하는 것을 꺼렸지. 그렇지만 이제 많이 좋아진 것 같군."

"케이는 2003년에, 매사추세츠 월섬에 있던 모텔 방에서 무슨 일이 있었는지 자세히 모릅니다." 벤턴은 클라크 박사의 눈을 쳐다보았다. "아내는 그때 일에 대해 자세히 모르고 있어요. 실제로 기관이란 곳이 얼마나 복잡한지, 작전을 수행할 때 기관의 생리가 어떤지 전혀 모른단 말입니다. 케이는 제가 이 모든 일들을 다 계획한 거라고 생각하고 있어요. 샹도니 조직에 대해 분석했기 때문에, 적들이 제가 죽었다는 것을 믿지 않으면 저 자신은 물론, 주변 사람들까지 모두 위험해지니까 제가 직접 증인 보호 프로그램에 들어가겠다고 자청한 거라고 말입니다. 만일 제가 살아 있다면 그자들은 절 뒤쫓을 것이고, 케이를 뒤쫓을 것이며, 다른 사람들까지 뒤쫓았을 테니까요. 그때 일과 관련해 그자들이 케이의 뒤를 쫓았고, 장 밥티스트 샹도니가 그런 짓을 저질렀는데도 그 사람이 살아 있다는 건 사실 기적이었어요. 제가 그 상황을 통제할 수가 없었으니까요. 만일 그때 제가 그 상황을 통제할 수 있는 방법이 있었다면, 저를 죽이려고 했던 자들, 케이를 비롯해 다른 사람들까지 죽이려고 했던 자들을 전부 다 제거해 버렸을 겁니다. 결과적으로 그렇게 되긴 했지만 말이죠. 그렇지 않았더라면 기관과 상관없이 제가 해야 할 일을 했을 겁니다."

"그 기관이란 게 대체 뭔가?"

"연방 수사국, 법무부, 국가 안전 보장국, 정부, 부패한 조언을 한 특정 인물이죠. 그 기관을 움직이는 건 그런 부패한 자의 조언, 자기 잇속만 차리는 조언이었습니다."

"바로 워너의 조언이었던 건가. 그자가 거기서 영향력을 행사했다는 것이로군."

"뒤에서 영향력을 행사하는 자들이 있는 건 확실합니다. 그중 한 명은 특히 저를 제거하고 싶어 했고, 처벌하고 싶어 했죠." 벤턴이 말했다.

"무슨 죄로 처벌한단 말인가?"

"그자가 원하는 삶을 살고 있다는 죄요. 그래서 제가 책임을 져야 한다고 생각한 모양입니다. 물론 제가 어떻게 살아 왔는지 아는 사람들이라면 그자가 어째서 저처럼 살고 싶어 하는 건지 이유를 모를 테지만 말이죠."

"만일 그 사람들이 자네의 내면을 알고 있다면 그렇겠지. 자네의 고통, 자네의 마음을 괴롭히는 것들이 무엇인지 안다면 말이야. 하지만 겉으로 보이는 자네 모습이라면 부러울 수도 있겠지. 모든 것을 다 가진 것처럼 보일 테니까. 뛰어난 외모에, 재산도 많은 명문가 출신인 데다가, FBI에서 일할 당시에는 스타 프로파일러였으며, 지금은 하버드 산하 병원에서 일하는 저명한 법의학 심리학자이니 말일세. 뿐만 아니라 이젠 케이와 결혼까지 했지. 난 다른 사람들이 자네 인생을 탐내는 이유를 이해할 수 있네."

"케이는 제가 증인 보호 프로그램으로 6년간 숨어 지낸 것 때문에, 연방 수사국을 그만둔 거라고 생각하고 있어요." 벤턴이 말했다.

"그야 자네가 연방 수사국을 나온 뒤로 그곳을 무시했으니까."

"정말 그렇게 생각하는 사람들도 있더군요."

"케이도 그런가?"

"그럴 겁니다."

"사실은 연방 수사국이 자네를 내몰고, 자네를 무시하지 않았나. 워너 때문에 자네는 배신을 당한 셈이었던 거지." 클라크 박사가 말했다.

"연방 수사국에서는 전문가들에게 의견을 구하고, 정보와 조언을 청합니다. 그곳에서 제 안전을 문제로 삼은 이유는 알고 있어요. 편견이 섞여 있는 외압과 상관없이 의사를 결정해야 하는 자리에 있는 사람들로서는 문제로 삼을 만한 이유들이 여러 가지 있으니까 말입니다. 그 일이 있은 뒤에, 그러니까 그 모든 일을 겪고 난 뒤 제 안전을 문제로 삼았던 것도 바로 그런 이유에 들어가기 때문인 거죠."

"자네는 워너 에이지가 샹도니 패밀리에 관한 것과 자네의 죽음을 거짓으로 가장할 수밖에 없었던 사정에 대해 제대로 알고 있었을 거라고 생각하나? 이제는 자네가 안전하다는 것을 잘 알고 있으면서도 더 이상 임무를 맡길 수 없다는 결정을 내린 거라고?"

"그 질문에 대한 대답은 잘 아시잖습니까. 절 완전히 물먹인 거였죠. 하지만 그자가 TV 쇼에 출연하는 것이 저에 대한 경쟁 심리 때문이라고 생각하진 않습니다. 저와 상관없는 뭔가 다른 일이 있을 거예요. 적어도 직접적인 연관은 없을 겁니다. 그런 암시를 주긴 하지만, 그뿐이에요. 그 외에는 아무것도 없습니다." 벤턴이 말했다.

"그것 참 흥미롭군. 워너는 조용했어. 혹시 눈에 띄는 경우라도, 특별한 업적이 없으니 오래 일했다는 점밖에 내세울 게 없었지. 그랬던 그가 갑자기 전국에 나가는 뉴스쇼에 얼굴을 비치고 있어. 그자가 나선 진짜 동기가 무엇인지에 대한 내 생각이 틀렸을 수도 있지. 솔직히 잘 모르겠네. 그 동기가 자네일 수도 있지만, 적어도 자네에 대한 그자의 질투, 명성에 대한 갈망이 전부는 아닐 거야. 그 점에 있어서만큼은 자네 생각에 동의하네. 아마 다른 뭔가가 있겠지. 그렇다면 그게 뭘까? 그리고 어째서 지금이란 말인가? 단순히 돈이 필요해서 그런 것일 수도 있어. 다른 사람들처럼 그자도 경제적으로 어려워졌을지도 모르지. 워너 정도의 연배라면 돈이 없다는 게 무섭기도 할 테니까." 클라크 박사가 말했다.

"뉴스쇼의 경우에는 초대 손님에게 출연료를 주지 않습니다." 벤턴이 대답했다.

"하지만 초대 손님이 출연해 자극적이고 도발적인 이야기로 그 프로그램의 시청률이 올라간다면, 다른 방식으로 돈을 벌 길이 열리지. 책 계약이라든가, 자문 일이 들어온다던가."

"실제로 퇴직 연금을 날렸다면, 생계를 위한 다른 길을 찾긴 해야 할 겁니다. 개인적인 소득과 자아 만족을 위해서 말이죠. 그렇지만 그자의 동기가 뭔지 알 방법이 없어요. 한 가지 분명한 건 해나 스타가 그자에게 기회를 주었다는 거죠. 해나 스타가 실종되지 않았다면 그자는 TV에 나오지 못했을 테고, 이런 주목도 받지 못했을 테니까요. 아까 말씀하신 대로, 그전까지만 해도 그자는 뒤쪽에서 앞으로 나오지 못하던 위인이었으니 말입니다." 벤턴이 말했다.

"그자라. 대명사로군. 지금 우리는 같은 인물에 대해 말하고 있어. 그것만 해도 큰 진전이야."

"맞습니다. 그자에 대해서 말하고 있죠. 워너 말입니다. 정말 기분 나쁜 녀석이죠." 벤턴은 패배감과 안도감을 동시에 느꼈다. 슬픔도 느꼈고, 감정이 소진되는 것도 느꼈다. "그자는 좋은 사람이 아닙니다. 예전에도 그랬고, 지금도 그러하며, 앞으로도 그럴 겁니다. 파괴적이고 위험하며 무자비한 인간이고, 자기도취에 빠진 소시오패스에, 과대망상증 환자죠. 그렇지만 그자는 일이 잘 풀리지 않았어요. 계속 그런 식으로 비참한 생활이 이어졌다면 회생 불능이었을 겁니다. 그러니 자신의 끝없는 탐욕을 확인받고, 아무 쓸모없고 근거 없는 자신의 이론에 대한 대중의 지지를 얻어내는 것으로 보상을 받으려고 하는 것을 동기로 볼 수도 있겠죠. 어쩌면 돈이 필요했을지도 모르고요."

"그자가 기분 나쁜 녀석이라는 건 동의하네. 난 다만 자네 기분이 상하지 않기를 바랄 뿐이야." 클라크 박사가 말했다.

"전 기분 나쁘지 않습니다. 그놈의 뉴스쇼에 계속 나오는 그자의 재수 없는 얼굴을 봐야 하는 일이나, 그 빌어먹을 놈이 제 이력을 대신 차지하고, 심지어 제 이름을 언급하는 것이 유쾌하지 않은 건 사실이지만 말이죠."

"지난 몇 년간, 난 워너 에이지를 기억하는 것보다 훨씬 더 많이 만났었지. 그자에 대한 내 평가를 들으면 자네 기분이 좀 나아지겠나?"

"말씀해 주세요."

"일적인 모임에서 만났는데, 그때마다 그자는 항상 잘난 척을 했고, 날 무시했지."

"정말 기가 막히는군요."

"그자가 자네에게 한 짓은 그냥 잊어버리게." 클라크 박사가 말을 이었다.

"그럴 순 없습니다. 그자는 감옥에 가야 해요."

"아마 지옥에 떨어질 거야. 그자는 인류의 수치니까. 솔직히 그렇지 않은가? 적어도 나이 든 사람들이나 절망한 사람들은 매일같이 오늘은 나쁜 일이 있을 것인지, 아니면 약간이라도 좋은 날이 될지를 궁금해한다네. 아마 나 같은 경우에는 넘어지지 않았으면 좋겠다거나, 셔츠 앞자락에 커피를 쏟지 않았으면 하고 바라는 것과 마찬가지지. 그런데 지난밤에 TV 채널을 돌리다가 그자가 나오는 걸 봤다네. 나도 모르게 계속 화면을 볼 수밖에 없었어. 그자는 해나 스타에 대해서 말도 안 되는 소리들을 계속해서 떠들어 대고 있더군. 그 사건에 대해 말하는 것도 부적절한 일일 뿐만 아니라, 그 여자가 살아 있는지 죽어 있는지 발견되지도 않은 상태에서 말이야. 뿐만 아니라 그자는 연쇄 살인범이 그 여자를 죽였을지도 모른다는 온갖 끔찍한 가정을 하고 있었어. 어리석은 허풍쟁이 같으니라고. 난 FBI가 그자의 입을 틀어막기 위해 아무 조치도 취하지 않는다는 점에 놀랐다네. 그자는 정말 끔찍한 인간이고, 행동 분석 팀의 가장 큰 수치인데 말이야." 클라크 박사가 말했다.

"그자는 한 번도 행동 분석 팀에 속했던 적이 없고, 제가 팀장으로 있을 당시, 행동 과학 팀에 있지도 않았습니다. 모두 그자가 만든 신화의 단편일 뿐이에요. 그자는 FBI였던 적이 없습니다."

"하지만 자네는 FBI였지. 지금은 아니지만."

"그렇습니다. 지금은 아니죠."

"이 일은 나중에 다시 이야기하도록 하지. 이제 그만 가 봐야겠네. 아주 중요한 약속을 잊어버릴 뻔했어. 자네가 디트로이트 지방검사 사무실에 이번 사건의 피고인 도디 호지의 심리 검사 결과를 요청했다고 들었네. 그러나 그 여자가 다른 범죄를 저지른 것이 밝혀지지 않은 이상 자네가 조사를 할 권리는 없어." 클라크 박사가 말했다.

"알고 있습니다. 그럴 권한은 없죠."

"노래가 나오는 크리스마스카드를 받았다고 해도 그럴 권리는 없다네."

"알고 있습니다. 하지만 이건 단순한 카드가 아니에요. 은근한 협박입니다." 벤턴은 그 점을 간과할 수 없었다.

"그건 관점의 문제지. 로르샤흐 검사(좌우 대칭으로 된 불규칙한 잉크 모양이 어떤 모양으로 보이는지에 따라 그 사람의 성격과 정신 상태를 판단하는 인격 진단 검사 - 옮긴이)에 쓰는 그림을 짓눌린 벌레로 볼 수도 있고, 나비로 볼 수도 있는 것처럼 말이네. 안 그런가? 그 카드를 은근한 협박으로 보는 것을 자네의 퇴보라고 말하는 사람들도 있을 거야. 오랜 시간 수사관으로 일하며 폭력에 노출되다 보니, 사랑하는 사람들에 대한 과잉보호와 나쁜 녀석들이 자네를 죽이려고 했을 때 느꼈던 공포가 내재된 트라우마의 명백한 증거라고 말이지. 이 일을 너무 무리하게 밀어붙인다면 자네에게 사고 장애가 있다고 생각할 수도 있네."

"지금 하고 있는 이런 생각들은 전부 비밀로 할 겁니다. 제가 불치병이나 전염병에 걸렸다는 진단을 내리지 않는 것처럼 말이죠." 벤턴이 말했다.

"좋은 생각이야. 불치병이나 전염병을 진단하는 건 우리 일이 아니니까."

"설령 우리가 그 사실을 알고 있다고 하더라도 말이죠."

"우린 많은 것을 알고 있지. 그중 태반은 내가 몰랐으면 좋겠다고 생각하는 것들이지만. 나는 프로파일러라는 명칭이 생기기 훨씬 이전부터 이일을 해 왔다네. FBI가 여전히 소형 기관총을 사용하고, 소위 연쇄 살인범보다는 공산주의자들을 색출하는 데 열중하고 있을 때부터 말이야. 자네는 내가 담당하는 환자들을 모두 사랑한다고 생각하나?" 클라크 박사가 말했다. 그리고 팔걸이를 붙잡고 의자에서 일어났다. "내가 오늘 몇 시간을 함께 보낸 그 환자를 사랑한다고 생각하나? 친애하는 테디(1946~1989. 테드 번디. 미국의 연쇄 살인범 – 옮긴이)는 도움이 되는 타당한 일이라고 생각하고 아홉 살짜리 소녀의 음부에 가솔린을 부었지. 그는 내게 자기가 왜 그랬는지 자세히 설명해 주었다네. 그렇게 하면 자기가 그 소녀를 강간한 뒤에도 임신을 하지 않을 거라고 생각했다는 거야. 테디에게 책임이 있는 것 같은가? 어린 시절 성적 학대와 고문을 반복해서 당한 피해자이자, 제대로 치료를 받지 못한 정신 분열증 환자인 그를 비난할 수 있겠나? 그런 테디에게 죽음의 주사를 놓거나, 총살 집행대에 세우거나, 전기의자에 앉혀야만 하는 걸까?"

"비난을 하는 것과 책임을 지우는 것은 다른 문제입니다." 그때 벤턴의 전화가 울렸다.

그는 스카페타이기를 바라며 전화를 받았다.

"정문 앞에 왔어." 벤턴의 귓가에 그녀의 목소리가 들렸다.

"우리 병원 정문? 지금 벨뷰 앞이란 말이야?" 벤턴은 깜짝 놀랐다.

"걸어왔거든."

"맙소사. 알았어. 로비에서 기다려. 밖에서 기다리지 말고. 로비로 들어와. 내가 바로 내려갈 테니까."

"무슨 일 있어?"

"춥잖아. 날씨도 좋지 않고. 내가 바로 내려갈게." 벤턴이 자리에서 일어나며 말했다.

"행운을 빌어 주게. 테니스장에 가는 길이야." 클라크 박사가 문 앞에 서서, 외투를 걸치고, 모자를 썼다. 허약한 몸에 구부정한 자세로 그림을 그리고 있는 노먼 록웰(1894~1978. 미국의 화가이자 일러스트레이터 – 옮긴이) 같은 모습으로 가방을 어깨에 걸쳤다.

"매켄로(1959~. 존 매켄로. 미국의 테니스 선수－옮긴이)한테 너무 심하게 하진 마세요." 벤턴이 가방을 싸며 말했다.

"공 나오는 기계의 속도가 너무 느려. 그래서 항상 이기지. 내 테니스 경력이 끝날까 봐 걱정이야. 지난주에는 빌리 진 킹이 옆 코트에 있었다네. 내가 머리에서 발끝까지 붉은 흙먼지를 뒤집어쓴 채로 쓰러졌을 때 말이야."

"지금 자랑하시는 거죠?"

"공들을 호퍼로 정리하다가 그 망할 테이프에 발이 걸려 넘어졌지 뭔가. 그러자 빌리 진 킹이 내가 괜찮은지 살피러 와 줬다네. 테니스 영웅을 그렇게 만나게 될 줄이야. 몸조심하게, 벤턴. 케이에게도 안부 전해 주고."

벤턴은 도디에게 받은, 노래가 나오는 카드를 어떻게 할 것인지 곰곰이 생각하다가, 가방 속에 넣었다. 왜 그런 건지 알 수 없었다. 그는 스카페타에게 그 카드를 보여 줄 수 없었지만, 사무실에 놔두고 싶지도 않았다. 혹시 무슨 일이 생기진 않을까? 아무 일도 없을 것이다. 그저 그가 과거의 유령들에 사로잡혀 불안감과 긴장을 느낀 것뿐이다. 모든 것이 잘될 것이다. 벤턴은 사무실 문을 잠근 뒤, 서둘러 발걸음을 옮겼다. 걱정할 것은 아무것도 없었지만, 그는 걱정스러웠다. 벤턴은 아주 오래전부터 불안했다. 그런 예감이 들기 시작하자, 그는 마음에 상처를 입었다. 그리고 그 상처를 입은 부위가 자줏빛일 거라고 상상했다. '이건 감정의 기억이다. 더 이상 현실이 아니야.' 벤턴은 머릿속에서 이렇게 말하는 자신의 목소리를 들었다. 그건 아주 오래전에 있었던 일이었다. 과거에 있었던 일이니, 이제 와서 잘못될 일은 없었다. 동료들의 사무실 문은 닫혀 있었다. 모두 퇴근했고, 일부는 휴가를 떠났다. 크리스마스까지 정확하게 일주일 남았다.

벤턴은 치료 감호소를 가로질러 엘리베이터 쪽으로 향했다. 사방에서 일상적인 소음이 들렸다. 커다란 목소리들, 누군가 "지나간다!"라고 소리 치기도 했다. 제어실에 있는 경비들이 방어문을 빨리 열어 주는 법이 없었기 때문이다. 그때 벤턴의 시야에 라이커스 교도소(뉴욕 시에서 가장 큰 감옥-옮긴이)의 눈부신 오렌지색 죄수복을 입은 죄수 한 명이 들어왔다. 경관들이 양쪽에서 족쇄를 차고 있는 그 죄수를 호송하고 있었다. 아마도 그 죄수가 꾀병을 부렸거나, 뭔가 부상을 당해 크리스마스 휴일 동안 이 곳에서 지내기로 한 모양이었다. 강철문이 큰 소리를 내며 닫혔을 때, 벤턴은 도디 호지를 떠올렸다. 그는 엘리베이터에 올라탔다. 자신이 존재하지 않는 인물로 지내야 했던 지난 6년을 떠올렸다. 그는 그 세월 동안 톰 하빌랜드라는 실존하지 않는 인물로서 외따로 떨어진 채 갇혀 지내야만 했다. 워너 에이지 때문에 그 6년간 죽은 사람으로 지내야만 했다. 벤턴은 자신이 느끼는 감정을 견딜 수가 없었다. 누군가에게 상처 주고 싶다는 무시무시한 감정. 그는 실제로 그것이 어떤 느낌인지 잘 알고 있었다. FBI에 있을 당시 여러 번 경험했기 때문이다. 하지만 결코 행동으로 옮길 순 없었다. 그건 갈망과 같은 욕구로 상상 속에서나 가능한 일이었다.

벤턴은 스카페타가 좀 더 일찍 전화해 주기를 바라고 있었다. 이 도시의 어둠이 깃들어 있는 이곳에 그녀를 혼자 내보내고 싶지 않았다. 이곳에는 인구 비율에 비해 훨씬 많은 노숙자들과 빈민들, 마약 중독자들과 병원을 드나들다 제도의 한계로 더 이상 어디서도 받아 주지 않는 정신병 환자들이 돌아다니고 있었다. 그런 사람들은 지하철역에서 전철이 들어올 때 아무나 밀어 버릴 수도 있고, 칼을 들고 다른 사람들을 공격할 수도 있다. 그들에게는 목소리가 들리지만, 아무도 그 말을 들어 주지 않기 때문에 그런 죽음과 파괴를 일으키는 것이다.

벤턴은 끝도 없이 이어진 것 같은 복도를 빠른 걸음으로 걸어갔다. 구내식당과 선물 가게를 지나쳐, 꾸준하게 오가는 환자와 면회객들, 실험복과 수술복을 입은 병원 직원들 사이를 지나쳤다. 벨뷰 병원은 크리스마스를 맞이해 복도마다 화려한 장식으로 꾸며져 있었고, 신나는 음악이 흘러나오고 있었다. 마치 그런 것들로 아픈 사람이나 부상자들, 제정신이 아닌 사람들의 병세가 낫기라도 한다는 것처럼.

스카페타는 짙은 색 긴 코트를 입고 검은색 가죽 장갑을 낀 채, 유리로 된 정문 근처에서 벤턴을 기다리고 있었다. 그녀는 아직 벤턴이 사람들 사이를 뚫고 자기 쪽으로 다가오고 있는 것을 모르고 있었다. 스카페타 근처에 서 있는 사람들 중에는 그녀가 눈에 익은 듯 자꾸 쳐다보는 사람도 있었다. 그녀를 볼 때마다 벤턴의 반응은 항상 똑같았다. 가슴에 사무치는 흥분과 슬픔이 뒤섞인 감정에, 다시는 떠올리고 싶지 않은 고통스러운 기억이 깃든 설렘이었다. 벤턴은 그녀가 모르게 멀리서 지켜볼 때마다 예전에 그녀에 대한 갈망을 느끼며 남몰래 훔쳐보던 때와 같은 느낌을 받았다. 매 순간 예전에 그가 정말로 죽었다고 그녀가 믿었다면 어떻게 되었을까, 궁금했다. 정말 그랬다면 스카페타에게 훨씬 좋았을지 궁금했다. 어쩌면 그랬을지도 모른다. 벤턴은 그녀에게 고통과 상처를 주었고, 위험에 빠뜨렸으며, 다치게 만들었다. 그는 그런 자신을 용서할 수가 없었다.

"오늘 밤 방송 출연 취소해야 할지도 몰라." 벤턴이 그녀 옆으로 다가서며 말했다.

스카페타는 깜짝 놀라며 그를 돌아보았다. 하늘처럼 짙은 푸른색 눈동자에는 기쁨이 가득했다. 빛과 그림자, 눈부신 태양과 구름, 안개가 끼는 날씨처럼, 그녀의 눈동자에는 생각과 감정이 담겨 있었다.

"조용하고 근사한 곳에서 저녁 식사를 할 거니까." 그가 스카페타의 팔을 잡으며 말을 이었다. 그리고 서로의 온기가 필요한 것처럼 그녀를 바짝 끌어당겼다. "일 칸티노리 어때? 자리가 있는지 프랭크에게 전화해 볼게."

"제발 고민하게 만들지 말아 줘." 그녀가 팔로 벤턴의 허리를 감싸 안으며 말했다. "멜란자네 알라 파르미지아나(가지에 훈제 햄, 양파, 토마토와 함께 익힌 요리─옮긴이), 브루넬로 디 몬탈치노(이탈리아 시에나 지방 몬탈치노 지역에서 생산되는 와인─옮긴이)라니. 그곳에 가면 내가 당신 음식까지 다 먹어 버리고, 와인도 병째로 마셔 버릴지 몰라."

"정말 믿을 수 없을 정도로 탐식한다니까." 벤턴은 1번가 쪽으로 걸어가면서 그녀를 보호하듯 옆으로 바짝 끌어당겼다. 바람이 세차게 불었고, 비가 내리기 시작했다. "정말로 취소할 수 있어. 알렉스한테 전화해서 당신이 감기에 걸렸다고 할게." 그가 손을 들어 택시를 부르자, 두 사람 앞에 한 대가 섰다.

"안 돼. 그리고 지금 집에 가야 해. 전화 회의해야 하니까." 스카페타가 말했다.

벤턴이 택시의 뒷좌석 문을 열었다. "전화 회의라니?"

"제이미." 스카페타가 택시에 올라타 안쪽 자리로 들어가자, 벤턴도 그 옆에 올라탔다. 그녀는 기사에게 두 사람의 집주소를 건네준 뒤, 벤턴에게 말했다. "안전벨트 매." 스카페타는 다른 사람들에게 말할 필요가 없는 일들까지 간섭하는 희한한 습관이 있었다. "루시 생각에는 두 시간쯤이면 이쪽 날씨가 개일 것이고, 그렇게 되면 버몬트에서 돌아올 수 있다나 봐. 그 사이에 제이미는 당신하고 나, 마리노까지 우리 모두 전화기 앞에 모여 있기를 원해. 내가 이쪽으로 오는 중에 제이미가 전화를 했어. 통화하기 좋은 상태가 아니라, 자세한 건 모르겠지만."

"제이미가 무슨 일로 그러는지 전혀 모르는 거야?" 벤턴이 물었다. 택시는 3번가에서 방향을 북쪽으로 돌렸다. 와이퍼가 요란한 소리를 내며 움직이고 있었다. 이슬비에 불빛을 밝힌 건물들이 흐릿하게 보였다.

"오늘 아침 일 때문일 거야." 스카페타는 기사 앞이라 자세히 말하지 않았다. 혹시 기사가 영어를 잘하거나, 두 사람의 이야기를 알아듣는다고 해도 문제가 없게끔 말이다.

"당신이 온종일 매달렸던 그 일 말이군." 벤턴은 그 일이 토니 다리엔 사건이라는 것을 알아들었다.

"오늘 오후에 정보가 들어왔대. 누군가 뭔가를 확실히 봤다나 봐." 스카페타가 말했다.

05

반박하거나 무시할 때

마리노의 사무실 주소는 불길했다. 원 호건 플레이스 666호. 마리노도 L. A. 보넬과 같이 있다 보니 평소보다 훨씬 신경이 쓰였다. 보넬은 회색 타일이 깔려 있고, 천장 높이까지 은행 상자들이 쌓여 있는 복도에서 멈춰 섰다. 마리노의 성격을 보여 주는 것처럼, 문 앞에 쌓여 있는 36개의 상자가 조심하라는 경고를 보내는 것 같았다.

"잠깐만요. 난 여기서 일하지 않을래요. 적어도 여기선 부정적인 생각만 하게 될 것 같아요. 사람들이 뭔가 재수 없다고 믿게 되면 정말 그렇게 되는 법이니까요. 아무래도 다른 곳으로 가야겠어요." 보넬이 그 상자들을 올려다보며 말했다.

마리노는 베이지색 사무실 문을 열쇠로 열었다. 손잡이 주위는 손때가 묻어 지저분했고, 문 가장자리 쪽은 페인트칠이 벗겨져 있었다. 그리고 사무실 안에 들어가자 중국 음식 냄새가 코를 찔렀다. 그는 배가 고팠다. 포장해 온 바삭한 오리고기 스프링롤과 바비큐 베이비립을 먹고 싶어 미칠 지경이었다. 다행히 보넬도 비슷하게 소고기 데리야키와 국수를 주문했다.

볼 때마다 낚시 고기밥이 연상되는, 회 같은 날 음식이 아니라서 다행이었다. 보넬은 그가 상상했던 것처럼 몸집이 작고, 무슨 일이 일어났는지 알기도 전에 곧장 상대방을 바닥에 쓰러뜨린 다음 팔을 등 뒤로 꺾어 수갑을 채울 것 같은, 혈기 왕성하고 성질이 급한 여자가 아니었다. 도리어 보넬과 함께 있으면 무슨 일이 벌어지고 있는지 충분히 알 수 있을 것 같았다.

그녀는 키가 180센티미터에 육박했고, 골격이 컸으며, 손과 발이 크고, 가슴도 컸다. 침대에서도 남자만큼 자리를 차지하거나, 정장을 입은 여전사 제나처럼 남자들을 혼내 줄 수 있을 것 같은 부류의 여자였다. 다만 보넬의 눈동자는 담청색이었고, 짧은 머리는 연한 금발이었다. 마리노는 보넬의 머리색이 염색이 아닌, 타고난 것임을 확신했다. 하이 롤러 레인스에서 그녀와 만났을 때 다른 남자들이 서로 쿡쿡 찌르며 두 사람이 있는 쪽을 쳐다보자, 그는 자부심을 느꼈다. 그자들 중 몇 명을 쓰러뜨려 자신의 힘을 과시하고 싶기도 했다.

보넬은 마리노의 사무실에 포장 음식이 들어 있는 가방을 내려놓으며 말했다. "회의실로 가는 게 나을 것 같아요."

마리노는 보넬이 그런 말을 하는 것이 이 방의 호수가 666이어서 그런 건지, 아니면 사무실 안에 쌓여 있는 쓰레기 때문인 건지 알 수가 없었다. 그래서 말했다. "버거 검사는 이 방으로 전화를 걸 거요. 그러니까 여기 있는 게 나아요. 게다가 전화 회의를 할 때 내 컴퓨터도 있어야 하고, 그 통화를 다른 사람이 듣는 것도 원하지 않으니까 말이오." 그는 사건 파일 상자를 내려놓았다. 그의 요구에 딱 들어맞는, 서랍이 네 개 달린 청회색 낚시 상자였다. 그리고 사무실 문을 닫았다. "저게 신경 쓰인다는 건 알고 있어요." 마리노는 사무실 호수에 대해 말했다. "뭔가 개인적인 의미가 있을 거라고 생각하지는 말았으면 해요."

"굳이 개인적인 의미가 있다고 생각해야 할 이유가 있나요? 당신이 사무실 호수를 직접 고른 거예요?" 그녀가 의자 위에 쌓여 있던 방탄조끼와

108

서류들, 낚시 상자를 치운 뒤, 자리에 앉으며 물었다.

"처음 이 사무실을 봤을 때 내가 어떤 반응을 보였을지 상상해 봐요." 마리노가 철제 책상 위에 산처럼 쌓여 있는 잡동사니들을 밀어 내며 말했다. "음식은 전화 회의가 끝난 뒤에 먹는 편이 낫겠소?"

"그게 낫겠어요." 그녀는 마치 여기선 음식을 먹을 수 없다는 것처럼 주위를 둘러보았다. 하지만 그렇지 않았다. 마리노는 항상 햄버거나 그릇, 일회용 음식 상자를 올려놓을 자리를 찾을 수 있었으니까.

"여기서 전화 회의를 하고, 음식은 회의실에 가서 먹도록 합시다." 마리노가 말했다.

"그게 좋겠네요."

"거의 그만둬야겠다는 생각까지 했었소. 정말 그럴 생각이었지." 그는 끊어졌던 자기 이야기를 다시 시작했다. "이 사무실을 처음 봤을 때 나도 당신 반응과 똑같았어요."

솔직히 말하자면 마리노는 제이미 버거가 농담을 하고 있는 줄 알았다. 그 사무실 문에 걸려 있는 숫자를 보며 사법 제도에 있는 사람들의 재미 없는 농담일 거라고 생각했다. 어쩌면 그가 제이미와 어떻게 같이 일하게 된 것인지를 알고 자기를 놀리는 것일지도 모른다고 생각했다. 제이미 버거는 호의로 마리노를 고용해 주었고, 그렇게 나쁜 짓을 저지른 그에게 두 번째 기회를 준 셈이었으니까 말이다. 이 사무실에 들어올 때마다 매번 그 생각이 떠올랐다. 지금까지 오랜 시간 동안 스카페타와 함께했는데, 자신이 스카페타에게 그런 식으로 상처를 주었다는 생각. 마리노는 술에 잔뜩 취한 채 스카페타에게 입에 담지도 못할 일을 저질렀을 당시의 일들이 제대로 기억나지 않는 것을 다행으로 여겼다. 하지만 그렇다고 해서 자기가 그녀에게 손을 대고, 그런 짓을 했다는 사실이 없어지는 건 아니었다.

"미신 같은 걸 믿지는 않아요. 하지만 난 뉴저지 베이온에서 자랐소. 가톨릭 학교를 다녔고 세례도 받았어요. 심지어 복사까지 했을 정도니까. 물론 오래한 건 아니오. 늘 싸움질을 하고 다녔고, 권투를 시작했으니까. '베이온의 악당(미국 헤비급 권투 선수 척 웨프너의 별명. 영화 〈록키〉에 영감을 준 인물이기도 하다 – 옮긴이)'처럼 무하마드 알리와 15회전까지 싸울 정도는 아니었지만, 그래도 그해 내셔널 골든 글러브에서 준결승전까지 진출했어요. 프로 선수가 될까도 생각했지만, 그 대신 경찰이 된 거지." 그녀는 이제 그에 대해 몇 가지는 확실히 알았을 것이다. "666이 악마의 상징이라는 건 누구나 알고 있을 뿐만 아니라, 어떻게든 피하는 숫자잖소. 나도 이제까지 늘 그래 왔어요. 주소나 사서함, 자동차 번호판은 물론, 시간까지 말이오."

"시간이요?" 보넬이 말했다. 마리노는 그녀가 자신의 이야기를 재미있어 하는지 어떤지 알 수가 없었다. 그녀의 표정은 예측을 하거나 알아보기가 힘들었다. "6시 66분 같은 시간은 없잖아요?" 보넬이 물었다.

"내 말은 날짜가 6일이고, 6시 6분일 때 말이오."

"버거 검사는 어째서 당신에게 이 방을 내준 거죠? 다른 방이 없었나요?" 보넬은 가방 속에서 작은 USB 메모리를 꺼내 마리노에게 던져 주었다.

"여기 다 들어 있는 거요? 아파트, 범죄 현장, WAV 파일까지?" 마리노는 그 USB 메모리를 컴퓨터에 꽂았다.

"오늘 당신이 맨션에서 찍은 사진 빼고는 그게 다예요."

"그 사진들은 내 카메라에서 다운로드했소. 중요한 건 없어요. 당신이 과학 수사대 대원들과 맨션에 갔을 때도 별로 건진 게 없을 거요. 버거 검사는 내가 6층에서 일하게 될 것이고, 내 사무실은 66호라고 했소. 난 좋다고 했지. 요한계시록에도 나오는 숫자니까."

"버거 검사는 유대인이에요. 요한계시록을 읽지 않았을 거예요." 보넬이 말했다.

"그건 버거 검사가 어제 아무 일도 없었다는 보고서를 읽지 않았다는 말과 똑같은 거요."

"그런 건 아니에요. 요한계시록에 나와 있는 일들도 일어나지 않았으니까."

"앞으로 일어날 일들을 말하는 거잖소."

"그건 어떤 예측이나 부질없는 기대, 공포심을 불러일으킬 뿐이에요. 그런 일들이 실제로 일어나진 않죠." 보넬이 말했다.

마리노의 책상에 놓여 있던 전화벨이 울렸다.

그가 전화를 받았다. "마리노요."

"제이미예요. 모두 모였을 거라고 생각해요." 제이미 버거의 목소리가 들렸다.

마리노가 말했다. "마침 검사님 이야기를 하고 있던 참이오." 그는 보넬을 쳐다보았다. 그녀를 보지 않기가 힘들었다. 아무래도 그녀의 몸이 유달리 크고, 모든 면에서 화려했기 때문일 것이다.

"케이, 벤턴? 두 사람도 거기 있어요?" 버거가 물었다.

"우린 여기 있어요." 벤턴의 목소리가 멀리서 들렸다.

"이제 스피커폰으로 받겠소. 강력반의 보넬 형사가 같이 있으니까." 그는 전화기 버튼을 누른 뒤, 수화기를 내려놓았다. "루시는 어디 있소?"

"헬리콥터 준비 때문에 격납고에 갔어요. 다행히 몇 시간 안에 출발할 수 있을 것 같아요. 이제 눈보라가 멎었거든요. 여러분 모두 이메일을 열어 보면, 루시가 공항으로 가기 전에 보낸 파일 두 개를 받았을 거예요. 마리노의 조언에 따라 우리는 실시간 범죄 정보 센터에 토니 다리엔의 맨션 건물 밖에 있는 감시 카메라 서버의 분석을 의뢰했어요. 여러분 모두 알고 있겠지만, 뉴욕 경찰국은 주요 CCTV 보안 카메라 공급자들에게 개별적으로 동의를 얻어 비밀번호를 가지고 있는 시스템 관리자들의 손을 거치지 않고도 녹화된 감시 영상에 접근할 수 있어요. 마침 토니의 맨션 건물도 그런 공급자들 중 한 명이 담당하고 있어서, 실시간 범죄 정보 센터에서는 그 네트워크 비디오 서버에 접속해 문제의 영상들을 샅샅이 살펴볼 수 있었어요. 가장 우선적으로 지난주 녹화된 영상들과 토니의 최근 사진, 그러니까 운전면허증 사진과 페이스북, 마이스페이스에 올린 사진들을 놓고 비교해 봤어요. 그리고 거기서 놀라운 정보를 찾아냈죠. 여러분 이메일에 '녹화본 1'이라는 파일이 있을 거예요. 여기서부터 시작하도록 하죠. 난 벌써 그 파일과 두 번째 파일을 살펴봤어요. 그리고 몇 시간 전에 새로 입수한 정보도 있고요. 그 정보에 대해서는 조금 있다 자세히 이야기할게요. 비디오를 다운로드하면 바로 열릴 거예요. 이제 파일들을 봅시다."

"우린 받았어요." 벤턴의 목소리가 들렸다. 그다지 친절하게 들리지 않았다. 요즘 계속 그랬다.

마리노는 버거가 말한 이메일을 찾아 비디오 클립을 열었다. 보넬도 그 비디오를 보기 위해 자리에서 일어나, 그의 옆으로 와서 웅크리고 앉았다. 소리는 녹화되지 않았고, 2번가에 있는 토니 다리엔이 살았던 벽돌 건물 앞쪽의 교통 상황이 보였다. 뒤쪽으로 자동차들, 택시들, 버스들이 지나갔고, 우비를 입거나 우산을 든 사람들이 그들을 찍고 있는 카메라를 의식하지 못한 채 빠른 걸음으로 거리를 지나가고 있었다.

"이제 토니가 나타날 거예요." 버거의 말은 늘 명령하는 것처럼 들렸다. 일상적인 말을 할 때도 항상 그랬다. "모자에 털이 달린 짙은 초록색 파카를 입고 있어요. 또 모자를 쓰고, 검은색 장갑을 꼈으며, 빨간색 스카프를 하고 있죠. 검은색 숄더백을 매고 있고, 검은색 바지를 입었으며, 조깅화를 신고 있어요."

"그 조깅화를 클로즈업으로 볼 수 있으면 좋겠는데요. 오늘 아침에 토니가 발견되었을 때 신고 있던 신발과 같은지 확인할 수 있게 말이에요. 모델명은 아식스 젤 카야노, 붉은색 번개무늬가 들어간 하얀색 운동화로 굽에 빨간색 포인트가 들어가 있었어요. 신발 크기는 9.5(265밀리미터)죠." 스카페타가 말했다.

"지금 영상에 나오는 신발도 하얀색에 빨간색이 들어가 있는 것 같소만." 마리노가 말했다. 순간 보넬이 그의 옆에 바짝 붙어 있다는 것을 알아차렸다. 마리노는 다리와 팔꿈치에서 그녀의 온기를 느낄 수 있었다.

초록색 파카를 입은 사람은 뒤쪽에서 찍혀서 얼굴이 잘 보이지 않았다. 카메라의 위치 문제도 있었지만, 털이 달린 모자까지 쓰고 있었기 때문이다. 그녀는 오른쪽으로 돌아서더니 맨션 앞에 있는 젖은 계단을 올라왔다. 손에 열쇠를 미리 꺼내 들고 있는 것을 보고, 마리노는 토니가 계획적인 성격으로, 자신이 하는 일에 대해 잘 알고 있으며, 주변 상황과 보안에 대한 인식도 가지고 있을 거라는 것을 알 수 있었다. 그녀는 문을 열더니, 건물 안으로 사라졌다. 화면에 찍힌 시간은 바로 어제, 12월 17일 오후 5시 47분이었다. 그리고 잠시 멈추어 있다가, 다시 초록색 파카를 입고 모자를 쓴 사람이 나타났다. 아까와 마찬가지로 커다란 검은색 가방을 어깨에 멘채, 건물 밖으로 나와 계단을 내려가더니 오른쪽으로 돌아 비 내리는 밤 거리를 걸어가기 시작했다. 화면에 찍힌 시간은 12월 17일 오후 7시 1분이었다.

"화면상으로는 얼굴을 볼 수 없는데, 실시간 범죄 정보 센터에서는 저 여자의 신원을 어떻게 확인한 건지 궁금하군요." 벤턴이 말했다.

"나도 그 점이 궁금했어요. 하지만 이것 말고 다른 영상을 보면 이 사람이 토니가 확실하다는 걸 알 수 있어요. 조금 있다 확인할 수 있을 거예요. 실시간 범죄 정보 센터 덕분에 우리는 토니의 마지막 모습을 볼 수 있었어요. 그리고 토니가 마지막으로 집에 들어갔다 나온 시간도 알게 되었죠. 이 영상에서 보면 토니는 집에 돌아왔다가 한 시간쯤 지난 뒤에 다시 나갔어요. 토니는 여기서 어디로 간 걸까요?"

"할 말이 있어요. 두 번째 나온 영상에서 약 한 시간 뒤에 그레이스 다리엔이 토니의 휴대전화로 보낸 문자 메시지를 받았어요. 오후 8시경이었죠." 스카페타가 말했다.

"다리엔 부인에게 음성 메시지를 남겼소. 그 외에도 여러 가지 일들을 확인하기 위해 부인의 휴대전화를 받아 올 참이오." 마리노가 말했다.

"당신한테 그 전화기가 필요할 줄은 미처 몰랐어요. 하지만 문자 메시지를 보낸 시간과 이 비디오에 나온 시간은 내가 시신을 살피면서 알아낸 내용과 맞지 않아요." 스카페타가 말했다.

"실시간 범죄 정보 센터에서 알아낸 내용부터 집중하죠. 그런 다음에 부검 결과를 살펴보도록 해요." 버거가 말했다.

지금 버거는 이번 사건에서 스카페타가 알아낸 사실보다 실시간 범죄 정보 센터에서 알아낸 정보를 더 중요하게 생각하고 있다고 말한 것이나 마찬가지였다. 목격자의 증언이 있었다는 것까지 버거가 전부 다 알고 있다는 것인가? 하지만 마리노는 아직 버거에게 보넬에게서 들은 이야기를 자세히 보고하지 않은 상태였다. 지금까지 보넬이 확실하게 말을 해 주지 않았지만, 이로써 그녀가 버거와 전화 통화를 했으며, 버거가 그 내용을 아무에게도 말하지 말라고 지시했다는 것을 알 수 있었다. 마리노가 그런 보넬을 어르고 달래 간신히 알아낸 것은 토니의 집이 살인사건과 관련이 없다는 것을 확실하게 '확인'해 주는 정보를 가진 목격자가 나타났다는 것이 전부였다.

"이 영상을 보니, 다시 한 번 토니의 외투는 어디로 간 건지 궁금해지는 군. 저 초록색 파카는 토니의 집 어디에도 없었소." 마리노가 말했다.

"누군가 토니의 휴대전화를 가져간 거라면….' 스카페타는 아직도 조금 전에 했던 이야기를 계속하고 있었다. "그 휴대전화 주소록에 저장되어 있는 사람이라면, 그러니까 어머니를 포함해 그 누구에게라도 문자 메시지를 보낼 수 있을 거예요. 문자 메시지를 보낼 때는 암호가 필요 없으니까요. 여기서 필요한 건 그 문자 메시지를 보낼 사람의 전화기, 그러니까 이번 사건의 경우에는 토니 다리엔의 휴대전화만 있으면 되는 거죠. 만일 누군가 토니의 휴대전화를 가지고 있다면, 수신과 발신 문자들의 내력을 살펴보고 토니가 문자를 보낼 때 주로 어떤 표현을 쓰는지까지 알아낼 수 있을 거예요. 그렇게 하면 그 문자를 토니가 보낸 것처럼 상대방을 속일 수도 있을 거예요. 토니가 이미 죽어 있었던 지난밤에도 여전히 살아 있는 것처럼 보이게 말이에요."

"이제껏 내 경험에 비추어 보면 보통 살인은 당신 말처럼 교묘하거나, 복잡한 계획하에 일어나는 경우가 거의 없어요." 제이미 버거가 말했다.

마리노는 믿을 수가 없었다. 지금 버거는 스카페타에게 살인사건이란 기본적으로 애거서 크리스티가 쓴 빌어먹을 추리소설에 나오는 것과는 다르다는 말을 하고 있었다.

"대부분의 경우에는 그 말이 맞아요. 하지만 토니 다리엔 사건은 그런 일반적인 경우가 아니에요." 스카페타는 버거의 말에 살짝 모욕감을 느꼈거나, 화를 내는 기색 없이 대답했다.

"그 문자 메시지를 실제로 어디서 보낸 건지 확인해 보겠소. 그 방법밖에 없으니까. 토니 다리엔의 휴대전화가 없어졌으니 합법적인 일이기도 하고. 박사 말이 맞아요. 만일 다른 사람이 그 휴대전화를 가지고 있다면, 그 사람이 토니의 엄마에게 문자를 보냈을 가능성도 있어요. 어떻게 보면 억지스럽게 들리기도 하지만, 누가 알겠소?" 마리노가 말했다. 그는 "억지스럽게"라는 말은 하지 않았어야 했다. 그 말이 마치 스카페타를 비난하고, 의심하는 것처럼 들렸기 때문이다.

"이 영상을 보니 말인데, 다시 묻고 싶군요. 이 초록색 파카를 입은 사람이 토니 다리엔이라는 것을 어떻게 알 수 있죠? 난 얼굴을 보지 못했어요. 이 영상에는 얼굴이 나오지 않으니까." 이번에는 벤턴의 목소리였다.

"백인처럼 보이긴 하는군." 마리노가 그 영상을 뒤로 돌려 다시 확인하면서 말했다. "여자의 턱을 봤소. 모자를 쓰고 있는 데다가 주위도 어둡고, 여자가 카메라 쪽을 보고 있지 않아 어렴풋이 본 것이긴 하지만. 카메라가 여자의 뒤쪽을 잡고 있는 데다가, 걸을 때도 땅을 보고 걷고 있으니까 말이오. 건물에 들어올 때도, 나갈 때도 그렇고."

"루시가 보낸 두 번째 파일 '녹화분 2'를 열어 보면 그 이전에 찍힌 영상들을 보게 될 거예요. 며칠 전에 녹화된 영상으로, 같은 인물이 같은 외투를 입고 있죠. 그리고 토니의 얼굴도 똑똑히 확인할 수 있을 거예요." 버거가 말했다.

마리노는 첫 번째 파일을 닫고, 두 번째 파일을 열었다. 슬라이드쇼를 클릭하자, 영상에서 따온, 건물 앞을 지나가는 토니의 사진들이 나타났다. 모든 사진들에서 토니는 밝은색 빨간 스카프를 두르고, 첫 번째 영상에서 본 것과 똑같은 모자에 털이 달린 초록색 파카를 입고 있었다. 비가 오지 않을 때는 모자를 쓰지 않아서, 어깨 위로 드리워진 짙은 갈색 머리가 보였다. 그 사진들 중 몇 장은 조깅용 바지를 입고 있었지만, 나머지 사진들에서는 그냥 바지나 청바지를 입고 있었다. 또 황록색과 황갈색으로 된 벙어리장갑을 끼고 있었다. 어디서도 검은 장갑을 끼고 있거나 커다란 검은색 숄더백을 메고 있는 모습은 보이지 않았다. 토니는 항상 걸어 다녔는데 단 한 번, 비가 내릴 때 택시를 잡아타는 모습이 보였다.

"토니의 이웃이 확인해 준 사실이기도 해요." 보넬이 말했다. 그녀의 몸이 마리노의 팔을 스쳤다. 이것으로 세 번째, 보넬은 마리노에게 가볍지만 확실히 알아차릴 수 있는 접촉을 했다. "그 사람은 저 외투에 대해서도 말했어요. 오후 5시 47분에 모자가 달린 초록색 외투를 입은 토니가 우편물을 든 채로 집에 들어갔다고 말입니다. 아마 토니가 우편함을 열고 우편물들을 챙겨 계단을 올라오고 있을 때 마주친 모양이에요. 토니는 집으로 들어가서, 우편물을 주방 조리대에 올려놓았습니다. 오늘 아침 과학 수사대와 같이 갔을 때 그 자리에 놓여 있는 우편물을 보았는데, 뜯어 보지 않은 상태였어요." 보넬이 말을 이었다.

"건물 안에서 마주쳤을 때 토니가 모자를 쓰고 있었다고 하던가요?" 스카페타가 물었다.

"그 이웃 사람은 그렇게까지 구체적으로 이야기하진 않았어요. 그저 토니가 모자 달린 초록색 외투를 입고 있었다고만 했죠."

"그레이엄 투레트. 그자를 확인해 볼 필요가 있소. 그리고 건물 관리인이라는 조 바스토도 확인해 봐야 하고. 두 사람 다 길을 비켜 주지 않았다거나, 기한이 지난 운전면허증을 가지고 있었다거나, 미등이 깨졌다거나 도로 역주행과 같은 도로 교통법 위반 기록 외에는 체포된 적이 없어요.

실시간 범죄 정보 센터를 통해 이 건물에 사는 사람들에 관한 정보를 전부 구했소."

"그레이엄 투레트는 지난밤에 같이 사는 동성 애인과 함께 극장에 갔다고 했어요. 누가 〈위키드〉 표를 줬다고 하더군요. 그러니 웨슬리 박사에게도…." 보넬이 말했다.

"그쪽은 아닐 겁니다. 동성애자가 그런 범죄를 저지를 경우는 아주 희박하니까요." 벤턴이 말했다.

"난 토니의 집에서 벙어리장갑 같은 건 보지 못했소. 그 장갑은 범죄 현장에서도 발견되지 않았어요. 그리고 예전 사진에서는 토니가 검은색 장갑을 끼거나 검은색 가방을 들고 있는 모습이 없었소." 마리노가 말했다.

"난 이번 사건을 성적 동기로 인한 살인사건이라고 생각합니다." 마치 마리노가 하는 말은 들리지 않는 것처럼 벤턴이 말을 덧붙였다.

"부검에서 성폭행의 흔적이 나왔나요?" 버거가 물었다.

"생식기에 상처가 있었어요. 타박상에, 벌겋게 부어 있다는 것은 뭔가가 삽입되면서 상처를 입었다는 증거예요." 스카페타가 대답했다.

"정액은 나왔나요?"

"내가 본 바로는 없었어요. 뭔가 남아 있다면 연구실에서 찾아낼 거예요."

"박사가 말한 것처럼 범죄 현장과 범죄 자체를 거짓으로 꾸며 놓았을 가능성도 있다고 생각하오." 마리노가 말했다. 조금 전에 '억지스러운'이라는 표현을 했던 것이 여전히 마음에 걸렸다. 스카페타가 그가 했던 말에 별 의미를 두지 않기만을 바랄 뿐이었다. "벤턴, 만일 그런 거라면 동성애자도 범인일 수 있지 않겠소?"

"제이미, 내가 보기에도 범죄의 동기와 실체를 숨기기 위해 현장을 거짓으로 연출했을 가능성이 있습니다. 희생자와 범인 사이에 뭔가 연관이 있을 경우 그럴 수 있어요. 만일 범인이 범죄와 현장을 거짓으로 연출한 거라면 이번 사건의 경우, 그 목적은 도피하기 위해서일 겁니다. 범인이 붙잡힐 것을 두려워했다는 거죠. 그리고 다시 한 번 말하지만, 이번 사건에서 범인의 동기는 성적인 문제예요." 벤턴은 마리노 대신 버거에게 대답했다.

"그 말을 들으니, 선생은 범인이 피해자와 아는 사이일 거라고 생각하는 모양이군." 마리노가 말했다. 하지만 벤턴은 대꾸하지 않았다.

"만일 목격자의 말이 사실이라면, 사건은 우리가 지금 알고 있는 그대로일 거라고 생각해요." 이번에도 마리노의 몸을 스치며 보넬이 말했다. "그러니까 지금 우리는 남자친구에 대한 이야기를 하는 것이 아니라, 전날 밤까지 토니를 제대로 만나 본 적이 없는 사람에 대한 이야기를 하고 있는 거예요."

"투레트를 데려와서 이야기를 들어 볼 필요가 있겠어요. 그리고 그 건물 관리인도요. 내가 직접 그 두 사람을 만나 보고 싶군요. 그중에서도 특히 관리인이라는 조 바스토를 말이에요." 버거가 말했다.

"무엇 때문에 조 바스토를 특히 더 만나고 싶다는 거죠?" 벤턴이 궁금하다는 듯 물었다. 그의 목소리가 약간 짜증이 섞인 것처럼 들렸다.

어쩌면 벤턴과 스카페타 사이에 문제가 생긴 것일 수도 있다. 마리노는 지난 몇 주일간 두 사람을 보지 못했고, 그들에게 무슨 일이 있었는지 알지 못했다. 하지만 이제 벤턴에게 잘 보이려고 노력하는 것도 지쳤다. 이제는 무시당하는 것도 익숙해졌다.

"마리노처럼 나도 실시간 범죄 정보 센터에서 준 정보를 가지고 있어요. 당신도 바스토의 근무 경력을 보고 눈치챘을 테죠?" 버거가 마리노에게 물었다. "동업 조합 두 곳, 택시 기사, 그 외에도 바텐더, 웨이터 등등 많은 직업을 거쳤어요. 바스토는 비교적 최근인 2007년까지도 택시 회사에서 일했어요. 일을 많이 하는 것처럼 보이지만, 내가 알아본 바에 따르면 지난 3년간 맨해튼 커뮤니티 칼리지 학생으로 학교도 드문드문 다니고 있어요."

보넬은 자리에서 일어나 마리노 옆에 선 채로, 수첩을 펼쳤다.

그녀가 말했다. "비디오 아트와 기술 분야에서 준학사 학위를 따려고 하고 있어요. 베이스 기타도 연주하는데, 밴드에서 연주를 하기도 하고, 록 콘서트 프로듀싱에도 관여하고 있어요. 그러면서 음악 산업에서 결정적인 기회를 얻기를 바라고 있죠."

보넬이 수첩에 적은 내용을 읽는 동안, 그녀의 허벅지가 마리노를 스쳤다.

"최근에 바스토는 디지털 제작 회사에서 시간제로 일했어요. 임시직으로, 대부분은 책상에 앉아서 사무적인 일을 했고, 스스로는 조연출이라고 불렀지만, 전 땅다람쥐라고 부르는, 심부름꾼 노릇을 했죠. 바스토의 나이는 28세로, 전 그자와 15분쯤 이야기를 나눠 봤어요. 바스토는 토니와 건물 안에서 몇 번 마주친 정도라고 하더군요. 그리고 그자의 말을 그대로 옮기자면, 토니와 데이트를 한 적은 없지만, 데이트를 청해 볼 생각은 있었다고 했어요." 보넬이 말을 이었다.

"바스토가 토니와 데이트를 못 했고, 데이트를 청할 의사가 있었다는 그 이야기는 보넬 형사가 직접 물어본 건가요, 아니면 본인이 먼저 말을 한 건가요?" 버거가 물었다.

"자기가 먼저 말한 거예요. 또한 지난 며칠 동안 토니를 본 적이 없다는 말도 먼저 했어요. 바스토는 지난밤, 집에서 피자를 배달시켜 먹고, TV를 봤다고 하더군요. 날씨가 나쁘기도 했고, 피곤했답니다."

"알리바이가 많군요." 버거가 말했다.

"그렇게 결론을 내릴 수도 있겠지만, 이번 경우에는 다른 사람들의 경우도 마찬가지예요. 사람들 모두 자기가 용의자라는 것을 알고 있으니까요. 그렇더라도 자신들의 인생에서 우리에게 알리고 싶지 않은 뭔가가 있을 수도 있지만 말이에요." 보넬이 수첩을 넘기며 대답했다. "바스토는 토니를 친절하고, 불평이 많지 않은 사람이라고 했어요. 그리고 바스토는 토니가 파티에 쫓아다니거나 사람들, 그러니까 그자의 말을 그대로 옮기자면, 남자들을 여럿 집에 데려오는 것도 본 적이 없다고 했어요. 바스토는 몹시 혼란스러워했고, 겁을 내는 것처럼 보였어요. 그리고 지금은 택시 기사로 일하는 것 같지 않았어요." 보넬은 그런 세세한 사항들이 중요하다는 것처럼 말했다.

"실제로는 어떤지 몰라요. 바스토는 정식 택시 기사가 아닐 수도 있어요. 등록하지 않으면 세금을 내지 않아도 되니까. 요즘 들어 부쩍 늘어난 무면허 기사로 일하고 있을지도 모르죠." 버거가 말했다.

"저 빨간 스카프는 내가 토니의 목에서 잘라 낸 것과 비슷해 보이네요." 스카페타가 말했다. 마리노는 그녀가 벤턴과 함께 어딘가에서 컴퓨터 화면을 보면서 앉아 있을 모습을 상상했다. 아마 지금 그들은 CNN 방송국과 멀지 않은 센트럴파크 서쪽에 있는 두 사람의 아파트에 있을 것이다. "무늬가 없는 밝은 빨간색에, 얇지만 따뜻한 기능성 소재의 스카프였어요."

"토니가 목에 두르고 있는 것과 비슷한 것 같군요. 이 비디오 영상과 토니의 어머니가 문자 메시지를 받은 시간을 고려하면, 토니는 어제저녁 7시 1분에 집에서 나갈 때까지는 살아 있었고, 한 시간 뒤인 8시경까지 살아 있었다는 말이 돼요. 케이, 이제 말해 봐요. 아까부터 자꾸 이 비디오 영상이 보여 주고 있는 것과 토니의 사망 시간을 다르게 추정하는 이유를 말이에요." 버거가 말했다.

"내 생각에 토니는 어젯밤에 죽은 게 아니에요." 스카페타의 목소리는 누구도 놀라게 할 생각이 없다는 듯 차분했다.

"그렇다면 우리가 본 건 뭐죠? 토니를 사칭한 사람이 있다는 건가요? 누군가 다른 사람이 토니의 외투를 입고 그 건물로 들어갔다는 거예요? 토니의 집 열쇠를 가지고 있는 누군가가?" 보넬이 얼굴을 찌푸리며 물었다.

"케이? 확실해요? 지금 이 영상들을 보고 난 뒤에도 그래요? 아직도 그 생각에 변함이 없다는 건가요?" 버거가 물었다.

"이건 영상이 아닌, 토니의 시신을 검사하고, 부검한 결과에 따라 내린 결론이니까요. 특히 토니의 간 상태와 사후경직 상태를 보면, 어젯밤보다 훨씬 이전에 사망했음을 알 수 있어요. 빠르면 화요일 정도예요." 스카페타가 대답했다.

"화요일? 그럼 그저께잖소?" 마리노는 깜짝 놀랐다.

"내가 보기에 토니는 화요일 어느 순간에 머리를 가격당했어요. 아마 오후 시간일 것이고, 치킨샐러드를 먹은 지 몇 시간 지나지 않았을 때일 거예요. 토니의 위 내용물을 분석한 결과 일부분만 소화된 양상추와 토마토, 닭고기가 나왔어요. 머리를 가격당한 뒤에는 소화도 멈췄을 거예요. 완전히 소화되지 않은 음식물을 보고, 식사를 한 지 얼마 지나지 않아서 목숨을 잃은 거라고 생각한 거예요. 토니의 부상에 따른 생체 반응을 근거로 보면 아마 몇 시간 정도 지나서일 거예요." 스카페타가 말했다.

"토니의 집 냉장고에 양상추와 토마토가 있었소." 마리노가 기억을 떠올렸다. "어쩌면 마지막 식사를 집에서 했을 수도 있겠군. 토니가 집에 들어갔다가 다시 나올 때까지 그 한 시간 남짓한 사이에 무슨 일이 있었는지 모르지 않소? 우리가 본 영상 중에 비어 있는 시간 말이오."

"그럴 수도 있겠네요. 그 시간에 토니는 식사를 했고 몇 시간 뒤, 그러니까 9시나 10시경에 밖에서 공격을 당한 것일 수도 있어요." 보넬이 말했다.

"그런 일은 있을 수 없어요. 시신의 상태로 보아 피해자는 어젯밤에 살아 있을 수 없었으니까요. 토니가 어제까지 살아 있었다는 건 말도 안 되는 일이에요." 스카페타가 차분하게 말했다.

그녀는 허둥대는 법도 없었고, 날카롭게 말하거나, 잘난 척하는 법이 없었다. 스카페타는 언제나 자신이 원하는 방식으로 말할 수 있는 능력이 있었다. 마리노는 그녀와 오랜 시간 함께 일해 왔다. 그의 경력에 대부분이라고 할 수 있을 만큼 길었던 그 시간 동안, 여러 도시를 거치고 함께 일하면서 마리노가 알게 된 것은 시신이 스카페타에게 뭔가를 알려 주었다면 그것은 진실이라는 것이었다. 하지만 그는 그녀가 하는 말을 듣기 힘들었다. 지금 스카페타가 하는 말은 도저히 받아들일 수 없을 것 같았다.

"좋아요. 그렇다면 의논을 좀 더 해 봅시다. 한 번에 하나씩 말이에요. 먼저 영상에서 알아낸 사실에 집중해 보세요. 초록색 외투를 입은 사람이 다른 사람이 아닌 진짜 토니 다리엔이라고 가정한다면, 어제저녁 그녀의 어머니에게 문자 메시지를 보낸 것도 토니 본인이 되겠죠." 버거가 말했다.

버거는 스카페타가 하는 말을 믿지 않았다. 버거는 스카페타가 잘못 알고 있는 거라고 생각했고, 믿을 수 없는 일이었지만 마리노 역시 그렇게 생각했다. 그는 마음속으로 어쩌면 스카페타가 진심으로 자신은 무엇이든 대답을 알고 있고, 절대 틀리지 않는다고 생각하면서, 스스로를 맹신하기 시작했을지도 모른다는 생각이 들었다. CNN에서 거기에 딱 들어맞는 표현을 했는데? 스카페타의 사건 해결 능력을 과장해서 뭐라고 했는데? 맞아, 그런 걸 스카페타 팩터(The Scarpetta Factor)라고 불렀지. 마리노는 생각했다. 그는 사람들이 언론만 믿고 진실을 알려고 하지 않는 경우를 지금까지 여러 번 보아 왔다. 그렇게 사람들은 형편없는 바보가 되어 버린다.

"문제는 토니가 집에서 나간 뒤 어디로 갔을까, 하는 거예요." 버거가 말을 이었다.

"직장은 아니오." 마리노는 이제껏 스카페타가 다른 전문가에게 반격당할 만한 실수를 저질러 재판에서 진 적이 있었는지를 기억해 내려고 애를 썼다.

그는 그런 사례를 한 건도 떠올릴 수가 없었다. 하지만 스카페타가 지금처럼 TV에 나오는 유명인사가 된 건 근래의 일이다.

"그럼 하이 롤러 레인스부터 시작해 보죠." 스피커폰을 통해 버거의 목소리가 크고 힘차게 울려 퍼졌다. "마리노, 보넬 형사와 같이 그곳에 관해 알려 주세요."

보넬이 자리에서 일어나 책상 건너편으로 옮겨 가자 마리노는 실망했다. 그는 보넬이 다이어트 콜라를 꺼내 주길 바라며 음료수를 마시는 시늉을 했다. 마리노는 뺨을 발그레 물들인 채, 눈동자를 반짝거리며 활기가 넘쳐 나는 듯한 보넬의 모습에 다른 감정이 느껴졌다. 지금은 옆에 있지 않은데도 팔에 닿는 그녀의 감촉을 느낄 수 있었다. 그 팔의 탄탄한 곡선과 자신에게 기대 오는 그녀의 무게를 느낄 수 있었다. 마리노는 보넬이 어떤 모습일지, 어떤 느낌일지를 상상했다. 그는 평소와 다르게 주의가 산만해져서 집중할 수가 없었다. 보넬도 마리노의 몸에 팔이 스쳤을 때 자기가 무슨 짓을 했는지 알아야만 했다.

"먼저 그곳이 어떤 곳인지부터 설명해야겠군. 일반 볼링장과는 다른 곳이니까." 마리노가 말했다.

"베이거스와 비슷하다고 보시면 될 거예요." 보넬은 포장해 온 음식 봉투에서 다이어트 콜라 두 개를 꺼내, 그중 한 개를 마리노에게 건네주었다. 그녀의 시선이 불꽃이 튀는 것처럼 짧게 그와 마주쳤다.

"맞아요." 마리노가 캔을 따자, 다이어트 콜라가 넘쳐흘러 책상 위로 뚝뚝 떨어졌다. 그는 휴지를 몇 장 뽑아 쏟아진 콜라를 닦아 낸 뒤, 바지와 손도 닦았다. "돈이 많은 사람들이 오는 볼링장이지. 네온등, 영화 스크린, 가죽 소파, 거울로 둘러싼 거대한 바가 딸려 있는 화려한 라운지. 스무 개가 넘는 볼링 레인에, 당구대, 빌어먹을 복장 규정까지 있을 정도니. 부랑자들은 아예 들어가지도 못할 곳이오."

지난 6월, 그는 만난 지 6개월째 되는 날에 조지아 바카디를 데리고 하이 롤러 레인스에 갔었다. 지금 상태로 봐선 두 사람의 1주년 기념일을 축하할 가능성은 전혀 없을 것 같았다. 지난번, 이번 달 첫 번째 주말에 두 사람이 만났을 때, 그녀는 섹스를 원하지 않았다. 그리고 그 말을 잊어버린 듯, 빙빙 돌려 가며 같은 이야기를 열 번이나 했다. 기분이 좋지 않다, 많이 피곤하다, 자기가 하고 있는 볼티모어 경찰국 일도 마리노의 일만큼이나 중요하다, 온몸에 폐경기의 열감이 느껴진다, 마리노의 인생에 있는 다른 여자들, 버거와 스카페타, 심지어 루시조차 기분 나쁘고, 신경이 쓰인다. 그런 말까지 했었다. 마리노는 지금까지 살아 오면서 바카디를 포함해 네 명의 여자가 있었고, 마지막으로 섹스를 한 것은 6주일 전인 11월 7일이었다.

"아주 환상적인 곳이오. 볼링을 치고 있으면 여자들이 기다리고 있지. 연예계나 모델 일에 뛰어들고 싶거나, 돈이 많은 고객을 잡거나, 유명인사들과 사진을 찍기 위해서 말이오. 심지어 화장실에서까지 그러더라니까. 적어도 남자 화장실 쪽은 그랬어요. 여자 화장실 쪽도 그렇소?" 마리노는 보넬에게 물었다.

그녀는 어깨를 으쓱하더니, 재킷을 벗었다. 재킷을 벗은 보넬의 모습은 그가 상상했던 그대로였다. 마리노는 노골적으로 그녀를 쳐다보았다.

"남자 화장실에 걸려 있는 사진들 중에는 햅 저드도 있어요." 마리노가 덧붙여 말했다. 버거가 관심을 보일 거라 생각했기 때문이다. "아주 명예로운 자리라고 할 순 없지만. 소변기 바로 위쪽에 걸려 있었으니까."

"그 사진은 언제 찍은 건가요? 햅 저드가 그곳에 자주 온다고 하던가요?" 버거의 목소리가 들렸다.

"햅 저드뿐만 아니라, 이 도시에 살고 있는 다른 수많은 유명인사들 사진도 있었어요. 여기서 촬영을 했다나 뭐라나. 하이 롤러 레인스의 내부는 스테이크 집과 비슷해요. 곳곳에 유명인사들의 사진이 걸려 있지. 햅 저드의 사진은 지난여름에 찍은 사진인 것 같았소. 정확하게 기억하는 사람은 없었지만. 그자가 그곳에 오긴 했지만, 정기적으로 오는 건 아니라고 했소."

"볼링에 어떤 매력이 있는 걸까요? 유명인사들이 볼링을 그렇게까지 좋아하는 줄 몰랐는데." 버거가 물었다.

"〈스타와 함께 볼링을〉이라고 못 들어 봤소?" 마리노가 물었다.

"못 들어 봤어요."

"유명한 사람들이 나와서 볼링을 치는 거요. 하지만 하이 롤러 레인스는 원래 인기 있는 곳이기도 해요." 마리노가 대답했다. 그는 머리에서 피가 완전히 다 빠져나가 버린 것처럼 사고가 둔해졌다. "그곳 주인은 애틀랜틱시티, 인디아나, 사우스플로리다, 디트로이트, 루이지애나에 식당, 아케이드, 오락 센터들을 가지고 있소. 프레디 마에스트로라는 자로, 므두셀라(노아의 홍수가 있기 전 유대의 족장으로, 969년을 살았다고 한다-옮긴이)만큼 나이가 많지. 유명인사들 사진이 전부 그 사람과 같이 찍은 것으로 보아 그자는 그곳에서 아주 많은 시간을 보내는 것 같았소."

마리노는 보넬에게서 시선을 돌렸다. 그래야 다시 집중할 수 있을 것 같았다.

"거기서 중요한 건 그곳에서 누구를 만나게 될지 모른다는 거요. 어쩌면 토니 다리엔과 같은 여자에게는 그런 점이 매력적이었을 거요. 돈도 벌어야 하는데, 그곳에선 팁도 많이 받을 수 있었을 테니까. 그리고 그곳에서 알게 된 사람들과 밖에서까지 어울렸을 거요. 토니 다리엔의 근무 시간은 황금 시간대였소. 목요일에서 일요일까지, 보통 저녁 6시부터 문을 닫는 다음 날 새벽 2시까지 일했지. 토니가 직장에 갈 때 걸어가거나 택시를 탄 것을 보면, 그녀는 차를 가지고 있지 않다는 거요."

마리노는 시선을 출입문 옆 벽에 걸려 있는 화이트보드에 고정한 채, 다이어트 콜라를 한 모금 마셨다. 버거가 쓰는 화이트보드들은 모두 색으로 분류되어 있었다. 재판을 준비하는 사건들은 초록색, 그렇지 않은 사건들은 파란색, 법원에 가는 날짜는 빨간색, 성범죄 관련 호출 요원들의 전화번호는 검은색. 화이트보드를 쳐다보고 있으면 안전했다. 집중하는 일이 한결 수월했다.

"어떤 사람들과 어울렸다는 거죠?" 버거가 물었다.

"그런 근사한 곳에서는 아마 원하는 건 무엇이든 얻을 수 있었을 거요. 그러다가 나쁜 사람을 만났을 수도 있다는 거지." 마리노가 말했다.

"아니면 하이 롤러 레인스는 아무 상관이 없을지도 몰라요. 토니에게 일어난 사건과는 전혀 관계가 없다는 거죠." 보넬은 자기가 생각하고 있는 대로 말했다. 어쩌면 그녀 자신이 그곳에 걸려 있는 사진들이나, 볼링 레인 위에 틀어져 있는 거대한 비디오 스크린, 부자나 유명인사를 볼 수 있다는 사실에 별다른 관심이 없었기 때문일 수도 있었다.

보넬은 토니 다리엔의 사건을 극악무도한 악한이나, 주위를 배회하던 연쇄 살인범에게 무작위로 희생된 것이라고 굳게 믿고 있었다. 토니는 조깅복을 입고 있었음에도, 죽음을 맞이했던 그 잘못된 시간, 잘못된 장소에서 달려 나가지 못했다. 보넬은 마리노에게 911로 들어온 목격자의 신고 전화를 들어 보면 알 수 있을 거라고 말했다.

"아직 토니의 휴대전화와 노트북에 대해서는 아무 단서가 없다는 말이 군요." 스카페타의 목소리가 들렸다.

"핸드백이나 지갑도 마찬가지요." 마리노가 그 물건들을 잊지 않고 상기시켰다. "그것들도 없어졌소. 집 안에도 없고, 범죄 현장에서도 발견되지 않았지. 이젠 토니의 외투와 벙어리장갑의 행방도 궁금해지는군."

"911에 들어온 신고 전화나 보넬 형사가 알아낸 사실들을 감안한다면 그 없어진 물건들에 대한 설명이 될 수도 있어요. 목격자의 증언도 있으니. 토니는 택시를 탔을 수도 있어요. 어떤 이유에서든 그 물건들을 가지고 나갔다면 뛸 수 없었을 테니까. 뭔가 다른 볼일이 있었다는 거겠죠. 어딘가에 들렀다가 나중에 뛸 생각이었을 수도 있어요." 버거가 말했다.

"노트북이나 휴대전화에 사용하는 것 외에 다른 충전기는 없었나요? 집 안에 다른 건 없었어요?" 스카페타가 물었다.

"다른 건 없었소." 마리노가 대답했다.

"USB 독 같은 건요? 토니가 차고 있던 시계처럼, 충전을 해야 하는 다른 종류의 기기도 가지고 있었다는 것을 알려 줄 만한 물건은 없었어요? 그 시계는 바이오그래프라고 불리는 일종의 데이터 저장 장치인 것 같아요. 인터넷상에서는 아무것도 찾지 못했지만." 스카페타가 말했다.

"그런 시계가 있다면 어떻게 인터넷에 아무 정보도 나오지 않을 수 있단 말이오? 누군가는 그런 물건을 팔 텐데. 안 그래요?" 마리노가 말했다.

"나오지 않을 수도 있어요. 연구 개발 중인 물건이거나, 기밀 프로젝트의 일환이라면." 벤턴이 그에게 대답을 할 때는 마리노의 말을 반박하거나 무시할 때였다.

"그런 거라면 토니가 그 망할 CIA에서 일하기라도 했단 말이오?" 마리노도 쏘아붙였다.

06

더 자극적인 방향으로

만일 토니의 살인에 정보기관이 관여하고 있는 거라면, 범인이 누구든 그녀의 손목에 있던 데이터 저장기기를 남겨 놓고 가지는 않았을 것이다.

벤턴은 자기가 싫어하는 사람들과 이야기할 때 쓰는 단조로운 말투로 그 점을 지적했다. 그의 건조하고 냉정한 말투에서 스카페타는 메마른 대지와 바위를 떠올렸다. 그녀는 지금 아파트 안쪽에 사무실로 개조한 손님용 방에 있는 소파에 앉아 있었다. 도시 경관이 잘 보이는 근사한 장소였다.

"거짓으로 꾸며 놓은 거지. 우리가 다른 생각을 하게끔. 다시 말해 전부 다 작전일 수도 있단 말이오." 벤턴의 컴퓨터 옆에 있는 보이스 스테이션에서 마리노의 목소리가 흘러나왔다. "난 기밀 프로젝트의 일환일 수도 있다는 선생의 말에 대답한 것뿐이오."

벤턴은 가죽 의자에 앉은 채, 마리노의 말을 냉정하게 듣고 있었다. 그의 뒤쪽에 있는 벽을 꽉 채운 책장에는 제목별로 분류된 하드커버 책들이 가득했다. 초판본인 책들이 상당히 많았고, 그중 일부는 아주 오래된 책들도 있었다. 마침내 화가 잔뜩 난 마리노가 폭발했다. 벤턴이 그를 바보 취급했고, 그 결과 마리노가 말을 하면 할수록 더 바보처럼 느껴졌기 때문이다. 스카페타는 두 사람이 사춘기 남자아이들처럼 행동하는 것을 그만두었으면 좋겠다고 생각했다.

"만일 선생이 저쪽에서 의도한 대로 넘어간 거라면? 그자들은 잘못된 정보를 흘리기 위해 우리가 그 시계를 찾아내기를 원했을지도 모르지 않소." 마리노가 말했다.

"대체 '그자들'은 누굽니까?" 벤턴이 결정적으로 기분 나쁜 목소리로 말했다.

마리노는 더 이상 자기가 변명할 이유는 없다고 느꼈고, 벤턴은 더 이상 마리노를 용서한 척하지 않았다. 1년 6개월 전, 찰스턴에서 저 두 사람 사이에 무슨 일이 있었다 해도 그건 더 이상 스카페타와는 상관없는 일이었다. 이제 두 사람의 싸움에서 피해자는 그녀가 아니었다. 모든 사람이 다 피해자였다.

"솔직히 말해서 나도 잘 모르지만, 모든 것을 다 고려해 봐야 하는 거요." 마리노의 커다란 목소리가 벤턴의 사적인 작은 공간을 침범했다. "선생도 이 일을 계속할 생각이면, 판단을 보류하는 법을 좀 더 배워야 할 거요. 바로 그런 것 때문에 우리가 이 나라에서 테러나 보복 테러하는 놈들, 간첩이나 역간첩질하는 놈들, 러시아 놈들이나 북한 놈들까지 전부 다 잡아넣을 수 있었던 거니까."

"CIA 개입설에 대해서는 그만 접는 게 좋겠어요." 버거가 간단명료하게 상황을 정리했다. 그리고 인내심을 가지고 대화의 방향을 원래대로 돌리려고 노력했다. "이번 사건에서는 테러나 간첩과 연관이 있다거나, 정치적인 동기가 있다고 볼 만한 증거가 아무것도 없으니까요. 실제로도 그와 상반된 증거들만 잔뜩 있잖아요."

"범죄 현장에서 발견되었을 당시, 시신의 자세에 대해 물어보고 싶은 게 있어요." 보넬 형사가 부드러우면서도, 자신만만한 어조로 말했다. 알아차리기 힘들었지만 살짝 비꼬는 투도 깃들어 있었다. "스카페타 박사님,

범인이 토니의 팔을 잡아당겼거나, 몸을 끌고 갔다는 흔적이라도 나온 건가요? 처음 봤을 때 토니의 자세가 이상하다고 생각했거든요. 말도 안 된다고 할지 모르겠지만, 다리가 개구리처럼 굽혀져 있고, 팔을 위로 번쩍 들어 올리고 있는 모습이 마치 〈하바 나길라〉의 춤을 추는 것처럼 보였어요. 이 말이 이상하게 들릴 거라는 건 알아요. 하지만 토니를 처음 봤을 때는 그런 생각이 들었어요."

컴퓨터로 범죄 현장 사진들을 살펴본 뒤, 벤턴이 스카페타보다 먼저 대답했다. "이 시신의 자세는 모욕과 조롱을 의미하고 있어요." 화면에 좀 더 많은 사진들을 띄웠다. "노골적으로 피해자를 성적인 방식으로 노출시킨 것은 경멸감을 드러내고 충격을 주기 위해섭니다. 시신을 숨길 생각 같은 건 전혀 없었어요. 도리어 그 반대죠. 토니의 자세는 연출된 거예요."

"지금 말한 자세를 제외하면, 토니가 그 현장까지 끌려왔다는 증거는 없어요. 둔부에 찰과상도 없었고, 손목 부근에도 상처는 없었으니까. 하지만 토니가 입은 다른 상처들에서 아무 생체 반응이 없었다는 사실을 염두에 두어야 해요. 만일 토니가 죽은 뒤에 손목을 잡아당겼다면 상처가 남지 않을 테니까요. 실제로 토니의 경우에는 머리 부상을 제외하면, 상대적으로 상처가 많지 않은 편이에요." 스카페타가 보넬의 질문에 대답했다.

"당신은 토니가 죽은 상태로 한참 동안 있었다고 가정하고 있군요. 그렇게 생각하는 데는 근거가 있을 테죠." 벤턴이 회의용으로 사용하는 매끈한 검은색 스피커를 통해 버거의 목소리가 힘차게 울려 퍼졌다.

"사체의 사후 변화가 그 근거예요. 얼마나 빨리 체온이 떨어진 건지, 순환되지 못한 혈액이 무게에 따라 특정 부위에 고여 있는 방식이나 형태라든지, 아데노신삼인산(생물의 에너지 전달체―옮긴이) 감소로 인한 근육들의 전형적인 경직과 같은 것들 말이에요." 스카페타가 말했다.

"그렇다고 해도 예외는 있잖아요. 사망 시간을 특정해 주는 온갖 특징들은 여러 가지 요소들, 이를테면 그 사람이 죽기 전에 무슨 일을 했는지, 기후 상태는 어땠는지, 체격이나 의복 상태, 심지어 누군가 주입했을 수도 있는 약물의 종류에도 영향을 받아요. 내 말이 틀리나요?" 버거가 말했다.

"사망 시간 추정은 정밀과학이 아니에요." 스카페타는 버거가 자신과 논쟁을 벌이려고 해도 전혀 놀라지 않았다.

그건 진실을 찾아 가는 과정이 모든 면에서 한없이 힘들 때 일어나는 일들 중 하나였다.

"토니의 경직과 시반이 진행된 이유를 그런 환경적인 범주 안에서 설명하는 것도 가능해요. 예를 들면 토니가 달리기를 해서 에너지가 많이 소모된 상태였을 수도 있어요. 어쩌면 범인에게서 도망치던 중에 머리를 가격당한 것일 수도 있죠. 그런 상황이라면 사후경직이 예외적으로 빠른 진행을 보인 원인이 될 수 있지 않을까요? 그게 아니면 시체 연축이라고 하는 즉시성 시체 경직일 수도 있잖아요?" 버거가 물었다.

"그건 아니에요. 토니는 머리를 가격당한 직후에 사망한 것이 아니니까요. 한참 동안 살아 있었지만, 실질적인 신체 활동을 할 수는 없었어요. 코마 상태였거나, 죽어 가는 상태라 몸을 움직일 수 없었을 거예요." 스카페타가 대답했다.

"하지만 그 상황을 객관적으로 놓고 보면, 토니의 시반을 예로 들었을 때 그 시반이 정확하게 사망했을 당시에 생긴 거라고 할 수는 없어요. 시반에 영향을 미칠 수 있는 요소는 다양하니까요." 버거는 스카페타가 그런 요소들을 전혀 고려하지 않았다는 것처럼 말했다.

"토니의 시반으로 정확한 사망 시간을 알 수는 없지만, 추정은 가능해요. 그리고 무엇보다 토니의 시신이 옮겨졌다는 것을 명확하게 알려 주고 있죠." 스카페타는 마치 증인석에 서 있는 것 같은 기분이 들기 시작했다. "시반을 통해 토니가 공원으로 옮겨진 시간을 알아낼 수 있었어요. 범인은 그 과정에서 토니의 팔 위치가 바뀌었다는 것을 알아차리지 못했던 것 같아요. 확실하게 일치시키지 못했던 거죠. 시반이 형성되는 동안, 토니의 팔은 머리 위쪽에 있지 않았어요. 손바닥을 아래로 한 채 몸에 붙이고 있었죠. 뿐만 아니라, 옷을 입고 있었던 자국이나 흔적이 전혀 없었어요. 손목시계를 차고 있던 부위는 아직까지 창백한데, 그건 시반이 진행되고 고정되기 시작했을 시점에 손목시계를 찼다는 것을 의미해요. 난 토니가 사망한 뒤 적어도 열두 시간 동안은 손목시계를 제외한 나머지 옷들을 모두 벗은 상태로 있었을 거라고 생각해요. 고무줄 자국이 남아 있지 않는 것으로 봐서 양말조차 신지 않고 있었을 거예요. 범인은 시신을 공원으로 옮기기 직전에 옷을 입혔고, 그 과정에서 양말을 잘못 신겼던 거예요."

스카페타는 토니의 신체 공학적으로 정확하게 만들어진 달리기용 양말에 대해 설명한 뒤, 그 양말이 바로 범인이 범행 후에 피해자에게 옷을 입힌 증거라고 말했다. 아무래도 그러다 보면 종종 실수가 있기 마련이다. 이를테면 옷이 뒤틀려 있거나, 뒤집어지게 되는 것이다. 이번 사건의 경우에는 오른쪽과 왼쪽 양말을 바꿔 신겼다.

"어째서 시계만 남겨 둔 걸까요?" 보넬이 물었다.

"토니의 옷을 벗겼던 자에게는 중요하지 않은 물건이었기 때문이죠." 모니터로 범죄 현장 사진들을 보고 있던 벤턴이 토니의 왼쪽 손목에 있던 바이오그래프 시계를 확대했다. "기념품으로 챙기는 경우를 제외하면, 장신구를 빼는 건 속살이 드러나게 옷을 벗기는 것처럼 성적으로 흥분되지 않으니까요. 하지만 이 사건의 범인에게는 상징적이거나 성적으로 중요한 의미가 있을 수도 있어요. 토니의 시신을 가지고 있던 자는 전혀 서두르지 않았으니까요. 그렇지 않았으면 토니의 시신을 하루하고 반나절 동안 데리고 있진 못했을 겁니다."

"케이, 여덟 시간 전에 죽은 사람이 40시간 전에 죽은 것처럼 보였던 사례는 없었나요?" 이제 버거는 목격자의 존재를 알리기 위해 최선을 다하기로 마음먹은 것 같았다.

"아주 무더운 열대 지방이나, 아열대 지방처럼 부패가 빨리 진행되는 지역에서 시신이 발견된 경우에는 그럴 수도 있죠. 사우스플로리다에서 검시관으로 일했을 때는 부패 상태가 아주 심한 경우들이 보통이었어요. 그런 사례들을 종종 봤죠." 스카페타가 대답했다.

"당신이 보기에 토니는 공원에서 강간을 당한 건가요, 아니면 범인이 차 안에서 강간한 뒤에 벤턴이 말한 대로 공원에 버린 뒤, 현장을 연출한 것일까요?" 버거가 물었다.

"궁금하군요. 어째서 차 안이라고 하는 겁니까?" 벤턴이 의자에 기대앉으며 물었다.

"범인이 토니를 차 안에서 강간하고 살해한 뒤에 공원에 버리고 범행 현장을 꾸며 놓은 것일 수도 있겠다는 생각이 들어서요." 버거가 말했다.

"외부 검사와 부검 과정에서는 토니가 차 안에서 강간당했다는 증거를 찾지 못했어요." 스카페타가 말했다.

"난 토니가 공원, 그러니까 맨바닥에서 강간을 당한 거라면 좀 더 상처가 많이 남았을 거라고 생각해요. 보통 맨바닥처럼 딱딱한 표면에서 강간을 당한 사체의 경우, 타박상이나 찰과상이 좀 더 많이 남아 있지 않았나요?" 버거가 물었다.

"그런 경우가 많이 있죠."

"그와 반대로, 이를테면 차의 뒷좌석 같은 곳에서 피해자가 강간을 당했을 경우, 돌멩이와 나뭇가지, 온갖 부스러기들로 뒤덮인 얼어붙은 맨바닥에서 당한 경우보다는 상태가 좀 낫지 않을까요?" 버거가 말을 이었다.

"사체를 조사한 결과로는 토니가 강간당한 곳이 자동차 안인지 아닌지 알 수 없었어요." 스카페타가 다시 한 번 말했다.

"토니는 자동차 안에서 범인에게 머리를 가격당하고, 강간당한 뒤 한참 뒤에 공원에 버려진 것일 수도 있어요." 버거는 더 이상 질문하지 않았다. 그녀가 말했다. "그리고 토니의 시신에 나타난 시반이나, 경직, 체온과 같은 것들은 거의 헐벗은 상태로 겨울 날씨에 노출되어 있었기 때문에 혼란과 오해의 여지가 생긴 거예요. 만일 토니가 죽기까지 시간이 걸린 게 사실이라면, 다시 말해 머리에 상처를 입고 몇 시간이 지난 뒤에 숨을 거둔 거라면 시반 역시 그 때문에 생긴 것일지도 몰라요."

"그렇게 예외적인 경우도 있긴 해요. 하지만 이번 사건에서는 그런 예외적인 경우를 적용할 수 없을 것 같은데요." 스카페타가 말했다.

"케이, 난 지난 몇 년간 수많은 문헌들을 조사했어요. 아무래도 법원에서 사망 시간을 놓고 논쟁을 하는 경우가 많으니까요. 그러다가 아주 흥미로운 경우를 두 가지 발견했어요. 병에 걸려 죽는 사람들, 이를테면 심장 기능 상실이나 암으로 죽어 가는 경우에는 숨이 끊어지기 전부터 시반이 일어나기 시작하는 경우가 있었어요. 그리고 아까도 말했던 것처럼 즉시성 시체 경직의 사례들도 기록으로 남아 있었고요. 그러니 토니의 경우에도 어떤 이유에서든 시반이 사망하기 전부터 시작되었고, 아주 유별난 이유로 즉시성 시체 경직이 일어난 거라고 가정할 수도 있지 않을까요? 질식사의 경우에는 더욱 그럴 수 있다고 생각해요. 토니는 스카프로 목을 졸렸죠. 머리에 큰 부상을 입힌 뒤에 교살당한 것처럼 말이에요. 그런데도 박사가 추정한 시간보다 토니가 훨씬 빨리 죽었을 가능성이 없나요? 불과 몇 시간 전에 죽은 것이 아닐까요? 여덟 시간 이내에 말이에요."

"그건 불가능한 일이에요." 스카페타가 말했다.

"보넬 형사. 그 WAV 파일 가지고 있죠? 마리노의 컴퓨터로 그 파일을 열 수 있을 거예요. 스피커폰을 통해 우리 모두 들을 수 있었으면 좋겠네요. 오늘 오후 2시경, 911로 들어온 신고 전화를 녹음한 파일이에요." 버거가 말했다.

"지금 틀죠. 혹시 들리지 않으면 말씀해 주세요." 보넬이 말했다.

그 녹음 파일이 들리기 시작하자, 벤턴은 보이스 스테이션의 볼륨을 올렸다.

"경찰 교환원 519번입니다. 무슨 일이십니까?"

"음… 그러니까 오늘 아침 110번가 북쪽의 공원에서 발견된 여자 분에 대해 할 말이 있는데요." 불안해하고 있는, 겁을 잔뜩 집어먹은 목소리였다. 목소리로 봐선 젊은 남자인 것 같았다.

"어떤 여자 분을 말하는 겁니까?"

"그러니까… 조깅을 하다가 살해당했다는 여자 분 말입니다. 뉴스로 들었는데요….”

“정말 긴급한 일인가요?”

“그런 것 같습니다. 아무래도 내가 그 사건의 범인을 본 것 같아서요. 오늘 새벽 5시경, 차를 몰고 그 근처를 지나갈 때 노란색 택시 한 대가 멈추더니, 어떤 남자가 뒷좌석에서 술에 취한 것 같은 여자를 부축해서 내리는 것을 봤습니다. 처음에는 그 남자가 그 여자의 애인인 줄 알았어요. 밤새 같이 있었던 모양이라고 생각했죠. 제대로 잘 보지는 못했습니다. 주위가 많이 어두웠고 안개까지 껴 있는 상황이었으니까요.”

“노란색 택시라고 하셨습니까?”

“그 여자는 의식이 없을 정도로 술에 취한 것처럼 보였습니다. 정말 순간적으로 본 것이긴 하지만요. 아까도 말했다시피 주위도 어둡고, 안개가 껴서 잘 보이지 않았으니까요. 5번가로 가던 중에 얼핏 본 겁니다. 속도를 줄이진 않았지만, 똑똑히 봤어요. 분명히 노란색 택시였습니다. 차 위에 달려 있는 택시등은 손님이 타고 있다는 것을 알리는 것처럼 꺼져 있었어요.”

“차량 번호나 문에 새겨져 있는 고유 번호는 보지 못했습니까?”

“아뇨, 아뇨. 그것까지 확인할 이유가 없었으니까요. 음… 하지만 조깅하던 여자가 살해당했다는 뉴스를 보자, 아침에 본 그 여자도 뭔가 운동복 같은 것을 입고 있었다는 게 떠올랐습니다. 빨간색 스카프 같은 것도 두르고 있지 않았나요? 그 여자의 목 부근에서 빨간 걸 본 것 같아서요. 그리고 외투 대신 밝은색 스웨터나 비슷한 것을 입고 있지 않았습니까? 왜냐하면 그 여자를 봤을 때 옷을 그다지 따뜻하게 입고 있지 않다는 것을 알아차렸거든요. 게다가 그 여자가 발견되었다는 시간이, 아무래도 내가 그곳을 지나갔을 때와 차이가 나지 않는 것 같아서….”

그 WAV 파일이 멈췄다.

“연락을 받은 즉시, 이 남자와 전화 통화를 한 뒤 직접 만나러 갔습니다. 그리고 이 남자의 배경을 조사했죠.” 보넬이 말했다.

스카페타는 토니 다리엔의 부상 부위 머리카락에서 찾아낸 노란색 페인트 조각을 떠올렸다. 시체 안치소에서 현미경 렌즈로 그 페인트 조각을 확인했을 때 그녀도 그 색에서 프렌치 머스터드와 노란색 택시를 떠올렸었다.

"하비 팔리. 29세, 브루클린에 있는 클라인 제약 회사의 프로젝트 매니저로 일하고 있고, 집도 브루클린에 있어요. 그리고 여자친구가 맨해튼의 모닝사이드하이츠에 살고 있다고 합니다." 보넬이 말을 이었다.

스카페타는 그 페인트 조각이 자동차에서 묻은 것인지 확신할 수 없었다. 그건 건물, 분무기, 연장, 거리 표지판 등 어디서든 묻을 수 있는 것이었다.

"팔리는 911에 녹음된 내용과 똑같은 이야기를 했어요. 여자친구와 밤새 함께 있다가, 5번가에 있는 집으로 돌아가는 길이었다고 하더군요. 출근 준비를 할 시간을 내기 위해 49번가에서 퀸스버러브리지를 가로질러 갈 생각이었다고 했어요."

이게 바로 버거가 스카페타가 추정한 토니의 사망 시간에 반박한 이유였다. 만일 택시 운전사가 살인범이라면, 그자가 지난밤 늦게 거리를 걷거나 뛰고 있던 토니를 발견하고 쫓아갔을 거라는 그럴 듯한 가정이 성립되기 때문이다. 그 택시 기사가 화요일 어느 때, 아마도 오후 시간에 토니를 차에 태우고 범행을 저지른 뒤, 오늘 아침 5시까지 시신을 보관했다는 건 말이 되지 않았다.

보넬이 계속 설명을 이어 나갔다. "그자가 말한 내용이나 신원에 의심스러운 점은 없었어요. 여기서 중요한 건 택시에서 부축을 받으며 내렸다는 여자의 옷차림에 대한 설명이에요. 팔리가 어떻게 그렇게 자세하게 알 수 있겠어요? 공표하지도 않은 사실인데 말이에요."

시신은 거짓말을 하지 않는다. 스카페타는 연수를 받던 초기에 이렇게 배웠다. '증거를 억지로 범죄에 맞추려고 하지 마라.' 토니 다리엔은 간밤에 죽지 않았다. 그녀는 어제 살해당하지 않았다. 버거가 믿고 싶은 것이 무엇이든, 목격자가 무슨 말을 했든 그런 건 상관없었다.

"하비 팔리가 술에 취한 것처럼 보이는 여자가 택시에서 내리는 것을 도와주었다고 했던 그 남자에 대한 인상착의도 자세히 말해 주던가요?" 벤턴이 물었다. 그는 천장을 올려다보며, 양손을 모은 채로 조바심이 나는 듯 손가락들을 맞부딪치고 있었다.

"그 남자는 짙은 색 옷을 입고, 야구 모자를 쓰고 있었으며, 안경을 쓰고 있었던 것 같다고 했어요. 체격이 호리호리했다는 인상을 받은 걸 보면 평균 체격의 남자였던 모양이에요. 하지만 팔리는 제대로 보지 못했다고 했어요. 자동차의 속도를 줄인 것도 아니고, 기상 상태도 좋지 않았으니까요. 팔리는 택시와 보도 사이에 있던 그 남자와 여자를 택시가 가리고 있었다고 했어요. 만일 5번가로 가기 위해 110번가에서 동쪽으로 달리고 있었다면 그 말이 맞을 거예요." 보넬이 말했다.

"그 택시의 기사에 대해서는 아무 말도 없었습니까?" 벤턴이 물었다.

"잘 보지 못하긴 했지만, 기사는 그대로 차 안에 있었던 것 같다고 하더군요." 보넬이 대답했다.

"어째서 그렇게 생각했답니까?" 벤턴이 물었다.

"그 택시는 오른쪽 뒷좌석 문만 열려 있었다고 했어요. 기사는 운전석에 그대로 앉아 있고, 그 남자와 여자는 뒷좌석에 타고 있었던 것처럼 말이에요. 하비는 만일 택시 기사가 그런 장소에 여자를 내려놓는 것으로 봤다면, 자기가 차를 세웠을 거라고 하더군요. 그런 상황이었다면 그 여자가 곤란한 상황에 처했을 수도 있다는 생각을 했을 거라면서요. 술에 취해 쓰러진 여자를 길가에 그냥 내버려 둔 채 갈 수는 없었을 거라고 하더군요."

"자기가 차를 세우지 않은 이유에 대해 변명하는 것처럼 들리는군. 그 남자는 택시 기사가 다쳤거나 죽었을지도 모르는 여자를 길가에 버리고 가는 것을 자기가 봤다고 생각하고 싶지 않은 거요. 밤새 술을 같이 마신 커플이라고 생각하는 편이 마음이 편했던 거지." 마리노가 말했다.

"팔리가 911 신고 전화에 말한 위치와 시신이 발견된 위치와는 거리가 얼마나 떨어져 있었죠?" 스카페타가 물었다.

"대략 9미터 정도 떨어져 있었어요." 보넬이 대답했다.

스카페타는 토니의 머리카락에서 밝은 노란색 페인트 조각을 찾아냈다는 것을 말했다. 그렇지만 그 미세한 증거를 너무 확대해서 생각하고 싶지는 않다고 했다. 아직 그 증거에 대한 정밀조사도 끝나지 않았고, 토니의 몸에서는 다른 빨간색과 검은색의 미세한 조각 역시 나왔기 때문이다. 그 페인트 조각은 토니의 두개골을 내리친 무기에서 묻은 것일 수도 있었다. 그런 페인트는 어디서든 나올 수 있는 것이다.

"토니가 그 노란 택시 안에 있었다고 한다면, 어떻게 36시간 이전에 죽었을 수가 있다는 거요?" 마리노의 목소리 역시 명백한 의구심이 깃들어 있었다.

"토니를 죽인 범인이 그 택시 기사라면 그럴 수도 있죠." 보넬은 그 순간 그 자리에 있던 어느 누구보다 자신만만하게 말했다. "어느 쪽으로 생각하든 가능해요. 만일 하비의 말이 사실이라면, 그 택시 기사는 어젯밤에 토니를 차에 태우고 살해한 뒤 오늘 아침 일찍 공원에 시신을 버린 거죠. 그러지 않고 스카페타 박사님이 말씀하신 것처럼 사망 시간이 그 이전이라고 하더라도, 그 택시 기사가 토니의 시신을 한참 동안 가지고 있다가 버린 것으로 볼 수도 있어요. 그리고 그 노란 택시가 토니 다리엔과 해나 스타 사건을 연결시킬 수도 있어요."

스카페타는 그 가설의 다음 이야기를 기다렸다.

"해나 스타를 마지막으로 본 건 노란 택시에 올라타는 모습이었어요." 보넬이 말을 이었다.

"난 토니의 사건과 해나 스타는 전혀 연관성이 없다고 생각해요." 버거가 말했다.

"이 일에 대해 알리지 않는다면 사건이 또 일어날 거예요. 그렇게 되면 우리는 세 건의 사건에 대해 이야기를 해야 할 거예요." 보넬이 말했다.

"지금으로선 그 사건들에 연관성이 있다고 생각하지 않아요." 버거가 경고하는 것처럼 말했다. 다른 사람들도 그 사건들의 연관성을 공론화하지 않는 것이 낫다고 생각했다.

"해나 스타에 대해서까지 생각할 필요는 없어요. 그녀의 실종에는 다른 요소들도 있으니까. 내가 보기에는 전혀 다른 사건일 가능성이 높아요. 더군다나 우린 아직 해나 스타가 죽었는지 살았는지도 모르고 있잖아요." 버거가 말을 이었다.

"하비 팔리가 본 것과 같은 장면을 목격한 다른 사람들이 있을지도 몰라." 벤턴이 스카페타를 쳐다보았다. 그리고 그녀의 입장을 배려해서 말했다. "만일 그 목격자들이 경찰에 신고하는 대신 언론에 알렸다면 상황이 좋지 않을 거야. 혹시라도 노란 택시에 관한 정보가 새어 나갔다면, CNN이든 어디든 언론사들과는 멀리 떨어져 있는 편이 나아."

"나도 알아. 하지만 그 정보가 새어 나갔든, 그렇지 않든 내가 오늘 쇼에 나가지 않으면 문제가 더 심각해질 거야. 더 자극적인 방향으로 해석할 테니까. CNN에서도 내가 토니 다리엔이나 해나 스타 사건에 대해서는 아무 말도 하지 않을 거라는 걸 알고 있어. 수사 중인 사건에 대해서는 언급하지 않기로 했으니까." 스카페타가 말했다.

"나가지 않는 게 좋을 것 같은데." 벤턴이 스카페타를 뚫어지게 쳐다보았다.

"이미 계약한 거야. 문제를 만들고 싶지 않아." 스카페타는 벤턴에게 말했다.

"그 문제는 케이 말이 맞다고 생각해요. 나 역시 평소처럼 업무를 볼 생각이거든요. 만일 케이가 방송 직전에 출연을 취소한다면, 칼리 크리스핀이 그걸 빌미 삼아 무슨 말을 할지 몰라요." 버거가 말했다.

07

욕망의 블랙홀

워너 에이지 박사는 영국 골동품 가구들이 놓여 있는 작은 호텔 방에서 정돈되지 않은 침대 위에 앉아 있었다. 사생활 보호를 위해 커튼을 친 상태였다.

그가 묵고 있는 호텔 방은 건물들에 둘러싸여 있어 창문과 창문이 마주 보고 있었다. 그러다 보니 에이지는 지금처럼 자신이 지낼 곳을 찾아 헤매게 만든 전 처에 대한 생각을 하지 않을 수 없었다. 워싱턴 시내에 있는 아파트들 중에 망원경을 가지고 있는 집이 얼마나 많은지 알았을 때 그는 정말 깜짝 놀랐다. 장식용으로 가지고 있는 사람은 일부이고, 그 외에는 전부 다 그 망원경으로 뭔가를 보겠다는 기능적인 이유에서 가지고 있었다. 이를테면 안락의자 앞에 삼각대를 놓고 그 위에 오리온 쌍안경을 올려놓았다면, 그걸로 강이나 공원을 내려다보는 것이 아니라, 다른 고층 건물을 들여다보는 것이다. 부동산 중개인이 전망이 좋다고 자랑했던 콘도에서는 건너편 건물이 다 보여서, 커튼을 내리지 않으면, 그 집에 사는 사람이 벌거벗고 있거나, 돌아다니는 모습까지 볼 수 있었다.

워싱턴 D. C.나 뉴욕과 같은 대도시의 주거 밀집 지역에서 염탐을 하거나 관음증이 있는 것이 아닌 다음에야, 무슨 이유로 쌍안경이나 망원경이 필요하단 말인가? 둔감한 이웃 사람들은 아무것도 모른 채 옷을 벗고, 섹스를 하고, 싸우고, 목욕을 하고, 변기에 앉아 볼일을 본다. 만일 사람들이 집이나 호텔 방에서는 사생활이 지켜질 거라고 생각한다면 다시 생각하는 게 좋을 거다. 성범죄자들, 도둑들, 테러리스트들, 정부가 자신의 집 안을 몰래 들여다보지 못하게 해야만 한다. 몰래 엿듣게 하지 말아야 한다. 누군가 지켜보고 있지 않은지 확실하게 확인해야 한다. 누군가 엿듣고 있지 않은지 확실하게 확인해야 한다. 누군가 엿보고 엿듣지 않는다면 붙잡히지 않을 것이다. 도처에 보안 카메라와 차량 추적 시스템, 스파이캠, 소리 증폭기들이 있어서 자신의 가장 취약하고 굴욕적인 순간들을 다른 사람들이 엿보고 엿듣고 있다. 그런 정보가 나쁜 사람들 손에 들어가게 되면 인생 전체가 변하게 된다. 만일 게임을 하고 싶다면, 다른 사람들이 널 먼저 상대하기 전에 네가 먼저 다른 사람들을 상대하라. 에이지는 낮에도 커튼이나 블라인드를 걷지 않았다.

"최고의 보안 시스템이 뭔지 알아요? 그건 바로 차양을 내리는 겁니다." 그가 평생을 통해 얻은 교훈이었다.

루프 스타의 저녁 파티에서 칼리 크리스핀을 처음 만났을 때도 에이지는 이 불변의 진리를 말해 주었다. 그녀는 백악관 언론 담당 비서였고, 에이지는 FBI가 아니라 수없이 많은 곳을 여행한 상담가로 일하고 있었다. 그때는 2000년이었고, 칼리 크리스핀은 불타는 것 같은 빨강 머리를 가진 너무나도 매력적인 엄청난 미인이었다. 영리하면서도 신랄한 그녀는 기자들과 말하지 않을 때도, 언제나 유리한 입장에서 자신의 진짜 생각을 말할 수 있었다. 어쩌다가 두 사람은 루프 스타의 희귀본 서재에서 마주치게 되었다. 그때 에이지는 좋아하는 책 중의 하나인, 하늘을 나는 이단자 마술사 시몬(전도사 빌립의 기적에 신앙심을 가지게 되었다는 사마리아의 마술사. 영지주의의 창시자라는 설도 있다-옮긴이)과 공중 부양 능력을 진짜로

140

가지고 있었던 하늘을 나는 쿠페르티노의 성 요셉에 관한 두꺼운 고서를 읽고 있었다. 에이지는 칼리 크리스핀에게 프란츠 안톤 메스머(1734~1815. 프랑스에서 활동한 독일인 의사로 동물 자기 이론의 창시자—옮긴이)에 대해 알려 주면서, 동물의 자기에는 치유력이 있다고 설명했다. 그런 다음에는 브레이드(1795~1861. '최면'이라는 용어를 최초로 사용했다—옮긴이)와 베르넹(1837~1919. 최면 치료 센터를 건립, 최면 자체에 치료 효과가 있다고 믿었다—옮긴이)에 대해, 그들의 최면 이론과 신경 수면설에 대해 설명해 주었다.

언론인으로서의 열정만 넘쳤던 칼리로서는 당연히 그런 초자연적인 것들에 관심이 없었다. 그래서 에이지가 이 희귀본 서재에서 가장 인기 있는 구역이라고 언급한 책장에서, 피렌체 가죽으로 장정된 사진 앨범을 뽑아 들었다. 소위 '루프의 친구들' 사진이었다. 그 거대한 저택의 3층에서 에이지와 칼리는 고즈넉한 시간을 보내면서 냉소적으로 몇 십 년 치의 앨범을 넘겼다. 두 사람은 나란히 앉은 채, 앨범에 아는 사람이 나오면 가리키곤 했다.

"친구를 돈으로 사다니 놀랍죠. 뿐만 아니라 저 사람은 그들을 진짜 친구라고 생각하고 있어요. 그렇다고 저런 대단한 억만장자를 안됐다고 느끼는 내 자신이 한심하긴 하지만 말이에요." 에이지는 세상에서 제일 믿을 수 없는 여자에게 그렇게 말했다. 왜냐하면 칼리에게는 도덕관념이란 것이 없었고, 루프 스타를 통해 만난 사람들을 이용할 생각밖에 없었기 때문이다.

루프는 칼리를 통해 돈을 벌 생각은 없었다. 에이지와 마찬가지로 그녀 역시 다른 손님들이 좋아할 거라고 생각해서 초대한 것이었다. 최소 100만 달러는 있어야 루프의 특별 클럽에 들어갈 수 있었지만, 루프가 좋아하는 사람이나 여러 방면에서 흥미로워 보이는 사람들은 그냥 초대하기도 했다. 그런 사람들을 저녁 식사나 파티에 초대하는 이유는 진짜 손님들의 여흥을 위해서였다. 돈을 가진 사람들에게 투자하는 셈이다. 배우들, 운동선수들, 월스트리트에 새로 등장한 귀재들이 파크애비뉴 맨션을 찾아왔다.

돈이 없어도 도움이 될 만한 다방면에서 두각을 나타내는 인물들이 함께 어울리면서 루프는 돈을 더 많이 벌어들였다. 정치인들, TV 앵커들, 신문 칼럼니스트들, 법의학 전문가들, 법정 변호사들. 뉴스에 나오는 사람이나 유명한 사람이라면 누구나 가능했고, 루프가 마음에 두고 있는 대상과 잘 어울릴 만한 사람들도 초대받았다. 루프는 잠재적인 고객을 찾아낸 뒤, 그들의 마음을 움직이게 만드는 방법을 알아냈다. 그런 다음 손님들을 물색하면서, 상대방도 모르게 자신의 B급 명단에 올렸다. 그렇게 되면 그 사람들은 편지나 전화를 받게 되었다. 루퍼트 스타로부터 참석해 주면 고맙겠다는 초대를 받는 것이다.

"코끼리들한테 던져 주는 땅콩과 같은 처지인 거죠." 결코 잊을 수 없는 그날 저녁, 에이지는 칼리에게 이렇게 말했다. "우리가 땅콩이고, 저들이 코끼리예요. 설령 우리가 코끼리들만큼 오래 산다고 하더라도, 그만큼의 무게는 나가지 않아요. 여기서 또 불공평한 아이러니는 그 코끼리들 중 일부는 서커스에 참가할 수 없을 만큼 어리다는 거죠. 여길 좀 봐요." 그가 손가락으로 두드린 사진 속에는 예쁜 소녀가 루프를 끌어안은 채로, 카메라를 과감하게 쳐다보고 있었다.

"젊은 배우인가 보네요." 칼리는 그 소녀가 누군지 알아보려고 애를 썼다.

"다시 맞춰 봐요."

"누군데요? 이 여자는 독특하게 예쁘네요. 아주 예쁜 소년 같아요. 혹시 남자일 수도 있겠어요. 아니다. 가슴이 보이는 것 같아요. 정말 그러네요." 칼리가 앨범을 넘기자, 에이지가 손을 치웠다. 그녀의 손이 닿는 느낌에 에이지는 약간 놀랐다. "여기 사진이 또 있어요. 남자는 아닌 게 확실해요. 와. 이 여자는 람보처럼 옷을 입고, 화장을 하지 않는 편이 더 매력적일 것 같아요. 운동선수처럼 보기 좋은 몸을 가지고 있으니까요. 어디서든 봤다면 틀림없이 기억이 날 것 같은 여잔데."

"한 번도 본 적이 없어서 그럴 거예요." 에이지는 칼리가 다시 한 번 페이지를 넘기기를 바라며 앨범 위에 손을 올렸다. "힌트를 줄게요. FBI와 연관 있어요."

"스타의 초호화 수집품 안에 들어가 있는 걸 보니 조직범죄와 관련 있을 거예요." 그녀는 사람들도 루프가 수집하는 고급 골동품 자동차들과 다를 바 없다는 것처럼 말했다. "이 여자가 돈이 아주 많다면 틀림없이 불법적인 일을 하면서 FBI에 연줄이 있다는 거겠죠. 우리 같은 처지가 아니라면 말이에요." B급 명단을 의미하는 것이다.

"이 여자는 우리와 달라요. 마음만 먹으면 이 집도 살 수 있을 테니까. 아마 그러고도 돈이 엄청나게 많이 남을 거예요."

"대체 누군데요?"

"루시 파리넬리." 에이지는 다른 사진을 발견했다. 그 사진 속에서 루시는 스타의 지하 차고에서 듀센버그의 운전석에 앉아 있었다. 그 차가 값을 매기지 못할 만큼 귀한 골동품 스포츠카라는 것에 전혀 아랑곳없이 운전에만 집중하고 있는 것처럼 보였다. 어쩌면 그날이 특별한 날일 수도 있고, 아니면 스타의 회계실에서 그녀의 돈을 세고 있었던 날일지도 모른다.

에이지는 몰랐다. 그때 그 맨션 안에는 루시도 같이 있었으며 자신이 마지막에 초대받은 이유는 오직 루시의 여흥과 재미를 위해서라는 것을. 적어도 루시는 콴티코에서 에이지를 만났던 것을 기억하고 있었다. 천재인 루시는 고등학생일 때, 연방 수사국에서 카인(CAIN)이라고 부르는 범죄 인공 지능 네트워크(Criminal Artificial Intelligence Network) 개발을 도왔었다.

"이 사람은 누군지 알아요." 칼리는 루시가 스카페타와 연결되고, 특히 벤턴 웨슬리와도 관련이 있다는 사실을 깨닫자 흥미를 느꼈다. 벤턴은 키가 크고, 조각처럼 이목구비가 뚜렷한 미남이었다. "〈양들의 침묵〉에 나왔던 배우의 모델이 되었던 사람이잖아요. 크로포드 역을 했던 배우 이름이 뭐였죠?" 그녀 맘대로 하는 말이었다.

"말도 안 되는 소리 하지 말아요. 그 영화를 찍을 당시 벤턴은 콴티코에 있지도 않았어요. 거기서 멀리 떨어진 어딘가에서 사건 수사를 하고 있었을 겁니다. 그자가 아무리 거만한 태도로 온갖 이야기를 다 할지라도 말이에요." 에이지가 말했다. 몹시 화가 났고, 그 이상의 다른 감정들도 느껴졌다.

"그렇다면 당신은 이 사람들에 대해 알고 있단 말이군요." 칼리는 깊은 인상을 받았다.

"시끄러운 무리들이죠. 그 사람들에 대해서는 잘 알고 있습니다. 그들 역시 나에 대한 이야기를 들었을 거예요. 내가 어떤 사람인지 전해 들었을 테죠. 벤턴을 포함해 그 사람들과 친하진 않으니까, 도리어 그쪽에서 나에 대해 더 잘 알고 있을지도 몰라요. 인생이란 역기능적으로 상호 순환을 하니까요. 벤턴은 케이와 잠을 잤죠. 케이는 루시를 사랑합니다. 벤턴은 루시를 FBI에 인턴으로 넣어 주었어요. 이 워너를 물먹인 거죠."

"왜 당신이 물을 먹었다는 거죠?"

"인공 지능이 뭡니까?"

"실물을 대체하는 거요." 그녀가 대답했다.

"봐요. 만일 당신도 이런 걸 끼고 있었다면 힘들었을 거예요." 에이지가 보청기를 만졌다.

"당신은 내가 하는 말을 잘 알아듣는 것 같은데요. 무슨 뜻에서 그런 말을 하는 건지 모르겠군요."

"어떤 임무들을 받거나, 기회를 얻을 수도 있었다는 정도로만 말을 하죠. 컴퓨터 시스템이 생기지 않았다면 그 대신 일을 할 수 있었을 겁니다." 에이지가 말했다.

아마 그 자리엔 와인, 아주 좋은 보르도산 와인이 있었을 것이다. 하지만 에이지는 칼리에게 직장에서 받은 부당한 대우와 불만족, 그로 인해 입었던 피해에 대해 이야기하기 시작했다. 사람들에겐 문제가 있고, 경찰들에게도 스트레스와 트라우마가 있다. 그중에서도 최악의 경우는 문제가 있다는 것이 허용되지 않고, 인간으로 사는 것을 포기한 연방 요원들이다. 다른 무엇보다 FBI에서는 그들을 연방 수사국에 발령이 난 심리학자나 정신과 의사들에게 강제로 보낸다. 그건 아이를 돌보는 일, 손을 잡아 주는 일을 하는 것이나 마찬가지다. 범죄 사건에 대해 의견을 물어보는 일은 아주 드물며, 그나마도 유명한 사건일 경우는 아예 없었다. 그는 1985년에 버지니아 주 콴티코의 FBI 아카데미에서 겪었던 일을 이야기했다. 프루이트라는 차장은 에이지가 귀머거리이기 때문에, 보안이 가장 높은 감옥에 들어가 인터뷰를 할 수 없다고 말했다.

그 안에서는 보청기를 끼고 입술을 읽는 법정 정신의학자를 쓰게 되면 위험할 수도 있다고 솔직하게 말했다. 연방 수사국에서는 폭력 사범들의 이야기를 잘못 알아듣거나, 제대로 듣지 못해 같은 대답을 되풀이하게 만드는 사람은 쓰지 않았다. 혹시라도 에이지가 범죄자들의 말을 잘못 알아들었다면 어떻게 되겠는가? 만일 그가 다리를 꼬거나 고개를 갸우뚱하는 행동이나 몸짓을 했을 때, 범죄자들이 오해하면 어떻게 되겠는가? 만일 자기가 막 어떤 여자의 사체를 절단하고 눈을 찔렀다고 믿는 망상성 정신분열증을 가진 죄수일 경우에, 에이지가 자기 입술을 쳐다보는 것이 싫다고 할 경우 무슨 일이 벌어지겠는가?

에이지는 자신이 FBI이며, 앞으로도 계속 FBI여야 한다는 것을 잘 알고 있었다. 장애가 있을 수도 있다. 결점이 있을 수도 있다. 능력이 부족할 수도 있다. 연쇄 살인범이나 암살범들의 정신을 감정하는 것은 그의 능력 밖의 일이었지만, 외모로 봐서는 에이지가 이 전능한 기관의 대표도 될 수 있을 것 같았다. 그는 당혹스러웠지만, 프루이트의 입장을 이해한다고 말했고, 당연히 FBI에 필요한 일이라면 무엇이든지 하겠다고 말했다. 그들의 방식을 따르는 것 외에는 방법이 없었다. 에이지는 경찰과 도둑 놀이, 군대와 알 카포네 놀이를 했던 허약한 어린 시절부터 계속해서 총기를 다루는 FBI와 가깝게 있고 싶었다. 경찰 총이 발사되는 소리만큼은 어렴풋이 들렸기 때문이다.

그는 연방 수사국 내부에서 일할 수 있다고 말했다. 중요 사건 기록 부서나, 스트레스 관리 부서, 위장 요원 보호 팀 같은 곳에서. 위장 요원 보호 팀은 기본적으로 은닉했다가 나타나는 요원들을 중점적으로 경찰들의 심리적인 문제를 담당하는 곳이었다. 특별 관리 요원들과 프로파일러들이 섞여 있는 곳이기도 했다. 행동 과학 부서는 상대적으로 신입들의 훈련과 발전을 담당하고 있었다. 연방 수사국은 프로파일러들이 정기적으로 모습을 드러내는 것을 지나치게 걱정했고, 정보 수집과 운영 효과성을 빌미로 간섭하고 있었다. 이런 시점에서 다소 일방적으로 대화를 이끌어 가던 에이지는 프루이트에게 FBI에서는 범죄자들에 관한 서류 평가가 많을 테니 자신이 그 일을 돕겠다고 제안했다. 만일 그가 면담 기록이나 평가서, 현장 사진과 부검 사진들, 사건 기록과 같은 원 자료에 접근할 수 있다면 그 정보를 이해하고 분석하여 중요한 데이터베이스를 구축할 수 있을 것이며, 그 자료들을 이용해 자리 잡을 수 있을 거라는 생각이 들었다.

살인자와 마주 앉아 있는 것과 같은 일은 아니지만, 환자를 돌보는 플로렌스 나이팅게일이 되기보다는 실제로 일을 할 때 도움이 되는 지원 체계를 구축하는 편이 훨씬 보람 있을 것이었다. 그 만족스러운 작업은 인정받고 보상을 받게 될 것이며, 그 자신처럼 훈련받지 못하고 지성이나 통찰력이 모두 떨어지는 아랫사람들에게 귀감이 될 것이다. 바로 벤턴 웨슬리와 같은 아랫사람에게.

"하지만 만일 인공 지능을 가지고 있다면, 카인(CAIN)을 가지고 있다면 수동 자료 분석은 필요 없죠." 에이지는 루프 스타의 서재에서 사진들을 보다 칼리에게 말했다. "1990년대 초반에 통계학적인 계산과 다른 형태의 분류와 분석이 모두 자동화되었죠. 내가 했던 모든 노력들이 루시가 만든 근사한 인공 지능 환경에 포함되어 버린 겁니다. 내가 계속 손으로 목화에서 면실 비슷하게 뽑아내는 동안, 엘리 휘트니(1765~1825. 미국의 발명가이자 공학자—옮긴이)가 조면기를 발명해 버린 셈인 거죠. 나는 요원들 중에 평가가 내려갔습니다. 이제까지는 늘 FBI에 잘 보였는데 말이죠."

"미국 대통령이 내 생각을 인정해 주고 있다는 것을 알게 되었을 때와 비슷한 느낌이었을 것 같아요." 칼리는 평소처럼 자기 이야기로 마무리했다.

다른 손님들이 다른 층에서 파티를 즐기는 동안, 에이지는 칼리에게 맨션 내부를 구경시켜 주었다. 그리고 손님용 방에서 그는 그녀와 함께 침대에 들어갔다. 에이지도 그녀가 자기 때문에 흥분한 것은 아님을 알고 있었다. 칼리는 섹스와 폭력, 권력과 돈에 취해 있었고, 그에 관련된 이야기에 취해 있었다. 벤턴과 스카페타, 루시, 다른 사람들의 본질도 그런 것들의 마력 아래에 있었다. 그 후에 칼리는 더 이상 아무것도 원하지 않았다. 하지만 에이지는 좀 더 많은 것을 원하고 있었다. 함께 있고 싶었고, 남은 평생 동안 그녀와 사랑을 나누고 싶었다. 결국에는 칼리도 그에게 더 이상 이메일과 문자 메시지를 보내지 말라고 말했지만, 그땐 이미 너무 늦었다. 피해가 컸다. 에이지는 목소리 크기에 상관없이 항상 자신이 하는 말을 누군가 엿듣고 있을지도 모른다고 생각하고 있었음에도 단 한 번 큰 실수를 저질렀다. 그가 사무실 문을 닫고 칼리의 전화에 음성 메시지를 남기고 있을 때, 샌드위치와 차를 갖고 오던 아내가 다 들어 버렸다.

그렇게 그의 결혼 생활이 끝나 버린 뒤, 에이지와 칼리는 가끔씩 장거리 연락을 주고받았다. 대부분은 일하고 있는 언론사에 따라 여기저기 옮겨 다니는 칼리를 에이지가 TV 뉴스를 통해 보는 것이었지만. 그리고 1년 전, 에이지는 〈크리스핀 리포트〉라는 쇼가 만들어질 거라는 기사를 읽었다. 자극적이고 선정적인 저널리즘으로, 현재 수사 중인 사건을 중점으로 경찰에 대해 이야기하고, 목격자들의 전화를 받는 쇼였다. 에이지는 칼리에게 연락해 그 프로그램에 대한 제안을 해 보기로 결심했다. 아마도 여러 번 연락했을 것이다. 그는 외로웠고, 아직도 그녀를 잊지 못했다. 솔직히 말하면 돈도 필요했다. 합법적으로 벌인 상담 일은 거의 들어오지 않고 있었고, 벤턴이 쫓겨난 뒤 오래지 않아 FBI와의 연계도 끊어졌다. 그도 부분적으로는 그 일로 영향을 받은 것이다. FBI에서 에이지를 성가시게 여기기도 했고, 다른 사람들의 방해도 있었다. 지난 5년간, 에이지는 가리지 않고 일을 다 했다. 온갖 지저분한 일들을 해 준 기업들, 개인들, 조직들은 소비자와 고객, 환자, 경찰들을 조종해 막대한 이득을 챙겼지만, 그에 대해서는 전혀 신경 쓰지 않았고, 돌아오는 대가도 대부분 푼돈이었다. 에이지는 그보다 훨씬 못한 사람들에게 무릎을 꿇고 애원하는 수밖에 없었다. 끊임없이 여행을 다녔고, 프랑스에서 장기간 머물렀다. 빚과 절망 속에 보이지 않을 정도로 깊이 빠져 있던 상태였다. 그때 그는 칼리를 만났다. 두 사람 모두 더 이상 젊지 않았고, 똑같이 앞날이 위태로웠다.

그녀의 입장에서는 모든 정보를 얻을 수 있는 사람이 가장 필요했다. 에이지는 칼리 옆에 자리를 잡았다. 현재 그녀가 처한 문제는 쇼가 성공하기 위해 꼭 필요한 전문가들이 카메라 앞에 나서려고 하지 않는다는 것이었다. 명망 높은 사람들은 말을 하지 않았다. 그들은 할 수가 없었다. 아니면 스카페타 같은 사람들은 출연을 하더라도 계약 조건이 있기 때문에 함부로 물어볼 수가 없었다. 하지만 당신은 말할 수 있지. 에이지가 말했다. 그는 칼리에게 비법을 알려 주었다. 당신이 알아야 할 건 이미 다 알고 있으니 묻지 말고, 그냥 말하는 거야. 에이지는 뒤에서 정보를 모아, 그 내용을 문서로 만들어 그녀에게 제공했다. 그래야 칼리의 속보를 뒷받침할 수 있고, 확인할 수 있으며, 적어도 틀렸다는 사실을 입증할 수 없기 때문에.

물론 그도 그녀가 원할 때마다 방송에 같이 나가는 일이 좋았다. 에이지는 그것이 전례 없던 일이라고 말했다. 이제껏 그는 카메라 앞에 서 본 적도 없었고, 사진을 찍힌다거나 인터뷰를 해 본 적이 거의 없었기 때문이다. 그 이유가 아무도 그에게 요청을 하지 않았기 때문이라는 것은 말하지 않았다. 칼리 역시 그 이유를 알고 있다고 말하지 않았다. 그녀는 예의 바른 사람이 아니었고, 그건 에이지 역시 마찬가지였다. 하지만 칼리는 자신이 할 수 있는 한도 내에서 그를 친절하게 대해 주었다. 두 사람은 서로를 참아 주고, 호흡을 맞추며 일적인 면에서 작당을 하고, 조화를 이루었다. 하지만 그들에게 더 이상의 감정은 없었다. 에이지는 스타의 맨션에서 보르도 와인을 함께 마셨던 밤이 되풀이되지 않을 거라는 사실을 이제야 받아들였다.

　그건 우연의 일치가 아니었다. 에이지 역시 두 사람, 그러니까 자신과 칼리가 본디 함께해야 하는 운명의 상대일 거라고 믿은 건 아니었으니까. 그녀는 초능력이나 폴터가이스트(시끄러운 소리를 내는 유령-옮긴이)를 믿지 않았고, 텔레파시를 주거나 받는다는 것도 믿지 않았다. 그녀가 보기에 어떤 정보들은 감각적인 잡소리에 뒤덮여 있는 것도 있었다. 하지만 칼리는 스타, 특히 루프의 딸인 해나에게 무슨 일이 생겼다는 정보만큼은 믿었다. 해나 스타가 실종되었을 때, 두 사람은 그 즉시 기회를 잡았다. 그들이 이제껏 기다려 왔던 그런 사건이었다. 에이지와 칼리에게는 그럴 권리가 있었다. 예전에 알고 있었다는 이유로 무작위로 떠올린 것이 아니라 바로 해나에게서 받은 정보였기 때문이다. 에이지는 그 맨션에 초대받아 갔을 때 해나를 알게 되었고, 그녀에게 온갖 초자연적인 현상에 대해 알려 주었으며, 자기가 국내외에서 알고 지내던 사람들도 소개해 주었다. 해나는 그들 중 한 명과 결혼했다. 에이지로서는 해나가 실종된 뒤에 텔레파시를 보내기 시작했을지도 모른다는 것도 아주 이상한 일은 아니었다. 하비 팔리가 다음에 다시 뭔가를 보낼 거라는 것도 충분히 예측할 수 있었다. 그건 생각이나 이미지가 아닌 메시지였다.

　하비 팔리를 어떻게 해야 하는 걸까. 에이지는 한 시간 전에 하비의 이메일에 답장을 보낸 뒤로 아무 소식이 없자 몹시 불안하고 짜증이 났다. 칼리가 오늘 밤에 그 소식을 속보로 전하고, 토니의 부검을 담당했던 법의관이 그 자리에 나오기로 되어 있으니 더 이상 기다릴 시간이 없었다. 이보다 더 시의적절할 수가 있을까? 에이지도 그 자리에 나가야만 했다. 정말 좋은 기회였지만, 그는 초대받지 못했다. 에이지는 쇼에 출연하는 스카페타에게 질문을 할 수 없었다. 같은 자리에 있거나 같은 건물 안에 있을 수 없었다. 스카페타는 에이지와 함께 출연하는 것을 거절했다. 칼리가 전해 준 말에 따르면 그를 신뢰하지 않는다고 했다. 어쩌면 에이지는 스카페타에게 신뢰에 대한 교훈을 주고, 칼리에게는 큰 호의를 베풀 수도 있었다. 그에게는 기록이 필요했다.

어떻게 해서든 하비와 전화 통화를 해야 했다. 그에게서 이야기를 끌어내야만 했다. 어떻게든 그가 가지고 있는 정보를 가로채야만 했다. 에이지는 고심 끝에 하비에게 두 번째 이메일을 보냈다. 자신의 전화번호를 알려 주고, 전화해 달라고 부탁했다. 하지만 하비가 전화를 걸지 않으면 에이지로서도 방법이 없었다. 에이지의 목적에 맞는 유일한 방법은 하비가 청각 장애자를 위한 인터넷 전화 서비스인 1-800 번호로 전화를 하는 것이었다. 하지만 그렇게 되면 하비는 자신이 하는 말을 한 마디도 빼놓지 않고 글자로 옮기는 제삼자가 있다는 것을 알게 될지도 모른다. 만일 지금까지 보았던 대로 그가 조심성이 많고, 정신적인 충격을 받았던 사람이라면 절대로 그런 것을 허용하지 않을 것이다.

하지만 만일 하비가 자기 말이 옮겨진다는 것에 대해서는 아무것도 모르는 채 전화를 건다면 그가 하는 말은 녹음한 것과 마찬가지로 완벽하게 합법적인 증거였다. 에이지는 제보자와 인터뷰를 할 때면 칼리에게 도움이 되도록 이끌어 갔다. 아주 드물지만 인터뷰한 당사자가 자신은 에이지나 칼리에게 그런 말을 한 적이 없다고 주장하거나 불평을 하면 칼리는 그 문서를 내밀었다. 에이지가 했던 말은 모두 빼고 제보자만 이야기를 한 것처럼 기록을 남기는 것이 훨씬 좋았다. 만일 에이지가 한 질문이나 대답의 기록이 없을 경우, 그 인터뷰의 주제는 칼리가 좋아하는 방향으로 해석할 여지가 많아지기 때문이다. 대부분의 사람들은 그저 영향력을 행사하고 싶어 할 뿐이다. 그들은 자신들의 말이 잘못 인용되더라도, 칼리가 자신들의 이름을 적당한 곳에서 제대로 알려 주기만 하면 신경 쓰지 않고, 그대로 입을 다물기 마련이다.

에이지는 노트북의 스페이스바를 쉴 새 없이 두드린 뒤, 자신의 CNN 메일함에 새로 도착한 이메일들을 확인했다. 흥미로운 것은 없었다. 5분에 한 번씩 이메일을 확인하고 있었지만, 하비의 답장은 오지 않았다. 불안과 짜증이 이번에는 좀 더 강렬하게 느껴졌다. 에이지는 하비가 처음 보낸 이메일을 다시 읽었다.

친애하는 에이지 박사님.

〈크리스핀 리포트〉에 박사님이 나오는 것을 봤습니다. 그래서 이메일을 보내지 말까도 생각했습니다. 난 주목받고 싶지 않으니까요.

내 이름은 하비 팔리입니다. 조깅하던 여자가 살해당한 사건의 목격자죠. 뉴스에서 보니 피해자의 이름이 토니 다리엔이라고 하더군요. 나는 오늘 새벽, 차를 몰고 센트럴파크 110번가를 지나쳤습니다. 그리고 그때 그 여자가 노란색 택시에서 내리는 것을 봤죠. 이제 와서 생각해 보면 그 여자의 시신을 끌어내리는 상황이었던 것 같습니다. 그때가 시신이 발견되기 직전이었으니까요.

해나 스타 역시 노란 택시에 올라타는 모습이 마지막이었죠.

나는 경찰에 이 사실을 알렸습니다. L. A. 보넬이라는 그 수사관은 내가 본 것에 대해 아무에게도 말하지 말라고 하더군요. 박사님은 법정 정신과 의사니까 지금 내가 말하는 이 정보를 현명하게 극비로 다뤄 줄 거라고 믿습니다.

나는 사람들에게 이런 사실에 대해 알려야 한다고 생각하고 있어요. 하지만 그 일을 내가 할 순 없을 것 같습니다. 어쨌든 경찰과 문제를 만들지 않으려면 내가 할 수 없는 상황이에요. 하지만 혹시라도 또 다른 사람이 다치거나 목숨을 잃게 된다면 난 이대로 살지 못할 겁니다. 안 그래도 오늘 아침 그냥 지나치지 말고 차를 세웠어야 한다고 자책하고 있는 중이에요. 차를 세우고 그 여자가 괜찮은지 살펴봤어야 했습니다. 그때도 이미 늦었을지 모르지만, 또 모르지 않습니까? 이번 일로 심란할 뿐이에요. 박사님이 개인 환자도 받아 주실지 모르겠지만, 누군가에게는 털어놓고 싶었습니다.

부디 이 정보를 박사님이 생각하기에 적절하고 타당하게 다루어 주십시오. 다만 이 정보를 알린 것이 나라는 사실은 알리지 말고 말입니다.

하비 팔리 드림

에이지는 보낸 편지함에서 46분 전에 그가 보낸 답장을 찾아 다시 한 번 살펴보았다. 혹시라도 자신이 보낸 답장에서 하비의 용기를 꺾을 만한 내용은 없었는지 확인해 보고 싶었다.

하비.

내가 당신한테 연락할 수 있게 전화번호를 알려 줘요. 신중하게 다뤄야 할 사안이니까요. 그리고 내가 생각하기에 이번 일은 다른 사람에게는 알리지 않는 게 좋을 겁니다.

워너 에이지 박사가

하비는 연락을 하지 않았다. 에이지에게 전화하고 싶지 않기 때문일 것이다. 그럴 가능성이 많았다. 경찰이 아무에게도 말하지 말라고 했는데, 이렇게 누설해서 두려운 것일 수도 있다. 에이지에게 연락한 것을 하비는 이미 후회하고 있을지도 모른다. 아니면 하비가 아직 이메일을 확인하지 않았을 수도 있다. 에이지는 인터넷을 통해 전해지는 전화 목록에서 하비 필리의 이름을 찾을 수가 없었다. 하지만 이건 다른 문제다. 하비는 고맙다는 인사를 하거나, 최소한 에이지의 이메일을 잘 받았다는 사실은 알려 주어야 했다. 지금 하비는 그를 무시하고 있는 것이다. 어쩌면 다른 사람과 연락했을지도 모른다. 하비는 충동 조절을 잘하지 못해, 이 귀중한 정보를 이미 다른 곳에 제보해 버렸을 수도 있다. 그런 거라면, 에이지는 또 다시 속은 것이다.

그는 TV 리모컨을 들고 전원 버튼을 눌렀다. CNN 화면이 나왔다. 오늘 밤 쇼에 케이 스카페타가 출연한다는 광고가 나오고 있었다. 에이지는 시간을 확인했다. 방송까지 한 시간도 채 남지 않았다. 광고는 이미지들을 짜깁기한 것이었다. 스카페타가 어깨에 범죄 현장 감식 도구가 들어 있는 가방을 메고 법의관들이 타고 다니는 하얀 SUV에서 내리는 모습, 스카페타가 하얀색 타이백 일회용 점프슈트를 입고 여객기 충돌과 같은 대형 참사가 일어났을 때마다 등장하는, 대형 화물 자동차에 마련된 이동 본부에서 있는 모습, 스카페타가 CNN 세트장에 서 있는 모습이었다.

"우리에게 필요한 건 '스카페타 팩터'입니다. 그래서 케이 스카페타 박사를 직접 모셨습니다. TV에서 최고의 법의학 조언을 받아 보세요. 바로여기 CNN에서 말입니다." 앵커가 전하는 이 광고 문구는 스카페타와의인터뷰가 방영되는 날까지 계속 나오고 있었다. 에이지는 마치 자기 침실에서 소리 없는 TV로 소리 없는 광고를 보고 들었을 때처럼 기억 속에서그 소리를 떠올리고 있었다. 에이지도 그 쇼에 나갔어야 했다. 칼리는 떨어진 시청률 때문에 제정신이 아니었다. 극적으로 시청률이 반등하지 않는 한 이 뉴스쇼는 이대로 끝날 것이 분명했다. 만일 칼리가 그대로 물러나게 될 경우, 에이지는 어떻게 해야 할 것인가? 그는 끈기가 있는 남자였다. 영원이라고 할 수는 없어도 계속해서 칼리의 옆을 지켜 왔다. 칼리는그가 그녀에 대해 느끼는 마음과는 다르다는 것을 알면서도 말이다. 만일이 쇼가 끝난다면 그 역시 마찬가지였다.

에이지는 침대에서 일어나 욕실 카운터에 놔두었던 보청기를 다시 끼었다. 그리고 그는 거울을 통해 숱이 적어진 잿빛 머리와 수염이 난 자신의 얼굴을 보았다. 친근하면서도 낯선 사람이 자기를 쳐다보고 있었다. 그는 자신에 대해 잘 알았지만, 잘 모르기도 했다. '지금 이 사람은 누구지?' 가위와 면도칼이 들어 있는 서랍을 열고, 시큼한 냄새가 나는 작은 수건을 앞에 놓았다. 그리고 보청기를 켜자, 전화벨이 울리고 있었다. 누군가 TV 소리 때문에 불평을 한 모양이었다. 그는 TV 볼륨을 낮추었다. 이제 CNN에서는 간신히 들리는 백색 소음에서부터 정상적으로 들리는 사람들에게는 제법 크고 거슬릴 정도의 상당히 큰 소음까지 나오고 있었다. 에이지는 침대로 돌아와 두 대의 휴대전화를 준비하기 시작했다. 한 대는 워싱턴 D. C. 번호인 모토로라로, 그의 이름으로 등록되어 있었다. 다른한 대는 타임스퀘어에 관광객들을 대상으로 하는 전자 상점에서 15달러를 주고 산 일회용 선불 전화기였다.

그는 보청기의 블루투스 원격 장치를 모토로라 휴대전화에 맞추었다. 그리고 노트북에서 웹 전용 자막 전화 서비스에 로그인을 했다. 에이지는 화면 상단에 떠 있는 '착신 호출'을 누른 뒤, 자신의 D. C. 전화번호를 입력했다. 그리고 일회용 선불 전화기를 이용해 1-800번을 누르고 신호가 떨어지자, 열 자리 전화번호, 바로 자신의 D. C. 전화번호를 재빨리 눌렀다. 그러자 파운드화 부호가 나타났다.

에이지는 오른손에 든 일회용 전화기로 왼손에 들고 있던 모토로라 휴대전화에 전화를 걸었다. 전화벨이 울리자, 그는 왼쪽 귀에 전화기를 대고 전화를 받았다.

"여보세요?" 평소와 같은 깊은 목소리가 들렸다. 상냥하면서도 상대방을 안심시키는 그런 목소리였다.

"하비입니다." 이번에는 불안해하는 것 같은 높고 새된 목소리로 말했다. 몹시 당황한 젊은 남자 같은 목소리였다. "혼자 계신가요?"

"네. 혼자 있습니다. 그런데 괜찮으십니까? 힘든 것 같은 목소리인데." 에이지가 평소 목소리로 말했다.

"차라리 보지 않았으면 좋았을 겁니다." 높고 새된 목소리로 울고 있는 것처럼 더듬거리며 말했다. "이해하실 수 있겠어요? 난 그런 것을 보고 싶지 않았습니다. 차를 세웠어야 했어요. 내가 그 여자를 도와주었어야 했어요. 노란 택시에서 그 여자를 끌어내리는 걸 봤을 때 혹시 여자가 살아 있었으면 어떻게 합니까?"

"당신이 본 걸 자세히 말해 봐요."

에이지는 정신과 의사로서의 역할을 합리적이고 이성적이며 편안하게 해 나갔다. 그런 다음 다시 전화기를 바꿔서 왼쪽 귀에 대고 자신과의 대화를 이어 나갔다. 이 대화를 그가 만난 적도 없고 이야기를 해 본 적도 없는 5622번으로 불리는 교환수가 실시간으로 받아 적고 있었다. 에이지가 두 대의 전화기로, 두 사람의 목소리로 나누는 대화가 노트북 화면 위에 뜬 웹 브라우저에 두꺼운 검은 글씨로 나타났다. 연결 상태가 좋지 않은

듯 잡음과 웅성거림이 들리는 와중에 통화 내용을 글자로 옮기는 교환수
는 하비 팔리로 가장한 남자의 독백을 입력하고 있었다.

"…그때 그 수사관은 해나 스타가 죽었다는 것을 경찰에서는 이미 알고 있다
며 내게 뭔가를 말했습니다. 떨어진 머리카락을 찾아냈다거나, 그 머리카락이
부패했다거나 그런 말을 했어요. (불확실함) 어디서요? 아, 그 여자는, 그 수사관
은 말을 하지 않았어요. 경찰에서는 이미 그 택시 기사에 대해 알고 있을지도 모
릅니다. 해나가 택시에 타는 것을 봤으니까 말이에요. 어쩌면 경찰은 이미 많은
것을 알고 있지만, 이 도시에 나쁜 영향을 미칠까 봐 밝히지 않는 것일지도 모르
죠. 맞아요. 그겁니다. 돈이죠. (불확실함) 하지만 만일 해나의 머리에서 떨어진
머리카락이 택시 안에서 발견되었고, 이 사실을 사람들에게 알리지 않는다면
(불확실함) 나빠요. 정말 나쁘죠. (불확실함) 박사님한테도 연락하지 말았어야 했
어요. (불확실함) 이런 이야기도 하지 말았어야 했는데. 너무 무서워요. 그만 전
화를 끊어야겠습니다."

워너 에이지는 그 전화를 끊은 뒤, 그 본문을 복사해 워드 문서에 옮겨
붙였다. 그는 이메일에 이 파일을 첨부했다. 이제 칼리는 아이폰으로 이
문서를 바로 받아 보게 될 것이다.

칼리.
목격자가 전화로 말한 내용을 문서로 첨부해서 보냈어. 언제나 그렇듯 발표
나 공개는 안 돼. 우리 제보자의 신원을 보호해야 하니까. 그렇지만 이 문서를
네트워크에서 모두들 궁금해하고 있는 그 사건의 증거로 제출할 생각이야.
워너

그는 이메일을 보냈다.

〈크리스핀 리포트〉의 세트장은 블랙홀이 연상되었다. 검은색 방음 타일에, 검은색 바닥 위에는 검은색 탁자와 검은색 의자가 놓여 있었고, 그 위로는 검은색으로 칠한 사다리형 조명 기구가 달려 있었다. 스카페타는 이 세트장을 딱딱한 뉴스는 진지하게 전달하고, 극적인 뉴스에 대해서는 신뢰감을 보여 주기 위한 의도로 만들었을 거라고 생각했다. 이건 CNN의 방식으로, 칼리 크리스핀이 제안한 건 아닐 것 같았다.

"DNA는 특효약이 아닙니다. 가끔은 아무 소용이 없을 때도 있죠." 스카페타가 방송 중에 말했다.

"믿을 수가 없군요. 법의학계에서 가장 신뢰받는 분이 DNA가 아무 소용이 없다고 생각하신다는 건가요?" 구릿빛 머리와 겹치는 선명한 분홍색 옷을 입은 칼리는 오늘 밤 유달리 생기가 넘쳤다.

"그런 말이 아니에요. 칼리. 난 지금 했던 말과 똑같은 말을 지난 20년간 해 왔어요. DNA는 유일한 증거가 아니고, 철저한 조사를 대신할 수 없다는 거예요."

"여러분. 모두 들으셨죠!" 칼리가 필러 시술로 탱탱해지고 보톡스로 마비가 된 얼굴로 카메라를 응시했다. "DNA는 아무 소용이 없답니다."

"다시 말하지만, 내 말은 그런 뜻이 아니에요."

"스카페타 박사님. 이제 솔직해집시다. DNA는 소용 있어요. 실제로 DNA는 해나 스타 사건에서 가장 결정적인 증거가 됐으니까요."

"칼리…?"

"지금 박사님한테 질문한 게 아니에요." 칼리는 새로운 계책을 시도하는 듯, 손을 들어 가로막았다. "해나 스타 사건을 예로 든 겁니다. 이미 해나가 죽었다는 것을 DNA가 입증했으니까요."

스튜디오 화면에 지난 몇 주일간 계속해서 나왔던 해나 스타의 사진이 떴다. 사진 속 그녀는 가슴이 깊이 파인 하얀색 선드레스를 입고 맨발로 해변가의 보도를 걸으며, 야자수와 다채롭게 변하는 푸른 바다를 배경으로 안쓰럽게 보이는 미소를 짓고 있었다.

"사법 체계 안에 있는 많은 사람들이 이미 그런 결론을 내렸죠. 설령 박사님이 공개적으로 인정하지 않더라도 말이에요. 그리고 그 진실을 인정하지 않는다면…" 칼리가 말을 이었다. 이제 그녀는 비난하는 것처럼 말을 하기 시작했다. "…박사님은 위험한 결과를 묵인한 거나 마찬가지예요. 만일 해나가 죽었다면 우리도 알아야 하지 않을까요? 해나의 불쌍한 남편 보비 풀러도 그 사실을 알아야 하지 않을까요? 정식으로 살인사건 수사를 공개하고 영장을 받아야 하지 않을까요?"

화면에서는 지난 몇 주일간 나왔던 또 다른 사진이 등장했다. 보비 풀러가 테니스복을 입고 하얀 이를 드러낸 채 활짝 웃으며 40만 달러짜리 빨간색 포르쉐 카레라 GT의 운전석에 앉아 있는 모습이었다.

"그렇지 않나요, 스카페타 박사님? 이론적으로 DNA가 누군가 죽었다는 것을 입증할 수 없습니까? 박사님은 그 사실을 어떤 장소, 예를 들자면 자동차 같은 데서 발견한 머리카락의 DNA로 확인할 수 있을까요?"

"DNA로 사람이 죽었는지 살았는지를 입증할 수는 없습니다. DNA로는 신원 확인을 하는 거니까요." 스카페타가 말했다.

"그렇다면 DNA는 차 안에서 발견된 머리카락의 주인이 해나라는 것을 확인해 준다는 말이군요. 예를 들자면 말이에요."

"대답하지 않겠어요."

"그렇다면 해나의 머리카락이 부패했다는 것도 증거가 될 수 있을까요?"

"그 사건에 대해서는 언급할 수 없습니다."

"할 수 없는 건가요, 하지 않겠다는 건가요? 박사님은 무슨 이유로 그 일이 알려지지 않기를 바라는 거죠? 박사님 같은 전문가가 해나 스타에게 정말 무슨 일이 있었는지를 알아맞히지 못했다는 불편한 진실 때문인가요?" 칼리가 말했다.

화면에 또 다른 사진이 떴다. 긴 금발 머리를 뒤로 묶은 해나가 돌체 앤 가바나 정장을 입은 채, 안경을 쓰고 허드슨 강이 내려다보이는 사무실 구석에 놓여 있는 비더마이어 양식(19세기 중반에 나타난 간소하고 실용적인 가구 양식 – 옮긴이)의 책상에 앉아 있는 모습이었다.

"해나의 비극적인 실종이 박사님을 포함한 여러분들이 생각했던 것과 전혀 다른 종류의 사건은 아니었을까요." 칼리는 F. 리 베일리(1933~. O. J. 심슨의 변호인으로 유명하다 – 옮긴이)가 반대 심문할 때처럼 사실들을 나열하는 어조로 질문을 했다.

"칼리, 난 뉴욕 시 법의관이에요. 당신과 이런 대화를 계속할 수 없는 이유를 잘 알고 있을 거라고 생각해요."

"엄밀히 말하면 박사님은 뉴욕 시 소속 직원이 아닌 개인 계약자죠."

"난 소속 직원이에요. 그리고 그 문제에 대해서는 뉴욕 시 법의국장님이 직접 대답해 주실 거예요." 스카페타가 대답했다.

또 다른 사진이 화면에 올라왔다. 1950년대, 청색 벽돌로 지은 뉴욕 법의국의 건물 외관이었다.

"박사님은 무료로 일하고 계시잖아요. 뉴욕 법의국에 박사님의 시간과 재능을 기부하겠다는 뉴스를 본 것 같은데요." 칼리가 카메라를 돌아보았다. "시청자 여러분들도 아실 거라 생각하지만, 케이 스카페타 박사님은 매사추세츠 법의국에서도 일을 하고 계십니다. 또한 뉴욕 시 법의국에서도 보수 없이 시간제로 일하고 계시죠." 칼리는 다시 스카페타를 돌아보았다. "전 박사님이 뉴욕 시와 매사추세츠 주에서 어떻게 동시에 일을 할 수 있는 건지 잘 모르겠어요."

스카페타는 그 말에 굳이 대답하지 않았다.

칼리는 마치 메모라도 할 것처럼 연필을 집어 들고 말했다. "스카페타 박사님. 박사님이 실제로 해나 스타에 대해 말하지 않는 이유는 해나가 죽었다고 생각하기 때문이잖아요. 만일 해나가 살아 있다고 생각한다면 굳이 의견을 말하지 않을 이유는 없을 테니까요. 해나 스타가 살아 있다면 박사님이 담당할 사건이 아니잖아요."

그렇지 않았다. 법의학에서도 필요한 경우에는 살아 있는 환자들을 진찰하기도 하고, 죽었다고 가정되는 실종된 사람들의 사건까지 포함하기 때문이다. 스카페타는 그런 것들까지 일일이 설명하지 않았다.

그 대신 이렇게 말했다. "현재 수사 중이거나 재판 중인 사건에 대한 이야기를 하는 건 옳지 않아요. 칼리, 내가 오늘 이 쇼에 출연하겠다고 한 건 법의학적 증거, 특히 증거 추적의 가장 일반적인 사례인 체모의 현미경 분석에 대한 일반적인 이야기를 하는 것으로 알았기 때문이에요."

"좋아요. 그럼 증거 추적, 그러니까 머리카락에 대해 이야기해 보도록 하죠." 칼리는 연필로 수첩을 톡톡 두드리고 있었다. "검사를 하면 그 머리카락이 사람이 죽은 뒤에 빠진 거라는 것을 입증할 수 있나요? 만일 머리카락이 어딘가에서, 이를테면 시신을 운반하는 데 사용했을 자동차 안에서 발견되었다면 말이에요."

"DNA는 사람의 생사를 알려 주지 않아요." 스카페타가 다시 한 번 말했다.

"다시 가정해서 말해 보면, 머리카락으로 알아낼 수 있는 건, 어떤 장소, 이를테면 자동차 같은 곳에서 발견된 그 머리카락이 해나의 것이라는 신원만 밝힐 수 있다는 거죠?"

"어째서 체모에 관한 일반적인 현미경 검사에 대한 이야기를 하지 않는 건지 모르겠네요. 오늘 밤에는 그 이야기를 하기로 되어 있었는데 말이에요."

"그럼 일반적인 이야기를 하죠. 어떻게 해야 그 머리카락이 죽은 사람에게서 빠진 것이라는 것을 확인할 수 있는지 말씀해 주세요. 어딘가에서 머리카락을 찾았다고 가정하고 말이에요. 이를테면 자동차 안에서 찾았다고 했을 때, 그럴 경우 그 머리카락을 떨어뜨린 사람이 죽었는지 살았는지 어떻게 알 수 있을까요?" 칼리가 물었다.

"머리카락일 경우에는 모근의 상태가 손상되었거나 없어진 것을 보고 살아 있는 사람에게서 빠진 건지, 죽은 사람에게서 빠진 건지 알아낼 수 있어요." 스카페타가 대답했다.

"제가 말하고 싶은 게 바로 그거예요." 칼리가 메트로놈처럼 연필을 흔

들며 말했다. "제보에 따르면 해나 스타 사건을 수사하던 중에 머리카락이 발견되었으며, 지금 박사님이 말한 것처럼 그 머리카락이 손상된 정도로 보았을 때 해나는 이미 죽었고, 부패된 상태라는 것을 명확하게 알려주는 증거라고 했으니까요."

스카페타는 칼리가 무슨 말을 하는 건지 알 수가 없었다. 그리고 칼리가 해나 스타 사건을 실종된 아기 케일리 앤서니 사건과 혼동하고 있는 것 같다는 생각이 들었다. 전해지는 바에 따르면 케일리 앤서니 사건에서 가족용 차의 트렁크에서 아기의 머리카락이 발견되었고, 이미 부패되었다는 증거가 나타났다고 했다.

"만일 그 사람이 죽지 않았다면, 그 손상된 머리카락에 대해서는 어떻게 설명하시겠어요?" 칼리가 스카페타를 깜짝 놀랄 만큼 날카로운 시선으로 계속 쳐다보며 물었다.

"지금 말하는 그 '손상'의 의미를 모르겠네요." 스카페타가 말했다. 순간 그 세트장을 박차고 나가고 싶다는 생각이 들었다.

"제가 말하는 손상이란, 예를 들면 벌레로 인한 것을 뜻하는 거예요." 칼리가 더 큰 소리로 연필을 수첩에 두드리며 말했다. "제보에 따르면, 해나 스타 사건에서 발견된 머리카락에서 손상된 증거가 나타났다고 했어요. 박사님이 죽은 사람에게서 찾아내는 그런 종류의 손상 말이에요." 칼리는 카메라를 쳐다보았다. "그리고 그 사실은 아직 공개되지 않았어요. 지금 이 순간, 제 쇼를 통해 처음으로 그 사실을 알린 겁니다."

"벌레로 인한 손상일 경우라면, 그 머리카락의 주인이 반드시 죽었다는 것을 의미하진 않아요." 스카페타는 해나 스타에 관한 화제는 언급하지 않고, 그 질문에만 대답했다. "집이나 자동차, 혹은 차고 안에 자연스럽게 흘린 머리카락도 벌레로 인해 손상되는 경우가 많이 있으니까요."

"시청자 분들께 벌레로 인한 머리카락 손상이 어떤 것인지 설명해 주시겠어요?"

"벌레들이 머리카락을 먹는 거죠. 현미경으로 보면 벌레가 머리카락을 먹어 치운 자국을 볼 수 있어요. 만일 그런 형태의 손상이 남아 있는 머리카락을 발견했다면, 일반적으로 그 머리카락이 빠진 시기를 최근으로 보진 않아요."

"그렇다면 박사님은 그 사람이 죽었다고 가정하겠군요." 칼리가 연필로 스카페타를 가리키며 말했다.

"그 머리카락만 놓고 본다면 그렇지 않아요. 그런 결론을 내릴 순 없어요."

화면에 사람의 머리카락 두 개를 현미경으로 50배 확대한 사진이 나왔다.

"알겠어요, 스카페타 박사님. 지금 여기 시청자 분들의 이해를 돕기 위해 박사님이 준비하신 사진들이 있어요. 이 사진들을 통해 무엇을 알 수 있는지 말씀해 주시죠." 칼리가 말했다.

"여기 보시면 모근이 띠 모양으로 되어 있어요. 저명한 증거 추적 전문가 닉 페트라코의 말에 따르면 두피에서 가까운 털 줄기를 따라 가늘고 긴 공기층들이 무리 지어 모여 있는 것처럼 보이는 불투명한 타원형 띠라고 했죠." 스카페타가 설명했다.

"휴. 시청자 분들을 위해 좀 더 쉽게 설명해 주시겠어요?"

"여기 있는 사진들을 보면, 둥근 모양의 모근이 있는 부위가 검게 나와 있어요. 여기 검은색 띠가 보이시나요? 요점만 말하자면, 이런 현상은 살아 있는 사람에게서는 찾아볼 수 없어요."

"지금 우리가 보고 있는 것은 해나 스타의 머리카락 사진입니다." 칼리가 말했다.

"아뇨. 그렇지 않아요." 만일 스카페타가 이대로 세트장을 나가 버린다면 사태는 더욱 나빠질 것이다. '어떻게든 이 상황을 헤쳐 나가야 해.' 스카페타는 생각했다.

"아니라고요?" 칼리는 극적인 효과를 위해 잠시 말을 멈췄다. "그럼 이건 누구의 머리카락일까요?"

"난 그저 체모의 현미경 분석을 통해 어떤 것들을 알아낼 수 있는지를 볼 수 있는 견본 사진들을 준비했을 뿐이에요." 스카페타는 전혀 그렇지 않았음에도 타당한 질문을 받은 것처럼 대답했다. 칼리는 저 머리카락이 해나 스타 사건에서 발견된 것이 아니라는 것을 잘 알고 있었다. 그녀는 그 사진들이 스카페타가 법의학 사체 조사에 대한 강의에서 파워포인트 프레젠테이션을 할 때마다 일상적으로 쓰는 사진이라는 것 역시 알고 있었다.

"여기 나와 있는 것들이 해나의 머리카락이 아니란 말이죠. 그렇다면 이 머리카락들은 해나의 실종과 아무 관계가 없단 말인가요?"

"이건 그저 예시일 뿐이에요."

"그렇다면 이것이 바로 '스카페타 팩터'에 해당하는 것인가 보네요. 박사님은 자신의 이론을 뒷받침하기 위해 모자에서 뭔가를 꺼내는 마술을 보여 주신 거예요. 해나가 죽었다는 건 명백한 사실이에요. 그게 바로 박사님이 죽은 사람의 머리카락을 보여 준 이유인 거죠. 저도 그렇게 생각해요. 스카페타 박사님." 칼리는 강조하듯 천천히 말했다. "전 해나 스타가 죽었다고 생각하고 있어요. 그리고 해나 스타에게 일어난 일과 센트럴파크에서 조깅을 하던 중 무참하게 살해당한 토니 다리엔 사건 사이에도 연관성이 있을지 모른다고 생각하고 있어요."

화면에 볼링 레인 앞에서 딱 붙는 바지와 노출이 심한 블라우스를 입고 서 있는 토니 다리엔의 사진과 범죄 현장에서 발견되었을 당시의 사진 한 장이 같이 올라왔다.

'저 사진을 대체 어디서 구한 거지?' 스카페타는 무척 놀랐지만, 전혀 내색하지 않았다. 칼리는 대체 무슨 수로 저 범죄 현장 사진을 손에 넣은 것일까?

"이미 아시겠지만, 저에겐 제보자들이 있습니다." 칼리 크리스핀이 카메라를 보며 말했다. "그리고 언제나 그렇듯 그들이 누구인지는 자세히 말씀드릴 수가 없어요. 하지만 이 정보는 사실입니다. 구체적으로 말하면,

목격자 한 사람이 오늘 아침 이른 시간에 토니 다리엔의 시신을 노란 택시에서 끌어 내리는 것을 봤다고 뉴욕 경찰국에 신고했다는 사실도 알고 있어요. 명백하게 택시 기사가 노란 택시에서 토니 다리엔의 시신을 끌어 내린 겁니다. 이 일에 대해서는 알고 계시죠, 스카페타 박사님?" 칼리는 천천히 연필로 수첩을 내리치고 있었다.

"토니 다리엔 사건에 대해서도 아무것도 말할 수 없어요." 스카페타는 현장 사진에 신경 쓰지 않으려고 노력했다. 오늘 아침 법의학 수사관이 찍은 사진 중 한 장인 것처럼 보였다.

"무엇이든 말할 게 있을 텐데요." 칼리가 말했다.

"아무 말도 할 수 없습니다."

"모두들 기억하고 있겠지만 해나 스타는 추수감사절 전날, 그리니치빌리지에서 친구들과 함께 저녁 식사를 한 뒤 노란 택시에 올라타는 모습을 마지막으로 사라졌어요. 스카페타 박사님, 이 일에 대해 아무 말도 하지 않을 거라는 건 알고 있어요. 그렇다면 대답을 할 수 있을 만한 걸로 질문을 드리죠. 법의학자에게도 부분적으로 범죄 예방의 책임이 있지 않나요? 박사님이 누군가 어떻게 목숨을 잃었는지를 알게 되었다면, 같은 사건이 또다시 발생하지 않게끔 예방할 수도 있지 않을까요?"

"당연히 그렇게 해야죠. 그리고 그런 예방을 위해, 공중위생과 공공안전을 위한 책임을 지고 있는 우리들로서는 그 정보를 공개하는 데 있어 때때로 극도의 주의를 기울여야 하는 경우가 있어요." 스카페타가 말했다.

"그럼 다시 한 번 물을게요. 어째서 뉴욕 시 안에 노란 택시를 타고 다니면서 다음 희생자를 찾고 있는 연쇄 살인범이 있을지도 모른다는 사실을 대중에게 알리는 일에 우선적으로 관심을 기울이지 않는 건가요? 만일 박사님이 그런 정보를 알게 되었다면, 시민들에게 공표해야 하는 것 아닌가요, 스카페타 박사님?"

"만일 그 정보가 사실이라는 것이 입증되었고, 시민들을 보호할 수 있는 것이라면 그래야죠. 당신 말이 맞아요. 그때는 알릴 겁니다."

"그런데 어째서 알리지 않은 거죠?"

"이런 정보가 있었는지 없었는지, 또 사실인지 아닌지, 내가 반드시 알아야 할 필요는 없어요."

"어떻게 박사님이 이런 일에 대해 모를 수가 있단 말이죠? 박사님은 시체 안치소에서 사체를 보았을 것이고, 경찰을 통해 노란 택시가 연루되어 있을 수도 있다는 사실을 밝힌 믿을 만한 목격자가 나타났다는 것도 들었을 텐데 말이죠. 그렇다면 박사님한테는 다른 가련하고 순진한 여자들이 잔인하게 강간당하고, 살해당하지 않도록 사람들에게 조언을 해 줄 책임이 없단 말인가요?"

"당신은 내가 가진 지식과 권한을 넘어선 영역에 대해 계속 이야기하고 있군요. 법의관의 일은 죽음의 방식과 원인을 밝혀내고, 법을 집행하는 사람들에게 객관적인 정보를 제공하는 거예요. 법의관에게 법원 직원처럼 행동해야 한다거나, 조언이랍시고 정보를 공개하거나, 그럴듯한 소문들을 모아 다른 사람들에게 퍼트리는 일을 바라면 안 됩니다." 스카페타가 대답했다.

텔레프롬프터에서 칼리에게 전화가 대기 중이라는 것을 알렸다. 스카페타는 프로그램 제작자인 알렉스 바차가 지금 이 상황이 선을 넘기 직전이라는 것을 알아차리고, 칼리에게 더 이상 그러지 말라는 경고를 하기 위해 전화를 걸었을지도 모른다는 생각을 했다. 스카페타와 했던 계약은 이미 깨져 버렸다.

"자, 우리가 함께 나눌 이야기가 많은 것 같습니다." 칼리가 시청자들을 향해 말했다. "먼저 디트로이트에서 전화를 걸어 주신 도티라는 분과 이야기를 나눠 보도록 하죠. 도티, 지금 방송에 나오고 있어요. 미시간 쪽은 어떻습니까? 그곳 주민들은 선거가 끝난 것을 기뻐하고 있으며, 경기 침체도 시작되었다고 들었는데요. 정말 그런가요?"

"난 매케인에게 투표했고, 남편은 얼마 전에 크라이슬러 사에서 해고당했어요. 그리고 내 이름은 도티가 아니에요." 스카페타는 이어폰을 통해

나지막하고, 숨결이 거친 여자의 목소리를 들었다.

"질문이 있으신가요?"

"케이에게 말하고 싶은 게 있어요. 케이, 난 당신을 무척 가깝게 느껴요. 당신이 잠깐 들러서 함께 커피를 마셨으면 좋겠어요. 난 우리가 좋은 친구가 될 거라는 것을 알고 있어요. 그리고 당신이 어떤 연구실에서도 얻지 못했을 영적인 지도를 해주고 싶어요."

"질문해 주시겠어요?" 칼리가 여자의 말을 끊었다.

"만약 시신이 부패하기 시작했는지를 알아내기 위해 어떤 종류의 실험을 하는지 알고 싶군요. 최근에는 로봇을 이용해 공기 실험을 할 수 있다고 들었는데."

"그런 로봇에 대해선 들어 본 적이 없는데요." 칼리가 또다시 말을 가로막았다.

"당신한테 묻고 있는 게 아니에요, 칼리. 난 이 세상의 잘못된 일들을 해결할 수 있는 건 과학 수사밖에 없다고 생각해요. 그리고 얼마 전에 벤턴 웨슬리 박사가 쓴 사설을 읽었죠. 존경받는 법의학 심리학자이자, 케이의 남편인 웨슬리 박사 말이에요. 그분의 주장에 따르면 지난 20년간 살인사건을 해결하는 비율은 30퍼센트 이하로 떨어졌고, 앞으로도 계속해서 떨어질 거라고 하더군요. 그런데 지금 이 나라에는 성인 30명 중 한 명, 혹은 그 이상이 감옥에 들어가 있어요. 만일 우리가 그런 사람들을 모두 잡아들인다고 상상해 봐요. 그들을 어디에 수용할 것이며, 어떻게 감당한단 말이죠? 난 그 로봇 이야기가 사실인지 알고 싶어요, 케이."

"지금 냄새 자동 탐지견이나, 전자 코와 같은 탐지기를 말씀하시는 거라면, 당신 말이 맞아요. 그런 것들은 정말 있어요. 시체 탐지견을 대신해, 숨겨져 있는 무덤들을 찾을 때 이용하기도 하죠." 스카페타가 대답했다.

"이번에는 당신한테 물어볼게요, 칼리. 당신이 아주 무례하고 지루한 사람이라 유감이에요. 나중에 자신이 얼마나 망신을 당했는지 한 번…."

"더 이상 질문이 없으신 모양입니다." 칼리는 그 전화를 끊었다. "그리고 시간도 거의 다 된 것 같군요." 칼리는 카메라를 응시한 채로, 책상 위에 놓여 있던 종이들을 정리했다. 그 종이들은 소품일 뿐 아무것도 아니었다. "내일 밤 〈크리스핀 리포트〉에서는 해나 스타의 충격적인 실종사건에 대해 보다 심도 깊게 파헤쳐 보도록 하겠습니다. 해나의 실종사건은 오늘 아침 센트럴파크에서 처참한 시체로 발견된 토니 다리엔의 잔인한 살인 사건과 연관이 있는 걸까요? 그 노란 택시가 바로 그 사건들의 빠진 고리이며, 시민들에게도 조심하라는 경고를 해야 하는 건 아닐까요? 다시 한번 전직 FBI 법의학 심리학자인 워너 에이지를 초대해 이야기를 나눠 보도록 하겠습니다. 워너 에이지는 뉴욕 시에서 택시 운전을 하는 난폭한 성범죄자인 사이코패스에 의해 두 여자 모두 살해당했을지도 모르며, 시 공무원들이 관광 산업을 위해 그런 정보를 가로막고 있는 것일지도 모른다고 믿고 있죠. 그렇습니다. 바로 관광 산업을 위해서 말이에요."

"칼리, 방송 끝났어요." 카메라맨의 목소리가 들렸다.

"관광 산업이라는 말은 나갔어요? 그 여자 전화를 더 빨리 끊었어야 했어요." 칼리가 어두운 세트장을 향해 말했다. "시청자들의 전화가 아주 많이 올 거라고 생각했는데."

정적이 흘렀다. 카메라맨이 다시 말했다. "관광 산업이라는 말까지는 나갔어요. 이번에는 정말 아슬아슬했어요, 칼리."

"좋아요. 이제 여기저기서 전화벨이 울리게 될 거예요." 그리고 칼리는 스카페타를 돌아보며 말했다. "감사합니다. 아주 좋았어요. 정말 굉장하지 않았어요?"

"난 우리가 합의를 한 거라고 생각했어요." 스카페타가 이어폰을 뺐다.

"난 해나나 토니에 대해 박사님께 질문하진 않았어요. 그냥 내가 할 말을 한 거죠. 박사님도 이런 믿을 만한 정보를 입수했는데도 내가 모르는 척할 거라고 생각하진 않았을 거예요. 박사님은 거북한 사안에 대해서는 아무 대답도 하지 않았잖아요. 정말 완벽하게 대처하더군요. 내일 밤에 한번 더 나오지 않겠어요? 박사님과 워너를 한자리에서 보고 싶은데. 워너

에게 그 택시 기사에 대한 프로파일을 해 달라고 할 생각이거든요." 칼리
가 말했다.

"무슨 근거로 프로파일을 한다는 거죠? 아무리 고루한 프로파일 이론
이라 할지라도 경험 연구라는 근거가 있어야 할 텐데? 만일 당신이 조금
전에 방송에서 퍼트린 그 정보가 워너 에이지와 연관된 거라면, 당신도
곤란해질 거예요. 그자가 그 정보를 어떻게 알아낸 건지, 한번 생각해 봐
요. 워너 에이지는 이제까지 그런 사건들에 관여한 적이 없어요. 기록에
따르면 그 사람은 FBI 프로파일러도 아니었어요." 스카페타가 흥분해서
말했다.

그녀는 마이크를 떼고, 자리에서 일어났다. 그리고 케이블 선들을 넘어
스튜디오 밖으로 나갔다. 스카페타는 눈부시게 밝고 긴 복도에서 울프 불
리처, 낸시 그레이스, 앤더슨 쿠퍼, 캔디 크로울리의 포스터 크기의 사진
들을 지나쳐 갔다. 그리고 분장실로 들어가다 그 안에 알렉스 바차가 높
은 회전의자에 앉아 있는 것을 보고 깜짝 놀랐다. 그는 멍하니 소리를 낮
춘 TV를 보면서 전화 통화를 하고 있었다. 스카페타는 옷장 속에 걸려 있
던 코트를 꺼냈다.

"…의심의 여지가 없어요. 네, 나도 기정사실이라고 생각합니다. 우린
그런 부류가… 알아요. 나도 압니다." 알렉스가 누군지 모를 전화 상대방
에게 말했다. "그렇게 해야죠."

그는 심각해 보였다. 셔츠는 구겨져 있고, 타이가 축 늘어져 있는 것을
보니 무척 지쳐 보였다. 스카페타는 단정하게 다듬은 그의 수염이 부쩍
회색으로 변했으며, 얼굴에 주름살이 많아졌고, 눈 밑이 축 처져 있다는
것을 알아차렸다. 칼리 때문에 많이 시달린 모양이었다.

"다시는 나한테 출연 부탁하지 말아요." 스카페타가 말했다.

알렉스는 문틈으로 들어온 복도 불빛에 전화기가 반사되자, 그녀에게
분장실 문을 닫아 달라고 손짓했다.

"난 그만둘 거예요." 그녀가 덧붙였다.

"그렇게 서두를 것 없잖소. 여기 앉아 봐요."

"당신은 나하고 한 계약을 어겼어요. 그보다 더 중요한 건 당신에 대한 내 믿음이 깨졌다는 거예요. 알렉스, 대체 그 현장 사진은 어디서 구한 거예요?"

"칼리가 직접 구해 온 거요. 난 그 일과 상관없어요. CNN도 아무 상관 없고. 우린 칼리가 노란 택시와 머리카락에 대한 이야기를 할 줄은 전혀 몰랐어요. 하느님, 맙소사. 그게 사실이긴 해야 할 텐데. 헤드라인들이 엄청날 거요. 아주 대단하겠지. 하지만 이렇게 된 바에는 그게 사실이어야만 해요."

"그럼 지금 연쇄 살인범이 노란 택시를 몰고 시내를 돌아다니고 있다는 말이 사실이길 바란다는 뜻이에요?"

"그런 말이 아니오, 케이. 지금 난리가 났단 말이지. 전화가 미친 듯이 울리고 있어요. 그리고 뉴욕 경찰국 공보부 차장은 그 사실을 부인하고 있고. 그것도 완전히 말이오. 그 차장 말로는 해나 스타의 부패한 머리카락 같은 건 발견되지도 않았고, 전부 헛소리라고 하더군. 정말 그런 거요?"

"나도 이번 일은 도울 수가 없어요."

"망할 칼리 같으니. 그 여자는 너무 심하게 경쟁적이고, 낸시 그레이스, 빌 커티스, 도미닉 던을 지나치게 질투해요. 칼리는 자기가 했던 말을 증명할 수 있어야 할 거요. 사람들이 우리한테 몰려올 테니까 말이지. 내일 어떻게 될지 상상조차 못 하겠군. 그렇지만 그 노란 택시 연관설은 재미 있지 않았소? 뉴욕 경찰도 그 부분에 있어서만큼은 부정도 긍정도 하지 않더군. 그래, 당신은 어떻게 할 생각이오?"

"난 아무것도 할 생각 없어요. 법의학 분석을 하는 게 내 일인데, 그 사건들을 방송에 내보내는 일을 도울 수는 없으니까요." 스카페타가 말했다.

"냄새 자동 탐지견에 관한 프로그램을 만드는 것도 나쁘지 않을 것 같은데." 알렉스가 손가락으로 머리를 쓸어 넘기며 말했다.

"그런 주제로 진행될 줄은 정말 몰랐어요. 계약 조건에 해나 스타 이야기는 하지 않기로 했으니까. 토니 다리엔에 관한 질문도 절대 하지 않기로 되어 있었죠. 당신도 오늘 아침, 토니 다리엔 사건이 내 담당이 되었다는 걸 알고 있었을 거예요. 나하고 약속했잖아요. 알렉스. 계약 조건들은 어떻게 된 거예요?"

"그 프로그램이 어떻게 나올지 상상해 보고 있는 중이오. 범죄 탐색 도구를 탐지견이라고 부르는 것 때문에 진지하게 받아들여지기 어려울 것 같긴 하지만, 대부분의 경찰들이 시체 탐지견을 쉽게 이용할 수 없는 것처럼 보이니까 괜찮을 것 같기도 하고."

"앞으로 범죄 사건 수사에 직접 참여하고 있는 전문가들은 데려올 수 없을 거고, 설령 섭외가 된다고 해도 이런 일은 두 번 다시 허용되지 않을 거예요."

"당신이 시체 탐지견에 대해 설명해 준다면 어떻겠소? 그럼 정말 재미있을 거요."

"나도 그 일에 대해 자세히 설명할 수 있다면 좋겠어요. 하지만 그럴 순 없어요. 당신도 스타 사건은 건드리지 않기로 했잖아요. 토니 다리엔 사건역시 건드릴 수 없다는 것도 잘 알고 있었을 거예요."

"봐요. 당신 오늘 정말 잘했어요. 알겠소?" 그는 그녀의 눈빛을 보더니한숨을 내쉬었다. "당신은 그렇게 생각하지 않고, 당황했다는 것도 알아요. 당신이 화가 많이 났다는 것도 아주 잘 알고 있어요. 나도 마찬가지니까."

스카페타는 분장실 의자에 코트를 걸친 뒤, 자리에 앉았다. "한 달 전에, 아니, 1년 전에 그만두는 게 나았을 거예요. 애초에 시작하지 않았으면 더좋았겠죠. 난 에디슨 박사님과 수사 중인 사건에 대해서는 말하지 않겠다고 약속했어요. 그리고 에디슨 박사님은 내가 그 약속을 지킬 거라고 생각하고 계세요. 당신 때문에 지금 난 곤경에 빠졌어요."

"내가 그런 게 아니오. 칼리가 그런 거지."

"아뇨. 내가 그런 거예요. 어느 누구보다 잘 알고 있었으면서도, 내가 나

스스로를 곤경에 빠뜨린 거예요. 그러니까 나처럼 신중한 이론과 객관성을 바탕으로 말하는 대신, 감각적인 의견과 추론들을 제시하고, 방송 출연을 좋아하는 다른 법의학자나 범죄학자를 틀림없이 찾을 수 있을 거예요."

"케이…."

"난 칼리가 될 수 없어요. 그건 내가 아니에요."

"케이, 〈크리스핀 리포트〉는 이제 끝났어요. 칼리는 단순하게 비열한 정도가 아니라, 평론가들이나 블로거들의 집중 공격까지 받고 있으니 말이오. 위에서도 불만이 계속 제기되고 있으니 곧 정리될 거요. 칼리는 한때 괜찮은 저널리스트였지만, 이제는 그렇지 않지. 그 여자를 그 자리에 앉힌 건 내 생각이 아니었고, 방송국 측에도 그렇게 알렸어요. 칼리는 처음 시작할 때부터 이 방송이 오디션이라는 것을 알고 있었소."

"그럼 칼리를 데려온 건 누구 생각이었죠? 제작자는 당신이잖아요. 오디션이라니 그건 또 무슨 소리예요?"

"전직 백악관 공보관 출신이니, 칼리가 뭔가 거래를 했나 봐요. 나도 어떻게 된 일인지는 잘 모르오. 솔직히 말하자면 이건 실수였고, 칼리도 그 쇼가 시험 삼아 방영되는 거라는 걸 알고 있었어요. 칼리는 일단 합법적인 연줄을 이용해 당신같이 유명한 초대 손님들을 섭외하겠다는 약속을 했지."

"내가 칼리의 쇼에 세 번이나 출연한 건 당신이 무리하게 부탁했기 때문이에요."

"구제할 수 없는 것을 구제하려 했던 거요. 난 노력했소. 당신도 노력했고. 우린 칼리에게 매번 기회를 주었어요. 이제 누구 생각으로 칼리가 그 자리에 앉았는지, 그런 건 전혀 중요하지 않아요. 칼리가 초대 손님, 그중에서도 특히 당신한테 이런 무례를 저질렀는데 어느 누가 그 여자와 함께 일을 하고 싶어 하겠소? 한물간 법의학 심리학자인 에이지 박사의 그 잘난 척하는 장광설도 더 이상 들어 줄 수가 없고, 사실 이 업계의 생리는 첫 시즌에서 뜨지 못하더라도, 한 번 더 기회를 주기도 해요. 하지만 두 번째 시즌에서 망치면 그대로 끝이지. 칼리의 경우, 답은 명확해요. 칼리는 이제 어딘가 작은 마을에서 지방 뉴스 방송이나 하게 될 거요. 아니면 기상 캐스터를 하거나 요리 쇼를 진행할 수도 있고, 혹은 〈리플리의 믿거나 말거나〉에 출연할 수도 있겠지! 어쨌든 칼리가 더 이상 CNN에 있지 못한다는 건 확실해요."

"당신이 칼리를 내보낼 거라는 건 어느 정도 알고 있었어요. 좋은 소식은 아니네요. 그것도 지금 같은 시기, 이런 불경기에 말이에요. 칼리도 알고 있나요?" 스카페타가 말했다.

"아직 모르고 있소. 그러니 아무 말도 하지 말아요. 케이, 단도직입적으로 말하리다." 그는 화장대 가장자리에 몸을 기대며, 양손을 주머니에 집어넣었다. "우린 당신이 칼리를 대신해 주길 바라고 있어요."

"농담이었으면 좋겠네요. 난 할 수 없어요. 게다가 당신도 정말 그렇게 되길 바라진 않을 거예요. 난 이런 종류의 무대에 어울리지 않으니까요."

"여긴 무대요. 우스꽝스러운 무대지. 칼리가 그렇게 만들어 버린 거요. 그 여자가 들어온 지 1년도 안 돼서 이렇게 완전히 엉망이 된 거요. 우린 당신이 칼리의 엉터리 쇼와 똑같은 것을 하길 바라는 게 아니오. 그건 절대 안 될 말이지. 같은 시간대에 방송하는 범죄 소재의 쇼지만, 비슷한 건 그것뿐이오. 우린 지금까지 했던 것과 완전히 다른 프로그램을 만들 생각이니까. 그동안 의논해 본 결과, 여기 있는 우리들은 뜻을 하나로 모았소. 당신은 당신만의 쇼가 있어야만 해요. 당신이란 사람에게, 당신이 하는 일에 완벽하게 어울리는 그런 쇼 말이오." 알렉스가 말했다.

"나란 사람에게 가장 잘 어울리는 일은 해변 별장에서 좋은 책을 읽거나, 토요일 아침에 아무도 없는 사무실에서 지내는 거예요. 난 쇼를 진행하고 싶지 않아요. 이미 말했지만, 내가 할 수 있는 건 법의학 분석밖에 없고, 그 일이 내 진짜 인생을 방해하거나, 망치는 일이 없기를 원해요."

"우리가 하는 일이 진짜 인생이오."

"전에 나와 했던 이야기 기억해요? 내가 법의학자로서 일에 방해가 되지 않는 선에서 이 일을 하겠다고 했던 거 말이에요. 오늘 밤이 지나고 나면, 이 일로 인해 틀림없이 방해받게 될 거예요." 스카페타가 말했다.

"블로그에 올라온 글들과 이메일들을 읽어 봐요. 당신에 대한 시청자들의 반응에 놀랄 테니까."

"난 그런 글들은 읽지 않아요."

"스카페타 팩터. 당신의 새 쇼에 딱 맞는 제목이오." 알렉스가 말했다.

"지금 당신은 내가 제일 피하고 싶은 문구를 제목으로 삼자고 하고 있어요."

"어째서 피하고 싶다는 거요? 그 문구는 이제 흔히 쓰는 말, 클리셰가 됐는데."

"난 그 문구가 클리셰가 되는 걸 원한 적이 없어요." 스카페타는 자기가 느끼기에 공격적으로 들리지 않도록 애를 썼다.

"그 문구는 이제 유행어가 됐소. 무슨 일이 풀리지 않을 때마다 사람들은 스카페타 팩터를 찾지."

"당신네 사람들이 방송에서 그 말을 쓰기 시작해서 유행어가 된 거잖아요. 나를 소개할 때도 그 말을 썼죠. 내가 무슨 말을 할 때마다 그 표현을 썼어요. 정말 당혹스럽고, 오해할 만한 표현이에요."

"당신 아파트로 제안서를 보냈소. 자세히 살펴본 뒤에 다시 얘기합시다." 알렉스가 말했다.

08

맨해튼, 택시의 공포

뉴저지의 깜박거리는 불빛들은 100만 개의 작은 불꽃처럼, 비행기들은 초신성처럼 빛나고 있었다. 그중 일부는 새까만 공간에 매달린 채, 완벽하게 정지되어 있었다. 벤턴은 그건 착각이라는 루시의 말을 떠올렸다. 비행기가 움직이지 않는 것처럼 보일 때는 그 비행기가 보고 있는 사람을 향해 똑바로 날아오고 있는 중이거나, 정반대 방향으로 날아갈 때라고 했다. 어느 쪽으로 날고 있는지 제대로 알지 못하면, 죽을 수도 있다.

그는 브로드웨이가 내려다보이는 창문 앞에서 가장 좋아하는 참나무 의자에 앉아, 불편하게 몸을 앞으로 숙인 채 스카페타에게 두 번째 메시지를 남겼다. '케이, 집에 올 때 혼자서 걸어오진 마. 전화하면 내가 데리러 갈게.'

스카페타에게 세 번째 전화를 걸었지만, 그녀는 받지 않았다. 이미 한시간 전에 집에 돌아왔어야 했다. 그는 당장 코트와 신발을 걸치고 밖으로 뛰어나가고 싶었다. 하지만 그건 영리하지 못한 일이었다. 타임워너센터와 콜럼버스서클은 방대했다. 벤턴은 스카페타를 찾지 못할 것이고, 집에 돌아왔을 때 그가 없으면 그녀가 걱정할 것이다. 차라리 이대로 집에서 기다리는 편이 나았다. 그는 의자에서 일어나 CNN 본사가 있는 남쪽을 쳐다보았다. 암회색 유리로 된 건물들은 은은한 백열등 불빛에 명암이 교차되고 있었다.

칼리 크리스핀은 스카페타를 배신했고, 시 공무원들을 소란스럽게 만들었다. 아마 하비 팔리가 CNN에 연락을 했을 것이다. 시민 기자나 자칭 TV 저널리스트가 되기로 결심한 것일지도 모른다. 어쩌면 벤턴이 걱정하며 예측한 대로, 다른 누군가가 뭔가를 목격했다고 나서서 정보를 제공했을 수도 있다. 하지만 꾸며 낸 게 아니라면, 택시 안에서 부패한 머리카락이 발견되었다는 건 팔리가 알 수 없는 일이었다. 그 말은 곧 새빨간 거짓말이 돌기 시작했다는 뜻이다. 누가 그런 소리를 퍼트리고 다니는 것일까? 해나 스타의 머리카락은 어디에서도 발견되지 않았다.

벤턴은 알렉스 바차의 휴대전화에 다시 전화를 걸었다. 이번에는 전화를 받았다.

"케이를 찾고 있습니다." 벤턴은 인사말도 생략한 채 본론부터 말했다.

"케이는 몇 분 전에 칼리와 같이 나갔소." 알렉스가 대답했다.

"칼리와 같이요? 확실합니까?" 벤턴은 당황했다.

"그렇소. 두 사람은 동시에 여길 나가더니, 함께 걸어갔어요."

"두 사람이 어디로 갔는지 아십니까?"

"많이 걱정하는 목소리군요. 괜찮은 거요? 선생도 알다시피, 노란 택시와 해나 사건에 대한 정보가…"

"그 문제는 이야기하지 않겠습니다." 벤턴이 알렉스의 말을 가로막았다.

"다른 사람들도 그러더군요. 그건 우리 생각이 아니었소. 칼리 혼자 준비했던 거요. 칼리의 제보자가 누구든 상관없소. 책임은 그 여자한테 있으니까."

벤턴은 창문 앞에 서 있었다. 칼리가 어떻게 되든 관심 없었다. "케이가 전화를 받지 않습니다." 그가 말했다.

"내가 칼리에게 연락해 보겠소. 무슨 문제라도 있는 거요?"

"내가 케이에게 전화했다고 전해 달라고 해 주십시오. 그리고 두 사람 다 집에 돌아갈 때 택시를 타라는 말도 전해 주시고요."

"생각해 보면 이상하게 들릴 수도 있을 것 같군. 나 같으면 지금 같은 상황에서는 택시를 타라고 권하지 않을 것 같소만." 알렉스가 말했다. 벤턴은 알렉스가 그 말을 농담이라고 한 것인지 궁금했다.

"난 케이가 걸어서 오는 게 싫습니다. 아무나 조심하라는 게 아니에요." 벤턴이 말했다.

"그렇다면 그 살인범이 쫓아올까 봐 걱정이라도…."

"당신은 지금 내가 무엇을 걱정하고 있는지 모를 겁니다. 그리고 이런 이야기로 시간을 낭비하고 싶지 않아요. 케이와 연락이 되는지 알고 싶은 겁니다."

"잠깐만 기다려요. 지금 바로 칼리에게 전화를 해 볼 테니까." 알렉스가 말했다. 그리고 그가 다른 전화기의 번호를 누르는 소리가 들리고, 칼리에게 음성 메시지를 남기는 소리가 들렸다. "…그러니까 바로 전화해 줘요. 벤턴이 케이와 연락하고 싶어 하니까. 당신이 아직 케이와 같이 있는지는 모르겠지만, 급한 일이오." 그런 다음 알렉스는 다시 벤턴과의 통화로 돌아왔다. "두 사람 다 방송이 끝난 뒤에 휴대전화 전원을 켜는 걸 잊어버린 모양이오."

"지금 이 번호는 우리 아파트 관리실 번호예요. 만일 무슨 소식이든 들었을 경우, 이 번호로 연락하면 바로 내게 전달될 겁니다. 그리고 내 휴대전화 번호도 알려 드리죠." 벤턴이 말했다.

그는 알렉스가 "급한 일"이라는 말을 쓸 일이 없기를 바랐다. 전화번호를 알려 준 뒤, 벤턴은 이제 마리노에게 전화해야겠다는 생각이 들었다. 그는 다시 자리에 앉아, 전화기를 무릎 위에 내려놓았다. 오늘 밤에는 마리노의 목소리를 다시 듣고 싶지도, 그와 말하고 싶지도 않았다. 하지만 지금 그에게는 마리노의 도움이 필요했다. 허드슨 강 건너편의 고층 건물들의 불빛이 강물에 거울처럼 비치고 있었다. 컴컴한 강 한복판에는 아무 것도 없었다. 심지어 나룻배 한 척조차 보이지 않는 공허하고 쓸쓸한 어둠이었다. 바로 벤턴이 마리노를 생각할 때마다 느끼는 감정이었다. 벤턴은 어떻게 해야 할지 확신이 서지 않았다. 그래서 잠시 아무것도 하지 않았다. 그를 화나게 만드는 건 스카페타가 위험에 처할 때마다, 그녀는 물론 다른 사람들조차 제일 먼저 마리노를 떠올린다는 것이었다. 마치 마리노가 스카페타를 지키는 특별한 능력을 가지고 있기라도 한 것처럼. 어째서? 어째서 마리노의 도움이 필요한 것일까?

벤턴은 항상 화가 났지만, 이런 순간에 제일 화가 났다. 여러 가지 점에서 그 일이 일어났던 당시보다 더 감정이 북받치곤 했다. 사실상 범죄인 그 폭행 사건이 일어난 지도 돌아오는 봄이면 2년이 된다. 벤턴은 그 사건에 대해, 그 불쾌한 전말에 대해 잘 알고 있었다. 그 뒤부터 이런 감정이 생긴 것이다. 마리노는 술에 잔뜩 취해 제정신이 아니었으니, 술과 성기능 보조제를 같이 먹은 탓을 해야 할 것이다. 한 가지 요소에 한 가지가 더해진 셈이지만, 그런 건 아무래도 좋았다. 그 일은 모두에게 유감스러운 일이었다. 그보다 더 유감스러운 일은 없었다. 벤턴은 그 상황을 우아하고 능숙하게, 인정을 담아 처리했다. 마리노에게 치료를 받게 해 주고, 일자리를 주었다. 그랬으니 이제 벤턴도 그때의 일을 흘려보내야 했다. 하지만 그렇게 되지 않았다. 그 감정은 루시가 말한 비행기들 중 하나처럼 계속 매달린 채로, 별처럼 크고 밝게 자리한 채 움직이지 않고 있었다. 어쩌면 그가 그 감정을 내쳐야 하는 건지도 몰랐다. 벤턴은 정신과 의사였지만, 어째서 자신이 그런 감정을 잊을 수 없는 것이며, 여전히 처음과 똑같은 감정을 품고 있는 것인지 알 수가 없었다.

"나요. 지금 어딥니까?" 신호가 떨어지자마자 마리노가 전화를 받자 벤턴이 말했다.

"쓰레기통 같은 내 집에 있소. 선생도 조금 전 그 일 때문에 전화한 거요? 칼리 크리스핀이 대체 그 사진을 어디서 구한 것 같소? 버거 검사가 알게 되면 끝이오. 지금 헬리콥터를 타고 오는 중이라 아직은 모르겠지만. 칼리에게 저런 걸 넘긴 사람이 누구겠소? 이번 일은 그 여자가 아무 데서나 정보를 알아내던 것과는 다른 문제요. 누군가가 무슨 얘기를 한 게 분명해요. 도대체 저 여자가 현장 사진을 어떻게 손에 넣은 거지? 난 보넬에게 연락을 하던 중이었소. 정말 놀랍게도, 음성 사서함으로 넘어가더군. 보넬도 통화 중인 게 분명해요. 아마 본부장부터 시작해서 모든 사람들이 정말 이 도시 안에 택시를 몰고 다니는 연쇄 살인범이 있는지 알고 싶은 거겠지."

마리노는 〈크리스핀 리포트〉에 나오는 스카페타를 보고 있었던 모양이다. 그건 당연한 일이다. 벤턴은 희미하게 분노를 느꼈지만, 이내 사라졌다. 그는 자기 내면의 어두운 구렁텅이 속에 스스로를 빠뜨리진 않았다.

"나도 어떻게 된 일인지 모르겠어요. 누군가 칼리에게 알려 준 게 분명해요. 어쩌면 하비 팔리일 수도 있고, 다른 사람일 수도 있겠지. 보넬이 아니라는 건 확실한지…." 벤턴이 말했다.

"지금 농담하는 거요? 보넬이 자기가 담당한 사건의 정보를 CNN에 흘릴 사람으로 보인다는 거요?"

"난 보넬에 대해 잘 알지 못해요. 더군다나 보넬은 우리가 시민들에게 경고하지 않는 것을 걱정했으니까."

"그건 그랬지. 보넬은 그 문제로 기분이 좋지 않았소." 마리노는 보넬이 새로 사귄 친한 친구라도 되는 것처럼 말했다.

"지금 컴퓨터를 바로 쓸 수 있어요?"

"가능하오. 그런데 무슨 일이지? 박사가 무슨 할 말이라도 있다고 했소?"

"그건 모르겠어요. 케이가 아직 돌아오지 않았으니까." 벤턴이 말했다.

"모른다고? 어째서 박사와 같이 있지 않은 거요?"

"난 CNN에 가지 않아요. 케이와 같이 그쪽에 간 일이 없어요. 케이가 싫어하니까. 그 사람이 어떤지는 당신도 잘 알 겁니다."

"그럼 박사가 집까지 혼자 걸어간다는 말이오?"

"여섯 블록이에요, 마리노."

"거리는 상관없소. 박사는 혼자 걸어 다녀선 안 돼요."

"그런데도 그 사람은 그렇게 해요. 혼자 걸어오겠다고 고집을 부리지. 1년 전, 그 쇼에 출연하기 시작한 뒤부터. 방송국 차를 타지도 않고, 내가 뉴욕에 없을 때도 많긴 하지만, 우리 둘 다 뉴욕에 있을 때조차 내가 마중 나가는 것을 마다해요." 벤턴은 짜증 섞인 목소리로 두서없이 말했다. 그는 자신이 변명을 하고 있다는 사실이 화가 났다. 마리노 때문에 자기가 나쁜 남편인 것처럼 느껴졌다.

"박사가 TV에 생방송으로 출연할 때는 우리 중 누군가가 같이 있어 줘야 하오. 박사가 출연한다는 광고가 며칠 전부터 계속해서 웹사이트며, TV 광고로 나왔으니 말이오. 누군가 방송 전이나 후에 방송국 앞에서 기다리고 있을 수도 있으니까. 내가 버거 검사한테 하는 것처럼, 우리 중 한 명은 박사와 함께 있어야 해요. 생방송일 경우에는 출연자가 언제 어디에 있는지 바로 알 수 있으니까 말이오." 마리노가 말했다.

벤턴이 걱정하는 것도 바로 그것이었다. 도디 호지. 그 여자는 TV에 나온 스카페타에게 전화를 걸었다. 벤턴은 지금 도디가 어디에 있는지 몰랐다. 아마 뉴욕에 있을 것이다. 어쩌면 아주 가까운 곳에 있을 수도 있다. 도디는 여기서 멀지 않은 곳에 살았다. 조지워싱턴브리지 건너편이었다.

"할 말이 있어요. 당신이 케이에게 안전에 신경 쓰라는 말을 좀 해 줘요. 내가 말하는 것보다 당신이 말하면 좀 들을지도 모르니까." 벤턴이 말했다.

"그냥 박사 모르게 내가 지켜보는 게 나을 수도 있소."

"그렇게 했다가는 케이가 당신을 증오하게 될 수도 있어요."

마리노는 그 말에 대답하지 않았지만, 벤턴은 대답할 수 있었다. 스카페타는 그런 이유로 마리노를 증오하게 되는 것이 아니라, 이미 오래전부터 증오하고 있을지도 모른다. 1년 6개월 전, 찰스턴에서 술에 취한 채 화가 잔뜩 난 마리노가 스카페타의 집에서 그녀를 공격했던 그 봄날 저녁부터 말이다. 하지만 벤턴은 아무 말도 하지 않았다. 그가 내뱉은 "증오"라는 말이 움직이지 않는 비행기처럼 그 자리에 계속 남아 있었다. 그리고 벤턴은 자기가 그런 말을 했다는 사실이 유감스러웠다.

"도디 호지. 디트로이트에서 전화했다는 여자요. 내가 그 여자의 이름을 아는 이유는 그 여자가 우리에게 익명으로 크리스마스카드를 보냈기 때문이지. 나와 케이에게 카드를 보냈어요." 벤턴이 말했다.

"그런 얘기라면 선생이 내게 말할 수 있는 게 있고, 말할 수 없는 것도 있을 거요. 그러니 내가 맞춰 보리다. 아무래도 과일과 견과류의 땅에서부터 시작해야겠지. 벨뷰, 커비, 맥린. 그 여자는 그 병원들에서 선생이 담당했던 환자 중 한 명일 거요. 그렇다면 그 여자가 선생이 썼다는 그 재미없는 사설을 읽은 이유도 설명이 돼요. 비록 그 내용이 사실이긴 하지만 말이오. 앞으로 20년 동안은 해결되는 사건이 하나도 없을 거요. 사람들은 전부 기관총을 가지고 요새에서 살고 있을 테니까."

"난 그런 특정 주제의 글을 신문에 실은 적이 없어요."

그는 그 글을 쓴 것이 워너 에이지라는 말을 하지 않았다. 어느 신문인지는 잊어버렸지만, 여기저기서 짜깁기한, 독창성이라고는 찾아볼 수 없는 그런 사설이었다. 벤턴은 구글 알리미에 에이지를 등록해 놓았다. 위키피디아에 에이지와 관련해 헛소리가 올라오기 시작한 뒤부터, 자신을 지키기 위한 수단이었다. 클라크 박사가 했던 이야기들 중에 벤턴이 모르는 것은 하나도 없었다.

"그 여자는 선생의 환자 중 한 명이었을 거요. 맞는 거요, 틀린 거요?" 마리노의 목소리였다. 젠장. 그는 목소리가 컸다.

"그 여자가 내 환자였는지, 아니었는지는 대답할 수 없어요." 벤턴이 말했다.

"과거형이군. 그렇다면 그 여자는 지금 뻐꾸기처럼 자유롭게 바깥세상을 돌아다니고 있단 말이잖소. 내가 뭘 해 주면 좋을지 말해 봐요." 마리노가 말했다.

"실시간 범죄 정보 센터에서 그 여자를 조사해 보는 게 좋을 것 같아요." 벤턴은 클라크 박사가 무슨 말을 할지 귀에 들리는 것 같았다.

"조사를 해 보긴 할 거요. 아마 내일 하루 종일 걸리긴 하겠지만."

"난 지금 당장, 오늘 밤에 해 보란 거요. 어쩌면 그 컴퓨터 시스템이라는 괴물이 우리가 알아야 할 뭔가를 보여 줄지도 모르니까. 요즘은 원격 접속이 가능한 거요, 아니면 당신이 직접 원폴리스플라자까지 가야 하는 거요?"

"데이터마이닝(방대한 양의 정보에서 필요한 정보를 골라내는 기술—옮긴이)은 원격으로 할 수 없소."

"유감이군. 당신에게 수고를 끼치고 싶진 않았는데."

"그런 일은 분석가들의 도움을 받는 편이 낫소. 난 루시가 아니니까. 아직도 독수리 타법인 데다가, 이종 데이터 소스니, 라이브 피드니 하는 것들을 도통 알 수가 없으니 말이오. 그 사람들은 그런 걸 '검색'이라고 하더이다. 그래도 우리가 이야기를 하는 동안, 컴퓨터도 부팅이 됐으니, 내가 선생을 위해 그 '검색'이란 걸 한번 해 보겠소."

벤턴은 마리노가 마치 아무 일도 없었다는 것처럼 자신을 대하면서 기분을 맞춰 주려고 애를 쓰는 것이 지긋지긋했다. 벤턴은 마리노를 더 이상 우호적으로 대할 수 없었고, 간신히 예의만 차리고 있는 상황이었다. 그렇다는 걸 자신도 알고 있었지만, 어쩔 수가 없었다. 그리고 최근 몇 주일간은 감정이 더욱 좋지 않았다. 차라리 마리노가 벤턴에게 뒈져 버리라고 욕을 하는 편이 나을 것 같았다. 그렇게 되면 두 사람 다 지난 일을 떨쳐 버릴 수 있을지도 몰랐다.

"이건 물어봐도 될지 모르겠는데, 정말 디트로이트인지는 모르겠지만, 거기서 전화했다는 그 도다라는 여자와 그 크리스마스카드가 연관이 있다는 건 어떻게 알게 된 거요? 박사도 그 크리스마스카드에 대해 알고 있소?"

"아니요."

"어느 쪽 질문이 아니라는 거요?"

"둘 다요." 벤턴이 말했다.

"그 도디라는 여자가 박사를 만난 적이 있소?"

"내가 알기로는 없어요. 이번 일은 케이가 목적이 아니에요. 내가 목적이지. CNN에 전화를 건 것도 내게 알리기 위해서요."

"좋아요, 알겠소, 벤턴 선생. 전부 선생과 관련된 일이란 말이군. 하지만 그건 내 질문에 대한 대답이 아니오." 벤턴의 가슴을 손가락으로 쿡쿡 찌르는 것 같은 공격이었다. '좋아. 계속 그렇게 해서 화나게 해 봐. 다시 한 번 싸워 보자고.'

"그 여자의 목소리를 듣고 알았소." 벤턴이 대답했다.

옛날 같았으면 두 사람은 아마 밖으로 나가 한바탕 주먹다짐을 했을 것이다. 뭔가 원시적인 행동이라고 할 만한 그런 싸움 말이다. 차라리 그랬더라면 이런 감정을 깨끗하게 털어 냈을 것이다.

"크리스마스카드로 말이오? 무슨 말인지 모르겠군." 마리노가 다시 말했다.

"노래가 나오는 카드였으니까. 카드를 펼치면 노래가 흘러나오는 거요. 도디 호지가 부른 이상한 크리스마스 노래를 녹음한 카드였지."

"그 카드 가지고 있소?"

"물론이오. 증거니까."

"증거라니 무슨?" 마리노가 물었다.

"컴퓨터로 찾아보면 알게 될 거요."

"다시 한 번 묻겠소. 박사는 도디 호지나 카드에 대해 정말 모르는 거요?"

"케이는 몰라요. 실시간 범죄 정보 센터에서 뭔가 찾아냈으면 말을 해 봐요." 벤턴은 그곳에 직접 가 볼 수도 없었고, 아무것도 할 수가 없었다. 자신에게 아무 권한도 없다는 사실에 너무나 화가 났다.

"뭔가 찾은 것 같소. 선생이 내게 찾아보라고 한 게 이것 때문이었군. 선생은 이미 내가 찾아낸 것이 무엇인지 알고 있을 거요. 별것도 아닌 걸 비밀로 하는 바람에 내가 얼마나 시간을 낭비했는지 알고는 있소?" 마리노가 말했다.

"당신이 뭘 찾았는지는 모르겠지만, 혹시 그 여자가 어딘가에서 무슨 일로든 경찰에 체포된 기록이 있다면 위험인물일 수도 있어요." 벤턴이 말했다.

마리노는 디트로이트에서 도디가 체포된 기록을 찾았을 것이다. 어쩌면 다른 것들도 나올지 모른다. 대리인이 있어야 하긴 하지만, 벤턴은 다시 경찰이 되었다. 지금 그는 자신이 느끼고 있는 이 무기력함을 더 이상 참을 수가 없었다.

"정서가 불안정한 사람이 유명인사에게 지나치게 관심을 보이는 경우에는 조심해야 하니까." 벤턴이 덧붙였다.

"박사를 좋아한다는 그 여자처럼 말이오? 비록 도디가 실제로 노리는 대상은 선생이긴 하지만. 다른 사람은 또 없소? 유명인사 중에 염두에 둘 만한 사람 말이오."

"영화배우 중에도 있을 수 있죠, 이를테면 햄 저드 같은."

침묵이 흘렀다. 이윽고 마리노가 말했다. "선생까지 그자의 이름을 꺼내다니 일이 재미있어지는군."

"어째서요?"

마리노는 뭔가 알고 있는 걸까?

"선생은 어째서 햄 저드를 떠올렸는지 그 이유를 말해 줬으면 좋겠소." 마리노가 말했다.

"당신이 실시간 범죄 정보 센터에서 뭔가를 찾아낸 건 내가 그렇게 하라고 했기 때문이오. 당신도 알다시피 난 수사를 할 수 있는 위치가 아니니까." 벤턴은 마리노에게 심하게 말했다.

심지어 벤턴은 같은 방에 앉아 있는 환자에게 운전면허증을 보여 달라는 말조차 할 수가 없었다. 상대방이 흉기를 내려놓게끔 다독일 수도 없었다. 누군가의 뒷조사도 할 수 없었다. 아무것도 할 수 없었다.

"도디 호지를 조사해 보겠소. 햄 저드도 살펴보도록 하죠. 관심이 가는 사람이 또 있으면 내게 말해 줘요. 무엇이든 조사할 수 있으니까. 내가 온갖 제약이 있는 프로파일러가 아니란 게 정말 다행이지. 그랬다면 난 아마 미쳐 버렸을 거요." 마리노가 말했다.

"지금도 내가 그런 제약 따윈 없던 과거의 프로파일러였다면 당신한테 조사해 달라고 할 필요도 없었겠지." 벤턴이 화를 내며 말했다.

"내가 먼저 박사에게 말해도 되겠소? 도디에 대해서 말이오."

벤턴은 자기보다 먼저 마리노가 스카페타에게 그 이야기를 한다는 생각만 해도 화가 치솟는 것 같았다.

벤턴이 말했다. "어떤 이유로든 당신이 나보다 먼저 케이에게 그 이야기를 하게 된다면, 내가 전화했었다는 말도 전해 줘요."

"그러지. 나는 이제 그만 나가 보겠소. 박사가 아직까지 집에 돌아오지 않았다는 사실이 마음에 걸리는군. 순경들에게 좀 찾아보라고 해야겠소."

"당신만 괜찮으면 난 아직 이 일을 여기저기 알리고 싶지 않아요. 케이가 지금 누구와 같이 있는지 아니까. 케이는 칼리 크리스핀과 함께 나갔어요. 경찰이 그 두 사람에게 몰려간다면 내일 칼리의 쇼에서 무슨 이야기가 나올 거 같아요?"

"'맨해튼, 택시의 공포' 정도가 아니겠소?"

"지금 헤드라인이라도 만든 거요?" 벤턴이 물었다.

"내가 만든 게 아니오. 벌써 이렇게 부르고들 있어요. 노란 택시 관련설에 대해 이러쿵저러쿵하면서 말이지. 잘못하면 크리스마스 때까지 이런 뉴스를 들어야 할지도 몰라요. 그리고 박사가 칼리와 같이 있는 거라면 어딘가에서 커피라도 마시고 있을 수도 있지 않겠소?"

"방송에서 칼리가 그런 소리를 떠들었는데, 케이가 그 여자와 커피를 같이 마실 이유는 없어요."

"어쨌든 필요한 게 있으면 연락하시오." 마리노가 전화를 끊었다.

벤턴은 다시 스카페타에게 전화를 걸었지만, 곧바로 음성 사서함으로 넘어갔다. 어쩌면 알렉스의 말대로 그녀가 휴대전화 전원을 켜는 것을 잊어버렸으며, 아무도 그 사실을 알려 주지 않았을 수도 있다. 아니면 전화기의 배터리가 떨어진 것일 수도 있다. 하지만 그런 건 스카페타답지 않았다. 그녀는 틀림없이 뭔가 다른 일에 정신이 팔린 것이다. 이제까지 스카페타가 집으로 돌아오는 길에 연락이 되지 않았던 적은 없었다. 그리고 그녀 역시 정해진 시간 안에 집에 들어오지 않으면 벤턴이 걱정할 거라는 것을 잘 알고 있었다. 그는 알렉스에게 다시 전화를 했지만 이번에는 받지 않았다. 벤턴은 한 시간 전에 방송된 〈크리스핀 리포트〉를 녹화한 영상에 나오는 스카페타의 모습을 지켜보며, 무릎 위에 올려놓은 노트북에서 또 다른 비디오 파일을 열었다. 11월 중순, 맥린 병원에서 녹화한 영상이었다.

"…얼마 전에 벤턴 웨슬리 박사가 쓴 사설을 읽었죠. 존경받는 법의학 심리학자이자, 케이의 남편인 웨슬리 박사 말이에요…." 도디의 숨소리가 섞인, 실체가 없는 목소리가 평면 TV에서 흘러나왔다.

전쟁 이전에 지어진 센트럴파크 서쪽에 위치한 아파트 안에서, 벤턴은 불을 붙이지 않은 벽난로 위에 걸려 있는 TV에 나오는 스카페타의 모습을 지켜보면서, 노트북에 띄운 비디오 파일을 빠르게 돌리기 시작했다. 화면에 나오는 스카페타는 굉장히 아름다웠다. 그녀의 단정한 얼굴은 나이보다 젊어 보였으며, 몸에 딱 맞는, 짙은 보라색이 섞인 남색 치마 정장의 재킷 칼라 위로 금발이 자연스럽게 드리워져 있었다. 지금 같은 상황에서조차 그녀를 보며 이런 생각을 한다는 것은 적합하지 않았고, 마음도 불편했다. 무릎 위에 올려놓은 노트북에서는 도디 호지를 상담했던 녹화 영상이 흘러나오고 있었다.

"아주 조금이라도 관련이 있죠, 안 그래요? 나와 같은 곤경에 처해 있잖아요, 그렇죠, 벤턴 선생?" 너절한 옷차림의 덩치가 크고 못생긴 여자가 잿빛으로 변한 머리털을 틀어 올린 채, 노란색 별이 그려져 있는 검은색 표지의 마법 책을 들고 있었다. "물론 가족 중에 영화배우가 있는 것과 같진 않겠지만, 선생 옆에는 케이가 있잖아요. 케이에게 CNN에 나올 때마다 내가 한 번도 빼놓지 않고 보고 있다는 말을 선생이 전해 줬으면 좋겠어요. 어째서 방송국에서는 귀에 살색 거머리같이 생긴 보청기를 낀 채로 잘난 척이나 하는 워너 에이지 대신 케이를 고정으로 출연시키지 않는 건지 모르겠다니까?"

"저 사람에게 화가 난 모양이군요." 벤턴이 그렇게 말한 건, 도디가 그전에도 비슷한 말을 한 적이 있었기 때문이다.

벤턴은 그 녹화 영상 속에서 어울리는 짙은 색 양복에, 타이를 매고 있는 자신이 이상할 정도로 뻣뻣한 자세로 앉아 있는 것을 보았다. 그때 그는 긴장하고 있었고, 도디도 그 사실을 알아차렸다. 그녀는 불편해하는 벤턴의 모습을 보면서 즐거워하고 있었고, 그가 에이지에 관한 화제를 피하고 싶어 한다는 것을 직감으로 알아차린 것처럼 보였다.

"저 사람은 기회를 잡은 거예요." 도디가 미소를 지었지만, 눈은 웃고 있지 않았다.

"무슨 기회 말입니까?"

"우리 둘 다 공통적으로 아는 사람이 있잖아요. 저 사람은 그걸 영광으로 생각해야…."

그 당시 벤턴은 그 방에서 빠져나가고 싶다는 생각에 빠져 있느라 도디의 말에 별 생각 없이 대꾸했다. 그는 지금 도디가 노래가 나오는 카드를 보내고, CNN에 전화를 건 것이, 에이지에 관해 그녀가 했던 말을 내포하고 있는 것인지 궁금했다. 워너 에이지가 아니면 벤턴과 도디가 공통적으로 아는 사람이 누가 있겠는가? 그리고 그녀는 어떻게 워너 에이지를 알고 있는 걸까? 워너를 아는 건 도디가 아닐 수도 있다. 어쩌면 디트로이트에 있다는 도디의 변호사가 알고 있는 건지도 모른다. 라푸슈라는 이름을 가진 그 사람이 케이즌(미국 루이지애나 주에 살며, 프랑스 고어의 한 형태인 케이즌어를 쓰는, 프랑스인의 후손─옮긴이)인 것 같은 말투로 천천히, 맥린에서 도디의 상담을 담당할 의사로 에이지를 불러 달라는 터무니없는 요구를 한 데는 뭔가 다른 의도가 있는 것인지도 모른다. 벤턴은 그를 한 번도 만난 적이 없었고, 그에 대해서도 알지 못했다. 하지만 라푸슈는 벤턴을 호출해 통화를 하곤 했다. 그때마다 "우리 아가씨"가 어떻게 지내는지 확인을 한 뒤, 〈잭과 콩나무〉처럼 키가 커지는 이야기를 하는 고객에 대한 농담을 하곤 했다.

"…당신이 아주 무례하고 지루한 사람이라 유감이에요…." 도디의 목소리가 벽난로 위에 걸려 있는 TV에서 흘러나왔다.

카메라가 스카페타를 잡았다. 그녀는 그 전화 통화를 들으면서 이어폰을 무심코 만지작거렸다. 그런 다음 양손을 다시 얌전히 포갠 채 탁자 위에 올려놓았다. 벤턴과 마찬가지로 스카페타에 대해 잘 알고 있는 사람이라면 그녀의 그런 동작이 무엇을 의미하는지 알아차렸을 것이다. 바로 자기감정을 억누르기 위해 애쓰고 있는 것이다. 벤턴은 스카페타에게 경고했어야만 했다. 건강 정보 관련 법률 규정과 비밀 유지 의무 따위는 신경 쓰지 말았어야 했다. 그는 살을 에는 12월의 밤거리로 뛰쳐나가 아내를 찾고 싶은 충동을 억눌렀다. 그는 가만히 지켜보며, 귀를 기울였다. 그리고 자신이 그녀를 얼마나 사랑하는지를 느꼈다.

09

이 도시는 잠드는 법이 없지요

콜럼버스서클의 불빛들이 센트럴파크의 어둠을 몰아냈다. 그리고 그 빛은 가까운 출입구를 통해 인기척이 없는 메인 추모비의 분수와 컬럼비아 승리의 여신상 위를 미끄러지듯 비추고 있었다.

올해는 이곳을 찾는 사람들이 극적으로 줄어서인지, 크리스마스 장터의 빨간색 노점상들은 모두 닫혀 있었다. 뉴스 광고 탑 근처에도 돌아다니는 사람이 한 명도 없었다. 심지어 평소 그 자리를 지키던 경찰조차 보이지 않았다. 노숙자처럼 보이는 늙은 남자 한 명만이 몸을 겹겹이 감싼 채, 나무 벤치 위에서 자고 있었다. 택시들은 영업이 끝났다는 불을 밝힌 채 빠른 속도로 지나쳐 갔고, 아파트와 호텔 건물 앞에 길게 서 있던 리무진들도 보이지 않았다. 눈앞에 보이는 모든 곳에서 스카페타는 자신이 떠올릴 수 있는 가장 암울하고, 어려웠던 시절의 상징과 징후들을 발견할 수 있었다. 그녀는 마이애미의 외곽 지역에서 가난하게 성장했다. 하지만 그때와는 다른 느낌이었다. 왜냐하면 그때는 모두가 다 가난하진 않았기 때문이다. 생활고에 시달렸던 건 이탈리아 이주자였던 스카페타 가족과 같은 사람들뿐이었다.

"이런 데 살고 있다니 정말 행운아네요?" 스카페타를 따라 침침한 가로 등 불빛이 비치는 보도를 걸어온 칼리가 코트 깃을 세우며 건물을 올려다 보았다. "돈을 잘 버시나 봐요. 아니면 루시 소유의 아파트일 수도 있겠네요. 루시도 내 쇼에 나와서 법과학 컴퓨터 수사에 관한 이야기를 나누면 좋을 텐데. 루시는 아직도 제이미 버거와 친하게 지내고 있나요? 저번에 몽키 바에서 두 사람을 본 적이 있거든요. 그 이야기를 들었는지 모르겠네. 어쨌든 제이미는 출연 요청을 거절했고, 나도 다시 부탁할 마음은 없어요. 정말 부당한 일이죠. 난 아무 짓도 하지 않았는데 말이에요."

칼리에게서 머지않아 쇼가 끝날 수도 있다는 것, 적어도 그 쇼를 자신이 진행하지는 못하게 될 거라는 것을 알아차린 것 같은 낌새는 보이지 않았다. 어쩌면 CNN 스튜디오 뒤쪽에서 무슨 이야기가 오갔는지 알아내기 위해 미끼를 던진 것일 수도 있다. 스카페타는 알렉스와 같이 분장실에서 나왔을 때 칼리가 바로 문 앞에 서 있던 것이 신경 쓰였다. 칼리는 곧장 뒤따라 나와, 스카페타와 나란히 걷기 시작했다. 하지만 그건 이상한 일이었다. 칼리의 집은 그 근방이 아닌 코네티컷의 스탬퍼드였기 때문이다. 걸어서 갈 수 있는 거리가 아니었기에, 택시나 지하철을 타야 했다. 다른 때는 항상 방송국에서 제공하는 차량을 이용했다.

"작년에 제이미가 〈아메리칸 모닝〉에 출연한 뒤였죠. 박사님도 그 방송을 보셨는지 모르겠지만." 칼리는 바닥에 남아 있는 지저분한 얼음 조각들을 피했다. "제이미가 기소한 동물 학대 사건이 있었잖아요. 그 애완동물가게 체인점 말이에요. CNN에서는 그 사건에 대해 제이미와 이야기를 나눴어요. 정말 호의적이었죠. 그런데 어려운 질문들을 하니까, 제이미가 짜증이 났었나 봐요. 결국 그 일로 누가 문책을 받았게요? 나예요. 만일 그때 질문을 했던 사람이 박사님이라면 제이미도 그냥 넘어갔을 거예요. 박사님과 같은 연줄이 있다면, 원하기만 하면 누구하고든 이야기를 나눌 수 있겠죠."

"이제 그만 택시를 잡는 게 어때요? 집에 돌아가야죠. 난 혼자 걸어가도 돼요. 바로 저 앞이니까." 스카페타가 말했다.

그녀는 벤턴에게 전화를 걸고 싶었다. 그래서 자신이 늦는 이유를 말해 주고, 걱정할 필요 없다는 것을 알리고 싶었다. 하지만 블랙베리가 없었다. 집에 놔두고 온 것이 분명했다. 아마 침실에 붙어 있는 욕실 세면대 옆에 있을 것이다. 그래서 칼리에게 전화를 빌릴까, 하는 생각도 몇 번 했다. 하지만 그럴 경우 공개하지 않은 개인 전화번호가 칼리의 전화기에 남게 될 것이다. 더군다나 스카페타는 오늘 밤, 앞으로 칼리를 믿을 수 없다는 것을 알게 되었다.

"루시가 재산을 매도프에 투자하지 않아서 다행이에요. 물론 사기꾼이 거기에만 있는 건 아니지만." 칼리가 말했다.

발밑으로 기차가 덜컥거리며 지나가자, 환풍구에서 따뜻한 바람이 올라왔다. 스카페타는 그 미끼를 물지 않았다. 칼리는 뭔가 알아내려고 하고 있었다.

"난 아직 주식에서 발을 빼지 않았어요. 다우 지수가 8,000 이하로 떨어질 때까지 기다릴 생각이에요. 내가 진행하는 쇼에서도 가끔 수지 오만(시청자들의 재정 상담을 해 주는 CNBC 프로그램 진행자―옮긴이)이 하는 것과 똑같이 조언을 구하는 이벤트를 진행하면 어떨까요? 루시는 얼마나 손해를 봤다고 하던가요?" 칼리가 말을 이었다.

마치 스카페타가 그녀에게 말을 해 줘서 알고 있다는 식이었다.

"루시가 컴퓨터와 투자를 통해 엄청난 재산을 모았다는 걸 알고 있어요. 항상 포브스 부자 순위 100위 안에 들어 있었죠. 올해만 제외하면 말이에요. 이번에는 루시가 순위에 들지 못했더라고요. 그렇지만 그것도 오래가진 않을 거예요. 루시가 기저귀를 찰 때부터 개발했던 온갖 소프트웨어들과 고속 기술들의 가치가 억만금이잖아요? 게다가 루시는 훌륭한 재정적인 조언을 받아 왔을 거예요. 이제까지는 말이에요." 칼리가 말했다.

"난 포브스 순위 같은 건 보지 않아요." 스카페타가 말했다. 그리고 그녀는 칼리가 물어본 내용에 대해서도 전혀 모르고 있었다. 루시는 자신의 재정 상태에 대해 말한 적이 없었고, 스카페타 역시 물어본 적이 없었다. "우리 가족 일에 대해 말하고 싶지 않아요." 스카페타가 덧붙였다.

"확실히 박사님은 여러 가지 일들에 대해 말을 하지 않죠."

"다 왔어요." 두 사람은 스카페타가 사는 아파트 건물 앞에 도착했다. "이제 그만 가 봐요, 칼리. 즐거운 크리스마스와 새해가 되길 바랄게요."

"일은 일이다, 이거예요? 전부 다 공정해야죠. 우리가 친구란 걸 잊지 말아요." 칼리는 스카페타를 끌어안았다. 이제껏 처음 있는 일이었다.

스카페타는 반들거리는 대리석으로 된 아파트 로비로 들어갔다. 코트 주머니 속에서 열쇠를 찾다가, 문득 블랙베리를 주머니 속에 넣었던 기억이 나는 것 같았다. 정말 그랬던가? 아무래도 기억이 나지 않자, 그녀는 오늘 밤에 했던 일들을 차례대로 떠올려 보았다. 혹시 CNN에서 전화기를 꺼냈다가 어딘가에 놔두고 온 건 아닐까? 그건 아니다. 가져가지 않은 게 확실했다.

"방송 잘하셨어요." 젊은 관리인이 말했다. 여기서 일한 지 얼마 되지 않은 그는 빳빳하게 다린 푸른색 제복을 입고 있었다. 그가 그녀를 보며 미소 지었다. "칼리 크리스핀이 지독하게 굴었죠? 만약 그 자리에 제가 있었으면 아마 미쳐 버렸을 거예요. 참, 조금 전에 박사님한테 소포가 왔어요." 그가 책상 뒤에서 뭔가를 꺼냈다. 스카페타는 그 관리인의 이름이 로스라는 것을 기억해 냈다.

"조금 전에 왔다고요? 이런 시간에?" 스카페타가 물었다. 그리고 알렉스가 제안서를 보냈다는 사실이 떠올랐다.

"이 도시는 잠드는 법이 없지요." 로스가 스카페타에게 페덱스 상자를 건네주었다.

그녀는 엘리베이터에 올라탄 뒤, 12층을 눌렀다. 그리고 운송장을 흘긋 봤다가, 다시 자세히 살피기 시작했다. 스카페타는 CNN에서 알렉스가 보낸 소포임을 확인할 셈이었지만, 발신인 주소는 나와 있지 않았고 그녀의 주소도 특이하게 쓰여 있었다.

USA 10023 센트럴파크웨스트 1111
고담 시 법의국장
케이 스카페타 박사 앞

그녀를 "고담 시 법의국장"이라 부르며 비아냥거리고 있었다. 미친 사람이 보낸 것이다. 손으로 쓴 글씨가 너무 정밀하고 크기도 똑같아서 마치 컴퓨터로 출력한 것처럼 보일 정도였다. 하지만 스카페타는 그것이 손으로 쓴 글씨라는 것을 확신했다. 그리고 그 펜을 잡았던 자가 상대방을 조롱하며 착각하게끔 이런 짓을 했다는 것도 알 수 있었다. 스카페타는 이 소포를 보낸 사람이 어떻게 자신과 벤턴이 이곳에 살고 있다는 것을 알아낸 건지 궁금했다. 이곳 주소와 전화번호는 공개하지 않았고, 기재된 곳도 없었다. 그리고 그녀는 운송장에 발신인에게 떼어 주는 복사본이 그대로 붙어 있는 것을 보고 불안감이 점차 커지는 것을 느꼈다. 이 소포는 페덱스를 통해 배송된 것이 아니었다. '맙소사, 이 안에 폭탄이 들어 있으면 안 되는데.'

천장에 상감된 목재를 대고, 화려한 놋쇠 문이 달려 있는 오래된 엘리베이터는 올라가는 속도가 심하게 느렸다. 그녀는 숨 막히는 폭발과 함께 승강기통이 아래로 추락해 바닥에 부딪치는 광경을 상상했다. 그리고 고약한 화학 물질 냄새 비슷한 것을 맡았다. 석유가 섞여 있는 촉매제처럼 달작지근하면서 역겨운 냄새였다. 그녀는 이게 무엇인지, 정말 냄새가 나는 것인지에 집중했다. 경유. 다이포른 펜타페록사이드, 아세톤 페록사이드, C4, 니트로글리세린. 스카페타는 화기와 폭탄의 냄새와 위험 정도에 대해 잘 알고 있었다. 루시가 ATF(미국 화기 단속국)의 특수 요원이었던 1990년대 후반, 벤턴과 스카페타도 국제 사고 대응 팀의 일원으로 폭사에 관한 강의를 했던 적이 있었다. 그때는 벤턴이 죽기 직전이었고, 그 뒤에 그는 다시 살아 돌아왔다.

　필라델피아 화재 현장의 거무스름한 물웅덩이 안에서 은발 머리카락, 까맣게 탄 살과 뼈, 벤턴의 브라이틀링 시계가 발견되었을 때, 그녀는 세상이 끝났다고 느꼈다. 스카페타는 그 시신을 벤턴의 유해라고 생각했다. 그의 소지품들 때문이었다. 그런 확신을 할 수밖에 없게끔 되어 있었으므로, 벤턴의 죽음을 의심하지 않았다. 방화, 그리고 촉매제의 고약하고 지독한 냄새. 그녀 앞에는 고통과 고독함 외에 아무것도 없는, 헤아릴 수도 없고, 끝이 보이지 않는 공허함만이 펼쳐져 있었다. 스카페타는 그것이 어떤 느낌인지 알게 되자 더 이상 두려운 것이 없어졌다. 그렇게 살아 있는 것 같지 않은 상태로 한 해 한 해 시간을 보내면서 그녀의 뇌는 점점 더 강해졌지만, 마음은 그 반대였다. 그런 느낌을 어떻게 설명해야 할까? 벤턴은 그녀에게 자주는 아니지만, 아직까지도 그때 일을 묻곤 했다. 당시 그는 상도니 카르텔을 피해, 조직 폭력단, 살인을 일삼는 인간쓰레기를 피해 몸을 숨긴 것이었다. 벤턴이 그렇게 한 것은 당연히 스카페타를 지키기 위해서이기도 했다. 마치 그가 위험에 빠지게 되면 그녀 역시 위험에 빠진다는 것처럼. 마치 그가 옆에 없으면 그녀가 위험하지 않을 거라는 것처럼. 그때 스카페타는 어떤 언질도 듣지 못했다. 모두가 벤턴이 정말 죽었다고 믿는 편이 나았기 때문이다. 연방 요원들이 말했다. '제발, 이게 폭탄이 아니어야 할 텐데.' 석유 아스팔트 냄새. 콜타르, 나프텐 산, 네이팜의 역겨운 기름 냄새. 그녀의 눈이 촉촉하게 젖어 들었다. 속이 울렁거리기 시작했다.

　엘리베이터의 놋쇠 문이 열리자, 스카페타는 그 소포가 가능한 한 흔들리지 않도록 조심해서 움직이기 시작했다. 그녀는 손이 떨렸다. 엘리베이터 안에 페덱스 상자를 놓고 갈 수는 없었다. 그 상자를 내려놓을 수는 없었다. 다른 입주민들과 이 건물에서 일하는 사람들을 위험에 빠뜨릴 수는 없었다. 그녀는 불안하게 떨리는 손으로 열쇠를 꺼냈다. 심장 박동이 빨라지고, 침이 고였다. 헐떡거리며 간신히 숨을 쉬고 있었다. 열쇠가 금속으로 된 구멍에 부딪쳤다. 마찰이나 정전기가 폭발을 일으킬 수도 있었다. 스카페타는 숨을 천천히, 깊이 들이마시며 마음을 가라앉혔다. 놀랄 정도로 큰 소리와 함께 아파트 문이 열렸다. '제발, 이게 내가 생각하는 것이 아니기를.'

"벤턴?"

그녀는 현관문을 활짝 열어 놓은 채, 집 안으로 들어갔다.

"벤턴? 어디 있어?"

스카페타는 페덱스 상자를 미션식 가구(소박하고 무게감 있는, 어두운 색의 가구들-옮긴이)와 미술품 외에는 별다를 것이 없는 거실 한복판에 있는 커피 테이블 위에 조심스럽게 내려놓았다. 그녀는 값비싼 창문들이 폭발과 함께 깨지는 것을 상상했다. 거대한 유리창이 산산조각 날 것이고, 그 날카로운 유리 조각들은 20층 건물 아래로 비처럼 떨어져 내릴 것이다. 스카페타는 커피 테이블 위에 놓여 있던 공예 유리 조각상과 선명한 다채색 물결 모양의 유리그릇을 양탄자 위에 내려놓았다. 그런 다음 현관 입구에서부터 페덱스 상자가 놓여 있는 커피 테이블까지 그 중간에 놓여 있는 다른 것이 없는지 확인했다.

"벤턴, 어디 있는 거야?"

허드슨 강과 어퍼웨스트사이드의 불빛이 내려다보이는 창문 옆에는 긴 모리스 의자가 놓여 있었다. 벤턴이 평소에 앉아 있곤 하는 그 의자 위에는 서류 더미가 수북이 쌓여 있었다. 멀리서 보니 UFO처럼 보이는 비행기들이 테터버더의 불 밝힌 활주로 위를 날아다니고 있었다. 루시는 지금쯤 헬리콥터를 타고 뉴욕을 향해, 웨스트체스터카운티를 향해 날아오고 있을 것이다. 스카페타는 루시가 어두워진 다음에 비행을 하는 것이 마음에 들지 않았다. 만일 자동 회전 엔진이 고장 나기라도 한다면, 어디에 착륙해야 할지 어떻게 안단 말인가? 나무 숲 바로 위에서 엔진이 고장 나기라도 한다면 어떻게 할 것인가?

"벤턴!"

스카페타는 복도를 지나 침실 옆에 붙어 있는 욕실로 향했다. 그녀는 계속 반복해서 숨을 깊이 들이마시고, 침을 삼켰다. 빠르게 뛰는 심장 박동을 가라앉히고, 울렁거리는 속을 가라앉히기 위해서였다. 그때 화장실 변기에서 물이 내려가는 소리가 들렸다.

"세상에, 대체 전화를 왜 그렇게 안 받은 거야?" 벤턴이 침실에서 나오며 물었다. "내 메시지 못 받았어? 케이, 대체 무슨 일이야?"

"이쪽으로 오지 마." 스카페타가 말했다.

그는 아직까지 짙은 청색으로 된 단정한 플란넬 양복을 입고 있었다. 비싼 옷은 아니었다. 벤턴은 감호소나 법정에 갈 때 값비싼 옷을 입지 않았다. 죄수들이나 정신병 환자들을 만날 때 항상 신경 쓰는 부분이기도 했다. 하지만 지금 그는 타이를 풀고, 신발도 벗은 상태였다. 하얀 셔츠의 목 단추는 풀어 헤쳤고, 옷자락도 비어져 나와 있었다. 은발머리를 손가락으로 쓸어 올린 모습이었다.

"왜 그러는데?" 그가 문 앞에 멈춰 선 채 물었다. "무슨 일이 생겼군. 대체 뭐야?"

"신발 신고, 코트 입어." 스카페타가 목청을 가다듬으며 말했다. "아직 나한테 가까이 오지 마. 지금 내가 가져온 게 뭔지 아직 모르니까." 그녀는 손을 소독제로 열심히 닦아 낸 뒤, 뜨거운 물로 한참 동안 두꺼운 화장을 지우고, 머리를 감았다.

"무슨 일인데? 누구랑 만난 거야? 대체 무슨 일이 있었는데? 당신한테 전화 여러 번 했었어." 벤턴은 침실 문 앞에 조각상처럼 서 있었다. 창백한 얼굴을 한 채로 시선은 스카페타를 지나 현관 쪽을 향해 있었다. 마치 그녀가 누군가와 함께 왔을까 봐 두려워하는 것처럼 보였다.

"여기서 나가야 해." 스카페타는 TV용 분장이 접착제처럼 찐득거리며 끈질기게 붙어 있는 것처럼 느껴졌다. 그리고 그 냄새를 다시 맡았다. 아니, 그 냄새를 다시 맡았다고 생각했다. 타르와 유황 입자가 화장과 헤어 스프레이, 콧속에까지 남아 있는 모양이었다. 지옥의 불길과 유황 냄새.

"혹시 디트로이트에서 전화 걸었던 그 여자야? 내가 계속 전화했었어. 도대체 무슨 일이야? 누구하고 무슨 일이 있었던 건데?" 벤턴이 물었다.

스카페타는 코트와 장갑을 벗고, 복도 바닥에 떨어뜨린 뒤 그대로 발로 차 한쪽으로 몰았다. "여기서 나가야 해. 지금 당장. 수상한 소포를 받았어. 그게 지금 거실에 있고. 당신하고 내가 입을 따뜻한 외투도 필요할 거야." '구역질하지 마, 토하면 안 돼.'

벤턴은 침실로 들어갔다. 스카페타는 그가 옷장을 열고 봉에 걸린 옷걸 이들을 밀치는 소리를 들었다. 잠시 뒤, 벤턴은 하이킹 부츠 한 벌과 모직 코트, 그리고 오랫동안 입지 않았던 스키 재킷을 들고 나왔다. 얼마나 오 래 안 입었던지, 스키 재킷의 지퍼에는 리프트 티켓이 붙어 있었다. 그는 스카페타에게 그 스키 재킷을 건네주었고, 두 사람은 서둘러 아파트에서 나왔다. 벤턴은 굳은 표정으로 활짝 열린 현관문과 거실에 놓여 있는 페 덱스 상자, 그리고 동양풍 양탄자 위에 내려놓은 공예 유리그릇을 쳐다보 았다. '만일 폭발할 경우, 피해를 줄이기 위해서는 압력을 최소화할 수 있 게 창문을 열어 두어야 해. 아니야, 할 수 없어. 거실에 들어갈 수가 없어. 저 탁자 근처로는 갈 수가 없어. 허둥대지 마. 아파트에서 먼저 나간 다음 에 문을 닫아야지. 다른 사람들이 들어가지 못하게 말이야. 소리도 내선 안 돼. 충격파도 일으키면 안 되고.' 스카페타는 조심스럽게 현관문을 닫 았지만, 경찰이 들어갈 수 있게 열쇠를 잠그지 않았다. 그 층에는 그들 외 에 두 가구가 더 살고 있었다.

"당신이 관리인한테 소포 맡아 놓은 거 있냐고 물었던 거야? 난 저녁 내 내 집에 있었어. 배달 온 게 있다는 연락은 받지 못했는데." 벤턴이 말했다.

"엘리베이터에 탈 때까지 수상하다는 것을 알아차리지 못했어. 아니, 내가 물어본 게 아니야. 그런데 이상한 냄새가 났어." 길이가 무릎까지 오 는 스키 재킷을 입자, 그녀는 옷에 푹 파묻혔다. 아스펜 스키장. 마지막으 로 간 게 언제였지?

"어떤 냄새였는데?"

195

"달달하기도 하면서, 타르나 썩은 달걀에서 나는 냄새. 잘 모르겠어. 어쩌면 내 상상일지도 몰라. 그리고 운송장 주소도 이상하게 적혀 있었어. 그 소포를 가지고 올라오지 말았어야 했는데. 그 자리에 그대로 놔두고 로스는 밖으로 내보낸 다음, 경찰이 올 때까지 아무도 그 옆에 접근하지 못하게 막았어야 했는데. 맙소사, 내가 얼마나 멍청한 짓을 한 거지."

"당신은 멍청하지 않아."

"아니야, 내가 멍청했어. 칼리 크리스핀 때문에 정신이 없어서 멍청하게 군 거야."

그녀는 옆집으로 가서 초인종을 눌렀다. 그 집에는 오며 가며 마주친 의상 디자이너가 살고 있었다. 뉴욕은 이런 곳이었다. 몇 년 동안 이웃 사이에 대화 한 번 나누지 않고도 살 수 있는 곳.

"집에 아무도 없는 것 같아. 최근에 마주친 기억도 없고." 스카페타는 초인종을 누른 뒤, 현관문을 두드렸다.

"운송장에 적혀 있던 주소가 어떻게 이상했는데?" 벤턴이 물었다.

스카페타는 발신인에게 주는 복사본이 붙어 있었다는 것과 주소에 고담 시 법의국장 앞이라고 적혀 있었다고 말했다. 그녀는 인쇄한 것처럼 손으로 쓴 주소에 대해 설명하면서, 다시 한 번 초인종을 눌렀다. 그런 다음 두 사람은 다음 집으로 향했다. 그 집에는 오래전에 희극 배우였고, 〈재키 글리슨 쇼〉에도 여러 번 출연했던 나이 든 여자가 살고 있었다. 스카페타가 이 여자, 주디에 대해 알고 있는 것은 남편이 1년 전에 죽었다는 것과 아주 신경질적인 토이 푸들을 키운다는 것밖에 없었다. 스카페타가 초인종을 누르자, 이번에도 푸들이 시끄럽게 짖어 대기 시작했다. 문을 열고 나온 주디는 두 사람을 보고 깜짝 놀라긴 했지만, 특별히 반가워하는 것 같지는 않았다. 그녀는 집 안에 애인이나 도망자를 숨기고 있기라도 한 것처럼 문가를 가로막은 채 서 있었다. 주디의 뒤에서는 강아지가 쉴 새 없이 돌아다니고 있었다.

"무슨 일이죠?" 주디가 코트를 입고, 부츠를 손에 든 채 양말 바람으로서 있는 벤턴을 이상하다는 듯이 쳐다보며 물었다.

스카페타는 전화를 빌리러 왔다고 설명했다.

"댁들은 전화가 없어요?" 주디의 발음이 약간 불분명했다. 그녀는 좋은 골격을 가지고 있었지만, 얼굴은 술에 찌들어 있었다. 한마디로 술꾼이었다.

"우리 휴대전화나 집 전화는 쓸 수가 없어서요. 그리고 지금은 그 이유를 설명할 시간도 없고요. 부인 집의 유선 전화가 필요해요." 스카페타가 말했다.

"우리 집의 뭐요?"

"부인 집 전화요. 그런 다음에는 우리와 함께 아래층으로 대피하셔야 해요. 긴급 상황이에요."

"당치 않아요. 난 아무 데도 가지 않을 거예요."

"수상한 소포가 배달 왔어요. 부인 집 전화를 써야 해요. 그리고 여기 있는 사람들 모두 가능한 한 빨리 아래층으로 대피해야 해요." 스카페타가 설명했다.

"어쩌자고 그런 얘길 여기서 하는 건지! 왜 그런 말을 하는 거예요?"

스카페타는 술 냄새를 맡았다. 그녀는 주디의 약품 수납장에서 어떤 처방전들이 나올지 알 수 있었다. 과민 우울증, 약물 남용에, 삶에 대한 의지도 없을 것이다. 스카페타와 벤턴은 주디의 거실로 들어갔다. 장식 판자를 댄 거실은 훌륭한 프랑스 골동품들과 야드로(스페인의 유명 도자기 회사—옮긴이)의 곤돌라나 마차, 말이나 그네를 탄 연인들이 키스를 하거나 대화를 나누고 있는 낭만적인 자기 인형들이 가득 놓여 있었다. 창턱에는 정교한 크리스털 그리스도 성탄화가 놓여 있었고, 또 다른 창턱에는 로열 덜튼 산타 장식품이 놓여 있었다. 하지만 전구나 크리스마스트리, 촛대 같은 건 없었고, 다른 수집품들과 에미 상을 포함, 과거 유명인사들과 함께 찍은 사진들이 들어 있는 베르니 마르탱(18세기 프랑스에서 많이 사용한 도료의 일종. 청동이나 납 가루를 니스에 첨가하는 방식을 마르탱 일가가 완성했다—옮긴이)

197

식으로 되어 있고, 큐피드와 연인들의 모습을 직접 그려 넣은 장식장이 놓여 있었다.

"그쪽 집에 무슨 일이 생겼다는 거예요?" 강아지가 계속해서 시끄럽게 짖어 대고 있는 와중에 주디가 물었다.

벤턴은 목재에 금박을 입힌 콘솔 위에 놓여 있는 전화기를 찾았다. 그리고 외우고 있는 전화번호를 누르기 시작했다. 스카페타는 지금 벤턴이 누구에게 전화를 거는 건지 잘 알고 있었다. 벤턴은 항상 '중요한' 일이 벌어질 경우, 능률적이고 신중하게 대처했고, 소식통을 통해 직접 정보를 알아냈다. 지금 같은 경우 그 대상은 마리노였다.

"그런 수상한 소포를 위로 올려 보냈단 말이에요? 대체 누가 그런 짓을 한 거죠? 보안을 대체 어떻게 하고 있는 거예요?" 주디가 계속해서 물었다.

"아마 별일 아닐 거예요. 그저 만일의 사태에 대비하는 거예요." 스카페타는 주디를 안심시켰다.

"아직 본부에 있는 거요? 지금은 그 일이 문제가 아니에요." 벤턴은 마리노에게 누군가 위험한 물건이 들어 있을지도 모르는 소포를 스카페타에게 보냈다고 말했다.

"당신 같은 사람들은 온갖 미치광이들을 다 상대해야 할 거예요." 주디가 가리비 모양의 커프스가 달려 있고, 발목까지 내려오는 긴 친칠라 털 코트를 걸쳤다. 그리고 새틴 나무로 된 장식장에서 개 끈을 꺼냈다. 그동안, 강아지는 계속해서 펄쩍펄쩍 뛰면서 점점 더 크게 짖어 대고 있었다.

벤턴은 수화기를 어깨로 받치고 통화를 하면서 부츠를 신었다. "아니, 여긴 이웃집이오. 우리 전화는 쓸 수 없지. 소포 안에 무엇이 들어 있는지 모르는 상황에 전파를 내보낼 순 없으니까. 소포는 페덱스 상자고, 탁자 위에 놓여 있어요. 우린 지금 바로 아래층으로 내려갈 거요."

그가 전화를 끊었다. 주디는 비틀거리면서 몸을 숙이고는 푸들의 목줄 색과 어울리는 끈을 연결했다. 푸른색 가죽으로 된 목줄에 달려 있는 에르메스 걸쇠에는 아마도 저 신경질적인 개의 이름이 새겨져 있을 것이다.

그들은 현관을 나와 엘리베이터에 올라탔다. 스카페타는 다이너마이트의 자극적이고 달착지근한 약품 냄새를 맡았다. 환각일 것이다. 그녀의 상상일 것이다. 그녀가 다이너마이트 냄새를 맡았을 리는 없었다. 그곳에는 다이너마이트가 없었으니까.

"무슨 냄새 안 나?" 스카페타가 벤턴에게 물었다. "부인의 개가 너무 흥분한 것 같은데요." 그리고 그녀는 저 망할 개를 짖지 못하게 해 달라고 주디에게 부탁했다.

"난 아무 냄새도 안 나는데." 벤턴이 말했다.

"아마 내 향수 냄새일 거예요." 주디가 자기 손목 냄새를 맡았다. "아, 그쪽은 뭔가 나쁜 뜻으로 한 말이었군요. 누군가 보냈다는 그것이 탄저균인가, 그것만 아니었으면 좋겠는데. 그런데 어쩌자고 그런 물건을 들고 올라온 거죠? 여기 사는 다른 주민들은 어떻게 하라는 거예요?"

스카페타는 아파트 현관에 놓여 있는 테이블 위에 가방을 놔두고 왔다는 것을 알아차렸다. 지갑은 물론, 자격증까지 전부 다 그 가방 안에 들어 있었고, 현관문은 잠겨 있지 않았다. 그리고 계속 보이지 않는 블랙베리 휴대전화는 어떻게 된 건지 알 수가 없었다. 스카페타는 그 소포를 가지고 올라가기 전에 확인을 했어야만 했다. 어쩌다 이런 문제를 일으킨 것일까?

"마리노가 오고 있지만, 다른 사람들보다 먼저 오진 못할 거야. 시내, 그러니까 본부에서 비상 운전으로 달려오고 있을 테지만." 벤턴이 말했다. 굳이 마리노가 누구인지 주디에게 설명하지 않았다.

"왜?" 스카페타가 천천히 내려가는 엘리베이터 층수를 보면서 물었다.

"실시간 범죄 정보 센터에서 오는 거니까. 자료 조사 중이었나 봐. 아니면 조사하러 가는 길이었거나."

"만일 무슨 일이 생기면, 우린 당신을 이 아파트에서 내쫓을 거예요. TV에 나와서 온갖 끔찍한 범죄들에 대해 이야기하니까 이런 일이 벌어지는 거예요. 당신 때문에 다른 입주민들 모두가 곤란해진 거잖아요. 당신 같은 사람한테는 미친 사람들이 들러붙는 법이니까." 주디가 스카페타에게 단도직입적으로 말했다.

"아무 일도 없을 거예요. 불편을 끼친 점은 사과드릴게요. 부인의 강아지에게도요." 스카페타가 말했다.

"이 느려 터진 엘리베이터 같으니라고. 진정해. 프레스타, 진정해. 얌전히 있어. 이 아이는 그냥 짖기만 하는 거예요. 벼룩 한 마리 못 죽여요. 댁들이 지금 날 어디로 데려갈 생각인지 모르겠네요. 아마 로비겠죠. 하지만 난 밤새 로비에 앉아 있을 수는 없어요."

주디는 앞에 있는 놋쇠로 된 엘리베이터 문만 똑바로 쳐다보고 있었다. 화가 단단히 난 듯 얼굴이 심하게 일그러져 있었다. 벤턴과 스카페타는 더 이상 아무 말도 할 수가 없었다. 순간 아주 오랫동안 스카페타가 떠올리지 않았던 일들이 눈에 보일 듯이, 귀에 들릴 듯이 생생하게 되살아났다. 예전 1990년대 후반, ATF에 있던 시절, 살아 있다는 것이 고통스럽기만 했던 그 시절로. 울창한 소나무 숲 위를 저공으로 비행하는 헬기의 날개가 규칙적인 굉음과 함께 회전하자 모래 같은 흙먼지가 눈처럼 휘날리고, 그 바람에 금속으로 된 것처럼 보이는 수로는 골이 파인다. 안개를 헤치며 조지아 주 글린코의 오래된 소형 비행기 착륙장을 향해 돌진하는 헬기에 깜짝 놀란 새들은 뿔뿔이 흩어져 날아간다. ATF의 폭발 범위 안에 있던 파괴된 집들과 콘크리트 벙커, 타 버린 감방들. 스카페타는 폭사 강의를 좋아하지 않았다. 필라델피아의 화재 사건 후로는 더 이상 그 강의를 하지 않았다. 그리고 루시와 함께 ATF도 그만두었다. 벤턴이 사라지자, 두 사람 다 그곳을 떠났다.

지금 벤턴은 여기, 이 엘리베이터 안에 있다. 마치 스카페타의 과거에 있었던 그 일이 악몽이고, 초현실적인 꿈이었던 것처럼. 그녀는 그 일을 극복하지 못했고, 극복할 수도 없었다. 스카페타는 그 뒤로 폭사 강의를 하지 않았을 뿐만 아니라, 자신이 해야 할 일이 아니라며 피했다. 개인적으로는 폭사로 산산조각 난 시신들을 부검하는 일도 힘들었다. 불에 탄

살점, 유산탄 파편, 거대한 연조직의 열편, 조각난 뼈, 찢어지고 터진 내장들, 피투성이의 잘린 손들. 스카페타는 아파트로 갖고 올라간 그 소포에 대해 생각했다. 그녀는 칼리와 알렉스가 털어놓은 비밀 이야기 때문에 마음이 많이 불편했고, CNN 일에 대해 언급했던 에디슨 박사의 말에 지나치게 신경 쓰고 있었다. 그래서 그 소포에 주의를 기울이지 않았던 것이다. 스카페타는 그 소포의 운송장에 발신 주소가 없다는 것과 복사본이 그대로 붙어 있다는 것을 바로 알아차렸어야 했다.

"이름이 프레스카입니까, 아니면 프레스코입니까?" 벤턴이 주디에게 물었다.

"프레스카요. 소다수 이름에서 땄어요. 내가 그 소다수 잔을 손에 들고 있을 때 버드가 이 아이가 들어 있는 케이크 상자를 들고 나타났거든요. 내 생일이었어요. 상자 위에 있던 구멍들을 보고도 알아차리지 못했죠. 그저 케이크인가 보다 생각하고 있을 때 이 아이가 짖었어요."

"이 아이도 그런 줄 알았을 겁니다." 벤턴이 말했다.

프레스카가 개 끈을 힘껏 잡아당기며, 큰 소리로 짖어 댔다. 그 소리가 스카페타의 귀를 파고 들어가 뇌 깊숙한 곳까지 찔렀다. 침이 과다 분비되고, 심장 박동이 빨라지기 시작했다. '토하면 안 돼.' 엘리베이터가 멈췄다. 그리고 묵직한 놋쇠 문이 천천히 열렸다. 로비의 정면 유리문을 통해 빨갛고 파란 불빛이 번쩍거리고 있었고, 짙은 감색 전투복, 전술복에, 군화를 신고, 배터리 홀더, 탄창 주머니, 경찰봉, 손전등, 권총집에 들어 있는 권총이 달려 있는 묵직한 오퍼레이터 벨트를 두른 경찰 여섯 명이 차가운 공기를 몰고 들어왔다. 다른 경찰 한 명은 수하물 카트를 양손으로 밀면서 들어오고 있었다. 그리고 그들 외에 다른 경찰 한 명이 마치 스카페타를 알고 있다는 것처럼 곧장 그녀 앞으로 다가왔다. 젊고 몸집이 큰 남자였다. 짙은 색 머리카락에 가무잡잡한 피부로, 근육질 몸을 감싸고 있는 재킷에는 황금 별들과 폭발물 처리반을 뜻하는 만화 같은 빨간 폭탄이 그려져 있었다.

"스카페타 박사님? 전 알 로보 경위입니다." 그가 그녀와 악수를 하며 말했다.

"여기서 뭘 하려는 거죠?" 주디가 물었다.

"부인, 지금 당장 이 건물 밖으로 대피하셔야 합니다. 우리가 이곳을 정리할 때까지 들어오시면 안 됩니다. 부인의 안전을 위해서입니다."

"얼마나 오래 걸리는데요? 이봐요, 이건 공정하지 않아요."

경위는 주디를 낯이 익다는 것처럼 쳐다보았다. "부인, 일단 밖으로 나가시면, 누군가 안내를 해 줄 겁니다…."

"이 추운 날씨에 개를 데리고 밖에 있을 순 없어요. 그건 너무 부당해요." 주디가 스카페타를 노려보았다.

"요 앞에 있는 바에 들어가 계시면 어떨까요? 개도 같이 들어가 있으면 되지 않습니까?" 벤턴이 제안했다.

"바에서 개를 들여보내 주지 않을 거예요." 주디가 화를 내며 말했다.

"정중히 부탁하면 들어줄 겁니다." 벤턴은 주디를 문밖까지 안내했다.

그리고 그는 다시 스카페타의 옆으로 돌아와 그녀의 손을 잡았다. 엘리베이터를 타고 올라간 폭발물 처리반 사람들이 경위가 지칭한 '목표물'인 스카페타와 벤턴이 사는 집의 위, 아래, 옆에 사는 사람들을 대피시키기 시작하자 로비는 순식간에 혼잡하고, 시끄럽고, 추운 장소로 돌변했다. 경위가 속사포처럼 질문을 퍼붓기 시작했다.

"우리 층, 그러니까 12층의 왼쪽 아파트에는 아무도 없는 게 확실해요. 초인종을 눌렀는데 대답하지 않는 것으로 봐서 집에 아무도 없는 것 같아요. 그래도 한 번 더 확인해 보세요. 그 외 다른 이웃은 아까 그 부인밖에 없어요." 스카페타는 주디를 언급했다.

"그 부인은 낯이 익더군요. 〈캐롤 버넷〉 같은 옛날 쇼에서 본 것 같았어요. 댁 위로는 한 층밖에 없습니까?"

"두 층이요. 우리 집 위로 두 층이 더 있어요." 벤턴이 대답했다.

스카페타는 유리문 너머로 수많은 긴급 구조대 트럭들이 도착하는 것을 지켜보았다. 흰색과 푸른색 줄무늬로 된 트럭들 중 한 대에는 트레일러가 달려 있었다. 도로는 양방향으로 차량 통행이 중단된 상태였다. 경찰은 센트럴파크 서쪽 구역 전체를 폐쇄했다. 사이렌이 울리고, 요란한 디젤 엔진 소리와 함께 경찰차와 트럭들이 도로를 따라 건물 주위를 에워싸기 시작하자, 그곳이 마치 영화 세트장처럼 보였다. 트레일러들과 조명 받침대에서 눈부시게 빛나고 있는 할로겐 불빛과 긴급 섬광등의 빨간 빛과 파란 빛이 쉴 새 없이 깜박이고 있었다.

폭발물 처리반 사람들은 트럭 뒷문을 열고, 그 안에서 펠리칸 케이스와 로코 백, 배낭, 작업 기구와 도구 들을 한 아름씩 안고는 계단을 성큼성큼 뛰어올라 와 수하물 카트에 옮겨 실었다. 울렁거리던 속이 가라앉은 대신, 추위에 떨고 있던 스카페타는 폭발물 처리반의 여성 대원 한 명이 트럭 뒷문을 열고 옷걸이에서 30킬로그램은 훨씬 넘을 것처럼 보이는 방화 재질의 재킷과 바지를 꺼내는 것을 지켜보았다. 방폭복이었다. 그리고 아무 표시 없는 검은색 SUV 한 대가 아파트 건물 앞에 멈춰 섰다. 그 차에서 내린 또 다른 요원이 뒷자리에서 초콜릿색 래브라도레트리버 한 마리를 풀어 주었다.

"그 소포에 대해 알고 있는 건 무엇이든 알려 주셔야 합니다." 로보는 관리인 로스와 이야기하는 중이었다. 프런트 뒤에 서 있던 로스는 멍하니 겁에 질려 있는 것처럼 보였다. "그 전에 밖으로 먼저 나가야겠습니다. 스카페타 박사님과 벤턴 박사님도 같이 나가시죠."

그들은 아파트 건물 밖으로 나와 길가에 섰다. 그 자리에 서 있으려니, 눈부신 할로겐 불빛에 스카페타는 눈이 아플 지경이었고, 디젤 엔진 소리도 지진이라도 난 것처럼 요란하게 울리고 있었다. 순찰대에서 나온 경찰들과 응급 요원들이 건물 주위를 밝은 노란색 범죄 현장 테이프로 둘러 놓았다. 길 건너편과 컴컴한 공원 쪽에 모여든 수십 명의 사람들이 흥분한 듯 수군거리며 휴대전화로 사진을 찍고 있었다. 몹시 추운 날씨였고 건물 사이로 바람이 세차게 불었지만, 공기는 맑았다. 스카페타는 머리가 맑아지는 것 같았고, 숨을 쉬는 것도 한결 편안해졌다.

"그 소포에 대해 말씀해 주십시오. 크기가 어느 정도였습니까?" 로보가 스카페타에게 물었다.

"중간 크기의 페덱스 상자였어요. 가로 36센티미터, 세로 28센티미터, 높이는 8센티미터 정도였던 것 같아요. 거실에 있는 탁자 위에 내려놨어요. 현관문에서 그 탁자 사이에는 아무것도 없으니까, 사람이든 로봇이든 쉽게 접근할 수 있을 거예요. 현관문도 잠겨 있지 않을 거예요."

"무게는 어느 정도였던 것 같습니까?"

"680그램 정도 되는 것 같았어요."

"그 소포를 들고 갈 때, 안에 들어 있는 내용물이 흔들렸습니까?"

"그리 많이 흔들진 않았어요. 하지만 내용물이 흔들렸다고 해도 몰랐을 거예요." 그녀가 대답했다.

"무슨 소리가 들리거나, 냄새가 났습니까?"

"소리는 듣지 못했어요. 하지만 냄새는 맡은 것 같아요. 석유 냄새와 비슷했어요. 타르 냄새 같기도 한 달착지근하면서 역겨운 냄새 말이에요. 어쩌면 유황 불꽃 같은 냄새였던 것 같기도 해요. 그게 정확하게 뭔지는 모르겠지만, 눈물이 고일 정도로 독한 냄새였어요."

"박사님은 어떠셨습니까?" 로보가 벤턴에게 물었다.

"아무 냄새도 맡지 못했습니다. 하지만 난 그 소포에서 멀리 떨어져 있었어요."

"그 소포를 받았을 때 무슨 냄새가 났습니까?" 로보가 관리인 로스에게 물었다.

"전 모르겠어요. 감기에 걸렸는지 코가 막혀서요."

"아까 입고 있던 코트와 장갑을 아파트 복도 바닥에 놔뒀어요. 필요할 경우 가져가기 쉽게 말이에요. 만약 거기에 잔류물이 붙어 있다면 내용물이 뭔지 알아낼 수 있을 거예요."

로보 경위는 아무 말도 하지 않았지만, 지금 그녀는 그에게 아주 많은 정보를 제공해 주었다. 그 소포의 크기와 무게를 기반으로, 그 안에 들어 있는 폭발물의 무게가 680그램을 넘지 않는다면 동작 감지로 폭발하는 방식의 폭탄은 아닐 것이다. 아주 독창적인 시한장치가 달려 있는 게 아니라면, 아마 스위치로 작동하는 방식의 폭탄일 것이다.

"전혀 이상한 점을 알아차리지 못했어요." 로스가 앳된 얼굴에 거리를 비추고 있는 눈부신 불빛을 받으며 거리 공연이라도 하는 것처럼 빠르게 말했다. "그 남자는 카운터에 그 소포를 놓고 바로 나갔어요. 전 그 소포를 안쪽에 두지 않고 책상 뒤쪽에 놔뒀어요. 곧 스카페타 박사님이 돌아오실 거라는 것을 알았으니까요."

"그걸 어떻게 알았죠?" 벤턴이 물었다.

"휴게실에서 TV를 봤으니까요. 우린 스카페타 박사님이 오늘 밤 CNN 에 출연한다는 것을 알고 있었거든요…."

"우리라니 누구를 말하는 겁니까?" 로보가 물었다.

"저와 문지기, 그리고 운전수들 중 한 명이요. 그리고 전 박사님이 CNN 에 가실 때 여기 있었어요."

"페덱스 상자를 배달한 사람에 대해 말해 봐요." 로보가 말했다.

"흑인이었어요. 검은색 긴 외투를 입었고, 장갑도 꼈어요. 페덱스 모자를 썼고, 클립보드를 들고 있었어요. 나이는 잘 모르겠지만, 아주 많은 것 같지는 않았어요."

"이 건물이나 이 지역에서 그 사람이 배달을 하거나, 물건을 가져가는 걸 본 적이 있습니까?"

"기억이 나지 않아요."

"그 사람은 걸어서 나타났습니까, 아니면 밴이나 트럭을 정문 앞에 세워 놓고 들어왔습니까?"

"밴이나 다른 차는 보지 못했어요. 보통 배달하는 사람들은 어디든 자리가 있는 곳에 주차를 하고, 걸어서 오니까요. 그런 경우가 아주 많아요. 제가 아는 건 그게 다예요." 로스가 대답했다.

"그렇다면 당신은 그 남자가 정말 페덱스 배달원인지 아닌지 모른다는 말이군요." 로보가 말했다.

"확실한 건 아니에요. 하지만 그 남자는 수상쩍은 구석이 전혀 없었어요. 제가 알기로는 대부분 그러니까요."

"그다음에는 어떻게 했습니까? 그 남자가 소포를 내려놓은 뒤에는 어떻게 했죠?"

"떠났어요."

"곧장 말인가요? 그 남자가 그대로 정문으로 나갔습니까? 그자가 여기저기 어슬렁거리거나, 기웃거린다거나, 계단통 근처나 로비에 앉아 있지 않았다는 게 확실한가요?"

그때 긴급 구조대 대원들이 엘리베이터를 타고 내려온 입주자들을 건물 밖으로 인도하기 시작했다.

"그 페덱스 상자를 배달한 남자가 정말 건물 안으로 들어오자마자 곧장 프런트 쪽으로 왔다가, 그대로 돌아서서 밖으로 나갔습니까?" 로보가 로스에게 물었다.

로스는 건물 앞으로 다가오는 캐러밴을 보고 깜짝 놀랐다. 순찰차들이 폭탄 처리 격납 용기를 탑재한 14톤 트럭을 호위하고 있었다.

로스가 감탄했다. "와아아아아… 지금 테러 공격을 받았거나 그런 거예요? 그 페덱스 상자 때문에 이 난리가 났다는 거예요? 농담하는 거죠?"

"그 상자를 들고 온 남자가 로비 앞에 세워 놓은 크리스마스트리 쪽으로 가지는 않았나요? 엘리베이터 근처로 가지 않은 게 확실해요?" 로보가 끈질기게 물었다. "로스, 집중 좀 해 줄래요? 이건 아주 중요한 일입니다."

"맙소사."

흰색과 파란색으로 된 폭탄 트럭 뒤쪽에 실려 있는 격납 용기는 검은색 방수포로 덮여 있었다. 그 트럭은 건물 바로 앞에 주차했다.

"사소한 일들도 도움이 될 수 있습니다. 정말 별 볼 일 없는 아주 작은 일이라도 말이에요. 그러니까 다시 한 번 그 페덱스 상자를 가져온 남자에 대해 물어볼게요. 아주 잠깐이라도 그 남자가 들른 곳이 없었나요? 화장실에 간다거나? 물을 마시러 간다거나? 로비에 있는 크리스마스트리 아래를 살피지 않던가요?" 로보가 물었다.

"그러지 않았던 것 같은데요. 맙소사." 로스는 넋을 잃고 그 폭탄 트럭만 쳐다보고 있었다.

"그러지 않았던 것 같다고요? 그 정도로는 충분하지 않습니다. 로스, 난 그 남자가 어디에 갔고, 어디에 가지 않았는지 확실히 알아야 해요. 왜 그런지 알고 있습니까? 그 이유를 말해 주죠. 그 남자가 지나친 곳 어딘가, 아무도 생각하지 못할 장소에 어떤 장치를 설치하진 않았는지 확인해야 하기 때문이에요. 내가 말을 할 때는 나를 좀 봐요. 우린 이 건물에 있는 보안 카메라 기록을 살필 겁니다. 그렇지만 당신이 직접 본 것을 말해 준다면 이 일을 더 빨리 처리할 수 있을 거예요. 그 남자가 로비에 들어올 때 다른 물건은 들고 있지 않았다는 것이 확실합니까? 아주 작은 일이라도 좋으니까 자세히 말해 봐요. 그런 다음 보안 카메라 기록을 살펴볼 겁니다."

"그 남자는 곧장 안으로 들어와서 상자를 건네주고는 바로 나갔어요. 하지만 그 남자가 건물 밖에서 무슨 일을 했거나, 다른 곳으로 갔다고 해도 저야 모르죠. 그 남자를 따라가지 않았으니까요. 그래야 할 이유가 없었으니까 말이에요. 보안 카메라 시스템 컴퓨터는 안쪽에 있어요. 그게 제가 아는 전부예요." 로스가 말했다.

"그자는 어느 쪽으로 갔습니까?"

"저쪽 문으로 나갔어요. 그게 다예요." 로스가 유리로 된 정문 쪽을 가리켰다.

"그때가 언제입니까?"

"9시가 막 지났을 때였어요."

"그렇다면 약 두 시간 전, 좀 더 정확하게 말하면 두 시간 십오 분 전에 그 남자를 봤다는 말이군요."

"맞아요."

벤턴이 로스에게 물었다. "그 남자가 장갑을 끼고 있던가요?"

"검은색 장갑이었어요. 안에 토끼털을 댄 것이었죠. 그 남자가 제게 상자를 건네줄 때 장갑에 토끼털이 붙어 있는 것을 봤어요."

갑자기 로보가 자리를 뜨더니, 무전기를 꺼내 들었다.

"뭐든 기억나는 걸 말해 봐요. 무엇이든 좋으니까. 그 남자가 무슨 옷을 입었다고 했죠?" 벤턴이 로스에게 물었다.

"검은색 옷이었어요. 바지도 부츠도 전부 비슷한 검은색이었던 것 같아요. 그리고 무릎 아래까지 내려오는 긴 외투를 입었어요. 옷깃은 세웠고요. 좀 전에도 말했지만 안에 토끼털을 댄 것 같은 장갑을 꼈고, 페덱스 모자를 썼어요. 그게 다예요."

"안경은?"

"옅은 색이 들어간 안경으로, 비치는 종류였어요."

"비치는 종류?"

"그런 거 있잖아요. 거울처럼 비치는 것 말이에요. 다른 거요? 지금 막 생각났는데요. 담배 냄새 비슷한 냄새를 맡았던 것 같아요. 어쩌면 성냥 냄새일지도 모르겠어요. 아마 그 남자가 담배를 피웠나 봐요."

"아까는 코가 막혀서 아무 냄새도 맡지 못한다고 했던 것 같은데." 벤턴이 로스에게 말했다.

"지금 막 떠올랐어요. 어쩌면 담배 냄새 같은 걸 맡았을지도 모른다는 생각이요."

"당신이 맡았다는 냄새하고는 다르잖아." 벤턴이 스카페타에게 말했다.

"그렇지." 스카페타가 대답했다. 어쩌면 로스가 유황 냄새를 맡았을지도 모른다는 말은 하지 않았다. 유황 냄새는 성냥에 불을 붙인 냄새와 비슷하기 때문에 로스가 담배를 떠올렸을 수도 있었다.

"로스가 설명해 준 남자 말이야. 집까지 걸어오는 동안에 혹시 그 비슷한 사람 보지 못했어? 아니면 그보다 일찍 CNN에 가는 길에라도 말이야." 벤턴이 스카페타에게 물었다.

그녀는 생각해 봤지만, 비슷한 사람을 본 기억이 없었다. 그때 문득 생각이 났다. "클립보드. 그 사람이 뭔가 사인을 받아 갔어요?" 그녀가 로스에게 물었다.

"아뇨."

"그럼 그 클립보드는 왜 들고 있었던 거지?"

로스는 어깨를 으쓱했다. 말을 할 때마다 하얀 입김이 새어 나왔다. "그 남자는 제게 아무것도 요구하지 않았어요. 아무것도요. 그저 그 소포를 건네주었을 뿐이에요."

"그 남자가 특별히 스카페타 박사에게 전해 달라고 했어요?" 벤턴이 물었다.

"네. 그 남자는 확실히 스카페타 박사님께 전해 달라고 했어요. 지금 말씀하신 것처럼 박사님 이름을 말하면서 말이에요. 그 남자는 이렇게 말했어요. '스카페타 박사님께 보내는 물건입니다. 기다리고 계실 거예요.'" 로스가 대답했다.

"페덱스에서 보통 그렇게 구체적인 언급을 하나요? 좀 이상한 것 같지 않았어요? 난 이제까지 페덱스에서 배달할 때 그런 식으로 말한다는 이야길 들은 적이 없는데. 어떻게 내 아내가 그 물건을 기다리고 있을 거라는 걸 안단 말이죠?" 벤턴이 말했다.

"모르겠어요. 저도 좀 이상하다는 생각은 했던 것 같아요."

"그 클립보드에는 뭐가 있었어요?" 스카페타가 다시 물었다.

"보지 못했어요. 아마 영수증이나 전표 같은 것이겠죠. 이 일로 무슨 문제가 생길까요? 지금 아내가 임신 중이거든요. 더 이상 문제가 생기면 안 되는데." 아직 결혼을 했다거나 아빠가 되기에는 너무 어려 보이는 얼굴로 로스가 말했다.

"어째서 소포가 왔다는 것을 내게 바로 알려 주지 않은 건지 궁금하군요." 벤턴이 그에게 말했다.

"페덱스 상자를 배달한 남자가 스카페타 박사님께 전하라는 말을 하기도 했고, 조금 있으면 박사님이 돌아오실 거라는 걸 알고 있었으니까요.
다시 생각해 보니 박사님이 기다리고 계실 거라는 말을 들어서 그랬던 것
같아요."

"그럼 내 아내가 곧 돌아올 거라는 건 어떻게 알고 있었죠?"

"8시에 여길 나설 때도 로스가 일하고 있었어. 그리고 방송 잘하라는
말도 해 줬지." 스카페타가 로스를 대신해 대답했다.

"오늘 밤 내 아내가 TV에 나간다는 건 어떻게 알았죠?"

"광고를 봤으니까요. 저기 보세요." 로스가 콜럼버스서클의 건너편에
있는 건물 위를 가리켰다. 몇 블록 떨어진 곳에서도 보이는 CNN의 스크
롤 전광판에서 자막 뉴스가 나오고 있었다. "저기 박사님 이름이 나오잖
아요."

CNN의 붉은색 네온 간판 아래, 고층 건물 위를 스카페타가 카메라가
꺼진 다음에 했던 말이 뒤덮고 있었다.

　　　…해나 스타와 조깅 중에 살해당한 여자 사이에는 연관이 있다는 FBI의 프로
　　파일링이 '고루'하며 믿을 만한 정보를 기반으로 한 것이 아니라고 했다. 오늘
　　밤 방송된 〈크리스핀 리포트〉에서 법의학자인 케이 스카페타 박사는 해나 스타
　　와 조깅 중에 살해당한 여자 사이에 연관이 있다는 FBI 프로파일링이….

10

악마의 향수

피트 마리노는 사후 세계에서 튀어나온 것처럼, 바리케이드가 처져 있는 거리 한복판에서 눈부신 할로겐 불빛의 역광을 받으며 나타났다.

빙글빙글 돌아가는 신호등 불빛이 볼품없는 금테 안경을 쓴 심하게 삭은 그의 얼굴을 비추고 있었다. 키가 크고 어깨가 넓은 그는 다운재킷에 카고 바지를 입고 부츠를 신고 있었다. 머리카락을 밀어 버린 머리에는 뉴욕 경찰국의 모자를 푹 눌러 쓰고 있었는데, 그 모자의 챙 위에는 〈M*A*S*H〉(1970년대 미국 CBS에서 방영된 TV 시리즈—옮긴이)가 연상되는 오래된 벨 47 헬리콥터의 항공기 부대 패치가 붙어 있었다. 마리노를 비꼬는 루시의 선물이었다. 마리노는 비행을 싫어했다.

"로보는 이미 만나 봤겠지." 마리노가 스카페타와 벤턴이 있는 쪽으로 다가오며 말했다. "그 친구가 잘 챙겨 줬소? 핫초콜릿이 보이지 않는군. 지금 당장은 버번이 더 나을 거요. 꽁꽁 얼어붙기 전에 어서 내 차로 갑시다."

할로겐 불빛이 쏟아져 내리는 거리에서 마리노는 두 사람을 이끌고 폭탄 트럭의 북쪽에 세워 둔 자기 차로 향했다. 경찰들은 그 트럭의 방수포를 걷어 내고, 강철로 된 경사로를 내렸다. 그건 스카페타도 예전에 본 적이 있는 특수 경사로로, 그 위에 작은 톱니바퀴가 달려 있는 것이었다. 혹시 실수로 그 경사로 위에 넘어지기라도 한다면, 뼈까지 다 부서지게 될 것이다. 만일 폭탄을 운반하다가 넘어지면 그땐 문제가 훨씬 더 커진다. 폭탄 처리 격납 용기는 밝은 노란색 잠수종으로, 다이아몬드 스틸로 된 트럭 짐칸에 거미줄 같은 그물에 휩싸인 채 탑재되어 있었다. 긴급 구조대 대원들은 먼저 그 그물을 걷어 냈다. 그런 다음 격납 용기 밑에 달려 있는 10센티미터 두께의 뚜껑에 강철 케이블을 연결한 뒤, 윈치를 이용해 뚜껑을 밑으로 열었다. 그리고 격납 용기 안에서 나무로 된 틀에 나일론 망이 달려 있는 받침대를 빼낸 뒤, 그 위에 윈치 조작 장치를 올려놓았다. 마지막으로 그 강철 케이블을 움직이지 않게 고정시켰다. 그것으로 스카페타가 받았던 그 수상한 소포를 폭탄 처리반 대원이 고장력강으로 된 14톤 격납 용기 안에 집어넣을 준비를 마쳤다. 이제 그 소포는 뉴욕 시 경관들에 의해 먼 곳으로 옮겨지고, 그곳에서 해체될 것이다.

"번거롭게 해서 미안해요. 틀림없이 아무것도 아닌 걸로 밝혀질 거예요." 그 폭탄 트럭과 탑재 용기에서 멀리 떨어진 곳에 세워 둔 감색 크라운 빅을 향해 가는 길에 스카페타가 마리노에게 말했다.

"벤턴 선생도 내 말에 동의할 거요. 확실한 건 아무것도 없어요. 박사와 벤턴 선생은 제대로 처신한 거요." 마리노가 말했다.

벤턴은 CNN의 붉은색 네온 간판 너머로 보이는 트럼프 인터내셔널 호텔의 반짝이는 은빛 유니스피어(지구 모형 – 옮긴이)를 올려다보았다. 그건 플러싱 메도스에 있는 10층짜리 지구 모형보다 작은 형태로, 그 강철 빛 지구가 나타내고 있는 것은 우주 시대가 아닌, 도널드 트럼프의 세상이 확장되었다는 것을 보여 주고 있었다. 스카페타는 앞뒤 맥락도 없는 터무니없는 내용이 자막으로 나오는 것을 보면서 칼리가 저 자막 뉴스를 내보내는 시간까지 관여했을지도 모른다는 의심이 들었다. 틀림없이 그녀의 짓일 것이다.

칼리는 고의적으로 희생양의 집까지 걸어가는 동안, 환한 도시의 불빛 속에 숨겨 두었던 자신의 공격이 드러나는 것을 원치 않았다. 한 시간을 기다린 뒤에, 스카페타와 FBI 사이를 틀어지게 만든 이유는 어쩌면 이 일로 스카페타가 두 번 다시 TV에 출연하지 못하게 될 거라고 생각했기 때문일 수도 있다. 빌어먹을. 어째서 이런 짓까지 저지르는 것일까? 칼리는 자기가 진행하는 쇼의 시청률이 나쁘다는 것을 알고 있었다. 그게 이유일 것이다. 자신의 일을 놓치지 않기 위해 필사적으로 자극적인 일들을 벌이는 것이다. 그게 아니면, 방해 공작일 수도 있다. 칼리는 알렉스가 스카페타에게 한 제안을 엿들었고, 그로 인해 자신의 앞날에 무엇이 남아 있는지를 알게 된 것이다. 더 이상 의혹은 남아 있지 않았다. 스카페타는 그 모든 것을 확신했다.

마리노가 차의 문을 열면서, 스카페타에게 말했다. "이야기 좀 하게 박사가 앞자리에 타는 게 어떻겠소. 미안해요, 벤턴. 선생이 뒷자리에 앉아요. 로보와 다른 폭탄 처리반 친구들은 뭄바이에서 무슨 일이든 다 해결했어요. 그러니 여기서도 아무 일도 벌어지지 않을 거요. 벤턴은 이미 알고 있겠지만, 최근 테러 전술의 경향은 자살 폭탄 테러범이 아니에요. 고도로 훈련된 소수의 돌격대지."

벤턴은 아무 말도 하지 않았다. 스카페타는 정전기처럼 벤턴의 적개심을 느낄 수 있었다. 마리노가 무리하게 대화에 포함시키거나, 친근감을 나타낼수록 상황은 점점 더 나빠지고 있었다. 벤턴은 점점 더 무례하게 굴 것이고, 그렇게 되면 마리노가 당혹감과 분노를 느끼게 되면서 한층 자기주장이 강해질 것이다. 그렇게 한 사람이 지루하고 어리석은 동요를 보이게 되면, 상대방도 같이 흔들리는 것이다. 스카페타는 더 이상 두 사람이 그러지 않기를 바랐다. 젠장, 지금까지 이 정도 했으면 충분했다.

"그러니까 내 말은 박사가 이 일에서는 더 이상 신경 쓰지 않아도 된다는 거요. 그 친구들은 최고니까. 그리고 박사를 잘 돌봐 줄 거요." 마리노는 그렇게 될 것이라고 확신하고 있는 것처럼 말했다.

"아무것도 하지 않으려니 마음이 편하지 않아요." 스카페타가 차 문을 닫았다. 그리고 습관처럼 안전벨트로 손을 내밀었다. 그러다가 마음을 돌렸다. 그들은 아무 데도 가지 않을 것이다.

"나도 확인해 봤지만, 지금 당신이 할 일은 없어." 뒤에서 벤턴의 목소리가 들렸다.

마리노는 차의 시동을 켠 뒤, 난방을 올렸다. "아마 쿠키 상자일 거요. 박사나 빌 클린턴이나 비슷한 일을 당하는 거지. 폭탄 처리반이 헛걸음하는 일 말이오. 틀림없이 그 상자 속에는 쿠키가 들어 있을 거요." 마리노가 스카페타에게 말했다.

"내가 듣고 싶던 말이네요." 그녀가 대꾸했다.

"차라리 폭탄이 들어 있으면 좋겠다는 거요?"

"애초에 이런 일이 없었으면 좋았을 거라는 말이에요." 스카페타도 어쩔 수가 없었다. 그녀는 창피했다. 이 모든 것이 자신의 실수인 것 같아 죄책감이 들었다.

"당신이 사과할 필요는 없어. 이런 사건의 경우, 열에 아홉은 아무것도 아니라고 해도 위험을 무릅쓸 수는 없는 거니까. 우린 그저 정말 아무 일이 아니기만 바라면 되는 거야." 벤턴이 말했다.

스카페타는 계기반에 달려 있는 모바일 데이터 컴퓨터 화면에 뭔가 떠 있다는 것을 알아차렸다. 화이트플레인스에 위치한 웨스트체스터카운티 공항을 가리키는 지도였다. 아마도 그 지도는 저녁에 루시와 같이 헬기를 타고 오는 버거와 관련된 것으로, 두 사람 다 아직 도착하지 못한 모양이었다. 하지만 이상한 건, 그렇더라도 마리노가 공항 가는 지도를 보고 있을 이유가 없다는 것이었다. 그 순간만큼은 모든 것이 다 말이 되지 않는 것 같았다. 스카페타는 혼란스러웠고, 불안했으며, 굴욕감을 느꼈다.

"아직 알아낸 게 없어요?" 벤턴이 마리노에게 물었다.

"이 근방에 취재용 헬리콥터가 두 대 나타났소. 조용히 넘어갈 순 없을 거요. 온갖 폭탄 트럭들이 몰려온 데다가, 박사가 받은 소포를 로드맨스넥까지 운반하는 동안 대통령 차를 호위하는 것처럼 경찰차들이 호위를 할 테니 말이오. 내가 로보에게 직접 연락해서 헛소리들이 퍼지지 않게 차단하라고 했지만, 아무래도 조용히 지나가긴 어려울 거요. 전광판에 박사가 FBI를 비난했다는 뉴스가 나온 상황에, 이런 일로 시선을 끌 필요까진 없을 것 같소만." 마리노가 대답했다.

"난 FBI를 비난한 적 없어요. 저건 워너 에이지에 대해 한 말이에요. 더군다나 그 이야기도 카메라가 꺼졌을 때, 비공개로 한 거였어요." 스카페타가 말했다.

"그게 아니었던 거지." 벤턴이 말했다.

"특히 제보자들을 이용해 명성을 얻으려는 칼리 크리스핀 같은 여자한테는 말이오. 애초에 박사가 그런 쇼에 무슨 이유로 나간 건지 알 수가 없다니까. 지금 당장은 이런 일로 싸울 게 아니라 이 혼란스러운 상황을 어떻게 대처할 것인지부터 생각해 봅시다. 지금 거리가 텅 비어 있다는 건 알고 있어요? 만일 칼리가 계속해서 노란 택시 문제를 걸고 넘어진다면, 앞으로도 거리는 계속 텅텅 비게 될 거요. 아마 그게 그 여자가 바라는 일이겠지. 또 다른 특종 말이오. 결국 3만 대의 노란 택시들은 기본 요금도 못 벌게 될 것이고, 거리마다 킹콩이 풀려나기라도 한 것처럼 공포에 휩싸인 사람들이 폭동을 일으킬 거요. 그것도 즐거운 크리스마스에." 마리노가 말했다.

"이 컴퓨터 화면에 웨스터체스터카운티 공항이 찍혀 있는 이유를 알고 싶어요." 스카페타는 더 이상 CNN에서의 자신의 실수에 대해 말하고 싶지 않았다. 그리고 칼리에 대한 이야기나, 마리노의 과장된 이야기도 듣고 싶지 않았다. "루시와 제이미에게서 연락이 왔어요? 지금쯤은 도착했을 줄 알았는데."

"박사나 내가 이 맵퀘스트를 이용하는 이유는 목적지까지 가장 빠른 길을 알아내기 위해서잖소. 내가 그곳에 가지 않더라도 말이오. 지금 두 사람은 이쪽으로 오는 중이오."

"왜 그 두 사람이 여기로 온다는 거예요? 여기서 무슨 일이 있었는지 알고 있는 거예요?" 스카페타는 이런 난리 통에 조카가 들어오는 것을 원하지 않았다.

루시가 ATF에서 특수 요원으로 있을 당시, 화재 폭발 수사관으로 폭발과 방화 사건을 일상적으로 접했었다. 루시는 어떤 기술적인 문제나 위험한 상황에 대해 뛰어난 대처 능력을 발휘하곤 했다. 많은 사람들이 실패하거나, 피하는 일들 역시 가장 빨리 익혔다. 그 결과 사람들 사이에서 두각을 나타내기 시작했고, 그런 재능과 사나운 성격 탓에 루시는 친구가 없었다. 20대가 된 지금은 예전보다 감정적으로 많이 유연해지긴 했지만, 루시는 아직도 다른 사람들과 어울리는 것이 자연스럽지 않았고, 선을 넘지 않고 법을 지키는 일은 거의 불가능했다. 만일 루시가 여기 있었다면, 자신의 견해와 이론으로 무장한 채 자경단 같은 방식으로 이 일을 해결하려 했을 것이다. 지금 스카페타는 조카의 그런 모습을 볼 기분이 아니었다.

"그건 지금 우리가 있는 여기가 아니라, 도시로 돌아온다는 말일 거요." 마리노가 말했다.

"언제부터 그 두 사람이 도시로 가는 길을 찾는 데 맵퀘스트가 필요하게 된 거요?" 벤턴이 뒷자리에서 물었다.

"지금은 그런 일로 왈가왈부할 상황이 아닌 것 같소만."

스카페타는 눈에 익은 마리노의 우락부락한 옆모습을 쳐다본 뒤, 계기반 위에 탑재된 컴퓨터 화면 위에 나타난 지도를 쳐다보았다. 그리고 그녀는 뒷자리에 앉아 있는 벤턴을 돌아보았다. 그는 차창을 통해 아파트 건물에서 폭탄 처리반이 나오는 모습을 지켜보고 있었다.

"모두들 휴대전화 전원은 끄고 있을 테지. 무전기는 가져왔죠?" 벤턴이 물었다.

"가져오지 않았소." 마리노는 누가 자신의 어리석음을 비난하기라도 한 것처럼 대답했다.

긴급 구조대 복장에 헬멧을 쓴 폭탄 처리반의 한 사람이 건물 밖으로 나왔다. 그다지 보기 좋지 않은 완충제를 두르고, 양팔을 앞으로 쭉 내민 채 검은색 폭탄 가방을 들고 있었다.

"엑스레이로 뭔가 좋지 않은 게 들어 있다는 것을 확인한 모양이야." 벤턴이 말했다.

"그래서 안드로이드를 들여보냈나 보군." 마리노가 말했다.

"누굴 들여보내요?" 스카페타가 물었다.

"그 로봇 있잖소. 폭탄 처리반에 여자가 한 명 있는데, 별명이 안드로이드요. 진짜 이름은 앤 드로이덴이고. 사람들 이름이란 게 참 이상하지 않소? 허트, 파인, 풀러 같은 이름을 가진 사람들이 의사인 것처럼 말이지. 아주 실력이 좋은 여자요. 외모도 예쁘고. 폭탄 처리반 남자들 모두가 저런 일은 저 여자한테 맡기려고 해요. 그게 무슨 뜻인지 잘 알 거요. 폭탄 처리반의 홍일점이다 보니, 여러 가지로 많이 힘들 거요. 내가 이렇게 잘 아는 이유는…." 마리노는 어쩐 일인지, 폭탄 처리반에 있는 앤이라는 예쁜 여자에 대해 자기가 잘 알고 있는 이유를 설명해야 할 필요라도 있는 것처럼 말했다. "…저들이 격납 용기를 보관하는 할렘의 2호 트럭에서 일했던 적이 있기 때문이오. 그래서 요즘도 긴급 구조대에 있는 옛 친구들을 보러 그쪽에 들르곤 해요. 마침 그 2호 트럭이 우리 집에서 몇 블록 떨어지지 않은 가까운 곳에 있기도 하고. 난 거기서 커피를 마시기도 하고, 복서종인 맥이라는 이름의 아주 착한 개를 데리고 산책을 시킬 때도 있어요. 구조견인데 그쪽 사람들이 모두 바쁠 때는 밤새 외롭지 않도록 우리 집에 데려간 적도 있죠."

"로봇 대신 그 여자 대원을 들여보냈다는 건 그 소포에 들어 있는 것이 무엇이든 동작 감지로 폭발하는 건 아니라는 말이겠군요. 그 점이 확인된 거예요." 스카페타가 말했다.

"만일 동작 감지로 폭발하는 것이라면, 그 소포를 집에 가져간 박사를 찾기 위해 달까지 갔어야 했을 거요." 마리노가 평소의 외교술을 발휘했다.

"동작 감지로 폭발하는 것이었을 수도 있고, 시한폭탄이었을 수도 있어

217

요. 그런 게 아니라는 건 확실해진 모양이군." 벤턴이 말했다.

경찰들이 구경꾼들을 뒤로 물러서게 했다. 최소 반경 100미터 안에 아무도 들어오지 못하게 하자, 그 폭탄 처리반의 여자 대원이 건물 계단을 내려오기 시작했다. 면갑 때문에 그녀의 얼굴이 잘 보이지 않았다. 그녀는 깜짝 놀랄 정도로 민첩하면서도, 어딘가 모르게 뻣뻣한 모습으로 천천히 트럭을 향해 걸었다. 그 트럭의 디젤 엔진 소리는 우렁차게 울려 퍼지고 있었다.

"긴급 구조대에서는 9·11 때 요원 세 명을 잃었소. 비지아노, 달라라, 커틴. 폭탄 처리반에서는 대니 리처즈를 잃었지. 여기선 보이지 않지만, 저 폭탄 트럭에는 그들의 이름이 새겨져 있어요. 바로 2호 트럭에 말이오. 저들은 주방에 작은 추모실도 만들었어요. 그 사람들의 시신에서 가져온 장비들이 놓여 있는 제단인 셈이지. 열쇠, 손전등, 무전기. 그중에는 녹아내린 것도 있어요. 녹아내린 손전등을 볼 때마다 어떤 기분이 드는지 알고 있소?" 마리노가 말했다.

스카페타는 마리노와 한참 동안 만나지 못했었다. 그녀가 뉴욕에 오게 되면서 다시 만나게 되었지만, 과도한 일정 탓에 정신이 없었다. 그래서 스카페타는 마리노가 외로웠을 거라는 생각을 하지 못했다. 그녀는 마리노가 애인인 조지아 바카디와의 사이에 문제가 있을지도 모른다고 생각했다. 조지아 바카디는 볼티모어 형사로, 작년부터 마리노와 진지하게 만나고 있었다. 그게 아니면 벌써 헤어졌거나, 헤어지려고 하는 중일지도 모른다. 정말 그렇다고 해도 크게 놀랄 일은 아니었다. 마리노가 여자를 사귀는 기간은 나비의 수명과 비슷했으니까. 이제 스카페타의 기분은 조금 전보다 훨씬 더 나빠졌다. 애초에 그 소포를 제대로 살펴보지도 않고 집에 가지고 올라간 것 때문에 기분이 좋지 않았는데, 이제는 마리노에 대한 죄책감까지 더해졌다. 그녀가 뉴욕에 있는 동안에는 그를 챙겼어야 했다. 뉴욕에 있지 않을 때라도 간단한 전화 통화를 하든지, 이메일을 보내서라도 그를 챙겼어야 했다.

그 폭탄 처리반 대원은 트럭에 도착하자 군화로 톱니바퀴를 밟으며, 경사로를 올라갔다. 스카페타는 창밖이나 거리를 지나가는 마리노를 보는 것이 힘들었다. 하지만 무슨 일이 있었다고 해도, 그녀는 마리노를 모른 척할 수 없다는 것을 깨달았다. 그 폭탄 처리반 대원은 받침대 위에 그 폭탄 가방을 내려놓은 뒤, 그 받침대를 다시 격납 용기 안으로 밀어 넣었다. 그리고 윈치 조작 장치를 이용해 강철 케이블을 풀고, 격납 용기의 거대한 강철 뚜껑을 닫은 다음, 거미줄 그물을 그 위에 다시 씌웠다. 지금 그 여자 대원은 그 일을 맨손으로 하고 있는 것 같았다. 대부분의 폭탄 처리반 대원들은 불꽃이나 잠재적인 유독 물질로부터 보호하기 위해, 얇은 노맥스 장갑을 끼거나 니트릴 장갑을 꼈다. 그보다 두꺼운 장갑을 끼게 되면 그 단순한 임무를 수행하는 것이 불가능할 수도 있으며, 실제로 폭발이 일어나는 경우에는 무엇을 끼고 있든 손가락이 날아가는 것을 막을 수 없기 때문이다.

그 대원이 일을 끝마치자, 로보 경위와 다른 경찰들이 그 폭탄 트럭 뒤로 가서 그 경사로를 제자리에 집어넣은 뒤, 격납 용기 위에 방수포도 다시 씌웠다. 그 트럭은 굉음을 내며 봉쇄된 도로의 북쪽을 향해 달리기 시작했다. 전방과 후방에 경찰차를 배치한 그 트럭 행렬은 이동과 함께 엄청난 빛을 빠르게 분산시키면서 웨스트사이드 고속도로로 향했다. 거기서부터 로드맨스넥까지 뉴욕 경찰이 인도하는 안전한 길로 가게 된다. 아마 크로스브롱크스에서 95 노스로 갈 것이다. 거기까지 가는 도중에 내용물이 폭발이라도 하게 되어 격납 용기가 약간이라도 손상될 경우, 그 충격파와 생물학적 피해, 방사선, 혹은 유산탄 파편으로부터 지나가는 차량과 건물들, 보행자들의 피해를 최소화하기 위해서이다.

로보가 그들이 있는 쪽을 향해 걸어오고 있었다. 마리노의 차가 서 있는 곳에 도착하자, 그는 벤턴의 옆자리에 올라탔다. 그와 함께 자동차 안에 차가운 공기가 밀려 들어왔다. 로보가 말했다. "이메일을 보냈습니다." 로보가 차문을 닫았다. "보안 카메라에서 따온 거죠."

마리노는 앞좌석 사이에 있는 받침대 위에 터프북을 올린 뒤 자판을 두드리기 시작했다. 그러자 컴퓨터 화면에 화이트플레인스 지도 대신 사용자명과 암호를 묻는 화면이 떴다.

"그 페덱스 소포를 배달한 남자는 흥미로운 문신을 하고 있었어요." 로보가 껌을 씹으며 몸을 앞으로 내밀고 말했다. 스카페타는 시나몬 향을 맡았다. "목 왼쪽에 아주 큰 문신을 했는데, 사실 피부가 검은색이라 알아보기 힘들긴 했습니다."

마리노가 이메일을 열자, 첨부 파일이 붙어 있었다. 보안 카메라로 녹화된 영상이 화면을 가득 메웠다. 페덱스 모자를 쓴 남자가 프런트 앞으로 걸어오고 있었다.

벤턴이 앉은 자세를 바로 한 뒤, 그 영상을 자세히 들여다보았다. "전혀 모르는 사람이오. 누군지 모르겠군."

스카페타 역시 모르는 남자였다. 아프리카계 미국인으로, 광대뼈가 높고, 턱수염과 콧수염을 길렀으며, 눈은 반사 안경으로 가린 채 페덱스 모자를 푹 눌러 쓰고 있었다. 그 남자가 입고 있는 검은색 모직 외투의 칼라 위로 목 왼쪽에서부터 귀까지 이어진 문신의 일부가 보였다. 해골들을 새긴 문신이었다. 스카페타는 그 해골 무늬의 개수가 여덟 개라는 것은 알았지만, 그 해골들이 어디에 쌓여 있는 건지 알아볼 수가 없었다. 직선으로 된 뭔가의 가장자리라는 것만 알아볼 수 있었다.

"여기 확대할 수 있어요?" 스카페타가 그 문신을 가리켰다. 트랙패드를 클릭하자, 상자의 가장자리처럼 보이는 그 문신이 확대되었다. "아마 관일 거예요. 해골이 관 안에 쌓여 있는 거죠. 이 문신을 보자마자, 이 남자가 이라크나 아프가니스탄에서 복무했을지도 모른다는 생각이 들었어요. 해골, 뼈, 관 위로 쌓여 있는 뼈들, 묘비들. 이런 건 모두 죽은 군인들에 대한 추모를 의미해요. 대개 해골 한 개가 죽은 전우 한 명을 나타내죠. 지난 몇 년 사이에 유행한 문신이에요."

"실시간 범죄 정보 센터에 알아보라고 하겠소. 만일 이 남자가 무슨 이유로든 데이터베이스 안에 있다면 이 문신으로 정체를 밝힐 수 있을 거요. 우린 문신 데이터베이스도 전부 확보하고 있으니까." 마리노가 말했다.

강렬한 시나몬 향이 다시 풍기자, 스카페타는 화재 현장들을 떠올렸다. 모든 것이 불타 버린 장소에서는 예상치 못한 향기들의 향연이 벌어진다. 로보가 스카페타의 어깨를 건드리며 말했다. "그러니까 전혀 모르는 남자라는 거로군요. 아무것도 떠오르는 것이 없단 말씀이시죠?"

"그래요." 스카페타가 대답했다.

"비열한 녀석처럼 보이네요." 로보가 덧붙였다.

"관리인 로스는 이 남자에게서 수상한 느낌을 전혀 받지 못했다고 했어요." 스카페타가 말했다.

"그래요. 그렇게 말했죠." 로보가 껌을 씹으며 말했다. "그건 그 친구가 지난번에 일했던 건물에서 해고당한 뒤에 실직 상태로 있다가 얼마 전에 이 건물에 취직을 했기 때문입니다. 해고 사유가 자리를 지키지 않았다는 것이었죠. 적어도 로스는 그 부분에 대해서는 솔직하게 말했습니다. 지난 3월에 규제 약물 소지로 기소당한 적이 있다는 말은 빼먹었지만 말이죠."

"저 남자가 로스와 관련이 없는지는 확인했습니까?" 벤턴이 말한 남자는 컴퓨터 화면에 나온 남자를 뜻하는 것이었다.

"아무것도 확실한 건 없어요. 하지만 이 남자는 어떨까요?" 로보가 목에 문신을 한 남자를 가리키며 말했다. "저자가 페덱스 직원이 아니라는 것만큼은 확실합니다. 저런 모자는 이베이에서 얼마든지 살 수 있으니까요. 아니면 만들었을 수도 있고. 박사님은 CNN에서 집까지 걸어왔다고 하셨죠?" 로보가 스카페타에게 물었다. "어떤 이유로든 특별히 눈에 들어오는 사람은 없었습니까?"

"벤치에서 자고 있던 노숙자가 제일 먼저 떠오르네요."

"어디서?" 벤턴이 물었다.

"콜럼버스서클 근처. 바로 저기야." 스카페타가 돌아보며 그쪽을 가리켰다.

그녀는 이제 긴급 구조대의 차량들과 구경꾼들이 모두 자리를 떠났다는 것을 알아차렸다. 할로겐 불빛이 꺼지면서 거리는 다시 불완전한 어둠 속에 휩싸였다. 머지않아 아무 일도 없었던 것처럼 교통이 재개되고, 입주민들도 건물로 돌아갈 것이며, 건물 앞에 놓여 있던 원뿔형 교통 표지판들과 방벽들, 노란색 테이프도 사라질 것이다. 스카페타는 뉴욕 이외에 어느 도시에서도 지금 같은 비상 사태가 벌어진 곳에서 이렇게 빨리 모든 것들이 평소의 질서를 되찾는 것을 본 적이 없었다. 모두 9·11을 통해 배운 것이다. 끔찍한 대가를 치르고 얻은 것이다.

"지금 이 근방에는 아무도 없습니다. 벤치에 앉아 있는 사람도 없어요. 아무래도 이런 상황이었으니, 누군가 있었다고 해도 모두 대피시켰을 겁니다. 그 외에 집으로 가는 길에 눈에 들어온 사람은 없었나요?" 로보가 물었다.

"없었어요." 스카페타가 대답했다.

"가끔 반사회적인 선물을 놔두고 가는 사람들 중에는 실제로 자신들이 어떤 피해를 일으켰는지 확인하거나, 구경하기 위해 현장 근처를 맴도는 사람들도 있으니까요."

"다른 사진은 없습니까?" 벤턴이 물었다. 스카페타의 귀를 스친 그의 숨결에, 그녀의 머리카락이 살랑거렸다.

마리노가 다른 두 개의 비디오 영상을 나란히 틀었다. 이번에는 문신을 한 남자의 전신을 잡은 영상으로, 아파트 건물 정문으로 들어와 프런트 앞으로 향했다가 다시 나가는 모습이었다.

"페덱스 유니폼을 안 입었어요. 평범한 검은색 바지에, 검은색 부츠, 그리고 목까지 단추를 채운 검은색 외투를 입고 있죠. 그리고 장갑을 꼈네요. 로스 말이 맞는 것 같아요. 장갑에 털이 보이는 것 같아요. 안에 토끼 털 같은 것을 댄 것일 수도 있어요."

"이걸 봐도 떠오르는 게 없군요." 로보가 말했다.

"나도 그래요." 벤턴이 말했다.

"나도요." 스카페타도 말했다.

"이자가 누구든, 그 소포를 배달만 했을 수도 있고, 아니면 이 소포를 보낸 당사자일 수도 있습니다. 혹시 박사님을 다치게 하거나 위협하고 싶어할 만한 사람이 있을까요?" 로보가 스카페타에게 물었다.

"구체적으로 말할 수는 없어요."

"일반적으로는 어떻습니까?"

"일반적으로 말하라면 누구든 가능하겠죠." 그녀가 말했다.

"매사추세츠나 이곳 법의국 사무실, 아니면 CNN에 수상한 팬 메일을 보냈거나, 연락을 취하려는 사람은 없었나요?"

"특별히 생각나는 건 없어요."

"난 생각나는 게 있어요. 오늘 밤 쇼에서 아내에게 전화를 걸었던 여자, 도디요."

"바로 그거요." 마리노가 말했다.

"바로 그거라니요?" 로보가 물었다.

"도디 호지, 아마 맥린스에 입원했던 적이 있는 환자일 거요." 마리노는 그 병원 이름을 항상 잘못 말했다. 맥린이라는 이름에 '스'는 붙지 않았고, 붙었던 적도 없었는데도. "실시간 범죄 정보 센터에서 그 여자에 대해 알아보려던 참에, 박사의 소식을 듣고 달려오느라 아직 조사를 하지 못했어요."

"난 그 여자를 몰라요." 스카페타가 말했다. 그리고 그 전화를 걸었던 여자가 벤턴의 이름을 입에 담았고 그가 쓰지도 않은 사설을 언급했다는 사실이 떠오르자, 또다시 욕지기가 올라왔다.

그녀는 고개를 돌려 벤턴에게 말했다. "물어보면 안 되는 거지?"

"난 아무 말도 해 줄 수 없어." 벤턴이 대답했다.

"내가 말해 주리다. 난 그 미치광이들을 보호해야 할 필요가 없으니까. 그 여자가 맥린스에서 퇴원했다는 것을 확인했소. 그리고 그 여자는 벤턴에게 노래가 나오는 크리스마스카드를 보냈는데, 박사한테도 보냈을 수 있어요. 그런 다음 박사가 나오는 생방송에 전화를 걸었고, 지금 이 소포가 배달된 거요." 마리노가 말했다.

"그게 사실입니까?" 로보가 벤턴에게 물었다.

"아무것도 대답할 수 없습니다. 그리고 난 그 여자가 맥린 병원의 환자였다는 말도 한 적이 없어요."

"지금 그 여자가 환자가 아니었다고 말하는 거요?" 마리노가 강압적으로 물었다.

"아니라고 말한 적도 없어요."

"좋습니다. 그럼 이렇게 하죠. 만일 우리가 도디 호지라는 환자에 대해 알고 있다고 한다면, 그 여자는 지금 이 지역에 있습니까? 이 도시 안에요?" 로보가 물었다.

"어쩌면 그럴 수도 있어요." 벤턴이 대답했다.

"어쩌면? 상황이 이 정도인데도 그 여자에 대해 말해야겠다는 생각이 들지 않는 거요?" 마리노가 물었다.

"그 여자가 실제로 불법적인 일을 저질렀거나 위협을 했다는 것이 밝혀지면 그럴 수도 있겠죠. 그건 당신도 잘 알고 있을 텐데." 벤턴이 말했다.

"맙소사. 법은 죄 없는 사람들을 모두 보호해야 한다. 나도 잘 알고 있소. 마찬가지로 청소년법이라는 것도 아주 웃기지. 얼마 전에 여덟 살짜리 어린애가 사람들을 총으로 쐈소. 그럼에도 불구하고 그런 애들의 신원이 드러나지 않게 지켜야 한다는 거요."

"그 노래가 나오는 카드는 어떻게 배달된 겁니까?" 로보가 물었다.

"페덱스요." 벤턴은 너무 많이 말했다. "그게 아무 관련이 없다고 말하진 않았어요. 관련 있다고 하지도 않았고. 난 아무것도 모릅니다."

"CNN 쪽에 연락해서, 도디 호지라는 여자가 걸었다는 전화를 추적해보겠습니다. 그 여자가 어디에 있는지부터 알아봐야겠어요. 그리고 그 쇼의 녹화 영상도 필요합니다. 우린 그 여자를 찾아서 이야기를 해 봐야 하니까요. 그 여자가 위험하다고 걱정할 만한 근거가 있습니까?" 로보가 벤턴에게 물었다. "신경 쓰지 마세요. 그 여자에 대해 말하지 않아도 좋습니다."

"난 말할 수 없습니다."

"잘해 보쇼. 어쩌면 다음에는 그 여자가 누군가를 날려 버릴 수도 있겠지만." 마리노가 말했다.

"우리는 지금 그 소포를 놓고 간 사람이 목에 문신을 한 흑인이라는 것 이외에는 아무것도 몰라요. 그리고 그 소포에 뭐가 들어 있는지도 모르죠. 실제로 어떤 종류의 폭탄인지도 모르지 않습니까." 벤턴이 말했다.

"얼핏 봐도 제법 성가신 물건처럼 보이더군요. 엑스레이로 확인한 결과 전선들과 버튼형 전지들, 마이크로스위치가 있었어요. 그런데 그런 것들보다 더 불안한 건 마개 같은 것이 달려 있는 시험관처럼 속이 다 보이는 작은 용기예요. 방사선이 탐지된 건 아니지만, 다른 탐지기를 이용해 전부 확인하진 못했어요. 그래서 그 소포에 가까이 갈 수가 없었습니다."

"보통 일이 아니군." 마리노가 말했다.

"냄새는 나지 않던가요?" 스카페타가 물었다.

"그 소포 가까이 가지 않았으니까요. 우리 대원들은 계단통에서 작업을 했고, 아파트 안에 들어간 대원은 방폭복으로 완전 무장하고 있었죠. 냄새가 아주 강하지 않는 한, 그 대원은 아무 냄새도 맡지 못했을 겁니다."

"오늘 밤 처리할 거요? 그 안에 뭐가 들었는지 알 수 있냔 말이오?" 마리노가 물었다.

"안전에 대비하려면 오늘 밤에는 처리할 수 없을 것 같아요. 앤 드로이덴이 마침 유해 물질 담당이기도 해서 로드맨스넥까지 따라가고 있는 중이죠. 그곳에 도착하자마자 그 소포는 격납 용기에서 작업 상자로 옮겨질 겁니다. 그런 다음 드로이덴이 탐지기를 이용해 그 안에 들어 있는 물질이 화학 물질인지, 생물학적 유해 물질인지, 혹은 방사성 물질이거나 핵 오염 물질은 아닌지 확인하는 거죠. 혹시 유해 물질이 들어 있는 것으로 밝혀지면, 안전하게 작업할 수 있도록 가스 처리를 할 겁니다. 아까도 말했다시피 그 소포에서 방사선이 탐지된 것도 아니고, 하얀 가루가 나온 것도 아니지만, 뭐가 들었는지는 모르니까요. 엑스레이를 통해 그 소포 안에 뭔가 담겨 있는 약병처럼 생긴 통이 들어 있다는 것은 확인했는데, 그 내용물이 무엇인지가 걱정이라는 거죠. 그 소포를 작업 상자로 옮기고 나면, 내일 아침에 제일 먼저 작업에 들어갈 겁니다. 그 소포 안에 무엇이 들어 있는지 확인하려면 그런 안전 단계를 거쳐야 해요."

"그럼 그때 가서 얘기합시다." 마리노가 말하자, 로보가 차에서 내렸다. "아마 난 밤새 실시간 범죄 정보 센터에 있을 거요. 도디라는 미친 여자에 대한 것이든, 문신을 한 남자에 대한 것이든, 그게 아니면 뭔가 다른 거라도 나오는 게 있겠지."

"알겠습니다." 로보가 차문을 닫았다.

스카페타는 로보가 남색 SUV 차량에서 멀어지는 모습을 쳐다보았다. 그녀는 휴대전화를 꺼내려고 주머니에 손을 넣었다. 코트 주머니에서 블랙베리를 찾지 못하자, 그녀는 휴대전화를 가지고 있지 않았다는 사실이 떠올랐다.

"루시가 뉴스를 들었든, OEM을 통해서든 이 일을 알고 있는지부터 확인해 봐야겠어요." 그녀가 말했다.

비상 대책반(Office of Emergency Management)에서는 인터넷을 통해 계속해서 정보를 업데이트하기 때문에 관계자들은 사라진 맨홀 뚜껑에서부터 살인사건에 이르기까지 모든 사건들에 관한 정보를 얻을 수 있었다. 만일 루시가 폭탄 처리반이 센트럴파크웨스트에 파견된 것을 알게 된다면 괜한 걱정만 할 것이다.

"조금 전에 확인해 봤을 때 그 두 사람은 여전히 공중에 있었소. 헬리콥터 전화로 연락해 볼 수도 있고." 마리노가 말했다.

"집에 들어가서 직접 전화해도 되잖아." 벤턴은 그 차에서 내리고 싶었다. 그는 마리노에게서 떨어지고 싶었다.

"헬리콥터 전화로 연락하지 말아요. 비행하는 동안에는 루시를 방해하고 싶지 않으니까." 스카페타가 말했다.

"두 사람은 그만 집에 들어가서 쉬어요. 그 두 사람한테는 내가 연락해 보리다. 어쨌든 버거 검사에게 상황 설명은 해야 하니까."

스카페타는 벤턴이 아파트 문을 열 때까지만 해도 자기가 괜찮다고 생각했다.

"망할." 그녀는 스키 재킷을 벗어 의자에 집어 던지며 소리쳤다. 갑자기 너무 화가 나 소리라도 지르고 싶었다.

경찰들도 조심했는지, 마룻바닥 위에 지저분한 발자국들이 그렇게 많이 남아 있지는 않았다. 그녀가 CNN에 들고 갔다 온 가방도 현관에 놓여 있는 좁은 탁자 위에 올려놓은 그대로 놓여 있었다. 하지만 베니스의 무라노에서 유리 공예 장인이 그녀의 눈앞에서 직접 만들어 준 모자이크 유리로 된 조각상이 원래 자리에 없었다. 그 조각상은 커피 테이블이 아닌, 돌로 된 소파 테이블 위에 놓여 있었다. 스카페타가 그 말을 했지만, 벤턴은 아무 말도 하지 않았다. 그는 입을 닫아야 할 때를 알고 있었다. 지금이 바로 그런 때였다.

"이 위에 지문이 묻어 있어." 그녀는 그 조각상을 들어 올려 불빛에 비춰 본 뒤, 뚜렷하게 찍혀 있는 지문의 능선과 골, 나사선과 천막 모양의 호를 벤턴에게도 보여 주었다. 밝은 색상의 유리 테두리 쪽에도 동일한 모양의 지문이 찍혀 있었다. 범죄의 증거다.

"내가 닦을게." 벤턴이 말했다. 하지만 그녀는 그에게 그 일을 맡기지 않을 게 뻔했다.

"장갑을 끼지 않은 사람이 있었어." 스카페타는 입고 있던 실크 블라우스 자락으로 그 유리를 맹렬하게 닦기 시작했다. "그 폭탄 처리반 대원일 거야. 폭탄 처리반 대원들은 장갑을 끼지 않으니까. 이름이 뭐라고 했더라. 앤이라고 했지. 그 여자가 장갑을 끼지 않고 있었어. 그 여자가 이 조각상의 위치를 바꿔 놓은 거야." 스카페타는 마치 앤이라는 이름의 폭탄 처리반 대원이 강도라도 되는 것처럼 말했다. "그 사람들이 여기, 우리 아파트 안에 또 어디에 손을 댔을까?"

벤턴은 아무 대답도 하지 않았다. 그는 알고 있었기 때문에. 벤턴은 드문 일이긴 하지만 스카페타가 이 정도로 혼란스러워할 때는 무엇을 해야 하고, 무엇을 하지 말아야 하는지를 잘 알고 있었다. 스카페타는 그 소포에서 나던 냄새가 다시 난다고 생각했다. 그리고 라구나 베네타 만의 냄새도 맡았다. 그녀와 벤턴이 폰다멘타에서 수상 택시를 타고 칼레 산 키프리아노로 가서 콜론나의 부잔교에서 내렸을 때, 그 만의 얕은 바닷물과 봄 햇살의 온기도 함께 따라왔다. 공장 방문이 허락된 건 아니었지만, 그녀를 말릴 순 없었다. 스카페타는 벤턴을 잡아끌고 유리잔들로 가득한 바지선들을 지나쳐, "포르나체 엔트라타 리베라"라는 간판이 붙은 가게로 들어갔다. 그리고 그 안에서 진한 빨간색으로 칠해진 벽돌 벽과 높은 천장, 화장터처럼 아궁이들이 가득 놓여 있는 개방된 공간을 찾아갔다. 장인인 알도는 키가 작았고, 콧수염을 기르고 있었으며, 반바지에 운동화를 신고 있었다. 유리 부는 직공들의 명문인 그의 가문은 700년간 명맥이 끊어지지 않고 지금까지 이어져 내려왔다. 알도의 조상들은 단 한 번도 그 섬을 떠난 적이 없었으며, 예전엔 그 석호를 벗어나게 되면 사형을 당하거나, 손목이 잘렸다고 했다.

스카페타는 알도에게 그녀와 벤턴, 행복한 한 쌍을 위해 무엇이든 좋은 것을 만들어 달라고 청했다. 그건 특별한 여행이었고, 신성한 여행이었다. 그래서 그녀는 그날 하루만큼은 단 한 순간도 빼놓지 않고 매 순간 마음에 담아 두고 싶었다. 나중에 벤턴은 그때 그녀가 유리의 과학이 얼마나 매력적인지를 설명하던 그때처럼 말을 많이 하는 것을 본 적이 없었다고 말했다. 스카페타는 완벽하지 않은 이탈리아어로 모래와 소다 석회는 액체도 아니고 고체도 아닌 상태에서는 전이가 되지만, 일단 유리창이나 꽃병으로 만들어진 다음에는 전기가 통하지 않는다는 것을 말했다. 오직 자유롭게 형태를 바꿀 수 있을 정도의 진동 단계에서 결정화가 이루어지면 그 형태가 완성된다. 천년 뒤에도 그릇처럼 보일 그릇과 선사 시대의 흑요석 칼날에는 날카로움이 살아 있다. 바로 이런 불가사의한 점 때문에 그녀가 유리를 좋아하는 것일지도 모른다. 스카페타는 바로 그런 점들이 가시광선에도 통한다고 말했다. 철이나 코발트, 붕소, 망간, 셀레늄과 같은 발색 재료를 더하면 초록색, 푸른색, 보라색, 호박색, 붉은색이 더해지는 것이다.

스카페타와 벤턴은 다음 날 다시 무라노를 찾아가, 가마에서 천천히 담금질하고 식힌 다음 비닐 포장지로 둘둘 만 그 조각상을 받았다. 그녀는 그 조각상을 직접 들고 비행기에 탔고, 그 조각상은 집으로 돌아오는 내내 비행기 짐칸에 들어가 있었다. 그 여행은 출장이었기 때문에 전혀 즐거울 일이 없었지만, 벤턴이 그녀를 놀라게 했다. 그와 결혼해 달라고 청혼을 했기 때문이다. 그래서 스카페타로서는 이탈리아에서 지낸 그 시간들이 잊지 못할 기억들이었다. 그 시간들은 상상 속의 사원이 되었고, 그녀는 행복하거나 슬플 때마다 그 순간을 떠올리곤 했다. 그 유리 조각상을 원래 놓여 있던 체리목으로 된 커피 테이블 위에 다시 가져다 놓으면서, 스카페타는 그 사원이 더럽혀지고 짓밟힌 것 같은 느낌을 받았다. 침입당한 느낌이었다. 집에 들어왔을 때 도둑이 들어 집 안이 엉망진창으로 어질러져 있는 것을 발견하기라도 한 것처럼. 그녀는 그 외에 제자리에 놓여 있지 않는 것이나 없어진 물건이 없는지 온 집 안을 살피기 시작했다. 누군가 세면대에서 비누로 손을 씻은 건 아닌지, 변기를 사용한 건 아닌지 확인했다.

"욕실에 들어간 사람은 없었나 봐." 스카페타가 말했다.

그녀는 환기를 시키기 위해 거실 창문을 열었다.

"그 소포 냄새가 아직 나. 당신도 맡았을 거야." 그녀가 말했다.

"난 아무 냄새도 안 나." 벤턴이 코트를 벗지도 않고 현관 앞에 선 채 말했다.

"당신도 틀림없이 맡았을 거야. 철 냄새 같은 거. 냄새 나지 않아?" 스카페타가 고집을 부렸다.

"아니. 당신이 그 냄새를 맡았던 기억 때문에 그런 거야. 이제 그 소포는 없어. 그 물건은 여기 없고, 우린 안전해." 그가 말했다.

"당신은 그 소포에 손을 안 댔고, 난 만져서 그런가 봐. 금속성 균 냄새. 내 피부에 철 이온이 닿은 것 같은 그런 냄새야." 그녀가 설명했다.

벤턴은 차분하게 그녀가 폭탄일지도 모르는 그 소포를 들고 들어왔을 때 장갑을 끼고 있었다는 사실을 알려 주었다.

"그렇다고 해도 내가 그 소포를 들고 있을 때 장갑과 코트 소매 사이의 맨살에 닿았을 수도 있잖아." 스카페타는 그의 말을 무시했다.

그 소포는 그녀의 손목에 냄새를 남겼다. 피지에 남아 있을 과산화납과 부식, 부패를 일으키는 효소에 의해 산화된 땀에서 풍기는 악마의 향수. 스카페타는 피 냄새 같은 거라고 설명했다. 피 냄새와 비슷한 냄새.

"살갗에 피를 칠한 것 같은 냄새야." 그녀가 손목을 들어 올리더니 벤턴에게 냄새를 맡아 보라고 했다.

그가 말했다. "아무 냄새도 안 나는데."

"석유 냄새가 나는 것 같고, 뭔지는 모르지만 화학 성분도 섞여 있어. 녹에서 나는 냄새 같아." 그녀는 그 이야기를 멈추지 않았다. "그 소포 안에는 뭔가 나쁜 게 들어 있었을 거야, 아주 나쁜 게. 당신이 그 소포에 손대지 않아서 정말 다행이야."

스카페타는 주방에서 주방용 세제로 의사가 수술하기 전에 씻는 것처럼 손과 손목, 팔목까지 씻었다. 그리고 그 소포가 놓여 있던 커피 테이블을 머피 오일 비누로 닦아 냈다. 스카페타가 씩씩거리며 그 난리를 치는 동안, 벤턴은 아무 말 없이 서서 그녀를 지켜보고 있었다. 그는 그녀가 감정을 표출하는 것을 방해하지 않고, 이성적으로 이해하려고 노력했다. 하지만 그런 그의 모습이 스카페타를 더욱 짜증나게 만들고, 분통 터지게 만들었다.

"무슨 반응이든 있어야 할 거 아냐. 그게 아니면 당신은 아예 신경도 쓰지 않는다는 거겠지." 스카페타가 말했다.

"많이 신경 쓰고 있어." 벤턴이 코트를 벗었다. "그렇게 말하는 건 부당해. 나도 이번 일이 얼마나 끔찍한지 잘 알고 있으니까."

"전혀 신경 쓰지 않고 있는 것처럼 보이니까 그렇지. 그렇다는 말을 못 하겠어. 그렇게 말 못 하겠단 말이야." 스카페타는 마치 폭탄이 들어 있을지도 모르는 소포를 그녀에게 보낸 사람이 벤턴이라도 되는 것처럼 말했다.

"내가 화를 내면 당신 기분이 나아지겠어?" 벤턴이 침울한 얼굴로 그녀를 쳐다보았다.

"난 샤워나 할래."

스카페타는 침실 옆에 있는 욕실 앞 복도에서 화를 내며 옷을 벗어 던진 다음, 그 옷가지들을 모아 드라이클리닝용 가방에 집어넣었다. 속옷은 세탁용 바구니에 던져 넣었다. 그리고 샤워기 앞에 서서 자신이 견딜 수 있는 가장 뜨거운 온도로 물을 맞췄다. 그녀의 콧속에, 부비강 속에 남아 있던 악취, 소포와 불길, 유황 냄새가 수증기와 함께 날아갔다. 그리고 그 열기와 그녀의 몸에 남아 있는 감각이 또 다른 슬라이드쇼를 펼치기 시작했다. 필라델피아와 어둠, 지옥 같은 화염, 밤하늘에 드리워진 사다리, 톱으로 지붕에 구멍을 뚫는 소리, 호스에서 뿜어내는 물소리, 대형 화재에 출동하는 소방차의 꼭대기에서 쏟아 내던 분당 1,500갤런의 물.

그 현장 주위를 둘러싼 소방차들이 포물선을 그리며 내뿜는 물줄기, 얼음 틀처럼 뒤틀린 까맣게 탄 자동차의 잔해, 흔적도 없이 타 버린 타이어, 녹아내린 알루미늄과 유리, 구리로 된 구슬들, 악어가죽처럼 갈라진 나무로 된 깨진 유리 창틀, 그리고 짙은 검은 연기까지. 전봇대가 타 버린 성냥처럼 보였다. 그들은 거기서 불이 시작된 것 같다고 말했다. 몇몇 멍청한 소방관들은 별 도움이 되지 않았고, 보고 있는 사람의 속은 점점 더 타들어 갔다. 더러운 물웅덩이를 지나가자, 그 위에는 무지개색 기름이 떠 있었다. 손전등 불빛이 칠흑 같은 어둠을 뚫고 지나갔다. 도끼로 구멍을 낸

타르지 지붕에서 물방울이 떨어지는 소리가 들렸다. 그들이 그녀를 그에게로, 그의 유해가 남아 있는 쪽으로 안내하는 동안, 혼탁한 대기에서는 마시멜로가 탄 것처럼 달콤하면서도, 자극적이고 역겨운 냄새가 코를 찔렀다. 나중에 그들은 그녀에게 화재가 시작되었을 때, 이곳으로 유인된 벤턴이 총에 맞아 죽었다고 말해 주었다.

스카페타는 샤워기 물을 틀고, 그 물을 맞으며 가만히 서 있었다. 코와 입으로 숨을 거칠게 몰아쉬었다. 샤워실 유리문에 수증기가 짙게 끼어 잘 보이지 않았지만, 벤턴이 들어오자 불빛이 어른거렸다. 스카페타는 아직 그와 대화를 나눌 준비가 되어 있지 않았다.

"마실 걸 가져왔어." 벤턴이 말했다.

다시 불빛이 어른거렸다. 벤턴이 샤워실 쪽으로 오고 있었다. 그녀는 그가 화장대 의자를 당겨 앉는 소리를 들었다.

"마리노가 전화했어."

스카페타는 문을 열고, 그 옆에 걸려 있던 수건을 안쪽으로 끌어당겼다. "여기까지 찬바람 들어오지 않게 욕실 문 좀 닫아 줘." 그녀가 말했다.

"루시와 제이미가 몇 분 있으면 화이트플레인스에 도착한다는군." 벤턴이 자리에서 일어나 욕실 문을 닫았다. 그런 다음 다시 화장대 의자에 앉았다.

"아직도 착륙을 못 했다는 거야? 정말 어떻게 된 거지?"

"날씨 때문에 출발을 늦게 했다나 봐. 기상 때문에 많이 지체된 것뿐이야. 마리노가 헬리콥터 전화로 루시와 통화했다고 했어. 두 사람은 무사해."

"마리노한테 그러지 말라고 했는데. 루시가 비행 중에 그 망할 전화 통화까지 할 필요는 없잖아."

"마리노는 루시와 1분 정도 통화했다고 했어. 무슨 일이 있었는지는 말하지 않았다고 하더군. 두 사람이 착륙하고 나면 그때 이야기하겠다고 했어. 아마 루시가 당신한테 전화를 할 거야. 걱정 마. 두 사람은 괜찮다니까." 벤턴이 수증기 사이로 그녀를 살폈다.

스카페타는 샤워실의 유리문을 반쯤 열어 놓은 채 몸을 닦았다. 그녀는 밖으로 나가고 싶지 않았다. 벤턴은 그녀에게 무슨 문제가 있는지, 어째서 어린아이처럼 샤워실 안에 숨어 있는지 묻지 않았다.

"당신 휴대전화가 있을 만한 곳을 여기저기 찾아봤어. 아무래도 집 안에는 없는 것 같아." 그가 덧붙였다.

"전화 걸어 봤어?"

"틀림없이 CNN의 분장실에 있는 옷장 바닥에 떨어져 있을 거야. 내가 잘못 알고 있는 게 아니라면 당신이 항상 코트를 걸어 두는 바로 거기 말이야."

"루시와 다시 통화를 하게 되면 그 애가 찾아 줄 거야."

"오늘 아침 일찍 루시가 스토에 있을 때도 통화했던 걸로 기억나는데." 벤턴은 이성적으로 그녀의 기운을 북돋아 주려고 했다.

"그야 내가 전화했으니까." 스카페타는 지금 당장은 이성적인 사고가 불가능했다. "그 애는 요즘 나한테 전화하지 않아. 만일 루시가 이번에는 전화할 마음이 있었다고 해도, 그나마 눈보라 때문에 착륙을 못 해서 이렇게 미뤄지는 거지."

벤턴은 그녀를 쳐다보았다.

"루시가 그 망할 전화를 찾아낼 거야. 틀림없이 찾아내겠지. 내 블랙베리에, 당신 블랙베리에, 제이미의 블랙베리에, 마리노의 블랙베리에, 자기가 키우는 불도그 목덜미에 광역 증대 시스템이 가능한 수신기를 설치한 건 그 애 생각이니까. 그래서 그 애는 우리가 어디에 있는지 알 수 있고… 아니, 정확하게 말하면 우리 휴대전화와 자기 개가 어디에 있는지 30센티미터 거리까지 정확한 위치를 알 수 있는 거지."

벤턴은 아무 말도 하지 않고, 수증기가 자욱한 사이로 스카페타를 쳐다보았다. 그녀는 여전히 샤워실에서 몸을 말리고 있었다. 하지만 수증기 때문에 아무 소용이 없었다. 몸을 닦고 나면, 다시 땀에 흠뻑 젖게 될 것이다.

"연방 항공국에서도 비행기가 접근할 때나 자동 조종 장치로 착륙할 경우에 그 기술을 이용할 생각인 것 같던데." 마치 모르는 사람이거나, 좋아하지 않는 누군가가 그녀의 입을 통해 말을 하고 있는 것 같았다. "어쩌면 무인 항공기에도 사용할지 몰라. 그런 거에 누가 신경 쓴다고. 내 망할 전화기가 정확하게 어디에 있는지만 알면 되는 거지. 설령 내 말이 틀렸다고 해도, 루시한테 그런 위치 추적 같은 건 애들 장난이나 마찬가지니까. 루시한테 이메일을 보내야겠어. 아마 그 애가 내 전화기를 찾아 줄 거야." 수건으로 머리를 말리면서, 스카페타는 울먹였다. 이유는 확실하지 않았다. "어쩌면 루시가 전화할 수도 있겠지. 누군가 나한테 폭탄을 보냈다는 걸 알면 조금이나마 걱정하긴 할 테니까."

"케이, 제발 그렇게 혼란스러워하지 말고…."

"당신도 내가 혼란스러워하지 말라는 말 듣기 싫어한다는 거 알아 둬. 난 평생 동안 혼란스러웠던 적이 없어. 왜냐하면 그럴 만한 일이 없었으니까. 지금 내가 혼란스러워한다면, 그건 어쩔 수 없기 때문에 그런 거야. 지금 내가 혼란스러워하지 않을 방법이 있었다면 어떻게든 그렇게 했을 테니까." 그녀의 목소리가 떨렸다.

스카페타는 어딘가 이상이 생기기라도 한 것처럼 온몸을 떨기 시작했다. 어쩌면 병에 걸렸을 수도 있다. 법의국에는 감기에 걸린 직원들이 많았으니까. 주위가 빙글빙글 도는 것 같았다. 그녀는 눈을 감고, 이제는 차가워진 젖은 타일에 몸을 기댔다.

"루시에게 버몬트에서 출발하기 전에 전화하라고 했었어." 스카페타는 압도적인 슬픔과 분노를 떨쳐 버리기 위해 마음을 진정시키려고 애를 썼다. "예전에 그 애는 출발하기 전이나, 착륙한 뒤에 전화를 하곤 했었는데. 그저 인사를 하려고 말이야."

"루시가 전화를 했는지 안 했는지 모르잖아. 당신 전화를 잃어버렸으니까. 루시는 틀림없이 전화를 걸었을 거야." 벤턴이 달래는 듯한 목소리로 말했다. 상대방의 감정이 점차 빨리 폭발하려고 할 때, 단계적으로 감정을 가라앉히기 위해 이런 목소리로 말을 하곤 했다. "오늘 당신이 간 곳을 차례대로 떠올려 봐. 아파트에서 나간 뒤에, 언제 전화기를 꺼냈는지 기억나?"

"아니."

"하지만 아파트에서 나갈 때 당신 코트 주머니 안에 전화가 분명히 있었다고 했잖아."

"지금으로선 분명한 게 아무것도 없어."

그녀는 알렉스 바차와 이야기를 할 때, 코트를 분장실 의자에 걸쳐 놓았던 일을 떠올렸다. 어쩌면 그때 전화기가 의자 위에 떨어졌을지도 모른다. 스카페타는 알렉스에게 이메일을 보내, 혹시 전화기를 주운 사람이 있으면 자기가 찾으러 갈 때까지 보관해 달라고 부탁했다. 그녀는 그 전화기가 싫었다. 그리고 정말 멍청한 짓을 저질렀다. 자신이 그런 멍청한 짓을 저질렀다는 사실이 믿기지 않을 지경이었다. 그 블랙베리에 암호를 걸어 놓지 않았다. 그리고 그녀는 그 사실을 벤턴에게 말할 수 없었다. 루시에게도 말할 수 없었다.

"그 전화기가 어디에 있는지 루시가 찾아낼 거야. 마리노가 로드맨스넥에서 뭔가 알아낸 게 있는지 궁금하면 당신도 같이 가 보는 게 어떻겠냐고 했어. 당신이 원하면 자기가 데리러 오겠다고 하더군. 아침 7시 정도에 출발하자고 했어. 나도 당신과 같이 갈 거야."

스카페타는 수건으로 몸을 감싸고, 미끄러지지 않게 대나무 매트 위로 걸어 나왔다. 벤턴은 맨발에, 윗도리도 입지 않고 바지만 입은 채로 화장대에 몸을 기대고 앉아 있었다. 그녀는 지금 자기가 느끼는 감정이 싫었다. 이런 기분을 느끼고 싶지 않았다. 사실 벤턴이 이런 취급을 받을 이유는 없었다.

"폭탄 처리반 대원들이나, 연구실에서 뭔가 알아낸 게 있는지 확인해 봐야 할 것 같아. 그 소포를 보낸 녀석이 누군지, 무엇 때문에 그런 일을 했는지 반드시 알아야겠어." 벤턴이 스카페타를 쳐다보았다. 수증기가 옅어지면서 공기가 따뜻해졌다.

"그래. 그 쿠키 상자는 당신 환자들 중 누군가가 나한테·보낸 거야." 그녀가 신랄하게 말했다.

"하긴 그 안에 건전지 작동 완구인 쿠키들과 시험관 모양의 술병에 촉매제 냄새가 나는 술이 들어 있는 건지도 모르지."

"그런데 마리노가 당신도 같이 가자고 했어? 나하고만 가는 게 아니고? 우리 둘 다 같이 가자고 했단 말이야?" 그녀는 머리를 빗었다. 하지만 거울에 김이 많이 서려 잘 보이지 않았다.

"케이, 대체 왜 그러는 거야?"

"난 그저 마리노가 당신한테도 같이 가자고 했다는 게 이상했을 뿐이야." 그녀가 수건으로 거울을 닦았다.

"그게 어때서?"

"내 생각에 마리노는 당신한테 같이 가자고 하지 않았어. 혹시 같이 가자고 했다고 해도, 그건 진심이 아니었을 거야." 스카페타는 거울에 비친 자신의 모습을 보며 머리를 빗었다. "난 마리노가 당신한테 같이 가자고 하지 않았고, 설사 그랬다고 해도 진심이 아닐 거라는 사실이 놀랍지 않아. 오늘 당신이 마리노한테 하는 행동들을 보면 말이야. 전화 회의에서나, 마리노의 차 안에서."

"마리노 이야기는 이제 그만하지." 벤턴이 술잔을 들어 올렸다. 얼음을 탄 버번이었다.

스카페타는 메이커스 마크의 향을 맡자, 오래전에 그녀가 맡았던 사건이 떠올랐다. 화염에 휩싸인 증류소 창고에 쌓여 있던 위스키 통들이 폭발하는 바람에, 온몸에 화상을 입고 죽은 남자가 있었다.

"친근하게 대한 건 아니지만, 그렇다고 막 대한 적도 없어. 난 전문가니까. 당신은 왜 그렇게 기분이 안 좋은 거야?"

"'왜'냐고?" 스카페타는 벤턴이 가당치 않은 말이라도 했다는 것처럼 되물었다.

"누가 봐도 그렇잖아."

"당신과 마리노의 냉전에 지친 것뿐이야. 안 그런 척할 필요 없어. 당신

은 마리노한테 감정이 있고, 스스로도 그렇다는 걸 알고 있을 테니까." 그
녀가 말했다.

"우린 그런 거 없어."

"마리노는 더 이상 그런 감정이 없을 거라고 생각해. 정말로 어떤지는
모르겠지만 말이야. 마리노는 솔직하게 그 감정을 넘어선 것처럼 보여. 하
지만 당신은 그렇지 않아. 그래서 마리노는 자기 방어를 하게 되는 거고,
그러다 화를 내게 되는 거야. 마리노와 당신 사이에 문제가 생긴 뒤부터
는 그런 아이러니가 있어."

"엄밀히 말하면 마리노의 문제는 당신과 관련된 거지." 수증기와 함께
벤턴의 인내심도 사라지고 있었다. 그렇다고 해도 한계는 있었다.

"지금 같은 상황에서 이런 말은 하고 싶지 않았지만, 당신이 먼저 꺼냈
으니까 할 수 없지. 맞아, 마리노와 나 사이에는 심각한 문제가 있었어. 하
지만 그 사람은 이제 괜찮아."

"마리노가 나아졌다는 건 인정해. 계속 좋아지기만을 바랄 뿐이야." 벤
턴은 어떻게 해야 할지 결론을 내릴 수 없다는 듯, 술잔만 만지작거리고
있었다.

욕실의 수증기가 날아가자, 스카페타는 화강암으로 된 선반 위에 자기
가 남겨 놓은 메모를 보았다. '금요일 오전, 제이미에게 전화할 것.' 아침이
되면 버거의 사무실로 난초로 보낼 생각이었다. 늦었지만 생일 선물이었
다. 어쩌면 화려한 프린세스 미카사(난의 일종으로 반다와 아스코센트룸의 속
간교배종―옮긴이)가 좋을지도 모르겠다. 버거가 가장 좋아하는 색이 사파
이어 블루니까.

"벤턴, 우린 결혼했어. 마리노는 그 사실을 너무나 잘 알고 있고, 그대로
받아들였어. 어쩌면 마음을 놓았을지도 몰라. 나는 마리노가 틀림없이 행
복해졌을 거라고 생각해. 왜냐하면 그 사람은 그 사실을 받아들인 뒤에
진지한 연애를 하게 되었고, 자신을 위한 새 인생을 살게 되었으니까." 스
카페타가 말했다.

그녀는 아까 차에서 마리노의 외로움을 느낀 뒤부터 그가 진지한 연애를 하고 있고, 새로운 인생을 살고 있는 건지 확신할 수 없었다. 스카페타는 마리노가 2호 트럭이 있는 긴급 구조대의 차고에 들러, 자청해서 구조견을 데리고 할렘을 어슬렁거리며 돌아다니는 모습을 상상해 보았다.

　"마리노는 그 단계를 지나갔어. 이제는 당신 차례야. 난 이젠 끝냈으면 좋겠어. 당신이 어떻게든 해야 한다고 생각해. 이젠 제발 끝내 줘. 끝난 척하지 말고. 그동안 아무 말도 하지 않았지만 사실 다 알고 있었어. 우리 모두 함께 있으니까."

　"아주 행복이 넘치는 대가족이지." 벤턴이 말했다.

　"바로 그거야. 당신의 이런 적개심, 질투심. 이젠 그만 끝냈으면 좋겠어."

　"술을 한 모금 마셔 봐. 그럼 기분이 나아질 거야."

　"지금 당신이 나를 깔보고 있는 것 같은 느낌이 들어. 그래서 화가 나." 스카페타의 목소리가 다시 떨렸다.

　"난 당신을 깔보지 않았어. 케이." 벤턴이 부드럽게 말했다. "그리고 당신은 이미 화가 나 있었고. 아까부터 화를 내고 있었잖아."

　"당신이 나를 깔보고 있는 것처럼 느껴져. 그리고 화났던 거 아니야. 어째서 당신이 그런 식으로 말하는 건지 모르겠어. 도리어 당신이 화나게 만들고 있잖아." 스카페타는 싸우고 싶지 않았다. 싸우는 것이 싫었다. 하지만 그녀는 상황을 그쪽으로 몰아가고 있었다.

　"내가 당신을 깔본 것 같은 느낌이 들었다면 미안해. 하늘에 맹세코 그런 적 없어. 그리고 당신이 화를 냈다고 탓하자는 것도 아니야." 그는 술을 한 모금 마셨다. 그리고 술잔 안에 들어 있는 얼음이 움직이는 것을 쳐다보았다. "난 결코 당신을 화나게 만들 생각은 없었어."

　"정말 문제는 당신이 실제로 용서하지 않았다는 것이고, 당신이 잊지도 않았다는 거야. 그게 마리노와 당신 사이의 문제지. 당신은 그 일을 용서하지 않았고, 전혀 잊지도 않았어. 하지만 결국에는 그런 게 무슨 도움이 될까? 마리노가 그런 짓을 저지른 건 사실이야. 그 사람은 술에 취해 있었고, 약을 먹었고, 제정신이 아니어서 하지 말았어야 할 짓을 저질렀어. 그래, 그 사람이 정말 그랬어. 아마 그 일을 용서하지 못하고, 잊지 못할 사람이 있다면 그건 나일 거야. 마리노가 거칠고 난폭하게 굴었던 대상이 나니까. 하지만 그건 지난 일이야. 마리노도 미안해하고 있어. 너무 미안하니까 날 피할 정도로 말이야. 몇 주일씩 그 사람과 연락 한 번 하지 않고 지낼 때도 있어. 마리노는 내 옆에 있을 때는, 우리 옆에 있을 때는 지나칠 정도로 예의를 지켜. 당신 앞에서도 지나칠 정도로, 마치 아부하는 것처럼 보일 정도로 정중하지. 그런데 그런 것들이 여러 가지 상황을 점점 더 불편하게 만들고 있어. 당신이 인정하지 않으면 우리는 그 일을 결코 과거로 돌릴 수 없어. 이건 전부 당신한테 달린 거야."

"내가 그 일을 잊지 못하는 건 사실이야." 벤턴이 냉정하게 말했다.

"당신이 우리들 중 다른 사람만 용서받아야 하고, 잊어버려야만 하는 일을 저질렀다고 생각한다면 그건 공정하지 않아." 그녀가 말했다. 무서울 정도로 혼란스러웠다. 스카페타는 마치 그 소포가 운반되던 중에 폭발하기라도 한 것 같은 기분이 들었다.

벤턴이 적갈색 눈동자로 그녀를 보았다. 주의 깊게 쳐다보고 있었다. 그는 미동도 하지 않고 앉아서, 다음에 무슨 말이 나올지를 기다리고 있었다.

"특히 마리노한테, 루시한테 말이야. 당신은 두 사람한테 그 비밀을 지키라고 했지. 당신을 위해 거짓말을 했지만 나도 기분이 좋지 않았고, 그 두 사람한테도 부당한 일이었어. 그 과거를 위장하는 일에 난 관심이 없었으니까." 스카페타는 자제할 수가 없었다. 그 과거에 대한 이야기가 목구멍 절반까지 올라왔다. 그녀는 그 과거가 밖으로 흘러나와 두 사람의 인생, 벤턴과 그녀가 함께하는 인생을 뒤덮어 버리지 않도록 힘겹게 삼켰다.

벤턴은 부드러우면서도 슬픔이 서린 눈으로 그녀를 쳐다보고 있었다. 그의 움푹 들어간 목에 잔뜩 고여 있던 땀이 은빛 가슴 털 속으로 사라졌다가 배 위로 흘러내려, 스카페타가 사 준 매끈한 회색 잠옷 바지의 허리

춤을 적셨다. 벤턴의 탄탄한 근육과 탄력 있는 피부가 돋보이는 호리호리
한 몸은 여전히 눈에 띄었고, 여전히 아름다웠다. 스카페타가 스스로 오염
되었고, 지저분하고, 어리석다는 느낌을 떨쳐 버리기 위해 샤워를 오래 한
탓에 욕실은 온실처럼 습하고 따뜻했다. 그렇게 했음에도 그 소포의 고약
한 냄새나, 〈칼리 크리스핀〉 쇼, CNN 자막 뉴스 같은 것들을 떨쳐 버릴
수가 없어서, 그녀는 무력함을 느꼈다.

"자, 이제 당신은 뭐라고 할 건데?" 스카페타의 목소리가 심하게 떨렸다.

"이미 알고 있잖아." 그가 의자에서 일어났다.

"난 싸우고 싶지 않아." 스카페타의 눈에 눈물이 고였다. "너무 지쳤나
봐. 그뿐이야. 너무 지쳤어. 미안해. 내가 너무 피곤한가 봐."

"후각계는 우리 뇌에서 가장 오래된 부분 중 하나로, 감정과 기억, 행동
을 지배하는 정보를 보내지." 벤턴이 그녀의 뒤로 가 허리를 감싸 안았다.
흐릿한 거울에 두 사람의 모습이 비쳤다. "각각의 향기 입자는 온갖 감각
기관을 자극해." 그녀의 목 뒤에 키스하면서, 끌어안았다. "어떤 냄새를 맡
았는지 말해 봐. 당신이 할 수 있는 한 자세하게 말이야."

이제 그녀의 눈에서 눈물이 흐르기 시작했고, 더 이상 거울 속에 비친
모습을 볼 수가 없었다. 스카페타가 중얼거렸다. "뜨거운 포장도로. 석유.
불이 붙은 성냥. 사람 살이 타는 냄새."

벤턴은 새 수건을 집어 들더니 스카페타의 머리를 문지르며 두피 마사
지를 해 주었다.

"나도 몰라. 정확한 건 모르겠어." 그녀가 말했다.

"정확하게 알 필요는 없어. 우리가 알아야 할 건 당신이 받은 느낌이
니까."

"그 소포를 놔두고 간 사람이 누구든 목적을 이뤘네. 그 안에 별다른 게
들어 있지 않았다고 해도 나한테는 폭탄이나 마찬가지였으니까." 스카페
타가 말했다.

11

자업자득

　루시의 벨 407 헬기는 K 유도로 위를 맴돌며 대기하고 있었다. 마치 커다란 손이 밀어내는 것 같은 바람을 맞으며, 관제탑에서 착륙을 허가해주기만을 기다리고 있었다.

　"또 저 모양이에요. 저놈의 운반대를 저기 두면 어떻게 하라는 건지." 루시가 조종석의 옆자리에 앉아 있던 버거에게 말했다. 버거는 선택권이 있을 경우, 얌전히 뒷좌석에 타는 사람이 아니었다.

　웨스트체스터카운티 공항의 서쪽 경사로에는 주기한 비행기들로 가득했다. 단발기와 실험적인 자가 비행기에서부터 슈퍼 중형 챌린저와 장거리 비행용 보잉 상용 비행기까지 종류도 다양했다. 루시는 여러 가지 위험한 여건 속에 비행하고 있는 불안감을 애써 가라앉히려 하고 있었다. 하지만 완전히 억누를 순 없었다. 루시는 폭발하기 일보직전이었고, 도저히 진정할 수가 없었다. 그런 감정이 드는 것이 싫었지만, 그런 감정을 떨칠 수 없다는 것도 싫었다. 그래서 루시는 분노를 느낄 수밖에 없었다. 그 감정을 다스리기 위해, 애써 노력한 끝에 뭔가 좋은 일들, 행복한 일들을 떠올리자, 마음이 한결 편안해지면서 가라앉았다. 어쩌면 너무 오랜 시간 동안 그런 감정들을 무시하고 내버려 둔 탓에, 더욱 격해졌던 것일지도 모른다. 사라진 것이 아니었다. 그저 사라졌다고 생각했던 것이었다. "이 세상에 너보다 더 똑똑하고 건강하게 태어난 사람도, 너보다 더 사랑받은 사람도 없을 거야. 그런데 왜 그렇게 계속 짜증만 내고 있는 거니?" 케이 이모는 이런 말을 자주 했었다. 이제는 버거도 같은 말을 했다. 버거와 스카페타의 말이 같이 들렸다. 같은 언어, 같은 논리. 마치 그들이 같은 주파수로 통신하는 것 같았다.

루시는 다른 비행기들 쪽에 지나치게 가깝게 붙어 있는 운반대에 접근할 방법을 생각해 보았다. 운반대란 바퀴 달린 작은 나무 플랫폼을 말하는데, 지금은 견인봉이 잘못된 방향으로 놓여 있었다. 이런 상태에서 최선은 10시 방향에 있는 리어제트기와 킹 에어의 날개 끝 사이에서 높은 고도를 유지하며 맴도는 것이었다. 그 비행기들이 작은 비행기들보다는 헬기의 회전 날개에 영향을 덜 받을 것이기 때문이다. 그런 다음 똑바로 운반대를 향해 하강할 것이다. 평소 하던 것보다 급강하다 보니, 헬기 꼬리 쪽으로 28노트의 바람을 일으키며 착륙하게 될 것이다. 그럴 경우, 항공 교통 관제사가 착륙 허가를 철회할 수도 있다. 또한 헬기 뒤쪽 바람이 너무 심할 경우에 동력만으로 그 바람을 이겨 내야 하는데, 그러면 착륙이 위험하고 힘들 것이다. 그렇게 착륙하게 되면 조종석 안으로 배기가스가 스며들 것이고, 버거는 그 가스를 들이마시고 두통이 난다고 투덜거릴 것이며, 앞으로 다시는 루시가 조종하는 헬기를 타고 싶지 않다고 할 것이다. 두 사람이 함께할 수 없는 일이 한 가지 더 늘어나게 될 것이다.

"이건 고의적이에요." 루시가 인터컴으로 말했다. 그녀는 온몸을 긴장한 채, 조종 장치를 잡은 손과 발에 힘을 주었다. 원래 헬리콥터가 9미터 상공에서 한자리에 가만히 떠 있는 것은 힘든 일이었다. "저 자식의 이름과 번호를 알아낼 거예요."

"관제탑과 운반대 위치는 아무 관계없어." 루시는 헤드셋을 통해 버거의 목소리를 들었다.

"저자가 하는 말 들었잖아요." 루시는 방풍 유리 바깥을 주시했다. 그녀는 빽빽하게 무리 지어 있는 비행기들의 거무스름한 형체를 살폈다. 그 비행기들을 바닥에 고정시켜 놓은 밧줄도 보였다. 느슨하게 감겨 있는 밧줄의 너덜너덜한 끝부분이 헬기가 비추고 있는 20만 촉광 나이트선 조명 불빛 속에서 흔들리고 있었다. "저 사람이 나한테 에코 루트로 가라고 했잖아요. 난 그 말을 무시하지 않고 확실하게 따랐어요. 그러니까 내가 지금 이렇게 고생하고 있는 건 저 사람 때문인 거죠."

"관제탑에서는 운반대의 위치보다 신경 써야 할 일들이 아주 많아."

"저자는 자기가 원하는 대로 할 수 있어요."

"그만해. 신경 쓸 필요 없는 일이야." 단단한 나무처럼 확고한 버거의 목소리는 음색이 깊었다. 열대 우림의 경질 수목, 마호가니, 티크. 아름답지만 유연성이 없고, 상처가 많다.

"저 사람이 근무할 때마다 뭔가 문제가 있었어요. 그러니까 저 사람이 문제인 거예요." 루시는 헬기 동체가 바람에 떠밀려 가지 않도록 조심하면서 말했다.

"별일 아니잖아. 그쯤 하고 그만해." 버거는 저자의 변호사 노릇을 하고 있다.

무엇 때문인지는 모르겠지만, 루시는 부당하게 비난받고 있는 것 같은 느낌이 들었다. 이유는 모르겠지만, 억압당하고 평가받는 것 같았다. 그녀가 이모에게서 받는 느낌과 똑같았다. 다른 사람들에게서 받는 느낌과 똑같았다. 심지어 스카페타가 그녀를 억압하거나 평가하지 않는다고 말했을 때조차, 루시는 이모가 항상 자신을 억압하고 평가하고 있는 것 같다는 느낌을 받았다. 스카페타와 버거는 오랜 세월 함께 일했고, 나이도 비슷했다. 루시와 두 사람 사이에는 세대와 문화가 달랐다. 하지만 루시는 그런 것을 문제라고 생각하지 않았고, 도리어 정반대라고 믿었다. 적어도 루시는 자신이 존경할 수 있고, 영향력과 뛰어난 능력을 가지고 있으며,

결코 지겹지 않은 누군가를 찾았기 때문이다.

진한 갈색의 짧은 머리와 아름다운 얼굴, 뛰어난 몸매와 위험할 정도로 좋은 두뇌를 유전자로 갖고 태어난 제이미 버거는 눈에 띌 수밖에 없었다. 루시는 버거의 외모, 움직이는 모습, 자신을 표현하는 방식을 사랑했다. 버거가 정장을 입는 것도, 부드러운 코듀로이와 데님, 자신의 사회적인 위치와는 어울리지 않는 저 빌어먹을 털 코트를 입는 것도 좋았다. 루시는 언제나 자신이 원했던 것, 늘 꿈꾸어 왔던 것을 마침내 얻었다는 사실이 믿기 힘들어 여전히 찾아 헤매고 있었다. 그건 완벽하지 않았다. 완벽에 가깝지도 않았다. 그리고 지금 루시는 무슨 일이 일어나고 있는 건지 알 수가 없었다. 두 사람이 함께한 지 1년도 채 되지 않았다. 더군다나 지난 몇 주일은 끔찍하기까지 했다.

루시는 조종 핸들의 전송 버튼을 누르며 무전기에 대고 말했다. "헬리콥터 9LF, 여전히 대기 중이다."

한참 뒤에 거만한 목소리가 답신을 했다. "헬리콥터 응답하라. 자리를 이탈했다. 반복해서 알린다."

"헬리콥터 9LF, 여전히 대기 중이다." 루시가 다시 무뚝뚝하게 말한 뒤, 전송 버튼에서 손을 뗐다. 그리고 인터컴으로 버거에게 말했다. "난 자리 이탈 안 했어요. 혹시 지금 다른 비행기 지나가는 소리 들었어요?"

버거는 대답하지 않았다. 루시도 그녀를 쳐다보지 않고, 앞에 있는 방풍 유리만 쳐다보고 있었다. 비행의 좋은 점 중 하나는 루시가 화가 나거나 상처받았을 때 다른 사람을 보지 않아도 된다는 것이었다. 좋은 일을 해도 욕을 먹는 경우가 있다. 마리노가 수도 없이 해 준 말이었다. 마리노는 "좋은 일"이 아니라 "호의"라는 표현을 쓰긴 했지만. "호의를 베풀어도 욕을 먹는 경우가 있단다." 그는 루시가 어릴 때부터 뭔가 큰일이 생겨 신경이 곤두서 있을 때마다 이 말을 하곤 했다. 이제 와서 생각해 보면 루시는 마리노를 유일한 친구처럼 여기고 있었다. 믿을 수 없는 일이긴 하다. 불과 얼마 전에 그녀는 마리노의 머리에 총알을 박아 넣고 싶었다. 루시가 폴란드의 슈체친에 있는 래디슨 호텔 511호실에서 살인 혐의로 인터폴의 적색 수배(인터폴의 5대 수배 유형인 청, 녹, 황, 흑, 적 중 가장 높은 단계－옮긴이)를 받고 있던 도망자, 바로 마리노의 빌어먹을 아들에게 했던 것처럼 말이다. 그녀는 가끔 로코 주니어가 불쑥 떠오를 때가 있었다. 땀에 흠뻑 젖은 채 온몸을 부들부들 떨면서 눈을 휘둥그레 뜨고 있던 그 모습이. 지저분한 음식 접시들이 방 안에 흩어져 있었고, 더러운 그의 몸에서는 악취가 풍겼다. 그는 애원했다. 애원이 통하지 않자 뇌물을 주려고 했다. 아무 죄 없는 사람들에게 그런 짓을 저지른 주제에 자기만 살겠다고 한 번만 기회를 달라며 애걸복걸하다가, 다시 돈으로 빠져나가려고 한 것이다.

좋은 일을 해도 욕을 먹는 경우가 있다. 그리고 루시는 좋은 일을 하지 않았다. 할 생각도 없었다. 그녀가 자비를 베풀어 로코를 살려 주었다면, 그자는 그 보복으로 경찰인 자기 아빠를 살해했을 것이다. 피터 로코 마리노 주니어는 이름을 카지아노로 바꿨다. 그는 자기 아버지를 몹시 증오하고 있었다. 싹수가 노랗던 로코 주니어는 자기 아버지인 마리노가 낚시 여행을 떠났을 때 그곳에서 무자비하게 제거할 계획을 세웠다. 마리노는 1년에 한 번씩 다른 사람들 일에는 신경 쓰지 않고 벅스 호수에 있는 오두막집에서 지내곤 했다. 그곳은 집처럼 보이긴 했지만, 침입하기 좋은 곳은 아니었다. "자, 다시 생각해 봐, 로코 주니어." 루시가 그 호텔에서 나오자, 총성이 귓가에 울렸다. 그녀는 안도감을 느꼈다. 아니, 정확하게 말하면 안도감만 느낀 건 아니었다. 그건 루시가 마리노에게 이야기할 수 없는 일이었다. 그녀는 그의 아들을 죽였다. 자살처럼 보이게 만든 조심스러운 처형이었다. 그런 비밀 작전이 루시의 일이었고, 제대로 해냈다. 하지만 그렇다고 해도 그자는 마리노의 아들이었고, 유일한 자식이었으며, 루시가 알기로는 마리노의 집안 가계도의 마지막 가지였다.

그 관제관이 다시 그녀를 불렀다. "9LF, 대기하라."

'빌어먹을 패배자 녀석 같으니.' 루시는 컴컴한 관제실에 앉아 있는 그 남자를 상상해 보았다. 그자는 저 높은 관제탑에서 그녀를 내려다보며 실실 웃고 있을 것이다.

"9LF, 알았다." 루시는 대답을 한 뒤, 버거에게 말했다. "지난번에도 이랬어요. 날 골탕 먹이는 거예요."

"그렇지 않아."

"저자의 전화번호를 알아야겠어요. 저자가 누군지 알아내고 말 테니까."

"그러지 마."

"저들은 내 차를 잃어버리지 말았어야 해요. 그리고 그런 걸로 장난치지 말았어야 했어요."

"관제탑은 주차와 아무 상관없어."

"당신이 주 경찰관과 친분이 있어야 할 텐데. 아무래도 과속을 해야 할 거 같네요. 우리가 늦지 않으려면 말이에요." 루시가 말했다.

"이번에 휴가를 떠나는 게 좋은 생각은 아니었어. 다음번에 갔으면 좋았을 텐데."

"다음번은 당신 생일이 아니잖아요." 루시가 말했다.

루시는 그런 고통을 느끼고 싶지 않았다. 그녀는 헬기를 거의 90퍼센트 회전을 시키면서, 옆바람이 꼬리 부리에 부딪치지 않게 조심하며, 동체가 빙빙 돌지 않도록 페달을 꽉 밟은 채 조종 핸들과 출력 조절 장치를 이용해 아주 세심하게 방향을 돌렸다. 버거도 인정하고 있었다. 버몬트에서 생일을 보내고 싶지 않았던 것이다. 그 사실을 루시에게 말할 필요는 없었다. 버거는 혼자 벽난로 앞에 앉아 스토의 불빛들과 내리는 눈만 쳐다보고 있었으니까. 아마 멕시코에 갔더라도 마찬가지였을 것이다. 버거는 온통 다른 데 정신이 팔려 있었다. 뉴욕 지방검사실 성범죄 담당반의 수장으로서 5개구(맨해튼, 브롱크스, 브루클린, 퀸스, 리치먼드)에서 일어나고 있는 극악무도한 범죄들을 감독해야 했고, 해나 스타는 실종된 지 몇 시간 만에 성범죄 살인사건의 희생자가 되었을 것으로 추정되고 있었다. 버거는 그 사건을 3주일간 수사하면서, 루시와 그녀의 법과학 컴퓨터 기술 덕택에 그 사건을 전혀 다른 시각으로 보게 되었다. 그렇게 해 준 루시에 대한 보답이랄까? 버거는 다른 생각을 할 수 없었다. 그런데 또다시 공원에서 조깅하던 여자가 죽은 채 발견된 것이다. 루시가 몇 달간 계획했던 깜짝 휴가는 엉망이 되어 버렸다. 좋은 일을 해도 욕을 먹게 되는 또 하나의 사례가 된 것이다.

그런 와중에 루시 역시 자신만의 편견과 감정에 빠진 채 난로 옆에서 샤블리 그랑 크뤼만 마시고 있었다. 그녀는 버거가 전혀 알아차리지 못하는 어두운 생각들을 품고 있었다. 아주 어두운 생각들로, 자신이 저지른 실수에 관한 두려운 생각들이었다. 구체적으로 말하면 해나 스타와 관련된 실수도 있었다. 루시는 그 실수를 용서할 수 없었고, 그 실수에서 벗어날 수가 없었다. 그래서 노상 자신을 힘들게 만드는 만성 피로나 신경통과 같은 병에라도 걸린 것처럼 화가 났고, 증오로 가득 차 있었다. 하지만 루시는 아무것도 드러내지 않았다. 버거는 아무것도 모르고 있었고, 루시의 내면의 깊이가 얼마나 되는지 가늠조차 하지 못했다. FBI와 ATF에서 신분을 숨기고 살아 온 세월에, 준군사적인 사립 조사 기관들에서 일해 온 시간들이 더해지면서 루시는 자신이 무엇을 드러내야 하고, 무엇을 지켜야 하는지 통제할 수 있었다. 수사를 망치게 되거나, 자신의 목숨이 위험할 수 있었기 때문에 아주 사소한 안면 경련이나 몸짓 하나까지도 완벽하게 통제할 수 있어야만 했다.

루시는 객관적으로나 윤리적으로 봤을 때, 해나 스타 사건의 법과학 컴퓨터 분석에 동의할 수 없었다. 지금까지는 그 사건을 의도적으로 피했지만, 해나가 고의적으로 몸을 숨겼다는 것을 알게 된 이상은 그럴 수 없었다. 다른 사람은 몰라도 루시는 그 서투른 연출을 알아차릴 수밖에 없었다. 루시 본인이 해나 스타와 함께한 과거가 있었기에, 그 제멋대로인 여자의 전자 파일과 이메일 계정을 복원하고, 해나의 사랑하는 남편 보비가 매일같이 보내는 이메일을 하루도 빠짐없이 살피다 보니 사건 조사를 시작하기 전에 생각했던 것보다 훨씬 더 마음이 피폐해졌다. 루시가 뭔가를 알아내면 알아낼수록, 경멸하면 경멸할수록, 분노 역시 더해만 갔다. 이제 그녀는 그만둘 수도 없었고, 그만두라고 할 수 있는 사람도 없었다.

루시는 노란색 페인트로 칠해져 있는 대기선 위에 떠 있는 채로, 그 관제사가 불쌍한 하커 조종사에게 진로를 엉망으로 알려 주는 것을 듣고 있었다. 도대체 사람들한테 무슨 문제가 생긴 걸까? 경제가 바닥을 치기 시작하자, 이 세상이 무너지는 것 같았지만 루시는 9·11 이후에 그랬던 것처럼 사람들이 좀 더 현명하게 행동할 거라고 생각했었다. 겁을 집어 먹었을지라도, 생존을 위한 방식이 있을 거라고 생각했다. 그런 생존을 위한 기회를 만났을 때도 교양 있는 사람이라면 좀 더 바람직하게 처신할 것이다. 아주 중요한 것이 아닌 이상 그것을 얻기 위해 굳이 다른 사람들을 괴롭히지 않을 것이다. 그런데 저 빌어먹을 항공 관제사는 루시나 다른 조종사들에게서 아무것도 얻을 게 없다고 저 따위로 행동하는 것이다. 그리고 관제탑 안에 있으면 자기가 누군지 모를 거라고 생각하기 때문에 저런 짓을 할 수 있는 것이다. 루시는 저 관제사와 직접 대면해 보고 싶었다. 관제탑까지 걸어가, 닫혀 있는 출입문 앞에서 인터컴 버튼을 누르는 것이다. 그러면 누군가 그녀를 안으로 들여보내 줄 것이다. 관제탑에 있는 사람들은 루시가 어떤 사람인지 잘 알고 있었으니까. '젠장. 마음을 가라앉히자.' 루시는 생각했다. 지금은 이럴 때가 아니었다.

일단 착륙하고 나면, 루시는 연료를 채워 넣지 않을 것이다. 연료 트럭이 올 때까지 기다릴 수가 없었다. 이런 식으로 일이 진행되는 거라면 연료를 넣기까지 영원의 시간이 걸릴지도 모를 일이다. 루시는 헬리콥터 문만 잠근 채, 그대로 차에 올라타 맨해튼을 향해 전속력으로 달릴 것이다. 더 이상 지체할 수가 없었다. 그들이 빌리지로 가, 루시의 로프트(공장 등을 개조한 아파트－옮긴이)에 도착하면 1시 30분이 될 것이다. 절대 놓치면 안 되는, 새벽 2시로 예정된 심문까지 시간이 촉박했다. 해나 스타에게로 이어질지 모르는 심문이었다. 추수감사절 전날, 해나 스타가 배로스트리트에서 노란 택시에 올라타는 모습이 마지막으로 목격되었다는 말이 전해진 뒤부터 대중들은 그녀의 실종사건을 놓고 병적인 상상력을 발휘하고 있었다. 얄궂게도 그 사건은 루시가 살고 있는 곳에서 몇 블록 떨어지지 않은 곳에서 일어났다. 버거는 그 점을 여러 번 지적했다. "그날 넌 집에 있었지. 아무것도 보지 못했다는 게 유감이네."

"헬리콥터 9LF. 경사로로 진입을 시작하라. 착륙은 알아서 하길. 만일 이 공항이 익숙하지 않다면 우리에게 알려 주기 바란다."

"9LF, 알았다." 루시가 아무 억양 없이 대답했다. 그건 그녀가 누군가를 죽이거나 위협할 때 말하는 방식이었다. 루시는 헬리콥터를 앞으로 접근시켰다.

그녀는 경사로 가장자리에서 맴돌다가, 운반대를 향해 수직으로 강하하기 시작했다. 그 운반대는 잠자리가 떠오르는 로빈슨 헬리콥터와 해나스타가 떠오르는 걸프스트림 제트기 사이에 놓여 있었다. 착륙과 함께 바람이 꼬리 부리에서 일어나면서, 조종석 안이 배기가스로 가득 찼다.

"익숙하지 않아?" 루시가 최적 비행을 하기 위해 조절판을 내리고, 낮은 RPM(분당회전수) 때문에 울리는 경고음을 끄면서 말했다. "익숙하지 않다고? 당신도 들었어요? 저자가 나를 엉터리 조종사 취급했어요."

버거는 아무 말도 하지 않았다. 배기가스 냄새가 심했다.

"저 인간은 매번 저랬어." 루시가 머리 위쪽에 달려 있는 스위치들을 껐다. "배기가스는 미안해요. 괜찮아요? 2분만 참아요. 정말 미안해요." 루시는 저 관제사를 만날 것이다. 이대로 넘어갈 수는 없었다.

버거는 헤드셋을 벗더니, 창문을 열고, 얼굴을 그쪽으로 붙였다.

"창문을 열면 더 안 좋을 수도 있어요." 루시가 버거에게 말했다. 그녀는 관제탑으로 달려가 엘리베이터를 타고 꼭대기까지 올라간 뒤, 관제실로 들어가서 동료들이 보는 앞에서 저자를 죽여 버릴 것이다.

루시는 디지털시계로 초를 세고 있었다. 50여 초가 지나가자 불안과 분노가 더욱 커졌다. 그녀는 저 망할 항공 교통 관제사의 이름을 알아낼 것이고, 누군지 밝혀내고야 말 것이다. 루시는 이제껏 정중하게 행동했고,

모든 일은 알아서 처리했으며, 팁도 잘 줬고, 이용료도 잘 냈다. 그런데 저 관제사를 비롯한 여기서 일하는 사람들은 대체 왜 이러는 것일까? 31초 가 지났다. 루시는 그자의 이름을 알지 못했다. 그자에 대해 아무것도 모르고 있었다. 그자가 아무리 자기에게 무례하게 굴어도, 다른 사람들에게 무례하게 굴었어도 루시는 지금껏 비행에 관련된 말만 했었다. '좋아, 만일 그자가 싸움을 원한다면 그대로 해 주겠어.' 그자는 자기가 누구를 상대하고 있는지 모르고 있었다.

루시는 관제탑에 무전을 쳤다. 똑같은 관제사가 응답했다.

"그쪽 상관의 전화번호를 알고 싶어요." 루시가 말했다.

그는 그 전화번호를 알려 주었다. 선택의 여지가 없었기 때문이다. 연방 항공국의 규정이었다. 루시는 허벅지에 고정시켜 놓은 판 위에 받아 적었다. 그자는 이제 걱정을 하기 시작할 것이다. 진땀도 좀 흘리겠지. 루시는 운항 지원 사업국에 무전으로 연락해 그녀의 차를 대기시키고, 헬리콥터를 격납고에 넣어 달라고 했다. 그녀는 다음에 일어날 기분 나쁜 일로 페라리가 훼손되어 있는 건 아닐지 궁금했다. 어쩌면 그 관제사는 그 일 역시 알고 있을지도 모른다. 루시가 조절판을 끄자, 마지막 경고음이 사라졌다. 그녀는 헤드셋을 벗어 고리에 걸었다.

"이제 나가야 되겠어. 누구하고든 싸울 생각하지 마." 버거가 악취가 나는 조종석의 어둠 속에서 말했다.

루시는 로터 브레이크 시스템을 껐다. "날개가 완전히 멈출 때까지 기다려요. 그리고 우리가 땅이 아니라 운반대 위에 있다는 것도 잊지 말고요. 헬기에서 내렸을 때 그 사실을 절대로 잊으면 안 돼요. 이제 몇 초만 기다리면 돼요."

버거는 루시가 잠금을 풀자, X자 모양의 안전벨트를 풀었다. 가스가 완전히 빠지고 나자, 루시는 배터리 스위치를 내렸다. 그들은 헬기에서 내렸다. 루시는 두 사람의 짐 가방을 내린 뒤, 헬기 문을 닫았다. 버거는 기다리지 못하고 운항 지원 사업국 쪽으로 향했다. 빠른 걸음으로 비행기 사이를 지나치다가, 고정 도구와 연료 탱크를 피해서 돌아가는 버거의 밍크코트를 걸치고 있는 호리호리한 뒷모습이 점차 멀어지더니 보이지 않게 되었다. 루시는 버거가 어떻게 할지 이미 다 알고 있었다. 버거는 이제 여자 화장실에 뛰어 들어가 에드빌이나 조믹 네 알을 삼킨 뒤에, 차가운 물로 얼굴을 씻을 것이다. 다른 때였다면 차에 곧장 타지 않고, 신선한 공기를 마시기 위해 주변을 산책하면서 속을 가라앉혔을 것이다. 하지만 지금은 그럴 시간이 없었다.

만일 두 사람이 새벽 2시까지 루시의 로프트로 돌아가지 못한다면 햅 저드는 그대로 사라질 것이고, 두 번 다시 버거에게 연락하지 않을 것이다. 그자에게는 어떤 변명도 통하지 않을 것이며, 도리어 그런 변명 자체가 계략이라고 믿을 것이다. 햅 저드는 파파라치가 근처에 있을 거라고 믿었다. 정확하게 말하자면, 죄책감과 편집증 때문에 혼자서 그렇게 생각하고 있었다. 그가 두 사람을 바람맞힐 가능성도 있었다. 햅 저드에게 변호사가 있다면, 아무리 멍청한 변호사라 할지라도 그에게 아무 말도 하지 말라고 할 것이다. 그렇게 되면 가장 좋은 단서를 잃어버리게 될 것이고, 해나 스타를 영원히 찾을 수 없게 될 것이다. 해나의 정의가 아닌, 진정한 정의와 진실을 위해 해나 스타는 찾아내야만 한다. 다른 사람들이 모두 아니라고 해도 그 여자는 그럴 자격이 없었다. 정말 웃기는 일이다. 대중들은 아무것도 모르고 있다. 온 세상이 그 여자를 불쌍하게 여기고 있다니 얼마나 기가 막힌 일인지.

루시는 단 한 번도 해나가 불쌍하다고 여긴 적이 없었다. 하지만 지난 3주일 동안은 자신이 그 여자에게 어떤 감정을 느끼고 있는지 정확하게 깨닫지 못하고 있었다. 해나가 실종되었다는 보도를 보았을 때, 루시는 그 여자로 인해 입을 수 있는 피해를 알아차렸다. 실제로 그렇게 됐지만, 그 실종이 계획적이었다는 것만큼은 미처 깨닫지 못했다. 모든 피해는 단순한 불운과 주식 시장, 붕괴된 경제 사정 때문이라고 발표되었고, 표면에 드러나 있는 인물의 가벼운 조언과 호의는 처벌받았지만, 계획적인 악의에 대해서는 아무 처벌이 없었다. 잘못됐다. 잘못됐다. 잘못됐다. 해나 스타는 사악했다. 그 여자는 악마였다. 루시는 좀 더 직감에 따라 행동했어야만 했다. 해나와 처음 플로리다에서 만났을 때 좋지 않은 느낌을 받았고, 가까이하면 안 된다는 느낌을 받았다. 루시는 이제야 알게 되었다. 그때 해나는 예의 바르고, 아부에 가까울 만큼 친절했지만, 뭔가 다른 게 있었다. 이제야 알게 되었지만, 루시는 그 당시에는 그런 사실을 인정하고 싶지 않았다. 어쩌면 노스마이애미비치의 화려한 아파트 발코니 아래, 기분 나쁜 요란한 소리를 내며 지나가는 고성능 배들을 쳐다보던 해나의 표정 때문이었을지도 모른다. 그렇게 주위가 너무 소란스럽다 보니 루시는 자기 목소리도 제대로 들리지 않았다. 탐욕, 부끄러움을 모르는 탐욕. 그리고 경쟁심.

"틀림없이 당신도 어딘가에 저런 걸 숨겨 놓고 있을 거예요." 해나의 목소리는 허스키하면서도 활기찼다. 최소 9-50인 고성능 엔진이 장착된 46 라이더 XP 트리플의 선체를 타고 바다로 나갈 때 같은, 또는 할리 데이비슨이 전속력으로 달릴 때 스트리밍 이글 머플러 파이프 옆에서 울리는 것 같은 소리가 들렸다.

"난 빠른 보트는 별로 안 좋아해요." 루시는 빠른 배들을 좋아하지 않았다. 그래서 사실대로 말했다.

"그럴 리 없는데. 다른 탈 것들은 가지고 있죠? 난 당신이 우리 아버지 차들을 탐냈던 걸 기억해요. 아마 당신이 아버지가 엔조를 타 보라고 허락해 준 유일한 사람일 거예요. 난 정말 믿을 수가 없었죠. 그때 당신은 어린 소녀에 불과했는데 말이에요. 그래서 시가렛 보트(배 안에 발동기가 달린 대형 모터보트―옮긴이)도 어울릴 거라고 생각했어요."

"그렇지 않아요."

"그래서 난 당신을 안다고 생각했죠."

"마약을 하거나, 러시아 마피아의 심부름을 하는 비밀 생활이라도 하지 않는 한, 어딘가 가야 할 때 그런 것들은 필요 없어요."

"비밀 생활이요? 한번 말해 봐요." 해나가 말했다.

"비밀 생활 같은 건 없어요."

"이런, 저걸 좀 봐요." 또 다른 보트 한 대가 천둥 같은 소리와 함께 하얀 물결을 넓게 가르며 내륙대수로에서 만으로 나가, 둑길 아래를 지나쳐 대서양으로 향했다. "그것도 내 야망 중 하나예요. 언젠간 가지고 말 거예요. 저런 보트뿐만 아니라 비밀 생활도 말이에요."

"그 뜻을 이루게 되면 나한테 들키지 않는 게 좋을 거예요. 이건 보트 얘기가 아니에요."

"안 그래요. 귀여운 사람. 내 인생은 활짝 펼쳐져 있는 책과 같은 걸요." 해나의 아르데코 다이아몬드 귀걸이가 햇빛에 반사되었다. 그녀는 발코니 난간을 붙잡고 서서, 연한 녹청색 물결과 담청색 하늘, 뼈처럼 하얀 해변에 흩어져 있는 막대 사탕처럼 보이는 접혀 있는 파라솔들과 잎사귀 끝이 노랗게 변해 있는 가벼운 야자수 나무들을 바라보고 있었다.

루시는 해나가 5성급 리조트 광고에서 걸어 나온 것처럼 보인다는 생각을 했던 기억이 떠올랐다. 실크로 된 웅가로를 걸친 이 금발 머리 미인은 너무나도 매력적일 뿐만 아니라, 오랜 세월 동안 수준 높은 자본가로서 신뢰를 얻고 있었다. 해나는 나이 마흔에 완벽하고, 평범한 것이나, 곤란한 것, 뭔가 추악한 것들에는 손을 대지 않는 존귀한 사람들 중 한 명으로, 그녀의 아버지인 루프 스타가 주최하는 파티나 호화로운 저녁 식사에서 루시가 항상 피했던 사람이었다. 해나가 범죄를 저지를 만한 위인으로 보이진 않았지만, 그렇다고 해서 그녀가 거짓말을 일삼거나 남의 물건을 몽땅 훔쳐 가는 것과 같은 자잘한 일들을 해내지 못할 거라는 생각은 아니었다. 루시는 해나의 펼쳐진 책을 오독했다. 그 오독으로 막대한 손해를 입었다. 루시는 해나의 작은 호의 덕분에 아홉 자리 숫자의 타격을 입었다. 한 번의 거짓말은 또 다른 거짓말을 부르기 마련이다. 루시는 속이기 쉬운 사람이긴 했지만, 그녀는 자신만의 거짓말에 대한 정의가 있었다. 끝에 가서 진실로 밝혀진다면, 그건 거짓말이라고 할 수 없다는 것이다.

루시는 그 경사로 중간에 멈춰 서서, 블랙베리로 마리노에게 전화를 걸었다. 지금 마리노는 햅 저드의 소재를 파악해서 감시하는 중이었다. 아무도 알아보지 못하도록 이런 꼭두새벽에 만나기로 한 햅 저드가 다른 생각을 하지 못하게 하기 위해서였다. 이 일이 〈포스트〉 6면 끝이나, 인터넷에 퍼지는 것을 원하지 않았다. 어쩌면 햅 저드는 3주일 전에 제이미 버거가 처음 연락했을 때와 마찬가지로 또 바람을 맞힐 생각일 수도 있었다. 어쩌면 그자는 루시의 친구인, 밀고자일 수도 있는 낯선 사람에게 그런 이야기를 하기 전에 좀 더 신중했어야 한다고 생각하고 있을지도 몰랐다.

"도착했니? 우린 네가 존 덴버를 만나러 가기로 한 건 아닌지 걱정하던 참이었어." 마리노의 목소리가 들렸다.

루시는 웃지 않았다. 심지어 미소조차 짓지 않았다. 그녀는 절대로 사고로 죽은 사람들에 대한 농담은 하지 않았다. 비행기, 헬리콥터, 오토바이, 자동차, 우주선. 재미없었다.

"맵퀘스트를 이메일로 보냈어." 루시가 짐 가방을 어깨에 걸치고 다시 걷기 시작했을 때, 마리노가 말했다. "네가 GPS도 없이 자동차 경주라도 하듯 달릴 거라는 걸 알고 있으니까 말이야."

"내 집에 가는데 GPS가 왜 필요해요?"

"도로가 봉쇄됐어. 길을 돌아가야 할 거야. 여기서 작은 소동이 있었거든. 네가 그 위험천만한 물건을 타고 하늘에 있는 동안에는 알리고 싶지 않았어. 너뿐만이 아니라, 한 명 더 달고 있는 상태에선 말이야." 마리노의 상사인 버거를 말하는 것이었다. "네가 길을 잃거나 돌아가다가 새벽 2시까지 도착하지 못하면 누구 탓을 하겠니? 내가 나타나지 않았다고 그 여자가 벌써부터 난리를 치기 시작할 거다."

"나타나지 않는다고요? 그편이 나아요." 루시가 말했다.

그녀가 그에게 부탁한 것은 시간을 끌어 달라는 것이었다. 혹시 삼사십 분 정도 늦더라도 햅 저드를 만날 수 있게 말이다. 만일 마리노가 처음부터 같이 앉아 있게 되면, 햅 저드와의 인터뷰를 그녀가 원하는 방식으로 이끌어 갈 수 없을 것이며, 그녀가 원하는 대로 끝낼 수 없을 것이었다. 루시는 심문에 특별한 재능을 가지고 있었고, 자신이 알아야 하고 이용할 수 있는 일이라면 무엇이든 알아낼 작정이었다.

"그 소식은 들었니?" 마리노가 물었다.

"연료 공급지에서 들었어요. 인터넷에 온통 해나 스타와 조깅하다 죽은 여자의 노란 택시 연관설이 퍼져 있던데요." 루시는 마리노가 그 이야기를 하는 거라고 생각했다.

"OEM은 확인하지 않은 모양이구나."

"네. 그럴 시간이 없었어요. 두 번이나 돌아 나왔거든요. 처음 공항에서는 제트기 때문에 나왔고, 다른 한 곳에서는 아예 받아 주질 않았어요. 무슨 일 있었어요?"

"네 이모 집으로 페덱스 상자가 도착했어. 네 이모는 무사하다만, 그래도 전화는 하는 게 좋을 거야."

"페덱스 상자요? 그게 무슨 말이에요?" 루시는 걸음을 멈췄다.

"그 안에 뭐가 들었는지는 아직 몰라. 아마 벤턴의 환자였던 사람이 한 짓인 것 같은데. 어떤 이상한 여자가 박사에게 크리스마스 선물을 보냈어. 그 선물은 산타의 썰매를 타고 로드맨스넥으로 향하고 있는 중이야. 출발한 지 한 시간도 채 지나지 않았으니, 네가 화이트플레인스에서 나오면 크로스브롱크스 고속도로에서 마주칠 수도 있어. 그래서 지도를 보낸 거야. 상황이 이러니 브롱크스 동쪽 길로 오는 게 나을 거다."

"이런 망할. 담당 폭탄 처리반이 어디예요? 내가 얘기해 볼게요." 폭탄 처리반의 본부는 루시의 로프트와 가까운 빌리지의 제6관할구에 있었다. 루시는 폭탄 처리반 대원들을 몇 명 알고 있었다.

"고마워. ATF 특수 요원. 하지만 이미 처리했어. 네가 없어도 뉴욕 경찰들이 어떻게든 알아서 할 거야. 필요한 일들은 모두 했으니까 더 이상은 걱정하지 않아도 돼. 박사도 너한테 그렇게 말하라고 했어. 자기는 괜찮다고. 그런데 벤턴의 그 정신병자와 할리우드 사이에 어떤 관련이 있을 수도 있어." 마리노는 햅 저드를 빈정거리며 "할리우드"라고 불렀다. "실시간 범죄 정보 센터에서 확인해 볼 생각이야. 그런데 아무래도 같은 인물이 나올 것 같아. 여자의 이름은 도디 호지. 맥린스의 정신병 환자였어."

"그 여자는 햅 저드를 어떻게 알고 있는 거예요?" 루시는 다시 발걸음을 옮기기 시작했다.

"그 여자가 만들어 낸 이야기일 가능성이 있어. 착각하고 있다는 거지. 알겠어? 하지만 네 이모가 사는 아파트에서 그런 사고가 있었으니, 할리우드에게 그 여자에 대해서도 물어봐야 할 거야. 난 밤새 실시간 범죄 정보 센터에 있어야 할 것 같아. 보스한테도 그렇게 전해 줘." "보스"란 버거를 말하는 것이다. "보스한테 밉보이고 싶진 않지만, 이번 일은 아주 중요해. 뭔가 더 나쁜 일이 벌어지기 전에 모든 것을 다 밝혀내야지."

"그래서 아저씨는 지금 어디에 있어요? 트라이베카?" 루시는 비행기 날개 사이를 누비며 지나쳤다. 등지느러미처럼 튀어나와 있는 날개 끝과 눈에 보이는 통신 안테나에 닿지 않도록 조심했다. 루시는 예전에 조종사 한 명이 전화 통화를 하며 커피를 마시면서 융커 플랩의 날개 뒷전 쪽으로 걸어가다가 거기에 머리가 부딪쳐 심한 상처를 입는 것을 본 적이 있었다.

"몇 분 전에 할리우드 위치를 찾아보니 도심 쪽에 있었어. 집에 있는 것 같더구나. 다행한 일이지. 이번에는 모습을 나타낼 것 같아." 마리노가 말했다.

"아저씨는 계속 그자를 감시해야 해요. 그자가 나온다는 것이 확실해질 때까지요. 그게 우리 약속이에요." 루시는 어떤 일이든 다른 사람에게 맡기는 것을 견딜 수가 없었다. 전부 다 망할 날씨 탓이다. 만일 이곳에 조금만 일찍 도착했다면, 루시가 직접 햅 저드의 소재를 파악했을 것이고, 그자가 확실히 약속 장소에 나타나게 했을 것이다.

"지금은 차세대 제임스 딘이라고 생각하는 녀석이 길을 엇나가지 않게 지키는 새 사냥개 노릇보다 더 중요한 일이 있어. 혹시 도로를 우회해서 오다가 길을 잃으면 전화하렴. 아멜리아 에어하트(1897~1939. 미국의 여성 조종사이자 작가 – 옮긴이)."

루시는 전화를 끊은 뒤, 계속해서 걸었다. 이모의 안부를 물어야 한다는 생각이 들었을 때, 아까 관제사에게 받아 적었던 전화번호가 생각났다. 공항에서 떠나기 전에 그 관제사의 상관에게 전화를 해야 할 것이다. 어쩌면 내일까지 기다렸다가 항공 교통 관제 담당자에게 전화를 걸거나, 연방 항공국에 전화를 해서 그 관제사를 새로 교육시키라고 항의하는 편이 나을 수도 있었다. 루시는 그자가 빈번하게 관제탑에서 마이크에 대고 떠들어 댄 내용을 생각하면 속이 끓어올랐다. 그녀를 형편없는 조종사라고 비난하는 것을 모두가 다 들었을 것이다. 그 관제사는 그녀가 일주일에 몇 번이고 비행을 위해 드나든다는 것을 알고 있으면서도 그런 비난을 한 것이다.

여기 격납고에는 루시의 헬리콥터와 사이테이션 X 비행기가 들어가 있었다. 어쩌면 그것이 그자의 동기일지도 모른다. 루시를 짜증나게 만들어 그녀의 등급을 하나나 두 개 정도 끌어내리려는 속셈인지도 모른다. 1930년대 이후로 최악의 경제 불황이라고 부르는 이 시기에 그녀에게도 무슨 일이 생겼다는 소문이나 추측을 들었기 때문일 수도 있다. 진짜 손해를 보게 된 것은 월스트리트가 붕괴했기 때문이 아니었다. 해나 스타 때문이었다. 루시는 해나의 아버지인 루프로부터 자신이 원하는 애정을 받았다. 분열의 기미. 해나가 보비와 사귀기 시작했을 때 자기 아버지에게 들은 이야기는 루시는 이랬다, 루시가 저랬다라는 것뿐이었다.

"아버지는 당신을 아인슈타인이라고 생각했어요. 아주 예쁜 아인슈타인이면서, 말괄량이라고. 아버지는 당신을 정말 좋아했어요." 불과 여섯 달 전에 해나는 루시에게 이렇게 말했었다.

루시는 해나가 그런 말을 하는 의도나, 의미가 유혹을 하기 위해서인지, 놀리는 건지 알 수가 없었다. 루프는 루시의 실체를 확실히 알고 있었다. 얇은 금테 안경에, 곱슬머리인 백발, 연한 청색 눈동자. 몸에 딱 맞는 양복만 입는 몸집이 작은 이 남자는 똑똑한 만큼 정직했다. 루시의 재산에 관여하지만 않는다면, 어떤 식으로든 손해만 일어나지 않는다면 그녀가 누구를 사귀든 신경 쓰지 않았다. 그리고 루프는 여자가 여자를 사랑하는 이유를 이해했다. 왜냐하면 그 역시 여자들을 사랑했기 때문이다. 만일 자기도 여자로 태어났다면 여자를 원했을 것이며, 레즈비언이 되었을 거라고 말하곤 했다. 누구나 그렇지 않을까? 마음속으로는 다 그럴 거라고 루프는 말하곤 했다. 언제나 미소 짓고 있는, 친절하고, 품위 있는 사람이었다. 루시의 아버지는 그렇지 않았다. 지난 5월, 루프는 조지아로 출장을 갔다가, 살모넬라균에 감염되어, 마치 시멘트 트럭에 치이기라도 한 것처럼 목숨을 잃었다. 루시는 믿을 수가 없었고, 엄청난 충격을 받았다. 어떻게 루프와 같은 사람이 할라페뇨 고추 때문에 목숨을 잃을 수가 있단 말인가? 그 빌어먹을 나초를 주문했다는 이유로 어떻게 이런 결과가 나올 수 있단 말인가?

"우리 모두 아버지를 많이 그리워하고 있어요. 아버지는 스승이자, 최고의 친구였죠." 바로 지난 6월이었다. 해나는 발코니에 서서 요란하게 소리를 내는 100만 달러짜리 보트들을 바라보며 말했다. "당신은 아버지와 잘 지냈죠. 나와는 더 잘 지낼 수 있을 거예요."

루시는 고맙지 않았지만, 고맙다고 말했다. 여러 번 고맙다는 말을 했다. 루시는 해나에게 자산 운용 투자를 맡기는 것이 편하지 않았다. 그때 정중하게 사양했어야 했다. 루시는 직감에 따랐어야만 했다. 하지만 그녀는 해나가 보여 주는 호의에만 집중했다. '그렇게 하면 안 돼.' 하지만 루시는 그렇게 했다. 어쩌면 해나에게 깊은 인상을 주고 싶었기 때문일 수도 있다. 왜냐하면 루시는 그녀에게 경쟁심을 느끼고 있었기 때문이다. 어쩌면 루시가 입은 상처 때문일 수도 있었다. 해나는 그 상처를 알아차릴 정도로 교활했기 때문에 손가락으로 그 상처를 계속 쑤셨다. 루시는 어릴 때 아버지에게 버림받았고, 어른이 된 뒤에도 루프에게 버림받고 싶지 않았다. 그는 처음부터 그녀의 재산을 관리해 주었다. 항상 정직했던 것은 아니지만, 그녀를 보살펴 주었다. 루프는 루시의 친구였다. 그에게 루시는 너무나 특별한 사람이었기 때문에 그의 인생에서 특별한 무언가를 해 주고 싶어 했다.

"당신에게 해 준 조언은 아버지가 평생에 걸쳐 알아낸 것들이었어요." 해나가 말했다. 그리고 루시와 손가락을 스치며, 자신의 명함을 건네주었다. 명함 뒷면에는 화려하고 능숙한 서체로 "베이브리지 파이낸스"라는 상호와 전화번호가 새겨져 있었다.

"아버진 당신을 딸처럼 생각했어요. 그리고 내게 당신을 부탁한다고 하셨어요." 해나가 말했다.

루프가 어떻게 그런 부탁을 할 수 있었단 말인가? 루시는 그 사실을 너무 늦게 깨달았다. 그는 급속도로 병세가 악화되었고, 해나가 아버지를 만나거나 이야기를 나누기도 전에 애틀랜타에서 죽었다. 루시는 아홉 자리 숫자의 투자금을 날릴 때까지 그 질문을 하지 못했다. 이제는 모든 것이 확실해졌다. 해나가 부자들을 노리고 재산을 떼어먹기 위해 한 말이었다는 것을. 그녀는 자신의 상처 때문에 루시가 다치길, 망가지길, 약해지길 원했던 것이다.

그 항공 교통 관제사는 루시의 순자산에 무슨 일이 벌어졌는지 알 수 없을 것이다. 그녀가 입은 손해와 불명예에 대해서는 조금도 모를 것이다. 루시가 지나치게 불안해하고, 과민하게 반응하며, 짜증을 냈던 것이다. 버거가 병적이라고 부르는 그 언짢은 기분 때문에 루시는 지난 몇 달간 계획했던 깜짝 휴가를 망치고, 버거를 짜증나게 만들었으며, 두 사람 사이를 서먹하게 만들었다. 버거는 루시가 계획했던 모든 일들을 사사건건 퇴짜 놓았다. 그녀는 그곳에서 지내는 내내 루시를 무시했고, 헬리콥터에 탄 뒤에도 상황은 나아지지 않았다. 그녀는 중간 지점까지 비행하는 동안 개인적인 대화는 하나도 하지 않았고, 나머지 비행에서도 헬리콥터의 무선 전화를 이용해 문자 메시지만 보냈다. 왜냐하면 칼리 크리스핀과 노란 택시, 앞으로 어떻게 되는가, 하는 문제 때문에 직접적으로는 아니어도, 결국 모든 것이 처음 문제로 되돌아가고 말았다. 해나의 실종사건으로. 해나는 버거의 생활을 장악했고, 루시에게서도 다른 어떤 것, 이번에는 값을 매길 수 없는 무언가를 앗아 갔다.

루시는 관제탑을 흘깃 쳐다보았다. 유리로 둘러싸인 탑은 등대처럼 빛나고 있었다. 그 관제사의 모습을 상상해 보았다. 그 원수는 레이더 스크린 앞에 앉아, 진짜 비행기를 타고 있는 진짜 사람들을 나타내는 목표물들과 비컨 코드를 쳐다보고 있을 것이다. 그자가 명령을 내리고, 모욕적인 말을 내뱉는 동안, 모두가 안전하게 착륙할 만한 곳을 찾는 데 최선을 다하고 있을 것이다. '쓸모없는 녀석.' 루시는 그자와 상대할 것이다. 누구든 상대하러 갈 것이다.

"내 운반대를 바람 부는 방향으로 끌어다 놓은 사람이 누구죠?" 루시는 운항 지원 사업국에 들어가자마자 제일 먼저 마주친 직원에게 물었다.

"정말입니까?" 몸에 비해 큰 절연 처리가 된 작업복을 입은, 바짝 마르고, 여드름이 난 어린 남자였다. 디키스 작업 코트의 주머니 안에는 지시봉이 꽂혀 있었다. 그 남자는 루시의 눈을 쳐다보지 못했다.

"정말이냐고요?" 마치 그의 말을 제대로 듣지 못했다는 것처럼 루시가 되물었다.

"그래서 제 상관을 찾으시는 겁니까?"

"아뇨. 당신 상관을 찾는 게 아니에요. 지난 2주일간, 내가 뒤에서 바람을 맞으며 착륙한 것이 오늘로 세 번째예요. F. J. 리드 씨." 그녀는 그 남자의 명찰을 보았다. "그게 무슨 뜻인지 알겠어요? 누군가 내 운반대를 격납고에서 꺼내 경사로로 옮기면서 견인봉을 정확하게 반대 방향으로 놓고 있다는 말이에요. 뒤쪽에서 정면으로 바람을 맞게 말이에요. 그래서 난 바람을 뒤로 맞으며 착륙해야 했죠."

"전 아닙니다. 뒤에서 바람 맞도록 운반대를 옮긴 적이 없어요."

"옮긴 적이 없다죠."

"네?"

260

"옹이 아니라 옮긴다라고요. 공기 역학에 대해 알고 있나요, F. J. 리드 씨? 헬리콥터를 포함한 비행기들은 바람을 따라 착륙하고 이륙해요. 뒤에서 바람을 맞는 것이 아니란 말이에요. 옆바람도 안 되고요, 왜 그런지 알아요? 풍속이 대지 속도를 뺀 공기 속도와 같기 때문이에요. 그리고 바람 방향은 비행 궤도를 바꾸고, 받음각을 틀어지게 해요. 이륙할 때 바람의 방향이 맞지 않으면, 변환 도약이 힘들어지죠. 착륙할 때도 그 바람의 힘을 이기지 못하면 사고가 나는 거예요. 나한테 지시하는 관제사가 누구예요? 관제탑에서 일하는 사람들 알고 있죠, F. J. 리드 씨?" 루시가 말했다.

"관제탑에서 일하는 사람들은 아무도 모릅니다."

"정말이에요?"

"네. 아가씨는 전방 감시 적외선 장치와 나이트선을 장착한 검은색 헬리콥터를 가지고 계시죠. 국토 안보부에서 쓰는 것처럼 말이에요. 전 아가씨가 국토 안보부에서 일하는 줄 알았어요. 우리는 이곳을 드나드는 사람들에 대해 잘 알고 있으니까요."

루시는 확신했다. 그가 그녀의 운반대를 바람의 반대 방향으로 돌려놓은 멍청이라는 것을. 저 얼간이가 그저 관제탑의 지시를 받아서 그랬을 수도 있고, 아니면 그녀를 괴롭히기 위해, 바보로 만들기 위해, 굴욕감을 주고 깔아뭉개라는 말에 용기를 얻었기 때문일 수도 있었다.

"됐어요. 그쪽이 내가 알고 싶은 걸 대답해 줬네요." 그녀가 말했다.

버거가 화장실에서 나온 뒤, 밍크코트의 단추를 채우고 있었다. 루시는 그쪽으로 다가갔다. 버거가 얼굴을 씻는 바람에, 코트에 차가운 물방울이 많이 튀어 있었다. 버거는 "구토성 두통"이라 부르고, 루시는 "편두통"이라 부르는 이런 상황이 자주 있는 건 아니었다. 두 사람은 운항 지원 사업국을 나와 599GTB에 올라탔다. 12기통 엔진이 요란한 소리를 내기 시작하자, 루시는 슈어파이어 손전등으로, 반들거리는 로소 바르케타로 칠해진 차체를 비추기 시작했다. 611마력 슈퍼쿠페에 불운한 흔적들이 남아 있던 것처럼, 고급 레드와인처럼 진한 빨간색의 차체에 아주 작은 흠, 사소한 흔적이라도 남아 있는지 살피기 시작했다. 루시는 런플랫 타이어(펑크가 나도 달릴 수 있는 타이어 - 옮긴이)들을 확인하고, 트렁크 안쪽을 살핀 뒤 짐을 실었다. 그녀는 운전석에 올라타 탄소 섬유 운전대를 잡고 계기판을 살펴보았다. 주행 거리를 확인하고, 무전 장치를 살폈다. 루시와 버거가 떠나 있는 동안, 그러니까 버거의 표현에 따르면 "스토에 갇혀 있는" 동안 이 페라리에 아무도 타지 않았다는 것을 확인하고 나니 기분이 나아졌다. 루시는 마리노가 이메일을 보냈다고 한 것이 생각났지만, 열어 보지 않았다. 마리노에게 길 안내 도움을 받을 필요는 없었다. 도로를 돌아가야 하든, 길이 폐쇄되었든 상관없었다. 그녀는 이모에게 전화를 걸어야 했다.

"내가 잊어버렸어." 버거가 말했다. 어둠 속에 보이는 단정한 옆얼굴이 사랑스러웠다.

"그 사람 입장에서는 그편이 다행일 거예요." 루시가 기어를 1단으로 바꾸며 말했다.

"난 팁을 말한 건데. 주차원한테 팁을 주는 걸 잊어버렸단 말이야."

"팁은 무슨. 일도 제대로 못 하는데. 난 모든 걸 알아낼 때까지 더 이상 잘해 주지 않을 거예요. 기분은 어때요?"

"괜찮아."

"마리노 아저씨가 그러는데, 이모부가 예전에 담당했던 정신병 환자가 이모 집에 소포를 보냈대요. 폭탄 처리반이 출동했나 봐요. 그 소포는 로드맨스넥으로 보냈대요." 루시가 말했다.

"이런 게 바로 내가 휴가를 가면 안 됐던 이유야. 내가 자리를 비운 새 무슨 일이 벌어졌는지 한번 봐."

"이름이 도디 호지래요. 그리고 마리노 아저씨 말로는 그 여자가 햅 저드와 연관이 있을지도 모른다고 했어요. 그래서 아저씨는 실시간 범죄 정보 센터에서 그 여자에 대해 조사하고 있대요."

"넌 그 여자에 대해 생각나는 게 없어? 네가 조사한 자료들 중에 혹시 그 여자와 관련된 것도 있었을지 모르잖아." 버거가 말했다.

"잘 모르겠어요. 햅을 만나면 그 여자에 대해서도 물어봐야겠네요. 만일 그자가 그 여자와 관계가 있다면 어떻게 아는 사이인지도 밝혀내고. 만일 저 꼴 보기 싫은 녀석이 이모한테 소포를 보냈을지도 모른다는 사람과 관계가 있다는 게 밝혀지면 정말 기분 나쁠 것 같아요." 루시가 대답했다.

"그렇게 연관 짓는 건 아직 일러."

"마리노 아저씨는 악어들 틈에 끼여서 옴짝달싹 못하게 된 모양이에요. 그렇게 전해 달라고 했어요."

"그게 무슨 뜻이야?"

"아저씨는 그저 쓰러질 정도로 일이 많다고만 전해 달랬어요. 아저씨 목소리도 되게 서두르는 것처럼 들렸고." 루시가 말했다.

그녀는 3초 만에 속력을 100킬로미터 가깝게 올린 다음, 기어를 다시 3단으로 내렸다. 진입로까지는 쉽게 진입한 뒤, 120루트에서 조급한 기분을 꾹 참았다. 공원 도로에서는 반쯤 졸면서도 100을 밟을 수 있다. 루시는 마리노가 햅 저드 심문 장소에 오지 못할 거라는 말을 버거에게 하지 않았다.

"속도 좀 줄여." 버거가 항의했다.

"젠장. 케이 이모한테 생방송에 대해 그렇게 말했는데." 루시는 파워슬라이드를 할 작정이었던 것처럼 모퉁이를 돌았다. 마네티노 조종 장치를 경주용으로 설정하자, 보조 동력이 꺼졌다. "그건 당신도 마찬가지예요. 만일 생방송에 나가게 되면 당신이 어디에 있는지 사람들이 알게 되는 거예요. 오늘 밤 이 도시에 있다는 것을 분명하게 밝혀 주는 셈이고, 이번 일처럼 온갖 방법으로 상대하기 힘든 일들이 생길 수도 있다는 거예요. 이모는 사람들이 이런 짓을 하지 못하게 조심했어야 해요."

"너무 탓하지 마. 케이 잘못이 아니잖아."

"그동안 이모한테 칼리 크리스핀과는 거리를 두라고 수도 없이 말했어요." 루시는 앞에 끼어들려고 하는 어떤 바보한테 하이빔을 깜박거렸다. 그런 다음 그 바보의 눈에 모래가 튀어 들어갈 정도로 바로 옆에서 속도를 높였다.

"그래도 케이 잘못은 아니지. 케이는 도움을 주려고 했던 거니까. 쓸모 없는 정보들이 얼마나 돌아다니는지 정말 아무도 모를 거야. 그것도 특히 배심원들 사이에 말이지. 어떻게 된 게 전부 다 전문가야. 그래서 케이처럼 똑똑하고 제대로 알고 있는 사람들이 모두가 잘못 알고 있는 것들을 천천히 바로 잡아 가야 하는 거지. 그게 우리 모두가 해야 하는 일이야." 버거가 말했다.

"칼리를 돕는 셈이 됐잖아요. 아마 이모의 도움을 받은 건 그 여자밖에 없을 거예요. 그러니까 당신도 그런 식으로는 잘못된 것을 바로잡을 수 없어요. 그건 확실해요. 무슨 일이 벌어졌는지 봐요. 그래도 날이 밝으면 수많은 사람들이 여전히 택시를 타고 다니는 걸 보게 될걸요."

"왜 그렇게 이모한테 못되게 굴어?"

루시는 속력을 내며, 그 질문에 대답하지 않았다.

"아마 네가 나한테 못되게 구는 것과 같은 이유겠지." 버거가 앞을 쳐다보며 말했다.

"무슨 이유가 있다는 거예요? 내가 당신을 보긴 했나? 일주일에 이틀 밤? 당신이 자기 생일을 싫어하다니 유감일 뿐이죠."

"대부분 그래." 버거가 말했다. 두 사람 사이의 긴장감을 풀어 보자는 것처럼 버거가 말했다. "너도 마흔 살만 지나 봐. 생일을 싫어하게 될 거야."

"내 말은 그런 뜻이 아니잖아요."

"네가 무슨 뜻으로 말했는지 알아."

루시는 좀 더 속력을 냈다.

"마리노가 네 로프트로 가고 있겠지?" 버거가 물었다.

"아저씨는 좀 늦을지도 모른다고 했어요." 지금까지 했던 거짓말 중에 이건 아무것도 아니었다.

"이번 사건 때문에 기분이 좋지 않아." 버거는 해나 스타와 햅 저드에 대해 생각했다. 그 사건에 마음을 빼앗기고 정신이 팔리긴 했지만, 루시와 함께 있을 때는 그렇지 않았다. 이제 와서 버거가 아무리 루시를 안심시키고 사과한다고 해도, 이미 많은 것이 변해 버렸다.

루시는 그때가 정확하게 언제인지를 기억해 보려고 했다. 아마 여름이었을 것이다. 그 도시의 예산이 삭감되었다는 발표가 나기 시작했을 때, 이 행성의 중심축이 흔들리기 시작했다. 지난 몇 주일간 그때 일을 까맣게 잊고 있었다. 그런데 지금은? 사라졌다. 그런 느낌이 사라졌다. 그 느낌이 끝나 버렸다. 그럴 순 없었다. 루시는 그렇게 내버려 둘 수가 없었다. 그 감정이 사라지는 것을 어떻게든 막아야만 했다.

"다시 말할게요. 이제 결말이 보이게 될 거야." 루시는 버거의 손을 잡아끌어당겼다. 그리고 엄지손가락으로 쓰다듬기 시작했다. "햅 저드는 전부 다 털어놓을 거예요. 그자는 오만한 소시오패스고, 이기심밖에 없는 놈인데다가, 자신의 이기심을 믿고 있으니까."

"내 마음 편하게 해 주려고 애쓸 것 없어." 버거가 루시의 손에 깍지를 끼며 말했다. "함정 수사라는 걸 알고 그냥 가 버릴 수도 있으니까. 애초에 나타나지 않을 수도 있고."

"또 시작이네. 잘될 거예요. 걱정하지 말아요. 에릭은 고통 치유를 위해 '화이트 위도'를 여덟 대 가지고 있었어요. 의료용 마리화나라 문제될 게 없다면서 말이에요. 그자가 그걸 어디서 구했겠어요? 햅도 마찬가지예요. 햅도 마리화나 중독자예요."

"지금 네가 누구 이야기를 하고 있는 건지 알아. 에릭이라는 사람이 그걸, 그러니까 네가 말하는 의료용 마리화나를 어디서 구했는지는 알고 싶지 않아. 그리고 난 네가 그걸 가지고 있는 건 아니라고, 절대 가지고 있지 않을 거라고 생각할 거야." 버거는 이전에도 했던 말을 또다시 반복해서 말했다. "난 네가 어딘가 실내에서 그런 걸 키우고 있다는 걸 모르는 편이 나았어."

"안 그래요. 더 이상 그런 짓 안 해요. 몇 년 동안 피우지도 않았어요. 약속할게요." 루시는 미소를 지었다. I-684 남쪽으로 나가는 출구에서 저속

기어로 바꿨다. 버거의 손길이 그녀를 안심시켰고, 자신감을 북돋아 주었다. "에릭은 마리화나 담배를 몇 대 가지고 있었어요. 햅과 마주쳤을 때는 그저 자기가 피울 생각이었죠. 그런데 같은 곳에서 그런 일이 몇 번 반복되니까, 버릇처럼 된 거예요. 영리하진 못하죠. 하지만 그렇게 친구가 되는 일은 흔히 있어요."

"그래. 네가 그렇게 말했지. 그리고 난 계속 이렇게 말했고. 만일 에릭이 자기가 그런 게 아니라고 다른 사람한테 말해 버린다면? 이를테면 햅의 변호사 같은 사람에게 말이야. 햅도 변호사를 구할 테니까. 내가 이렇게까지 했으니 햅도 변호사를 구하겠지."

"에릭은 날 좋아해요. 내가 일을 주니까."

"그 말 그대로야. 넌 그 조수를 믿고 있지."

"마리화나 전과가 있으니까, 설령 이 일이 드러난다고 해도 그 사람 말을 믿을 사람은 없을 거예요. 그 문제에 관해서는 걱정할 일 없을 거예요. 내가 약속해요." 루시가 말했다.

"걱정할 일이 산더미 같은걸. 넌 유명한 배우를 유인해서…."

"크리스천 베일도 아닌데요, 뭐. 당신은 이번 일 전에 햅 저드라는 이름 들어본 적 없었죠?" 루시가 물었다.

"이제는 잘 알아. 제법 유명한 사람이란 것도. 여기서 중요한 건, 네가 그 사람에게 법을 어기고, 규제 약물을 하게끔 부추겼다는 거야. 공무원을 대신해서 그자에게 불리한 증거를 얻어 내려고 말이지."

"그 자리에 있었던 것도 아니고, 심지어 우린 뉴욕에 있지도 않았어요. 햅과 내 조수가 재미를 봤던 월요일 밤에 당신과 나는 버몬트에 있었잖아요." 루시가 말했다.

"그래. 그게 네가 일해야 하는 나를 그곳에 데려간 진짜 이유지."

"당신 생일인 12월 17일까지 거기 있을 생각은 아니었어요. 다만 우리가 눈에 갇혀 있게 될 줄은 꿈에도 몰랐던 거죠." 다시 기분이 상했다. "하지만, 맞아요. 에릭이 술집들을 전전하며 돌아다니는 동안 우리는 시외에 있어야 했어요. 특히 당신은 여기 있으면 안 됐죠."

"네가 에릭에게 그 규제 약물을 쥐여 주고, 술집들을 돌아다니게 하지 말았어야지."

"아뇨. 그 마리화나는 에릭이 직접 산 거였어요."

"그 사람이 돈이 어디 있어서?" 버거가 물었다.

"그 모든 일들을 다 알게 되면, 당신은 미칠 거예요."

"변호사는 검찰 측의 말도 안 되는 함정 수사였다고 주장할 거야."

"그럼 당신도 햅이 그런 짓을 한 건 애초에 그런 성향이 있었기 때문이라고 말해요."

"지금 네가 날 가르치는 거야?" 버거가 쓸쓸하게 웃었다. "내가 굳이 로 스쿨에 왜 갔는지 모르겠다. 솔직하게 말하면, 넌 우리가 입증할 수 없는 어떤 것으로 그자를 기소할 수 있게 햅이 그런 생각들을 하도록 유도한 거야. 다시 말해 넌 그자에게 마리화나를 주었고, 네 조수를 시켜 파크 종합병원에 대한 이야기를 하게 만들었다는 거지. 네가 햅의 메일 계정을 해킹하다 의심스러웠던 그곳에 대해서. 그건 아무도 모르고 있었던 일이고, 아마 그 망할 병원에서도 모르고 있었을 거야. 하느님 맙소사."

"그 정보들은 공정하게 얻은 거예요."

"제발."

"게다가 우린 그 일을 입증할 필요가 없어요. 중요한 건 그게 아니잖아요? 미스터 할리우드가 겁을 잔뜩 집어먹고 나면 무슨 일인들 제대로 하겠어요?"

"내가 너한테 왜 이런 말을 듣고 있어야 하는 건지 모르겠다." 버거가 루시의 손을 힘껏 잡았다가 손을 뺐다.

"그자는 명예를 아는 사람일 수도 있어요. 세상에 도움이 되는 인물일 수도 있겠죠. 평범하게 법을 지키는 시민일 수도 있지만, 그래도 아니에요. 그자에게 이번 일은 자업자득이에요." 루시가 말했다.

12

와인 한 병, 포도나무 열매

탐조등 불빛이 조지워싱턴브리지 상단에 교차되어 있는 강철 받침대를 비추고 있었다. 그곳에는 투신하겠다는 남자 한 명이 케이블에 매달려 있었다. 나이가 많은 남자로, 60대 정도 되는 것처럼 보였다. 거세게 부는 바람이 다리를 휘감자 눈부신 불빛 속에 물고기 배처럼 새하얀 발목이 드러났다. 남자의 얼굴은 멍해 보였다. 마리노는 맞은편에 걸려 있는 평면 TV에서 실시간으로 나오고 있는 사건 현장에 관심이 가지 않을 수 없었다.

마리노는 카메라가 그 투신하겠다는 남자의 얼굴을 계속 비추어 주기를 바랐다. 그는 그 얼굴에 무엇이 있고, 무엇이 없는지 보고 싶었다. 그가 지금껏 이와 비슷한 상황을 얼마나 여러 번 목격했는지는 중요하지 않았다. 절망적인 사람들은 모두 달랐다. 마리노는 이제껏 사람이 죽는 모습, 살아가야겠다는 깨달음을 얻는 모습, 다른 사람을 죽이고, 다른 사람에게 목숨을 잃는 모습을 보았다. 그런 사람들의 얼굴에서 이걸로 끝인지, 끝이 아닌지를 깨닫는 순간을 목격했다. 그 모습은 절대 같은 법이 없었다. 분노, 증오, 충격, 슬픔, 괴로움, 고통, 경멸, 재미, 그 모든 것이 조화되어 있거나, 아무것도 없었다. 사람이 다른 만큼 그 표정도 모두 달랐다.

　마리노는 정보 수집을 위해 최근 여러 번 찾은 이 창문 없는 푸른 방에 들어올 때마다 타임스퀘어의 나이키타운을 떠올리곤 했다. 그의 주위에는 이미지들이 어지럽게 배치되어 있었다. 일부는 동적이고, 나머지는 정적인 이미지들은 전부 실물보다 훨씬 크게 평면 스크린과 타일처럼 붙어 있는 거대한 미쓰비시 큐브들로 이루어진 이단 데이터 벽 위에 올라와 있었다. 그 큐브들 중 한 개가 모래시계처럼 빙글빙글 돌아가면서, 실시간 범죄 정보 센터의 소프트웨어로 3테라바이트가 넘는 데이터 창고에서 페덱스 모자를 쓴 남자의 인상착의에 맞는 사람을 찾고 있었다. 3미터 높이의 벽 위에는 보안 카메라에서 얻은 그 남자의 사진이 떠 있었고, 그 옆에는 센트럴파크웨스트에 위치한 스카페타가 살고 있는 아파트의 위성 사진이 떠 있었다.

　"봐. 저 남자는 절대 물에 떨어지지 않을 거야." 마리노는 작업실의 인체 공학 의자에 앉아 자신을 돕고 있는 페트로브스키라는 이름의 분석가에게 말했다. "맙소사. 저러다 저 망할 다리에 부딪치겠어. 저 남자는 대체 무슨 생각으로 케이블을 잡고 저기까지 올라간 거야? 차 위에 떨어질 셈인가? 저러다간 자칫 저 아래에서 아무것도 모르고 미니 쿠퍼를 몰고 가던 남자까지 죽을지도 모르는데."

　"저런 정신 상태의 사람들은 아무 생각이 없으니까요." 30대 형사인 페트로브스키가 말했다. 사립 학교 교복 같은 양복에 타이를 매고 있는 그는 새벽 2시가 다 된 시간에 조지워싱턴브리지에서 벌어지고 있는 일에는 아무 관심이 없었다.

　페트로브스키는 문신 항목에 열심히 검색어를 집어넣고 있었다. In vino(와인), veritas(진실), 그리고 In vino veritas, 뼈, 해골. 지금은 '관'을 입력했다. 페덱스 모자를 쓴 남자의 사진과 스카페타의 아파트 위성 사진 근처의 데이터 벽이 4면으로 분할되면서 모래시계가 패턴처럼 빙그르 돌았다. 평면 스크린에서는 투신을 하려는 남자가 미친 곡예사처럼 케이블을 잡고 있는 모습이 나왔다. 언제 바람에 밀려 떨어질지 모르는 상황이었다. 그럼 끝이다.

"검색에 도움이 될 만한 게 없네요." 페트로브스키가 말했다.

"그래, 아까도 그렇게 말했잖아." 마리노가 대답했다.

투신하려는 남자의 얼굴이 잘 보이진 않았지만, 사실 마리노는 굳이 볼 필요가 없을 수도 있었다. 그는 그 느낌을 잘 알고 있었다. 마침내 그 남자가 "알 게 뭐야?"라고 말했다. 문제는 그게 무슨 의미냐는 것이다. 이 이른 새벽에, 저 남자는 죽거나, 살아남게 될 것이다. 그는 무슨 의도로 위험을 무릅쓰고 다리 북쪽 꼭대기 위까지 케이블을 붙잡고 올라간 것일까? 정말 죽을 작정이었던 걸까, 아니면 자기가 열받았다는 것을 보여 주기 위해서였을까? 마리노는 남자의 차림새, 몸에 걸치고 있는 옷과 액세서리로 그의 경제적인 상태를 파악해 보려고 했다. 확실히 알기가 어려웠다. 헐렁한 카키색 바지, 양말은 신지 않은 채 운동화 같은 걸 신고 있었고, 검은색 재킷에 장갑은 끼지 않고 있었다. 손목에는 금속 시계를 차고 있는 것처럼 보였다. 지저분해 보이는 외모에 대머리였다. 아마 돈이나, 직업, 아내를 잃었거나, 세 가지 전부를 다 잃었을 수도 있었다. 마리노는 지금 저 남자가 어떤 느낌일지 잘 알고 있었다. 그도 그랬으니까. 1년 반 전, 마리노도 같은 기분을 느꼈다. 다리 위에서 뛰어내릴 생각도 했다. 하마터면 트럭을 탄 채로 난간을 들이받고 3미터도 넘는 찰스턴 쿠퍼 강에 떨어질 뻔했었다.

"피해자가 살고 있는 주소 이외에는 아무것도 없어요." 페트로브스키가 덧붙였다.

"피해자"는 스카페타를 말하는 것이다. 그녀는 피해자였다. 그리고 스카페타를 그렇게 언급하는 소리를 듣자 마리노는 당황스러웠다.

"이 문신은 독특해요. 여기서부터 시작하는 게 좋겠어요." 마리노는 그 투신하려는 남자가 다리 경간 위쪽 높은 곳에서 케이블에 매달려 있는 것을 보고 있었다. 그 아래로 허드슨 강의 검은 심연이 펼쳐져 있었다. "젠장. 저 남자의 눈에 불빛을 비추면 안 되잖아? 몇 백만 촉광일 텐데? 이제 저 남자의 손이 마비되기 시작했을 거야. 저 강철 케이블이 얼마나 차가운지 알아? 이봐, 자신을 생각해서 다음번에는 총을 쏘거나, 약을 먹는 게 나을 거야."

마리노는 남부 캘리포니아에 있던 당시, 자신의 인생에서 가장 암울했던 순간을 떠올리지 않을 수 없었다. 그도 죽고 싶었다. 죽을 만했다. 마리노는 아직도 자신이 어째서 그러지 못했는지, 지금 TV에 나오고 있는 조지워싱턴브리지 위에 있는 불쌍한 남자처럼 끝을 내지 못한 건지 그 이유를 완전히 알지 못했다. 마리노는 경찰과 소방관들, 스쿠버 팀들, 쿠퍼 강에서 트럭을 끌어올리는 광경, 그 안에 있는 자신의 모습을 상상해 보았고, 그 모든 일들이 얼마나 고약하며, 다른 사람들에게 민폐를 끼치는 일인지를 생각했다. 하지만 본인이 절망적이고 패배감에 빠져 있을 때는 민폐 같은 것에 대해서는 생각하지 않는다. 부패로 인해 부풀어 오르고, 최악의 경우 가스가 가득 찬 시신으로 떠오르면, 피부는 초록색으로 변하고, 개구리처럼 눈이 툭 튀어나올 것이다. 입과 귀는 물론, 어쩌면 음경까지도 게와 물고기들이 뜯어 먹을 것이다.

가장 궁극적인 처벌은 사람들이 입을 틀어막을 정도의 악취를 풍기며, 그런 끔찍하고 혐오스러운 모습으로 스카페타 박사의 부검대 위에 올라가는 것이다. 그녀가 마리노를 담당하게 될 것이다. 그 동네에서 부검할 곳은 찰스턴에 있는 스카페타의 사무실밖에 없으니까. 그녀가 그를 부검하게 될 것이다. 스카페타는 마리노를 몇 백 킬로미터 떨어진 다른 곳으로 보낼 방법도 없을 것이고, 다른 법의관을 데려올 수도 없을 것이다. 그녀가 그를 보살펴 줄 것이다. 그건 마리노의 입장에서는 낙관적인 일이었다. 마리노는 스카페타가 예전에 알던 사람들을 부검하는 모습을 본 적이 있었다. 상대를 존중하는 의미에서, 얼굴은 수건으로 가리고, 벗은 몸도 가능한 시트로 덮어 놓고 부검을 한다. 스카페타는 그 사람들을 가장 잘 보살필 수 있는 사람이었고, 그녀 자신도 그 사실을 알고 있었다.

"…반드시 독특할 필요는 없어요. 아마 이 모양은 데이터베이스에 없을 거예요." 페트로프스키가 말했다.

"뭐라고?"

"문신 말이에요. 아무래도 이 도시 인구의 절반이 이 남자와 비슷한 신체적인 특징을 가지고 있으니 말이에요." 페트로브스키가 말했다. 평면 스크린에 나오는 투신하려는 남자의 모습은 마리노가 예전에 봤던 영화의 한 장면 같았다. 마리노는 어쩔 수 없이 페트로브스키를 돌아보았다. "25세에서 45세, 신장 176센티미터에서 188센티미터인 흑인 남자. 전화번호도 없고, 주소도 없고, 번호판도 없으니, 검색할 내용이 없어요. 이 상황에서는 더 이상 할 게 없단 말이에요." 마치 마리노가 실제로 원폴리스플라자의 8층에 들어오지 않았더라면 실시간 범죄 정보 센터의 분석가를 이런 식으로 세세하게 괴롭히지는 못했을 거라는 것처럼 말했다.

그건 사실이었다. 마리노는 전화로 부탁할 수도 있었다. 하지만 손에 직접 디스크를 들고 나타나는 편이 훨씬 나았다. 그의 어머니는 이렇게 말하곤 했다. "일단 발을 내딛어라. 발부터 내딛어."

투신하려는 남자의 발이 케이블에서 미끄러졌다가 다시 자리를 잡았다.

"와." 마리노가 평면 스크린을 보면서 말했다. 반쯤은 지금 자기가 '발'에 대해 생각했기 때문에 그 남자의 발이 미끄러진 건 아닌지 궁금했다.

페트로브스키는 마리노가 보고 있는 화면을 같이 쳐다보더니 말했다. "막상 저기 올라가면 마음이 변해요. 늘 있는 일이죠."

"만일 정말로 죽고 싶었다면 어째서 저런 방법을 택하는 걸까? 어째서 마음을 돌리는 걸까?" 마리노는 그 투신하려는 남자에게 혐오감이 들기 시작하면서, 진절머리가 났다. "저건 다 헛짓이야. 속이 다 보이는 짓이랄까? 저런 사람들은 그저 주목받고 싶은 거야. TV에 나오고 싶은 거고, 보상을 바라는 거야. 한마디로 죽음 이외에 다른 것을 원하고 있다는 거지."

새벽 시간임에도 다리의 상부 방향 교통이 밀리기 시작했다. 그리고 그 투신하려는 남자의 바로 밑에서는 경찰들이 맴돌면서 에어백을 놓고 안전망을 설치하고 있었다. 협상가가 그 남자와 대화를 시도하는 동안, 다른 경찰들은 그 위로 올라가 최대한 가까이 접근하고 있었다. 모두가 아무 상관없는 사람을 위해 목숨을 걸고 있었다. 무슨 의미로든 "알 게 뭐야?"라고 말하는 사람을 위해 목숨을 걸고 있었다. TV의 음량이 낮아서, 마리노는 아무 소리도 들을 수가 없었다. 사실 들어야 할 필요도 없었다. 그건 그가 담당한 사건도 아니고, 전혀 상관없는 일이었으며, 쫓아가야 하는 일도 아니었다. 하지만 마리노는 항상 실시간 범죄 정보 센터에 들어오면 주의가 산만해졌다. 이곳에는 지각 정보가 지나치게 많은 정도가 아니라, 그 이상이었다. 온갖 종류의 이미지들이 창문도 없는 방의 벽들에 떠 있었다. 푸른색 방음 판들, 이중 스크린이 놓여 있는 곡선으로 휘어진 작업대들, 회색 양탄자.

다만 작업실 바로 옆에 있는 회의실에는 차양을 걷어 낸 창문이 있었다. 이 자리에선 보이지 않지만, 자리만 잘 잡으면 그 창문을 통해, 브루클린브리지와 다운타운 장로교회, 페이스유니언, 예전 울워스빌딩이 보였다. 마리노는 처음 뉴욕 경찰이 되었을 때의 뉴욕을 기억하고 있었다. 베이온에서 권투를 그만두고, 다른 사람을 때리는 것을 그만두는 대신 사람들을 돕기로 결심하고 경찰이 되었던 당시, 뉴욕에는 아무것도 없었다. 그는 이유를 알지 못했다. 1980년대 초반, 자신이 어쩌다 뉴욕을 떠나 버지니아 주의 리치먼드로 가게 되었는지 알지 못했다. 그 시기에, 마리노는 어느 날 자고 일어나 보니, 남부 연합국의 전 수도에서 스타 형사가 되어 버린 것처럼 느껴졌다. 생활비, 가족과 함께 살 좋은 집. 바로 도리스가 원했던 것이었다. 아마 그 때문이었을 것이다.

그런 건 다 헛소리다. 두 사람의 외아들 로코는 집을 나가 버렸고, 조직 범죄단에 들어가 죽었다. 도리스는 자동차 영업 사원과 눈이 맞아 도망갔으니, 차라리 죽는 게 나았을지도 모른다. 마리노가 리치먼드에서 일할 당시, 그곳은 미국 내에서 살인사건 발생률이 가장 높은 도시 중 하나였다. 뉴욕과 마이애미 사이 I-95 간선도로의 휴게소에는 마약 중개인들이 자리 잡고 있었고, 그곳에서 온갖 지저분한 일들이 벌어졌다. 왜냐하면 리치먼드는 7대 연방 주택 계획 덕분에 고객 기반이 탄탄했다. 농장과 노예 제도. 뿌린 대로 거두는 법. 리치먼드는 마약을 거래하고 사람을 죽이기에 좋은 곳이었다. 경찰들은 멍청했고, 온갖 정보들이 거리에 퍼져 있었고, 그 정보들은 간선도로를 따라, 동부 해안까지 오르내렸다. 마리노에게는 지옥만큼 기분 나쁜 도시였다. 더 이상은 안 된다. 너무 오래됐다. 인격이 없는데 인격적으로 대해 주는 건 아무 소용없는 일이다. 그래서 대부분은 닥치는 대로 해치웠다.

마리노는 나이가 들어 가자 인생에서 벌어지는 어떤 사건을 다른 일로 연결해서 생각하지 못하는 경우가 많아졌다. 뭔가 지적 증거가 보이는 일들이 점차 줄어들기 시작하면서, 일단 선택을 내린 뒤에 신경 쓰는 일들이 많아졌고, 그러다 보니 매사가 엉망진창이 되어 버렸다. 그 혼란들은 그의 한계를 넘어서곤 했는데, 특히 여자들 문제가 그랬다. 이제까지 그는 얼마나 많은 여자들과 사랑을 하고 헤어졌으며, 단순히 잠만 자고 헤어진 여자들은 또 몇 명이나 되는 걸까? 마리노는 자신의 첫 경험에 대해 명확하게 알고 있었다. 열여섯 살이 되던 해, 허드슨 강이 내려다보이는 부두에 있던 베어마운틴 주립 공원에서였다. 하지만 전체적인 단서는 없었다. 계속 취해 있었는데 무슨 기억이 나겠는가? 컴퓨터는 술에 취하는 일이나 잊어버리는 일이 없으며, 후회를 하지도 않고, 개의치 않는다. 컴퓨터는 모든 것들과 다 연결되어 있고, 데이터 벽 위에 논리의 나무들을 만들었다. 마리노는 그 자신의 데이터 벽이 두려웠다. 그 데이터들을 이해할 수 없을까 봐 두려웠고, 이제껏 자신이 내렸던 모든 결정들이 각운도 안 맞고, 이유도 없으며, 기본 설계도 되어 있지 않는 부실한 것들이었을까 봐 두려웠다. 그중 얼마나 많은 가지들이 여기저기 뻗어 있을지, 스카페타에게 연결되어 있을지 알고 싶지 않았다. 어떤 면에서 그녀는 그를 연결시키고, 단절시키는 중심에 있는 아이콘이었다. 어떤 면에서 보면 그녀는 대개 다 옳았지만, 가장 많이 틀리기도 했다.

"난 자네가 이 영상들과 사진들을 대조해서 맞춰 볼 수 있을 거라고 생각하는데. 이 페덱스 배달하는 남자의 얼굴 사진을 뭐가 됐든 데이터베이스에 넣은 다음에, 이자의 얼굴 특징과 보안 카메라를 통해 얻은 이 문신을 연결시키면 되잖아." 마리노가 평면 스크린을 통해 투신하려는 남자를 보고 있는 페트로브스키에게 말했다.

"무슨 말인지는 알겠어요. 하지만 우리가 확인할 수 있는 건 이 남자가 진짜 페덱스 직원이 아니라는 것밖에는 없을 거예요."

"그러니까 자네가 컴퓨터로 데이터를 검색해서 이 이미지에 맞는 것을 찾으면 되잖아."

"우리는 이미지가 아니라 키워드나 카테고리로 검색해요. 언젠가는 이미지 검색도 가능해지겠지만요." 페트로브스키가 말했다.

"그렇다면 구글 이미지에서 원하는 사진들을 찾아내거나 다운로드는 어떻게 하는 거야?" 마리노가 물었다.

그는 그 투신하려는 남자에게서 시선을 뗄 수가 없었다. 그 남자는 틀림없이 마음을 돌릴 것이다. 무엇 때문에 마음을 돌리게 될까? 높은 곳에 대한 두려움? 그렇지 않으면 주목받고 있기 때문일 것이다. '맙소사.' 헬리콥터들, 경찰들, TV 생중계. 어쩌면 그 남자는 〈피플〉의 표지에 나오기 위해 계속 매달려 있기로 마음먹었을지도 모른다.

"그건 실질적인 이미지가 아니라, 키워드로 찾기 때문이죠. 이미지 검색을 하기 위해서는 키워드, 때로는 몇 개의 키워드들이 필요해요. 이를테면 저 벽 위에 떠 있는 우리 로고를 예로 들어 볼까요? 'RTCC 로고'라는 키워드로 검색하면 소프트웨어에서 그 이미지나 그와 똑같은 키워드가 포함되어 있는 이미지들을 찾아내는 거예요. 실제로 그 호스팅의 위치를 찾아내는 거죠." 페트로브스키가 끈기 있게 설명했다.

"지금 저 벽을 말하는 거야?" 마리노는 그 말을 눈앞에 보이는 독수리와 성조기로 된 로고가 떠 있는 벽과 혼동했다.

"아뇨. 호스팅 위치는 벽이 아니에요. 데이터베이스죠. 우리 같은 경우에는 데이터 창고라고 해요. 아무래도 정보를 모으다 보면 용량도 크고 복잡하니까 말이에요. 일단 이 안에는 범죄와 사건 보고서, 무기, 지도, 체포, 고소장, 소환장, 폐쇄, 심문, 신체 검사에 관한 것까지 모든 영장이 있어요. 형사님이 말하는 청소년 범죄도 포함되어 있죠. 대테러 분석반에서 링크 분석하는 것과 이것과 같은 식이에요." 페트로브스키가 말했다.

"알았어. 그러니까 이 이미지만 연결하면, 테러범의 신원을 파악할 수 있고, 동일인이 여러 개의 가명을 쓰는 것까지 다 알아낼 수 있다는 거지? 그런데 우리는 왜 안 돼? 좋아. 저들이 이제 저 남자를 잡을 수 있을 것 같아. 세상에. 저렇게 다람쥐처럼 다리에서 줄을 타고 내려올 수 있어야지."

벨트에 밧줄을 매단 긴급 구조대 경찰들이 투신하려는 남자를 향해 세 방향에서 접근하고 있었다.

"우린 못 해요. 언젠가는 가능하겠지만 말입니다." 페트로브스키는 그 투신하려는 남자의 구조 여부는 전혀 신경 쓰지 않은 채 대답했다. "우리는 주소나 위치, 대상, 다른 언어로 된 자료들과 같은 공공 기록들에서는 링크할 수 있어요. 하지만 실제 얼굴 사진으로는 안 돼요. 제대로 된 키워드를 입력해야 정보를 얻을 수 있어요. 문신 이미지 같은 것으로는 안 돼요. 무슨 말인지 알겠어요? 지금 내가 말하는 내용을 하나도 못 알아들으시는 것 같아서 하는 말이에요. 형사님이 조지워싱턴브리지 대신 여기 있는 나한테 집중했으면 무슨 얘긴지 알아들었을 거예요."

"저 남자의 얼굴을 좀 더 자세히 보고 싶은데." 마리노가 평면 스크린에 나오는 남자를 가리키며 말했다. "저 남자한테 뭔가 있어. 어디선가 본 것 같단 말이야."

"도처에서 봤을 거예요. 최근 들어 아주 흔하니까. 정말 이기적이라니까요. 만일 형사님도 자살하고 싶은 거라면, 같이 있는 다른 사람들은 죽이지 말고, 위험에 빠뜨리지도 말고, 세금도 낭비하지 말았으면 좋겠어요. 저 남자는 구조되고 나면 오늘 밤에 벨뷰 병원으로 보내질 거예요. 내일이 되면 저 남자가 피라미드 사기에 걸렸다는 것을 알게 되겠죠. 우린 저 남자를 다리에서 구해 내겠다고 예산에서 100만 달러를 쓰는 거예요. 그리고 일주일 이내에 저 남자는 다른 방식으로 또 자살하려고 할 거예요."

"아니. 저 남자가 레터맨이 될 수도 있잖아." 마리노가 말했다.

"자꾸 버튼 누르지 말아요."

"1분 전에 봤던 마운트러시모어의 부랑자 문신 좀 다시 봐 봐." 마리노가 커피 잔을 집어 들며 말했다. 사실 흔한 일이긴 했다. 지금 물에 빠져서 해안 경비대가 그 시신을 시체 안치소로 데려갔어야 할 사람을 살리기 위해 긴급 구조대 대원들이 목숨을 걸고 있는 것이다.

페트로브스키가 마우스를 이용해 조금 전에 열었던 파일을 다시 열었다. 그리고 그 이미지를 끌어다가 컴퓨터 화면 중 비어 있는 공간에 올렸다. 데이터 벽에 오른쪽 목을 문신으로 뒤덮은 흑인의 얼굴 사진이 나타났다. 마운트러시모어의 바위들 사이에 해골 네 개가 나와 있는 문신이었다. 그리고 라틴어로 "In vino veritas"라고 새겨져 있었다.

"와인 한 병, 포도나무 열매." 마리노가 말했다. 그때 구조대 대원 두 명이 투신하려는 남자 바로 옆으로 다가갔다. 그 남자의 얼굴은 보이지 않았다. 그 남자가 지금 어떤 기분인지, 무슨 말을 하고 있는지 알 수 없었다.

"와인 속에 진실이 있다. 고대 로마 시대의 격언인 것 같아요. 누가 한 말이더라. 플리니 뭐였는데. 아마 타키투스일 거예요." 페트로브스키가 말했다.

"마테우스 앤드 랜서스 로제. 최근에 본 기억 있나?"

페트로브스키는 미소 지었지만, 대답하지 않았다. 그는 젊기 때문에, 아마 매드 독이나 부니스 팜 같은 건 들어 보지 못했을 것이다.

"차 안에서 랜서스를 한 병 마시고, 운이 좋으면 데이트할 때마다 기념품으로 그 병을 주는 거야." 마리노가 말을 이었다. "여자들이 그 병 속에 양초를 집어넣고, 밀랍이 녹게 내버려 두면, 다양한 색깔의 양초로 변했지. 난 그걸 양초 픽(fuck)이라고 불렀어. 자네도 그 자리에 있었으면 어땠을지 생각해 봐."

277

페트로브스키는 미소 지었다. 마리노는 그가 꽉 막혔다고 생각했기 때문에 정말 어땠을지는 알 수가 없었다. 루시를 제외한, 컴퓨터만 상대하는 인간들은 대부분 그랬다. 루시는 꽉 막혔던 적이 없었다. 최근에는 아니지만. 그는 시계를 흘깃 쳐다보았다. 페트로브스키가 데이터 벽에 이미지들을 나란히 나열하고 있는 동안, 마리노는 루시와 버거가 햅 저드와 잘 만나고 있을지 궁금했다. 페덱스 모자를 쓴 남자의 목에 있는 문신 이미지를 'In vino veritas'와 해골 네 개가 새겨진 문신과 나란히 놓았다.

"아니야." 마리노는 커피를 한 모금 삼키며 말했다. 식은 블랙커피였다. "자세히 보니 비슷하지도 않군."

"내가 아니라고 했잖아요."

"난 문양을 말하는 거야. 같은 곳에서 문신을 했을 수도 있으니까. 만일 같은 디자인이었다면 그 문신사를 찾아내서, 페덱스 남자의 문신을 보여주려고 했지." 마리노가 말했다.

"여기 데이터베이스 안에는 없어요. 키워드로도 찾을 수 없었어요. '관'도 아니고, '전몰 전우', '이라크' 등 어떤 단어를 입력해 봐도 결과가 나오지 않았어요. 우리한테는 이름이나, 사건, 위치, 지도 같은 게 필요해요." 페트로브스키가 말했다.

"FBI 쪽 데이터베이스는 어떨까? 새로 10억 달러짜리 컴퓨터 시스템을 들였다고 하던데. 이름은 까먹었지만." 마리노가 물었다.

"NGI, 차세대 인식기요. 아직 개발 중이에요."

"그래도 작동 중이라고 들었는데." 마리노에게 그 이야기를 해 준 건 루시였다.

"지금 우린 다년간에 걸쳐 뻗어 나갈 최첨단 장비에 대해 말하고 있는 거니까요. IAFIS(통합 자동 지문 식별 시스템), CODIS(DNA 검색 시스템) 같은 것이 포함된 초기 단계 시스템을 운영하고 있다는 건 알고 있었어요. 나도 IPS(연합 사진 검색 시스템)를 생각했어요. 요즘 경기가 안 좋아서 어떻게 되고 있는지 모르겠어요. 여러 분야에서 예산이 삭감되었으니까요."

"그쪽에 문신 데이터베이스가 있다는 말을 들었는데." 마리노가 말했다.

"맞아요."

"그러니까 좀 더 큰 판에서라면 우리가 찾는 대상을 찾을 수도 있지 않을까? 그 페덱스 놈을 찾기 위해 전국으로, 아니면 국제적으로 범위를 넓혀 본다면 말이지. 그런데 FBI 데이터베이스, 그러니까 NGI를 여기서는 검색할 수 없다는 거잖아." 마리노가 말했다.

"그래요. 공유하고 있지 않으니까요. 하지만 그쪽에 이 문신을 보내서 알아봐 달라고 할 수는 있어요. 문제없을 거예요. 이런, 이제 남자가 다리 위에서 보이지 않네요." 페트로브스키가 투신하려던 남자에 대해 말했다. 마침내 호기심이 생긴 모양이었지만, 지겨워하는 것처럼 보였다.

"좋은 징조가 아닌데." 마리노는 평면 스크린을 쳐다보다가 가장 중요한 순간을 놓쳤다는 것을 깨달았다. "젠장. 대원들만 보이고, 남자가 보이지 않아."

"저기 있네요."

헬리콥터의 탐조등이 바닥에 떨어진 투신자의 몸을 비추고 있었다. 카메라가 멀리서 도로 위에 쓰러져 있는 그의 시신을 잡았다. 남자는 에어백 밖으로 떨어졌다.

"저 대원들은 속이 많이 상했겠네요. 저런 일이 벌어질 때 정말 싫을 거예요." 페트로브스키가 그 상황을 요약했다.

"FBI에 그 문신 사진을 보내 봐." 마리노는 데이터 벽에 떠 있는 의문의 페덱스 남자를 쳐다보았다. "그동안 우리는 다른 검색을 시도해 보자고. 페덱스. 아니면 페덱스 제복, 페덱스 모자 같은 거 말이야. 무엇이든 페덱스를 넣어서 검색해 봐."

"그 정도야 가능하죠." 페트로브스키가 검색을 시작했다.

데이터 벽 위에 다시 모래시계가 나타나 돌기 시작했다. 마리노는 벽에 걸려 있던 평면 스크린 화면에 아무것도 나오지 않는다는 것을 알아차렸다. 그 투신한 남자가 사망했기 때문에 경찰 헬리콥터 비디오도 꺼진 것이다. 마리노는 갑자기 그 투신한 남자가 낯익은 것처럼 보였던 이유를 깨달았다. 배우와 닮았기 때문이다. 무슨 영화였더라? 마리노는 영화 제목이 떠오르지 않았다. 최근 들어 이런 일이 자주 있었다.

"자넨 혹시 대니 드비토와 베티 미들러가 나오는 영화 알고 있나? 제목이 뭐였지?" 마리노가 물었다.

"모르겠는데요." 페트로브스키가 모래시계를 쳐다보자, 메시지가 흘러나왔다. '자료를 검색하는 중입니다.' "그 영화가 무슨 관계가 있어요?"

"모든 것이 다 관계가 있지. 이런 곳에서는 그런 점이 제일 중요하다고 생각하는데." 마리노가 커다란 푸른 방을 가리키며 말했다.

'11개의 자료가 검색되었습니다.'

"이제 우리가 나서 볼까. 예전에 내가 컴퓨터를 싫어했다는 게 믿어지지 않는다니까. 컴퓨터 가지고 일하는 사람들을 다 쓸모없는 사람 취급했는데 말이지." 마리노가 말했다.

예전에 그는 컴퓨터를 싫어했고, 컴퓨터를 가지고 일하는 사람들을 비웃었다. 이제는 그렇지 않다. 그는 '링크 분석'을 통해 중요한 정보들이 밝혀지는 일과 그 정보들이 그 자리에서 바로 전송되는 일에 제법 익숙해졌다. 마리노는 이제 컴퓨터를 통해 사건 조사나 고소인과의 인터뷰나 그 관심 대상이 과거에 누구와 무슨 일을 했는지, 어떻게 생겼는지, 관련 인물은 누구인지, 인척은 누구인지, 자신이나 다른 사람에게 위험한 인물인지 알아보는 일을 즐기고 있었다. 마리노는 그런 것을 가리켜, "멋진 신세계"라고 말하곤 했다. 지금껏 한 번도 읽어 본 적 없는 책 제목에서 인용한 것으로, 최근에 알게 된 작품이었다.

페트로브스키는 데이터 벽에 그 기록들을 띄웠다. 폭행, 강도, 강간, 페덱스에서 일어난 두 건의 총기 사건이 있었고, 연관된 것으로 소포 도난, 이상한 소문, 점거, 한 사건에서는 치명적인 국부 공격이 나왔다. 그 자료들 중에 직접 관련된 것은 없었으나, 데이터 벽에 실물보다 크게 떠 있는 지난 8월 1일자로 발부한 대중교통 심사국(TAB)의 소환장은 도움이 되었다. 마리노는 그 소환장에 나오는 사람의 이름과 뉴저지의 에지워터 주소, 성별, 인종, 키, 몸무게를 읽었다.

"이게 누구야. 누가 나왔는지 보라고. 이제 이 여자에 대해 검색할 참이었는데." 마리노가 그 소송장에 나와 있는 위반 사항의 세부 내용을 읽으며 말했다.

"귀하는 뉴욕 서던 블러바드에서 이스트 149번가로 향하는 11시 30분 버스에 탑승한 뒤, 자기 자리에 앉았다며 다른 승객과 싸움을 벌였습니다. 그리고 그 승객에게 소리치기 시작했습니다. 경관이 귀하에게 다가가 소리치지 말고 자리에 앉으라고 주의를 주자 이렇게 말했습니다. '네 엉덩이를 페덱스 상자에 넣어 지옥에 보내 버릴 수도 있어. 무슨 짓을 하는 건 내가 아니니까. 저기 있는 남자는 저질스러운 개자식이야.'"

"이 여자한테 해골 문신이 있을 것 같진 않은데요. 그 소포를 배달한 남자를 이 여자라고 생각하는 건 아니겠죠." 페트로브스키가 빗대어 말했다.

"빌어먹을, 정말 믿을 수 없군. 이것 좀 종이로 뽑아 주겠나?" 마리노가 물었다.

"지난 한 시간 동안 '빌어먹을'이라는 말을 몇 번이나 했는지 셀 걸 그랬어요. 우리 집에 있었으면 벌금으로 25센트 동전을 엄청 많이 내야 했을걸요."

"도디 호지야. CNN에 전화를 걸었던 그 빌어먹을 미친 여자." 마리노가 대답했다.

13

순수한 이타성

루시의 법과학 수사 에이전시 '커넥션스'는 그녀가 살고 있는 로프트와 같은 건물에 있었다. 그리니치빌리지, 엄밀히 말하면 파웨스트빌리지에 있는 배로스트리트에 위치하고 있으며, 19세기 이전에 비누와 양초 회사의 창고로 쓰였던 건물이었다. 둥근 아치형 창문들이 달려 있는 과감한 로마네스크 양식의 2층짜리 벽돌 건물인데, 그 지역의 역사적인 건물로 등재되어 있기도 했다. 루시는 작년 봄, 바로 옆에 있는 예전 마차 차고를 구입해 주차장으로 쓰고 있었다.

루시는 이 건물을 그대로 보존하는 것을 꿈꾸고 있었기 때문에, 자신의 유별난 컴퓨터들과 감시 도구 설치를 위한 개조 이외에 건물 전체를 바꾸는 일에는 전혀 관심이 없었다. 개인적인 이득이 전혀 없는 건 아니었지만, 그녀의 자선 사업 역시 대부분이 비영리였다. 제이미 버거는 루시가 그렇게 하는 동기가 순수한 이타성에서 나온 것이라고는 조금도 믿지 않고 있었지만, 실은 그렇지 않았다. 버거는 루시가 사실상 이해관계가 충돌하고 있는 지역에 얼마나 많은 액수를 기부하고 있는지 모르고 있었다.

루시는 버거를 속일 마음이 없었고, 실제로도 그랬지만, 버거는 몇 주일 전부터 지금까지 느꼈던 불안감과는 다른, 두 사람의 관계에 대한 불편함을 느끼기 시작했다.

"어쩌면 손에 문신을 하는 편이 나을지도 모르겠네요." 루시가 손바닥이 보이게 손을 들어 올리며 말했다. "자신에게 신호를 보내기 위해서 말이에요. 배우들은 큐 사인을 좋아하잖아요. '상황에 따라 다르다.'" 그녀는 손바닥 위에 쓰여 있는 뭔가를 읽는 시늉을 했다. "'상황에 따라 다르다.' 라는 말을 문신으로 새기고, 거짓말을 할 때마다 보여 주면 되잖아요."

"나한테 그런 신호는 필요 없어요. 거짓말도 하지 않고. 사람들은 온갖 이야기를 다 떠들죠. 그 사람들에게 그것이 틀렸다고 말하는 건 불필요한 짓이에요." 햅 저드가 애써 침착함을 유지하며 대답했다.

"그렇군요." 버거가 대꾸했다. 지금 그녀는 마리노가 빨리 오기만을 바라고 있었다. 대체 마리노는 어디에 있는 것일까? "그렇다면 지금 상황에서는 지난 월요일 밤, 즉 12월 15일 밤, 그 술집에서 당신이 에릭 멘더에게 했던 이야기는 해석을 어떻게 하느냐에 달려 있다는 말이네요. 당신이 코마 상태에 빠져 있는 19세 소녀에게 호기심을 느끼고, 그 소녀의 벌거벗은 모습을 보고 싶어 했으며, 어쩌면 성적인 방식으로 그 소녀를 만졌다는 말을 했다고 하더라도 전부 다 해석의 문제라는 말이잖아요. 그래서 지금 난 도저히 사소한 문제로 볼 수 없고, 그 이상으로 생각해야 할 것 같은 이 이야기를 어떻게 해석해야 할지 생각하는 중이에요."

"이런. 그게 바로 내가 하고 싶었던 말입니다. 해석의 문제 말이에요. 그건… 그건 당신이 생각하는 것과는 다릅니다. 그 소녀의 사진은 계속 뉴스에 나왔어요. 그리고 그 당시 난 그곳에서 일하고 있었고요. 내가 일하고 있던 병원에 마침 그 소녀가 있었던 거죠." 저드는 약간 당황한 것처럼 보였다. "맞아요. 호기심이 생기긴 했습니다. 솔직히 다른 사람들도 마찬가지일 거예요. 내가 지금 하는 일에는 호기심이 필요합니다. 온갖 종류의 일들에 호기심을 가져야 하죠. 하지만 그렇다고 내가 무슨 짓을 했다고 볼 순 없지 않습니까?"

햅 저드는 스타 배우처럼 보이지 않았다. 〈툼 레이더〉나 〈배트맨〉과 같은 엄청난 예산이 들어가는 프랜차이즈 영화에서 배역을 맡을 수 있을 것처럼 보이지는 않았다. 지금 그들은 목재 기둥과 담배 나무 바닥이 그대로 드러나 있는 헛간 같은 로프트에서, 서류 한 장 놓여 있지 않고 평면 스크린 컴퓨터만 놓여 있는, 결이 거친 철제 탁자를 사이에 두고 앉아 있었다. 버거는 햅 저드에 대해 생각하지 않을 수 없었다. 그는 평균 신장에, 근육을 키우긴 했지만 지나치게 마른 체격, 평범한 갈색 머리와 눈동자, 캡틴 아메리카처럼 단정하지만 특색 없는 얼굴을 하고 있었다. 영화 속에서는 근사하게 보일 수도 있는 외모지만, 실제로는 그렇게까지 눈에 띄지 않았다. 만일 그가 옆집에 사는 청년이었다면, 버거는 그를 단정하고, 잘생긴 청년이라고 말했을 것이다. 만일 버거가 햅 저드의 이름을 새로 지을 수 있다면, 해플러스(Hapless: 불운한)나 햅해저드(Haphazard: 무계획적인)라고 붙였을 것이다. 왜냐하면 지금 그를 비참할 정도로 둔감하고 난폭하게 대하고 있었기 때문이다. 루시가 그 역할을 맡은 건 아니었다. 도리어 버거가 그렇게 대했다. 그녀는 그를 괴롭히고 있었으니까. 지난 30분 동안, 버거가 햅 저드를 그렇게 대한 이유는 다른 걱정이 있어서였다. 대체 마리노는 어디에 있는 것일까? 그는 지금쯤 이 자리에 있어야 했다. 루시가 아닌, 마리노가 이 심문을 도와줄 거라고 생각했다. 루시는 도를 넘어서, 마치 저드와 개인적인 감정이 있거나, 뭔가 과거에 어떤 관계가 있었던 것처럼 행동하고 있었다. 실제로 그럴 것이다. 루시는 루프 스타와 잘 아는 사이였으니까.

"술집에서 만난 사람에게 그런 이야기를 했다고 해서, 내가 그런 짓을 저질렀다는 뜻은 아니라는 말입니다." 저드는 벌써 그 말을 열 번도 넘게 했다. "내가 그런 짓을 했다면 어째서 그런 말을 하고 다녔을지 생각해봐요."

"내가 생각할 일은 아니죠. 지금 당신한테 묻고 있잖아요." 루시가 말했다. 그녀는 날카롭게 햅 저드의 눈을 노려보고 있었다.

"내가 아는 건 다 대답했어요."

"당신이 하고 싶은 말만 했잖아요." 루시는 버거가 끼어들기 전에 쏘아 붙였다.

"그때 일을 전부 다 기억하는 건 아닙니다. 술을 마셨으니까요. 난 바쁜 사람이고, 할 일도 많아요. 그러다 보니 그런 일들은 잊어버릴 수밖에 없습니다. 당신은 변호사가 아니에요. 어째서 변호사처럼 말을 하는 건지 모르겠군요." 저드가 버거를 보며 말했다. "그리고 그쪽은 조수 같은 사람이지, 진짜 경찰도 아니잖아요. 대체 누군데 나한테 그런 질문들을 하고, 비난하는 겁니까?" 그가 루시에게 물었다.

"아무것도 하지 않았다고 말할 만큼만 기억하는 모양이네." 루시는 로프트의 철제 탁자 앞에서 자신의 주장을 정당화하고, 확신할 필요조차 없다고 느꼈다. 그녀 앞에 놓여 있는 컴퓨터 화면에는 지도가 떠 있었는데, 그 격자판에 떠 있는 장소는 버거가 알아볼 수 없는 지역이었다. "당신이 했던 이야기를 바꿀 만큼만 기억하고 있는 것 같기도 하고." 루시가 덧붙였다.

"난 아무것도 바꾸지 않았어요. 뭐라고 해도 그날 밤 일은 기억이 나지 않습니다." 저드는 루시에게 말한 뒤, 버거가 그를 구해 주기라도 할 것처럼 쳐다보았다. "도대체 내 입에서 무슨 소리를 듣고 싶은 거죠?"

이쯤에서 루시는 물러설 필요가 있었다. 버거가 수도 없이 신호를 보냈지만, 그녀는 그 신호들을 무시했다. 버거가 루시에게 법과학 수사를 통해 밝혀낸 세부 사항들에 대해 설명하라고 직접 요청하지 않는 한, 햅 저드에게 아무 말도 하지 말았어야 했다. 그나마 그런 정보들도 아직 없었다. 지금 마리노는 어디에 있을까? 루시는 자신이 마리노인 것처럼, 마리노를 대신해서 행동했다. 그리고 버거는 예전 같으면 생각지도 못했을 의심들을 하기 시작했다. 어쩌면 이미 알고 있었을지도 모른다. 그녀가 거기서 더 나아가 루시까지 의심하게 된다면 견딜 수 없을 것만 같았다. 루시는 솔직하지 않았다. 그녀는 루프 스타를 잘 알고 있었지만, 버거에게 말하지 않았다. 루시는 자신만의 동기가 있었고, 검사가 아니었다. 더 이상 법 집행관이 아니었다. 그리고 더 이상 잃을 것도 없었다.

버거는 모든 것을 다 잃게 될 것이다. 쓸데없는 유명세를 타게 될 것이고, 지금까지 쌓아 온 평판에 금이 갈 것이다. 평판에 금이 가는 이상으로 부당한 괴로움을 당하게 될 것이다. 루시와의 관계는 도움이 되지 않을 것이다. 전혀 도움이 되지 않을 것이다. 고약한 뒷말들이 날 것이고, 인터넷에는 악의적인 글들이 쏟아지게 될 것이다. 남자를 증오하는 레즈비언, 레즈비언일 뿐만 아니라 유대인이기도 한 지방검사 버거는 네오 나치단의 제거 명단의 상위권에 올라가게 될 것이다. 누군가 옳은 일을 하고 있다는 믿음하에, 버거의 주소와 신상 정보들이 인터넷에 게재될 것이다. 그렇게 되면 복음주의 기독교도들은 그녀가 지옥으로 떨어지게 될 거라고 떠들 것이다. 버거는 솔직해진다는 것이 얼마나 힘든 일이며, 이런 큰 타격을 받을 수 있다는 걸 상상조차 하지 못할 것이고, 루시가 숨기거나 거짓말을 하지 않고 대중 앞에 나선다면, 버거가 다치게 될 것이다. 그녀가 상상조차 할 수 없을 만큼 큰 상처를 입게 될 것이다. 그렇다면 어떻게 해야 하는 걸까? 속이는 것이다. 얼마나 깊이 내려가야 끝이 나는 걸까? 언젠간 끝이 보일 거야. 걱정하지 마. '끝이 보일 거야.' 루시는 계속해서 되뇌었다. 언젠가 그 이야기가 나오면, 루시가 직접 설명할 것이다. 그럼 모든 것이 괜찮아질 것이다. 루시는 버거에게 루프에 대해 말할 것이다.

"우리가 원하는 건 당신이 사실대로 말하는 거예요." 루시가 끼어들 틈을 주지 않고, 버거가 말했다. "이 일은 아주, 아주 심각한 일이에요. 우린 게임을 하는 게 아니에요."

"내가 왜 여기 있는 건지 모르겠군요. 난 아무 짓도 하지 않았어요." 햅 저드가 버거에게 말했다. 그녀는 그의 눈빛이 마음에 들지 않았다.

햅 저드는 노골적으로 버거를 위아래로 쳐다보고 있었다. 그리고 그런 자신의 시선이 루시에게 어떤 영향을 미치는지 알고 있었다. 그는 자신이 무슨 짓을 하고 있는지 알고 있었고, 도전하고 있었다. 가끔 버거는 햅 저드가 이런 상황을 즐기고 있다는 것을 느꼈다.

"난 누군가를 감옥에 보내야겠다는 아주 확고한 생각을 가지고 있어요." 버거가 말했다.

"난 아무 일도 하지 않았다니까요!"

그럴 수도, 아닐 수도 있었다. 하지만 햅 저드 역시 도움이 되지 않았다. 버거는 도움이 될 수도 있다고 생각하고 지난 3주일간 그에게 매달렸다. 누군가 실종당한 상태에서 3주일은 긴 시간이었다. 납치됐을 가능성도 있었고, 죽었을 가능성도 있었다. 그렇지 않으면 남미나, 피지 섬, 호주처럼 아무도 모르는 곳에서 새 신분을 만들었을 수도 있었다.

"문제는 그것만이 아니죠." 루시가 말했다. 그녀가 초록색 눈으로 그를 뚫어지게 쳐다보고 있었다. 짧은 머리는 조명을 받아 로즈골드색으로 빛나고 있었다. 루시는 외국 고양이처럼 또다시 덮칠 준비를 하고 있었다. "수감자들이 당신 같은 역겨운 인간을 어떻게 대할지 상상도 못 하겠으니까." 그녀는 자판을 두드리기 시작했다. 지금은 이메일을 쓰고 있었다.

"그거 알아요? 난 오지 않을 수도 있었어요. 믿지 않을지 모르겠지만, 여기 오지 않을 뻔했단 말입니다." 햅 저드가 버거에게 말했다. 감옥을 언급한 것이 효과가 있었다. 조금 전처럼 자신만만해 보이지 않았다. 그는 그녀의 가슴을 쳐다보지 않았다. "더 이상 그런 말도 안 되는 소리를 듣는다면, 이 자리에 앉아 있지 않을 거예요." 햅 저드는 침착함을 완전히 잃어버렸다.

그는 의자에서 일어나지 않았다. 색이 바란 데님 속에서 다리를 들썩거리고 있었고, 헐렁한 셔츠의 겨드랑이 부분에 땀이 배어 나오기 시작했다. 버거는 그가 숨을 쉴 때마다 가슴이 오르내리는 것을 볼 수 있었다. 그때마다 하얀 셔츠 속에서 특이한 모양의 은십자가가 달린 가죽 목걸이가 흔들리고 있었다. 그리고 양손으로는 팔걸이를 꽉 붙잡고 있었다. 두툼한 해골 모양의 은반지가 반짝거렸다. 긴장과 함께 근육이 수축되었는지, 목 혈관이 도드라져 보였다. 햅 저드는 그 자리에 앉아 있을 수밖에 없었다. 이 난감한 상황에서 눈을 돌리는 것 외에는 여기서 빠져나갈 방법이 없었다.

"제프리 다머(1960~1994. 미국의 연쇄 살인마. "밀워키의 식인마"라는 별명이 있다-옮긴이) 기억해요?" 루시가 계속 자판을 두드리면서 그를 보지도 않고 말했다. "그 망할 자식이 어떻게 됐는지 알아요? 수감자들한테 무슨 짓을 당했는지? 빗자루로 죽을 때까지 두들겨 맞았죠. 아마 그 빗자루는 다른 용도로도 쓰였을 거예요. 그자도 당신하고 똑같은 역겨운 취미를 가지고 있었다던데."

"제프리 다머? 진심으로 하는 말입니까?" 저드는 지나치게 크게 웃었다. 정말 웃는 게 아니었다. 그는 겁에 질려 있었다. "저 여자는 완전히 미쳤어요. 난 평생 누구도 다치게 한 적이 없습니다. 난 사람들을 해치지 않아요." 햅 저드가 버거에게 말했다.

"아직은 아니라고 말하고 싶은 거겠지." 루시가 말했다. 컴퓨터 화면에 맵퀘스트인지, 지도 위에 격자판이 떠 있었다.

"난 저 여자와 말하지 않을 거예요. 저 여자가 싫어요. 저 여자한테 나가라고 해요. 아니면 내가 나갈 겁니다." 햅 저드가 버거에게 말했다.

"내가 당신이 다치게 한 사람들의 명단을 가지고 있다면 어떻게 할래요? 파라 레이시의 친구들과 그 가족부터 시작해 볼까요?" 루시가 말했다.

"난 그 사람들이 누군지 몰라. 너부터 죽어." 그가 갑자기 폭발했다.

"E급 흉악 범죄면 어떻게 되는지 알아요?" 버거가 물었다.

"난 아무 짓도 안 했어. 아무도 해치지 않았단 말이야."

"최고 10년형을 받게 돼요."

"자기 몸을 지키려면 차라리 격리되는 편이 나을 거야." 버거가 그만하라고 신호를 보내도 무시하고, 루시가 말을 이었다. 앞에 있는 컴퓨터 화면에는 또 다른 지도가 떠 있었다.

버거는 그 지도에 나타난 거리들이 빼곡하게 들어차 있는 지역에 공원들을 표시하고 있는 초록색 형태와 물을 나타내는 파란색 형태가 있다는 것을 알아차렸다. 버거의 블랙베리에 알람이 울렸다. 새벽 3시에 누군가가 그녀에게 이메일을 보낸 것이다.

"독방 감금. 아마 폴스버그가 좋지 않을까. 유명한 죄수들이 많이 있었던 곳이니까. '샘의 아들(연쇄 살인범인 데이비드 버코위츠의 별명―옮긴이)'도 있었고. '애티카'는 별로야. 그곳에서 자기 목을 베었다지." 루시가 말했다.

이메일을 보낸 사람은 마리노였다.

정신병 환자가 박사 사건과 관련 있을 가능성이 있음. RTCC에서 그 도디 호지라는 환자에 대해 알아냈음. 그자에게 그 여자를 아는지 물어보기 바람. 자세한 건 나중에 설명하겠음.

버거는 블랙베리를 본 뒤 고개를 들었다. 그동안 루시는 햅 저드에게 감옥에 가면 무슨 일을 당하게 될지 위협하고 있었다.

"도디 호지에 대해 말해 봐요. 그 여자와 어떤 사이인지." 버거가 말했다.

순간 저드는 당황한 것처럼 보이더니, 이내 화를 냈다. 그가 불쑥 말했다. "그 여자는 징그럽고, 괘씸한 마녀예요. 그 미친 마녀가 나를 괴롭힌 걸 생각하면 지금 이 자리에 피해자 신분으로 왔어야 할 정도란 말입니다. 어째서 그런 걸 물어보는 거죠? 그 여자가 무슨 상관이 있기에? 혹시 그 여자가 무슨 일로 나를 고소했을 수도 있겠군요. 이 모든 일의 배후에 그 여자가 있는 겁니까?"

"당신이 내 질문에 대답을 해 주면, 그때 당신 질문에 답을 해 주지요. 그 여자와 어떤 관계인지 말해 봐요." 버거가 말했다.

"영매, 영적인 조언자예요. 부르고 싶은 대로 불러요. 많은 사람들―할리우드에 있는 사람들, 크게 성공한 사람들, 심지어 정치인들까지도 그 여자를 알고 있고 자신들의 재산이나, 일, 인간관계에 대한 조언을 청하러 가요. 내가 멍청했던 거죠. 내가 그 여자에게 속내를 털어놓자, 나를 괴롭히기 시작했어요. 계속 LA에 있는 사무실로 전화를 걸고 있어요."

"그렇다면 그 여자가 당신을 스토킹하고 있단 말이군요."

"그렇게 봐야죠. 맞아요. 정말 그래요."

"언제 처음 만났죠?" 버거가 물었다.

"잘 모르겠어요. 작년, 아마 작년 가을부터였을 거예요. 소개를 받았죠."

"누구한테서요?"

"같은 업계에 있는 어떤 사람이요. 내가 그 여자에게 뭔가 얻을 게 있을 거라고 생각했던 모양이에요. 이를테면 직업적인 조언 같은 거 말이죠."

"소개해 준 사람의 이름을 물어본 거예요." 버거가 말했다.

"비밀을 지켜야 해요. 그 여자를 찾는 사람들이 아주 많거든요. 아마 알게 되면 깜짝 놀랄 겁니다."

"그 여자를 찾아갔나요, 아니면 그 여자를 부른 건가요? 어디서 만났죠?" 버거가 물었다.

"그 여자가 트라이베카에 있는 내 아파트로 왔어요. 얼굴이 알려진 사람이 그 여자가 살고 있는 곳으로 찾아가게 되면 누가 따라붙거나, 카메라에 찍힐 수도 있으니까요. 그렇지 못할 때는 전화로 상담을 하기도 하죠."

"그럼 돈은 어떻게 줬어요?"

"현금이요. 그렇지 않거나, 혹시 전화로 상담을 했을 때는 뉴저지에 있는 우편 사서함으로 자기앞수표를 보내죠. 아마 나도 전화로 몇 번 상담을 받았을 거예요. 그런 뒤에 그 여자가 심하게 미쳤다는 것을 알아차리고 연락을 끊어 버린 겁니다. 맞아요. 그 여자가 날 스토킹했어요. 아무래도 그 스토킹당한 일에 대해 이야기를 해야 할 것 같군요."

"당신이 가는 곳마다 그 여자가 나타났나요? 트라이베카에 있는 아파트나, 영화를 찍고 있는 현장이나, 자주 가는 장소에 말이에요. 이를테면 여기 뉴욕에 있는 크리스토퍼스트리트의 술집 같은 곳에도 나타났어요?" 버거가 물었다.

"내 에이전트의 사무실에 계속 전화해서 메시지를 남겨요."

"LA에서 전화를 걸었다는 건가요? 좋아요. 그렇다면 FBI LA 지부에 연락을 해 줄 수 있어요. FBI에서는 스토킹도 다루니까요. 전담반이 따로 있죠." 버거가 말했다.

저드는 대답하지 않았다. 그는 FBI LA 지부에 대한 이야기에 관심이 없는 것 같았다. 햅 저드는 빈틈이 없었다. 그리고 버거는 그가 해나 스타를 데리고 있는 사람들에 대해 알고 있으면서도 비밀을 지키는 것이 아닐까 의심했다. 햅 저드가 말한 대로라면, 그가 도디를 처음 만난 것은 해나가 금융 거래를 시작했던 때와 비슷한 시기로, 작년 가을이었다.

"크리스토퍼스트리트에 있는 술집 말이에요." 버거는 이젠 진짜 싫어하게 된 인간을 심문하는 중간에 마리노가 끼어든 것이 짜증났고, 또 도디 호지가 이 중요한 사건과 관계가 있을 수도 있다는 것도 마음에 들지 않았다. 그녀는 질문의 방향을 다시 돌렸다.

"당신들은 아무것도 입증할 수 없을 겁니다." 햅 저드가 과감하게 도전해 왔다.

"우리가 아무것도 입증할 수 없다고 생각한다면 어째서 여기까지 온 거죠?"

"그것도 오지 않을 수도 있었다면서 말이지." 여전히 맥북을 쳐다보느라 바쁜 루시가 끼어들었다. 지금 그녀는 이메일을 쓰면서, 지도를 보고 있었다.

"협조하기 위해서죠. 난 협조하기 위해 여기 왔어요." 저드가 버거에게 말했다.

"그래요. 하지만 내가 처음 연락했던 3주일 전에는 당신이 너무 바빠서 협조할 수 없다고 해서 내가 계속 당신에게 연락을 했죠."

"난 LA에 있었어요."

"내가 잊고 있었네요. LA에는 전화가 없다는 걸."

"난 일에 매여 있었어요. 그리고 내가 받은 전언들도 명확하지 않았고요. 난 무슨 말인지 이해하지 못했었어요."

"좋아요. 이제 당신은 무슨 일인지 이해했고, 협조하기로 마음먹었어요. 그러니까 지난 월요일에 있었던 일들에 대해 말해 봐요. 그중에서도 지난 월요일 늦은 밤, 크리스토퍼스트리트 53번지에 있는 스톤웰 인(Inn)을 나간 뒤에 있었던 일들에 대해서 말이에요. 당신은 에릭이라는 청년과 같이 나갔죠. 에릭을 기억해요? 당신과 같이 마리화나를 피웠던 청년 말이에요. 그 청년과 터놓고 이야기를 했다죠?"

"우린 흥분한 상태였어요." 저드가 말했다.

"그래요. 사람들은 흥분했을 때 말을 많이 하게 되죠. 당신은 흥분했고, 그래서 에릭에게 할렘에 있는 파크 종합병원에서 있었던 일, 그 친구 표현대로라면 아주 바보 같은 일을 저질렀다고 말했잖아요." 버거가 말했다.

두 사람은 잠을 이루지 못하고, 벌거벗은 몸을 푹신한 깃털 이불로 감싼 채, 창밖을 내다보고 있었다. 맨해튼의 하늘과 맞닿은 윤곽선은 바다나 로키 산맥, 로마 유적지에서 보는 것과는 달랐지만, 그들은 그 정경을 좋아했다. 두 사람은 밤이 되면 습관처럼 불을 끄고 차양을 올렸다.

벤턴이 스카페타의 맨살을 어루만지면서, 자기 턱을 그녀의 정수리 위에 괴었다. 그는 그녀의 목과 귀에 키스했다. 그의 입술에 닿은 그녀의 피부는 차가웠다. 벤턴이 뒤에서 꼭 끌어안자, 스카페타는 그의 심장이 천천히 뛰는 것을 느낄 수 있었다.

"난 당신 환자들에 대해 이제껏 물어본 적 없었어." 스카페타가 말했다.

"만일 당신이 내 환자들에 대해 생각하고 있는 거라면, 내가 당신 마음을 확실히 빼앗진 못했던 모양이네." 벤턴이 그녀의 귓가에 대고 말했다.

스카페타는 자신을 끌어안고 있는 그의 팔을 잡아당겨, 그의 손에 키스했다. "몇 분 전부터 또다시 날 정신없게 만들고 있는 것 같은데. 난 그저 가정의 질문을 하는 게 좋을 뿐이야."

"그래야 당신이지. 도리어 한 개밖에 물어보지 않아서 놀랐는데."

"우리가 여기 살고 있다는 것을 당신 환자였던 사람이 어떻게 알아낼

292

수 있겠어? 난 그 소포를 보낸 사람이 그 여자가 아닌 것 같아." 스카페타는 침대에서 도디 호지라는 이름을 담고 싶지 않았다.

"만일 다른 사람을 조종하는 데 능한 사람이 있다면, 그 사람이 다른 사람들을 통해 그 정보를 빼냈을지도 모르지. 이를테면 우리 아파트가 어디에 있는지 알고 있는 맥린의 직원들에게서 말이야. 맥린 병원으로 내게 온 우편물이나 소포 같은 것들은 종종 이 주소로 받기도 했으니까." 벤턴이 말했다.

"그렇다면 병원 직원들이 환자에게 여기 주소를 알려 줬을 수도 있단 말이야?"

"그런 게 아니길 바란다는 거지. 그리고 그런 일이 정말로 일어났다고 말한 것도 아니고. 심지어 난 그 여자가 맥린에 입원했던 환자라는 것도 말한 적 없어."

벤턴은 그런 말을 할 필요가 없었다. 스카페타는 도디 호지가 맥린 병원의 환자였다는 사실을 확신하고 있었으니까.

"그 여자가 우리 집에 온 소포와 관련이 있다는 말도 한 적 없고." 벤턴이 덧붙였다.

그 말 역시 할 필요가 없었다. 스카페타는 벤턴이 예전에 담당했던 환자가 남겨 놓고 간 소포를 두려워하고 있다는 것을 잘 알고 있었다.

"내가 말하고 싶은 건, 실제로는 정반대의 증거를 찾았다 하더라도 다른 사람들은 그 여자의 짓으로 여길 수 있다는 거야." 벤턴이 부드럽게 말했다. 그 대화 내용과는 어울리지 않는 친밀한 어조였다.

"마리노는 그 여자를 의심하다가 결국 그렇게 결론을 내린 것 같던데, 당신은 확신이 서지 않는 모양이네. 지금 한 말, 그런 뜻이잖아." 스카페타는 믿을 수가 없었다.

그녀는 벤턴이 CNN에까지 뻔뻔스럽게 전화를 걸었던 도디라는 이름의 전 환자를 범인이라고 믿고 있을 거라고 생각했다. 벤턴은 그 여자가 위험한 사람이라는 것도 잘 알고 있었다.

"마리노의 말이 맞을 수도 있어. 아닐 수도 있고. 그 환자의 경우, 골치 아픈 문제를 일으킬 수도 있고, 잠재적으로는 위험할 수도 있으니까. 하지만 만일 그 소포를 보낸 사람이 따로 있는데, 모두들 범인을 알고 있다고 생각해서 수사를 그만두게 된다면 그게 더 위험해. 만일 그렇다면 어떻게 되겠어? 무슨 일이 벌어질 것 같아? 다음번에는? 그렇다면 다음번에는 누군가 정말 다치게 될지도 몰라." 벤턴이 말했다.

"우린 그 소포에 뭐가 들었는지 모르잖아. 아무것도 아닐 수도 있어. 당신이 너무 앞서 나가는 거야."

"뭔가 있어. 그건 확실해. 그런 게 아니라면 배트맨 영화의 주연을 맡은 것이 아닌 한, 당신을 고담 시의 법의국장이라고 했을 리가 없지. 난 그 말이 마음에 들지 않아. 이유는 모르겠지만, 그 점이 마음에 걸려." 벤턴이 말했다.

"남을 헐뜯는 말이니까 그렇지. 악의적이기도 하고."

"그럴 수도 있지. 그리고 손으로 썼다는 그 주소도 신경이 쓰여. 인쇄체로 보일 정도로 정확하고 틀에 박힌 글씨였다고 했잖아."

"누군지 몰라도 그 주소를 쓴 사람은 손을 전혀 떨지 않는 사람일 거야. 어쩌면 예술가의 손일지도 몰라." 스카페타가 말했다. 그리고 그녀는 벤턴이 뭔가 다른 생각을 하고 있다는 것을 느꼈다.

벤턴은 그 손 글씨와 관련해 도디 호지에 대한 뭔가를 알고 있었다.

"확실히 레이저 프린터로 출력한 것은 아니었다고 했지?" 벤턴이 말했다.

"엘리베이터를 타고 올라가면서 한참 동안 봤으니까. 검은색 잉크의 볼펜으로 쓴 거였어. 주소의 글자 모양이 변형되어 있어서 손으로 쓴 글씨라는 것을 확실하게 알아볼 수 있었고." 그녀가 말했다.

"로드맨스넥에 갔을 때 주소가 적혀 있는 포장지가 남아 있었으면 좋겠는데. 그 운송장이 가장 큰 증거가 될 테니까 말이야."

"운에 맡겨 봐야지." 스카페타가 말했다.

그런 일에 관해서라면 루시가 큰 역할을 할 것이다. 페덱스 상자 안에 보이는 전기 회로 같은 것을 못 쓰게 만들기 위해 폭탄 처리반은 대체적으로 살수포로 유명한 PAN 분해기로 날려 버린다. 85그램이나 113그램의 물을 집어넣은 뒤, 12구경 산탄총으로 쏘는 것이다. 일차적으로 폭발이 의심되는 장치의 전원을 노릴 것이다. 엑스레이상에 나타난 작은 배터리 말이다. 스카페타는 그 배터리가 손으로 주소를 쓴 운송장 바로 뒤에 있지 않기만을 바랄 뿐이었다. 만일 그 자리에 붙어 있다면, 흠뻑 젖어 버릴 것이고, 아무것도 남아 있지 않게 될 것이다.

"보편적인 이야기라면 해도 되겠지." 벤턴이 말한 뒤, 살짝 몸을 일으켜 베개들을 정돈했다. "당신도 경계성 인격 장애에 대해서는 잘 알고 있을 거야. 자아의 경계가 분열되거나 부서진 경우를 말하는 거지. 그런 사람들이 스트레스를 심하게 받으면 공격적으로 행동할 수도 있고, 난폭해지는 경우도 있어. 공격은 경쟁심에서 비롯돼. 남자나 여자를 얻기 위한 경쟁심일 수도 있고, 어떤 상황에 가장 잘 들어맞는 사람에 대한 경쟁심일 수도 있어. 어떤 자원, 다시 말해 음식이나 집을 얻기 위한 경쟁심일 수도 있고. 그런 사람들은 사회 조직에 속해 있지 않기 때문에 계급 의식이 아닌 힘에 대한 경쟁심을 가질 수도 있어. 한마디로 이익이 있어야만 공격한다는 말이지."

스카페타는 칼리 크리스핀을 떠올렸다. 그러다 잃어버린 블랙베리가 떠올랐다. 몇 시간째 휴대전화가 보이지 않았다. 스카페타는 다른 일을 하고 있어도, 마음속의 불안감과 긴장감이 없어지지 않았다. 심지어 사랑을 나누는 동안에도 불안감을 느끼고 있었다. 그녀는 분노를 느꼈다. 스스로에게 화가 났고, 이 일을 루시가 해결해야 할지도 모른다는 사실 때문에도 화가 났다. 스카페타는 너무 어리석었다. 어떻게 이 정도로 멍청한 짓을 저지르게 된 것일까?

"안타깝게도, 종의 생존이라는 개념으로 볼 수 있는 원초적인 충동이 악의와 부적응으로 나타날 수 있지만, 그건 부적절하고 무의미한 행동이 될 수도 있다는 거야. 결과적으로 당신같이 유명한 사람을 위협하거나 괴롭히는 공격적인 행동은 이런 일을 벌인 사람에게 아무 이익도 되지 않는 다는 말이지. 그런 경쟁을 통해 얻는 결과는 처벌과 상실밖에 없어. 정신 병원에 가거나 감옥에 들어가게 될 테니까 말이야." 벤턴이 말했다.

"그러니까 오늘 밤 CNN에 전화를 걸었던 여자는 경계성 인격 장애를 가졌고, 스트레스를 많이 받거나, 당신 같은 남자를 놓고 나와 경쟁을 해야 할 때 폭력적으로 변할 수도 있다는 말이네." 스카페타가 말했다.

"그 여자가 당신한테 전화를 한 건 나를 괴롭히기 위해서야. 그리고 효과가 있었지. 그 여자는 내가 관심을 가져 주길 바라니까. 경계성 인격 장애는 부정적일수록 더욱 강해져서 태풍의 눈처럼 돼. 운이 나쁘게도 그런 경계성 인격 장애에 뭔가 다른 것이 더해지면 그 태풍의 눈은 완벽한 태풍으로 변할 수도 있지." 벤턴이 말했다.

"감정 전이란 말이지. 하지만 당신이 맡은 여자 환자들은 기회가 없을 거야. 그 여자들이 원하는 건 지금 내가 가지고 있는 거니까."

스카페타는 다시 사랑을 나누고 싶었다. 벤턴의 관심을 원했고, 더 이상 일이나 골치 아픈 문제들, 끔찍한 인간들에 대해 말하고 싶지 않았다. 그녀는 벤턴에게 좀 더 가까이 가고 싶었고, 아무런 제약 없이 그를 느끼고 싶었다. 벤턴에게 가까이 다가가고 싶다는 갈망은 언제나 그녀가 원하는 만큼 이루어지지 않았기에 결코 충족되지가 않았다. 스카페타는 원하는 만큼 벤턴을 안아 본 적이 없었다. 그런 이유로 여전히 그를 원했고, 그를 원하는 마음이 너무나 강렬했다. 두 사람이 처음 만났을 때부터 그녀는 그에게 강렬한 욕망을 느꼈고, 안고 싶었다. 그리고 20년이 지난 지금도 똑같은 느낌을 받고 있었다. 그녀는 자신을 가득 채웠다가 사라지는 벤턴을 미칠 듯이 갈망하고 있었다. 그와의 섹스는 그녀를 가득 채웠다가 사라지는 과정의 반복이었다. 그리고 그로 인해 두 사람은 또다시 좀 더 많은 사랑을 나눌 수 있었다.

"이미 알고 있겠지만, 난 당신을 정말 사랑해. 화가 났을 때조차 말이야." 그녀가 그의 입에 대고 말했다.

"당신은 항상 화가 날 거야. 나도 당신이 언제나 날 사랑해 주길 바라."

"나도 이해하고 싶어." 그녀는 이해하지 못했고, 아마 이해할 수도 없을 것이다.

스카페타는 그가 내렸던 선택을 이해할 수 없었던 것이 떠올랐다. 그녀는 벤턴이 그렇게 갑자기, 끝까지 아무것도 알려 주지 않고 떠날 수 있었다는 것을 이해할 수가 없었다. 스카페타는 벤턴처럼 할 수 없었을 것이다. 하지만 그녀는 그 일을 다시 꺼내고 싶지 않았다.

"언제나 당신을 사랑할 거야." 그녀는 벤턴에게 키스한 뒤, 그의 몸 위로 올라갔다.

두 사람은 어떻게 움직여야 하는지 직감적으로 알고 있었기에 자세를 바꾸었다. 서로의 몸에 무리가 가지 않고, 불편을 느끼지 않을 정도의 한계와 최선의 자세를 의식적으로 생각해야 하게 된 지는 제법 오래되었다. 스카페타는 잠자리를 할 때마다 그녀의 해부 기술에 대한 똑같은 농담들을 돌아가면서 듣곤 했었다. 침대에서 반드시 나와야 하는 보너스인 것처럼, 우스꽝스럽다는 것처럼 말이다. 하지만 그녀는 그런 농담들이 하나도 재미없었고, 전혀 웃기지 않았다. 스카페타가 담당하는 환자들은 예외적인 경우를 제외하면 전부 다 죽은 사람들이었기에, 그녀의 손길에 대한 그들의 반응은 고려할 가치가 없었고, 도움이 될 것도 없었다. 그렇다고 시체 안치소가 살아 있는 사람들에 대한 것들을 전혀 가르쳐 주지 않았던 것은 아니다. 스카페타는 확실히 배울 수 있었다. 자신의 감각을 갈고 닦을 기회를 가질 수 있었다. 눈으로 보고, 냄새를 맡으면서, 더 이상 말을 할 수 없는 사람들의 가장 미묘한 부분을 느낄 수 있었다. 어쩔 수 없이 그 사람들에게는 그녀가 필요했고, 되돌릴 수 있는 건 아무것도 없었다. 시체 안치소는 그녀에게 강한 힘과 뛰어난 솜씨, 굳센 열망을 주었다. 스카페타는 따뜻한 온기와 손길을 원했다. 그녀는 섹스를 원했다.

사랑을 나눈 뒤, 벤턴은 깊이 잠들었다. 스카페타가 침대에서 나가도 꼼짝도 하지 않았다. 그녀는 마음속에 또다시 불안과 분노가 차오르기 시작했다. 새벽 3시가 약간 넘은 시간이었다. 스카페타의 앞에 많은 것들을 알려 줄 긴 하루가 펼쳐져 있었다. 오늘은 바로 그녀가 "즉흥적인 하루"라고 부르는 날들 중 하나가 될 것이다. 로드맨스넥에서 폭탄에 대해 알게 될 것이다. 어쩌면 실험실에 가야 할지도 모른다. 사무실에서는 부검 보고서를 기록하고, 전화를 받으면서 서류 정리도 해야 할 것이다. 부검 일정은 잡혀 있지 않지만, 시신이 들어오고 나가는 상황에 따라 바뀔 수도 있다. 블랙베리에 대해서도 어떻게든 해야 했다. 아마 루시가 알아서 해 줄 것이다. 조카에 대해서도 어떻게든 해야 했다. 최근 루시는 이상하게 굴었고, 짜증이 많아졌으며, 참을성도 없어졌다. 그러다가 스마트폰들을 가져온 것이다. 루시는 관대하고 사려 깊은 척하면서, 물어보지도 않고 그들의 스마트폰을 바꿔 버렸다. '다시 침대로 돌아가서 좀 쉬어야 할 텐데. 피곤하면 모든 상황이 더 안 좋아질 거야.' 스카페타는 생각했다. 지금 당장은 잠이 올 것 같지 않았다. 그녀는 해야 할 일들이 많았다. 루시를 상대하는 일도 어서 해치워야 했다. '무슨 짓을 했는지 털어놔야지. 그 애에게 이모가 얼마나 멍청한 짓을 저질렀는지 말해야 해.'

아마 루시는 스카페타가 알고 있는 사람들 중에 가장 과학 기술적인 능력이 뛰어난 사람일 것이다. 태어났던 그날부터 모든 물건들이 작동하는 원리를 알고 싶어 했고, 그 물건들을 분해하고 조립했으며, 무슨 물건이든 기능을 향상시킬 수 있다며 항상 자신만만했다. 그런 성향에 엄청난 불안감이 더해지자 다른 무엇보다 힘의 통제가 필요해졌고, 그 결과 루시는 기분에 따라 무엇이든 고칠 수도 있고, 쉽게 망가뜨릴 수도 있는 마법사같은 능력을 지니게 되었다. 사람들의 허락도 받지 않고 전화기들을 바꾼 것은 적절한 행동이 아니었다. 그리고 스카페타는 조카가 갑자기 그런 행동을 보이는 이유를 알 수가 없었다. 예전 같았으면 루시는 틀림없이 먼저 물어봤을 것이다. 허락도 받지 않고, 어떤 경고도 없이 자기 마음대로 그들 모두의 시스템 관리자가 되진 않았을 것이다. 그리고 루시는 스카페타가 저지른 어리석고 멍청한 행동을 알게 된다면 불같이 화를 낼 것이다. 루시는 스카페타의 그런 행동이 길을 건너기 전에 주위를 살피지 않는 것과 똑같은 일이며, 헬리콥터의 꼬리 회전 날개 속으로 걸어 들어가는 것과 똑같은 일이라고 말할 것이다.

스카페타는 블랙베리를 받고 난 뒤 심한 좌절감에 이틀 뒤에 암호를 해제해 버렸다고 고백했을 때 루시가 퍼부을 잔소리가 무서웠다. '그러지 말았어야 했어. 절대로 그러지 말았어야 했어.' 머릿속에서는 계속 그 생각만 맴돌고 있었다. 그렇지만 스카페타는 블랙베리를 쓸 때마다 암호를 입력하는 것이 힘들었다. 만일 10분 동안 사용하지 않으면 블랙베리는 다시 암호에 걸렸다. 스카페타는 오타로 인해 암호를 여섯 번째로 잇달아 틀리게 입력하자 짜증이 나 미쳐 버릴 것만 같았다. 루시가 알아보기 쉽게 사용 방법을 적어 주었음에도 불구하고, 암호 입력에 여덟 번째로 실패하자, 차라리 그 블랙베리가 파괴되거나, 〈미션 임파서블〉에 나오는 녹음테이프처럼 없어지는 편이 나을 것 같았다.

스카페타는 루시에게 보내는 이메일에 암호에 관한 이야기를 자세히 하지 않고, 블랙베리를 잃어버렸다는 내용만 보낼 수도 있었다. 하지만 만일 누군가 그녀의 스마트폰을 일부러 가져간 거라면, 상황이 심각했다. 스카페타는 그런 일이 있을까 봐 걱정이었다. 루시도 걱정이긴 했지만, 그 무엇보다도 자기 자신이 제일 걱정이 되었다. '언제부터 이렇게 부주의해진 것일까? 아파트에 폭탄을 가져가고, 스마트폰의 암호를 쓸 수 없게 만들어 버리고. 도대체 문제가 뭐야? 뭐든 해 봐. 해결 방법을 찾으란 말이야. 문제들을 처리해야지. 이렇게 조바심만 내지 말고.'

스카페타는 뭔가 먹어야 했다. 그것도 문제였다. 아무것도 먹지 않아서 속이 쓰렸다. 만일 뭔가 먹는다면 한결 나아질 것이다. 그녀는 뭔가 손으로 할 수 있는 일이 필요했다. 섹스 이외에도 뭔가 치유가 될 만한 일을 해야만 했다. 음식을 준비하다 보면 원기도 회복되고, 기분도 나아질 것이다. 가장 좋아하는 요리를 하면서, 그 일에 집중하다 보면 상황 정리에도 도움이 되고, 모든 것들이 정상으로 돌아오게 될 것이다. 요리나 청소를 하는 게 좋다. 이미 청소를 깨끗하게 했기에, 아직도 거실에서 주방으로 걸어가는 동안 머피 오일 비누 냄새를 맡을 수 있었다. 스카페타는 냉장고 문을 열고 안에 들어 있는 내용물을 살피면서 무엇을 만들지를 생각했다. 프리타타, 오믈렛. 달걀 요리나 빵, 파스타를 먹을 만큼 배가 고프진 않았다. 인살라타 카프리제 같은 신선한 허브와 올리브 오일을 곁들인, 가볍고 건강에 좋은 음식이 좋을 것 같았다. 그건 여름 음식으로, 스카페타의 정원에서 제철에 직접 딴 토마토로 만들어야 한다. 하지만 보스턴이나 뉴욕과 같은 도시에서는 홀푸드나 식품 가게에서 1년 내내, 감칠맛이 나는 블랙 크림, 푸릇푸릇한 브랜디 와인, 즙이 많은 카스피안 핑크, 말랑한 골든 에그스, 달콤하고 쌉싸름한 그린 제브라와 같은 보물 같은 토마토들을 구할 수 있었다.

스카페타는 토마토를 몇 개 골라 조리대로 가져가, 도마 위에서 쐐기 모양으로 사등분을 했다. 밀폐형 비닐봉지에 넣어 둔 신선한 버팔로 모짜렐라 치즈를 뜨거운 물에 몇 분 정도 담가 따뜻하게 데웠다. 접시에 토마토와 치즈를 원형으로 담은 뒤, 신선한 바질 잎사귀를 더하고, 냉압착 방식으로 여과되지 않은 올리브 오일을 넉넉하게 뿌렸다. 마지막으로 굵은 바다 소금을 뿌렸다. 스카페타는 그 음식을 가지고 옆에 있는 식당으로 갔다. 서쪽으로 높이 솟아 있는 아파트들의 환한 불빛과 허드슨 강이 내려다보였다. 멀리 뉴저지를 날아다니는 비행기들도 보였다.

스카페타는 맥북의 브라우저가 열리는 동안, 샐러드를 한 입 먹었다. 이제 루시를 상대할 시간이다. 아마 루시는 지금 바로 답장을 보내 줄 것이다. 자신의 행동에 대한 결과를 받아들이고, 잃어버린 블랙베리 문제를 해결해야 할 것이다. 이건 사소한 문제가 아니었다. 보통 일이 아니었다. 스카페타는 휴대전화가 없어졌다는 것을 알아차린 뒤로 계속 걱정하고 있었고, 이제는 강박 관념에 사로잡혀 있었다. 그녀는 지난 몇 시간 동안 일이 어떻게 된 일인지, 블랙베리에 접근할 수 있었던 사람이 없었는지 기억해 내기 위해 계속해서 애쓰고 있었다. 한편으로는 가장 큰 걱정이라고 해 봐야, 누군가 염탐을 한다거나, 명함 정리기를 뒤적거린다거나, 그녀가 일상적으로 책상 위에 놓아두는 일정표, 부검 원안이나 사진들을 훔쳐보는 게 전부였던 과거로 돌아가고 싶기도 했다. 그 시절에는 잠재적인 부정 행위나 정보 유출에 관한 해답은 무조건 자물쇠였다. 아주 중요한 기록들은 자물쇠가 달린 서류 보관함에 보관했다. 만일 다른 사람이 보면 안 되는 무언가가 책상 위에 있을 경우에는 사무실 밖으로 나갈 때 문을 잠그면 그만이었다. 간단하고 확실했다. 상식선에서 해결되는 문제였다. 모든 것을 관리할 수 있었다. 열쇠만 숨겨 두면 끝이었다.

스카페타가 버지니아 법의국장이 되었을 때 사무실에 처음으로 컴퓨터가 들어왔다. 그때도 역시 관리가 가능했다. 그녀는 그 미지의 물건을 크게 두려워하지 않았고, 장점만이 아니라 단점까지도 감당할 수 있을 거라 여겼다. 물론 보안상의 사소한 문제들은 있었지만, 모든 것이 자리를 잡으면서 예방도 가능해졌다. 휴대전화 역시 그 당시에는 큰 문제가 아니었다. 처음부터 이랬던 건 아니다. 그녀가 휴대전화를 믿지 못하게 된 건, 도청용 스캐너로 이용될 가능성이 있다는 것과 사람들이 무지하고 무분별하게도 다른 사람들이 엿들을 수 있게 대화를 하는 모습을 일상적으로 보게 되면서부터였다. 그러나 그 정도 위험들은 오늘날 일어날 수 있는 위험들과는 비교조차 할 수 없었다. 그런 정도라면 그녀가 이렇게 계속해서 조바심을 내야 할 필요도 없었다. 스카페타에게 있어 현대 기술은 더 이상 최고의 친구가 아니었다. 그 현대 기술은 종종 그녀를 물어뜯곤 했다. 이번에는 좀 심하게 물렸을지도 모른다.

스카페타의 블랙베리는 그녀의 사적, 공적 인생을 모두 포함하고 있는 소우주나 마찬가지였다. 그 안에는 만일 악의를 가진 누군가가 그 개인적인 정보를 이용해서 연락을 취할 경우, 몹시 화를 내거나, 타협을 해야 할 사람들의 전화번호와 이메일 주소까지 포함되어 있었다. 지금까지 그녀는 비극적인 죽음 뒤에 남게 된 희생자의 가족들을 가능한 한 보호해 왔다. 어떻게 보면 그들은 스카페타가 담당하게 된 환자처럼, 그녀에게서 정보를 구하거나, 사소한 일이라도 갑자기 생각났다거나, 궁금한 점이 있다거나, 어떤 이론 같은 것이 떠오르면 전화를 하곤 했다. 기념일이나 지금 같은 명절에는 그저 이야기를 하고 싶어서 전화를 걸어 올 때도 있었다. 스카페타가 고인들을 사랑하는 사람들이나 가족들과 나눈 신뢰는 돈독했으며, 그녀가 하는 일에서 가장 존중받는 측면이기도 했다.

그런데 만일 엉뚱한 사람, 이를테면 케이블 뉴스 방송국에서 일하는 누군가가 스카페타의 휴대전화 목록에 있는 사람들에게 연락을 한다면 그건 엄청난 재앙이 될 것이다. 그녀가 연락처를 가지고 있는 사람들 중에는 그레이스 다리엔처럼 세간에 널리 알려진 사건들과 연관되어 있는 사람들이 많았다. 스카페타가 휴대전화를 잃어버리기 전 마지막으로 통화한 사람이 바로 그레이스 다리엔이었다. 저녁 7시 15분경, 버거와 전화 회의를 한 뒤에, 서둘러 CNN으로 갈 준비를 하고 있을 때 전화가 왔다. 다리엔 부인은 거의 히스테리 상태에서 스카페타의 블랙베리로 전화를 걸었는데, 그녀는 언론에서 강간당하고, 맞아 죽은 피해자의 신원이 토니 다리엔이라고 밝힌 것에 대해 극심한 혼란과 공포를 느끼고 있었다. 더불어 머리를 가격당한 것이 맞아 죽은 것과는 다른 거라고 생각하고 있었던 것 같았다. 그렇지만 스카페타는 다리엔 부인을 안심시키는 어떤 말도 해 줄 수가 없었다. 스카페타는 거짓말을 할 수 없었다. 오해의 소지가 있는 말도 할 수가 없었다. 언론에 발표한 사람은 그녀가 아니었고, 직접 한 말도 아니었다. 스카페타로서는 다리엔 부인에게 낮에 해 준 이야기 이외에 다른 세부적인 사항들에 대해서는 알려 줄 수 없다는 이유를 이해시키는 것만으로도 충분히 어려웠다. 몹시 유감스럽지만, 그 사건에 대해서는 더 이상 아무 말도 할 수 없었다.

"제가 했던 말 기억하고 계세요?" 스카페타는 다리엔 부인의 전화를 받으면서 옷을 갈아입었다. "비밀 유지는 중요해요. 왜냐하면 거기에는 살인자와 법의학자, 경찰만이 알고 있는 세부적인 사실들이 있기 때문이죠. 그래서 지금으로서는 더 이상 말씀드릴 게 없어요." 그렇게 신중하고 윤리적인 행동의 선구자처럼 굴었던 스카페타가 지금 알고 있는 건, 누군가 암호가 걸려 있지 않은 자신의 블랙베리에서 그레이스 다리엔의 정보를 알아냈을 수도 있다는 것과 아직 제정신이 아닐 그 여자에게 연락을 했을 수도 있다는 것이었다. 스카페타는 칼리가 뉴스쇼를 진행하는 동안 괘씸하게 굴었던 것에 대해 생각하지 않을 수 없었다. 노란 택시에 대한 정보를 터트리고, 토니 다리엔과 해나 스타 사건이 연관되어 있다고 떠들어 댔다. 그리고 해나의 부패하기 시작한 머리카락이 발견되었다는 오보도 전했다. 칼리는 기자 출신으로 유달리 냉정한 데다가, 지금 절박한 상황이었으므로 당연히 그레이스 다리엔에 대해서도 알리고 싶을 것이다. 스카페타가 블랙베리를 잃어버리는 바람에 그런 터무니없는 연락을 받게 될지도 모르는 사람들의 명단은, 그녀가 기억하고 있는 것보다 훨씬 더 길었다. 처음 일을 시작했을 당시에는 수첩에 적어 두었던 것이 점차 전자 포맷으로 바뀌었고, 그녀가 휴대전화를 바꿀 때마다 계속해서 옮겼다. 그러다가 루시가 사 준 블랙베리에까지 이르게 된 것이다.

스카페타의 연락처에는 수백 명의 이름이 저장되어 있었는데, 칼리 크리스핀과 같은 여자가 그들의 휴대전화나 직통 전화, 집 전화로 연락을 할 경우, 그중 많은 사람들이 앞으로 다시는 스카페타를 믿지 못하게 될 것이다. 블룸버그 시장, 켈리 경찰본부장, 에디슨 박사, 무수한 국내외 유명인사들, 거기에 스카페타의 법의학 동료들의 광범위한 연락망, 의사들, 검사들, 변호사들의 연락처에 가족들, 친구들, 주치의들, 치과 의사, 미용사, 개인 트레이너, 가정부의 연락처까지 전부 다 들어 있었다. 그녀가 쇼핑하는 장소들. 어떤 책을 읽는지를 포함해서 아마존에서 주문한 물건들이 무엇인지까지 알 수 있을 것이다. 자주 가는 식당들. 회계사, 자산 관리사의 연락처. 생각을 하면 할수록 명단은 점점 더 길어지고, 그 명단이 길어질수록 문제는 더욱 심각해졌다. 보관되어 있는 음성 메시지들은 화면에 떠 있기 때문에 암호를 입력하지 않아도 바로 들을 수 있었다. 서류들과 이메일에서 내려받은 그래픽 이미지들이 포함된 파워포인트 보고서들도 있었다. 그중에는 토니 다리엔의 현장 사진도 포함되어 있었다. 칼리가 방송 중에 내보낸 현장 사진도 스카페타의 휴대전화에서 빼낸 것일 수도 있다. 뿐만 아니라 인스턴트 메시지(IM)를 포함, 신속하고 지속적인 연락을 가능하게 해 주는 온갖 앱들에 대한 불안으로까지 이어졌다.

스카페타는 인스턴트 메시지를 믿지 않았다. 그런 과학 기술들은 진보가 아닌 강박처럼 느껴졌다. 역사상 가장 불운하고 무모한 혁신의 하나가 될 수도 있다고 생각했다. 좀 더 중요한 활동에 집중해야 하는 상황, 이를테면 운전을 하거나 복잡한 도로를 건너갈 때, 비행기나 기차처럼 위험한 장치를 조종하고 있을 때, 강의실에 앉아 있거나, 병례 검토회에 참석했을 때, 극장이나 콘서트에 갔을 때, 또는 식당에서 맞은편에 앉아 있는 사람과 침대에서 옆에 누워 있는 사람에게 좀 더 관심을 보여야 할 상황에 사람들은 작은 터치스크린이나 자판에 글자만 입력하고 있으니까 말이다. 얼마 전, 스카페타는 뉴욕 법의국에서 실습 중인 의대생이 부검 중에 라텍스 장갑을 낀 엄지손가락으로 휴대전화의 작은 자판을 눌러 가며 인스턴트 메시지를 보내고 있는 것을 발견했다. 그녀는 그 학생을 시체 안치소에서 내쫓았고, 자기 담당에서 제외했다. 그리고 에디슨 박사에게 대기실 외에 어떤 장소에서든 모든 전자기기를 소지하는 것을 금지시키자는 제안을 했으나, 뜻대로 되지 않았다. 그렇게 하기에는 너무 늦었다. 시간을 거꾸로 돌리려고 하면 아무도 따르지 않을 것이다.

경찰들, 법의검시학자들, 과학자들, 병리학자들, 인류학자들, 치과 의사들, 법의학 고고학자들, 영안실과 신원 확인 담당 직원들, 보안 요원들은 각자의 PDA, 아이폰, 블랙베리, 휴대전화, 호출기들을 포기할 수 없었다. 스카페타가 인스턴트 메시지는 물론, 심지어 이메일이나, 그런 기기들로 찍은 사진이나, 영상 녹화와 같은 것들을 통해 어떤 식으로라도 비밀 정보가 새어 나갈 수 있다고 끈질기게 동료들에게 경고를 해도 소용없었다. 그러다 보니 스카페타조차 문자 메시지를 보내는 것과 사진 내려받기, 유용한 정보들을 쉽게 접할 수 있는 기능에 익숙해지기 시작했고, 경계심도 어느 정도 느슨해지게 되었다. 최근 들어 그녀는 택시와 공항에서 많은 시간을 보냈는데, 그 사이에도 쉴 틈 없이, 쉴 새 없이 온갖 정보들이 블랙베리를 통해 들어오곤 했다. 스카페타는 암호를 해제한 채 사용하고 있었다. 새 스마트폰이 손에 익지 않아 불편하기도 했지만, 어쩐지 조카의 통제를 받고 있는 것 같은 느낌이 싫었다.

스카페타는 메일함을 확인해 보았다. 가장 최근에 받은 이메일은 몇 분 전에 루시가 보낸 것으로, 제목이 도발적이었다.

빵 부스러기를 따라가야 해.

스카페타는 그 이메일을 열었다.

케이 이모. 15초마다 위치가 전송되어 있는 GPS 데이터 기록을 첨부했어. 거의 처음부터, 그러니까 이모가 블랙베리를 주머니 속에 넣어 둔 채, 코트를 분장실 옷장에 걸어 두었을 거라고 짐작되는 오후 7시 35분부터 현재까지의 시간과 위치들이 나타나 있는 거야. 여기선 사진 한 장의 가치가 천 마디 말과 같아. 슬라이드쇼를 계속 보다 보면 이모도 알 수 있을 거야. 난 확실히 알고 있어. 이건 말할 필요도 없는 일이긴 하지만, 이모가 무사해서 정말 다행이야. 마리노 아저씨가 페덱스 상자에 대해 말해 줬어.

ㄴ.

그 슬라이드쇼의 첫 번째 사진은 루시가 "타임워너센터의 새의 눈"이라 부르는 것으로, 원칙적으로는 조감도에 가까웠다. 그 사진 뒤로 위도와 경도가 표시된 거리 주소가 나와 있는 지도가 나왔다. 스카페타의 블랙베리는 오후 7시 35분에 확실히 타임워너센터에 있었다. 그때 그녀는 59번가의 북쪽 건물 입구에 도착했고, 보안 검사를 통과한 뒤 엘리베이터를 타고 15층까지 올라갔다. 그리고 복도를 지나 분장실로 들어간 뒤 옷장 속에 코트를 걸었다. 그 시점에서 분장실 안에는 스카페타와 분장사밖에 없었고, 그녀가 의자에 앉아 있었던 그 20분 남짓한 시간 동안 누군가가 코트 주머니에서 휴대전화를 가져가는 것은 불가능했을 것이다. 화장을 고친 뒤, 그곳에 오면 언제나 그랬듯이 그 자리에서 방송이 시작되기 전까지 TV로 〈켐벨 브라운 쇼〉를 보며 대기했다.

스카페타가 기억을 더듬어 보니, 평소보다 20분가량 빠른 8시 20분경에 음향 기술자가 와서 마이크를 달아 주었다는 것이 떠올랐다. 그런 뒤에 세트장으로 안내를 받고, 자리에 앉았다. 칼리 크리스핀은 9시가 되기 몇 분 전에야 나타나 스카페타의 맞은편 자리에 앉았다. 칼리는 빨대로 물을 마셨고, 두 사람은 의례적인 인사말을 주고받았다. 그리고 방송이 시작되었다. 쇼가 끝나고 스카페타가 방송국 건물을 떠나기 전인, 11시 직전에 블랙베리는 루시의 말에 따르면 단서가 한 가지 붙긴 해도 같은 장소에 있었다.

만일 이모의 블랙베리를 같은 주소지에 있는 다른 층이나 다른 방으로 가져갔다면 위도나 경도는 변하지 않을 거야. 그럼 어쩔 수 없어. 알 수 있는 건 블랙베리가 그 건물 안에 있다는 것뿐이지.

그런 다음 11시 정각, 칼리 크리스핀과 스카페타가 타임워너센터를 떠나자 블랙베리도 같이 이동하기 시작했다. 스카페타는 그 데이터 기록과 슬라이드쇼를 따라가던 중에 '새의 눈'을 클릭하자, 이번에는 콜럼버스서클이 나왔다. 그 뒤에 또 다른 '새의 눈'이 센트럴파크웨스트에 있는 스카페타의 아파트 건물 위에서 오후 11시 16분에 잡혔다. 그쯤 되자, 스카페타의 블랙베리가 여전히 코트 주머니 속에 있었을지도 모른다는 결론이 나왔다. 15초에 한 번씩 기록되는 위치 추적 수신기가 스카페타가 집으로 걸어가는 길과 똑같이 작동하고 있었기 때문이다. 하지만 그럴 리가 없었다. 벤턴이 여러 번 전화를 했다고 했다. 만일 스카페타의 코트 주머니 안에 블랙베리가 있었다면 어째서 벨 소리가 나지 않았단 말인가? 그녀는 전원을 끄지 않았다. 이제껏 그런 적이 거의 없었다.

그보다 더 의미심장한 건, 스카페타가 아파트 건물에 들어섰을 때 이미 블랙베리가 없다는 것을 알고 있었다는 것이다. 슬라이드쇼로 보이는 사진에서 다시 일련의 조감도 사진들과 지도들, 주소들이 나타났다. 블랙베리는 이상하게도 타임워너센터 방향으로 이동하다가, 이내 6번가를 지나, 60 이스트 54번가에서 멈췄다. 스카페타는 조감도를 확대했다. 고층 건물들과 자동차들과 택시들이 정체되어 있는 도로 사이에 대리석으로 지은 회색 건물들이 몰려 있었다. 뉴욕 현대 미술관과 시그램빌딩, 세인트토머스 교회의 프렌치 고딕 양식풍 뾰족탑을 알아볼 수 있었다.

루시의 메모가 있었다.

> 60 이스트 54번가는 엘리제 호텔이야. 이모가 알지 모르겠지만, 그곳에는 '공식적인 영업'을 하지 않는 멍키 바가 있어. 개인 클럽처럼 아주 배타적이고, 할리우드 같은 곳이야. 유명인사들과 선수들이 즐겨 찾는 곳이지.

새벽 3시 17분, 멍키 바가 지금까지 영업을 하고 있는 걸까? 데이터 기록으로 봐서는 스카페타의 블랙베리는 여전히 이스트 54번가 주소에 있는 것으로 되어 있었다. 그녀는 루시가 좀 전에 위도와 경도에 대해 했던 말을 떠올렸다. 어쩌면 칼리는 멍키 바가 아니라 같은 건물 안에 있는 것일 수도 있었다.

스카페타는 조카에게 이메일을 보냈다.

> 바가 영업 중이거나, 그게 아니면 블랙베리가 호텔에 있을 가능성도 있는 거지?

루시가 답장을 보냈다.

호텔에 있을 수도 있지. 내가 상황을 지켜보다가 직접 가 볼게.

스카페타가 메일을 보냈다.

너하고 같이 있는 게 아니면 마리노가 가 줄 거야.

루시가 답신을 보냈다.

내가 싹 다 날려 버릴 생각이었는데. 이모의 데이터는 대부분 서버에 백업되
어 있거든. 다 잘될 거야. 마리노 아저씨는 여기 없어.

루시는 지금 스카페타의 블랙베리에 원격으로 접근할 수 있고, 그 안에
저장되어 있는 데이터들을 삭제할 수 있으며, 마음대로 바꿀 수도 있다는
말을 하고 있었다. 그 기계를 공장에서 갓 만들어진 상태로 바꿀 수 있다
는 것이다. 만일 스카페타가 의심하고 있는 것이 사실이라고 해도, 이미
늦었다. 블랙베리가 그녀의 손을 떠난 지 여섯 시간이 넘었다. 만일 칼리
크리스핀이 그 전화를 훔친 거라면, 그 안에 담겨 있는 보물 같은 정보들
을 빼내기에 충분한 시간이었다. 그리고 그 여자가 블랙베리를 일찌감치
빼돌린 거라면 방송에 내보낸 범죄 현장 사진에 대해서도 설명이 가능했
다. 스카페타는 그 일을 용서할 수가 없었다. 그리고 그 사실을 밝혀내고
싶었다.
스카페타는 이메일을 썼다.

날려 버리면 안 돼. 그 블랙베리와 안에 들어 있는 건 증거니까. 그리고 계속
위치 추적 좀 해 줘. 마리노는 어디에 있니? 집?

루시가 메일을 보냈다.

블랙베리는 세 시간 전부터 그 자리에서 움직이지 않고 있어. 마리노 아저씨는 RTCC에 있고.

스카페타는 답장을 보내지 않았다. 그녀는 암호 문제에 대해 밝힐 수가 없었다. 이런 상황에서는 그럴 수 없었다. 루시는 그 블랙베리 안에 들어 있는 것들을 전부 다 지워 버릴 마음까지 먹었다. 어떻게 해야 하는지 들어서 알고 있었음에도 최근 들어서는 허락받을 필요를 느끼지 못했다. 루시가 은밀히 그런 생각을 하고 있었다는 것에 놀라기도 했지만, 스카페타는 불안했다. 정확하게 말할 수는 없지만, 뭔가 느껴졌다. 루시는 그 블랙베리가 어디에 있는지 알고 있었다. 마리노가 어디에 있는지도 알고 있었다. 사람들을 모두 이런 식으로 살피는 것도 예전과 달랐다. 조카는 또 무엇을 알고 있으며, 어째서 모든 사람들을 계속해서 지켜보고 있는 것일까? 적어도 그런 능력을 가지고 있다는 말이 아닌가. "이모가 납치라도 당하거나…." 루시의 말은 농담이 아니었다. "블랙베리를 잃어버릴 수도 있잖아. 만일 이모가 블랙베리를 택시에 두고 내리면, 내가 찾아 줄 수 있어." 루시가 설명했다.

이상하긴 했다. 스카페타는 그 매끈한 기계를 처음 보았을 때를 떠올렸다. 루시가 모두에게 그 기계를 깜짝 선물했을 때, 빈틈없이 정확하게 사전에 준비했다는 사실이 놀라웠다. 토요일 오후였다. 11월 29일, 바로 11월의 마지막 토요일이었다. 스카페타는 분명히 기억하고 있었다. 그날 그녀와 벤턴은 체육관에서 트레이너와 운동을 한 뒤, 한증실과 사우나에 갔다가 이른 저녁을 먹고 〈빌리 엘리어트〉를 보러 극장에 갔다. 그건 두 사람의 일상이었고, 루시도 잘 알고 있었다.

루시는 그들이 아파트 건물 내에 있는 체육관에 갈 때는 휴대전화를 가져가지 않는다는 것도 알고 있었다. 수신 상태가 좋지 않았고, 두 사람에게 연락도 가능했기 때문에 사실 필요가 없었다. 긴급하게 연락할 일이 있을 때는 체육관의 접수처로 전화를 하면 됐다. 그들이 아파트로 돌아오자, 식탁 위에 루시의 메모와 함께 빨간 리본으로 포장한 새 블랙베리 두 대가 놓여 있었다. 그들의 집 열쇠를 가지고 있는 루시가 두 사람이 없을 때 들어와 놓고 간 것이다. 뿐만 아니라, 두 사람의 예전 휴대전화에 들어 있던 데이터들을 모두 새 기계로 옮겨 놓았다. 루시는 버거와 마리노에게 도 그렇게 했을 것이다.

스카페타는 식탁에서 일어났다. 그녀는 수화기를 집어 들었다.

"엘리제 호텔입니다. 무엇을 도와드릴까요?" 전화를 받은 남자가 프랑 스 억양으로 말했다.

"칼리 크리스핀과 통화하고 싶어요."

한참 뒤, 그 남자가 다시 말했다. "객실로 직접 연락하기를 원하십니까? 시간이 많이 늦었는데요."

14

그런 건 내 방식이 아니니까

　루시가 마침내 자판을 두드리는 것을 멈췄다. 그녀는 지도를 보는 것도, 이메일을 쓰는 것도 끝냈다. 루시는 하지 말아야 할 뭔가를 말할 셈이었다. 버거는 그 순간이 다가오는 것을 느낄 수 있었지만, 루시를 막을 수가 없었다.

　"여기 앉아 있자니 당신 팬들이 어떻게 생각할지 궁금해지네. 당신 팬들과 같은 사고방식으로 생각해 볼까 해. 내가 홀딱 반한 영화배우… 지금 난 팬의 마음이야. 그리고 우상인 햅 저드가 라텍스 장갑을 콘돔 대신 끼우고, 병원 영안실 냉장고 안에 누워 있는 열아홉 살 소녀의 시신에 그짓을 하고 있는 걸 상상하는 거지." 루시가 햅 저드에게 말했다.

　햅 저드는 멍한 것처럼 보였다. 따귀라도 맞은 것처럼 입을 벌리고 있었고, 얼굴이 벌겋게 달아올랐다. 그는 폭발하기 일보 직전이었다.

　"루시, 지금 생각이 났는데, 제트 레인저를 데리고 나갔다 와야 할 것 같아." 순간 멈칫했던 버거가 말했다.

　루시의 아파트 2층에 있는 늙은 불도그를 데리고 밖에 나가 볼일을 보

311

게 한 지, 두 시간도 채 지나지 않았다.

"아직 괜찮아요." 루시의 초록색 눈동자가 버거의 눈을 쳐다보았다. 대담하고, 고집 센 눈빛이었다. 만일 루시가 루시가 아니었다면, 버거는 그녀에게 화를 냈을 것이다.

"햅, 물 한 잔 줄까요? 실은 나도 다이어트 펩시가 마시고 싶은데." 버거가 말했다. 그리고 그녀는 루시의 눈을 쳐다보았다. 제안이 아니었다. 명령이었다.

버거는 햅 저드와 단둘이 있을 시간이 필요했다. 그리고 루시를 뒤로 잡아당기고 그만두게 해야 할 필요가 있었다. 지금 여긴 분통을 터트릴 곳이 아니라, 심문을 해야 하는 자리였다. 대체 루시에게 무슨 문제가 있는 것일까?

버거는 햅 저드에 대한 심문을 다시 시작했다. "우린 당신이 에릭에게 했던 이야기에 대해 말하고 있었죠. 에릭은 당신이 병원에서 죽은 지 얼마 안 되는 소녀에 관한 성적인 언급을 했다고 주장했어요."

"난 결코 그런 혐오스러운 짓을 했다고 말한 적이 없습니다!"

"당신은 에릭에게 파라 레이시에 대한 이야기를 했죠. 그리고 당신이 병원에서 부적절한 행위를 했다는 의심을 받은 적이 있다고 말했어요. 장례식장에서 일하는 직원들이 파라 레이시의 죽은 시신에 부적절한 행위를 하는 데 관여되어 있고, 어쩌면 다른 시신들한테도 그렇게 했을지 모른다고 말이에요." 버거가 저드에게 이렇게 말하자, 루시는 자리에서 일어나 그 방을 나갔다. "어째서 모르는 사람에게 그런 이야기를 한 거죠? 아마도 죄책감을 덜기 위해 어딘가에 털어놓고 싶은 마음이 절실했기 때문이겠죠. 파크 종합병원에서 있었던 일에 관한 이야기는 사실 당신 이야기였어요. 당신이 한 짓에 대해 말했던 거죠."

"그건 말도 안 되는 이야깁니다! 내가 그랬다고 하는 사람이 대체 누구죠? 돈 때문인가요? 저 망할 계집애가 날 협박이라도 하겠다는 겁니까? 미친 마녀 도디 호지가 이런 말도 안 되는 거짓말을 떠들어 대던가요?" 햅 저드가 소리쳤다.

"당신을 협박하려는 사람은 아무도 없어요. 돈 때문도 아니고, 당신을 스토킹하는 여자 때문도 아니에요. 지금 우리는 당신이 돈을 벌기 이전에, 스토커가 생기기 이전에 파크 종합병원에서 저지른 짓에 대해 말하고 있는 거니까요."

버거가 탁자 위에 내려놓은 블랙베리가 울렸다. 누군가 지금 그녀에게 이메일을 보낸 것이다.

"시체들이라니. 생각만 해도 속이 뒤집어지는 것 같은데." 저드가 말했다.

"하지만 당신은 생각보다 더한 짓도 했죠." 버거가 단언했다.

"무슨 뜻입니까?"

"보러 갔잖아요." 버거가 말했다.

"당신은 지금 희생양을 찾고 있거나, 날 망쳐서 유명해지고 싶은 모양이군요."

버거는 이미 충분히 유명하기에, 이류 배우의 도움 따위는 필요 없다는 말을 하진 않았다.

그녀가 말했다. "진실을 밝히기 위해서라면 난 얼마든지 같은 말을 되풀이할 수 있어요. 진실을 말하면 치유가 되죠. 당신 기분도 한결 나아질 거예요. 사람들은 실수를 하는 법이니까."

그는 눈을 닦았다. 금세라도 자리를 박차고 나갈 것처럼 다리를 심하게 떨고 있었다. 버거는 햅 저드가 마음에 들지 않았다. 하지만 그보다 더 마음에 들지 않는 건 자기 자신이었다. 일을 이렇게 만든 건 햅 저드 본인이었다. 버거가 3주일 전 처음으로 전화를 걸었을 때 협조만 해 줬어도 이번 일은 피할 수 있었다. 만일 그가 알고 있는 사실을 털어놓았다면 그녀로서는 이런 계획을 세울 필요도 없었고, 많은 일들이 저절로 해결이 되었을 것이다. 루시가 확실하게 이 모든 일들이 저절로 해결될 수 있게 만들었을 것이다. 버거는 햅 저드가 파크 종합병원에서 무슨 일을 했든, 그 일로 기소할 생각은 없었다. 더군다나 그녀는 그 일을 고발한 마리화나 중

313

독자 에릭이라는 자의 말도 완전히 믿지 않았다. 버거는 에릭과 만난 적도, 이야기를 해 본 적도 없었다. 마리노가 에릭과 이야기를 나누었다. 마리노는 에릭이 햅 저드로부터 파크 종합병원에 대한 이야기를 들었다고 했다. 그걸로 됐다. 곤혹스러운 정보긴 했지만, 그 정도면 기소가 가능했다. 하지만 버거는 좀 더 큰 사건에 관심이 있었다.

햅 저드는 해나가 크게 성공시킨 자산 관리 회사의 고객이었다. 하지만 버거는 그 회사를 "피라미드 사기 회사"라고 불렀다. 그런데 햅 저드는 재산을 날리기는커녕, 단 한 푼도 손해를 보지 않았다. 소문에 따르면 지난 8월 4일, 해나가 그의 투자금을 주식 시장에서 빼낸 덕분이라고 했다. 그리고 같은 날 정확하게 200만 달러가 그의 은행 계좌로 들어갔다. 햅 저드가 1년 전에 투자했던 금액은 그 4분의 1에 해당되는 50만 달러로, 그돈은 주식 시장에 투자된 것이 아니라, 부동산 투자 금융 회사에 들어가 있었다. 그리고 베이브리지 파이낸스라는 그 회사의 대표는 최근 사기 혐의로 FBI에 체포되었다. 해나는 무죄를 주장하면서, 명망 높은 투자 기관들과 자선 기관, 은행들이 버나드 메도프와 그의 수법으로 인해 큰 손해를 입었다는 것은 알고 있지만, 베이브리지 파이낸스의 피라미드 사기에 대해서는 아무것도 모른다고 말했다. 다른 사람들과 마찬가지로 자신 역시 속았다는 해나의 주장을 의심하는 사람은 아무도 없었다.

하지만 버거는 그 말을 믿지 않았다. 해나가 그나 다른 사람들의 설득이나 제안이 없었는데도 햅 저드를 부추겨서 매매를 한 시점이 바로 그녀가 그 일에 깊숙이 관여하고 있고 공모자라는 증거였다. 추수감사절 전날, 해나가 실종된 뒤에 재정 기록을 조사하다 보니, 그녀가 고인이 된 아버지 루프 스타의 재산과 회사를 전부 상속받았다는 것을 알 수 있었다. 그녀는 아주 독창적인 방식으로 회사를 운영했고, 특히 고객들에게 청구서를 보내는 방식이 독특했다. 하지만 그것이 범죄는 아니었다. 햅 저드에게 200만 달러를 송금한 것을 루시가 발견하기 전까지는 눈에 띄는 것도 없었다. 해나가 실종되고 강력 범죄의 희생자로 여겨지고 있을 때, 버거는 방향을 다른 쪽으로 잡고 수사를 시작했다. 버거는 지방 검찰청의 사기 범죄 전담인 검사들과 분석가들을 모아 수사를 시작했다. FBI에도 협조를 부탁했다.

그들은 대중들이 모르게 수사를 분류해서 진행했다. 버거는 세상 사람들이 믿고 있는 것과 반대로, 해나 스타가 성범죄자인 사이코패스의 희생자가 아닐 거라는 자신의 생각을 사람들에게 알리고 싶지 않았다. 해나 스타와 노란 택시가 연관이 있다면, 그녀가 원래 계획했던 대로 개인 비행기가 대기하고 있는 운항 지원 사업국까지 택시를 타고 갔다는 것뿐일 테다. 해나 스타는 추수감사절 당일에 멕시코 만류 위를 지나 마이애미로 갔을 것이고, 그다음에는 세인트바츠 섬으로 갔을 것이다. 그녀는 결코 모습을 드러내지 않을 것이다. 해나 스타에게는 다른 계획, 좀 더 은밀한 다른 계획이 있기 때문에. 그녀는 사기꾼이었고, 경찰의 눈을 피해 어딘가에 살아 있을 가능성이 많았다. 그리고 해나가 햅 저드한테만 엄청난 경제적인 피해를 입히지 않았다는 것은 개인적인 관심이 있다는 의미일 것이다. 그녀는 이 스타 고객에게 푹 빠져 있었다. 그러니 햅 저드는 해나가 어디에 있는지 알려 줄 단서를 가지고 있을 수도 있었다.

"지난 화요일 아침, 에릭이 내 사무실에 전화를 했어요. 그 전화를 받은 수사관한테 당신이 했다는 이야기를 고스란히 털어놓았죠." 버거가 햅 저드에게 말했다.

만일 마리노가 이 자리에 있었다면, 바로 이 지점에서 버거를 도와주었을 것이다. 그는 에릭이 자신에게 했던 말을 그대로 옮길 것이다. 버거는 소외감을 느꼈고, 자신이 하찮은 존재 같다는 생각이 들었다. 루시는 예의가 없었고 뭔가 숨기고 있었으며, 마리노는 너무 바빴다.

"사실 난 에릭이 과시하고 싶은 마음에 당신을 의심하는 것일 수도 있다고 생각해요. 스타와 어울렸다고 허풍을 떨고 싶다거나, 엄청난 스캔들을 일으킬 만한 정보가 있다고 자랑하고 싶었던 거죠. 요즘에는 전국 뉴스에 얼굴만 나가면 차세대 아메리칸 아이돌이 될 수도 있다고 생각하니까, 그런 걸 노린 것일 수도 있어요. 에릭의 이야기를 듣고 우리가 알아보다 보니, 당신한테는 운이 없게도 파크 종합병원 추문이 튀어나왔다고 해야 할까요? 거기에 뭔가 있다는 것이 확인된 거죠."

"그 애송이가 아무 말이나 떠들어 댄 거요." 루시가 방에서 나가자, 침착함을 되찾은 저드가 대답했다.

"우리가 확인한 사실이에요, 햅."

"4년 전에 있었던 일이에요. 오래전, 내가 거기서 일했을 때 그런 일이 있었죠."

"4년, 15년. 이런 일엔 공소 시효가 없어요. 물론 당신이 뉴욕 사람들에게 아주 독특한 법률적인 도전 과제를 내놓게 될 거라는 건 인정해요. 일반적으로 우리가 인간의 유해를 훼손하는 사건에 부딪칠 경우, 시체 성애가 아닌 고고학으로 이야기하니까 말이에요."

"그게 사실이길 바라는 모양이지만, 사실이 아닙니다. 맹세해요. 난 결코 그 누구도 다치게 한 적이 없습니다." 햅 저드가 말했다.

"아무도 그런 일이 사실이기를 바라는 사람은 없어요. 이건 정말이에요." 버거가 말했다.

"난 이 자리에 협조하러 온 겁니다." 햅 저드가 떨리는 손으로 눈을 닦으며 말했다. 어쩌면 그는 버거가 미안한 감정이 들게끔 연기를 하고 있는 것일지도 몰랐다. "그런데 이게 무슨 일이죠? 그쪽에서 잘못 알고 있는 겁니다. 그 남자가 무슨 말을 했든 다 틀린 말이에요."

"에릭은 확신하고 있었어요." 만일 마리노가 이 자리에 있었다면 버거를 도울 수 있었을 것이다. 그녀는 이 자리에 없는 마리노에게 화가 났다.

"다 헛소리예요. 망할 자식. 난 그저 술집에서 나온 뒤에 농담을 한 거였어요. 그때 함께 마리화나를 피웠으니까요. 난 농담으로 병원에서 있었던 일을 말했던 것뿐입니다. 과장해서 말이에요. 빌어먹을. 난 그런 짓을 저지를 이유가 없어요. 내가 왜 그런 짓을 저지른단 말입니까? 그냥 한번 말해 본 거예요. 마리화나도 피웠고, 데킬라까지 마신 상태였으니까요. 그래서 약에 취했을 수도 있어요. 그 술집에, 그 남자… 전부 다 헛소리예요. 망할 자식. 난 그 자식을 고소할 겁니다. 그 자식을 파멸시킬 거예요. 이 모든 일은 내가 그 빌어먹을 자식이 팬인 줄 알고 잘 대해 줘서 생긴 거예요."

"어째서 에릭이 당신 팬이라고 생각했나요?" 버거가 물었다.

"술집에서 그자가 나한테 접근했으니까요. 난 다른 사람은 신경 쓰지 않고 술만 마시고 있었어요. 그런데 그자가 내 옆에 오더니 사인을 부탁하더군요. 친절하게 대해 준 게 잘못이었어요. 그런 다음에 우리는 같이 걸었고, 그자는 나에 대해 알고 싶다고 했어요. 아무리 봐도 내가 게이이길 바라는 것 같아서 아니라고 했죠. 결코 그런 적이 없었다고 말이에요."

"에릭이 게이였어요?"

"스톤웰 인에 있었으니까요."

"당신도 거기 있었잖아요." 버거가 말했다.

"이미 말했잖습니까. 난 게이가 아니고, 결코 그런 적이 없었다고."

"그렇다면 당신이 갈 만한 곳이 아닌데요. 스톤웰 인은 이 나라에서 가장 유명한 게이들의 공간이고, 실질적으로 게이들 인권 운동의 상징이니까요. 이성애자들이 어슬렁거릴 만한 곳은 절대 아니죠."

"만일 당신이 배우라면 온갖 장소에 다 가 봐야 합니다. 그래야 다양한 인물을 연기할 수 있으니까요. 당신도 알다시피 난 메서드 배우예요. 그래서 조사를 하죠. 그게 내 일이에요. 어떤 곳이든 생각이 나면 직접 확인을 해요. 그래서 내가 무슨 일이든 소매를 걷어붙이고 한다고 알려진 겁니다."

"게이들이 다니는 술집에 간 것도 조사차 간 거란 말인가요?"

"그런 곳이어도 문제될 게 없으니까요. 내 몸은 내가 지킬 수 있으니까."

"다른 조사도 하는 게 있나 봐요? 테네시의 바디 팜에도 익숙한 것 같던데?"

햅 저드는 순간 당황했다가 이내 믿지 못하겠다는 표정을 지었다. "뭐죠? 당신들 지금 내 이메일을 훔쳐보고 있는 겁니까?"

버거는 대답하지 않았다.

317

"그쪽에 뭔가 주문을 하긴 했어요. 조사를 위해서. 이번에 찍는 영화에서 고고학자 역할을 맡았는데, 전염병으로 죽은 사람들의 해골들이 묻혀 있는 구덩이를 발굴하게 되는 내용이에요. 수천 수백 명의 해골이 나오는 거죠. 그래서 조사를 했던 거예요. 만일 녹스빌까지 갈 수 있었다면 직접 가서 봤을 겁니다. 그러다가 주위에 비슷한 거라도 놔두면 좋겠다는 생각이 들었죠."

"부패하고 있는 시신들을 옆에 두겠다는 건가요?"

"만일 제대로 연기를 하고 싶다면, 직접 보고, 냄새를 맡아 봐야 해요. 그래야 연기할 수 있죠. 난 시신을 땅에 묻어 두면 어떻게 되는지, 어딘가에 그대로 놔두면 어떻게 되는지 알고 싶었습니다. 시간이 오래 지난 뒤에는 어떻게 보이는지도 알고 싶고. 이런 건 설명할 수가 없어요. 연기에 대해서도 설명할 수 없고, 배우라는 직업에 대해서도 마찬가지예요. 난 아무것도 할 수 없죠. 그리고 당신이 내 이메일을 훔쳐본 건 인권 침해예요."

"우리가 당신 이메일을 훔쳐봤다고 말한 적이 없는데요."

"훔쳐본 게 분명하지 않습니까."

"데이터 검색으로 알게 된 거예요." 버거가 대답했다. 그러자 햅 저드가 그녀의 눈을 쳐다보았다. 하지만 더 이상 그녀의 몸을 위아래로 훑어보지는 않았다. 루시가 있을 때만 그런 것이다. "당신이 서버가 연결된 컴퓨터를 이용해 뭔가를 온라인으로 주문하면, 놀랍게도 그 사람이 나가도 흔적이 남게 된답니다. 이제 에릭에 대해 좀 더 말해 보죠." 버거가 말했다.

"그 망할 호모 자식."

"에릭이 게이라고 말하던가요?"

"그놈이 나한테 수작을 걸었으니까요. 아닙니까? 확실한 건, 그자가 나에 대해, 내 과거에 대해 물었다는 거예요. 그래서 난 병원에서 시간제로 일했던 것을 포함해, 여러 가지 일들을 해 봤다고 대답했던 것뿐입니다. 그 호모 자식은 나한테 계속해서 수작을 걸었어요." 햅 저드가 덧붙였다.

"병원에서 일했다는 이야기는 당신이 먼저 꺼냈나요, 아니면 에릭이 물어봤나요?"

"어쩌다 그 이야기가 나왔는지는 기억이 나지 않아요. 그자가 내 직업에 대해 물어서 대답하기 시작했고, 그러다 보니 병원 이야기까지 하게 된 거예요. 그곳에 있는 동안, 나는 연기에 도움이 될 만한 온갖 일들을 다 해 봤다고 말했어요. 채혈 전문 의사를 돕거나, 견본을 모으는 일도 했고, 심지어 영안실에서 바닥을 닦거나, 필요할 때마다 시신을 냉장고에서 꺼내고 집어넣는 일까지 해 봤죠."

"왜?" 다이어트 펩시와 물 한 병을 가져온 루시가 물었다.

"'왜'라니 무슨 뜻이지?" 저드가 목을 길게 빼면서 대꾸했다. 조금 전과 태도가 달라졌다. 그는 루시를 싫어했다. 그리고 그 감정을 숨기려고 하지 않았다.

"왜 그런 일을 한 건데?" 루시가 다이어트 펩시 캔을 따서 버거 앞에 놓고는 자리에 앉았다.

"내가 가진 건 고등학교 졸업장뿐이었으니까." 햅 저드가 루시를 쳐다보지도 않고 대답했다.

"배우가 되고 싶었다면서 왜 모델 같은 일을 하지 않았지?" 루시는 또다시 조금 전처럼 햅 저드를 모욕하고, 비웃기 시작했다.

버거는 한편으로는 그 상황에 집중하면서, 다른 한편으로는 또다시 이메일이 온 것을 알리는 블랙베리에 신경이 쓰였다. 망할, 대체 누가 새벽 4시에 이메일을 보내는 걸까? 이번에도 마리노일 것이다. 너무 바빠서 아까 받은 메일도 확인을 못 했는데, 그가 지금 또다시 방해를 하고 있었다. 아니, 다른 사람일 수도 있었다. 어쩌면 마리노가 보낸 것이 아닐 수도 있었다. 버거는 햅 저드가 자신을 쳐다보며 루시의 질문에 대답하는 동안, 블랙베리를 열었다. 아무래도 메일을 확인하는 게 좋을 것 같았다. 그녀는 조심스럽게 암호를 입력했다.

"모델 일도 했어요. 돈이 될 만한 일과 실생활을 경험할 수 있는 일이라면 뭐든 했죠. 난 일을 하는 게 두렵지 않았으니까. 나에 대해 사람들이 거짓말하는 것만 아니라면 아무것도 두려울 게 없어요."

몇 분 전에 받았던 첫 번째 이메일은 마리노가 보낸 것이었다.

> 박사와 관련된 사건에 가능한 한 빨리 수색 영장이 필요함. 사건에 관한 내용
> 은 바로 메일로 보내겠음.

"세상 그 무엇도 날 모욕할 순 없어요. 난 그럴 만한 자격이 있는 사람
이니까. 난 아무것도 없이 여기까지 올라왔단 말입니다." 햅 저드가 말을
이었다.

마리노는 지금 수색 영장 초안을 작성해서 버거에게 메일로 보내겠다
는 말을 하고 있었다. 그러면 그녀가 그 영장의 내용과 문장이 정확한지
확인한 뒤 아무 때나 전화가 가능한 판사에게 연락을 하고, 그곳으로 찾
아가 영장에 서명을 받아야만 했다. 수색 영장은 무슨 일로 필요한 것이
며, 어째서 이렇게 서두르는 것일까? 스카페타에게 무슨 일이 생긴 것일
까? 버거는 이 일이 지난밤, 스카페타의 아파트에 있었다는 수상한 소포
와 관련된 일인지 궁금했다.

"그게 바로 내가 지금까지 맡은 역할들에 확신을 가지고 연기할 수 있
었던 이유예요. 난 무서울 게 없으니까. 뱀이나 곤충들도 무섭지 않죠." 햅
저드는 버거에게 말하고 있었다. 버거는 그의 말을 귀 기울여 들으면서,
동시에 이메일을 살피고 있었다. "그러니까 나도 진 시몬스처럼 할 수 있
단 말이에요. 박쥐같이 차려입고, 입에서 불을 뿜어내는 거 말이에요. 스
턴트도 직접 한 적이 많아요. 난 저 여자와는 말하고 싶지 않습니다. 만일
저 여자와 말을 해야 한다면 그만 돌아가겠어요." 그가 루시를 흘깃 보며
말했다.

막 도착한 두 번째 메일은 스카페타가 보낸 것이었다.

> Re: 수색 영장. 내가 훈련받던 것과 경험을 바탕으로 썼어요. 내가 보기에

는 도둑맞은 데이터 저장기기를 조사하려면 과학 수사 전문가가 필요할 것 같아요.

마리노와 스카페타가 연락을 주고받은 것이 분명했다. 다만 버거는 무엇을 조사해야 하는 건지, 도둑맞은 기기에 무엇이 들어 있다는 건지 알수가 없었다. 그녀는 스카페타가 어째서 영장 초안에 과학 수사 전문가 요청을 첨부할 수 있게 마리노에게도 똑같은 설명을 하지 않은 건지 알수가 없었다. 그 대신 스카페타는 이번 일의 조사를 도울 민간인을 원한다고 버거에게 직접 말하고 있었다. 데이터 저장기기, 컴퓨터와 같은 것들에 대해 잘 알고 있는 사람으로 말이다. 버거는 그 뜻을 바로 알아차렸다. 스카페타는 그 현장에 루시가 와 주기를 바라고 있었고, 그렇게 해 달라고 버거에게 요청하고 있었다. 무슨 일인지 몰라도 아주 중요한 일이 분명했다.

"병원 영안실에서는 스턴트를 제법 한 것 같던데." 루시가 저드에게 말했다.

"난 스턴트 같은 건 하지 않았어요. 이건 그냥 하는 말인데, 어떻게 된 일인지 생각해 봤어요. 그 장례식장에서 무슨 일이 있었다면 그건 그 여자가 정말 예뻤기 때문이지, 다른 누군가를 다치게 할 생각은 아니었을 거라는 겁니다. 사실 난 반쯤 농담으로 한 말이었어요. 물론 장례식장 직원들 중에는 무슨 짓을 하는 사람이 있을 수도 있고, 그것 또한 사실일 거예요. 나도 의심스러운 상황을 몇 번인가 목격한 적이 있으니까. 사람들은 훔칠 수만 있으면 무엇이든 다 가져가는 것 같았어요." 햅 저드가 버거를 쳐다보며 말했다. "그 말을 그대로 인용하고 싶네. 햅 저드가 말하길, 사람들은 훔칠 수만 있으면 무엇이든 가져간다고 한다. 야후에 바로 표제로 뜨겠는데."

버거가 루시에게 말했다. "이제 우리가 찾아낸 걸, 이 사람에게 보여 줘야 할 때인 것 같아." 버거는 햅 저드에게 말했다. "당신도 인공 지능에 대해서는 들어 봤을 거예요. 여기 있는 건 그것보다 훨씬 발전된 거예요. 당신은 우리가 여기서 만나자고 한 이유에 대해서는 전혀 생각하지 않았던 모양이네요."

"여기요?" 햅 저드는 캡틴 아메리카 같은 얼굴로 멍한 표정을 지은 채 주위를 둘러보았다.

"만나는 시간은 당신이 정했죠. 장소는 내가 정했고요. 여긴 첨단 기술이 집약된 공간이에요. 사방에 있는 컴퓨터들이 보여요? 바로 법과학 컴퓨터 조사 회사예요." 버거가 말했다.

햅 저드는 반응을 보이지 않았다.

"내가 만나는 장소를 여기로 정한 이유기도 하죠. 좀 더 확실하게 해 볼까요. 루시는 지방검사 사무실에 고용된 상담 역으로 조사를 돕고 있어요. 하지만 그 이상의 역할을 하고 있죠. 전직 FBI이자, ATF로 일했으니, 루시의 이력은 문제될 게 없어요. 오래전 일이긴 하지만, 루시가 진짜 경찰이 아니라고 했던 당신 말이 아주 정확한 건 아니라는 거예요."

햅 저드는 이 상황을 이해하지 못하고 있는 것 같았다.

"이제 당신이 파크 종합병원에서 일하던 때로 돌아가 보도록 하죠." 버거가 말했다.

"정말 기억이 나지 않아요. 거의 아무것도요. 그 당시 상황에 대해서는 기억나는 게 별로 없단 말입니다."

"어떤 상황을 말하는 거죠?" 버거가 물었다. 루시는 버거의 이런 모습을 "물방아 연못처럼 잔잔하다"고 묘사하곤 했다. 그 말은 칭찬이 아니었다.

"그 여자 말입니다." 햅 저드가 말했다.

"파라 레이시를 말하는 거로군요." 버거가 말했다.

"네. 그러니까 내 말은 모르겠다는 거예요. 그러니까 내가 하고 싶었던 말은, 아주 오래전에 있었던 일이라는 말이었어요."

"그게 바로 컴퓨터의 장점이죠. 컴퓨터는 아주 오래전 일이라고 해도 상관없어요. 특히 루시가 만든 신경 회로망을 이용하고, 뇌와 비슷한 프로

그래밍이 구축되어 있는 컴퓨터라면 말이죠. 파크 종합병원에 있던 당시, 당신의 오래된 기억을 떠올려 보죠. 병원 영안실에 들어갔을 때 당신은 보안 카드를 사용했어요. 그건 기억나죠?" 버거가 말했다.

"맞아요. 아무래도 그건 일상적인 일이었으니까요."

"그건 당신이 그 보안 카드를 사용할 때마다, 당신의 보안 코드가 병원 컴퓨터 시스템에 들어갔다는 말이에요."

"더불어 보안 카메라에도 그 기록이 남아 있지. 당신 이메일도 함께 말이야. 그건 데이터들이 규칙적으로 백업이 되는 병원 서버를 통했기 때문이지. 그 말인즉, 당신이 그곳에 있던 당시의 전자 기록이 아직까지도 남아 있다는 거야. 당신이 뭔가를 썼다면 전부 다 남아 있다는 거지. 그 당시 당신이 병원에 있는 데스크톱 컴퓨터들을 빌려서 쓴 것 전부 다 말이지. 그리고 당신이 개인 이메일 계정에 로그인했다면 그것도 전부 다 남아 있을 거야. 그 모든 것이 연결되어 있으니까. 이건 그저 얼마나 알고 있느냐의 문제라는 거지. 수많은 컴퓨터 전문 용어로 당신을 괴롭힐 생각은 없지만, 바로 그런 게 내가 여기서 하는 일이야. 나는 지금 당신 뇌에 있는 뉴런들이 제대로 작동하는 것과 같은 방식으로 연결했어. 입력, 출력은 당신 눈과 손의 지각과 운동 신경을 통하고, 신호는 임무를 완수하고 문제를 해결하기 위해 뇌 조각들이 모여 있는 곳으로 흘러가는 거지. 사진들, 생각들, 글로 쓴 메시지들, 대화들. 심지어 시나리오까지도. 그 모든 것들이 서로 연결되어 있고, 형태를 이루고 있어서 발견하고, 결정하고, 예측을 가능하게 만든다는 거야." 루시가 덧붙였다.

"무슨 시나리오를 말하는 거야?" 햅 저드는 입이 바짝 타서 달라붙은 것 같은 목소리로 말했다. "지금 무슨 말을 하는지 모르겠어."

루시는 계속 자판을 두드렸다. 벽에 걸려 있는 평면 스크린을 원격으로 조종하고 있었다. 햅 저드는 물병을 집어 들더니, 힘겹게 뚜껑을 연 뒤, 물 한 모금을 겨우 삼켰다.

평면 스크린에는 각각 이미지로 채워진 창들이 여러 개 떠 있었다. 창하나에는 수술복을 입은 젊은 햅 저드가 병원 영안실로 들어가더니, 라텍스 장갑 상자를 집어 들고는 대형 냉장고의 스테인리스 문을 열고 있었다. 다른 창에는 신문에 실린 19세 소녀인 파라 레이시의 사진이 떠 있었었다. 피부색이 밝고 아주 예쁜 아프리카계 미국인이 치어리더 옷을 입고, 손에 응원 수술을 든 채 환하게 웃고 있는 사진이었다. 또 다른 창에는 이메일이 떠 있었고, 다른 창에는 시나리오의 한 페이지인 것처럼 보이는 문서가 떠 있었다.

루시가 그 시나리오를 클릭하자, 화면 전체에 그 문서가 떴다.

장면 전환.

내부. 침실. 밤.

아름다운 여자가 침대에 누워 있다. 걷어 낸 시트를 발 주위에 가지런히 모아 놓는다. 여자는 죽은 것처럼 보인다. 종교적인 자세처럼 양손을 가슴 위에 모으고 있다. 그녀는 완전히 벗은 상태다. 얼굴이 보이지 않는 침입자가 가까이, 더 가까이, 좀 더 가까이 접근한다! 그 남자는 여자의 발목을 잡고, 축 늘어진 몸을 침대 발치까지 끌어 내린 뒤, 여자의 다리를 벌린다. 남자가 벨트를 푸는 소리가 들린다.

침입자.

좋은 소식이야. 넌 지금 천국에 가게 될 거야.

남자의 바지가 바닥에 떨어진다.

"이걸 어디서 구한 거야? 누가 이걸 준 거지? 당신들은 내 이메일을 훔쳐볼 권리가 없어." 햅 저드가 큰 소리로 말했다. "그리고 이건 당신들이 생각하는 그런 게 아니야. 나한테 죄를 뒤집어씌우려는 거잖아!"

루시가 마우스를 클릭하자, 평면 스크린 전체에 이메일이 떴다.

이봐, 여자 엉덩이 쪽에 하는 건 좋지 않아. 그냥 해 버려. 그렇다고 그대로 하란 말은 아니야. 만일 네가 좀 더 독한 걸 원하면 연락해. 햅.

"이건 술을 뜻하는 거예요." 햅 저드의 입은 바싹 달라붙어 있었고, 목소리도 떨렸다. "누군지 기억은 나지 않지만… 이봐요. 저건 독한 술을 마시자는 말이에요. 만일 나와 만나 술을 마시고 싶은 사람이 있다면 독한 술을 마시자는 거였죠."

"난 몰랐어요. 저 사람 말은 우리가 '독한' 걸 다른 쪽으로 해석하고 있다고 생각하는 것처럼 들리네요. 아마 죽은 시체를 말하는 거겠죠?" 루시가 버거에게 말했다. 그런 다음 다시 햅 저드에게 말했다. "당신은 가끔 철자 확인을 하는 게 좋겠어. 그리고 앞으로는 이 병원 서버처럼, 서버가 연결된 컴퓨터에서 뭔가를 할 때, 메일이나 문자 메시지를 보낼 때는 조심하는 편이 좋을 거야. 당신이 원한다면, 우리 모두 같이 일주일 내내 여기 앉아 있을 수도 있어. 나한테는 완전히 맛이 간 당신 거짓 인생의 모든 조각들에 접속할 수 있는 컴퓨터 응용 프로그램이 있으니까 말이야."

그건 허세였다. 그 시점에서 두 사람은 가진 게 없었다. 햅 저드가 병원 컴퓨터를 이용해서 쓴 이메일들, 그 당시 서버에 남아 있는 것들과 보안 카메라에서 나온 사진 몇 장, 그리고 파라 레이시가 병원에 입원했던 2주일 동안의 영안실 출입 기록이 전부였다. 다른 걸 조사할 시간이 없었다. 버거는 햅 저드가 빨리 모든 것을 털어놓지 않을까 봐 겁이 났다. 그렇게 되면 그녀는 이번 기회를 놓치게 될 것이다. 이번 일은 버거가 "전격전"이라고 부르는 것이다. 만일 그녀가 예전과 마찬가지로 이런 방식을 좋아하지 않는 거라면, 지금 그녀는 정말로 안전지대를 벗어난 셈이었다. 버거는 의구심이 들었다. 심각한 의구심. 계속 품고 있던 그 의구심이 지금은 더욱 깊어지고 있었다. 루시가 이 모든 상황을 이끌고 가고 있다. 루시에게는 이미 목적지가 있다. 루시는 그곳에 어떤 식으로 도착할 것인지는 전혀 신경을 쓰지 않고 있다.

"더 이상은 보고 싶지 않아." 햅 저드가 말했다.

"그냥 지나친 것만 해도 몇 톤이야. 눈으로 훑어보고 있는 중이지." 루시가 집게손가락으로 맥북을 두드렸다. "전부 다운로드했어. 당신이 기억은 하고 있을지, 알고 있긴 한 건지 의심스러운 것들도 좀 있고. 경찰들은 이걸 보면 어떻게 할지 잘 모르겠네. 버거 검사님? 경찰들이 이걸 보면 어떻게 할까요?"

"희생자가 살아 있는 동안 무슨 일이 있었던 건 아닌지 모르겠네." 버거가 말했다. 이 상황을 계속 이어 나갈 수밖에 없었다. 이제 와서 그만둘 순 없었다. "파라는 죽기 전, 2주일 동안 병원에 입원해 있었지."

"정확히 12일이죠. 의식은 없었지만, 생명 유지 장치를 달고 있었고요. 그 기간 동안 햅이 병원에서 근무했던 날은 닷새예요. 햅, 파라의 병실에 들어간 적 있지? 그 여자는 코마 상태에 빠져 있었으니, 무슨 짓이든 할 수 있었겠네?" 루시가 말했다.

"정말 구역질이 나는 여자로군!"

"했지?"

"아까도 말했지만, 난 저 여자가 누군지도 모릅니다." 햅 저드가 버거에게 말했다.

"파라 레이시." 버거가 그 이름을 반복해서 말했다. "당신이 〈할렘 뉴스〉에 실려 있던 사진으로 봤던 19세 소녀로, 치어리더였죠. 조금 전에 똑같은 사진을 보여 줬잖아요."

"같은 사진을 자기 메일로 보내기까지 했잖아. 내가 말해 볼까. 당신은 기억이 나지 않는다고 하니 말이야. 내가 기억을 되살려 줄게. 당신은 그 사진이 온라인 신문에 올라온 날과 같은 날, 그 사진을 당신 이메일로 보냈어. 그 자동차 사고에 관한 기사도 같이 보냈지. 그게 아주 흥미롭던데." 루시가 말했다.

그녀가 벽에 걸린 평면 스크린 위에 그 사진을 다시 띄웠다. 파라 레이시가 치어리더 옷을 입고 있는 사진. 햅 저드가 시선을 돌렸다.

그가 말했다. "난 자동차 사고에 대해선 아무것도 몰라."

"한 가족이 할렘에 있는 마커스 가비 추모 공원에서 집으로 돌아가는 중이었어요. 2004년 7월, 아주 화창한 토요일 오후였죠. 그리고 한 남자가 휴대전화로 통화를 하면서 정지 신호를 무시한 채 레녹스애비뉴를 지나가고 있었어요. 그러면서 그 가족이 타고 있던 자동차의 옆을 들이박았죠." 버거가 말했다.

"난 기억나지 않아요." 햅 저드가 말했다.

"파라는 머리 폐쇄 부상이라는 진단을 받았는데, 그건 비관통 외상으로 일어나는 뇌손상이에요." 버거가 말했다.

"난 기억나지 않아요. 그저 저 여자가 그 병원에 있었다는 것만 기억나요."

"좋아요. 이제 파라가 당신이 일하고 있던 병원에 입원했던 환자라는 걸 기억해 냈군요. 파라는 생명 유지 장치를 단 채 중환자실에 있었죠. 당신은 가끔 채혈을 하기 위해 중환자실로 갔어요. 기억하고 있나요?" 버거가 물었다.

햅 저드는 대답하지 않았다.

"당신은 채혈 기술이 좋은 것으로 유명했다고 하던데, 아닌가요?" 버거가 물었다.

"저자는 돌에서도 피를 뽑을 수 있다고 했어요. 간호사들 중 한 사람이 마리노 아저씨에게 그렇게 말했다던데." 루시가 말했다.

"마리노는 또 누구야?"

루시는 마리노의 이름을 꺼내지 말았어야 했다. 버거의 수사관들이나 이 사건에 관련된 누군가를 언급하는 것은 루시가 아닌 버거의 특권이었다. 마리노는 그 병원에서 몇몇 사람들과 이야기를 나눈 뒤, 아주 조심스럽게 전화로 그 이야기를 전했다. 아주 까다로운 상황이었다. 지금 버거는 잠재적인 피고의 신원 때문에 강한 책임감을 느끼고 있었다. 하지만 버거는 그런 걱정을 루시와 나눌 수 없었다. 루시는 햅 저드가 파멸하기만을 바라고 있었기 때문이다. 어쩌면 루시의 그런 마음은 몇 시간 전에 항공 관제사나 운항 지원 사업국에서 질책한 직원에게 느꼈던 감정과 똑같은 것일지도 모른다. 버거는 화장실 문을 통해 루시와 직원의 이야기를 다 들었다. 루시는 지금 피에 굶주려 있었다. 햅 저드의 피만이 아니라, 더 많은 사람들의 피를 원하고 있을지도 모른다. 버거는 그 이유를 알 수가 없었다. 그녀는 더 이상 무슨 생각을 해야 할지 알 수가 없었다.

"이번 일에 많은 사람들이 당신을 조사하고 있어요. 루시는 지난 며칠간, 컴퓨터로 당신에 관련된 온갖 자료들을 찾아냈죠." 버거가 저드에게 말했다.

사실은 그렇지 않았다. 루시는 아마 스토에서 하루 정도 조사했을 것이다. 일단은 마리노가 일을 시작했다. 그 병원은 협조적이었다. 개인적인 문제였고, 예전에 그만둔 직원에 관련된 일이었기 때문에 큰 저항 없이 이메일에 관련된 정보를 얻을 수 있었다. 그리고 마리노가 파크 종합병원의 도움을 많이 받을 수 있었던 것은, 그가 그 문제를 외교적이면서도 조심스럽게 풀어 나갔기 때문이다. 영장이나 법원 명령을 받게 될 경우, 또 그 사안이 이제는 유명인사가 된 전 직원에 관련된 일이라면 전국 뉴스에 나갈 만한 일이었다. 그런 상황에서 혹시 아무도 기소하지 못하게 될 경우, 파라 레이시의 가족들은 수치심과 더불어 또다시 엄청난 고통에 빠지게 될 것이다. 요즘엔 아무나 고소를 하기 때문에 아무도 안타깝게 생각하지 않을 것이다. 마리노는 병원 측에 그렇게 말했고, 그 말은 효과가 있었다.

"기억을 되살려 보죠. 당신은 중환자실에 들어갔어요. 2004년 7월 6일 밤, 파라의 옆 병실에 있던 다른 환자의 피를 뽑기 위해서였죠. 아주 나이가 많은 여자 환자였어요. 그 환자의 혈관 상태가 너무 안 좋았기 때문에, 당신이 자원했죠. 당신은 돌에서도 피를 뽑을 수 있을 정도라는 실력을 가지고 있었으니까." 버거가 햅 저드에게 말했다.

"그 여자의 차트를 보여 줄 수도 있어." 루시가 말했다.

이것 역시 허풍이었다. 루시는 그런 걸 보여 줄 수가 없었다. 병원 측에서는 버거의 사무실에서 다른 환자의 진료 기록에 접근하는 것을 결코 허락하지 않았다.

"장갑을 낀 당신이 차트를 들고 그 병실에 들어가는 영상도 가져올 수 있어. 파크 종합병원에서 파라의 병실은 물론, 당신이 드나들었던 모든 병실의 영상을 가져올 수 있단 말이야." 루시가 계속 허세를 떨었다.

"난 그런 적 없어. 그건 거짓말이야. 전부 거짓말이라고." 저드가 의자에 주저앉으며 말했다.

"그날 밤, 중환자실에 들어갔을 때 당신은 파라의 병실에 정말 들어가지 않았나요? 당신은 에릭에게 그때 파라의 병실에 들어갔었다고 말했어요. 파라가 정말 그렇게 예쁜지, 옷을 벗고 있는 모습이 보고 싶었다면서 말이에요."

"거짓말이에요. 그 자식은 빌어먹을 거짓말쟁이란 말입니다."

"에릭은 증인석에서도 똑같이 말할 수 있다고 했어요." 버거가 말했다.

"그냥 해 본 말이에요. 설사 내가 그랬다고 하더라도, 그냥 보기만 한 거예요. 난 아무 짓도 하지 않았어요. 아무도 다치게 하지 않았단 말입니다."

"성범죄는 힘을 과시하는 거예요. 의식이 없고 아무 말도 할 수 없는 무력한 10대 소녀를 강간하면서 자신의 힘을 과시하는 느낌이 들었을 거예요. 자신이 좀 더 크고 힘이 세진 것처럼 느껴졌겠죠. 그때 당신은 어떻게든 멜로드라마의 단역이라도 얻어 보려고 발버둥치고 있었을 때니 더 그랬을 거예요. 그때 당신은 성질이 고약한 환자들의 팔에 바늘을 꼽거나, 바닥에 걸레질을 하거나, 간호사들이나 다른 사람들의 지시를 받아야 하는, 한마디로 먹이사슬의 최하위에 있던 자신의 상태를 몹시 기분 나쁘게 생각하고 있었겠죠." 버거가 말했다.

"아니요. 난 그런 짓 하지 않았어요. 난 아무 짓도 하지 않았단 말입니다." 햅 저드가 고개를 저으며 말했다.

"햅, 당신이 한 짓이에요. 당신이 기억을 떠올릴 수 있을 만한 사실들을 말해 볼까요? 7월 7일, 파라 레이시는 생명 유지 장치를 떼기로 해요. 그녀가 생명 유지 장치를 떼어 냈을 때, 당신은 병원에서 부르지도 않았는데 일하러 갔어요. 원래 당신은 일당을 받는 임시직이어서 호출이 있을 때만 일을 할 수 있었는데 말이죠. 하지만 2004년 7월 7일 오후, 병원에서는 당신을 부르지 않았어요. 그런데도 당신은 그곳에 나타났고, 영안실을 청소하기 시작했어요. 걸레로 바닥을 닦고, 스테인리스 문도 닦았죠. 보안 요원의 말에 따르면, 그 당시 당신이 그곳에 나타났을 때의 영상이 아직 남아 있다고 했어요. 파라가 죽자, 당신은 곧장 중환자실이 있는 10층으로 향했어요. 그리고 그녀의 시신을 싣고 영안실로 내려왔죠. 이제 기억이 좀 나는 것 같아요?" 버거가 말했다.

헵 저드는 철제 탁자만 쳐다보면서 아무 대답도 하지 않았다. 버거는 지금 그가 어떤 감정을 느끼고 있는지 알 수가 없었다. 아마 충격을 받았을 것이다. 아니면 앞으로 자신이 무슨 말을 해야 할지 궁리 중인지도 모른다.

"당신은 파라 레이시의 시신을 영안실로 싣고 왔어요. 그 모습도 카메라에 찍혔죠? 한번 볼까요?" 버거가 다시 말했다.

"그건 조작이에요. 당신이 하는 말은 사실이 아니에요." 그가 양손으로 얼굴을 문질렀다.

"지금 당장 그때 영상을 보여 줄 수 있어요."

마우스를 클릭하고, 다시 한 번 클릭하자, 영상이 나타났다. 수술복에 연구 가운을 걸친 헵 저드가, 바퀴가 달린 침대를 밀고 병원 영안실로 들어가더니, 닫혀 있는 스테인리스 냉장고 문 앞에 멈춰 섰다. 보안 요원이 들어가, 냉장고 문을 열었다. 그리고 시신을 가리고 있는 덮개 위에 붙어 있는 이름표를 보고 말했다. "이 여자를 어떻게 이리로 보낼 수 있는 거지? 뇌사 상태였던 여자의 생명 유지 장치를 떼고 말이야." 헵 저드가 대답했다. "가족들이 동의한 모양이에요. 저한테 물어보지 마세요. 정말 환장하게 예쁘잖아요, 게다가 치어리더고. 학년 말 댄스파티에 데려가고 싶은 이상형이에요." 보안 요원이 말했다. "그렇지?" 헵 저드는 소녀의 몸이 드러나게 덮개를 끌어내렸다. "정말 낭비라니까요." 보안 요원이 고개를 저으며 말했다. "그만 저 안에 집어넣어. 난 할 일이 많으니까." 햅 저드는 바퀴가 달린 침대를 밀고 냉장고 안으로 들어갔다. 그가 뭐라고 대답했는 지는 들리지 않았다.

햅 저드가 의자를 박차고 자리에서 일어났다. "변호사를 불러 줘요."

"그럴 순 없어요. 당신은 체포된 게 아니니까. 우리는 체포하지 않은 사람에게는 미란다 권리를 알려 주지 않아요. 만일 당신이 변호사를 원한다면 당신이 직접 불러요. 아무도 말리지 않을 테니까. 그건 당신이 직접 해야 할 일이에요." 버거가 말했다.

"이제 이걸로 날 체포할 수 있잖아요. 그렇게 할 작정으로 날 이 자리에 불렀을 테고." 그가 자신 없는 눈으로 쳐다보았다. 그렇지만 루시를 쳐다보진 않았다.

"지금은 아니에요." 버거가 말했다.

"그럼 내가 왜 여기 있는 거죠?"

"당신은 체포되지 않을 거예요. 지금 당장은 말이에요. 어쩌면 체포될 수도 있고, 그렇지 않을 수도 있겠죠. 나도 잘 모르겠어요. 내가 3주일 전에 연락했던 건, 이 문제 때문이 아니었어요." 버거가 말했다.

"그럼 뭐죠? 대체 원하는 게 뭡니까?"

"일단 앉아요." 버거가 말했다.

그는 자리에 앉았다. "이런 식으로는 날 기소할 수 없어요. 알아요? 기소할 수 없단 말입니다. 여기 어딘가에 총이 있죠? 왜 그냥 날 쏴 버리지 않는 겁니까?"

"그 두 가지는 전혀 다른 문제예요. 일단 우리는 수사를 했고, 당신을 기소할 수 있어요. 아마 당신은 기소될 거예요. 그다음에는 어떻게 될 것 같아요? 배심원들의 손에 달리게 되겠죠. 두 번째로 여기 당신한테 총을 쏠 사람은 없어요." 버거가 말했다.

"말했잖아요. 난 그 여자한테 아무 짓도 하지 않았어요. 그 여자를 다치게 한 적 없단 말입니다." 햅 저드가 말했다.

"장갑은 어떻게 된 거지?" 루시가 신랄하게 물었다.

"잘했어. 나도 물어볼 참이었는데." 버거가 루시에게 말했다.

그녀는 이미 할 만큼 했다. 루시는 이쯤에서 물러날 것이다.

"질문이 있어요." 버거가 이번에는 말을 들으라는 듯이 계속해서 루시의 눈을 쳐다보면서, 햅 저드에게 말했다.

"그 보안 요원은 파라 레이시의 시신과 당신만 남겨 놓은 채, 영안실에서 나갔다고 했어요." 버거는 마리노가 알아 온 사실들을 반복해서 말하며, 질문을 이어 나갔다. 그녀는 지금 옆에 마리노가 없다는 사실이 얼마나 안타까운지 생각하지 않으려고 노력했다. "그 사람이 20분쯤 뒤에 확인했을 때, 당신이 막 영안실에서 나갔다고 했어요. 그 보안 요원이 그 시간 동안 영안실 안에서 무엇을 했는지 물어봤지만, 당신은 대답하지 않았죠. 그 사람은 당신이 한쪽 손에만 수술용 장갑을 끼고 있었고, 숨을 거칠게 몰아쉬고 있었던 것 같다고 했어요. 다른 쪽 장갑은 어떻게 한 거죠? 조금 전 봤던 영상에서 당신은 양손에 다 장갑을 끼고 있었어요. 우리는 다른 쪽 보안 카메라 영상을 통해, 당신이 냉장고 안에 들어가고 15분이 지난 뒤에야 다시 문이 열리는 것을 볼 수 있었어요. 그 안에서 무슨 짓을 한 거죠? 어째서 장갑 한쪽을 벗은 건가요? 그 장갑을 다른 목적으로, 혹시 몸의 다른 부분에 끼우는 용으로 사용한 건가요? 콘돔 대신으로 썼어요?"

"아니에요." 그가 고개를 저으며 말했다.

"배심원 앞에서도 이런 말을 듣고 싶어요? 배심원이 된 당신 동료들이 이런 이야기를 전부 다 듣기를 원하나요?"

햅 저드는 탁자만 내려다보면서, 어린아이가 그림을 그리는 것처럼 손가락을 움직이고 있었다. 그는 숨을 거칠게 몰아쉬고 있었고, 얼굴이 벌겋게 달아올랐다.

"내가 듣기로 당신은 이런 일들은 조용히 해결하는 것을 좋아한다고 하던데요." 버거가 말했다.

"어떻게 하고 싶은지 말해 봐요." 햅 저드가 고개도 들지 않고 말했다.

버거에게는 DNA가 없었다. 그녀에게는 증인도 없었고, 다른 증거도 없었다. 그리고 햅 저드는 자백하지 않을 것이다. 이런 상황에서는 빈정거리는 것 외에는 할 수 있는 일이 별로 없었다. 하지만 그녀가 햅 저드를 파멸시키기 위해서는 더 많은 것이 필요했다. 그의 유명세 덕분에 기소를 하면 유죄 판결을 얻어 낼 순 있을 것이다. 만일 그녀가 햅 저드를 시신 훼손으로 기소한다면 죄목은 시간증이 될 것이고, 그의 인생은 파멸하게 될 것이다. 버거도 그 일을 가볍게 넘어갈 수는 없었다. 이제껏 그녀는 악의적인 기소를 하거나, 결점이 있는 절차나 부적절하게 유도해 낸 증거로 사건을 만들어 낸 적이 없었다. 도리에 맞지 않고 무분별한 기소를 한 적도 없었다. 그리고 이제 와서 그런 일을 하고 싶지도 않았다. 버거는 루시에게 떠밀려 그런 짓을 하진 않을 것이다.

"3주일 전, 내가 당신 에이전트에게 전화를 걸었던 때로 되돌아가 보죠. 내가 남긴 전언들이 기억날 거예요. 당신 에이전트가 확실히 전달했다고 했으니까." 버거가 말했다.

"이 일을 조용히 해결하려면 어떻게 해야 합니까?" 저드가 그녀를 쳐다보았다. 그는 거래를 원하고 있었다.

"협조는 좋은 거예요. 협력이란, 당신이 영화를 찍는 것과 같은 거예요. 함께 일하는 거죠." 버거는 법률 용지 위에 펜을 내려놓고, 양손을 포갰다. "내가 당신 에이전트에게 전화를 했던 3주일 전에 당신은 협조도 협력도 하지 않았어요. 난 당신과 대화하기를 원했지만, 당신은 아랑곳하지 않았죠. 난 트라이베카에 있는 당신 아파트로 경찰을 보낼 수도 있었고, LA까지 찾아갈 수도 있었어요. 당신이 어디에 있든 얼마든지 데려올 수 있었죠. 하지만 난 당신에게 피해를 주고 싶진 않았어요. 당신이 누군지 알기 때문에 신경을 쓴 거죠. 이제는 상황이 바뀌었어요. 난 당신 도움이 필요해요. 그리고 당신은 내 도움이 필요하죠. 당신한테 3주일 전에는 없던 문제가 생겼으니까 말이에요. 3주일 전에 당신은 에릭을 술집에서 만나지 않았어요. 3주일 전에 나는 파크 종합병원과 파라 레이시에 대해 모르고 있었어요. 아마 우리는 서로를 도울 수 있을 거예요."

"말해 봐요." 햅 저드의 눈에 공포가 담겨 있었다.

"해나 스타와의 관계에 대해 말해 봐요."

햅 저드는 반응을 보이지 않았다. 대답도 하지 않았다.

"해나 스타와 당신의 관계에 대해 부인하지 않는 게 좋을 거예요." 버거가 말했다.

"내가 그 관계를 부인해야 할 이유가 뭐죠?" 그가 어깨를 으쓱했다.

"그렇다면 당신은 내가 해나의 일로 연락을 했을지도 모른다는 생각을 전혀 하지 않았단 말인가요? 해나가 실종됐다는 건 알고 있겠죠?" 버거가 물었다.

"물론입니다."

"그럼 어째서 그런…"

"좋아요. 알았어요. 하지만 난 개인적인 이유로 그 여자에 대해 말하고 싶지 않았을 뿐입니다. 그 여자에게 부당한 일이 될 수도 있으니까요. 그리고 이번 일과 그 여자에게 일어난 일이 무슨 상관이 있는지도 모르겠군요." 햅 저드가 말했다.

"그 여자에게 무슨 일이 있었는지 알고 있군요." 버거는 마치 햅 저드가 범인인 것처럼 말했다.

"그건 아니에요."

"알고 있다는 것처럼 들렸어요."

"난 그 일에 휘말리고 싶지 않아요. 나와는 상관없는 일이니까. 해나와 나는 아무 사이도 아닙니다. 하지만 그 여자라면 내가 그런 역겨운 짓은 하지 않았다고 말해 줄 거예요. 만일 해나가 지금 옆에 있다면, 파크 종합병원의 직원이 헛소리를 하고 있다고 했을 거예요. 그러니까 내 말은 보통 그런 짓을 하는 사람들은 살아 있는 사람과는 관계를 할 수가 없을 거라는 말이죠. 안 그래요? 해나는 그 점에 있어서만큼은 나한테 문제가 없다고 말해 줬을 겁니다. 섹스를 하는 데 아무 문제가 없다고 말이에요." 햅

334

저드가 말했다.

"해나 스타와 관계를 맺었다는 말이군요."

"처음에 몇 번 그러다가 그냥 끝냈습니다. 그렇게 하려고 노력했죠."

루시가 햅 저드를 노려보기 시작했다.

"당신은 1년 전에 해나의 투자 회사와 계약을 했죠. 원한다면 정확한 날짜를 알려 줄 수도 있어요. 물론 당신도 이젠 알았겠지만, 그 사건 때문에 우리한테는 많은 정보가 있어요." 버거가 말했다.

"알고 있습니다. 뉴스에서 온통 그 이야기만 하니까요. 그리고 이제는 다른 여자 이야기도 나오더군요. 그 마라톤 선수 있잖아요, 이름은 기억나지 않지만. 그리고 그 연쇄 살인범이 노란 택시를 타고 다닌다고 하는 것 같더군요. 별로 놀랍진 않지만 말이죠." 그가 말했다.

"어째서 토니 다리엔을 마라톤 선수라고 생각하는 거죠?"

"TV에서 들었거나, 인터넷 어디선가 봤겠죠."

버거는 어디서 토니 다리엔이 마라톤 선수라는 것을 언급한 적이 있었는지 떠올리려고 애를 썼다. 언론에는 그 사실을 밝힌 적이 없었다. 그저 조깅을 하는 중이었다고 했을 뿐이다.

"해나와는 어떻게 알게 된 건가요?" 버거가 물었다.

"멍키 바라고 할리우드 사람들이 많이 다니는 클럽이 있어요. 어느 날 밤에 그곳에서 해나와 만났고, 우리는 대화를 나누기 시작했어요. 정말 돈에 관해서는 모르는 게 없는 여자였죠. 내가 전혀 모르는 온갖 이야기들을 해 주더군요."

"그렇다면 3주일 전, 해나에게 무슨 일이 일어났는지 알고 있겠군요." 버거가 말했다. 루시는 집중해서 듣고 있었다.

"잘 알고 있습니다. 누군가 그런 짓을 했을 거예요. 알다시피 그 여자가 사람들을 화나게 만들었으니까요."

"누가 그렇게 화가 났다는 거죠?" 버거가 물었다.

"전화번호부 가지고 있어요? 내가 한번 살펴보죠."

"사람들이 아주 많아요. 알고 지냈던 거의 모든 사람들이 해나에게 화가 났다는 건가요?" 버거가 물었다.

"날 포함해서요. 사실 그렇습니다. 해나는 항상 무슨 일이든, 자기 방식대로 하길 원했죠. 그 여자는 모든 일을 전적으로 자기 방식대로 해야 하는 사람이었어요."

"당신은 해나가 죽었다는 것처럼 말을 하는군요."

"내가 그렇게 순진하진 않으니까요. 대부분의 사람들은 해나에게 안 좋은 일이 일어났다고 생각하고 있어요."

"해나가 죽었을 수도 있다는 가능성을 염두에 두면서도 그렇게 슬퍼하는 것처럼 보이진 않는군요." 버거가 말했다.

"슬픈 일이긴 해요. 난 그 여자를 싫어하진 않았으니까. 그저 나를 자꾸 몰아붙이는 것 때문에 좀 지쳤던 거지. 당신도 내가 솔직하게 말하기를 원한다면 나를 계속 따라다녀 봐요. 해나는 안 된다는 말을 듣는 걸 싫어했어요."

"해나는 무슨 이유로 당신한테 돈을 돌려준 거죠? 그것도 처음 투자 금액의 네 배나 되는 돈을 말이에요. 200만 달러였죠. 불과 1년 만에 당신의 투자금을 전부 다 돌려준 셈이잖아요."

햅 저드가 다시 어깨를 으쓱했다. "시장이 불안정했으니까요. 리먼 브러더스가 파산했지 않습니까. 해나가 전화로 내 투자금을 빼는 게 좋겠다고 하기에, 좋을 대로 하라고 했죠. 아슬아슬하게 빠져나온 거였어요. 그 뒤에 나왔으면? 만일 해나가 그때 판단을 잘못했더라면, 난 전부 다 잃었을 거예요. 그리고 아직까지도 몇 백만 달러를 모으지 못했겠죠. 난 아직 A급이 아니니까. 나한테 돈이 얼마가 있든, 잃고 싶진 않으니까요."

"해나와 마지막으로 섹스를 한 게 언제죠?" 버거는 루시가 차가운 눈으로 햅 저드를 계속 쳐다보고 있는 것을 의식하면서, 법률 용지에 다시 메모를 하면서 물었다.

그는 생각에 잠겼다. "아, 알았어요. 기억나요. 그 전화를 받은 뒤였어요.

해나가 돈을 빼라고 말했던 그때 말이에요. 해나가 어떻게 된 상황인지 설명해 주겠다면서 찾아오라고 했어요. 그건 핑계였죠."

"어디로 찾아갔죠?"

"해나의 집이요. 내가 찾아갔더니, 그다음은 자연스럽게 그렇게 된 거죠. 그때가 마지막이었어요. 아마 7월이었을 겁니다. 난 런던으로 가는 길이었고, 해나에겐 남편이 있었으니까요. 보비 말이에요. 아무래도 보비가 있을 때는 해나의 집이 불편했어요."

"그때 보비도 있었나요? 런던으로 가기 전, 해나를 찾아갔을 때 말이에요."

"아, 그때 보비가 있었는지는 기억이 나지 않아요. 아무래도 아주 큰 저택이니까."

"파크애비뉴에 있는 저택을 말하는 건가요?"

"보비는 집에 잘 들어오지 않았어요." 저드는 그 질문에는 대답하지 않았다. "개인 비행기로 계속 여행을 다녔죠. 유럽 전역을 돌아다녔어요. 난 보비가 사우스플로리다에서 많은 시간을 보낸다는 인상을 받았어요. 마이애미에 바다가 내려다보이는 곳에 집이 있거든요. 보비는 거기까지 엔조를 타고 갔어요. 페라리 중 한 대로 100만 달러 이상 하는 자동차죠. 사실 그 사람에 대해서는 잘 몰라요. 몇 번 못 만났으니까."

"그 사람과는 언제, 어디서 만났죠?"

"1년 전, 해나와 보비의 회사에 처음 투자했을 때요. 두 사람이 나를 집에 초대했어요. 그 집에서 보비를 만났죠."

버거는 그 시점에 대해 생각해 보았다. 그러자, 또다시 도디 호지가 떠올랐다.

"해나가 도디 호지를 소개해 준 건가요?"

"아, 맞아요. 도디 호지는 해나와 보비의 집에 찾아와서 점을 봐 주고 있었으니까요. 해나가 내게 도디와 이야기를 해 보라고 권했죠. 그리고 그건 실수였어요. 완전 미친 여자였으니까. 도디 호지는 나한테 집착했어요. 자기는 전생에 이집트에서 살았고, 내가 자기 아들의 환생이라고 하더군요. 내가 파라오였고, 자기가 내 엄마였다고 했어요."

"당신이 말하고 있는 집이 내가 알고 있는 그 집인지부터 확인하죠. 당신이 지난 7월에 찾아갔다는 집과 해나와 마지막으로 섹스를 했다는 집이 같은 곳인가요?" 버거가 물었다.

"그 노인의 저택이요. 800만 달러의 가치가 있을 겁니다. 엄청난 자동차들이 수집되어 있고, 믿을 수 없을 정도로 귀한 골동품들과 조각상들이 있어요. 벽과 천장에도 미켈란젤로의 그림인지 프레스코인지가 그려져 있고 말이에요."

"정말 미켈란젤로가 그린 건 아닐 거예요." 버거가 빈정거리듯 말했다.

"수백 년은 된 것 같은 저택인데, 믿을 수 없을 정도로 커서 실질적으로 도시의 한 구역을 다 차지하고 있을 정도라니까요. 해나가 보비와 결혼한 것도 다 돈 때문이에요. 그러니까 보비는 사업상의 동업자였다는 거죠. 해나는 자기들이 절대로 섹스를 하지 않았다고 말했어요. 심지어 한 번도 하지 않았다고 했었죠."

버거는 햅 저드가 해나에 대해 말할 때 과거형을 쓰고 있다는 사실을 기록했다. 그는 계속해서 해나가 죽었다는 것처럼 말하고 있었다.

"하지만 그 노인은 딸이 그렇게 자기 돈으로 놀고먹는 것을 싫어했어요. 그래서 해나에게 사업에 대해 잘 알고, 제대로 운영할 수 있는 남자와 결혼하라고 했던 거죠. 루프는 계속 남자들과 놀아나고 있는 해나에게 모든 것을 물려주고 싶지 않았어요. 그렇게 해나가 계속 결혼도 하지 않고 파티만 즐기다 보면 결국엔 어떤 멍청한 녀석과 결혼하게 될 것이고, 결국 모든 것이 그런 자의 손에 넘어가게 될 테니까요. 이제 해나가 보비를 옆에 두고도 그렇게 놀아났던 이유를 알았을 겁니다. 가끔 해나는 보비가 무섭다는 말을 하기도 했어요. 실제로 두 사람이 섹스를 하지 않았던 것도 그쪽으로는 합의를 하지 않았기 때문이었죠." 저드가 계속해서 말했다.

"당신이 해나와 성적인 관계를 맺기 시작한 건 언제부터였죠?"

"그 집에서 처음 만났을 때였어요. 이런 식으로 말해도 될지 모르겠는데. 해나는 정말 친절했어요. 그 집에는 실내 풀장이 있었는데, 전체가 유럽식 스파로 되어 있었어요. 그 자리에는 나와 또 다른 VIP 고객들, 새로운 고객들이 있었는데, 수영을 하기도 하고, 술을 마시거나 저녁 식사를 했어요. 하인들이 사방에 있었죠. 돔 페리뇽과 크리스탈이 쿨 에이드처럼 넘쳐 났어요. 그때 내가 풀장에 들어가니 해나가 유심히 쳐다보기 시작하더군요. 해나가 먼저 시작했던 거죠."

"그렇다면 해나와 처음 관계가 시작된 건, 작년 8월, 루프 스타의 집에 처음 찾아갔을 때란 말이죠?"

루시는 팔짱을 끼고 앉아서 가만히 쳐다보고 있었다. 그녀는 아무 말도 없었지만, 버거를 쳐다보지도 않았다.

"확실해요." 저드가 말했다.

"해나가 그러고 있을 때 보비는 어디에 있었어요?"

"모르겠어요. 아마 새 포르쉐를 자랑하고 있었을 겁니다. 그 차가 기억나요. 보비는 빨간색 카레라 GT를 가지고 있었어요. 뉴스에 나오던 보비가 차에 타고 있던 사진 있잖아요? 바로 그 차예요. 보비는 그 차에 사람들을 태우고 파크애비뉴를 오르내렸어요. 내 생각에는 당신들은 보비부터 확인해 봤어야 해요. 해나가 실종되었을 때 그자는 어디에 있었다고 하던가요?"

보비 풀러는 해나가 실종되었을 당시 노스마이애미비치에 있는 아파트에 있었다. 그리고 버거는 그 사실을 알려 줄 마음이 없었다.

그녀가 말했다. "추수감사절 전날 밤에는 어디에 있었어요?"

"나요?" 햅 저드는 하마터면 웃음을 터트릴 뻔했다. "지금 내가 해나에게 무슨 짓을 했을 거라고 생각하는 겁니까? 아니에요. 난 사람들을 해치지 않아요. 그런 건 내 방식이 아니니까."

버거는 기록했다. 햅 저드는 해나를 '해쳤다'고 가정하고 있다.

"단순한 질문이에요. 추수감사절 전날인 11월 26일 수요일 밤, 당신은 어디에 있었죠?" 버거가 물었다.

"생각 좀 해 보죠." 햅 저드가 다시 다리를 떨기 시작했다. "솔직히 말해서 기억나지 않아요."

"불과 3주일 전이에요. 추수감사절이었고요. 그런데 기억이 나지 않는다는 말인가요?"

"잠깐만요. 그때 난 시내에 있었어요. 그리고 다음 날 LA행 비행기를 탔어요. 난 명절에 비행기를 타는 게 좋아요. 아무래도 공항이 한산하니까요. 난 LA로 갔고, 추수감사절 아침에 도착했어요."

버거는 법률 용지 위에 그 사실을 기록한 뒤, 루시에게 말했다. "확인해 봐야겠어." 그리고 저드에게 물었다. "어떤 항공사를 이용했고, 항공편은 언제인지 기억해요?"

"아메리칸 에어라인이요. 정오 무렵이었을 겁니다. 항공기 번호는 기억이 나지 않네요. 난 추수감사절을 축하하지 않아요. 속에 뭘 잔뜩 채운 칠면조 요리 같은 건 아무래도 상관없으니까요. 나한텐 아무 의미가 없죠. 그래서 잠깐 생각을 해야 했던 거예요." 그가 다시 다리를 들썩거리기 시작했다. "당신들이 의심할 거라는 건 알고 있어요."

"우리가 뭘 의심한다는 거예요?"

"해나가 실종된 다음 날, 내가 비행기를 타고 이곳을 떠난 거 말이에요." 햅 저드가 말했다.

15

편집증 환자

마리노의 크라운 빅은 소금을 뒤집어 쓴 채였다. 해마다 이맘때면 건조해지고, 하얗게 일어나는 그의 피부가 떠올랐다. 뉴욕의 겨울 거리에 마리노와 마리노가 타고 다니는 차가 비슷하게 흰 가루를 날리면서 다니는 셈이다.

지저분한 자동차는 차체에 온통 흠과 긁힌 자국이 남아 있었다. 천으로 된 좌석 시트는 해졌고, 축 늘어진 머리 받침대에는 찢어진 자국도 있었다. 이건 결코 마리노의 스타일이 아니었다. 그는 이런 부분에 대해서만큼은 항상 남의 눈을 의식했기에, 자꾸만 짜증이 나고 당혹스러웠다. 아파트 건물 앞에서 스카페타를 만났을 때도, 그녀의 코트에서 차의 조수석 문에 스쳐 묻은 것이 분명한 하얀 긴 얼룩을 알아차렸다. 이제 그는 다시 스카페타를 태우러 가야 했다. 그리고 가는 길 어딘가에 문을 연 세차장이 있기를 바라고 있었다.

마리노는 항상 타고 다니는 차량의 외관에 꼼꼼하게 신경을 써 왔다. 경찰차를 타든, 트럭을 타든, 할리를 타든, 적어도 겉으로 보기에는 말이다. 남자의 차는 그가 누구인지, 무슨 생각을 하고 있는지를 투영한다. 예외적으로 차가 지저분할 경우라도 다른 사람들이 모르게만 한다면 신경 쓸 필요가 없다. 사실 그도 지금 이 상황은 예전에 자기 파괴적인 성향 탓이라는 걸 인정하고 있었다. 그는 게으름을 피우는 데 익숙해져 있었고, 리치먼드 시절엔 특히 심했다. 그의 경찰차 안은 서류들과 빈 커피 컵들, 음식 포장지, 닫히지도 않을 만큼 꽉 찬 재떨이로 엉망이었다. 뒷좌석에는 옷가지들이 쌓여 있었고, 차 트렁크 안에는 증거 봉투에 윈체스터 마린 산탄총까지 뒤섞여 있었다. 더 이상 그렇게 살 순 없었다. 마리노는 변해야만 했다.

오래된 건물을 헐어 버리는 것처럼 술과 담배를 끊고 예전 생활을 완전히 정리했다. 지금까지는 제법 괜찮은 건물을 새로 지은 것처럼 보이지만, 실제로 그의 내면의 달력과 시계는 멈춰 있었다. 어쩌면 앞으로도 계속 그럴지도 모른다. 그가 자기 시간을 어떻게 보내느냐, 보내지 않느냐의 문제가 아니라, 시간이 너무 많아져 버렸기 때문이다. 마리노의 시간은 매일 하루에 세 시간에서 다섯 시간씩 더해지고 있었다. 그는 그것을 매사추세츠 북해안에 있는 치료 센터에서 담당 치료사였던 낸시가 지난 6월에 준 문서를 보고 깨달았다. 마리노는 바다 냄새를 맡을 수 있고 파도가 바위에 부딪치는 소리가 들리는 예배당 밖에, 접이식 의자를 놓고 그 자리에 앉아 시원한 바람과 머리 위로 쏟아지는 따뜻한 햇살을 받으며 계산을 해 보았다. 그때의 충격을 결코 잊을 수 없을 것이다. 담배 한 개비를 피울 때마다 7분이 걸렸고, 담배를 피우기까지의 과정에도 이삼 분이 걸렸다. 담뱃갑에서 담배를 한 개비 꺼내 불을 붙이고, 처음 크게 한 모금을 피운 다음, 다시 대여섯 번을 피우고 담배를 끈 다음 꽁초를 버리는 그 모든 과정에 시간이 그 정도 걸렸다. 술은 시간을 더 많이 죽였다. 저녁 식사 시간 전에 그날 하루가 그대로 끝나 버리는 경우가 많았다.

"당신이 바꿀 수 있는 일과 바꿀 수 없는 일이 무엇인지 알고 나면 마음이 편안해질 거예요." 자신이 알아낸 사실을 마리노가 이야기하자, 치료사인 낸시가 말했다. "피트, 바꿀 수 없는 것 중에는 당신이 지금껏 반세기가 넘게 살아 오면서, 깨어 있는 시간의 최소 20퍼센트를 낭비했다는 것도 있어요."

그 20퍼센트의 시간을 매일 영리하게 채워 나가느냐, 다시 예전의 나쁜 버릇으로 돌아가느냐 하는 것은 당시 그가 그런 문제를 일으킨 뒤라 선택의 여지가 없었다. 마리노는 책을 읽는 데 관심을 가지기 시작했고, 시사 문제를 알아 가기 시작했으며, 인터넷 서핑을 했다. 청소를 하고, 정리를 하고, 물건을 고치고, 자바스(미국의 식료품점 - 옮긴이)와 홈데포(가정용 건축 자재 제조 및 판매 업체 - 옮긴이)를 돌아다녔다. 만약 잠이 오지 않으면, 2호 트럭이 있는 곳으로 나가 커피를 마시고, 개를 데리고 산책을 나갔다. 그리고 그 트럭 주차장을 빌려 그곳에서 형편없는 경찰차를 개조하기 위해 자신이 할 수 있는 한 최선을 다해 접착제로 붙이기도 하고, 부분 도장을 하기도 했다. 그리고 물물 교환과 속임수로 거의 새것이나 다름없는 코드 3 위장 사이렌과 창살, 채광창을 얻어 냈다. 마리노는 감언이설로 무전기 수리점에서 사용자 지정 프로그래밍이 되는 자신의 모토로라 P25 무선 통신기에 SOD, 곧 특수 작전반에서 사용하는 주파수를 넓게 잡을 수 있는 기능을 더했다. 그리고 자비를 들여 트렁크에 트럭 금고 서랍을 설치한 뒤, 여러 가지 장비들과 도구들을 챙겨 넣었다. 그 안에는 배터리와 예비 탄약은 물론, 개인용 베레타 스톰 9밀리미터 카빈 총, 우비, 야전복, 가벼운 방탄복 조끼, 여분의 블랙호크 지퍼 부츠가 들어 있는 장비 가방까지 들어 있었다.

마리노는 와이퍼를 작동시킨 뒤, 워셔액을 한 번 크게 분사했다. 와이퍼가 두 번 돌면서 창문을 닦아 내는 동안, 원폴리스플라자의 제한 구역인 고정 구역에서 벗어났다. 그곳은 그처럼 허가를 받은 사람들만 드나들 수 있었다. 갈색 벽돌로 지어진 본부 건물의 창문들은 대부분 불이 꺼져 있었다. 특히 집행 명령 본부가 있는 14층에는 아무도 없었다. 그곳에는 테디 루스벨트 룸과 경찰 본부장 사무실이 있었다. 새벽 5시가 막 지난 시간이었다. 그가 영장을 받기 위해 메일을 보냈을 때, 버거는 마리노가 햅 저드를 만나는 자리에 모습을 보이지 않은 이유를 떠올렸을 것이다. 하지 만 그쪽 일은 잘 끝났다. 그리고 마리노는 그 자리에 가지 못한 게 미안하 지 않았다. 그보다 더 위급한 일이 그의 손에 달려 있었기 때문이다.

마리노는 스카페타의 아파트 건물에 폭탄이었을지도 모르는 소포가 있 었다는 것을 떠올리면서, 이제는 법의국과 뉴욕 경찰국, 지방검사 사무실 의 보안도 위험한 건 아닌지 걱정하고 있었다. 바로 박사가 블랙베리를 도둑맞았기 때문이다. 그 안에는 뉴욕 사법 체계 전체가 포함되는 연락망 과 특정 정보들이 담겨 있었다. 약간 과장하긴 했지만, 어쨌든 지금 그는 상사인 버거에게 갈 수 없었다. 마리노에게는 스카페타가 먼저였다. 버거 는 그런 마리노의 우선순위를 비난하겠지만, 사실 그런 비난은 처음이 아 니었다. 바카디도 똑같은 문제로 그를 비난했고, 그것이 바로 두 사람이 계속해서 함께할 수 없는 이유이기도 했다.

펄과 파이니스트 교차점에서 마리노는 하얀색 경비 초소 앞에서 속도 를 줄였다. 김이 서려 흐릿한 유리를 통해 초소 안에 있던 경찰이 손을 흔 들어 주었다. 마리노는 시간이 몇 시든, 그녀가 무슨 일을 하고 있든 아무 상관없이 바카디에게 전화를 걸곤 했던 때를 떠올렸다. 두 사람이 처음 사귀기 시작했을 무렵에는 아무것도 거리낄 것이 없었다. 그는 자기가 원 할 때 그녀에게 말을 했고, 무슨 일이 있었는지를 이야기했다. 그녀의 생 각을 듣고, 재치 있는 말을 듣고, 그가 놓치고 있는 것들에 대한 끊임없는 의견들을 들었다. 그리고 그들이 계속 함께할 거라고 생각했다. 마리노는 보넬에게 전화를 걸고 싶었다. 이제는 L. A.라 부르는…. 하지만 아직은 그 럴 수 없었다. 그리고 마리노는 일 때문이라 하더라도, 지금 자기가 스카 페타를 만나는 것을 얼마나 기대하고 있는지 알아차렸다. 그는 깜짝 놀랐 다. 스카페타가 전화를 걸어 문제가 생겼고, 그의 도움이 필요하다고 했을 때는 믿을 수가 없었다. 그리고 아무리 대단한 벤턴이라도 한계가 있다는 사실을 떠올리자 기분이 좋아졌다. 벤턴은 칼리 크리스핀이 박사의 블랙베리를 훔쳐간 것에 대해 아무것도 해 줄 수 없었다. 하지만 마리노는 할 수 있었다. 그는 그녀의 문제를 해결할 것이다.

브루클린브리지 위로 밤하늘을 향해 솟아 있는 오래된 울워스빌딩의 구리로 된 첨탑이 마녀의 모자처럼 보였다. 브루클린브리지를 지나는 차량들은 많진 않았지만 꾸준했다. 멀리서 들리는 바람 소리가 파도가 밀려오는 소리 같았다. 마리노는 경찰 무전기의 소리를 높였다. 교환원과 경찰들이 고유 암호로 대화를 나누는 것을 듣고 있었다. 바깥세상 사람들이 들으면 알아들을 수 없는 뚝뚝 끊어지는 대화였다. 마리노는 다 알아들을 수 있었다. 평생 그런 대화만 한 것처럼. 마리노는 그쪽에 정신을 팔고 있다가 자신의 호출 번호를 부르는 소리를 간신히 알아들었다.

"…8702."

개 호각을 불었을 때의 효과처럼 그는 갑자기 경계 태세에 돌입했다. 누군가 가스를 마시고 쓰러지기라도 한 것처럼, 아드레날린이 솟구쳤다. 그리고 그는 무전기를 잡았다.

"02번 나왔다. K." 그는 호출 번호인 8702를 다 말하지 않고 전송했다. 가능한 한 자신의 정체를 밝히지 않는 것을 좋아했기 때문이다.

"번호를 불러 주겠나?"

"알겠다."

교환원이 번호를 불러 주었다. 마리노는 운전을 하면서 냅킨에 번호를 받아 적었다. 뉴욕 번호로 어디선가 본 것 같긴 한데 어딘지 기억이 나지 않았다. 그는 그 번호로 전화를 걸었다. 첫 번째 신호음이 떨어지자마자 누군가 전화를 받았다.

"레니어입니다." 여자가 말했다.

"뉴욕 경찰국의 마리노 형사요. 교환원이 이 번호를 알려 줬어요. 거기 날 찾는 사람이 있습니까?" 그는 캐널을 통과해 8번가로 향하고 있었다.

"난 FBI 특수 요원 마티 레이너예요. 바로 연락해 줘서 고마워요." 그녀가 말했다.

새벽 5시에 호출이라니? "무슨 일입니까?" 그가 물었다. 이 번호가 어째서 낯이 익은지 생각이 났다.

384는 FBI 뉴욕 사무실 교환 번호로, 마리노는 그 번호로 여러 번 전화를 걸었었다. 다만 마티 레이너나, 그 내선 번호는 알지 못했다. 그는 그녀에 대해 들어 본 적이 없었고, 무슨 이유로 이 새벽에 자신을 호출한 건지 알 수가 없었다. 순간 마리노는 페트로브스키가 FBI에 사진들을 보냈다는 것이 떠올랐다. 보안 카메라에 찍힌 목에 문신을 한 남자의 사진이었다. 그는 레이너 특수 요원이 무엇을 알고 싶어 하는지 알기 위해 기다렸다.

그녀가 말했다. "우리는 조금 전, 실시간 범죄 정보 센터를 통해 당신이 데이터 검색을 요청한 목록을 전달받았어요. 센트럴파크웨스트에서 있었던 사건에 관련된 것이더군요."

마리노는 순간 움찔했다. 하필 그가 스카페타를 태우기 위해 그 수상한 소포가 배달되었던 센트럴파크웨스트로 가고 있을 때 레이너가 전화를 걸었기 때문이다.

"맞아요. 뭔가 찾았습니까?" 그가 물었다.

"우리 쪽 데이터베이스에 걸린 게 하나 있어요." 레이너가 말했다.

마리노는 걸렸다는 쪽이 문신 데이터베이스이기를 바랐다. 그는 박사에게 수상한 소포를 배달한 그 페덱스 모자를 쓴 놈에 대한 정보를 빨리 듣고 싶었다.

"우리 쪽 사무실에서 직접 만나서 이야기하도록 하죠. 조금 있다가 날이 밝으면 말이에요." 레이너가 말했다.

"조금 있다가요? 지금 뭔가 찾았다고 하지 않았습니까? 그런데 왜 기다려야 하는 거요?"

"뉴욕 경찰국에서 그 물건을 처리할 때까지 기다려 보겠다는 말이에요." 레이너는 페덱스 소포를 말하고 있었다. 그 물건은 어제 로드맨스넥으로 넘어가 보관 중이었다. 아직은 그 안에 뭐가 들어 있는지 아무도 알지 못했다. "혹시 우리 쪽에도 센트럴파크웨스트에서 있었던 일과 연관된 범죄가 있을 수도 있으니까요." 그녀가 덧붙였다.

"다른 사건과 연관이 있을 가능성이 있다는 말인가요?"

"만나서 이야기하도록 하죠."

"그럼 어째서 긴급 호출을 한 겁니까?" FBI에서 직접 호출한 뒤, 자세한 이야기는 해 주지 않고, 자기들 편한 시간에 만날 때까지 기다리라는 말만 들으니 마리노는 짜증이 났다.

"당신이 근무 중이어서 정보를 주고받을 수 있는 상태인 줄 알았어요. 데이터 검색 시간을 확인해 봤어요. 당신은 자정쯤 철수한 것처럼 보이더군요." 레이너가 설명했다.

'비밀 첩보 부서, BS인가.' 마리노는 그런 생각을 하자 짜증이 났다. 그가 자정에 철수했다는 것 때문이 아니다. 레이너 때문이었다. 그 여자가 384 교환 번호로 호출을 한 것으로 보아 FBI 사무실에 있는 것이 분명했다. 그 말은 곧, 그 시간까지 일을 해야 할 만큼 중요한 일이라는 의미다. 뭔가 엄청난 일이 벌어지고 있었다. 굳이 해석하자면 그 회의에 참석할 수 있는 사람을 결정하는 사람이 레이너라는 것을 말하고 있는 것이다. 마리노는 그곳에 갈 때까지 아무것도 알 수가 없으며, 그게 언제가 될지도 알 수가 없었다. 뉴욕 경찰국 폭탄 처리반이 스카페타가 받은 소포의 내용물이 무엇인지 밝혀내려면 시간이 오래 걸릴 것이다.

"요원은 연방 수사국 어디 소속입니까?" 마리노는 레이너가 느닷없이 당황스럽게 연락을 했을 때부터 계속 생각하고 있던 것을 물었다.

"지금은 은행 강도 합동 대책반에서 일하고 있어요. 원래는 국립 폭력 범죄 분석 센터의 수석 책임자였고요." 그녀가 대답했다.

은행 강도 합동 대책반은 잡동사니 부서였다. 미국에서 가장 오래된 대책반으로, 뉴욕 경찰국 수사관들과 FBI 요원들로 구성되어 있었다. 은행 강도, 유괴, 스토킹은 물론, 공해에서 일어나는 범죄, 이를테면 크루즈 배에서 발생한 성폭행이나, 해적 사건과 같은 사건들까지 모두 전담하고 있었다. 마리노는 은행 강도 합동 대책반이라는 데는 놀라지 않았다. 이번 일은 연방 수사국에서도 흥미를 보일 만한 사건이었기 때문이다. 그렇지만 국립 폭력 범죄 분석 센터라니? 다시 말하면 행동 분석 팀 소속이란 말로, 콴티코에서 왔단 뜻이다. 마리노는 레이너가 전화로 이야기를 하지 않는 이유를 조금이나마 알 것 같았다. FBI는 무슨 일이든 심각하게 받아들였다.

"그렇다면 센트럴파크웨스트 사건에 대해 콴티코가 개입하겠다는 말인 거요?" 마리노가 쓸데없는 질문을 했다.

"나중에 만나서 이야기하죠." 레이너는 그렇게 말하고 전화를 끊었다.

마리노는 이제 몇 분 뒤면 스카페타의 아파트에 도착할 것이다. 70킬로미터가 안 되는 속도로 8번가를 지나, 타임 스퀘어의 중심에 들어섰다. 전구 장식이 달린 광고판들, 비닐 현수막들, 신호들, 눈부신 다양한 색상의 데이터 디스플레이 스크린들을 보니 실시간 범죄 정보 센터가 떠올랐다. 노란 택시들이 지나가고 있었고, 사람들은 별로 없었다. 마리노는 그날 무슨 일이 일어날지 궁금했다. 칼리 크리스핀이 한 말 때문에 대중들이 정말 공포에 휩싸여 택시에 타는 것을 거부할까? 그는 그렇지 않을 거라고 생각했다. 이곳은 뉴욕이었다. 그가 지금껏 지켜본 바로, 이 도시 최악의 공포는 9·11 테러가 아니라, 바로 경제였다. 지난 몇 달간 그가 본 것은 월스트리트에 닥친 테러로, 재난 수준의 경제적인 손실과 만성적인 공포였고, 그로 인해 상황은 점점 더 악화되어 갔다. 찢어지는 가난이 노란 택시를 타고 돌아다니는 연쇄 살인범보다 더 지독했다. 만일 파산을 했다면 택시를 탈 여유가 없을 것이며, 조깅을 하다가 머리를 맞아 죽을 걱정보다는 노숙자가 될 걱정이 앞서고 있었다.

콜럼버스서클의 CNN 자막 뉴스에서는 스카페타나 〈크리스핀 리포트〉와는 아무 관련이 없는 뉴스가 나오고 있었다. 어둠 속에 두드러지게 눈에 띄는 빨간색 자막으로 피트 타운센드와 그가 속한 밴드 '더 후'에 관한 기사가 나오고 있었다. 아마 FBI에서는 스카페타가 대중 앞에서 프로파일링이 고루하다고 연방 수사국을 비방했다는 이유로, 비상 회의가 소집되었을 것이다. 그녀와 같은 위치에 있는 사람이 그런 말을 했다는 것은 심각한 일이며, 쉽게 무시할 수는 없을 것이다. 설령 스카페타가 사실은 그런 말을 하지 않았고, 했다고 해도 방송에 내보내지 않을 이야기였으며, 그녀의 의도와 다르게 맥락을 무시한 내용이었다고 해도 말이다.

마리노는 그녀가 실제는 무슨 뜻으로, 어떤 말을 했을지 궁금했다. 무엇이든 FBI와 관계된 이야기를 한 것은 분명했다. 아마 연방 수사국을 비방하지는 않았을 것이다. 사실 연방 수사국을 비방하는 건 새로울 것도 없었고 특별한 일도 아니었다. 경찰들이야말로 연방 수사국을 계속 비방하고 있었으니까. 하지만 대부분은 질투 때문에 그런 것이다. 만일 경찰들이 정말 그런 비방들을 믿었다면, FBI와 함께 일하는 대책반에 들어가거나, 콴티코에서 하는 특별 훈련 과정에 참여하기 위해 애걸하거나, 다른 사람의 기회를 가로채는 등의 일은 하지 않을 것이다. 이번에는 그런 나쁜 평판과는 상관없는 일이 일어난 것이다. 마리노는 계속 같은 생각을 하고 있었다. 그건 페덱스 모자를 쓴 남자의 문신과 관련된 일일 것이다. 그런데 자세한 이야기를 듣기 위해서는 기다려야만 한다는 사실이 마리노를 미치게 만들었다.

그는 노란색 SUV 택시 뒤에 차를 세웠다. 그 택시는 새로 나온 하이브리드였다. 뉴욕은 점점 환경 문제에 관심을 기울이고 있었다. 마리노는 자신의 지저분하고, 연료 소비가 많은 크라운 빅에서 내린 뒤, 아파트 로비로 들어갔다. 두꺼운 양털 코트와 부츠를 신은 스카페타가 소파에 앉아 있었다. 로드맨스넥에 갈 것을 생각한 옷차림이었다. 로드맨스넥은 물가에 있다 보니 항상 바람이 세고, 추웠다. 어깨에는 검은색 나일론 장비 가방을 메고 있었다. 그녀가 일할 때마다 항상 가지고 다니는 가방이었다. 그 안에는 꼭 필요한 비품들이 들어 있었다. 장갑, 신발 싸개, 작업복, 디지털 카메라, 기본적인 의료 도구들. 그들은 항상 그랬다. 결국 어디로 가게 될지도 모르고, 무엇을 발견하게 될지도 모르기 때문에 언제나 만반의 준비를 해서 다녀야 할 것 같은 기분이 들었다. 스카페타가 얼굴을 들었다.

힘들고 지쳐 보였지만, 고마움을 나타내는 미소를 짓고 있었다. 그녀는 마리노가 도와주러 온 것을 기뻐하고 있었고, 덕분에 그 역시 기분이 좋았다. 스카페타가 자리에서 일어나 마리노가 있는 문 쪽으로 다가왔다. 두 사람은 아직 어둠에 잠겨 있는 거리를 향해 계단을 내려갔다.

"벤턴은 어디 있소?" 마리노가 조수석 문을 열면서 물었다. "코트 조심해요. 차가 아주 지저분하니까. 눈 때문에 거리가 온통 쓰레기에 소금투성이다 보니 별 수가 없어요. 플로리다나, 사우스캘리포니아, 버지니아와는 다르지. 세차장을 찾아볼까 하는 중인데, 그래 봐야 무슨 소용이 있겠소? 한 블록만 달려도 채석장을 통과한 것처럼 보일 텐데 말이오." 그는 또다시 다른 사람을 의식하고 있었다.

"벤턴한테 같이 가자고 말하지 않았어요. 내 블랙베리를 찾는 데 그 사람은 도울 일이 없으니까. 하지만 로드맨스넥에서는 그렇지 않죠. 거긴 일이 많으니까. 벤턴이 할 수 있는 일이 많을 거예요." 스카페타가 말했다.

마리노는 어떻게 된 일인지, 이유가 뭔지 묻지 않았다. 그는 벤턴이 옆에 없다는 것만으로도 너무나 행복했다. 벤턴의 눈치를 보지 않아도 된다는 것이 정말 기뻤다. 두 사람이 서로 알고 지낸 지난 20년간, 벤턴은 한 번도 마리노에게 호의적이었던 적이 없었다. 그들은 친구가 될 수 없었고, 어울릴 수 없었으며, 아무것도 같이 할 수 없었다. 다른 경찰들을 알고 지내는 것과도 달랐고, 절대 같을 수가 없었다. 벤턴은 낚시도, 볼링도 하지 않았고, 오토바이나 트럭에 대해서도 관심이 없었다. 그들 두 사람은 술집에 함께 가는 일이 없었고, 사건이나 여자에 대한 잡담이나, 게이들처럼 이야기를 나눌 일도 없었다. 사실 마리노와 벤턴 사이의 유일한 공통점은 스카페타였다. 그리고 마리노는 마지막으로 스카페타와 단둘이 있었던 것이 언제였는지를 떠올려 보았다 그녀와 함께 있으니 기분이 정말 좋았다. 마리노는 스카페타의 문제를 해결할 것이다. 칼리 크리스핀은 이제 끝났다.

스카페타가 언제나 하는 잔소리를 했다. "안전벨트 매요."

마리노는 차를 출발시킨 뒤, 안전벨트를 잡아당겼다. 그는 끈에 묶여 있는 것을 정말 싫어했다. 오래된 습관들 중에는, 담배를 피우거나 술을 마시는 것처럼 지금은 끊었다고 해도, 예전에 얼마나 기분이 좋았었는지 결코 잊을 수 없는 것들이 있다. 그가 안전벨트를 하지 않는 게 더 좋다고 하면 어떻게 할 건가? 마리노는 안전벨트를 매는 것을 견딜 수 없었다. 그리고 그 습관을 바꿀 마음도 없었다. 그리고 그는 안전벨트를 맨 이런 상황에서는 제발 자신이 차에서 급히 빠져나가야 하는 상황만큼은 일어나지 않기를 바랐다. 안전벨트 때문에 빠져나가지 못해서 결국엔 죽게 되는 그런 상황 말이다. 그는 지금도 특수 수사 팀이 경찰들을 불심검문해 안전벨트를 하지 않은 것을 적발할 경우, 6개월간 순찰 근무만 시키는지 궁금했다.

"대충합시다. 이것 때문에 사람이 죽는 경우가 있다는 걸 당신도 알아야 해요." 그가 말했다. 마리노는 스카페타가 어떤 질문에도 솔직하게 대답하는 사람이라는 걸 잘 알고 있었다.

"이것이라뇨?" 아파트를 벗어나자 그녀가 물었다.

"안전벨트. 당신이 늘 매야 한다고 설교를 늘어놓는, 차에 달려 있는 구속복 말이오. 박사는 최악의 상황만 생각하고 있으니까 말이지. 리치먼드에서는 어떻게 지냈던 거요? 그곳에서는 차를 같이 타고 가다가 갑자기 밀고자로 변해 버리는 경찰들은 없었어요. 안전벨트를 매지 않았다고 우리에게 문제가 있다고 하지 않았단 말이오. 아무도 신경 쓰지 않았어요. 그리고 나도 안전벨트를 했던 적이 없었지. 단 한 번도 말이오. 그때는 당신도 내 차에 탔을 때 조심하지 않으면 죽거나 다칠 수도 있다고 온갖 잔소리를 하지 않았잖소." 벤턴 없이 스카페타와 차를 타고 가면서 그 시절을 떠올리자, 마리노는 기분이 좋아졌다. "길핀 법원에서 총격전이 벌어졌을 때 생각나요? 만일 그때 차에서 빨리 빠져나갈 수 없었다면 어떻게 됐을 거라고 생각하오?"

"그럴 때 반사적으로 안전벨트를 풀지 못하는 건, 당신이 평소에 안전벨트를 매지 않는 끔찍한 습관이 있기 때문이에요. 그리고 당신이 그 마약 상인을 추격했을 때는 그 반대였다는 것도 생각나네요. 난 당신이 안전벨트를 맬 것인지 말 것인지를 선택의 문제로 생각한다는 것을 믿을 수가 없어요." 스카페타가 말했다.

"역사상 경찰들은 그런 이유 때문에 안전벨트를 매지 않았소. 애초에 경찰들은 안전벨트를 매지 않았단 말이오. 당신도 안전벨트를 매지 말고, 실내등도 절대 켜지 말아요. 이유가 뭐냐고? 당신이 안전벨트를 매고 차 안에 있을 때 무인 공격기가 폭격이라도 한다면, 안전벨트를 매고 있다는 것과 적에게 더 잘 보이게끔 실내등을 켜고 있는 것보다 더 위험한 일은 없을 테니까." 마리노가 말했다.

"난 통계를 말할 수 있어요." 스카페타가 창밖을 내다보면서 조용히 말했다. "안전벨트를 했더라면 죽지 않았을 사람들의 숫자요. 난 당신이 안전벨트를 맸다는 이유로 죽었다는 사람의 예를 한 건도 말하지 못할 거라고 생각해요."

"둑길을 달리다가 강에 빠졌을 경우는 어떻소?"

"당신이 안전벨트를 하지 않았다면 머리를 앞 유리창에 부딪쳤을 테죠. 그리고 그런 상태라면 물에 빠졌을 때 별 도움이 되지 않을 거예요. 벤턴이 조금 전 FBI에서 전화를 받았어요. 무슨 일이 벌어지고 있는지 나한테 말해 주는 사람이 아무도 없는 것 같아요." 스카페타가 말했다.

"아마 벤턴은 알고 있을 거요. 난 확실히 모르겠지만."

"당신도 그쪽에서 연락을 받았어요?" 스카페타가 물었다. 마리노는 그녀가 슬퍼하고 있다는 것을 느꼈다.

"박사를 태우러 가는 길에 전화를 받았으니 15분도 지나지 않았을 거요. 벤턴이 아무 말도 하지 않았소? 레이너라는 프로파일러가 전화하지 않았어요?" 마리노는 파크애비뉴 쪽으로 들어서자, 해나 스타가 떠올랐다.

마리노와 스카페타가 가는 길에서 그리 멀지 않은 곳에 스타의 집이 있었기 때문이다.

"벤턴이 전화를 받았을 때, 난 막 나오려던 참이었어요. 내가 아는 건 벤턴이 FBI와 통화를 했다는 것뿐이에요." 그녀가 말했다.

"그렇다면 레이너가 무엇을 원했는지 벤턴이 말할 새가 없었겠군." 마리노는 마티 레이너가 자신과 통화한 직후에 벤턴에게 전화를 걸었을 거라고 짐작했다.

"모르겠어요. 그 사람이 통화하고 있을 때 내가 나온 거니까." 그녀가 다시 말했다.

스카페타는 뭔가를 말하고 싶어 하지 않았다. 어쩌면 벤턴과 싸웠을지도 모른다. 아니면 블랙베리를 도난당한 것 때문에 우울하고 불안하기 때문일지도 모른다.

"이렇게 단편적인 사실만으로는 아무것도 알 수 없어요. FBI가 무슨 일로 벤턴에게 전화를 걸었을 것 같소? 마티 레이너는 FBI 프로파일러요. 그 여자가 전직 FBI 프로파일러에게 전화를 건 이유가 뭐겠소?" 마리노가 참지 못하고 계속해서 말했다.

벤턴의 반짝거리는 갑옷을 찌그러뜨리기라도 한 것처럼, 그 말을 큰 소리로 내뱉고 나자 마리노는 은근히 기분이 좋았다. 벤턴은 더 이상 FBI가 아니었다. 경찰도 아니었다.

"벤턴이 FBI와 관련이 있는 여러 사건들에 참여하고 있기 때문이겠죠." 그녀는 방어적인 자세로 대답하지 않았다. 조용하고, 어둡게 말했다. "하지만 난 모르겠어요."

"FBI가 벤턴에게 조언을 청하고 있다는 거요?"

"가끔 그래요."

마리노는 그 말에 실망했다. "그건 놀랄 일이군. 난 벤턴과 연방 수사국이 서로를 싫어하는 줄 알았는데 말이오." 그는 연방 수사국이 사람인 것처럼 말했다.

"그 사람이 전직 FBI라서 조언을 청하는 게 아니에요. 훌륭한 법의학 심리학자여서 그런 거죠. 그래서 벤턴은 종종 뉴욕이나 다른 곳에서 일어나는 범죄 사건들에 의견을 내거나, 조언을 해 주고 있어요."

스카페타는 조수석에 앉은 채, 어둠 속에서 마리노를 쳐다보았다. 그녀의 머리에서 얼마 떨어지지 않은 곳에 찢어진 머리 받침대가 축 늘어져 있었다. 마리노는 방한용 발포천을 주문해서, 고온 경화 접착제로 저놈의 머리 받침대를 붙여야겠다고 생각했다.

"내가 말할 수 있는 건 FBI에서 온 전화는 문신과 관련된 일일 거라는 것밖에 없소." 마리노는 벤턴에서 화제를 돌렸다. "아까 실시간 범죄 정보 센터에서 뉴욕 경찰국 데이터 창고뿐만 아니라 검색 범위를 더 넓혀서 알아보자고 했어요. 해골인지, 관인지, 그 남자의 목에 있던 문신에 대해 아무것도 나오는 게 없었으니까 말이오. 그래도 도디 호지에 대해서는 알아낸 게 있어요. 그 여자는 지난 달 디트로이트에서 체포된 적이 있었소. TAB 소환장에서 찾아낸 바로는 뉴욕 시내버스에서 소란을 피운 모양이던데, 그때 어떤 남자에게 페덱스 상자에 넣어 지옥에 보내 버리겠다는 말을 했다고 해요. 그 점이 흥미로운 건 벤턴이 받은 카드도 페덱스 봉투에 들어 있었고, 당신이 받은 소포도 페덱스 상자에 들어 있었고, 페덱스 모자를 쓴 남자가 배달했다는 것 때문이지."

"그건 전부 우표가 붙어 있다고 우편물들이 다 연관되어 있다고 보는 것과 같은 말이 아닐까요?"

"나도 알고 있소. 무리하게 연결시킨 것일 수도 있어요. 하지만 난 아무래도 그 소포를 배달한 남자와, 벤턴에게 노래가 나오는 크리스마스카드를 보내고 방송 중에 당신한테 전화를 걸었던 그 정신병자가 관련이 있다는 생각이 들어요. 만일 그렇다면 내가 걱정할 수밖에 없지 않겠소? 목에 문신을 한 남자가 FBI 데이터베이스에 남아 있다면, 모범 시민상 후보는 아니라는 말이잖아요? 체포된 적이 있다는 말이거나, 그게 아니면 연방 범죄에 연루되어 어딘가에서 지명 수배를 당했을지도 모른다는 말이니까." 마리노가 말했다.

그는 속도를 늦췄다. 왼쪽 바로 앞에 엘리제 호텔의 빨간 차양이 보였다.

스카페타가 말했다. "내 블랙베리에 암호를 설정하지 않았어요."

그건 그녀답지 않은 행동이었다. 마리노는 처음에 무슨 말을 해야 할지 몰랐다. 그리고 스카페타가 곤혹스러워하고 있다는 것을 알아차렸다. 그녀가 곤혹스러워했던 적은 거의 없었다.

"나도 계속 암호를 넣어야 하는 게 미칠 것처럼 짜증이 나요." 그도 그 점만큼은 공감할 수 있었다. "하지만 암호를 없애 버릴 생각은 해 본 적이 없소." 마리노는 그 말이 그녀를 비난하는 것처럼 들리지 않기를 바랐다. 하지만 스카페타가 영리하지 못한 행동을 한 것은 사실이었다. 그녀가 이렇게 조심성이 없었다는 사실이 그로서는 상상조차 하기 힘들었다. "그렇다면, 지금 어떤 상태인 거요?"

그는 지금까지 자신이 스카페타에게 보낸 내용들이 걱정되기 시작했다. 이메일, 음성 사서함, 문자 메시지, 보고서 사본, 토니 다리엔 사건 사진들… 그중에는 그가 아파트 안에서 찍은 사진들과 의견도 포함되어 있었다.

"그러니까 칼리가 박사의 블랙베리에 들어 있는 모든 내용을 다 봤을 수도 있다는 말이오?" 마리노가 물었다.

"당신은 안경을 쓰잖아요. 평소에도 안경을 쓰고 있죠. 난 독서용 안경만 쓰고, 그것도 평소에는 쓰지 않아요. 건물 안을 돌아다니고 있거나, 샌드위치라도 사러 밖으로 나갔다가 전화를 걸어야 할 일이 있는데 그 망할 암호를 입력할 문자판이 보이지 않는다고 상상해 봐요." 스카페타가 대답했다.

"글자 크기를 확대하면 되잖소."

"루시가 준 그 망할 선물 덕분에 난 90살 노인이 된 것 같은 기분이 들었어요. 그래서 암호를 없애 버린 거예요. 그게 좋은 생각이었냐고요? 아뇨. 하지만 그래도 난 그렇게 했어요."

"루시한텐 말했소?" 마리노가 물었다.

"나도 어떻게든 해 보려고 했어요. 하지만 어떻게 해야 할지를 모르겠더라고요. 그래서 쓰는 데 좀 익숙해지고 나면, 다시 암호를 설정하기로 마음먹었죠. 그런데 그럴 기회가 없었어요. 루시한테는 아직 말하지 못했어요. 그 애는 멀리서도 그 안에 들어 있는 걸 전부 다 지워 버릴 수 있대요. 난 그 애가 그렇게 하는 걸 바라지 않아요."

"아니, 당신이 블랙베리를 되찾더라도, 아마 그 안에는 일련번호를 제외하고는 아무것도 남아 있지 않을 거요. 블랙베리의 값어치는 250달러가 넘으니 칼리를 절도죄로 고소할 수도 있소. 하지만 그보다는 거래를 하는 게 나을 것 같군." 그는 많은 생각이 떠올랐다. "만일 칼리가 데이터를 훔쳤다면 내가 할 일이 더 많아질 거요. 그 망할 블랙베리에 전부 다 들어 있는 거요? 이제 우리는 이 사건을 명의 도용, C급 절도로 주장할 수 있어요. 아마 내 생각대로라면 칼리 크리스핀이 계획적으로 법의국의 정보를 팔아 치우거나, 대중에게 공개해 이득을 취하려고 했다고 주장할 수도 있을 거요. 어쩌면 우리 때문에 저 여자가 신경 쇠약에 걸리게 될지도 모르지."

"제발 그런 바보 같은 짓은 하지 않았으면 좋겠어요."

마리노는 지금 스카페타가 말하는 사람이 칼리 크리스핀인지 루시인지 알 수가 없었다.

"만일 박사 전화에 데이터가 없다면…." 그가 되풀이해서 말했다.

"난 날려 버리지 말라고 했어요. 그 애가 하는 표현으로 말이에요."

"그럼 그러지 않았을 거요. 루시는 연방 요원으로 일했던 노련한 수사관이자, 법과학 전문가요. 그 애는 이 시스템이 어떻게 돌아가는지 알고 있어요. 그러니 어쩌면 당신이 그 망할 암호를 쓰지 않았다는 것을 이미 알고 있을지도 몰라요. 루시는 서버에 전산망을 만들었고, 물어보지도 않았는데, 굳이 자기가 쓰는 은어로 우리에게 큰 호의라도 베풀었다는 것처럼 서버를 어떻게 만들었는지 설명해 주었소. 어쨌든 지금 영장을 가지고 루시가 이리로 오고 있는 중이오." 마리노가 말했다.

스카페타는 아무 말도 하지 않았다.

"루시는 박사의 암호를 알고 있으니, 자기가 직접 확인할 수 있는 거 아니오? 그 애는 당신이 암호를 쓰지 않는 걸 알고 있을 수도 있어요. 안 그래요? 난 그 애가 그런 일들을 살펴보고 있을 거라고 생각하는데. 그렇지 않소?" 마리노가 말했다.

"최근에는 살피지 않았을 거예요." 스카페타가 대답했다.

마리노는 이제야 스카페타가 그렇게 초조하게 행동하는 이유를 알아차리기 시작했다. 도둑맞은 스마트폰이나 벤턴과의 시시한 싸움 이외에 다른 뭔가가 있었다. 마리노는 아무 말도 할 수 없었다. 그리고 두 사람이 타고 있는 마리노의 낡은 차를 뉴욕 시에 있는 최고급 호텔 중 한 곳인 엘리제 호텔 정문 앞에 세웠다. 문지기는 밖으로 나오지 않고 그대로 두 사람을 내버려 두었다. 호텔 직원들은 경찰차를 한눈에 알아보았다.

"난 그 애가 누군가를 계속 살피고 있다고 생각해요. 아까 말했던 GPS 기록을 보자마자 바로 그런 생각이 들었어요. 루시는 자기가 원하면, 우리가 어디에 있는지 바로 알 수 있어요. 그런데 그 애가 나나 당신을 쫓고 있는 건 아닐 거예요. 벤턴도 마찬가지고. 난 그 애가 갑자기 우리에게 새 스마트폰을 준 게 우연이라고 생각하지 않아요." 스카페타가 말했다.

마리노는 손잡이에 손을 올린 채, 아무 말도 할 수가 없었다. 루시가 휴가를 떠날 때 뭔가 다르긴 했다. 어쩐지 초조해하는 것 같았고, 화가 나 있는 것 같기도 했다. 지난 몇 주일 동안은 약간 편집증을 보이기도 했다. 마리노는 좀 더 신경을 썼어야만 했다. 루시가 지저분하고 어두컴컴한 그의 차 안에 남겨 둔 블랙베리에 대해서도 좀 더 깊게 생각해 봤어야만 했다. 마리노는 루시가 버거를 염탐하고 있을 거라고 생각한 적이 없었다. 그런 건 믿고 싶지 않았기 때문에 생각조차 하지 않았다. 마리노는 루시가 궁지에 몰렸다고 느끼거나, 정당한 일이라고 생각할 때 어떻게 하는지 떠올리고 싶지 않았다. 그는 루시가 아들에게 했던 짓을 기억하고 싶지 않았다. 로코는 태어날 때부터 나쁜 놈이었고, 다른 사람은 신경 쓰지 않는 악랄한 범죄자였다. 만일 루시가 로코를 없애지 않았더라도, 다른 누군가가 해치웠을 것이다. 하지만 마리노는 그 일을 떠올리고 싶지 않았다. 그는 견딜 수가 없었다.

"제이미의 일거수일투족을 감시하는 거예요. 루시가 어째서 그런 편집 증 환자 같은 짓을 하는지 모르겠고, 제이미가 이 사실을 알게 되면 어떻 게 될지 상상조차 하고 싶지 않아요…. 하지만 정말 그럴 수도 있어요. 그 게 사실이 아니길 바라긴 하지만. 난 루시를 잘 알아요. 그리고 그 일이 옳 은 것도 아니고 정당하지 않다는 것도 알아요. 당신은 아무 말도 하지 말 아요. 지금은 이 문제로 이야기를 나눌 때가 아니니까." 스카페타가 말했 다. "그건 그렇고 칼리는 어떻게 할 생각이에요?"

"한 사람이 계속 일을 하다 보면, 때때로 다른 사람에게 무례하게 굴 때 가 있소. 알다시피 행동이 달라지죠. 나도 지금 바카디와 같은 문제를 겪 고 있어요." 마리노가 말했다.

"그렇다고 당신이 광역 증대 시스템이 가능한 GPS 수신기를 단 스마트 폰을 선물로 주고 바카디를 염탐하진 않잖아요?" 스카페타가 씁쓸하게 말 했다.

"나도 당신과 똑같아요, 박사. 새 전화기를 호수에 던져 버리고 싶은 심 정이오." 마리노는 진지하게 말했다. 루시에 대한 감정이 좋지 않았다. "박 사도 내 타자 실력이 엉망이라는 건 잘 알 거요. 정상적인 자판을 써도 그 런데, 저번에는 볼륨 버튼을 누르다가 내 발 사진을 찍은 적도 있어요."

"당신은 바카디가 바람을 피운다는 생각이 들어도 GPS 같은 걸로 염탐 하지 않을 거잖아요. 우리 같은 사람은 그런 짓을 하지 않아요. 마리노."

"맞아요. 루시는 우리와 다르지. 그렇다고 그 애가 그런 짓을 했다는 건 아니잖소." 마리노는 사실이 어떤지 알 수는 없었지만, 아마 루시는 진짜 그랬을 것이다.

"당신은 제이미를 위해 일하잖아요. 혹시 원칙에 어긋난다면 그런 부탁 까지는 할 수 없어요…." 스카페타는 말을 끝맺지 못했다.

"그렇지 않아요. 그 애도 하면 안 되는 짓은 하지 않을 테니까. 그 점만큼은 약속할 수 있소. 만일 루시가 말도 안 되는 짓을 하거나, 불법을 저지른다면 나도 알았을 거요. 이제까지 그 애가 그럴 기회가 없어서 그러지 않는 게 아니잖소. 정말이에요. 그건 나도 아니까. 난 당신이 생각하는 것처럼 루시가 염탐을 하지 않았다는 게 밝혀지기를 바랄 뿐이오. 제이미가 이번 일에 대해 뭔가 알게 된다면, 그 애도 그만둘 거요." 마리노가 말했다.

"그럼 이대로 놔두겠다는 거예요?"

"그건 아니오. 당신이 나와 문제가 있다면 그냥 말을 하면 돼요. 내가 무슨 짓을 하고 있는 것 같다고 생각하면 그냥 말을 하면 된단 말이오. 하지만 당신이 날 염탐할 수 있는 그 근사한 공짜 전화를 준 건 아니잖아요. 만일 당신이 믿는다고 생각한 사람이 그런 짓을 한다면 관계가 깨지게 될 거요."

"난 그 관계가 깨지길 바라지 않아요." 스카페타가 말했다. "이제 어떻게 할 셈이죠?" 이번에는 칼리를 어떻게 상대할 거냐는 말이었다.

그들은 차에서 내렸다.

"접수대에 가서 경찰 배지를 보여 주고, 칼리의 방 번호를 알아낼 거요. 그런 다음 잠깐 들르겠다고 하는 거지. 일단은 그 여자를 때려눕히지도 않을 거고, 다른 것도 안 할 거요. 박사를 폭행죄로 체포하고 싶진 않으니까."

"나도 그럴 수 있으면 좋겠네요. 당신은 짐작도 못 할 거예요." 스카페타가 말했다.

16

다리 위에 있던 그 남자

412호실은 대답이 없었다. 마리노가 주먹으로 문을 쾅쾅 두드리며 칼리 크리스핀의 이름을 불렀다.

"뉴욕 경찰이오. 문 열어요." 그가 큰 소리로 외쳤다.

마리노와 스카페타는 귀를 기울이며 복도에서 기다렸다. 긴 복도는 우아하게도 크리스털 촛대가 놓여 있었고, 비자르 디자인으로 보이는 갈색과 노란색 양탄자가 깔려 있었다.

"TV 소리가 들려요." 마리노가 한 손으로는 문을 두드리고, 다른 한 손으로는 현장용 낚시 도구 상자를 든 채 말했다. "새벽 5시부터 TV를 본다는 게 좀 이상하긴 하군. 칼리? 뉴욕 경찰이오. 문 열어요." 마리노가 다시 외쳤다. 그는 스카페타에게 문에서 떨어지라고 손짓했다. "괜찮아요. 칼리는 대답을 하지 않을 거요. 그렇다면 이제는 공격적으로 나가 봅시다." 그가 말했다.

그는 블랙베리를 꺼낸 뒤 암호를 입력했다. 스카페타는 그 모습을 보면서 자기가 얼마나 큰 실수를 저질렀는지 새삼 깨달았고, 만일 루시가 정

360

말 그런 끔찍한 일을 저질렀다면 도저히 견딜 수 없을 것 같다는 암울한 진실을 떠올렸다. 그녀의 조카는 속셈을 가지고 서버를 만들었고, 최첨단 스마트폰을 샀다. 그리고 모든 사람들을 속였다. 스카페타는 버거가 얼마나 끔찍한 기분일지 생각했다. 그녀도 끔찍했다. 모두가 다 그럴 것이다. 마리노는 조금 전에 받아 온 호텔 야간 지배인의 명함에 적혀 있는 번호로 전화를 걸었다. 그와 스카페타는 엘리베이터 쪽으로 걸어갔다. 방에 있는 칼리는 아마 깨어 있을 것이다. 그들은 그 전화 통화 내용을 칼리가 듣는 것을 원하지 않았다.

"이리로 올라와 줘야 되겠소." 마리노가 전화로 말했다. "아니. 난 죽은 사람도 깨울 만큼 노크를 했어요." 잠시 뒤에 다시 말했다. "그럴 수도 있겠지. 하지만 TV 소리가 들려요. 정말이오. 잘 알고 있소." 그는 전화를 끊은 뒤, 스카페타에게 말했다. "일단은 TV 소리가 너무 커서 다른 손님들의 불평이 들어왔다고 할 거요."

"좀 이상하긴 해요."

"칼리가 귀가 잘 안 들리는 것 같았소?"

"내가 알기론 아니에요. 그렇지 않을 거예요."

두 사람은 엘리베이터 근처인 복도 다른 쪽 끝으로 갔다. 마리노는 그 앞에서 비상구 불빛이 들어와 있는 문을 열어 보았다.

"만일 당신이 로비를 통하지 않고 이 호텔에서 나가고 싶다면 이 계단을 이용하면 될 거요. 하지만 다시 돌아온다면 엘리베이터를 이용할 수밖에 없어요…." 그가 문을 잡은 채로, 비상구 계단 아래쪽을 쳐다보았다. "보안상의 이유로 밖에서 곧장 이 계단으로 들어올 방법이 없으니까."

"지금 칼리가 어젯밤 늦게 여기 왔다가 다른 사람들이 보지 못하게 이 계단으로 빠져나갔을지도 모른다는 건가요?" 스카페타는 그 이유를 알고 싶었다.

칼리는 뾰족한 구두와 몸에 딱 붙는 스커트를 입고 있었다. 다른 방법이 있다면 힘들게 계단을 걸어 다닐 유형으로는 보이지 않았다.

"그 여자가 여기 묵고 있는 게 비밀은 아닌 것 같은데." 스카페타가 지적했다. "이상한 점이 또 있어요. 칼리가 여기 있다는 것을 알고 있거나, 여기에 있는지 알아내기 위해 나처럼 호텔로 전화를 걸었을 때 칼리가 묵고 있는 이 객실로 바로 연결해 준다는 점이에요. 유명한 사람들은 대부분 사생활 침해를 막기 위해 호텔 명부에 기재를 하지 않아요. 그리고 이 호텔은 특히 유명인사들 접대에 익숙할 텐데 말이에요. 1920년대부터 부자들과 유명인사들이 즐겨 찾던 곳이니까."

"유명인사라니 누구를 말하는 거요?" 마리노가 양탄자 위에 현장 도구 가방을 내려놓으며 물었다.

스카페타는 테네시 윌리엄스(1911~1983. 미국의 극작가.《욕망이라는 이름의 전차》,《뜨거운 양철 지붕 위의 고양이》 등의 작품이 있다-옮긴이)를 제외하고는 딱히 떠오르지 않았다. 테네시 윌리엄스는 1983년, 엘리제 호텔에서 병뚜껑이 목에 걸려 사망했다.

"박사가 알고 있는 여기서 죽었다는 사람은 대단한 사람이잖소. 하지만 칼리는 유명하지 않아요. 이 호텔에서 죽은 투숙객 명단에 오르지 못할 거요. 칼리는 다이앤 소여도, 애나 니콜 스미스도 아니니까. 내 생각에는 그 여자가 거리를 지나다녀도 대부분의 사람들은 알아보지도 못할 거요. 그 문제는 그렇게 생각하는 게 최선인 것 같소만." 마리노가 말했다.

그는 벽에 기댄 채 생각에 잠겼다. 마리노는 스카페타가 여섯 시간 전에 만났을 때 입고 있던 옷을 그대로 입고 있었다. 얼굴에는 후추를 뿌린 것처럼 거뭇거뭇하게 수염이 올라오고 있었다.

"버거 검사가 두 시간 이내에 이곳으로 영장을 보내 준다고 했소." 그는 시계를 흘긋 쳐다보았다. "내가 그 말을 들은 지 거의 한 시간이 지났군. 그러니 한 시간만 더 있으면 루시가 영장을 가지고 나타날 거요. 하지만 난 그때까지 기다릴 생각이 없어요. 그냥 안에 들어갑시다. 박사의 블랙베리를 먼저 찾고, 그 안에 들어 있는 내용을 누가 얼마만큼 알고 있는지 알아내야 하니까." 마리노는 조용한 복도를 쳐다보았다. "그 영장에 반드시 조사해야 할 항목들을 적었소. 개수대만 빼고 전부 다라고 할 정도로 많더군요. 디지털 저장 장치, 디지털 미디어, 하드 드라이브들, USB들, 서류들, 이메일들, 전화번호들. 칼리가 박사의 블랙베리에서 다운로드했을 가능성도 빼먹으면 안 되니까. 그리고 컴퓨터로 출력한 종이나, 복사한 종이들까지. 염탐꾼을 염탐하는 것보다 더 좋은 건 없다니까. 그리고 버거가 루시를 보내 줄 생각을 해서 정말 다행이오. 난 찾지 못하더라도, 그 애라면 반드시 찾아낼 수 있을 테니 말이지."

루시를 보내 주겠다는 건 버거의 생각이 아니었다. 그건 스카페타의 생각이었다. 그리고 그녀는 지금 이 순간만큼은 조카의 도움을 받는 것보다 그 애를 만나는 일이 더 급했다. 그들은 이야기를 나눌 필요가 있었다. 기다릴 수가 없었다. 스카페타는 칼리의 호텔방 수색을 도와줄 사람으로 민간인을 요구한다는 사항을 덧붙여 버거에게 메일을 보낸 뒤, 벤턴에게도 말을 해야만 했다. 그녀는 벤턴의 옆에 앉아 팔을 잡고 흔들어 깨웠다. 그리고 지금 현장에 가야 하며, 오전 시간 대부분을 마리노와 함께 있게 될 거라고 말했다. 그리고 심각한 개인적인 문제를 해결해야 한다고 설명했다. 벤턴이 같이 가겠다고 하기 전에, 같이 가지 않는 게 좋을 것 같다고 스카페타가 먼저 말했다. 바로 그때 그의 휴대전화가 울렸다. FBI에서 온 전화였다.

엘리베이터 문이 열리더니, 엘리제 호텔 야간 지배인 커티스가 나타났다. 콧수염을 기른 중년 남자로, 말쑥한 짙은 색 트위드 정장을 입고 있었다. 그는 두 사람과 함께 복도를 지나, 412호실로 갔다. "방해하지 마시오"라는 푯말이 걸려 있는데도 문을 두드리고, 벨을 눌렀다. 커티스는 그 푯말이 늘 걸려 있었다고 말을 한 뒤 문을 열었다. 그리고 고개를 안으로 밀어 넣은 뒤 "계십니까, 계십니까"를 외쳤다. 마리노가 커티스에게 밖에서 기다려 달라고 하자, 그는 복도로 물러났다. 마리노와 스카페타는 방으로 들어가 문을 닫았다. 방 안에는 인기척이 없었다. 벽에 걸려 있는 TV는 채널이 CNN에 맞춰져 있었고, 음량이 낮춰져 있었다.

"당신은 여기 있으면 안 돼요. 하지만 블랙베리는 흔한 것이니, 박사의 블랙베리를 알아보려면 아무래도 도움이 필요하지. 그게 내가 만들어 낸 이유고, 계속 그렇게 주장할 거요." 마리노가 스카페타에게 말했다.

그들은 문 앞에 멈춰 서서, 방 안을 둘러보았다. 디럭스 주니어 스위트 룸으로, 누군가 그 안에서 지저분하게 생활하고 있었다. 스카페타는 이런 방을 혼자 쓰는 것으로 보아, 우울하고 비사교적인 사람일 가능성이 있다고 생각했다. 흐트러진 퀸 사이즈 침대 위에는 신문과 남자 옷가지들이 어질러져 있었다. 침대 옆 탁자 위에도 빈 물병들과 커피 잔들이 지저분하게 쌓여 있었다. 침대 왼쪽으로는 활 모양의 서랍장이 놓여 있었고, 커다란 창문에는 커튼이 드리워져 있었다. 침대 오른쪽으로는 휴식 공간이 마련되어 있었다. 푸른색 천을 댄 프랑스식 안락의자 두 개가 놓여 있었는데, 의자 위에는 책들과 서류들이 수북이 쌓여 있었다. 빨간색 마호가니 커피 테이블 위에는 노트북과 작은 프린터가 놓여 있었고, 서류 더미 위에는 터치스크린 기기가 잘 보이게 놓여 있었다. 연한 회색 고무 케이스에 끼워져 있는 블랙베리였다. 그 옆에는 플라스틱 카드키가 놓여 있었다.

"이거요?" 마리노가 가리켰다.

"그런 것 같아요. 내 것도 회색 케이스를 씌웠으니까." 스카페타가 대답했다.

그는 그의 현장 도구 가방을 열고 수술용 장갑을 꺼낸 뒤, 스카페타에게도 건네주었다. "우리가 하지 말아야 할 일은 아무것도 하지 않으려고 했소. 하지만 지금은 긴급 상황이니까."

사실 그렇진 않았다. 스카페타는 누군가 여기서 도망치려 했다거나, 증거를 인멸하려고 한 흔적을 찾아볼 수 없었다. 그녀 바로 앞에 증거가 있었고, 지금 이곳에는 마리노와 스카페타 이외에 다른 사람은 없었다.

"당신에게 독수의 과실 이론(위법하게 수집된 증거에 의해 발견된 2차 증거 이론—옮긴이)을 상기시켜 줄 필요는 없겠죠." 스카페타는 불법 수사를 통해서는 증거를 모으거나, 압류하지 않겠다는 뜻을 분명히 밝혔다. 그녀는 장갑을 끼지 않았다.

"물론이오. 버거 검사한테도 그 점에 관해서는 주의를 들었지. 지금쯤은 버거 검사가 좋아하는 판사가 침대에서 일어났기만을 바라야죠. 이름이 희한하게 페이블('전설'이라는 의미-옮긴이)이라고 하던데, 그 전설이 뭔지는 본인만 알겠지만 말이오. 난 스피커폰으로 버거 검사와 판사 앞에서 영장을 받아 줄 증인으로 데려온 두 번째 형사와 함께 영장 전체를 살펴보고, 사실 관계를 확인했어요. 이중으로 전해 들었다는 게 밝혀지면 좀 복잡해지긴 하겠지만 아무 문제가 없기만 빌어야지. 여기서 중요한 건, 버거가 영장 신청을 남발하는 검사도 아니고, 자기가 직접 진술하는 일을 전염병처럼 피한다는 거죠. 난 영장이 누구 것이든, 무엇을 위한 것이든 상관없소. 무엇보다도 다행인 건, 이제 곧 루시가 여기 올 거라는 거니까."

마리노는 블랙베리 앞으로 걸어가더니 케이스 가장자리를 잡고 들어 올렸다.

"지문이 남아 있기 좋은 표면이라 분명히 잘 보일 거요. 지문 채취를 먼저 한 다음에 만져야지. 그런 다음 DNA도 채취할 거요." 마리노가 말했다.

그는 현장 도구 가방 앞에 웅크리고 앉더니, 검은색 가루와 탄소섬유 붓을 찾았다. 스카페타는 침대 위에 놓여 있는 남자 옷을 살펴보기로 했다. 가까이 다가가자 고약한 냄새가 났다. 씻지 않은 몸에서 나는 악취였다. 스카페타는 흩어져 있는 신문들도 살펴보았다. 지난 며칠 동안의 〈뉴욕 타임스〉와 〈월스트리트 저널〉이었다. 그리고 베개 옆에는 뭔지 알 수 없는 검은색 모토로라 플립폰이 놓여 있었다. 잔뜩 구겨진 침대 시트 위에는 더러운 카키색 바지 한 벌과 푸른색과 흰색으로 된 옥스퍼드 천 셔츠 한 벌, 양말 몇 켤레, 연한 푸른색 잠옷, 가랑이 부분에 노란색 얼룩이 남아 있는 남자 속옷들이 놓여 있었다. 그 옷가지들을 보니, 누군가 한참 몸을 씻지도 않고, 같은 옷을 며칠씩 입었으며, 세탁도 하지 않은 것 같았다. 그 누군가는 칼리 크리스핀이 아니었다. 여기 있는 옷들은 그녀의 것이 아니었다. 스카페타가 보기에는 방 어디에도 칼리가 있었던 흔적이 없었다. 스카페타의 블랙베리가 여기 있지 않았다면, 칼리가 이곳에 있었을 거라는 생각을 전혀 할 수 없었을 것이다.

스카페타는 쓰레기통들을 들여다보았다. 바닥에 놓여 있는 쓰레기통들은 텅 비어 있거나 조금밖에 차 있지 않았다. 구겨진 종이, 휴지, 신문들밖에 없었다. 그녀는 욕실 쪽으로 걸어가다가 입구에서 멈춰 섰다. 세면대와 그 주변은 대리석으로 되어 있었고, 바닥도 대리석이었다. 바닥에는 온통 잘린 머리카락들로 뒤덮여 있었는데, 길이가 제각각인 백발이 섞인 머리 뭉치들이 떨어져 있었다. 그중 제일 긴 것이 7.6센티미터 정도 됐고, 수염 정도 길이로 짧은 것도 있었다. 수건 위에 가위와 면도기, 질레트 면도 크림 한 통이 놓여 있었는데, 모두 월그린 슈퍼에서 구입한 것 같았다. 그리고 구식의 사각 검은 뿔테 안경이 놓여 있는 옆에 또 다른 호텔 카드키가 놓여 있었다.

화장대 한구석에는 칫솔 한 개와 거의 다 쓴 센소다인 치약이 있었다. 그리고 목욕 용품 일체와 귀이개가 놓여 있었다. 은색 지멘스 충전기가 놓여 있었고, 충전기 안에 지멘스 모션 700 보청기 두 개가 놓여 있었다. 살색에, 귀 안을 완전히 덮는 유형이었다. 어찌된 일인지 스카페타의 눈에 원격 조종 장치는 보이지 않았다. 그녀는 서랍이나 벽장을 열어 보고 싶은 충동을 꾹 참고, 아무것도 만지지 않고, 어지럽히지 않도록 조심하며 다시 방으로 돌아왔다.

"저쪽에 청력이 좋지 않은 사람을 위한 보조 장치가 있어요. 최신형 보청기로, 주변 잡음 제거에 하울링까지 차단해 주는 블루투스형이에요. 휴대전화에도 연동할 수 있죠. 어딘가에 원격 조종 장치가 있을 거예요." 주위를 돌아봤지만, 여전히 원격 조정 장치는 보이지 않았다. "볼륨 조절이나 배터리 잔량 확인 같은 것을 위한 조종 장치예요. 사람들은 보통 주머니나 가방에 넣어 가지고 다니죠. 이 방에서 지내는 남자가 가지고 갔을 수도 있겠지만, 보청기가 그대로 남아 있어요. 뭔가 앞뒤가 맞지 않는 게,

아무래도 징조가 좋지 않아요."

"지문은 두 개 정도 건졌어요." 마리노가 하얀 카드 위에 지문을 채취한 리프팅 테이프를 붙이며 말했다. "지금 난 박사가 무슨 말을 하는지 모르겠소. 보청기를 누가 낀단 말이오?"

"욕실에서 머리를 자르고, 수염을 깎은 남자요." 스카페타는 대답을 한 뒤, 방문을 열고 복도로 나갔다. 그 앞에는 야간 매니저 커티스가 불안하고 불편한 모습으로 기다리고 있었다.

"아무것도 묻고 싶지 않고, 그래서도 안 되겠지만, 무슨 일인지 알 수가 없어서 말입니다." 커티스가 스카페타에게 말했다.

"안 그래도 몇 가지 물어볼 게 있어요. 자정부터 근무했다고 했죠." 스카페타가 말했다.

"그렇습니다. 전 자정부터 오전 8시까지 근무합니다. 제가 있는 동안에는 크리스핀 씨를 본 적이 없습니다. 제 말은 한 번도 보지 못했다는 뜻은 아닙니다. 크리스핀 씨는 10월부터 이 호텔에 방을 얻었는데, 아무래도 이 도시에서 지낼 곳이 필요하기 때문일 거라고 생각했죠. 크리스핀 씨가 진행하는 뉴스쇼가 있으니까 말입니다. 크리스핀 씨가 여기 방을 잡은 이유야 제가 상관할 일이 아니지만, 제가 듣기론 그랬다는 거죠. 실제로 크리스핀 씨는 그 방을 직접 쓰진 않았습니다. 친구라고 하는 신사분도 방해를 받는 걸 좋아하지 않으셨죠." 커티스가 말했다.

바로 스카페타가 찾던 새로운 정보였다. 그녀가 물었다. "그 신사분의 이름이나 지금 어디에 있는지 알아요?"

"전 모릅니다. 제가 근무하는 밤 시간에는 한 번도 뵙지 못했으니까요."

"백발이 섞인 머리에, 수염을 기른 나이 든 남자 아니에요?"

"그분을 본 적이 없어서 어떻게 생겼는지 모릅니다. 하지만 그분이 크리스핀 씨의 쇼에 자주 출연했다는 건 알고 있습니다. 그 신사분의 성함도 모르고, 은둔하다시피 지내고 있다는 것만 제외하면 아무것도 말씀드릴 것이 없어요. 제가 할 말은 아니지만, 좀 이상하긴 했습니다. 누구하고

든 말을 하는 일이 없었어요. 그 신사분은 밖에 나가 음식을 사 들고 다시 돌아옵니다. 그리고 문 앞에 쓰레기 봉지만 내놓죠. 룸서비스를 이용하는 일도, 전화를 연결하거나, 청소를 요청한 일도 없어요. 지금 방 안에 아무도 없습니까?" 커티스가 412호실을 열린 문틈으로 들여다보며 물었다.

"에이지 박사. 법의학 심리학자인 워너 에이지 박사예요. 칼리 크리스핀의 쇼에 자주 나왔죠." 스카페타가 말했다.

"전 보지 못했습니다."

"귀가 거의 들리지 않고, 백발이 성성한 머리에, 수염을 기르고 있고, 칼리 크리스핀 쇼에 자주 출연했던 건 그 사람밖에 없어요."

"전 모르겠습니다. 그저 제가 아는 것만 말씀드린 겁니다. 우리 호텔에 투숙하시는 분들 중에는 유명인사들이 많이 있습니다. 우리는 손님들의 사생활을 캐진 않습니다. 다만 이 방에 묵으시는 신사분은 소음을 제법 내시는 편입니다. 이를테면 어젯밤에도 다른 손님들이 또 이 방에서 TV 소리가 난다고 불평을 하셨거든요. 업무 인수 기록을 보니, 저녁 일찍부터 몇몇 손님들이 프런트에 전화를 해서 불평을 하셨습니다."

"그때가 몇 시쯤이었는데요?" 스카페타가 물었다.

"밤 8시 30분에서 45분 사이였습니다."

그 시간이면 그녀가 CNN에 있을 시간이었고, 칼리 역시 마찬가지였다. 워너 에이지는 다른 손님들이 불평을 할 정도로 TV 소리를 크게 한 채 이 호텔 방에 있었다. 조금 전 스카페타와 마리노가 이 방에 들어왔을 때도 TV는 CNN 채널로 여전히 켜져 있었지만, 소리는 작게 들렸다. 그녀는 에이지가 지난밤, 이 어지러운 침대에 앉아 〈크리스핀 리포트〉를 보고 있는 모습을 상상해 보았다. 만일 8시 30분에서 45분 사이에 다른 손님들의 불평이 없었다고 해도, 그는 TV 볼륨을 낮출 수밖에 없었을 것이다. 보청기를 꺼야 했을 테니까. 그다음 무슨 일이 있었을까? 에이지는 머리를 자르고, 수염을 깎은 뒤에, 보청기를 빼고 그 방을 나간 것일까?

"만일 누군가 칼리 크리스핀이 여기 묵고 있는지 전화로 물어보더라도,

당신은 그 여자가 여기 있는지 없는지 알 수 없단 말이군요. 그 여자가 숙박부에 자기 이름을 기입했으니, 프런트에서 보면 컴퓨터에 항상 그 이름이 떠 있을 테니까 말이에요. 칼리 크리스핀이 자기 이름으로 방을 얻었지만, 실제로는 그 여자의 친구가 쓰고 있었다는 거잖아요. 정확하게 말하면 에이지 박사 말이에요. 이제야 확실히 알겠어요."

"그렇습니다. 크리스핀 씨의 친구가 누군지 아시는 모양이군요."

"여기 방값은 누가 냈어요?"

"그건…"

"이 방에 있던 남자, 그러니까 에이지 박사가 지금 없어요. 걱정이 돼서 그래요. 여러 가지 이유로 말이에요. 지금 에이지 박사가 어디 있는지 모른다고 했죠? 에이지 박사는 귀가 거의 들리지 않으니까, 보청기 없이 밖에 나갔을 리가 없어요." 스카페타가 말했다.

"전 그분이 나가는 걸 보지 못했습니다. 그렇다면 정말 걱정이군요. 이제야 그분이 TV를 그렇게 크게 틀어 놓는 이유를 알겠군요."

"계단으로 나갔을지도 모르겠네요."

커티스는 끝에서 비상구 불빛이 번쩍거리는 복도를 내려다보았다. "그런 거라면 정말 걱정입니다. 그런데 여기서 무엇을 찾고 계신 겁니까?" 커티스가 다시 412호실을 돌아보며 물었다.

스카페타는 그에게 아무 말도 할 수가 없었다. 루시가 영장을 가지고 오면, 커티스도 사본을 얻게 될 것이고, 그때는 그들이 무엇을 찾고 있는지 알게 될 것이다.

"만일 그 사람이 계단으로 갔다면, 아무도 보지 못했을 수도 있단 말이군요. 문지기도 밤늦게까지 길에서 대기하진 않겠죠. 날이 춥지 않더라도 말이에요. 여기 방값은 누가 냈죠?" 스카페타가 다시 물었다.

"크리스핀 씨가 냈습니다. 어젯밤 11시 45분에 프런트에 들렀어요. 다시 말씀드리지만 전 그때 자리에 없었습니다. 몇 분 뒤부터 일을 시작했으니까요."

"칼리 크리스핀이 10월부터 계속 여기 투숙객이었다면, 프런트에는 왜 들른 거죠? 곧장 방으로 올라가지 않은 이유가 있나요?" 스카페타가 물었다.

"이 호텔에서는 마그네틱 카드키를 사용합니다. 한동안 카드를 쓰지 않으면 제대로 작동되지 않았던 경험이 있을 겁니다. 카드키를 새로 만들 때마다 우린 컴퓨터로 퇴실 날짜를 입력한 기록을 남깁니다. 크리스핀 씨는 새 카드키를 두 개 만들었습니다." 커티스가 대답했다.

일이 약간 더 복잡해지고 있었다. 스카페타는 커티스에게 칼리가 어째서 그런 건지 이유를 물었다. 만일 칼리가 친구인 워너 에이지 박사에게 자기 방을 내 준 거라면 만료된 카드키만 가지고 있는 그를 놔두고 갈 수는 없었을 것이었다.

"만일 에이지 박사가 예약을 한 게 아니고 돈도 없다면, 퇴실 날짜가 지나서 예전 카드키가 만료되었을 경우, 새로 카드키를 만들 권한이 없다는 말이잖아요. 만일 에이지 박사가 방값을 한 번도 내지 않았고, 심지어 자기 이름으로 예약도 하지 않았다면, 그건 자기 이름으로 예약할 상황이 되지 않는다는 말이고요."

"그건 그렇습니다."

"그렇다면 칼리 크리스핀의 카드키는 아직 숙박 기한이 남아 있다는 말인데. 그 때문에 그 여자가 카드키를 두 개나 새로 만든 것 같진 않군요. 지난밤 칼리 크리스핀이 프런트에 들렀을 때 다른 일은 없었나요?" 스카페타가 물었다.

"잠깐만 기다려 주세요. 제가 알아봐 드리겠습니다." 커티스는 휴대전화를 꺼내더니 전화를 걸었다. 그가 누군가에게 말했다. "혹시 크리스핀 씨가 방에 들어가지 못해서 열쇠를 새로 만들었나, 아니면 그냥 프런트에 들러서 열쇠만 새로 만든 건가? 그리고 만일 그런 거라면 어째서 그런 거지?" 커티스는 상대방의 이야기에 귀를 기울였다. 그런 다음 말했다. "물론이지. 그래, 알았어. 그렇다면 지금 당장 그 친구를 좀 깨워 주게." 그는 기다렸다.

지난밤 늦게 칼리 크리스핀을 상대했던 프런트 직원은 아마 집에서 잠을 자고 있었던 모양이다. 커티스는 스카페타에게 기다리게 해서 미안하다고 계속 사과했다. 그는 시간이 흐르자 점점 힘들어지는지, 손수건으로 이마를 닦고, 자꾸만 목청을 가다듬었다. 그때 방 안에 있던 마리노의 목소리가 들리면서, 방 안을 돌아다니는 소리가 들렸다. 그가 누군가와 전화를 하는 것 같았다. 하지만 무슨 이야기를 하는지는 알아들을 수가 없었다.

지배인이 말했다. "그래. 아직 끊지 않았네." 커티스가 고개를 끄덕였다. "알았네. 그런 거라면 말이 되는군." 그는 전화를 끊고, 휴대전화를 다시 재킷 주머니에 집어넣었다. "크리스핀 씨는 들어오자마자 곧장 프런트로 왔답니다. 그러고는 한동안 호텔에 오지 못해서 카드키가 듣지 않을지도 모른다고 걱정을 했다는군요. 그리고 방에 있는 친구 분은 귀가 잘 들리지 않아서, 자기가 문을 두드려도 듣지 못할 수도 있다고 했답니다. 크리스핀 씨는 한 달 단위로 정산을 하는데 지난 11월 20일에 예약을 했으므로 그 카드키는 토요일인 내일이면 기한이 만료되는 상황이었죠. 그 방을 계속 쓰려면 새로 예약을 해야 하는 상황이기도 했습니다. 그래서 크리스핀 씨는 새로 예약을 하고 카드키를 가져갔다고 합니다."

"그럼 칼리 크리스핀이 1월 20일까지 예약을 했다는 말인가요?"

"실은 이번 주말까지만 연장한 겁니다. 크리스핀 씨는 월요일인 22일에 퇴실하겠다고 했다는군요." 커티스가 412호실의 열린 문을 계속 쳐다보며 대답했다.

스카페타는 마리노가 돌아다니는 소리를 들었다.

"크리스핀 씨가 나가는 것도 보지 못했답니다. 프런트에서 일하는 직원 말로는 크리스핀 씨가 엘리베이터를 타고 올라가는 것은 봤지만, 내려오는 것을 보지 못했다고 했습니다. 그리고 저 역시 그분을 보지 못했습니다. 아까도 말씀드렸지만 말입니다." 커티스가 덧붙여 말했다.

"그렇다면 칼리 크리스핀도 계단으로 내려갔다는 말이군요. 이 방에는 칼리도 없고, 에이지 박사라고 생각되는 그 친구도 없어요. 당신이 아는 바로, 칼리 크리스핀이 이제껏 계단을 이용했던 적이 있었나요?"

"대부분의 사람들은 계단을 이용하지 않습니다. 크리스핀 씨가 그렇게 했다는 이야기를 들은 적도 없고요. 물론 우리 호텔에 묵는 유명인사들 중에는 아주 조심스럽게 드나드는 분도 계시긴 합니다. 하지만 솔직히 말해서 크리스핀 씨는 그런 조심성을 보여 준 적은 없습니다."

스카페타는 세면대 위에 떨어져 있던 잘린 머리카락들을 생각했다. 그녀는 칼리가 이 방에 직접 들어와서 욕실을 들여다봤을지 궁금했다. 어쩌면 칼리는 방문 앞에서 스카페타에게서 훔친 블랙베리를 에이지에게 전해 주기만 했을지도 모른다. 두 사람은 함께 나간 것일까? 두 사람 모두 계단을 통해 밖으로 나갔단 말인가? 스카페타의 블랙베리는 그대로 방에 놔둔 채? 스카페타는 에이지가 면도를 하고 머리카락을 자른 뒤, 보청기나 안경은 끼지도 않고, 칼리 크리스핀과 함께 몰래 계단으로 빠져나가는 모습을 상상해 보았다. 뭔가 앞뒤가 맞지 않았다. 무슨 일이 일어난 것이 분명했다.

"그 마그네틱 카드키를 이용해 방을 드나들면 호텔 컴퓨터 시스템에 기록이 남게 되나요?" 그럴 것 같진 않았지만, 스카페타는 일단 물어봤다.

"아뇨. 대부분의 호텔에서 쓰는 카드키에는 그런 기능이 없을 겁니다. 적어도 제가 아는 바로는 그래요. 카드키로는 아무 정보도 알 수가 없습니다."

"이름도, 주소도, 신용카드 번호도 없단 말이군요. 그런 정보들이 아무 것도 담겨 있지 않단 말이네요." 스카페타가 말했다.

"물론입니다. 컴퓨터에는 저장을 하지만, 카드 자체에는 없어요. 그 카드키들은 문을 열기만 할 뿐입니다. 기록을 남기지 않아요. 제가 알고 있기로는 실제로 많은 호텔의 카드키 중에 방 번호조차 입력되어 있지 않는 경우도 있습니다. 퇴실 날짜 이외에는 어떤 정보도 담겨 있지 않습니다." 커티스는 412호실을 보며 말했다. "두 분이 찾으시는 사람은 방 안에 없는 모양이군요. 아무도 없는 것 같습니다만."

"마리노 형사가 방 안에 있어요."

"정말 다행입니다. 크리스핀 씨나 친구 분에게 안 좋은 일이 있을 수도 있다는 생각은 하고 싶지 않으니까요."

커티스의 말은 혹시라도 방 안에서 칼리 크리스핀이나 워너 에이지가 죽은 채로 발견되는 것을 원하지 않는다는 의미였다.

"더 이상 여기서 기다리고 있을 필요 없어요. 일이 끝나면 알려 줄게요. 잠깐이면 될 거예요." 스카페타가 커티스에게 말했다.

그녀가 안으로 들어와 문을 닫았을 때, 방 안은 조용했다. 마리노는 TV를 끄고, 욕실에 서 있었다. 장갑 낀 손으로 스카페타의 블랙베리를 든 채, 세면대와 대리석 화장대, 바닥을 둘러보고 있었다.

"워너 에이지예요." 스카페타는 좀 전에 마리노가 주었던 장갑을 끼면서 말했다. "이 방에서 지내는 사람 말이에요. 칼리는 여기서 묵지 않았어요. 그랬을 리가 없어요. 지난밤 11시 45분쯤 그 여자가 여기 나타나긴 했지만, 내 생각에는 그저 워너 에이지에게 내 블랙베리를 전해 주러 왔던 것 같아요. 전화기 좀 빌려 줘요. 내 건 지금 쓸 수 없으니까."

"누가 됐든 상황이 좋지 않은 것 같소." 마리노가 블랙베리에 암호를 입력한 뒤 그녀에게 건네주며 말했다. "마음에 들지 않아요. 머리카락을 전부 밀어 버리고, 보청기나 안경도 없이 나갔다는 게 말이오."

"OEM이나 SOD를 마지막으로 확인한 게 언제죠? 혹시 우리가 알아야 할 사건이 있었어요?" 스카페타가 비상 대책반이나 특수 작전반에서 올리는 사건 업데이트에 관심을 보였다.

마리노는 이상한 표정을 지었다.

"나도 알아볼게요. 하지만 그 누군가가 병원에 있거나, 체포되었거나, 보호 시설에 들어가 있거나 거리를 떠돌고 있는 경우라면 확인할 수가 없으니까요. 그 사람이 죽어야만 알 수 있는데, 그나마도 뉴욕 시에서 죽지 않았으면 알아볼 길이 없으니까요." 그녀는 마리노의 블랙베리에 전화번호를 눌렀다.

"조지워싱턴브리지. 그건 아닐 거요." 마리노가 말했다.

"그 다리에서 무슨 일이 있었는데요?" 그녀는 법의국 수사 팀에 전화를 걸었다.

"새벽 2시쯤 남자 한 명이 뛰어내렸소. 실시간 범죄 정보 센터에 있을 때 생방으로 지켜보았지. 60대로 보이는 남자로, 대머리였고 수염도 없었어요. 경찰 헬리콥터가 그 과정을 전부 녹화했을 거요."

데니스라는 이름의 법의학 수사관이 전화를 받았다.

"새로 들어온 사건이 없는지 확인 좀 해야겠어요. 조지워싱턴브리지 사건은 우리가 맡았나요?" 스카페타가 데니스에게 물었다.

"네. 추락사입니다. 구조대 대원들이 말을 걸어 보려고 했지만, 듣지 않았다고 하더군요. 그 과정은 모두 영상으로 찍었답니다. 경찰 헬리콥터에서 촬영한 영상인데 우리 쪽에도 사본을 달라고 요청했습니다."

"잘했어요. 사망자의 신원은 밝혀졌나요?"

"경관 말로는 아무것도 알아내지 못했다고 했어요. 나이가 오륙십 대로 보이는 백인인데, 신원을 확인할 만한 개인 소지품은 아무것도 가지고 있지 않았습니다. 지갑도, 휴대전화도 없었어요. 겉으로 봐서 알 수 있는 게 별로 없습니다. 상태가 좋지 않으니까요. 그 다리는 적어도 높이가 60미터는 되니까 말입니다. 20층 건물에서 떨어진 거나 마찬가지인 셈이죠. 다른 사람에게 보여 주기 힘든 사진입니다."

"그런 소리 말고, 당장 아래층으로 가서 그 사람의 주머니부터 확인해 봐요. 그 사람이 가지고 있는 물건들을 전부 확인한 다음, 사진을 찍어서 나한테 보내 줘요. 그 시신을 살펴본 다음에 나한테 다시 전화해 줘요." 스카페타는 데니스에게 마리노의 번호를 불러 주었다. "다른 신원 미상의 백인 사체는 없나요?"

"신원 파악이 안 된 경우는 없었어요. 다른 사체들은 모두 자살, 총상, 교통사고 희생자이고, 아직까지 입에 약을 물고 있는 마약 과다복용 사체도 있어요. 신원을 모르겠는 건 이 사체가 처음이에요. 특별히 찾는 사람이라도 있는 겁니까?"

"워너 에이지라는 정신과 의사가 실종됐어요."

"어쩐지 귀에 익는 이름인데요? 그런 이름을 가진 사람은 없었어요."

"투신했다는 사람을 확인해 보고, 바로 연락해 줘요."

"비슷하게 생기긴 했어요. 그 장면을 보고 있을 때 계속 낯이 익다는 생각이 들었지." 마리노가 말했다.

스카페타는 욕실로 들어가 화장대 위에 놓여 있는 카드키를 가장자리만 잡고 들어 올렸다.

"여기도 지문을 떠 봐요. 커피 테이블에도 남아 있을 거예요. 여기 있는 머리카락이나 칫솔을 가져가야겠어요. 무엇이든 신원 대조를 할 게 필요하니까. 여기 있는 동안 일이나 하죠."

마리노는 새 장갑을 꺼내 긴 뒤, 그녀에게서 카드키를 받았다. 그가 그 카드키에서 지문을 채취하는 동안, 스카페타는 자신의 블랙베리를 집어 들고, 화면에 떠 있는 음성 사서함을 확인했다. 어젯밤 7시 15분경, CNN에 가기 직전에 그레이스 다리엔과 통화한 뒤로 11통의 음성 메시지가 들어와 있었다. 그 뒤로 다리엔 부인이 오후 10시에서 11시 30분 사이에, 세 번쯤 연락을 했다. 분명히 칼리 크리스핀 덕분에 나간 뉴스 때문일 것이다. 그 목록에는 발신인 불명의 전화도 있었는데, 10시 5분에 한 통, 12시가 다 된 시간에 또 한 통이 들어와 있었다. 벤턴과 루시의 연락도 있었다. 벤턴은 스카페타가 칼리와 함께 집으로 걸어오는 동안 연락을 하려고 했었고, 루시는 폭탄 소포 사건을 전해 들은 다음에 연락을 했었다. 새로 받은 음성 사서함 옆에 초록색 아이콘이 떠 있는 것으로 봐서, 아무도 열어 보지 않았다는 것을 알 수 있었다. 사실 그 사서함은 열어 볼 수도 있었다. 음성 사서함에는 전화 가입자의 암호가 걸려 있지 않았다. 블랙베리에 직접 암호를 설정하는 것밖에 없는데, 스카페타의 경우 그 암호가 해제되어 있었으니까.

마리노는 다시 장갑을 바꿔 낀 뒤, 두 번째 호텔 카드키의 지문을 뜨기 시작했다. 그동안 스카페타는 마리노의 전화를 빌려 원격으로 그녀가 받은 음성 사서함에 접속을 해도 될 것인지 생각하고 있었다. 아무래도 다리엔 부인이 남긴 메시지가 마음에 걸렸다. 노란 택시와 해나 스타의 머리카락이 발견되었다는 거짓 정보를 들은 뒤에 상상할 수 없을 만큼 큰 고통을 겪었을 것이다. 다리엔 부인 역시 다른 사람들과 마찬가지로 해나를 죽인 잔혹한 범인이 자기 딸을 죽인 것이며, 만일 경찰이 그 정보만 빨리 발표하기만 했어도 토니가 택시에 타지 않았을 거라고 생각하고 있을 것이다. '또다시 멍청한 짓은 하지 말자. 루시가 올 때까지 아무것도 열어 보지 말아야지.' 스카페타는 생각했다. 그녀는 인스턴트 메시지와 이메일 쪽을 보았다. 새로 온 것은 없었다.

스카페타는 누군가 자신의 블랙베리를 엿봤다는 어떤 증거도 찾지 못했다. 하지만 확신은 없었다. 누군가 그 안에 들어 있는 파워포인트 보고서나 현장 사진들, 그녀가 이미 열었던 파일들을 열어 봤을 가능성도 있었기 때문이다. 하지만 워너 에이지가 그녀의 블랙베리에서 뭔가를 찾을 때 그 정도까지 조심할 이유는 없었을 것이다. 그 부분이 이해가 가지 않았다. 틀림없이 워너 에이지는 조깅하다가 살해당한 피해자의 어머니가 남긴 메시지를 알고 싶었을 것이다. 칼리가 쇼에서 터트릴 정보들이 많이 있었다. 그런데 그는 어째서 그 메일을 보지 않은 것일까? 만일 칼리가 11시 45분에 찾아왔다면, 조지워싱턴브리지에서 죽은 남자가 워너 에이지라고 해도 그 뒤로 두 시간 반은 더 살아 있었다는 말이다. '어쩌면 우울증도 있었고, 더 이상 보살펴 주지 않는다고 해서 그랬을 수도 있지.' 스카페타는 생각했다.

마리노는 카드키에서 지문 채취하는 일을 끝냈다. 그녀는 그에게서 새 장갑을 받았다. 두 사람이 벗어 놓은 헌 장갑들은 목련 꽃잎처럼 바닥에 가지런히 쌓여 있었다. 스카페타는 욕실에 놓여 있었던 카드키를 들고 방문이 열리는지 시험해 보았다. 노란색 불이 들어왔다.

"안 열려요." 그녀가 말했다. 다시 커피 테이블 위에 놓여 있던 다른 카드키를 가지고 시험해 보니, 초록색 불이 들어오더니 잠금 장치가 딸각 소리를 내며 열렸다. "이게 새 카드인가 봐요. 칼리가 내 블랙베리와 새 카드키를 한 장 놔두고 간 거예요. 그리고 나머지 카드키는 자기가 가져갔을 거예요." 스카페타가 말했다.

"그 여자가 왔을 때 그자가 방 안에 없었던 거라고 생각할 수밖에 없군요." 마리노가 유성 펜으로 표시를 한 증거 봉투를 다른 봉투들과 함께 현장 가방에 가지런히 집어넣으면서 말했다.

스카페타는 예전에 마리노가 증거와 피해자의 소지품들과 경찰 도구들을 손에 잡히는 아무 데나 집어넣던 것을 떠올렸다. 대개 갈색 종이로 된 식료품 봉지나 재활용 상자를 들고 범죄 현장을 돌아다니면서 닥치는 대로 주워 담고는 낚싯대와 볼링공, 맥주까지 들어 있는 버뮤다 삼각지대 같은 차 트렁크에 집어넣었다. 그럭저럭 중요한 증거들을 잃어 버리거나, 오염시킨 적은 없었지만, 스카페타가 기억하기로 그런 그의 부주의함이 사건 해결에 소소한 방해가 되었던 적이 몇 번인가 있었다.

"칼리 크리스핀이 프런트로 간 건, 선택의 여지가 없었기 때문이었던 거지. 그 여자는 방문을 확실히 열 수 있는 카드키가 필요했고, 숙박도 연장해야 했으니까 말이오. 그런 다음에 혼자 방으로 올라왔는데, 이 남자가 없어졌다는 것을 알게 된 거요." 마리노는 지난밤, 칼리가 이곳에서 어떤 행동을 했을지 알아내기 위해 애쓰고 있었다. "그 여자가 이 방에 한참 머물렀다면 화장실을 이용하지 않았다고 하더라도, 이 안에서 무슨 일이 생겼다는 걸 몰랐을 리가 없소. 머리카락도 그렇고, 보청기도 그렇고. 내 생각을 말해 볼까요? 난 칼리 크리스핀이 이 방 상황이나 그 남자를 전혀 보지 못했을 거라고 생각해요. 잠깐 들어와서 당신 휴대전화와 새 카드키만 놔두고 몰래 계단으로 빠져나가 버린 거지. 아무래도 나쁜 짓을 했으니, 가능한 한 다른 사람의 눈을 피하고 싶었을 거요."

"어쩌면 그 사람이 잠깐 밖에 나간 것일 수도 있잖아요." 스카페타의 마음은 에이지에게 기울어 있었다. "생각해 봐요. 그 남자가 무슨 짓을 할 작정이었는지를 말이에요. 뭔가 끔찍한 일을 할 생각이었을 거예요."

마리노가 현장 도구 가방을 닫고 있을 때 전화벨이 울렸다. 그는 화면을 보더니, 전화를 스카페타에게 건네주었다. 법의국에서 온 전화였다.

"주머니를 샅샅이 뒤졌지만, 아무것도 없었습니다. 경찰 쪽에서 밀수품이든, 무기든, 뭐가 됐든 남자의 신원을 알아낼 만한 물건은 없는지 조사한 뒤였거든요. 경찰 쪽에서 건네준 가방에 몇 가지 물건이 들어 있는데, 잔돈 약간과 작은 원격 조종기처럼 보이는 물건이 들어 있었어요. 혹시 폭탄 상자나 위성 라디오를 작동시키는 거 아닐까요?" 데니스가 말했다.

"제조사가 어디죠?" 스카페타가 물었다.

"지멘스요." 데니스가 철자를 불러 주었다.

그때 누군가 방문을 두드렸다. 스카페타가 데니스와 통화를 하는 동안, 마리노가 대답했다. "그 조종기가 최신형인 것처럼 보이나요?"

"글쎄, 작은 창이 달려 있어요. 디스플레이 말이에요."

루시가 안으로 들어오더니, 마리노에게 서류 봉투를 건네주었다. 그리고 검은색 가죽 보머 재킷을 벗었다. 그녀는 헬기 조종할 때 입었던 옷을 그대로 입고 있는 듯, 카고 바지에, 전술 셔츠를 입고, 고무 밑창이 달린 가벼운 부츠를 신고 있었다. 어깨에는 짙은 초록색의 푸시 배낭을 메고 있었다. 그 실용적이고 유용한, 어깨에 메는 큰 가방은 루시가 언제 어디든 가지고 다니는 것으로 다용도 수납망들과 숨겨져 있는 주머니들, 작은 주머니들이 잔뜩 달려 있었다. 아마 그중 어딘가에는 총도 들어 있을 것이다. 그녀는 그 가방을 내려놓더니, 가운데 칸의 지퍼를 열고 맥북을 꺼냈다.

"어딘가 전원 버튼이 있을 거예요." 스카페타는 루시를 쳐다보면서 말했다. 루시가 컴퓨터를 열자, 마리노가 스카페타의 블랙베리를 가리켰다. 두 사람은 스카페타에게 들리지 않게 낮은 목소리로 이야기를 나누기 시작했다. "그 원격 조종기의 전원이 꺼졌다는 생각이 들 때까지 꽉 눌러요.

사진 보내 줄 수 있어요?" 스카페타는 데니스에게 지시를 내렸다.

"바로 받아 보실 수 있을 겁니다. 그리고 이 조종기는 이미 꺼져 있는 것 같은데요."

"아무래도 주머니 속에 계속 넣고 다녀서 그런가 보네요." 스카페타가 말했다.

"그런 것 같습니다."

"만일 그렇다면 경찰도 그 디스플레이에서 남자의 신원을 밝힐 만한 내용을 보지 못했다는 말이군요. 어떻게든 충전이 될 때까지는 아무것도 볼 수 없다는 말인데. 당장 이렇게 한번 해 봐요. 전원 버튼을 다시 한 번 길게 눌러 보는 거예요. 다시 전원이 들어오면 시스템 메시지를 볼 수 있을 거예요. 휴대전화 전원을 켜면 화면에 번호가 뜨는 것처럼 말이에요. 내 생각에 그 조종기는 보청기 한 개와 연관된 것 같아요. 실제로 보청기는 두 개이긴 하지만."

"사체에는 보청기가 없었는데요. 물론 다리에서 떨어질 때 빠졌을 수도 있지만요." 데니스가 말했다.

"루시? 내 사무실 이메일로 들어가서 방금 받은 파일을 좀 열어 줄래? 사진일 거야. 내 암호는 알고 있지? 네가 내 블랙베리에 설정해 준 암호랑 똑같아." 스카페타가 말했다.

루시는 컴퓨터를 벽걸이 TV 아래 콘솔 위에 올렸다. 그리고 자판을 두드리기 시작했다. 컴퓨터 화면에 사진이 뜨자, 가방 속에서 VGA 어댑터와 디스플레이 케이블을 꺼냈다. 루시는 컴퓨터 포트 중 한 곳에 그 어댑터를 연결했다.

"디스플레이에 뭐가 떴어요. '분실 시 워너 에이지 박사에게 연락 주시기 바랍니다.'" 그리고 데니스는 전화번호를 불렀다. "정말 다행이에요." 데니스의 흥분한 목소리가 스카페타의 귓가에 울렸다. "이것 때문에 우울했는데. 202가 어디죠? 워싱턴 D. C. 지역 번호 아닌가요?"

"그 번호로 걸어 보면 어떻게 된 일인지 알겠네요." 스카페타는 좋은 생각을 떠올렸다.

루시가 케이블을 벽걸이 TV에 연결했다. 그러자 호텔 방 침대 옆에 놓여 있던 휴대전화가 울리기 시작했다. 벨소리인 바하의 푸가 D단조가 큰 소리로 울려 퍼졌다. 그리고 벽에 걸린 평면 스크린 위에 바퀴가 달린 들것 위에 실려 있는 피투성이 시체 사진이 떠올랐다.

"다리 위에 있던 그 남자요. 그 남자가 입고 있던 옷이 맞아요." 마리노가 TV 앞으로 다가가 말했다.

검은색 시신 주머니는 지퍼가 열린 채 양옆으로 활짝 젖혀져 있었다. 그 안에서 검은 피를 뒤집어쓴 채, 알아보기도 힘들 정도로 일그러진 사람의 얼굴이 보였다. 수염은 말끔히 밀어 버린 상태였다. 산산이 부서진 머리 위쪽은 심하게 찢어진 피부 조직 사이로 뇌와 피가 흐르고 있었다. 왼쪽 턱이 골절되는 바람에, 입이 삐딱하게 벌어진 사이로 깨지고 빠지면서 피투성이가 된 아랫니가 고스란히 드러났다. 완전히 빠지다시피 한 왼쪽 눈은 안구가 간신히 붙어 있었다. 검은색 재킷은 어깨솔기 부분이 찢어져 있었고, 왼쪽 바지 솔기도 뜯어져 있었다. 뚝 부러진 막대기처럼 대퇴부의 들쭉날쭉한 뼈가 찢어진 카키색 바지 사이로 튀어나와 있었다. 발목은 부자연스러운 각도로 꺾여 있었다.

"이 남자는 땅에 발이 먼저 닿았고, 왼쪽으로 쓰러졌군요. 그리고 추락하면서 머리를 다리 받침대에 부딪쳤을지도 몰라요." 침대 옆에 놓여 있던 휴대전화의 바하의 푸가 벨소리가 그치자, 스카페타가 말했다.

"그 남자는 시계를 차고 있었어요. 다른 소지품들과 같이 들어 있었습니다. 부서지긴 했지만요. 스트레치 밴드인 오래된 은색 메탈 부로바 시계인데 2시 18분에 멎어 있었습니다. 그때가 사망 시간인 것 같아요. 이 정보들을 경찰에 알릴까요?" 데니스가 전화기 너머에서 말했다.

"지금 경찰과 같이 있어요. 고마워요, 데니스. 이제부턴 내가 알아서 할게요." 스카페타가 말했다.

그녀는 전화를 끊었다. 그리고 마리노에게 전화기를 건네주자, 벨이 울

리기 시작했다. 마리노는 전화를 받고는 다시 방 안을 걸어 다니기 시작
했다.

"알았소. 하지만 그건 그냥 내가 가면 될 것 같군요." 그가 스카페타를
쳐다보며 말했다. "로보요. 로드맨스넥에 막 도착했다는군. 나도 그쪽으로
가 봐야 할 것 같소."

"난 여기 일을 막 시작했어요. 이 사람의 사망 원인과 방법을 밝히는 건
어렵지 않을 거예요. 나머지 일이 문제지." 그녀가 말했다.

정신과 의사였던 워너 에이지 박사의 부검은 스카페타가 해야만 했다.
그리고 어쩌면 조카한테도 그녀가 필요할지도 몰랐다. 스카페타는 이 방
에 들어오자마자, 벽 쪽에 내려놓았던 가방을 가져왔다. 그녀는 그 안에서
투명한 증거 보관용 봉투를 꺼냈다. 그 봉투 안에는 도디 호지가 보낸 노
래가 나오는 크리스마스카드와 페덱스 봉투가 담겨 있었다. 스카페타는
그 카드를 볼 수 없었다. 그 노래를 들을 수 없었다. 그건 오늘 아침 일찍
그녀가 나올 때, 벤턴이 건네준 것이었다.

스카페타가 마리노에게 말했다. "아무래도 이건 당신이 가져가야 할 것
같아요."

17

그들의 정체

지평선을 따라 어둡게 빛을 드리우고 있는 맨해튼의 불빛이 멍 자국처럼 보랏빛이 도는 푸른색으로 변해 갈 무렵, 벤턴은 웨스트사이드 고속도로를 타고 남쪽으로 향하고 있었다. 허드슨 강을 따라 어둠이 깊게 드리워진 시내 방향으로 달리고 있었다.

창고들과 울타리들 사이로 파몰리브빌딩이 어렴풋이 보였다. 그리고 콜게이트의 시계가 7시 20분을 알리고 있었다. 자유의 여신상이 팔을 높이 들어 올린 채, 강과 하늘을 배경 삼아 우뚝 서 있었다. 벤턴을 태우고 가는 택시 기사는 베스트리스트리트를 가로질러, 금융가 쪽으로 깊숙이 들어갔다. 그곳은 점점 기울어 가고 있는 경제의 징후들을 감지할 수 있게 침체되어 있었다. 식당 창문들은 갈색 종이로 덮여 있었고, 문마다 압류 통지서, 염가 처리 판매 광고가 붙어 있었으며, 소매점과 아파트 들에는 임대 팻말이 세워져 있었다.

사람들이 떠나자, 낙서만 남았다. 버려진 식당이나 가게, 철제 셔터나 빈 광고판 위에는 온통 스프레이 페인트로 낙서가 그려져 있었다. 상스러운 표현들, 대충 휘갈겨 쓴 글씨, 대부분이 언어 도단에, 무의미한 낙서였다. 그리고 도처에 만화가 그려져 있었는데, 제법 근사한 것들도 있었다. 험프티 덤프티(루이스 캐럴의 《이상한 나라의 앨리스》에 나오는 달걀 캐릭터. 2009년 조지 애커로프 교수와 로버트 쉴러 예일 대 경제학 교수가 공동 저서인 《야성적 충동》에서 금융 위기로 파탄이 난 세계 경제를 '험프티 덤프티'에 비유했다—옮긴이)처럼 주식 시장은 대폭 하락했다. 미국 경제는 타이타닉처럼 침몰하고 있었다. 프레디맥(연방 주택금융저당 회사—옮긴이)에는 그린치(닥터 수스의 작품에 나오는 캐릭터, 짐 캐리 주연의 영화로도 만들어졌다—옮긴이)가 서브프라임 대출업자인 순록 여덟 마리가 끄는 썰매에 부채를 잔뜩 쌓아 올린 채, 저당 잡힌 집들의 지붕 위를 빠른 속도로 날아가는 벽화가 그려져 있었다. AIG가 엉덩이에 대고 성교를 할 수 있게 허리를 잔뜩 숙인 엉클 샘(미국 정부. 때로는 흰 수염에 중절모를 쓴 키 큰 남자로 묘사되기도 한다—옮긴이)의 그림도 있었다.

워너 에이지가 죽었다. 그 사실을 벤턴에게 알려 준 사람은 스카페타가 아니었다. 마리노였다. 몇 분 전에 그의 전화를 받았다. 마리노는 에이지가 벤턴의 인생에서 어떤 역할을 했는지도 모르고, 짐작조차 하지 못했다. 그는 그저 벤턴에게 법의학 심리학자가 다리에서 뛰어내려 죽었고, 그 남자가 10월 중순, 그러니까 CNN의 가을 개편이 있었던 때부터 머물렀던 호텔 방에서 스카페타의 블랙베리를 찾았다는 사실을 알려 주기 위해서 연락했다. 칼리 크리스핀이 누군가, 그러니까 에이지를 데리고 와서 계약을 맺고 일을 했던 것이 분명했다. 그녀는 에이지를 뉴욕으로 데려와 그 호텔에서 지내게 해 주었고, 그를 보살펴 주었으며, 정보를 제공받는 대가로 쇼에 출연시켜 주었다. 어떤 이유에서든, 칼리는 에이지에게 그럴 만한 가치가 있다고 생각했던 것이다. 벤턴은 칼리가 실제로는 에이지를 얼마나 믿었을지 궁금했다. 그게 아니면, 그녀는 황금시간대 TV 프로그램을 통해 명성만 얻을 수 있다면 에이지가 주장하는 내용들이 얼마나 정확한지는 아예 상관이 없었던 것일까? 아니면 벤턴이 상상조차 할 수 없는 어떤 일에 에이지가 연루되어 있는 것일까? 벤턴은 알지 못했다. 실제로 아무것도 알지 못했다. 그리고 벤턴은 워너 에이지가 죽었다는 것을 알게 되었는데, 어째서 안도감이 들거나, 잘됐다는 느낌이 들지 않는 건지, 어째서 아무런 느낌이 들지 않는 건지 의아했다. 그는 그저 멍하기만 했다. 그건 마치 벤턴이 마침내 위장 신분을 벗어던졌을 때, 사람들이 모두 자기를 죽었다고 생각하는 처지에서 벗어나게 되었을 때의 느낌과 같았다.

그때 그가 제일 먼저 했던 일은 보스턴 항구를 따라 걷는 것이었다. 보스턴은 그가 유년 시절을 보낸 도시였다. 6년 동안, 그곳에서 초라한 집들을 이리저리 옮겨 다니며 숨어 지냈다. 이제는 더 이상 톰 하빌랜드라는 가상의 인물로 살지 않아도 된다는 것을 깨달았지만, 벤턴은 기쁘지 않았다. 자유라는 느낌도 들지 않았다. 벤턴은 아무것도 느낄 수가 없었다. 그는 감옥에서 나오자마자 다시 감옥으로 돌아가기 위해 제일 먼저 보이는 편의점에 들어가 물건을 훔치는 사람들의 심정을 온전히 이해할 수 있었다. 벤턴은 자기 자신에게서 다시 도망치고 싶었다. 이제 다시 벤턴으로서 살아가야 한다는 부담감을 견디는 일은 쉽지 않았다. 그는 우울한 감정에 익숙해져 있었다. 벤턴은 자신의 무의미한 존재와 고통 속에서 위안과 의미를 찾았다. 심지어 그를 이 세상에 존재하지 않는 사람으로 만들 수밖에 없게 만들었던 조직 범죄단, 샹도니 패밀리를 제거하기 위해 치밀한 음모와 계획을 세우면서, 현 상황에서 벗어나기 위해 필사적으로 일했을 때조차 그랬다.

2003년 봄. 항구에는 차갑지만 상쾌한 바람이 불었고, 하늘에는 태양이 빛나고 있었다. 벤턴은 버로즈 워프에 서서, 노르웨이 국기를 휘날리고 있는 구축함을 호송하는 보스턴 소방대 소속 해상 특공대를 쳐다보고 있었다. 빨간 소방선들이 커다란 상어 회색 배를 에워싸고 있었고, 소방수들은 의기양양하게 갑판 함포라도 되는 것처럼, 예포를 대신해 장난스럽게 소방 호스로 물을 쏘아 올리고 있었다. '미국에 온 걸 환영합니다.' 마치 벤턴에게 하는 환영 인사 같았다. '돌아온 걸 환영해. 벤턴.' 하지만 그는 환영받고 있다는 느낌을 받지 못했다. 아무것도 느낄 수가 없었다. 그는 그 장관을 쳐다보면서, 그 행사가 자신을 위한 것인 양 생각했다. 그건 자신이 살아 있다는 것을 알기 위해 자기 살을 꼬집는 것이나 마찬가지였다. '너야?' 그는 계속 자신에게 물었다. '난 누구지?' 루이지애나의 어두운 중심부, 노후한 아파트들과 항구가 있는 지류에서 두뇌와 총으로 자신을 억압하던 샹도니 패밀리와 그 부하들로부터 벗어나면서, 마침내 벤턴의 임무는 끝났다. 그리고 그가 이겼다. '끝났어.' 벤턴은 생각했다. '네가 이겼어.' 그는 말했다. 이런 기분이 들 줄은 몰랐다. 벤턴은 항구를 걸어가다가, 소방수들이 즐거워하는 모습을 지켜보며 계속 생각했다. 자신이 느끼게 될 줄 알았던 기쁨이라는 환상은 눈 깜짝할 사이에 무미건조한 거짓이라는 것이 드러났다. 스테이크를 깨물자마자 그것이 플라스틱 모형이라는 것을 알게 되는 것처럼, 햇볕이 쨍쨍 내리쬐는 고속도로를 따라 아무리 달려도 신기루에 가까이 갈 수 없는 것처럼.

벤턴은 자기가 아무것도 없는 곳에서 뭔가를 되돌려야 하는 것을 겁내고 있다는 것을 알았다. 그동안 할 수 없었던 선택을 해야 하는 것도 두려웠고, 결코 다시는 가질 수 없을까 봐 두려웠던 스카페타를 가지는 것도 두려웠다. 인생이란 복잡하고 모순적이다. 아무것도 말이 되지 않으면서 모든 것이 다 말이 된다. 워너 에이지는 그렇게 죽을 만하니까 죽었을 것이다. 그리고 그건 그의 잘못도 아니고, 비난받을 일도 아니다. 네 살 때 수막염을 앓게 되면서 충돌했던 그의 운명은 꼬리에 꼬리를 물고 계속해서 연쇄 작용을 일으켰으며, 그 계속된 충돌은 몸이 다리 바닥에 떨어질 때까지 멈추지 않았다. 에이지는 시체 안치소 안에 있었고, 벤턴은 택시 안에 있었다. 그들은 언젠가 한곳에서 만나게 될 것이다. 조물주 앞에서 두 사람이 서로를 마주보게 되는 날이 있을 것이다.

FBI는 제이콥 K. 재비츠 연방 건물과 그 국정 중심지 중앙에 있는 세관 법원 내 6층을 차지하고 있었다. 유리와 콘크리트로 된 현대적인 복합 건물로, 기둥이 늘어서 있는, 보다 전통적인 양식의 법원과 정부 사무실 건물들에 둘러싸여 있었다. 거기서 몇 블록 떨어진 곳에 시청, 원폴리스플라자, 지방검사 사무실, 시립 교도소가 있었다. 대부분의 연방 시설들이 그렇듯, 그곳도 노란색 테이프와 울타리로 차단되어 있었고, 전략적으로 폭탄 장벽으로 막아 놓은 곳은 가까이 접근하지 못하도록 차량으로 막아 놓았다. 미로처럼 여기저기 놓아 둔 초록색 벤치들과 눈이 덮인 죽은 잔디 무더기가 쌓여 있는 정면 광장은 일반인들은 접근할 수 없게 되어 있었다. 벤턴이 그 건물에 들어가려면, 토머스 페인 공원 앞에서 택시에서 내린 뒤, 이미 교통이 혼잡해지기 시작한 라파예트스트리트를 지나쳐야만 했다. 역시 자동차들이 늘어선 두에인스트리트에서 오른쪽으로 돌자, 타이어로 쌓은 장벽이 있었고, "출입 금지"라는 표지판을 보지 못했을 경우에 대비해 경비 초소가 있었다.

유리와 대리석으로 된 41층짜리 건물은 아직 닫혀 있었다. 벤턴이 초인종을 누르자, 유리로 된 측면 출입구에서 제복을 입은 FBI 경관이 신원 확인을 했다. 벤턴은 마티 레이너 특수 요원을 만나러 왔다고 말했다. 확인 절차가 끝나자, 그 경관이 그를 건물 안으로 들어오게 해 주었다. 벤턴은 운전면허증을 보여 주고, 주머니 속에 있는 물건들을 모두 꺼낸 뒤, 엑스레이 검색대를 통과했다. 미국 시민권을 따기 위해 워스스트리트에 줄을 길게 서 있는 이민자들보다 나을 것이 없는 입장이었다. 대리석으로 된 로비를 지나가자, 두 번째 검문소가 나왔다. 엘리베이터들 근처에 묵직한 유리와 강철문이 달린 검문소에서 벤턴은 똑같은 과정을 다시 반복했다. 다만 이번에는 운전면허증을 맡기고, 열쇠와 신분증을 받았다.

"휴대전화를 포함한 전자 기기는 여기 보관하셔야 합니다." 벤턴이 여기 처음 온 사람이기라도 한 것처럼, 검문소에 있던 경관이 탁자 위에 놓여 있는 자물쇠가 달려 있는 작은 사물함을 가리키며 말했다. "신분증은 계속 달고 다니셔야 합니다. 그리고 열쇠를 반납하시면 운전면허증을 돌려드리겠습니다."

"고마워요. 내가 그걸 전부 다 기억할지 모르겠지만."

벤턴은 블랙베리를 사물함 속에 집어넣는 척하면서, 소매 속으로 밀어 넣었다. 그 망할 연방 사무실에서 그가 사진을 찍거나 동영상을 촬영하는 것이 큰 위협이라도 되는 것처럼 난리였다. 벤턴은 사물함 열쇠를 코트 주머니에 넣은 뒤, 엘리베이터에 올라탔다. 그리고 28층을 눌렀다. 그는 방문객임을 나타내는 V가 크게 박혀 있는 신분증에 모멸감이 느껴져 주머니 속에 집어넣은 뒤, 에이지가 자살했다는 마리노의 전화를 받았을 때, 자신이 제대로 처신했는지에 대해 생각해 보았다.

마리노는 로드맨스넥으로 가는 중이라면서, FBI에서 회의 시간을 정하면 그때 보자고 말했다. 그때 벤턴은 마리노가 말하는 그 회의에 참석하기 위해 택시를 타고 시내로 향하는 중이었다. 하지만 벤턴은 아무 말도 하지 않았다. 그는 그 사실을 마리노에게 알리지 않은 것을 합리화하고 있었다. 마티 레이너가 마리노를 부르지 않은 것이 분명했다. 벤턴은 레이너가 누구를 불렀는지 몰랐지만, 마리노는 그 명단에 들어 있지 않은 모양이었다. 그랬다면 마리노는 브롱크스로 가는 대신 여기로 오고 있었을 것이다. 벤턴은 마리노가 레이너와 통화했을 때 그녀를 화나게 만든 모양이라고 생각했다.

엘리베이터 문이 열리자 집행 관리 부서가 나타났다. 유리문 뒤에는 법무부 마크가 새겨져 있었다. 아무도 보이지 않자, 벤턴은 그 안에 들어가 앉지 않고 복도에서 기다리기로 했다. 그는 연방 수사국 지부라면 어디에나 있는 진열장을 지나쳤다. 벤턴은 그걸 볼 때마다 사냥에서 얻은 전리품을 자랑하는 것 같다는 생각이 들었다. 그는 코트를 벗었다. 벤턴은 누군가를 엿보고 도청하는 것은 냉전 시대의 유물이라고 생각했다. 당시에는 마이크로필름을 몰래 전달하기 위해 구멍을 낸 동전이나 돌, 담뱃갑을 이용하기도 했다. 소비에트 연방에서는 대전차 무기를 만들었다.

그는 FBI 영화 포스터 앞을 지나쳤다. 〈"G"맨(FBI 수사관 - 옮긴이)〉, 〈연방 경찰〉, 〈92번가 집〉, 〈붉은 사슴비〉, 〈도니 브래스코〉. 벽에 계속 붙어 있는 포스터들을 보며, 벤턴은 사람들이 연방 수사국에 대해 끊임없이 관심을 보인다는 사실에 놀랐다. 국내는 물론, 해외에서도 사람들은 당사자가 아닌 이상, FBI 요원들을 지켜워하지 않는다. 그렇지만 이 일을 직업으로 삼게 되면, FBI는 그 사람을 소유하게 된다. 당사자뿐만이 아니라 관련이 있는 모든 사람을 다 소유해 버린다. 연방 수사국이 벤턴을 소유하게 되었을 때 그들은 스카페타까지 소유했다. 그리고 워너 에이지가 두 사람을 떼어 놓는 것을 허락했고, 결국에는 떨어지게 만들었다. 두 사람을 떼어 내어 각각 다른 죽음의 캠프로 향하는 기차에 태웠다. 벤턴은 예전 생활이 그립지 않다고 혼잣말을 했다. 빌어먹을 FBI 따위 전혀 그립지 않다고. 망할 놈의 에이지가 벤턴에게 빌어먹을 호의를 베풀었던 것이다. 그 에이지가 죽었다. 벤턴은 대못에 찔린 것 같은 느낌을 받았다. 그 일로 충격을 받기라도 한 것처럼 그는 깜짝 놀랐다.

벤턴은 누군가 빠르게 걸어오는 발소리를 듣고 돌아섰다. 처음 보는 여자가 그를 향해 걸어오고 있었다. 갈색 머리에, 눈을 뗄 수 없을 정도로 예쁜 얼굴에다가 근사한 몸매를 가진 30대 중반의 여자였다. 부드러운 황갈색 가죽 재킷에 검은색 바지를 입고, 부츠를 신고 있었다. 연방 수사국은 습관적으로 외모가 뛰어나고, 실력이 좋은 사람들을 정원 외로 특별 고용하곤 했다. 정형화된 것은 아니었지만 기정사실이었다. 사실, 권력에 살짝 취해 있고, 자기도취에 흠뻑 빠져 있는 뛰어난 남자들과 여자들이 매일같이 어깨를 붙이고 드나들면서, 사귀지 않는다는 것도 이상한 일이긴 했다. 대개는 자신을 억눌렀다. 벤턴이 요원이었을 당시, 사내 연애 사건은 별로 없었고, 그런 마음이 있어도 내색을 전혀 하지 않았기 때문에 좀처럼 드러나는 일이 없었다.

"벤턴 선생님?" 그 여자가 손을 내밀자, 두 사람은 악수를 나누었다. "마티 레이너예요. 보안 팀에서 선생님이 올라가셨다는 말을 들었어요. 기다리게 할 생각은 아니었어요. 선생님은 예전에 여기 계셨었죠."

그건 질문이 아니었다. 그녀가 그 대답을 알고 있지 않았다면 그 말을 꺼내지 않았을 것이다. 무엇보다 마티는 벤턴에 대해 조사했을 가능성이 있었다. 그는 그녀를 그 자리에서 분석했다. 잘못 안 것이 아니라면, 머리가 아주 좋고, 경조병에 걸려 있었다. 벤턴은 그것을 영구 운동, 곧 IPM(In Perpetual Motion)이라고 불렀다. 그는 손에 블랙베리를 들고 있었다. 그녀가 보든 말든 상관 없었다. 벤턴은 대놓고 메시지를 확인했다. 그에게 뭐라고 말할 필요는 없었다. 그는 빌어먹을 방문객이 아니었으니까.

"전략 대책반 회의실에 있었어요. 먼저 커피부터 한잔하시죠." 레이너가 말했다.

만일 그녀가 전담 회의실을 사용하고 있다면, 지금 이 모임에 두 사람만 있는 건 아니라는 뜻이었다. 레이너의 억양에서 브루클린이나 뉴올리언스 변두리에서 쓰는 사투리 느낌이 살짝 났지만, 구분이 쉽지 않았다. 어느 쪽 사투리를 쓰든 그녀는 지금은 완벽한 표준어를 구사하고 있었다.

"마리노 형사는 오지 않았군요." 벤턴이 블랙베리를 주머니에 넣으며 말했다.

"그분은 올 필요가 없으니까요." 그녀가 걸어가면서 대답했다.

벤턴은 그 말에 짜증이 섞여 있다는 것을 알아차렸다.

"최근에 일어난 사건 때문에 그 사람에게 전화를 했었어요. 마리노 형사는 지금 그 사람이 가는 곳에서 더 도움이 될 겁니다." 그녀는 시계를 흘긋 쳐다보았다. 해군 특수 부대 부대원들에게 인기 있는, 검은색 고무로 된 루미녹스 시계를 차고 있는 것으로 보아 잠수 팀의 일원인 모양이었다. 연방 수사국의 원더우먼인 셈이다. "마리노 형사도 이제 곧 도착하겠네요." 지금 레이너는 로드맨스넥을 말하고 있었다. "07시 정각에서 15분 사이에 해가 뜰 거예요. 그때가 되면 그 의문의 소포는 안전하게 내용물을 확인할 수 있게 될 거예요, 그 속에 무엇이 들어 있는지 알아야 이쪽에서도 수사를 어떻게 진행할 것인지 정할 수 있으니까요."

벤턴은 아무 말도 하지 않았다. 그는 짜증이 났다. 반발심이 들었다.

"난 만일의 경우를 말할 수밖에 없어요. 근거가 있어야 일을 진행할 수 있으니까요. 그 소포가 다른 사건들과 직접적인 관계가 있는지는 아직 모르니까 말이에요." 레이너는 묻지도 않은 말에 계속해서 대답했다.

전형적인 FBI. 그녀는 마치 관료적인 언어를 배워 이런 애매한 화법을 구사할 수 있도록 벌리츠 학원에 보낸 신입 요원과 같았다. 사람들에게는 네가 알리고 싶은 말만 해라. 사람들이 듣고 싶어 하는 말은 상관할 것 없다. 속이거나, 얼버무려라. 대개는 아무 말도 하지 마라.

"지금 당장은 그 일이 얼마만큼이나 직접적으로 관계가 있는 건지 정확하게 알기가 힘들어요." 그녀가 덧붙였다.

벤턴은 자기 앞에서 유리 돔이 떨어지는 것 같은 느낌이 들었다. 대답할 필요가 없었다. 그는 아무것도 들리지 않았다. 목소리도 전달되지 않았다. 어쩌면 애초에 아무 말도 하지 않은 것일지도 모른다.

"애초에 마리노 형사에게 전화를 했던 건, 그 사람이 실시간 범죄 정보 센터를 통해 데이터 검색을 요청했기 때문이에요. 선생님 집에 그 소포를 배달했던 사람의 문신을 찾는 거였어요. 아침에 전화로 설명하다 보니, 선생님이 아무것도 모르고 있다는 것을 알게 되었어요. 너무 긴박한 사안이라 이른 아침부터 여기까지 오시라고 할 수밖에 없었어요. 그 점에 대해서는 사과드릴게요."

그들은 긴 복도를 따라 걸으면서, 심문실들을 지나쳤다. 심문실에는 덩그러니 탁자와 의자 두 개, 강철로 된 수갑 봉만 놓여 있었다. 모든 것이 베이지색과 푸른색으로 되어 있었다. 벤턴은 그 푸른색을 "연방 정부 파란색"이라고 불렀다. 그가 본 책임자들의 사진은 모두 배경이 파란색이었다. 재닛 리노의 파란색 드레스. 조지 W. 부시의 파란색 넥타이. 그 파란색을 몸에 걸치고 있는 사람들은 얼굴이 파래질 때까지 거짓말을 한다. 공화당의 파란색. FBI 내에는 파란색을 걸친 공화당원들이 정말 많았다. 그 때문에 연방 수사국은 언제나 극단적으로 보수적인 조직이었다. 루시를 몰아내고 쫓아낸 것도 전혀 이상할 게 없었다. 벤턴은 무소속이었다. 더 이상 아무것도 없었다.

"다른 사람들과 합류하기 전에 질문이 있으신가요?" 레이너가 베이지색 금속 문 앞에서 멈춰 섰다. 그녀가 자판에 암호를 입력하자, 잠금 장치가 열렸다.

벤턴이 말했다. "당신은 마리노 형사가 이 자리에 오라는 말을 듣게 된 이유를 내가 그 사람에게 설명해 주기를 바라는 것 같군요. 지금 우리가 만나고 있는 걸, 마리노가 모르고 있는 사태가 어떻게 벌어졌는지에 대해 말입니다." 속이 부글부글 끓기 시작했다.

"선생님은 피트 로코 마리노와 오랜 세월 동안 함께 일해 왔으니까요."

다른 사람 입에서 그의 이름 전체가 불리자 이상하게 들렸다. 레이너는 다시 힘차게 걷기 시작했다. 또 다른 복도가 나타났다. 이번에는 좀 더 길었다. 벤턴은 화가 났다. 점점 더 끓어오르고 있었다.

"선생님이 행동 과학 팀 팀장을 맡았던 1990년대에, 마리노 형사와 많은 사건을 함께 수사했잖아요. 지금은 행동 분석 팀이라고 하지만. 그러던 중에 선생님의 경력이 중단되었죠. 그 소식은 이미 들으셨을 거예요." 그녀는 걸어가는 동안 벤턴을 쳐다보지 않았다. "워너 에이지에 대한 소식 말이에요. 난 그 사람을 모르고, 만난 적도 없어요. 한때 관심을 가지기는 했지만 말이에요."

벤턴은 걸음을 멈췄다. 복도 한복판에는 두 사람 이외에는 아무도 없었다. 지저분한 베이지색 벽과 닳고 닳은 회색 타일이 깔린 단조로운 복도는 끝도 없이 길었다. 개성이 없고, 획일화되어 있었다. 자극적이지 않고 사무적인, 보상도 없고, 용서도 없는 곳이었다. 벤턴은 레이너의 어깨에 손을 올렸다. 그녀의 탄탄한 어깨에 약간 놀랐다. 레이너는 작지만 강인했다. 두 사람의 시선이 마주쳤을 때, 그녀는 의아한 눈으로 그를 쳐다보았다.

벤턴이 말했다. "나한테 수작 부리지 마."

레이너가 금속처럼 차갑게 눈을 빛내며 말했다. "어깨에서 손을 치워 주시죠."

그는 손을 내렸다. 그리고 똑같은 어조로 다시 한 번 조용히 말했다. "나한테 수작 부리지 마, 마티."

마티 레이너는 팔짱을 낀 채 그를 쳐다보았다. 살짝 반항하고 있었지만, 두려움은 없는 자세였다.

"아마 당신은 신세대라 그렇게 눈빛으로 자신을 다 보여 줄 수 있는 거겠지. 하지만 내가 이 일에 대해 알고 있는 만큼 알려면 아직 10년은 더 있어야 할 거야." 그가 말했다.

"선생님의 경험이나 전문 지식에 대해서는 아무도 의심하지 않아요."

"내가 무슨 말을 하는지 정확하게 알고 있잖아, 마티. 빌어먹을 개새끼 부르는 것처럼 나한테 휘파람 불지 마. 그리고 당신은 날 이 회의에 끌어들여, 암흑시대에 임무 수행을 위해 날 훈련시켰던 연방 수사국의 속임수를 모든 사람들에게 보여 줄 생각이었겠지. 연방 수사국은 빌어먹게도 날 훈련시키지 않았어. 나 혼자 훈련한 거지. 그러니 당신은 내가 지금까지 무엇을 했고, 어째서 그랬는지는 절대 이해할 수 없을 거야. 그리고 그들의 정체도 모르겠지."

"'그들의 정체'라뇨?" 레이너는 이런 상황에 심지어 기분조차 상하지 않은 것처럼 보였다.

"워너와 한편인 사람들. 당신이 알고 싶은 게 바로 그거잖아. 안 그래? 워너는 나방처럼 자신의 배경이 되는 어둠을 태워 버렸지. 이제 곧 당신은 그자들이 지키고 있는 오염된 조직에서 나온 워너와 같은 존재들에 대해 아무 말도 할 수 없게 될 거야. 그자는 기생충이었어. 반사회적 인격 장애였고, 소시오패스, 사이코패스였지. 최근에 당신 같은 사람들은 그런 자들을 '괴물'이라고 부르더군. 그런데 지금 나는 그 빌어먹을 귀머거리 자식이 안됐다는 생각이 들기 시작했어."

"선생님이 그자를 안됐다고 생각하다니, 상상조차 할 수 없는 일인데요. 그자가 그런 짓을 했는데 말이에요." 그녀가 말했다.

벤턴은 그 말에 경계심이 풀리는 것 같았다.

"만일 워너 에이지가 모든 것을 잃지 않았어도 그랬을까요? 물론 경제적인 부분만 말하는 건 아니에요. 다시 말하자면 스스로를 억제하지 못하게 될 정도로 절망적인 상태에 빠진 거라고 해야 할까요? 우리는 지금 걱정해야 할 문제들이 아주 많아요. 워너 에이지가 묵었던 호텔 방은 칼리 크리스핀이 방값을 대고 있었어요. 하지만 그건 실질적인 이유가 있었죠. 에이지는 신용카드가 없었으니까. 신용카드들이 모두 만기가 되었거든요. 에이지는 가난했어요. 그래서 칼리가 비용을 대고 있었던 것처럼 보여요. 아니면 뭔가 그에 상응할 만한 일을 해 줬을 수도 있겠죠. 솔직히 칼리는 이번 사건과 별 관계가 없는 것처럼 보여요. 그 여자는 그저 쇼를 계속 진행하고 싶었던 것뿐일 테니까." 레이너가 말했다.

"다른 누군가가 그자와 관계가 있다는 거겠지." 그건 질문이 아니었다.

"선생님은 알고 있을 것 같은 느낌이 드는데요. 급소들만 제대로 찾으면 자신보다 몸집이 두 배인 사람도 쓰러뜨릴 수 있잖아요."

"급소들. 복수로 말하는군. 한 개 이상이란 말인가." 벤턴이 말했다.

"우린 지금까지 그자들을 잡으려고 애를 썼어요. 그자들의 정체를 확실하게 밝힌 건 아니지만, 그래도 그자들을 무너뜨리기 위해 가까이 다가섰죠. 그게 선생님이 여기 계신 이유예요." 레이너가 말했다.

"그자들은 없어지지 않아." 벤턴이 말했다.

레이너가 다시 걸음을 옮겼다.

"그들 모두를 제거할 순 없어. 그자들은 지난 몇 년간 온갖 문제를 일으키며, 자기들이 원하는 것들을 알아내느라 무척 바빴지." 벤턴이 말했다.

"테러범들이나 마찬가지군요." 그녀가 말했다.

"테러범들이야. 종류가 약간 다를 뿐이지."

"선생님이 루이지애나에서 어떤 일을 했는지 기록을 봤어요. 인상적이었어요. 돌아오신 걸 환영해요. 난 선생님처럼 되고 싶은 게 아니에요. 스카페타 박사님처럼 되고 싶은 것도 아니고요. 워너 에이지가 완전히 틀렸다고 할 순 없어요. 선생님은 엄청난 위험에 처해 있었으니까. 하지만 에이지의 동기는 그런 위험한 상황 때문이 아니었어요. 그 사람은 선생님이 사라지길 원했으니까요. 실제로 선생님을 죽이는 것보다 더 나쁜 짓이었죠." 그녀는 그 일이 수막염이나 조류 독감보다 더 기분 나쁘다는 것처럼 말했다. "그 나머지는 모두 우리 잘못이에요. 그때 난 뉴올리언스의 신출내기 지방검사보로 여기 들어오기 전이었어요. 범죄심리학 학위를 따고, 1년 뒤에 연방 수사국으로 들어왔죠. 행동 분석 팀에서 일하고 싶었거든요. 지금은 뉴올리언스 지부의 국립 폭력 범죄 분석 센터 책임자이기도 해요. 선생님 일이나 이 상황이 나와는 아무 상관없는 일이라는 뜻으로 한 얘기는 아니에요."

"내가 거기서 일했을 때, 당신도 있었다는 말이군. 그런 사람이 있었어. 샘 레이너. 이스트배턴루지의 검시관이었지. 친척인가?" 벤턴이 물었다.

"삼촌이에요. 선생님은 그 패밀리를 처단하면서 인생의 어두운 일면을 알게 되었다고 하실 수도 있을 거예요. 나도 그때 거기서 무슨 일이 있었는지 알고 있으니까요. 실제로 뉴올리언스 지부에 배치되어 있었거든요. 뉴욕에 올라온 건 몇 주 되지 않았어요. 주차할 공간만 찾을 수 있다면 여기서 지내는 것도 익숙해질 수 있을 것 같은데 말이에요. 연방 수사국은 선생님을 그렇게 내몰아선 안 되는 거였어요. 그 당시에도 그렇게 생각하지 않았어요."

"그 당시라니?"

"워너 에이지는 속이 다 보였어요. 겉으로 보기에는 위장 보호 팀을 대신해 선생님을 평가하는 거였죠. 매사추세츠 월섬에 있는 호텔 방에서 말이에요. 2003년 여름, 선생님이 더 이상 임무에 적합하지 않다는 의견을 말한 뒤, 사무직이나 신입 요원 훈련 일을 시키라고 제안했어요. 그때 난 알아차렸죠. 잘못된 이유긴 하지만 옳은 말을 했다는 걸. 그 사람 의견을 따랐어야 했어요. 만일 선생님이 계속 FBI에 있었다면 어떤 일을 했었을지 생각해 보셨어요?" 레이너가 닫힌 문 앞에서 멈춰 서더니, 벤턴을 쳐다보았다.

벤턴은 대답할 수가 없었다. 그녀가 다시 암호를 입력해 문을 열자, 두 사람은 형사부로 들어갔다. 사무실 공간은 토끼들이 새겨져 있는 칸막이로 나누어져 있었다. 전부 다 파란색이었다.

"분명히 연방 수사국의 손실이에요. 그것도 아주 큰 손실. 휴게실에서 커피를 마시는 게 어떨까요?" 그녀는 커피메이커와 냉장고, 탁자와 의자 네 개가 놓여 있는 작은 방으로 향했다. "무슨 이야기가 돌고 있는지는 말할 수가 없어요. 에이지에 대해서 말이에요." 레이너가 커피 두 잔을 따랐다. "그 사람은 선생님 경력을 스스로 끝내게 만들었죠. 그런데 이제 그 사람도 그렇게 됐잖아요."

"그자가 자기 경력을 스스로 망치기 시작한 건 제법 오래전부터일 텐데."

"그랬죠."

"텍사스 사형수 감방에서 한 명이 탈출을 했었어. 내가 그들을 모두 없앨 순 없었지. 그 사람도 없앨 수 없었어. 찾을 수도 없었고. 그 사람은 아직도 살아 있을까?" 벤턴이 말했다.

"넣으시겠어요?" 레이너가 프림이 담겨 있는 타파웨어 통을 열더니, 개수대에서 플라스틱 숟가락을 헹구었다.

"그들을 모두 없앨 순 없었어. 그 사람도 없앨 수 없었고." 벤턴이 다시 한 번 말했다.

"만일 우리가 그들 모두를 없애야 하는 거라면 난 이 일을 그만둘 거예요." 레이너가 말했다.

로드맨스넥에 있는 뉴욕 경찰 소속 화기 전술 기지는 위쪽에 날카로운 금속 조각들이 붙어 있는 철선을 감고 있는 3미터 높이의 울타리에 둘러싸여 있었다. 이곳에는 이런 적대적인 차단막이나 중화기 설치만이 아니라, 도처에 "폭발 위험", "접근 금지", "공원 아님" 등의 표지판들이 붙어 있었다. 브롱크스의 남쪽 끝에 위치한 이곳은 롱아일랜드사운드를 손가락으로 가리키는 것처럼 튀어 나와 있었다. 마리노가 보기에는 이곳이 북동쪽에서는 최선의 부동산이었다.

이른 아침이라 날은 어두침침하고 흐렸다. 바람에 거머리말과 잎사귀

없는 나무들이 흔들렸다. 마리노는 알 로보 경위와 함께 검은색 SUV를 타고 대포 벙커들과 전술용 집들, 정비 센터들, 비상 대응 트럭들과 장갑차들이 있는 격납고, 저격수들을 위한 연습장 한 곳을 포함한 실내 실외 사격 연습장까지 있는 50에이커 남짓한 크기의 테마 파크를 가로지르고 있었다. 이곳에서는 경찰과 FBI, 다른 기관에서 나온 요원들의 훈련 덕분에, 탄약이 담겨 있는 금속 통들이 유원지의 쓰레기통처럼 흔했다. 낭비는 없었다. 심지어 공무 수행 중에 부서진 경찰 차량조차 그냥 폐기되는 경우는 없었다. 모두 이곳으로 옮겨져 폭동이나 자살 폭탄과 같은, 도심에서 일어날 수 있는 사건들의 모의 훈련에서 총알받이나 폭발용으로 쓰이고 있었다.

이처럼 위험한 곳이었음에도, 이 기지에서는 경찰들의 유머 감각이 더해져 만화책에 나오는 것처럼 환한 색으로 칠한 폭탄과 로켓, 유탄포들을 바로 코앞에 묻어 놓거나, 생각지도 못한 엉뚱한 곳에 묻어 놓곤 했다. 날씨가 좋을 때면 휴식 시간 동안 대원들과 교관들은 퀸셋(간이 막사로 쓰이는 반달형 조립 오두막 상표―옮긴이) 앞에서 요리를 하거나, 카드놀이를 했고, 폭탄 탐지견과 같이 시간을 보내기도 했다. 그중에서도 성탄절을 앞둔 이맘때면 다 같이 둘러앉아 이야기를 나누면서 크리스마스를 축하할 여유가 없는 도움이 필요한 가정에 보낼 고장 난 장난감들을 고치곤 했다. 마리노는 로드맨스넥을 좋아했다. 로보에게 도디 호지에 관한 이야기를 하면서 차를 타고 가던 마리노는 이곳에 처음 왔을 때 총기나 반자동총기, 자동총기 MP5 등, 온갖 총성들을 들었던 것을 떠올렸다. 그 쉴 새 없는 소음이 영화관에서 팝콘 씹는 소리처럼 그를 안정시켜 주었다.

심지어 바다오리들도 그 소리에 익숙해져 있었다. 어쩌면 그 소리를 기대하며 찾아오는 건지도 모른다. 솜털 오리와 바다 꿩들도 해변에서 아장아장 걸어 다니고 있었다. 이 근방이 최고의 고니 사냥터 중 한 곳이라는 게 이상할 것 없었다. 여기 오리들은 총소리가 나도 위험을 감지하지 못했다. 마리노에게 그런 이야기를 하면 아마 스포츠 정신에 위배된다고 말했을 것이다. 그들은 "오리들이 앉아 있는 계절"이라고 부르곤 했다. 그리고 마리노는 끊임없이 발사되는 총성과 폭발음이 울리는데도 이곳에서 어떻게 낚시가 가능한지 궁금했다. 이런 소음 속에서도 검은색 농어와 넙치, 북서부산 가자미가 제법 잡힌다는 말을 들었기 때문이다. 최근에 그는 보트를 샀는데, 그 보트는 시티아일랜드의 정박지에 있었다. 아마 저쪽 너머에 있을 것이다.

"여기서 내려야 될 것 같습니다." 로보가 폭발물 해체 구역으로 가는 중간인 타호에 차를 세우며 말했다. 스카페타의 소포가 보관되어 있는 곳까지는 100미터 정도 떨어져 있었다. "이 트럭은 멀리 떨어진 곳에 세워야 합니다. 혹시라도 뉴욕 시 소유 차량이 폭발이라도 하게 되면 저들이 몹시 곤란해질 테니까요."

마리노는 차에서 내렸다. 자갈과 파편, 파쇄성 수류탄들 때문에 고르지 못한 땅을 조심스럽게 걷기 시작했다. 주위는 온통 구덩이들과 모래주머니로 쌓아 올린 갓길이었다. 그 거친 길은 콘크리트와 방탄유리로 된 관측소와 작업 상자가 있는 곳까지 이어져 있었고, 그 너머는 바다였다. 지금 마리노의 눈에는 바다와 시티아일랜드의 요트 클럽, 멀리 떠 있는 배 몇 척밖에 보이지 않았다. 그는 계선에서 풀어진 선박들에 대한 이야기를 들은 적이 있었다. 그 선박들은 조류를 타고 떠돌다가 결국에는 로드맨스 넥의 해안에 도착하게 되는데, 민간 견인 서비스 업체들은 그 배들을 되찾아 오는 데 열성을 보이지 않는다고 했다. 그중에는 돈을 아주 많이 주지 않으면 힘들다고 말하는 업자들도 있었다. 아무래도 탐지기가 계속 지키는 곳이기 때문에 그럴 수밖에 없기도 했다. 스즈키 4행정 엔진이 장착된 월드 캣 290 보트에, 건조한 모래와 자갈로 된 해변. 마리노라면 용감하게, 총알과 유산탄이 빗발치듯 날아오더라도 배를 찾으러 갔을 것이다.

폭탄 처리반 대원인 앤 드로이텐이 TDU라는 전술 의무 제복에, 주머니가 일곱 개 달린 진청색 캔버스바지를 입고 나타났다. 날씨 때문인지 플란넬로 안을 댄 파카를 입고, ATAC 스톰 부츠(악천후에 신는 방수 가공 가

죽 장화—옮긴이)를 신고, 휘어진 호박색 보호 안경을 끼고 있었다. 그녀는 모자를 쓰지 않았고, 맨손으로 접이식 받침대에 끼운 PAN 분해기의 강철 분사관을 꼭 쥐고 있었다. 그녀는 뭔가를 쳐다보고 있었다. 많이 어려 보이는 얼굴이었다. 마리노는 그녀가 30대 초반일 거라고 생각했다.

"조심해서 행동해야 해요." 로보가 말했다.

"지금 상황에서는 저 여자를 엄청난 파괴력이 있는 무기로 재분류해야 할 것 같군요." 마리노가 말했다. 언제나처럼 그녀에게서 눈을 뗄 수가 없었다.

앤 드로이덴의 강인하면서도 아름다운 외모와 경이로울 정도로 날렵한 손을 보며, 마리노는 젊은 시절의 스카페타 모습을 떠올리고 있었다. 리치먼드에서 두 사람이 처음 만나 일을 했을 때 스카페타의 나이가 앤과 비슷할 때였다. 그때만 해도 버지니아처럼 규모가 큰 법의국을 여자가 맡는다는 건 들어 본 적도 없었다. 그리고 스카페타는 마리노가 그때까지, 어쩌면 지금까지 만나 본 사람들 중에 유일한 여자 법의관이었다.

"CNN에 왔던 전화는 엘리제 호텔에서 걸었던 겁니다. 하지만 아무래도 내가 생각하기에는 말이 안 되는 것 같긴 해요. 도디 호지가 50대 여자라고 했죠?" 로보가 SUV에서 하던 대화를 다시 시작했다.

"도디 호지가 전화를 걸었다는 것과 그 여자의 나이가 무슨 상관이 있다는 거요?" 마리노가 물었다. 그리고 그는 루시와 스카페타만 엘리제 호텔에 놔두고 온 것이 잘한 일인지 걱정되기 시작했다.

저쪽에서의 일이 어떻게 되고 있는지 알 수가 없었다. 무슨 일이 있더라도 루시라면 자신의 몸은 충분히 지킬 수 있을 것이다. 솔직하게 말하면 마리노보다 루시가 나을지도 모른다. 그녀는 50미터 떨어진 곳에 꽂아둔 막대 사탕도 명중시킬 수 있었다. 하지만 마리노는 이 상황이 어떻게 된 것인지를 생각하며 걱정에 휩싸였다. 로보의 말에 따르면 지난밤, 도디 호지가 CNN에 걸었던 전화는 엘리제 호텔에서 걸었다고 했다. 발신자 확인 장치에 엘리제 호텔 번호가 나왔기 때문이다. 하지만 도디 호지는 그 호텔에 투숙하지 않았다. 마리노가 조금 전에 만났던 지배인은 그런 이름을 가진 손님은 투숙 명단에 없다고 했다. 그래서 마리노는 실시간 범죄 정보 센터에서 얻은 정보를 토대로 도디의 인상착의를 설명했지만, 지배인은 그런 투숙객이 없다고 대답했다. 지배인은 도디 호지가 누군지 몰랐고, 더 나아가 전날 밤 〈크리스핀 리포트〉의 1-800 번호로 전화를 걸었던 기록도 남아 있지 않다고 했다. 실제로 엘리제 호텔에도 그 시간에 외부 전화를 연결한 기록이 남아 있지 않았다. 도디가 CNN에 전화를 걸었던 시간은 정확하게 9시 43분으로, 그때부터 통화가 연결되기 전까지 대기하고 있었던 것이다.

"번호 도용에 대해서 어느 정도 아십니까? 도용 카드를 살 수 있다는 말 들어 보셨어요?" 마리노와 함께 걷던 로보가 물었다.

"들어 보긴 했소. 우리가 걱정해야 할 또 다른 골칫거리지." 마리노가 말했다.

그는 그 구역에서는 휴대전화를 쓸 수가 없었다. 어떤 전자 신호도 나가면 안 되기 때문이다. 마리노는 스카페타에게 전화를 걸어 도디 호지에 대해 말해 주고 싶었다. 아니면 루시에게 말할 수도 있었다. 도디 호지는 워너 에이지와 어떤 식으로든 연관이 있을 것이다. 하지만 폭발물 해체 구역에 있는 동안에는 누구에게도 전화를 할 수 없었다. 그랬다가는 작업 상자 안에 넣어 둔 폭탄이 폭발할 가능성이 있었다.

"정말 그렇죠." 로보가 말했다. 그들은 울타리를 뚫고 갓길 사이로, 사운드에서 불어오는 차가운 바람을 맞으며 걷고 있었다. "완벽하게 합법인 도용 카드를 사면, 번호 도용으로 전화를 걸고 싶은 상대의 발신자 확인 장치에 아무거나 자기가 원하는 번호를 남길 수 있으니까요."

마리노는 만일 도디 호지가 워너 에이지와 관계가 있을 경우, 칼리 크리스핀과도 연관이 있을 것이 분명하다고 생각했다. 이번 가을에 에이지는 그 쇼에 세 번 출연했고, 도디는 지난밤, 그 쇼로 전화를 걸었다. 어쩌면 그들 세 사람이 모두 연관되어 있는 건지도 모른다. 이건 말도 안 된다.

어떻게 에이지와 도디, 칼리가 연관이 있을 수 있단 말인가? 무엇보다 무슨 이유로? 이건 실시간 범죄 정보 센터의 데이터 벽에 떠 있는 가지들과 마찬가지인 것이다. 이름 한 개를 검색하면 50개의 다른 이름들이 함께 뜬다. 세인트헨리 가톨릭 학교를 다닐 때, 국어 시간에 칠판에 나무를 그린 뒤 가지마다 복합 문장 도표를 채워 넣었던 일이 떠올랐다.

"두 달 전에, 전화벨이 울리더니 발신자 확인창에 번호가 떴어요. 세상에, 그런데 그 번호가 백악관 교환 번호지 뭡니까. 난 생각했죠. '대체 무슨 일이지?' 그래서 전화를 받았더니, 열 살짜리 딸아이가 애써 변조한 목소리로 이렇게 말하는 거예요. '대통령을 기다리게 하지 말아요.' 난 재미있지 않았습니다. 그건 업무용 전화였고, 순간 심장이 멎을 뻔했으니까요." 로보가 말했다.

'만일 이름 한 개가 모든 나뭇가지에 공통으로 나타난다면 그건 대체 뭐지?' 마리노는 생각했다.

"그 일로 딸애의 친구들 중 한 명이 그 도용 카드를 샀다는 것을 알게 됐죠. 겨우 열한 살 된 남자애가 말입니다. 인터넷에 검색하면 백악관 번호가 나와 있으니까요. 아주 혼을 내줬죠. 우리가 매번 이런 허튼 짓들을 막아 내는 방법을 알아낸다고 해도, 누군가는 또 그런 우리의 노력을 헛되게 만들곤 하지 않습니까." 로보가 말했다.

해나 스타. 마리노는 생각했다. 그 사건을 제외한 모든 일들에 스카페타의 이름이 들어가 있다는 것이 마리노는 걱정되었다. 그것이 바로 얼어붙을 것처럼 추운 이 새벽에 그가 폭탄물 해체 구역을 걷고 있는 이유였다. 마리노는 코트 깃을 세웠다. 귀가 떨어져 나갈 것같이 추웠다.

그가 로보에게 말했다. "그런 짓을 하려고 도용 카드를 구입한 거라면, 통신 업체를 통해 추적할 수 있지 않을까요?"

앤 드로이덴이 빈 우유병을 들고 흰 금속 작업 상자 앞으로 걸어갔다. 그녀는 그 유리병을 탱크 아래 놓고 그 속에 물을 채우기 시작했다.

"만일 통신 업체에서 소환장에 응해 주면 그럴 수도 있겠죠. 그것도 운이 좋을 경우에 말입니다. 하지만 그건 용의자가 있을 경우의 이야기죠. 형사님이 용의자가 없는데, 가짜 번호를 추적한다는 사실이 밝혀지면 어떻게 되겠습니까? 그것도 자기 전화번호를 남기지 않고 전화를 걸었다는 이유만으로 말이에요. 아주 악몽 같은 일이 벌어지게 될 겁니다. 그래서 도디 호지라는 여자가 자기가 똑똑하다고 말했나 봐요. 적어도 열 살짜리만큼은 영리했으니까 말입니다. 우리가 추적하지 못하게 번호를 도용했으니까요. 어쩌면 그 여자는 어젯밤 자기가 엘리제 호텔에 있는 것처럼 보이게 하려고 〈크리스핀 리포트〉에 전화할 때 그 번호를 도용했을지도 모릅니다. 사실 그 여자가 어디에 있는지 우리는 모르니까요. 그게 아니라면 형사님이 말했던 그 에이지라는 남자에게 뒤집어씌울 생각이었는지도 모르죠. 아니면 그 여자가 이런 몹쓸 장난을 할 정도로 에이지를 싫어하는 걸 수도 있어요. 갑자기 든 생각인데, 그 여자가 노래가 나오는 카드를 보냈다고 확신하는 이유는 뭡니까?"

"그 여자가 노래를 불렀어요."

"그 말은 누가 했는데요?"

"벤턴이요. 그 여자가 병원에 입원해 있을 때 주치의였으니까요."

"그렇다고 해도 카드를 보낸 사람이 그 여자라는 뜻은 아니잖습니까. 가정을 할 때는 신중하게 해야 하니까요. 이런, 너무 춥네요. 여기서 이러고 있으니 장갑을 끼고 있어도 소용이 없군요."

드로이덴은 그 유리병을 바닥에 내려놓았다. 그 옆에는 12구경 산탄총 탄창들과 PAN 분해기 부품들, 물대포가 들어 있는 커다란 검은색 상자가 놓여 있었다. 그 바로 옆에는 휴대용 금속 무기고와 로코 기어 몇 개, 장비 가방들이 있었다. 그 가방에는 장비들과 기어들이 더 많이 들어 있었고, 폭탄 처리복과 헬멧도 들어 있었다. 아마 앤 드로이덴이 작업 상자에서 소포를 꺼낼 준비를 할 때 그 옷을 입게 될 것이다. 그녀는 그 앞에 쪼그리고 앉아 검은색 상자를 열더니, 그 안에서 검은색 플라스틱 플러그, 약실, 탄창 중 한 개를 꺼냈다. 멀리서 디젤 엔진 소리가 들렸다. 그 소리와 함께 나타난 구급차가 지저분한 도로 위에 멈췄다. 계획했던 대로 되지 않을 만일의 사태에 대한 준비도 끝났다.

"다시 말하지만, 난 도디라는 여자가 도용 카드를 썼다고 말한 게 아닙니다. 그저 발신자 확인 같은 건 이제 별 의미가 없다는 말을 하고 싶었던 것뿐이에요." 로보가 어깨에 메고 있던 큰 가방을 내리며 말했다.

"내 앞에서 그 얘기 하지 말아요." 드로이덴이 분사관의 한쪽 끝에 플러그를 꽂으면서 말했다. "내 남자친구도 번호 도용을 당했는데, 금지 명령까지 받았어요. 그 사람한테 어떤 여자가 전화를 걸었는데, 발신자 확인창에 어머니 번호가 떴대요."

"그거 심각하군요." 마리노가 말했다. '그녀에게 남자친구가 있었군'.

"사람들은 익명으로 그런 걸 사용해서 자신의 IP를 추격할 수 없게 만들죠. 아니면, 바로 옆집에 있는 사람인데 다른 나라에 살고 있는 것 같다는 생각이 들게 만드는 거예요." 드로이덴은 산탄총에 약실을 끼운 뒤, 분사관 뒤쪽에 플러그를 끼우고 나사를 조였다. "전화나 컴퓨터에 나오는 걸 보이는 대로 믿으면 안 돼요. 범인들은 투명 망토를 입고 있으니까요. 누가 무슨 짓을 하는지 모르고, 설령 알아냈다고 해도 입증하기가 힘들죠. 아무에게도 책임을 지울 수 없으니까요."

로보는 가방에서 노트북 컴퓨터를 꺼내더니, 전원을 켰다. 마리노는 여기서 컴퓨터는 쓰면서 휴대전화는 어째서 쓸 수 없는 건지 궁금했다. 그는 묻지 않았다. 금세라도 엔진이 과열하는 것처럼 그 역시 과부하된 상태였다.

"난 그런 옷을 입지 않아도 되는 거요? 탄저병이나 암을 유발할 화학 물질 같은 게 없는 건 확실해요?" 마리노가 물었다.

"어젯밤에 그 소포를 작업 상자에 넣기 전에 대부분은 확인했어요. FH40, 2200R, APD2000, 높은 범위의 전리함, 가스 모니터, 생각할 수 있는 건 모두 다 검사했어요. 어느 정도는 표적 덕분이기도 하고요."

드로이덴이 말하는 표적은 스카페타였다.

"그래도 조심스럽게 취급하긴 해야 해요. 여기서는 절대 마음을 놓을 게 아니라, 아주 특별한 상황이라고 생각해야 한단 거죠. 일단 생물학적 물질이 들어 있는 건 아닌 것 같아요. 적어도 탄저나 리신, 보툴리누스 중독, 포도상구균 장내독소 B나 전염병 종류는 아니에요. 알파, 베타, 감마, 중성자 방사에도 반응이 없었어요. 화학전에 쓰이는 물질이나 자극제도 아니에요. 신경성 물질이나 수포 작용제도 아니고요. 다시 말하지만, 지금 말하는 건 전부 알려진 것들이에요. 암모니아나 염소, 황화수소중독, 이산화황 같은 독가스도 아니에요. 경보기는 울리지 않았지만, 소포 안에서 뭔가 가스가 새어 나오고 있어요. 냄새가 났으니까요." 드로이덴이 말을 이었다.

"아마 그 안에 작은 약병 같은 게 들어 있을 거요." 마리노가 말했다.

"뭔가 고약한 냄새가 나요. 타르에서 나는 것 같은 악취 말이에요. 이게 뭔지 모르겠어요. 탐지기로는 아무것도 잡히지 않아요." 드로이덴이 대답했다.

"적어도 아닌 게 뭔지는 알고 있으니, 그나마 안심이잖아. 걱정할 일이 아니길 바라자고." 로보가 말했다.

"혹시 오염 물질이 나올 수도 있는 거요?" 마리노는 이 구역의 안전을 지키기 위한 온갖 종류의 기기들을 떠올리며 물었다. 수십 년간 이 물대포로 폭탄들과 불꽃들을 제거했을 것이다.

"아까도 말했다시피, 저 안에 들어 있는 게 뭔지 몰라요. 게다가 이곳에는 거짓 양성 반응을 일으키는 방해 증기들까지 가득하죠. 안전 장비들에 쓰이는 가솔린이나 디젤 연료, 가정용 표백제에서 전부 다 가스가 배출되잖아요? 하지만 지금 같은 감지 수준이면 그런 증기들 때문에 방해를 받진 않을 거예요. 어젯밤에는 잘못 울린 경보도 없었으니까요. 비록 이런 낮은 기온이 이상적이라고 할 순 없지만 말이에요. 날씨가 이렇게 나쁘면 액정에 나타난 게 확실하지 않을 수도 있죠. 그리고 저 안에 들어 있는 게 어떤 종류의 기계인지 모르니 보호 시설에 넣을 수도 없었어요."

그녀는 분사관이 똑바로 될 정도로 PAN 분해기를 젖혔다. 그리고 그 안에 물을 집어넣고, 그 분사관 앞쪽 끝에 빨간색 뚜껑을 씌웠다. 드로이덴은 강철 분사관의 위치를 평평하게 만든 뒤, 죔쇠를 조였다. 그리고 아까 열었던 상자 안에서 레이저 조준 장치를 꺼내, 조준이라도 하는 것처럼 분사관 끝을 끌어내렸다. 로보가 모래주머니 위에 노트북을 올려놓자, 화면에 스카페타 소포의 엑스레이가 나왔다. 드로이덴이 표적 좌표가 있는 지도의 이미지를 이용해 레이저로 조준을 하면, 물대포를 쏴서 소포에 들어 있는 전원, 버튼 배터리를 제거할 수 있을 것이다.

"충격파관을 꺼내 주세요." 그녀가 로보에게 말했다.

로보는 휴대용 무기고인 중간 크기의 군용 초록색 강철 상자를 열고, 밝은 노란색 플라스틱을 씌운 12게이지 전선 같은 것이 감겨 있는 얼레와 방화복이나 폭탄 처리복을 입지 않고도 안전하게 다룰 수 있는 폭발 강도가 약한 플라스틱 폭탄을 꺼냈다. 전선 안쪽에 칠해진 HMX가 터지면서 발생하는 충격파에 약실 안쪽에 있는 공이가 부딪치게 되고, 이어 탄창의 뇌관을 건드리면서 발사 화약에 불이 붙을 것이다. 산탄총의 탄창에는 총알이 들어 있지 않았다. 거긴 발사체가 없었다. 그 폭발과 함께 분사관에서는 약 142그램의 물이 초당 244미터까지 분사될 것이다. 그 정도면 스카페타의 페덱스 상자에 적당한 구멍을 내고, 전원을 제거하기에 충분했다.

드로이덴은 그 전선을 몇 미터 풀어, 한쪽 끝을 약실 위에 연결하고 다른 한쪽은 점화기에 연결했다. 점화기는 빨간색 버튼과 검은색 버튼이 달린 작은 초록색 원격 조종기처럼 보였다. 그런 다음 그녀는 로코백 두 개에서, 초록색 재킷과 바지, 폭탄 처리복의 헬멧을 꺼냈다.

"자, 신사분들, 실례 좀 할게요. 옷을 갈아입어야 해서요." 드로이덴이 말했다.

18

말 한 마리가 끄는 이륜마차

워너 에이지는 나온 지 몇 년 된 델 노트북을 쓰고 있었다. 그 노트북은 작은 프린터와 연결되어 있었고, 두 기기 모두 플러그가 벽에 꽂혀 있었다. 전선들이 양탄자 위를 가로지르고 있었고, 출력물들이 여기저기 쌓여 있었다. 그 줄에 걸려 넘어지거나, 종이 뭉치를 밟지 않고는 걸어 다니기도 힘들 상태였다.

스카페타는 칼리가 빌려준 호텔 방에서 에이지가 쉬지 않고 일을 했다는 것을 알아차렸다. 그는 보청기와 안경을 빼기 직전까지 뭔가 굉장히 바쁘게 일하고 있었다. 그리고 카드키를 화장대 위에 그대로 놔둔 채, 계단으로 뛰어 내려가 택시를 잡아타고, 결국에는 죽음의 장소로 향한 것이다. 스카페타는 그가 인생의 마지막 순간에 무슨 소리라도 들을 수 있었을지 궁금했다. 아마 몸에 안전 장치를 단 채, 위험을 무릅쓰고 에이지에게 다가갔을 구조대 대원들의 목소리도 듣지 못했을 것이다. 다리를 지나다니는 자동차 소리도 듣지 못했을 것이다. 바람 소리조차 들리지 않았을 것이다. 그는 아무 소리도 들리지 않고, 눈앞이 전부 흐릿하게 보였을 것이다. 그래서 그 다리 위에서 쉽게 내려올 수 없었고, 되돌아가지 않을 수 있었을 것이다. 워너 에이지는 더 이상 이곳에 있고 싶지 않았을 뿐만 아니라, 어떤 이유에선지 다시는 돌아올 수 없는 길을 떠나기로 결심했다.

"가장 최근에 통화한 내역부터 알아봐야겠어." 루시가 에이지의 휴대전화로 주의를 돌렸다. 그리고 침대 근처에서 코드 구멍에 꽂혀 있던 충전기를 찾아내 휴대전화를 연결했다. "통화를 많이 한 것 같진 않아. 어제 아침에 전화 두 통을 한 뒤로 저녁 8시 6분까지 한 통도 하지 않았어. 그리고 두 시간 반 정도 지난 10시 40분에 통화를 했지. 8시 6분에 온 전화부터 시작할 거야. 누구와 통화를 했는지 알아 봐야지."

"블랙베리 암호를 해제했어." 스카페타는 어째서 지금 이 말을 꺼냈는지 알 수가 없었다. 계속 마음에 걸렸지만 차마 말을 꺼내지 못하고 있었는데, 나무에서 익은 과일이 떨어지는 것처럼 갑자기 그 말이 튀어나왔다. "워너 에이지가 내 블랙베리를 본 것 같진 않아. 칼리도 사건 현장 사진들 말고는 본 것 같지 않고. 내가 말할 수 있는 건, 전화나 메시지, 이메일을 열어 본 것 같진 않다는 거야."

"이미 알고 있었어." 루시가 말했다.

"그게 무슨 말이야?"

"맙소사. 에이지의 휴대전화 번호를 썼던 사람이 100만 명은 되는 것 같아. 어쨌든 저 전화는 워싱턴 D. C. 주소로 에이지의 명의로 되어 있어. 버라이즌 계정에, 가장 싼 통화요금제를 쓰고 있네. 확실히 전화 통화를 많이 하는 사람은 아니야. 잘 들리지 않아서 그런 거겠지만."

"그것 때문은 아닌 것 같아. 에이지의 보청기는 최신형으로 블루투스 기능까지 있는 거니까." 스카페타가 말했다.

그녀는 호텔 방을 둘러보며, 워너 에이지가 대부분의 시간을 종종 아무것도 들리지 않는 밀실 같은 공간에 갇혀 지냈을 거라고 생각했다. 스카페타는 워너 에이지에게는 친구가 없었고, 가족이 있다고 해도 가까운 사이가 아니었을 거라고 생각했다. 그녀는 워너가 유일하게 접촉했던 사람이, 마지막까지 감정적인 교류를 나눴던 유일한 사람이 자기밖에 모르는 칼리였을지 궁금했다. 칼리는 그를 후원해 주었다. 그녀는 그에게 일자리를 주었고, 잠잘 곳을 제공했다. 그리고 가끔씩 새 카드키를 가지고 나났다. 스카페타는 에이지가 돈을 가지고 있지 않았다는 사실을 떠올렸다. 그의 지갑은 어떻게 된 것일까. 어쩌면 지난밤, 이 방을 나간 뒤에 에이지가 지갑을 버렸을 수도 있다. 아마 자신의 신분을 노출시키고 싶지 않았을 것이다. 하지만 평소 습관처럼 주머니에 넣어 가지고 다녔던 지멘스 원격 조종기는 잊어버렸던 것이다. 워너 에이지는 그 원격 조종기가 스카페타와 같은 사람들에게 자신의 정체를 알려 주는 메시지가 될 수도 있다는 것을 잊고 있었을 것이다.

"이미 알고 있었다니, 그게 무슨 말이야? 어떻게 알았어? 내 블랙베리에서 아무도 정보를 빼 가지 않았다는 걸 알고 있었다는 말이야?" 스카페타가 루시에게 물었다.

"좀 기다려 봐. 지금 뭘 좀 하고 있으니까." 루시는 자신의 블랙베리를 꺼내더니 맥북에 나와 있는 번호로 전화를 걸었다. 그녀는 전화를 한참 동안 귀에 대고 있다가 끊었다. "계속 신호음만 떨어지는데. 일회용 선불 전화기인 게 확실해. 그래야 이 많은 사람들이 한 번호를 썼다는 게 말이 되지. 음성 메일이 설정되어 있지 않은 것도 그 때문이고." 그녀는 에이지의 휴대전화를 다시 쳐다보았다. "확인을 했어. 이모가 나한테 이메일을 보냈을 때, 내가 그 블랙베리에 들어 있는 것들을 다 날려 버리겠다고 했더니 이모가 안 된다고 했잖아. 그래서 그때 바로 확인해 봤더니, 새로 들어온 메시지, 이메일, 음성 메일 전부 다 접속한 기록이 없었어. 그래서 이모 말을 듣지 않고 그냥 날려 버리려고 하다가 그렇게 하지 않았던 거야. 암호는 대체 왜 해제했던 거야?"

"언제부터 알고 있었던 거야?"

"이모가 전화기 잃어버렸다고 하기 전에는 몰랐어."

"난 참을 수가 없었어."

루시는 스카페타의 얼굴을 똑바로 보지 못하고 있었다. 양심의 가책을 느꼈기 때문이 아니었다. 스카페타가 보기에 그건 아니었다. 그녀의 조카는 감정적이었다. 루시의 수심이 깊은 물속 같은 짙은 초록색 눈동자에는 두려움이 깃들어 있었고, 얼굴은 평소와 다르게 지치고, 좌절한 표정이었다. 평소 특유의 강인하고 다부진 모습은 어디로 갔는지, 지금은 아무 일도 하지 못할 것처럼 가냘프게 보였다. 스카페타가 얼굴을 보지 못했던 몇 주일 사이에, 열다섯 살처럼 보이던 루시의 얼굴은 마흔 살은 된 것처럼 보였다.

루시가 자판을 두드리며 말했다. "이제 지난밤 두 번째로 받았던 전화를 알아볼 거야."

"10시 40분에 했다는 통화?"

"맞아. 전화번호 목록에는 없는데, 전화를 건 사람이 발신자 번호 확인 차단은 하지 않았는지 에이지의 전화기에 번호가 그대로 남아 있네. 이 사람이 누구든, 에이지와 대화를 나눈 마지막 사람일 거야. 우리가 알기론 그래. 워너 에이지는 10시 40분까지는 잘 살아 있었어."

"살아 있긴 했지만 잘 있었는지는 모르지."

루시가 맥북에 뭔가를 두드리면서, 델 노트북에서도 파일들을 찾아냈다. 그녀는 한 번에 열 가지 일도 할 수 있을 것 같았다. 자신의 인생에 관한 정말 중요하고 정직한 대화만 피할 수 있다면 루시는 무엇이라도 할 수 있을 것이다.

"에이지는 통화 내역과 캐시 메모리를 삭제할 정도로 똑똑하긴 했어. 이모가 관심을 가질 만한 일이네. 에이지가 없앴다고 생각하는 것을 찾아 냈어. 칼리 크리스핀. 목록에 없는 번호로 10시 40분에 전화를 건 사람은 그 여자였어. 칼리 말이야. AT&T 계정으로 된 칼리 크리스핀의 휴대전화 번호였어. 그 여자가 에이지에게 전화를 걸었고, 4분간 통화했어. 그리 기분 좋은 대화는 아니었나 봐. 전화 받고 두 시간 뒤에 남자가 다리에서 뛰어내렸으니 말이야."

지난밤 10시 40분이면, 스카페타가 CNN의 분장실 문을 닫은 채, 알렉스 바차와 이야기를 하고 있을 때였다. 그녀는 분장실에서 나왔을 때의 상황에 대해 정확하게 떠올려 보려고 했다. 아마 10분이나 15분쯤 뒤였을 것이다. 그리고 그녀가 두려워하는 것이 사실일지도 모른다는 불길한 예감이 들었다. 칼리는 두 사람의 대화를 엿들었고, 앞으로 자기가 어떻게 될 것인지 알아차렸다. 스카페타가 칼리를 대신해 토크쇼를 맡게 될 것이다. 칼리로서는 그렇게 생각할 수밖에 없었을 것이다. 그녀는 알렉스의 제안을 거절하는 사람은 절대 없을 거라고 생각하고 있었을 테니까. 칼리는 그렇게 생각하고, 크게 좌절했을 것이다. 설령 문 앞에서 스카페타가 그 제안을 거절하며, 좋은 생각이 아닌 것 같다고 말하는 것까지 들었다고 하더라도, 칼리는 정말 그런 일이 일어나지 않게 하기 위해서는 싸울 수밖에 없다고 생각했을 것이다. 그렇게 되면 나이 61세에, 다른 직업을 찾아야만 하니까. 그리고 CNN처럼 권위 있고, 유명한 방송국에서 일하는 것은 불가능할 것이다. 경제 상황과 자기 나이를 생각하면, 칼리는 더 이상 일자리를 구하지 못하게 될 것이다.

"그럼 어떻게 된 거지?" 지난밤 칼리의 쇼가 끝난 뒤에 있었던 일들을 루시에게 말해 준 뒤, 스카페타가 물었다. "그때 바로 그 자리에서 벗어나서, 어쩌면 자기 대기실로 돌아가서 워너한테 전화를 걸었단 말이야? 워너에게 무슨 말을 했을까?"

"아마 더 이상 에이지의 도움은 필요 없다고 했겠지. 칼리가 진행하는 쇼가 끝나게 되면, 더 이상 에이지는 필요 없다는 거잖아? 만일 그 여자가 방송을 그만두게 되면, 에이지 역시 그만둘 수밖에 없는 거지." 루시가 말했다.

"대체 언제부터 프로그램 진행자가 초대 손님한테 장기 호텔 투숙권을 제공하게 된 걸까? 그것도 요즘처럼 모두가 다 예산이 삭감되는 시기에." 스카페타가 주위를 둘러보며 말했다.

"모르겠어."

"CNN이 이런 비용까지 지급하진 않았을 거야. 칼리한테 돈이 아주 많은 걸까? 이런 호텔에서 두 달간 투숙하려면 엄청난 돈이 들 거야. 방송국에서 칼리에게 출연료를 아무리 많이 준다고 해도 말이지. 칼리는 왜 이런 데 돈을 쓰는 걸까? 에이지에게는 좀 더 비용이 적게 드는 다른 곳을 얻어 줄 수도 있었을 텐데?"

"모르겠어."

"아마 여기 위치 때문이겠지. 어쩌면 이 일에 자금을 대는 다른 사람이 있을지도 몰라. 우리가 전혀 알지 못하는 누군가가 말이야." 스카페타가 생각에 잠긴 채 말했다.

루시는 스카페타의 말을 제대로 듣고 있는 것 같지 않았다.

"만일 칼리가 10시 40분에 워너에게 전화해서 해고하고 여기서 쫓아낸 거라면, 무슨 이유로 내 블랙베리를 훔쳐 간 걸까? 어째서 워너에게 짐을 싸서 다음 날 나가라고 하지 않은 걸까? 칼리가 워너를 해고할 생각이었다면, 어째서 내 전화기를 여기로 가져온 거지? 그 사람을 해고해 버리면 아무 도움도 받을 수가 없을 텐데. 에이지는 내 블랙베리를 다른 사람에게 줄 작정이었던 걸까?" 스카페타는 생각나는 대로 말을 했다.

루시는 아무 말도 하지 않았다.

"그런데 어째서 내 블랙베리가 중요한 거지?"

루시는 스카페타의 말을 전혀 듣고 있는 것 같지 않았다.

"나에 관한 것밖에 없잖아. 사실상 나에 대한 모든 것이 담겨 있고, 우리 모두에 대한 것이 담겨 있긴 하지만." 스카페타는 자문자답했다.

루시는 아무 말도 하지 않았다. 그녀는 도난당한 블랙베리에 대해 더 이상 말하고 싶어 하지 않았다. 애초에 루시가 블랙베리를 왜 샀는지에 대한 이야기가 나오는 것을 원하지 않았기 때문이다.

"네가 넣어 둔 GPS 수신기 때문에 내가 어디에 있는지도 알 수 있지. 내가 블랙베리를 가지고 있을 때 말이지만. 물론 난 네가 휴대전화 안에 GPS를 넣은 게 내가 어디에 갔었는지, 어디에 있는지 걱정해서 그런 건 아닐 거라고 생각해." 스카페타가 덧붙여 말했다.

스카페타는 커피 테이블 위에 쌓여 있는 컴퓨터 출력물들을 살피기 시작했다. 전부 해나 스타 사건에 관해 인터넷에서 찾은 뉴스, 사설, 참고 자료, 블로그 글인 것처럼 보였다. 하지만 거기에 집중하기 힘들었다. 가장 중요한 질문이 콘크리트 벽처럼 단단한 장벽에 막혀 있었기 때문이다.

"네가 무슨 짓을 했는지 먼저 털어놓고, 그 문제를 상의할 생각은 없는 거야?" 스카페타가 물었다.

"상의하다니, 뭘?" 루시는 스카페타를 쳐다보지 않았다.

"그 문제는 상의해야 해." 스카페타는 에이지가 출력해 놓은 뉴스들을 훑어보면서 말했다. 그가 칼리를 위해 조사한 것이 분명했다. "넌 내가 부탁한 적도 없고, 솔직히 말하면 원하지도 않았는데 최신식 스마트폰을 선물로 줬지. 갑자기 내 모든 생활이 네가 만든 전산망 속에 들어갔고, 난 암호에 인질로 잡혀 버렸어. 그런데 네가 내 상태를 확인하는 걸 잊었다고? 네가 정말 내 생활을 더 좋게 만들어 줄 생각이었다면, 마리노, 벤턴, 제이미의 생활을 편리하게 만들어 줄 생각이었다면 어째서 네가 그 대단한 시스템을 관리하지 않는 거지? 사용자들이 암호를 제대로 쓰고 있는지 확인하고, 데이터의 상태가 온전한지 확인하고, 보안에는 아무 문제가 없는 건지 감시해야 하는 거잖아?"

"내가 그렇게 감시하면 이모가 좋아하지 않을 거라고 생각했어." 루시가 델 컴퓨터의 자판을 빠르게 두드리더니, 다운로드된 폴더에 들어갔다.

스카페타는 다른 종이 뭉치를 집어 들며 말했다. "네가 그렇게 감시하는 걸 알면 제이미 기분이 어떨 것 같아?"

"워너 에이지가 지난 9월에 D. C.에 있는 부동산 중개소에서 계약을 했네." 루시가 말했다.

"제이미는 자기 휴대전화 속에 광역 증대 시스템이 가능한 GPS가 들어 있다는 걸 알고 있니?"

"자기 집을 팔려고 내놓고 이사한 걸로 되어 있어. 가구는 없었던 모양

411

이야." 루시는 다시 자기 맥북으로 돌아가, 다른 걸 검색하기 시작했다. "이제 그 집이 팔렸는지 알아봐야지."

"나한테 할 말 없어?" 스카페타가 물었다.

"그냥 팔리지 않은 게 아니라, 차압 직전 매물이었어. 듀폰 서클에서 그리 멀지 않은 14번가에 있는 침실 두 개, 욕실 두 개인 콘도야. 62만 달러에서 시작해서, 이제 50만 달러가 약간 넘을 정도로 떨어졌네. 에이지가 여기서 죽은 이유 중에 하나는 달리 갈 데가 없었기 때문일 수도 있겠어."

"자꾸 피하려고 하지 마."

"이 집을 에이지는 8년 전에 60만 달러가 좀 안 되는 값에 샀어. 그때만 해도 괜찮았던 모양이야."

"제이미에게 GPS에 대해 말했어?"

"이 남자는 지금 무일푼이야. 그리고 이제 죽었고. 은행이 자기 집을 가져가든 말든 상관없게 됐다는 거지." 루시가 말했다.

스카페타가 말했다. "난 네가 휴대전화에 GPS를 넣어 두었다는 걸 알고 있어. 그런데 제이미도 알고 있니? 제이미한테도 말한 거야?"

"모든 걸 잃게 되면, 절벽으로 내몰리게 되지. 에이지의 경우에는 다리로 내몰린 셈이지만." 루시가 말했다. 그리고 표정이 변하면서, 목소리가 미세하게 떨렸다. "내가 어릴 때 이모가 읽어 줬던 거 기억나? 올리버 웬들 홈스의 시 말이야. 〈말 한 마리가 끄는 이륜마차〉. '마차들이 가득 있는 건물 안에서 내가 말했지/ 언제나 약점이 있다고… 그 이유는 당연히/ 마차가 무너지지만 낡아서 그런 건 아니라고….' 내가 어렸을 때 리치먼드로 이모를 찾아가고, 이모와 불규칙적으로 같이 살 때, 난 이모와 계속 같이 있고 싶었어. 빌어먹을 우리 엄마. 이맘때면 항상 그랬지. 크리스마스에는 집에 돌아가야 하니까. 그럼 몇 달 동안 연락 한 번 없던 엄마가 연락해서 크리스마스에 집에 올 거냐고 물어봐. 엄마는 그저 내가 자기한테 선물을 보내는 걸 잊지 않게 하려고 했던 거였어. 엄마에게 항상 값비싼 물건을 보내거나, 그 좋아하는 수표를 보내곤 했으니까. 망할 엄마."

"제이미를 믿지 못할 만한 일이라도 있었던 거야?" 스카페타가 물었다.

"이모는 복도 끝에 있던 방에서 침대에 누워 있던 내 옆에 앉아 있곤 했어. 윈저 팜스에 있던 이모 집에서 나중에 내 방이 됐던 그 방 말이야. 난 그 집이 좋았어. 이모는 내게 홈스의 시집을 읽어 주곤 했지. 〈늙은 철기병〉, 〈들어앉은 앵무조개〉, 〈지난 시절〉. 그리고 내게 삶과 죽음의 본질을 설명해 주려고 했었어. 이모는 사람들이 〈말 한 마리가 끄는 이륜마차〉나 마찬가지라고 말했지. 100년을 버티다가, 어느 날 갑자기 무너져 먼지 더미가 되어 버리는 마차들 말이야." 루시는 양손으로 자판을 두드리면서 말했다. 이모를 보지 않고, 그녀는 파일들과 링크들이 쉴 새 없이 열렸다가 사라지는 노트북 화면만 계속 쳐다보고 있었다. "이모는 그 마차가 안 좋은 일들로 인해 결국 영안실에 들어오게 되는 사람들의 죽음에 대한 완벽한 비유라고 했었어. 그렇지만 그런 사람들에게는 그런 날을 맞이하게 만든 무언가가 있었을 거라고 했지. 그건 아마 그 사람들의 약점과 관련된 것일 거라고 했어."

스카페타가 말했다. "난 제이미가 네 약점이라고 생각하는데."

루시가 말했다. "난 그게 돈일 거라고 생각했어."

"제이미를 염탐하고 있는 거니? 어째서 저런 걸 우리한테 준 거야?" 스카페타는 커피 테이블에 놓여 있는 루시와 자신의 블랙베리 두 대를 가리켰다. "제이미가 네 돈에 손이라도 댈까 봐 무서웠던 거니? 제이미가 네 엄마 같을까 봐 두려웠던 거야? 이해할 수 있게 말해 봐."

"제이미한테 내 돈 따위는 필요 없어. 나도 필요 없고." 흔들림이 없는 목소리였다. "그런 걸 가지고 있는 사람이 어디 있겠어, 이런 경제 상황에. 눈앞에 있는 얼음이 녹는 것처럼, 아무리 비싸고 정교한 얼음 조각상이라고 해도 물과 수증기로 변해 버리는 것과 똑같은 요즘 세상에 말이야. 애초에 그런 게 정말 있었는지, 그걸 보고 흥분했던 일이 있었는지 알 수 없을 정도지. 어떻게 해도 가질 수 없어." 루시는 주저했다. 무슨 생각인지 모르지만, 말로 옮길 수가 없는 것 같았다. "이건 돈 얘기가 아니야. 내가 속해 있는 다른 것에 관한 이야기야. 그래서 난 전부 오해했어. 어쩌면 거기서부터 말해야 할 거야. 내가 오해하기 시작했던 일들부터."

"넌 시 인용을 기가 막히게 하는 누군가에 대해서도 오해하고 있잖아." 스카페타가 말했다.

루시는 아무 말도 하지 않았다.

"이번엔 무슨 오해를 한 건데?" 스카페타가 말을 걸었다.

하지만 루시는 말을 하지 않았다. 두 사람 사이에는 잠시 침묵이 흘렀다. 루시가 두드리는 자판 소리와 스카페타가 무릎 위에서 그 자료들을 뒤적거리는 소리만 들렸다. 스카페타는 해나 스타에 관한 인터넷 자료들을 대충 살폈다. 칼리 크리스핀과 실패한 쇼에 대한 자료들도 있었다. 그 중에는 칼리의 쇼가 닐슨 시청률이 급락한 것에 관한 것과 스카페타와 스카페타 팩터에 대해 언급한 리뷰어의 글도 있었다. 그 블로거의 말에 따르면 이번 시즌 칼리의 쇼에서 유일하게 재미있었던 순간이 CNN의 고위 법의학 분석가가 초대 손님으로 나왔을 때라면서, 스카페타의 논평은 아주 정확하고, 확고하며, 대범하며, 외과용 메스처럼 날카롭다고 했다. "케이 스카페타는 그 문제의 중심에 날카롭게 파고들었으며, 해이한 마음으로 과장을 일삼는 칼리 크리스핀과 치열한, 지나칠 정도로 치열한 논쟁을 벌였다." 스카페타는 의자에서 일어났다.

그녀가 조카에게 말했다. "예전에 윈저 팜스에 왔을 때 네가 나한테 화가 나서 내 컴퓨터를 전부 포맷해 버리고 분해해 버렸던 일 기억나니? 난 그때 열 살밖에 안 된 네가 내 말이나 행동 중에 뭔가를 오해해서, 잘못 이해해서, 좋게 말해 그런 과잉 반응을 보인 거라고 생각했어. 지금 넌 제이미와의 관계를 포맷하고, 완전히 분해하고 있는 중인 거니? 그렇게 해서 네게 좋을 게 뭐가 있어?"

스카페타는 가방을 열고 장갑 한 짝을 꺼냈다. 워너 에이지의 옷가지들이 너저분하게 쌓여 있는 침대를 지나, 서랍장을 열어 보기 시작했다.

"제이미가 네가 오해할 만한 행동이라도 한 거야?" 스카페타가 말을 걸었다.

서랍 속에는 개키지도 않은 옷가지들이 들어 있었다. 바지, 셔츠, 양말, 잠옷, 손수건, 커프스단추가 들어 있는 작은 벨벳 상자 들이 들어 있었는데, 모두 다 오래됐고, 비싸 보이는 물건은 하나도 없었다. 다른 서랍에는 스웨터와 FBI 아카데미, 인질 구조 팀과 국가 테러 예방 팀을 포함한 온갖 FBI 부서의 로고가 박혀 있는 티셔츠들이 들어 있었다. 전부 오래됐고, 해졌으며, 에이지가 탐냈지만 결코 들어가지 못했던 부서들이었다. 스카페타는 워너 에이지가 무엇 때문에 그렇게 행동한 건지, 지치지도 않고 인생이 불공평하다는 믿음을 확인해야 했던 필사적인 이유가 무엇인지 알 수가 없었다.

"이번에 오해하고 있는 건 뭔데?" 스카페타가 다시 물었다.

"쉽게 말할 수 있는 게 아니야."

"시도라도 해 봐."

"제이미에 대해 말할 순 없어, 이모한테는." 루시가 대답했다.

"다른 사람한테도 말하지 않잖아. 좀 정직해 봐."

루시가 스카페타를 돌아보았다.

"어떤 심도 깊은 중요한 사안에 대해 다른 사람과 이야기하는 게 쉽지는 않지. 결국에는 마음에도 없고, 시시하고, 아무 의미 없는 이야기만 계속하게 될 거야. 기계들, 사이버 공간이라는 무형의 세계, 그 실존하지 않는 곳에 머무르고 있는 사람들처럼, 별것도 아닌 일들을 트위터나 블로그에 대고 떠들어 대면서 시간을 낭비하는 그림자 같은 사람들처럼 말이지."

스카페타는 서랍장 맨 아래 칸이 걸려서 열리지 않자, 손가락으로 합판 같기도 하고, 딱딱한 플라스틱 같기도 한 부분을 잡고 서랍을 빼내려고 애를 쓰고 있었다..

"나는 현실 세계에 있어. 그것도 지난밤, 세상을 하직하기로 마음먹은 뒤에 엉덩이뼈가 부서진 채로 영안실에 누워 있는 남자가 살았던 이 호텔 방에 말이야. 말해 봐. 루시. 뭐가 잘못된 건지 말해 봐. 살아 있는 사람의 언어로, 감정이 담긴 언어로 내게 말해 보란 말이야. 제이미가 너를 더 이상 사랑하지 않는다고 생각하는 거니?"

서랍을 뽑아내자, 그 안에는 텅 빈 트랙폰과 스프푸카드 상자들, 사용 설명서들과 안내서들로 가득 차 있었다. 그리고 뒷면에 핀 번호를 긁어 내지 않은 것으로 보아 사용하지 않은 것처럼 보이는 정품 인증 카드들이 들어 있었다. 또 말은 할 수 있지만, 잘 듣지 못하는 사용자들을 위해 실시간 전화 통화를 자막으로 볼 수 있는 웹 서비스에 관한 사용 설명서가 들어 있었다.

"서로 대화도 안 하는 거야?" 스카페타가 계속해서 물었지만, 루시는 계속해서 대답하지 않았다.

스카페타는 얽혀 있는 충전기들과 재활용 선불 휴대전화들에 사용하는 반짝거리는 비닐 봉투를 발견했다. 적어도 다섯 개는 있는 것 같았다.

"싸웠니?"

그녀는 침대 쪽으로 돌아가 지저분한 옷더미들을 뒤적거리다가, 시트를 벗겼다.

"섹스도 안 하는 거야?"

"맙소사. 제발 좀. 이모한테 어떻게 그런 얘길 해?" 루시가 불쑥 말했다.

스카페타는 침대 옆에 있는 서랍들을 열어 보면서 말했다. "난 온종일 죽은 사람들의 벌거벗은 몸을 앞에 두고 일을 해. 그리고 벤턴과 섹스를 나누는 건, 서로의 기운을 북돋아 주고, 서로에게 힘을 주며, 우리가 서로에게 속해 있다는 것을 확인하고, 소통을 함으로써, 우리가 살아 있다는 것을 되새기기 위해서야." 그 서랍들 속에는 신문 기사들을 포함, 더 많은 출력물들이 들어 있었다. 다른 건 아무것도 없었다. 그리고 트랙폰도 여전히 보이지 않았다. "가끔 싸울 때도 있어. 어젯밤에도 싸웠지."

스카페타는 바닥에 엎드려 가구 밑을 들여다보았다.

"난 널 목욕시켰고, 네 상처를 치료해 줬고, 화를 다 받아 줬어. 그리고 네가 친 사고들을 다 수습했지. 적어도 어떤 방법으로든 널 구하긴 했어.

그리고 가끔씩 내 방에 틀어박혀 울기도 했지. 너 때문에 너무 힘들었으니까. 난 네가 그동안 만났던 상대들을 만나 봤어. 그리고 네가 그 사람들과 사랑을 나누는 건 아주 좋은 일이라고 생각해. 우린 모두 똑같으니까 말이야. 기본적으로 몸의 구조가 똑같고, 비슷하게 이용할 수 있으니까. 분명히 말해 두자면, 난 지금까지 네가 상상조차 못 할 일들을 많이 보고 들었어." 스카페타가 말했다.

그녀가 자리에서 일어났다. 트랙폰은 어디에서도 보이지 않았다.

"나한테 뭐가 부끄러운 건데? 그리고 난 네 엄마가 아니야. 네가 내 불쌍한 동생이 아니라서 다행이지. 그 애가 가진 것 중에 내가 바란 건 너밖에 없었어. 난 그 애가 널 내게 주길 원했고, 네가 태어난 첫날부터 계속 같이 있고 싶었으니까. 난 네 이모야. 네 친구고. 지금 상황에선 동료이기도 하지. 그러니 나한텐 말해도 돼. 제이미를 사랑하니?" 스카페타가 물었다.

루시의 손은 맥북 자판 위에서 움직이지 않고 가만히 있었다. 그리고 계속 노트북 화면들만 쳐다보고 있었다.

"제이미를 사랑해?"

스카페타는 돌돌 말린 종이 뭉치들을 헤치며 쓰레기통을 뒤지기 시작했다.

"지금 뭐 하는 거야?" 마침내 루시가 물었다.

"에이지는 트랙폰을 가지고 있었어. 다섯 대 정도 되는 것 같아. 두 달 전, 이리로 온 뒤에 구입한 것 같아. 바코드만 있고, 상표가 없어서 어디서 구입했는지 알 수가 없긴 하지만. 스푸카드들과 연계해서 발신자 전화번호를 속일 때 사용한 것 같아. 제이미를 사랑하니?"

"통화 시간이 얼마나 되는 것들인데?"

"각각 사용 시간 60분에, 90일간 사용할 수 있는 거야."

"그럼 공항 매점이나, 기념품점, 타깃, 월마트 같은 곳에서 현금으로 구입했을 거야. 통화 시간 60분을 다 쓰고, 통화 시간을 충전하려면 신용카드가 필요하니까 그냥 버리고 새 걸 사는 거지. 한 달쯤 됐어, 제이미가 나와 같이 밤을 보내고 싶어 하지 않게 된 지…." 루시의 얼굴이 달아올랐다. "처음에는 일주일에 하루 이틀 피하더니, 그다음에는 사나흘을 피하는 거야. 제이미 말로는 일 때문에 정신이 없다고 했어. 하지만 누군가와 잠을 같이 자고 싶지 않다는 건 뻔한 거잖아…."

"제이미는 늘 일 때문에 정신이 없었어. 우리 같은 사람들은 항상 일 때문에 정신이 없을 수밖에 없지." 스카페타가 말했다.

그녀가 옷장을 열자, 작은 안전 금고가 나왔다. 금고 문은 활짝 열려 있었고, 그 안에는 아무것도 없었다.

"이러다 점점 더 안 좋아질 거야, 그렇지? 그게 문제란 말이야. 안 그래?" 루시는 비참해 보였고, 눈빛에는 분노와 상처가 깃들어 있었다. "제이미는 다를 수도 있다는 말이잖아. 그렇지? 이모는 아무리 바빠도 이모부를 원하잖아. 그것도 20년이나 됐는데 말이야. 하지만 제이미는 나를 원하지도 않고, 함께 있을 시간도 거의 없어. 이건 일이 바빠서가 아니란 말이야."

"알아들었어, 뭔가 다른 문제가 있단 말이구나."

스카페타는 장갑 낀 손으로 1980년대와 1990년대 유행했을 법한 옷들을 살피고 있었다. 가느다란 세로 줄무늬 스리피스 양복과 깃이 넓고 네커치프 주머니가 있는 더블 양복들, J. 에드거 후버가 FBI 국장이던 시절의 조직 폭력배들이 떠오르는 흰색 프렌치 커프스 셔츠들이 걸려 있었다. 옷걸이에 줄무늬 타이가 다섯 개 걸려 있었고, 다른 옷걸이에는 양면 벨트 두 개가 늘어져 있었다. 한 개는 바늘땀이 박혀 있었고, 다른 한 개는 악어 무늬 모양이었다. 그리고 바닥에는 어디에나 어울리는 검은색과 갈색의 플로쉐임 윙 팁 정장 구두 두 켤레가 놓여 있었다.

스카페타가 말했다. "잃어버린 내 블랙베리의 위치를 찾아낸 덕분에, 네 광역 증대 시스템 GPS 수신기가 무슨 역할을 하는 건지 명백해졌어. 그래서 우리가 지금 여기 앉아 있는 거니까. 그럼 넌 제이미와 떨어져 지낸 밤마다 이 GPS로 그녀가 어디 있는지 확인을 했다는 거야? 그래서 알아낸 게 있어?"

옷장 뒤쪽에 커다란 검은색 옷가방이 놓여 있었다. 긁힌 자국이 심한 낡은 가방으로, 손잡이에는 아직도 수하물 표가 그대로 붙어 있었다.

"제이미는 아무 데도 가지 않았어. 사무실에서 늦게까지 일하고 집에 갔지. 블랙베리를 놓고 다니는 게 아니라면 말이야. 아파트에 다른 사람이 드나든 것도 아니고, 사무실에서 다른 사람과 무슨 일이 있었던 것도 아니야." 루시가 말했다.

"그렇다면 넌 제이미 아파트는 물론, 지방검사 사무실 보안 카메라까지 다 확인했다는 말이구나. 그다음엔 뭘 할 거니? 이제 제이미 사무실이나 회의실, 집에 몰래 카메라 몇 대 설치해서 염탐이라도 할 거야? 혹시 벌써 그렇게 했더라도 나한테 말은 하지 말아다오."

스카페타는 힘겹게 옷가방을 끌어냈다. 제법 무거웠다.

"맙소사. 그런 거 아니야."

"이건 제이미가 문제가 아니야. 네가 문제지." 스카페타는 옷가방의 걸쇠를 눌렀다. 딸깍, 하는 큰 소리와 함께 문이 열렸다.

산탄총에서 물폭탄이 발사되었다.

마리노와 로보는 귀마개를 벗고, 몇 톤은 되는 것 같은 콘크리트 블록과 방탄유리로 된 관측소에서 걸어 나갔다. 폭탄 처리복을 입고 있는 드로이텐이 있는 곳에서 90미터 정도 떨어진 곳이었다. 그녀는 조금 전 명중시킨 스카페타의 페덱스 상자가 있는 구덩이로 다가가, 그 앞에 무릎을 꿇고 자기가 처리한 물건의 상태를 확인했다. 그녀는 헬멧을 쓴 채로 마리노와 로보를 돌아보더니 엄지손가락을 번쩍 들어 올렸다. 장갑을 끼지 않은 그녀의 맨손은 실제 자기 모습보다 두 배는 더 커 보이게 만드는 짙은 초록색 패딩 때문에 더욱 작고 창백하게 보였다.

"크래커 잭(과자 상표로 상자 속에 플라스틱 반지나 스티커 같은 것들이 들어 있다―옮긴이) 상자를 여는 것 같군요. 어떤 상품이 나올지 기대되는데." 마리노가 말했다.

그는 스카페타의 페덱스 상자가 이 소동을 벌일 만한 가치가 있기를 바라기도 했고, 한편으로는 바라지 않기도 했다. 그건 이제까지 일을 하는 동안 늘 있었던 습관적인 갈등이었다. 사실 말로 할 수도 없고, 자신이 그런 생각을 한다는 것을 인정하고 싶지 않았지만 늘 그랬다. 진짜 위험하거나 피해가 큰 사건이어야 수사가 보답을 받는다. 그렇지만 제대로 된 사람이라면 어떻게 그런 걸 바랄 수 있단 말인가?

"뭐가 들어 있던가?" 로보가 드로이덴에게 물었다.

다른 대원이 드로이덴이 폭탄 처리복을 벗는 걸 도와주었다. 재킷을 벗은 뒤, 지퍼를 올리는 그녀의 표정이 썩 좋지 않았다.

"뭔가 지독한 냄새가 났어요. 악취 말이에요. 가짜 폭탄은 아닌데, 처음 보는 장치예요. 그런데 문제는 냄새인 것 같아요." 그녀는 다른 대원이 폭탄 처리복을 가방에 집어넣는 동안, 마리노와 로보에게 말했다. "AG 10형 버튼식 배터리 세 개와 연발 공중 투하 폭탄, 불꽃용 연소물이 들어 있었어요. 앞에 부두교 인형 같은 게 달려 있는 카드도 들어 있었고요. 악취 폭탄이에요."

물 폭탄을 맞은 페덱스 상자는 활짝 펼쳐져 있었다. 흠뻑 젖은 판지 뭉치에, 깨진 유리조각, 작은 흰색 헝겊 인형 파편들, 그리고 지저분해진 모래주머니들 가장자리에 개털처럼 보이는 것도 붙어 있었다. 신용카드보다 크지 않은 음성 녹음 모듈도 몇 조각으로 깨져 있었다. 그 근처에 엉망이 된 버튼식 배터리들도 보였다. 마리노는 가까이 다가가 드로이덴이 말했던 악취를 맡아 보았다.

"아스팔트, 썩은 달걀, 개똥 냄새가 섞여 있는 것 같은 냄새가 나는군요. 이게 대체 뭐지?" 그가 말했다.

"그게 뭐든 그 약병에 들어 있었어요. 유리로 된 약병 말이에요." 드로이덴이 검은색 로코 가방을 열고, 증거 봉투들과 에폭시 수지를 바른 알루

미뉴캔, 얼굴 가리개들과 니트릴 장갑들을 꺼냈다. "처음 맡아 보는 냄새예요. 석유 냄새와 비슷하긴 한데 그런 건 아니에요. 타르, 유황, 똥 냄새 같죠."

"어떻게 되어 있었던 거요?" 마리노가 물었다.

"이 상자를 열면 인형이 붙어 있는 카드가 놓여 있었을 거예요. 카드를 열면 폭발이 일어나면서 이 지독한 냄새가 나는 액체가 들어 있는 유리 약병이 깨지는 거죠. 시판되는 연발 공중 투하 폭탄에 전자 성냥, 전문적인 불꽃놀이용 점화기를 달고, 음성 모듈의 전원인 배터리에 연결시킨 거예요." 드로이덴이 가느다란 브리지 와이어로 연결된 폭죽 세 개의 잔해를 가리키며 말했다.

"전자 성냥들은 전류에 아주 민감하죠. 녹음용 배터리 몇 개면 충분할 겁니다. 하지만 누군가 음성 모듈의 슬라이드 스위치와 녹음 회로를 녹음 재생과 대조적인 폭탄 설정 배터리 전류로 바꿔야만 해요." 로보가 마리노에게 말했다.

"그건 아무나 할 수 있는 일이오?" 마리노가 물었다.

"바보가 아니고, 순서대로 잘 따라 하면 아무나 할 수 있긴 하죠."

"인터넷을 통해서." 마리노가 생각나는 대로 말했다.

"네, 맞습니다. 실제로 원자 폭탄도 만들 수 있죠." 로보가 대답했다.

"만일 박사가 이 상자를 열었으면 어떻게 되는 거요?" 마리노가 다시 물었다.

"확실히 말하긴 어렵지만, 부상을 당했을 거라는 건 틀림없어요. 손가락 몇 개 정도 날아갔을 수도 있고, 깨진 유리 조각이 얼굴이나 눈에 박혔을 가능성도 있죠. 심하게 다쳤을 거예요. 장님이 됐을 수도 있고요. 그중에서도 확실한 건, 이 고약한 냄새가 나는 액체를 뒤집어썼을 거예요." 드로이덴이 대답했다.

"그게 목적이었을 거라고 생각합니다. 누군가 이 정체 모를 액체를 박사님한테 뒤집어 씌우고 싶었던 거죠. 그랬다면 박사님이 많이 다쳤을 겁니다. 가져왔다는 카드를 보여 주세요." 로보가 말했다.

마리노는 가방에서 스카페타에게 받은 증거물 봉투를 꺼내 로보에게 건네주었다. 로보는 장갑을 끼고, 조사를 시작했다. 그가 크리스마스카드를 꺼내자, 번들거리는 카드 앞면에는 밀방망이를 휘두르며 쫓아오는 아내를 피해 도망가는 산타가 그려져 있었다. 가느다랗고, 음이 맞지 않는 여자 목소리로 부르는 노래가 흘러나왔다. "호-디, 도-디 크리스마스…." 로보가 음성 모듈이 나오게 뻣뻣한 종이를 벗겨 냈다. 그래도 그 짜증나는 노래는 계속 흘러나오고 있었다. "어디를 가든 겨우살이를 걸어 줘…." 그는 배터리에서 그 녹음 장치를 분리시켰다. 배터리는 세 개로, 손목시계 안에 들어가는 것보다 크지 않은 AG 10형이었다. 조용한 가운데, 바닷바람이 울타리 사이로 불어왔다. 마리노는 더 이상 귀에 감각이 없었다. 입도 기름이 필요한 양철 나무꾼 같았다. 너무 추워서 말을 하기가 힘들었다.

"크리스마스카드에 쓰는 단순한 음성 모듈이에요." 로보는 마리노가 볼 수 있게 음성 모듈을 내밀었다. "손재주가 뛰어난 사람들이나 직접 만드는 사람들이 쓰는 종류네요. 스키퍼가 달린 전체 회로예요. 자동 재생을 하기 위해서는 슬라이드 스위치가 필요해요. 그 스위치는 기성품으로 파는데, 여기서 가장 중요한 역할을 하고 있어요. 그 슬라이드 스위치가 발사 회로에 접촉하면, 기폭 장치가 작동하니까요. 주문만 하면 돼요. 직접 만드는 것보다는 훨씬 쉽죠."

드로이덴이 구덩이 속에 남아 있는 축축하고 지저분한 상자 속에서 폭탄 부품들을 꺼내 왔다. 그리고 마리노와 로보에게 잘 보이게 자리에서 일어났다. 니트릴 장갑을 낀 그녀의 손바닥 위에 은색, 검은색, 진한 초록색 플라스틱과 금속 조각들, 검은색과 구리 전선이 놓여 있었다. 드로이덴은 로보에게서 멀쩡한 음성 모듈을 받아 들고, 비교하기 시작했다.

"현미경으로 보면 보다 확실해질 거예요." 그녀가 말했다. 하지만 그 말뜻은 명백했다.

"같은 종류의 녹음 장치군요." 마리노가 말했다. 그는 바람에 폭탄 부품들이 날아가지 않도록 자기 손으로 그녀의 손을 감싸고 있었다. 그리고 이렇게 드로이덴의 바로 옆에 좀 더 오래 서 있을 수 있다면 좋겠다고 생각했다. 이렇게 밤을 새야 하고, 그의 온몸이 얼음덩어리로 변한다고 해도 상관없었다. 마리노는 갑자기 따뜻함을 느꼈고, 동작이 민첩해졌다. "이런, 냄새가 고약하군. 그리고 저 개털 같은 건 또 뭡니까?" 그는 합성 고무로 된 장갑을 끼고 있는 손가락으로 굵고 긴 털들을 몇 가닥 건드렸다. "이 안에 왜 이런 개털이 들어 있는 거죠?"

"저 인형 속을 이 털로 채웠나 봐요. 아마 개털인 것 같아요. 전에 이와 비슷한 구성으로 된 것을 본 적이 있어요. 회로판, 슬라이드 스위치, 녹음 버튼과 마이크로폰 스피커." 그녀가 말했다.

로보는 산타 카드를 보고 있었다. 그는 카드를 뒤집어 뒷면을 보았다.

"중국산에, 재생 종이라. 환경을 생각하는 크리스마스 폭탄이군요. 좋은 방법인데요." 그가 말했다.

19
사라진 시계

　스카페타는 바닥에서 그 옷가방을 열었다. 그 안에는 아코디언 모양의 파일 폴더가 29개 들어 있었다. 각각 고무줄로 묶은 뒤, 하얀 스티커로 붙인 표에는 날짜가 적혀 있었다. 26년간의 기록으로, 대부분 워너 에이지의 경력에 관한 내용이었다.

　"만일 내가 제이미에게 말한다면, 그 사람이 너에 대해 뭐라고 말할 거라고 생각해?" 스카페타는 계속해서 캐물었다.

　"그거야 쉽지. 내가 병적이라고 할 거야." 루시가 불쑥 화를 냈다.

　스카페타가 보기엔 번개가 치는 것처럼, 루시는 이렇게 가끔 느닷없이, 강렬하게 분노를 표출하곤 했다.

　"난 계속 화가 났어. 누군가에게 상처를 주고 싶을 정도로." 루시가 말했다.

　에이지가 엘리제 호텔에 가져다 놓은 개인 물건들은 그에게는 중요한 것일 것이다. 스카페타는 그중 최근 폴더를 꺼내 들고 조카의 발치에 앉았다.

"왜 누군가에게 상처를 주고 싶은 건데?" 스카페타가 루시에게 물었다.

"내가 빼앗긴 것을 돌려받기 위해서야. 조금이라도 명예를 회복하고, 두 번째 기회를 갖기 위해서. 어느 누구도 두 번 다시 내게 이런 짓을 하지 못하게 할 거야. 가장 끔찍한 게 뭔 줄 알아?" 루시의 눈이 번쩍거렸다. "아무렇지 않게 다른 사람들을 파멸시키고 죽이겠다고 결정하는 거야. 그리고 그런 생각을 해도, 마음이 아프거나 양심의 가책을 받기는커녕 아무것도 느끼지 못하는 거지. 아무 느낌이 없어. 이 사람이 느꼈을 감정 같은 걸 느끼지 못하는 거야." 루시는 워너 에이지가 방 안에 있기라도 한 것처럼 팔을 흔들었다. "그게 바로 최악의 순간이지. 더 이상 아무것도 느끼지 못하게 되었을 때. 그런 순간에 결코 되돌릴 수 없는 짓을 저지르게 되는 거야. 가장 끔찍한 건, 자기 자신이 사람들을 지키기 위해 붙잡으려고 하는 나쁜 놈들과 전혀 다를 게 없다는 것을 알게 되는 순간이지."

스카페타는 최신 파일의 고무줄을 벗겼다. 표에는 올해 1월 1일부터라고 표시되어 있었지만, 끝나는 날짜는 비어 있었다.

"넌 그런 사람들과 달라." 스카페타가 말했다.

"난 결코 되돌릴 수가 없어." 루시가 말했다.

"뭘 되돌릴 수가 없다는 거야?"

그 파일은 여섯 개 칸으로 나뉘어져 있었는데, 종이와 영수증, 수표책으로 꽉 차 있었고, 갈색 가죽 지갑이 한 개 들어 있었다. 뒷주머니에 오랜 세월 넣고 다닌 듯 휘어진 형태에 가죽이 반들반들 닳은 낡은 지갑이었다.

"내가 했던 짓들을 되돌릴 수가 없어." 루시가 울음을 터트리지 않으려는 듯, 깊은 한숨을 내쉬었다. "난 나쁜 사람이야."

"아니, 그렇지 않아." 스카페타가 말했다.

에이지의 운전면허증은 3년 전에 기한이 만료된 것이었다. 마스터 카드도 기한이 만료되어 있었다. 비자와 아메리칸 익스프레스 카드 역시 기한이 만료된 것이었다.

"나쁜 사람 맞아. 이모도 내가 무슨 짓을 했는지 알잖아." 루시가 말했다.

"넌 나쁜 사람이 아니야. 네가 무슨 짓을 했는지 아니까 이렇게 말할 수 있는 거야. 전부 다 아는 건 아니지만, 상당히 많이 알고 있지. 넌 FBI에 ATF였고, 벤턴과 마찬가지로 너도 정말 어쩔 수 없고, 확실히 말할 수도 없고, 지금도 어떻게 할 수 없는 그런 일들을 했어. 나야 물론 잘 알고 있어. 그 일들은 모두 공무집행이었고, 아주 합당한 이유가 있는 일들이었다는 걸 말이지. 최전방을 지키는 군인들처럼. 그렇게 경찰이든, 군인이든, 일반적인 한계를 넘어서는 일들을 해 주고 있는 사람들이 있기 때문에 우리 같은 사람들이 평범한 삶을 살 수 있는 거야."

스카페타가 지갑에 들어 있는 돈을 세어 보니 1,440달러였다. 현금 인출기에서 뽑은 것처럼, 전부 다 20달러짜리였다.

루시가 말했다. "정말? 그럼 로코 카지아노는?"

"만일 네가 그 일을 하지 않았으면 그 애의 아버지인 피트 마리노는 어떻게 됐을까?" 스카페타는 폴란드에서 있었던 그 일에 대해 자세히 알지 못했고, 알고 싶지도 않았다. 하지만 그 상황만큼은 이해하고 있었다. "마리노는 죽었을 거야. 로코는 조직 폭력단에 속해 있었고, 자기 아버지를 죽이려고 했어. 이미 도화선에 불은 붙었고, 네가 그걸 끈 거야."

스카페타는 음식, 화장품, 교통비 영수증들을 자세히 살폈다. 디트로이트와 미시간에 있는 호텔, 가게, 식당, 택시 이용을 많이 했다는 것을 알 수 있었다. 전부 현금 결제였다.

"나 말고 다른 사람이 하길 원했어. 하지만 결국 내가 아저씨 아들을 죽였지. 되돌릴 수 없는 일들을 너무 많이 저질렀어." 루시가 말했다.

"어떻게 살아 온 날을 되돌릴 수 있겠니? 그건 정말 바보 같은 말이야. 사람들은 노상 그런 말을 하지만, 실제로 우리는 아무것도 되돌릴 수 없어. 우리가 할 수 있는 일은 그저 우리가 저지른 실수들을 정면으로 마주하고, 책임을 지고, 사과하고 바로 잡으려고 노력하는 것뿐이야."

스카페타는 에이지가 자신의 목숨을 바칠 정도로 중요하게 생각했던 것이 무엇인지 알아내기 위해 바닥에 쌓아 놓은 파일들을 뒤지기 시작했다. 그녀는 지불된 수표가 들어 있는 봉투를 발견했다. 지난 1월, 에이지는 지멘스 모션 700 보청기 두 개와 액세서리들을 사는 데 6,000달러 이상을 썼다. 그리고 예전에 쓰던 보청기를 굿윌에 기증하고 받은 영수증도 있었다. 그리고 얼마 지나지 않아 에이지는 전화 자막 제공 서비스를 해 주는 웹사이트에 가입했다. 돈이 어디서 나는지를 알려 줄 만한 소득 공제나 은행 기록은 없었다. 스카페타는 IAP라는 표가 붙어 있는 서류 봉투를 꺼냈다. 그 봉투에는 연보와 회의 프로그램, 전부 프랑스어로 된 논문들, 수많은 영수증들과 비행기표 등이 잔뜩 들어 있었다. 2006년 7월, 에이지는 파리로 여행을 갔고, 이상 심리학 협회(Institut Anomalous Psychologie) 회의에 참석했다.

스카페타는 프랑스어 회화 실력이 썩 좋지 않았지만, 읽는 건 제법 잘 읽었다. 그녀는 에이지가 국제 의식 프로젝트 위원회의 회원에게 받은 편지를 훑어보았다. 그 편지에 보면 9·11과 같은 대형 사건이 있었음에도 에이지가 임의적인 데이터 구축을 위해 과학적인 도구 이용에 대한 논의를 하기 위해 회의에 참석하기로 해 준 것에 대한 감사 인사를 하고 있었다. 그 회원은 에이지를 다시 보게 된 것을 기뻐하고 있었으며, 에이지의 염력 연구 실험이 아직 어려움을 겪고 있는 것인지 알고 싶어 했다. '물론 그 실험은 인간을 대상으로 한 것이라 법적으로나, 윤리적으로나 제약이 따르겠지요.' 스카페타는 번역했다.

"무엇 때문에 죽이고 싶고, 죽고 싶어 하는 거지? 네가 죽이고 싶어 하는 사람은 누구야? 그리고 죽고 싶은 건 너였어?" 스카페타가 루시에게 물었다. 루시는 또다시 대답하지 않았다. "말하는 게 좋을 거야, 루시. 난 모든 걸 알아낼 때까지 너와 이 방에 있을 거니까."

"해나." 루시가 대답했다.

"네가 죽이고 싶어 하는 사람이 해나 스타였어?" 스카페타는 루시를 흘 깃 쳐다보았다. "혹시 네가 그 여자를 죽였거나, 아니면 그 여자가 죽었기를 바라고 있는 거야?"

"난 그 여자를 죽이지 않았어. 그 여자가 죽었는지 살았는지도 모르고, 관심도 없고. 난 그저 그 여자를 응징하고 싶은 거야. 내 손으로 직접 그렇게 하고 싶었어."

에이지는 그 회원에게 프랑스어로 답장을 보냈다. '인간이 대상이라는 것에 대한 편견이 있고, 결과적으로는 신뢰하지 못하는 경향이 있는 건 사실입니다. 만일 연구 대상의 자의식을 배제하고 관찰할 수 있다면 그런 장애물들이 사라질 수도 있을 겁니다.'

"응징이라니 왜? 그 여자가 무슨 짓을 했기에 네가 직접 나설 생각까지 한 건데?" 스카페타가 물었다.

그녀는 또 다른 파일을 펼쳤다. 초심리학(일반심리학으로는 설명할 수 없는 영역을 다루는 학문-옮긴이)에 관한 자료들이 들어 있었다. 논문 자료들이었다. 에이지는 프랑스어가 유창했고, 초자연 심리학 분야, '일곱 번째 감각' 연구, 초자연적 과학 연구 분야에서 유명했다. 파리에 있는 이상 심리학 협회(IAP)에서 에이지의 여행 경비는 물론, 후원금과 경비를 포함, 엄청난 금액의 돈을 준 것 같았다. IAP에 자금을 대는 르 코크 재단은 에이지의 연구에 관심을 기울이고 있었다. 무슈 르 코크가 "서로의 열정과 관심사"에 대해 이야기를 나누기 위해 에이지를 몹시 만나고 싶어 한다는 말이 여러 번 언급되어 있었다.

"그 여자가 너한테 무슨 짓을 했구나." 스카페타가 말했다. 이번엔 질문이 아니었다. 루시는 해나에 대해 알고 있는 게 분명했다. "대체 무슨 일이니? 그 여자와 바람이라도 피운 거야? 그 여자와 섹스라도 한 거니? 그런 거야?"

"난 그 여자와 섹스 같은 건 안 했어. 하지만…"

"하지만 뭐? 했다는 건지, 안 했다는 건지 확실하게 말해 봐. 대체 그 여자는 어디서 만난 거야?"

'초록. 2007년 발표 논문. 워너 에이지. 초심리학 연구 선구자의 한 명으로, 특히 임사 체험과 유체 이탈의 경험을 가진…'

"그 여자는 나하고 뭔가를 하고 싶어 했어. 시작해 보려고 사전 교섭을 했지." 루시가 말했다.

"육체적인 거네."

"그 여자는 모든 사람들이 자기와 하고 싶어 하고, 자기한테 수작을 건다고 생각했어. 난 아니야. 그 여자가 꼬리를 쳤어. 수작을 걸었던 건 그여자야. 그땐 우리밖에 없었어. 난 보비가 거기 있을 줄 알았는데 없었던거지. 그 여자만 있었고, 날 가지고 장난을 쳤어. 하지만 난 넘어가지 않았고. 그 망할 계집애 같으니라고."

임사 체험과 유체 이탈 경험. 초자연적인 재능과 능력으로 죽었다가 다시 살아난 사람들. 치유와 정신력에 관한 문제. 그런 생각들이 우리 몸을 통제할 수 있으며, 물리적 시스템과 물건에 영향을 줄 수 있다는 믿음. 스카페타는 계속 읽어 나갔다. '…이를테면 전자 기기나 소음, 주사위와 같은 물건들은 월령과 마찬가지로 카지노 배당률에 영향을 미칠 수 있다.'

스카페타는 루시에게 물었다. "그래서 해나는 대체 무슨 끔찍한 짓을 저지른 거야?"

"내가 자산 관리사에 대해 말한 적 있을 거야."

"후원자라고 부르던 사람 말이지."

에이지의 2007년 소득 신고서. 퇴직 연금 외에 다른 소득은 없었다. 그렇지만 다른 서신과 서류들을 통해 그는 다른 곳에서, 또는 누군가에게 돈을 받은 것이 분명했다. 파리의 르 코크 재단일 가능성도 있었다.

"그 여자 아버지야. 루프 스타. 그 사람이 내 후원자였어. 처음부터 말이야. 내가 스무 살도 되기 전부터 그 사람이 내 재산을 관리해 주기 시작했으니까. 만일 그 사람이 없었다면 어떻게 됐을까? 난 아마 전부 다 날려 버렸을 거야. 이모도 알다시피, 난 그저 발명하고, 꿈을 꾸고, 새로운 생각들을 떠올리는 것만으로도 행복했으니까. 무(無)에서 유(有)를 만들어 내고, 그걸 사람들이 원하게 만드는 것 말이야." 루시가 대답했다.

2008년. 프랑스 여행은 없었다. 에이지는 디트로이트를 왔다 갔다 했다. 돈은 어디서 구했을까?

"예전에 애니메이션에 이용하면 좋을 것 같은 끝내주는 디지털 기기를 만들어 보려고 했던 적이 있어. 그때 알게 된 애플에서 일하던 사람이 루프의 이름을 알려 줬지. 이모는 아마 그 사람을 월스트리트에서 가장 존경받고 성공한 자산 관리사 중 한 명으로 알고 있을 거야." 루시가 말했다.

"난 네가 그 사람이나 네 재산에 대해 나한테 말하지 않는 이유가 뭔지 궁금했어." 스카페타가 말했다.

"물어보지 않았잖아."

'디트로이트에 침체된 자동차 산업 말고 다른 게 있었나?' 스카페타는 루시의 맥북을 집어 들었다.

"분명히 물어봤어." 하지만 스카페타는 그때가 언제인지 기억할 수가 없었다.

"물어보지 않았어." 루시가 말했다.

구글에서 르 코크 재단에 대해 검색했지만, 아무것도 나오지 않았다. 무슈 르 코크를 검색했지만, 에밀 가보리오가 쓴 19세기 프랑스 탐정 소설에 관련된 내용만 나올 뿐이었다. 스카페타는 초심리학에 투자하는 부유한 자선가인 무슈 르 코크라는 이름을 가진 실존 인물에 관해서는 어떤 자료도 찾을 수가 없었다.

"이모는 다른 일들은 생각날 때마다 머뭇거리는 일 없이 확실히 물어보잖아. 하지만 내 재산에 대해서는 정확하게 물어본 적이 한 번도 없었어. 내가 후원자에 대한 이야기를 꺼냈는데도, 이모는 그 사람에 대해 물어보지 않았지." 루시가 말을 이었다.

"아무래도 내가 겁이 났나 봐." 스카페타는 그런 서글픈 가능성을 떠올렸다. "그래서 그 주제를 피하면서, 난 캐묻지 않았다고 합리화했던 거지."

디트로이트의 모터 시티 카지노 호텔과 그랑 팔레를 검색해 보았다. 두 곳 다 지난 몇 년간 영수증에 나온 호텔이었다. 하지만 에이지는 이 두 곳 중 어디서든 묵어야 할 이유가 없었다. 여기서 무엇을 한 것일까? 도박?

에이지는 도박꾼이라 이곳에 방을 잡았던 것일까? 도박할 자금은 어디서 난 것일까? 이름이 박혀 있는 메모지가 한 장 있었다. "프레디 마에스트로"라는 이름 아래, PIN 번호처럼 보이는 것과 "디트로이트 시티 은행", 그리고 펠트펜으로 쓴 주소가 적혀 있었다. 프레디 마에스트로라는 이름이 어째서 낯설지 않은 걸까? 이 PIN 번호는 현금 인출기용인가?

"알았어. 그러니까 이모는 죽은 사람들에 대해 말하고, 섹스에 대해서도 말할 수 있지만, 다른 사람의 재산에 대해서는 말을 하지 않는단 말이지. 이렇게 죽은 사람의 주머니나 서랍장, 개인 파일과 영수증들을 뒤질 수 있지만, 내게 어떻게 살고 있고, 내가 거래하는 사람이 누군가 하는 것 같은 기본적인 질문들은 하지 않는다는 거잖아. 이모는 나한테 한 번도 물어본 적이 없어." 루시가 강조했다. "이모가 알고 싶어 하지 않아 하는 건, 내가 불법적인 일을 하고 있다고 믿고 있기 때문이라고 생각했어. 정부에서 뭔가를 훔치든가, 사기를 치기라도 한 것처럼. 그래서 그냥 내버려 뒀어. 난 이모나 다른 사람 앞에서 변명 같은 건 하지 않을 거니까."

"내가 알고 싶지 않았기 때문에 몰랐던 거야." 스카페타는 가난하게 자랐기 때문에 자신이 없었다. "난 너와 비슷한 처지이고 싶었어." 그녀는 어린 시절, 아버지가 돌아가셨고, 집에 돈이 없을 때 아무 힘이 없었기 때문에 스스로를 무능력하다고 생각했다. "그리고 돈을 버는 걸로는 너와 경쟁할 수가 없었어. 내가 버는 돈도 제법 되긴 하지만, 난 미다스(프리지아의 왕으로, 손에 닿는 것은 모두 금으로 변하게 만들었다-옮긴이)의 손도 아니고, 사업을 좋아해서 사업에 종사하지도 않으니까. 난 그쪽으로는 전혀 소질이 없거든."

"왜 나하고 경쟁하고 싶어 하는 건데?"

"그게 내가 하고 싶은 말이야. 경쟁은 아니었어. 애초에 상대가 되는 것도 아니었고. 아마 네가 날 존경하지 않게 될까 봐 겁이 났나 봐. 어째서 사업 능력으로 네 존경을 받으려고 했던 걸까? 만일 내가 사업 수완이 아주 좋은 사람이었으면, 법과 대학원과 의대 대학원에 가서 대학원을 12년이나 다니고, 지금처럼 부동산 업자나 자동차 영업 사원보다 조금 받고 일을 하진 않았겠지."

"만일 내가 사업 수완이 뛰어난 사람이었다면 이모랑 이런 대화도 하지 않았을 거야." 루시가 말했다.

인터넷으로 미시간을 검색했다. 신흥 라스베이거스이자, 최근 들어 영화 촬영도 많이 하는 곳으로, 주 정부에서는 그런 것들로 경제 손실을 메우기 위한 자금을 끌어들이고 있었다. 세금 감면 40퍼센트. 그리고 카지노. 미시간 주에는 카지노 딜러 훈련을 위한 직업학교까지 있었다. 그리고 제대 군인 관리국과 전미 철강 노조, 전미 자동차 노동조합을 포함한 협회에서 학비 지원까지 해 주고 있었다. 이라크에서 돌아왔거나, GM에서 직업을 잃은 사람들이 블랙잭 딜러가 되었다.

"내가 다 망쳐 버린 거야. 지난 5월에 루프가 죽자, 해나가 모든 것을 물려받았어. 워튼에서 경영학 석사를 땄지. 그 여자가 똑똑하지 않다고 말하는 건 아니야." 루시가 말했다.

"그 여자가 네 계좌도 이어받은 거야?"

"그렇게 하려고 했어."

요즘 같은 때, 사람들은 어떤 식으로든 살아남아야만 했다. 범죄와 오락이 번성했다. 영화, 음식, 음료 산업. 특히 주류 사업이 잘됐다. 사람들은 기분이 좋지 않으면, 기분이 좋아질 만한 것들을 열심히 찾게 되는 법이다. 여기서 워너 에이지는 무슨 일을 했을까? 어떤 일에 연루되어 있었던 것일까? 스카페타는 토니 다리엔의 주사위 열쇠고리와 보넬의 표현에 따르면 라스베이거스와 비슷한 하이 롤러 레인스를 떠올렸다. 다리엔 부인은 토니가 언젠간 파리나 몬테카를로에서 레스토랑을 여는 꿈을 가지고 있었다고 했다. 그리고 MIT 출신이라는 토니의 아버지, 로렌스 다리엔은 마리노의 말에 따르면 조직범죄에 연루되어 도박을 했다고 했다. 스카페타는 프레디 마에스트로가 누군지 기억해 냈다. 하이 롤러 레인스의 소유주였다. 그는 디트로이트, 루이지애나, 사우스플로리다에 오락 센터를 비롯, 여러 사업체를 가지고 있다고 했다. 다른 건 기억이 나지 않았다. 한마디로 그 남자는 토니 다리엔의 고용주였다. 어쩌면 그는 토니의 아버지를 알 수도 있었다.

"해나와는 다섯 번 만났어. 플로리다에 있는 그 여자 집에서 그 이야기가 나왔을 때 난 이내 거절했었고. 하지만 난 이내 경계 태세를 늦추고, 그 여자 말에 따르게 됐지. 총알을 피하고, 등에 칼을 맞은 셈이었던 거야. 난 직감을 따르지 않았어. 그리고 그 여자가 날 물먹였지. 아주 제대로 물먹인 거야." 루시가 말했다.

"파산이라도 한 거니?" 스카페타가 물었다.

워너 에이지 박사라는 다른 검색어들을 붙여서 검색해 보았다. 도박, 카지노, 게임 산업, 미시간.

"아니. 그런 것 때문에 이러는 건 아니야. 심지어 잃지도 않았고. 그 여자는 내가 상처받기를 원했어. 그게 그 여자의 즐거움이었던 거야." 루시가 말했다.

"제이미가 철저하게 조사를 했을 텐데, 어떻게 이런 걸 모를 수가 있지?"

"그 조사를 누가 했겠어, 이모? 제이미가 한 게 아니야. 전자 정보도 아니야. 전부 내가 한 거지."

"네가 해나를 안고 있다는 걸 제이미는 모른단 말이구나. 넌 그 일과 이해상충 관계고. 바로 그게 문제구나." 스카페타는 에이지의 파일들을 뒤적거리며 말했다.

"제이미가 이 수사에서 나를 내쫓는다면, 그건 정말 자멸이고, 어리석은 거야. 혹시 누군가 도움을 줄 사람이 있다면 그건 나니까. 그리고 난 해나의 고객이 아니야. 루프의 고객이었지. 그 사람 기록이 어떤지 알잖아? 그냥 이대로 놔둬. 겉으로만 보면 해나는 나와 어떤 연관도 없으니까. 그건 확실해." 루시가 대답했다.

스카페타가 말했다. "그건 옳지 않아."

"그 여자가 한 짓이 옳지 않지."

에이지의 논문은 2년 전에 영국 학술지《양자역학》에 실렸다. 양자 인식론과 측정. 플랑크, 보어, 드 브로이, 아인슈타인. 파동함수의 붕괴 안에서 인간 의식의 역할. 단일 광자 개입과 열역학 안에서의 인과율 충돌. 규정하기 어려운 인간 의식.

"대체 뭘 찾고 있는 거야?" 루시가 물었다.

"나도 모르겠어."

스카페타는 대충 훑어보며 페이지를 넘기다가, 특정 부분에서 멈췄다.

그녀가 말했다. "연구를 위한 학생 모집. 창의적이고 예술적인 능력과 텔레파시의 연관. 뉴욕 줄리어드에서 연구. 듀크 대학, 코넬, 프린스턴에서 연구. 간츠펠트 실험(눈과 귀를 막아 감각을 차단시킨 상태에서 텔레파시를 받을 수 있는지 알아보는 실험 – 옮긴이)."

"심령 현상? ESP?" 루시가 멍한 표정을 지었다.

스카페타는 루시를 올려다보며 말했다. "감각 차단이야. 우리가 언제 감각 차단을 하고 싶어 하지?"

"역으로 인지 능력이나 정보를 구하기 위해서지. 감각들을 차단하게 되면, 인지 능력과 창의력이 커지니까. 그게 바로 사람들이 명상을 하는 이유잖아." 루시가 대답했다.

"그렇다면 우리는 어째서 다른 사람들과 반대되는 것을 원하는 거지? 다른 말로 과잉 자극이라고 해야 하나?"

"우린 그렇지 않아."

"카지노 사업을 하고 있다면, 사람들을 과잉 자극하고 감각 차단 상태를 예방하는 가장 효과적인 방법을 찾고 싶을 거야. 사람들이 충동적으로 돈을 잃게 만들고 싶을 테니까. 그래서 시계 전체를 가로막는 시각적이고 청각적인 환경을 조성하는 거지. 간츠펠트 실험처럼 말이야. 무엇이 안전하고 안전하지 못한지에 인지를 하지 못하게 되면서 혼란스러워진 고객들은 좋은 먹잇감이 되는 거지. 눈부신 빛과 소음으로 눈과 귀를 막으면 자기들이 원하는 것을 가져갈 수 있는 거야. 그렇게 훔쳐 가는 거지."

스카페타는 토니 다리엔과 그녀가 다녔던 직장을 떠올렸다. 눈부신 빛과 빠르게 움직이는 이미지들이 대형 화면에 비치고 있는 화려한 공간. 그곳이 사람들에게 음식이나 술, 게임에 돈을 쓰게끔 장려하고 있었다. 공이 제대로 굴러가지 않으면 계속 게임을 하게 되고, 공이 제대로 굴러가지 않으면 좀 더 많이 술을 마시게 된다. 하이 롤러 레인스에 햅 저드의 사진이 걸려 있었다. 그는 토니를 알았을지도 모른다. 햅 저드는 어쩌면 벤턴의 환자였던 도디 호지를 알았을지도 모른다. 지난밤 전화 회의를 할 때, 마리노가 버거에게 뭔가 그런 말을 했었다. 워너 에이지는 토니 다리엔의 고용주인 프레디 마에스트로를 알고 있었을지도 모른다. 그 사람들 모두가 서로를 알고 있거나, 어떤 식으로든 연관이 되어 있을 수도 있다. 오전 9시가 다 된 시간이었다. 스카페타는 영수증들과 비행기표들, 일정표, 간행물들에 둘러싸여 있었다. 모두 이기적이고, 사악한 삶을 살았던 에이지의 잔해들이었다. '비열한 자식.' 그녀는 자리에서 일어났다.

"이제 가야 돼. 지금 당장 'DNA' 건물로 가자." 스카페타가 루시에게 말했다.

보안 카메라에 찍힌 남자와 여자의 사진이 SAC 회의실 안에 죽 놓여 있는 평면 스크린 속에 떠 있었다. 6월 이후로, 적어도 19곳의 다른 은행들이 FBI에서 그래니와 클라이드라고 부르는 대범한 2인조 강도에게 털렸다.

"이것도 봤어요?" 제이미 버거가 자기가 받은 이메일을 벤턴도 볼 수 있게 맥북을 옆으로 돌려 주며 물었다.

벤턴은 고개를 끄덕였다. 그도 블랙베리에 도착한 메시지를 봐서 알고 있었다. 루시와 마리노가 버거에게 보낸 것과 똑같은 내용의 메시지였다. 지금 네 사람은 거의 실시간으로 연락을 주고받는 중이었다. 소포에는 실제 폭탄이 들어 있었고, 그 안에서 회수한 음성 모듈은 도디 호지의 노래하는 카드에 들어 있던 것과 같은 종류였다. 벤턴은 이제 그 카드를 도디가 보냈을 거라고 생각하지 않았다. 그녀가 그 카드를 녹음했고, 운송장에 주소를 썼을 수도 있겠지만, 벤턴이 보기에 그 끔찍한 노래 가사가 도디의 머릿속에서 나왔을 것 같진 않았다. 그녀는 CNN에 전화를 걸었던 것까지 포함해 지금까지 있었던 이 모든 일들을 계획하고 지휘할 수 있는 사람이 아니었다. 이 상황에서 벤턴이 불편한 건, 다음 폭탄을 보내기 전에 그에게 경고를 했다는 점이었다. 말 그대로.

도디는 연극적인 상황에 능했지만, 이건 그녀의 극이 아니었고, 그녀의 쇼가 아니었다. 심지어 방식도 달랐다. 벤턴은 이번 일이 누구의 작품인지 알고 있었다. 그는 확신했다. 훨씬 전에 알았어야 했다. 하지만 그는 알아보지 못했다. 벤턴은 자기가 더 이상 알아야 할 필요가 없다고 믿고 싶었기 때문에 알아보는 것을 그만두었다. 그저 잊고 있었다고 말하면 믿을 수 없겠지만, 실제로 그랬다. 벤턴은 계속 살펴야 한다는 것을 잊고 있었다. 그리고 이제 괴물이 돌아왔다. 완전히 다른 형태, 다른 모습으로. 하지만 그자의 각인만큼은 악취처럼 바로 알아차릴 수 있었다. 사디즘. 틀림없이 사디즘이 있었다. 그리고 일단 시작하고 나면 멈추지 않는다. 죽이기 직전에 쥐를 데리고 괴롭히면서 고문하는 것. 도디는 그 정도로 창의적이지 않았고, 그럴 정도로 경험이 많지도 않았다. 그녀는 완전히 미친 것도 아니고, 자기가 직접 이런 거창하고 복잡한 계획을 세울 정도로 영리하지도 않았다. 하지만 도디는 연기성 인격 장애였으므로, 기꺼이 시연했을 수는 있다.

분명 어느 시점에 도디 호지는 조직 범죄단에 들어갔을 것이다. 그리고 워너 에이지는 국제적인 도박 산업, 미국과 해외, 특히 프랑스에 있는 카지노들에 관련된 비윤리적인 연구 계획의 책임자로 나타났다. 벤턴은 에이지와 도디가 샹도니 패밀리의 보병이며, 그 일가 중에서도 가장 골치 아픈 인물과 엮였을 거라고 믿고 있었다. 지난 달 있었던 마이애미 은행 강도 사건에 사용된 1991년형 검은색 메르세데스 뒷좌석에 샹도니 패밀리의 뒤틀린 폭력 속에 살아남은 아들, 장 밥티스트의 DNA가 남아 있었

436

다. 그자가 차 안에서 무슨 짓을 한 건지는 알 수가 없었다. 어쩌면 재미 삼아 그 차에 동승했을 수도 있었고, 도주 차량으로 쓰기 이전에 이미 다른 이유로 그 메르세데스를 훔쳐서 타고 다녔을 수도 있었다. 장 밥티스트는 자신의 DNA가 FBI CDOIS 데이터베이스에 남아 있다는 것을 확실히 알고 있을 것이었다. 그는 유죄 판결을 받은 살인범이었고 도망자였다. 장 밥티스트는 부주의했고, 충동적으로 일을 저질렀다. 지난 과거로 짐작해 보면, 그자는 알코올 중독과 마약 중독일 것이다.

마이애미 은행 강도 사건이 일어나고 사흘 후에 또 다른 사건이 일어났다. 가장 최근에 일어난 열아홉 번째 사건은 디트로이트에서 일어났다. 도디가 디트로이트 시내에서 햅 저드의 DVD 세 장을 훔쳐 바지 앞에 집어넣고, 소란을 떨어 영업을 방해한 혐의로 체포된 것과 같은 날이었다. 그녀는 제어가 되지 않았다. 도디와 같은 사람과 같이 있다 보면, 모든 건 시간 문제였다. 그녀는 사건을 일으키고, 화를 내고, 행동으로 옮겼다. 베티의 북스토어 카페에서 했던 것처럼. 시점이 좋지 않았고, 기분 나쁜 사건이었다. 그리고 도디가 그렇게 감당하기 힘들 정도로 요란하게 난동을 부리기 전에 그녀에게 무슨 일이 있었는지 알게 된 사람들도 있었다. 누군가 도디에게 디트로이트에 있는 변호사 세바스티앙 라푸슈를 대 주었는데, 그는 원래 루이지애나의 배턴 루지에 있었고, 한때 샹도니 패밀리와 깊은 관계에 있던 인물이었다.

라푸슈는 도디에게 워너 에이지에게 상담을 받으라고 제안했다. 에이지의 새로 쌓은 명성 때문이 아니라, 그가 조직범죄에 연루되어 있었고, 지엽적으로나마 샹도니 패밀리에 속해 있었기 때문에. 폭력단원을 마피아에게 뇌물을 받은 교도소장에게 보내는 것이나 마찬가지였다. 하지만 그 계획은 뜻대로 되지 않았다. 지방검사와 맥린 병원이 그 요구를 받아들이지 않았다. 조직원들은 다시 모여, 새로운 방법을 생각해야만 했다. 그래서 그 혼란스럽고 골치 아픈 상황을 역으로 이용하기로 했다. 도디는 벨몬트로 갔고, 그건 다음 범죄의 신호였다. 적들은 목표물의 진영, 바로 벤턴의 진영으로 이동했다. 간접적으로는 스카페타의 진영일 수도 있었다. 도디는 병원에 입원했고, 벤턴을 괴롭혔다. 그렇게 못살게 괴롭히는 것을 보면서 샹도니 가의 대들보에서는 웃음이 피어났을 것이다.

벤턴은 맞은편에 앉은 마티 레이어를 쳐다보며 말했다. "이 컴퓨터들은 당신들 겁니까? 실시간 범죄 정보 센터에서 하는 것처럼 데이터 링크를 할 수 있나요? 우리가 조건부 확률을 알 수 있게 의사 결정의 수상도(각 선택지를 고를 때 필요한 행위, 그에 따른 위험이나 결과 등을 나뭇가지 모양으로 그린 것-옮긴이) 같은 것을 보여 줄 수 있습니까? 우리가 지금 이야기하고 있는 것들을 시각적으로 보여 줄 수 있나요? 그렇게 하면 이해가 쉬울 거라고 생각합니다만. 이번 사건은 뿌리가 깊고, 가지가 빽빽하며, 제법 넓게 뻗어 있으니, 어떤 것이 관계가 있고, 어떤 것이 관계가 없는지를 이해하는 게 가장 중요하니까요. 예를 들어 볼까요? 지난 8월 1일 브롱크스에서 일어난 은행 강도로 하죠. 금요일 아침 10시 20분, 아메리칸 유니언 은행이 털렸습니다." 벤턴은 적어 놓은 메모를 보았다. "그로부터 한 시간도 지나지 않은 시간, 서던블러바드에서 이스트 149번가로 향하는 버스에서 도디 호지가 TAB 소환장을 받았어요. 다시 말해, 그 여자는 그 은행 강도가 일어난 위치에서 몇 블록 떨어지지 않은 곳에 있었단 말입니다. 소란을 피우고, 사람들의 이목을 받으며 싸움을 벌인 거죠."

"그 TAB 소환장에 대한 이야기는 처음 듣는데요." 뉴욕 경찰국 형사인 짐 오델이 말했다. 그는 40대 초반으로, 숱이 없는 빨간 머리에 배가 약간 나왔다.

짐 오델의 옆에는 은행 강도 합동 대책반의 파트너인 FBI 특수 요원 앤디 스톡맨이 앉아 있었다. 그는 30대 후반으로, 숱이 많은 검은색 머리에, 배가 나오지 않았다.

"페덱스 사건에 관해 조사를 하던 중에 찾아낸 겁니다. 도디는 버스에서 소란을 피웠다는 이유로 경찰을 만났을 때, 그 사람의 엉덩이를 페덱스 상자에 넣어 지옥으로 보내 버릴 수도 있다고 말했어요. 실시간 범죄

438

정보 센터에서 어젯밤에 찾아낸 정보입니다." 벤턴이 오델에게 말했다.

"이상한 말이군요. 그런 욕은 들어 본 적이 없어요." 스톡맨이 말했다.

"그 여자는 페덱스를 애용하는 것 같습니다. 성격이 급하기도 하고, 자신의 연극이 결과를 즉시 보여 주기를 바라니까요. 그리고 그건 나도 처음 들어 보는 말입니다." 벤턴은 참을성 있게 말했다. 사실 도디가 쓰는 과장된 진부한 표현은 중요한 것이 아니었고, 그 여자를 생각하는 것만으로도 짜증이 났다. "여기서 중요한 건 이 사건에 관해 논의를 할수록 이 패턴이 반복될 거라는 겁니다. 충동적인 행동 말이에요. 조직 폭력단의 대장은 강박관념을 가지고 있고, 충동적이며 스스로 그 내적인 힘을 통제하지 못합니다. 그리고 그 주변 사람들도 마찬가지죠. 정반대인 사람에게는 끌리지 않는 법이니까요. 가끔은 비슷한 사람에게도 끌리지 않긴 하지만."

"비슷한 사람들끼리 모인다는 말이군요." 레이너가 말했다.

"장 밥티스트와 그 비슷한 사람들이 모여 있다는 거죠. 맞아요." 벤턴이 말했다.

"그런 걸 보려면 여기에도 데이터 벽이 필요합니다." 오델은 그 일과 관련해 뭔가 할 수 있을 거라는 것처럼 버거에게 말했다.

"잘해 봐. 우린 여기서 물 한 병까지 직접 사 먹어야 하는데 말이지." 스톡맨이 커피잔을 집어 들며 말했다.

"그 연결고리를 보면, 연관성을 확인하는 데 도움이 될 거예요." 버거도 동의했다.

"그 안에는 여러분이 몰랐던 일들도 있을 겁니다. 특히 이번 사건에는 복잡한 부분이 있으니까요. 이번 일은 단순히 지난 6월부터 시작된 것이 아닙니다. 9·11 이전까지 올라가야 할 거예요. 내가 저들과 연루되기 시작했던 것도 벌써 10년 전의 일이니까 말입니다. 단순한 은행 강도로 끝나는 게 아니라, 샹도니 패밀리는 예전처럼 거대한 범죄 조직을 일으키려고 하는 겁니다." 벤턴이 말했다.

"'예전처럼'이라니 무슨 뜻이죠? 지금까지 들은 이야기가 모두 사실이라면, 지금도 저들은 아주 잘나가고 있는 것처럼 보이는데요." 오델이 말했다.

"그들은 예전의 그들이 아니니까요. 당신은 이해할 수 없을 겁니다. 지금은 다르다는 것만 말해 두죠. 한마디로 바닥이나 절벽에 버린, 싹수가 노란 씨앗이라고 보면 됩니다."

"지난 8년간 백악관 사정과 비슷하군요." 오델이 재치 있게 말했다.

"샹도니 패밀리는 더 이상 조직적인 범죄단이 아닙니다. 아예 비슷하지도 않죠." 그날 아침, 벤턴에게는 농담이 하나도 통하지 않았다. "장 밥티스트가 운전석에 앉아 있는 한, 결국에는 와해되고 혼란에 빠지게 될 겁니다. 그자의 이야기는 몇 번을 말해도, 수없이 다른 인물로 연기를 하더라도 언제나 한 가지 결말밖에 없어요. 그자도 한동안은 집중할지 모릅니다. 하지만 그러는 동안에도 주제넘고 강박적인 생각들을 계속하고 있을지도 몰라요. 그 생각들을 멈출 수 없을 테니까 말입니다. 이럴 경우, 그가 아니더라도 결과는 뻔해요. 그런 강압적인 생각들이 이기는 거죠. 장 밥티스트는 길을 잃게 될 겁니다. 길을 많이 벗어날 거예요. 그리고 예상 밖의 길로 가게 되겠죠. 그자의 파괴적인 성향은 한계가 없으니까 말입니다. 언제나 끝에는 죽음만 남게 되니까요. 누군가 죽게 될 거예요. 그런 다음에는 더 많은 사람들이 목숨을 잃을 겁니다."

"알았어요. 그럼 예측 모델을 만들어서, 그래프로 나타내 보죠." 레이너가 오델과 스톡맨에게 말했다.

"1분이면 될 겁니다." 스톡맨이 노트북 자판을 두드리기 시작했다. "은행 강도 사건만이 아니라 전부 다 말인가요?" 그가 레이너를 쳐다보며 물었다.

"지금 우린 은행 강도 사건에 대해 말하고 있는 게 아니에요. 난 벤턴 선생님의 생각이 옳다고 생각해요. 그리고 그게 바로 이 회의의 요점이에요. 은행 강도 사건은 부수적인 거예요. 빙산의 일각이란 말이에요. 또는 이 시기에 볼 수 있는 크리스마스트리 꼭대기의 천사라고 볼 수도 있죠.

난 나무 전체를 원해요." 그녀가 조바심을 드러내며 말했다.

그 말을 듣자, 벤턴은 도디의 엉터리 노래가 다시 떠올랐다. 그녀는 음정 박자가 하나도 맞지 않는 목소리로 스카페타와 그에게 호-디, 도-디 크리스마스를 바라는 노래를 불렀다. 성폭력을 빗댄 인사말과 앞으로 무슨 일이 있을 거라는 것을 암시하는 가사였다. 스카페타는 린치를 당하게 될 것이고, 벤턴은 성폭행을 당하거나 그 비슷한 꼴을 당하게 될 거라는 뜻이었다. 벤턴은 장 밥티스트 샹도니가 기뻐하고 있을 모습을 상상해 보았다. 카드는 그자의 생각일 것이다. 그 첫 번째 조롱 다음에 이어진 두 번째 조롱은 폭탄이 들어 있는 페덱스 상자였다. 그것도 보통 폭탄이 아니었다. 마리노의 그 폭탄에 관한 내용을 이메일로 보냈다. '그 악취 폭탄이 터졌으면 박사는 손가락이 날아가거나, 장님이 됐을지도 모르오.'

"이런, 연방 수사국에 실시간 범죄 정보 센터에 있는 것 같은 데이터 벽이 없다니 말도 안 돼요. 이 회의실보다 열 배는 큰 게 필요하단 말입니다. 이 정도면 의사 결정의 나무 정도가 아니라 숲이니까 말이에요." 오델이 불평을 늘어놓았다.

스톡맨이 그에게 말했다. "내가 화면 위에 띄워 주지. 60인치 화면이면 실시간 범죄 정보 센터에 있는 미쓰비시 큐브 한 개 정도 크기는 되니까."

"그럴 리 없어."

"그 정도면 비슷해."

"아니. 아이맥스 극장엔 가야 할걸."

"불평 좀 그만해. 저 정도면 충분히 볼 수 있으니까."

"난 그저 이번 일이 그만큼 복잡하단 말을 하고 싶었던 거야. 이런 정도면 적어도 2층 높이의 벽이 필요할걸. 이걸 전부 다 저 평면 스크린 위에 띄울 수 있다고? 그렇게 하려면 글씨를 모두 신문 글자 크기로 축소해야 할 거야."

오델과 스톡맨은 오랜 시간 함께 일을 해서 그런지, 오래된 부부처럼 쉴 새 없이 다퉜다. 지난 6개월간, 그들은 소위 그래니와 클라이드 은행

441

강도 사건을 마이애미, 뉴욕, 디트로이트의 각 FBI 지부의 대책반 팀원들과 함께 수사해 왔다. 연방 수사국은 범인들이 그 강도 행각들을 저지르게 계속 내버려 두었고, 뉴스에 내보내는 것과는 다른 자신들만의 가설이 있었다. 의도적으로 그렇게 한 데는 정당한 이유가 있었다. 연방 수사국에서는 그 강도들을 좀 더 거물이고 위험천만한 범인의 졸개일지도 모른다는 생각을 하고 있었다. 그들은 동갈방어(상어들을 먹잇감이 많은 쪽으로 안내하는 물고기─옮긴이)였다. 상어들과 함께 다니는 작은 육식어류 말이다.

연방 수사국이 원하는 건 상어였다. 벤턴은 그 상어들이 어떤 타입인지 잘 알고 있었다. 프랑스 상어들. 샹도니 상어들. 하지만 문제는 지금 그들이 자신들을 뭐라고 부르고 있느냐는 것과 어디서 찾아야 하느냐는 것이었다. 장 밥티스트 샹도니는 어디에 있는 걸까? 그는 그 유명했던 범죄 패밀리 잔당들의 망나니 두목이 될 것이고, 거대한 백상어가 될 것이다. 장 밥티스트의 아버지인 무슈 샹도니는 파리 외곽의 최고 보안 감옥인 라 상떼에서 은퇴 이후의 생활을 즐기고 있었다. 후계자였던 동생은 죽었다. 장 밥티스트는 우두머리의 자리를 요청받진 않았지만, 그에게는 목적이 있었다. 폭력적인 판타지와 성적 강박증에서 힘을 얻을 것이며, 복수에 대한 갈망도 있었다. 장 밥티스트는 한동안은 자제할 것이다. 그의 진짜 의도는 그 허술한 포장을 뜯기 직전의 순간에 숨어 있었다. 뉴런과 신경이 드러나고, 살인적 욕망을 불러일으키는 심장이 고동치는 충동과 분노, 폭탄 처리반 대원들이 안전지대에서 터트렸던 어떤 폭탄보다 더 폭발적인 잔인한 게임이 드러날 것이다. 장 밥티스트는 안전지대에 있어야만 했다. 지금 당장 일이 터질 테니까.

벤턴은 그 소포 폭탄을 보낸 사람이 장 밥티스트일 거라고 믿고 있었다. 배후에 그가 있었다. 장 밥티스트는 그런 걸 만드는 것을 좋아했다. 그는 지난밤 그 소포가 배달되는 순간을 지켜보고 있었을지도 모른다. 스카페타를 육체적으로, 정신적으로 불구로 만들 그 순간에. 벤턴은 장 밥티스트가 아파트 앞 어딘가, 어두운 곳에서 지켜보며 스카페타가 CNN에서 집으로 돌아오기를 기다리는 모습을 상상해 보았다. 벤턴은 스카페타가 어쩔 수 없이 칼리 크리스핀과 같이 걸어가며, 콜럼버스서클 근처에 있는 벤치 위에서 옷을 잔뜩 껴입고 있는 노숙자를 지나치는 광경을 떠올려 보았다. 벤턴은 마리노의 차 안에서 로보와 이야기를 나눌 때 스카페타가 그 노숙자 이야기를 꺼낸 뒤부터 계속 그 일이 마음에 걸렸다. 벤턴은 속이 울렁거리는 것 같은 느낌이 들었고, 뭔가 불안했다. 그 생각을 할 때마다 계속 불안감이 몰려왔다. 폭탄을 보낸 배후의 인물이 스카페타나 벤턴, 혹은 두 사람 모두를 노리고 있었다면, 지난밤 그녀를 지켜볼 수밖에 없었을 것이다.

스카페타를 불구로 만들거나, 벤턴을 불구로 만든다. 누가 불구가 되더라도, 두 사람 모두 그 일로 상처받게 될 것이고, 무너질 것이다. 죽지는 않을지 몰라도 죽는 것보다 더 나쁜 상황일 수도 있었다. 장 밥티스트는 벤턴이 지난밤, 뉴욕에 있었다는 것을 알고 있었을 것이다. 집에서 CNN에 나갔던 아내가 돌아오기를 기다렸다는 것을 알고 있었을 것이다. 장 밥티스트는 자신이 알고 싶은 것은 무엇이든 알아냈다. 그리고 그는 스카페타와 벤턴이 함께 살고 있다는 것도 알고 있었다. 장 밥티스트는 그들이 가지고 있는 것이 무엇인지 잘 알고 있었다. 왜냐하면 그 자신이 가지지 못한 것이 무엇인지, 또 그것을 결코 가질 수 없다는 것을 알고 있었기 때문이다. 장 밥티스트는 동떨어짐이 뭔지 세상 누구보다 잘 알고 있었고, 끔찍한 고립이 뭔지도 잘 알고 있었다. 그리고 그는 그것들을 정반대 의미로 이해하고 있었다. 어둠과 빛. 사랑과 증오. 창조와 창조 아닌 것. 상반되는 모든 것들은 밀접한 연관이 있다. 벤턴은 그를 찾아야만 했다. 그를 막아야만 했다.

가장 확실한 방법은 약점을 공격하는 것이다. 바로 벤턴의 신조였다. 주위에 있는 사람들만큼만 잘하면 돼. 장 밥티스트도 실수를 할 거라고, 계속 생각하면서 스스로를 안심시켰다. 장 밥티스트는 서투른 신참내기가 아니었다. 대범하거나 제대로 계획을 짜지도 못하며, 경험도 없어서 졸개나 내보내는 작은 육식 어류가 아니었다. 그는 즉석에서 내린 결정들과 병든 욕망, 주관적인 선택을 위해 돈을 썼다. 장 밥티스트는 그 타락한 정신 상태로 인해 몰락하게 될 것이다. 그는 그래니와 클라이드 때문에 쓰러지게 될 것이다. 장 밥티스트는 샹도니 일가 기준에서 소소한 범죄에는 결코 나서지 않을 것이다. 그는 임무에 적합하지 않은 사람들, 스스로의 약점이나 장애로 불안정한 사람들과 부딪치는 것은 피했을 것이다. 장 밥티스트는 하찮은 성격 이상 범죄자들이나 은행에서 멀리 떨어진 곳에 있었을 것이다.

범행 방식은 마치 범인들이 교본을 읽기라도 한 것처럼 정석을 따르고 있었다. 은행 지점은 적어도 과거에 한 번 이상 은행 강도를 당했으며, 고객과 직원 사이를 가로막는 '강도 방지판'으로 알려진 방탄 가리개가 없는 곳으로 골랐다. 항상 강도들은 은행에 손님이 별로 없고, 현금은 제일 많은 시간인 금요일 오전 9시에서 11시 사이에 범행을 저질렀다. FBI에서는 그래니라고 알려진 온화해 보이는 나이 든 여자가 은행으로 들어갈 것이다. 여자는 주일 학교 선생님처럼 보이는 볼품없는 드레스에 테니스 신발을 신고, 머리에는 스카프나 모자를 쓰고 있었다. 그 여자는 항상 구식 안경테에 색이 들어간 안경을 쓰고 있었다. 날씨에 따라 코트를 입거나 모직 장갑을 낄 때도 있었다. 만일 강도 사건이 일어난 날이 따뜻하면 음식점에서 일하는 사람들이 쓰는 것 같은 일회용 비닐장갑을 끼고 있었다. 지문이나 DNA를 남기지 않기 위해서였다.

그래니는 은행 직원 앞으로 다가가면서 늘 들고 다니는 예금 가방의 지퍼를 열기 시작했다. 그리고 가방 안에서 무기를 꺼냈다. 법과학 팀이 그 이미지를 확대한 결과 범행 때마다 늘 똑같은 총신이 짧은 9밀리미터 권총이었는데, 장난감이었다. 연방 법에 따라 진짜와 똑같이 생긴 장난감 총은 끝부분에 오렌지색 캡을 씌워야 했는데, 그걸 제거한 것이었다. 그 여자는 은행 직원에게 메모를 건네주었다. 매번 똑같은 내용이 적혀 있었다. '서랍에 들어 있는 돈을 모두 가방에 집어넣어! 다이팩(일정 시간이 지나면 돈다발에 염료 자국을 남기는 장치—옮긴이)은 안 돼! 안 그러면 죽을 줄 알아!' 평범한 공책에서 찢은 흰 종이 위에 글씨가 뚜렷하고 정확하게 적혀 있는 메모였다. 그 여자가 그 예금 가방을 잡고 있고, 직원이 현금 다발을 집어넣었다. 그런 뒤에 그래니는 가방의 지퍼를 닫고, 서둘러 은행 밖으로 나가 FBI가 클라이드라고 부르는 공범이 모는 차를 타고 도망갔다. 매번 도난당한 차량이 이용되었고, 얼마 뒤에 쇼핑몰 주차장에 버려진 채 발견되곤 했다.

벤턴은 몇 시간 전, 회의실에 처음 들어왔을 때부터 그래니가 직원에게 건넨 메모의 글씨를 알아차렸다. 인쇄된 것처럼 보이는 완벽한 글씨였다. FBI는 그 글씨가 고담 서체와 동일한 것으로 보인다고 말했다. 도시 풍경에 평범하게 곁들이는 글자 디자인이다. 단순한 디자인으로 보통은 기호처럼 보이기도 했다. 도디 호지가 노래하는 카드가 들어 있던 페덱스 봉투에도 그와 똑같은 서체로 주소가 쓰여 있었다. 아마 폭탄이 들어 있던 페덱스 소포 주소 역시 같은 서체로 쓰여 있었을 것이다. 다만 소포의 경우는 확실한 건 아니었다. 마리노가 보낸 이메일에 따르면, 폭탄이 들어 있던 소포 운송장은 물폭탄에 날아갔다고 되어 있었다. 하지만 이제 그건 중요하지 않았다.

다양하게 변장을 한 도디 호지의 사진들과 그 여자의 필적이 SAC 회의실 벽 전체를 뒤덮고 있었다. 보안 카메라에서 얻은 그 사진들에서 그녀는 메이베리의 순진한 비 아줌마(미국 시트콤 〈앤디 그리피스 쇼〉에 등장하는 인물—옮긴이)처럼 차려입고 은행들을 드나들고 있었다. 벤턴은 어디서든, 어떻게 변장을 했든 그 여자를 알아볼 수 있었다. 도디는 하관이 튀어나온 얼굴과 얇은 입술, 주먹코, 툭 튀어나온 귀를 숨길 수 없었다. 변장으로 가릴 수 있는 건 아줌마 같은 몸매와 불균형하게 가느다란 다리밖에 없었다. 은행 강도를 열아홉 번 하면서 그 여자는 하얀색 옷을 가장 많이 입었고, 몇 번은 검은색을 입기도 했다. 지난 10월에 있었던 최근 범죄에서는 갈색 옷을 입었다. 온화한 이웃, 순진하고 착해 보이는 할머니의 모습이

445

었다. 그녀가 1,000달러 묶음 지폐들이 가득 담긴 내화성 은행 가방을 들고 서둘러 나가면서 미소 짓고 있는 사진들도 있었다. 가방은 범행 때마다 색상이 달랐다. 빨간색, 파란색, 초록색, 검은색. 만일 은행 직원이 도디의 지시를 따르지 않고 다이팩을 넣었을 경우, 그 염료 팩이 터져 붉은색으로 물이 들고, 최루 가스가 새어 나올 경우를 대비한 것이다.

도디 호지가 다른 사람의 주의를 끌지 않는 것이 가능하기만 하다면, 계속해서 은행 강도를 할 수도 있을 것이다. 아마 제법 오랫동안 할 수 있었을 것이다. 그녀와 같이 범행을 저지른 자의 본명은 제롬 와일드로, 지난 5월 펜들턴 캠프에서 무단이탈한 직후에 그 독특한 문신을 목에 새겨 넣은 모양이었다. 그 문신은 잘 가려지지도 않았지만, 그는 심지어 높은 칼라 옷을 입거나, 목도리를 하거나, 도디처럼 분장으로 가리려는 노력조차 하지 않았다. 도주 차량에는 화장품 잔여물이 남아 있었다. 마티 레이너는 그것이 미네랄 화장품이라고 설명했다. 콴티코의 FBI 연구실에서는 질화붕소, 산화아연, 탄산칼슘, 고령토, 마그네슘, 산화철광물, 이산화규소, 운모가 함유되어 있다는 것을 밝혀냈으며, 거기에 색소와 첨가제를 넣은 아이섀도, 립스틱, 파운데이션, 파우더가 배우나 모델들 사이에 인기 있다고 했다.

제롬 와일드의 문신은 크고 정교했는데, 왼쪽 쇄골 바로 위에서 시작해서 왼쪽 귀 뒤에서 끝났다. 아마 그는 문신이 문제가 될 거라고는 생각하지 않았을 것이다. 그는 도주 차량만 운전했고, 결코 은행 안으로는 들어가지 않기 때문에 보안 카메라에 찍힐 일이 없다고 생각했을 것이다. 그건 그가 잘못 생각한 것이다. 길 건너편에 있는 다른 은행의 모퉁이에 있는 보안 카메라가 훔친 흰색 포드 토러스 운전대 앞에 앉아 창문 밖으로 손을 내밀어 사이드 미러를 조절하고 있는 그를 찍었다. 제롬 와일드는 안에 토끼털을 댄 검은 장갑을 끼고 있었다.

SAC 회의실 내의 비디오 스크린 위에 그 사진이 떴다. 벤턴은 바로 지난밤 아파트 보안 카메라에서 봤던 남자의 얼굴이라는 것을 알아보았다.

제롬 와일드는 검은색 안경에, 모자를 쓰고, 안에 토끼털을 댄 검은 가죽 장갑을 끼고 있었다. 목 왼쪽 부위를 관에 쌓여 있는 해골들이 뒤덮고 있었다. 은행을 털 때 찍힌 보안 카메라 사진과, 어젯밤 아파트 보안 카메라에 찍힌 사진이 나란히 커다란 평면 스크린 위에 떠 있었다. 같은 인물이었다. 동갈방어, 작은 육식 어류. 자기는 결코 붙잡히지 않을 것이라고 믿고 있거나, 그렇게 생각하는 지나치게 순진하고 무모한 신참이었다. 와일드는 문신 데이터베이스란 것에 대해 알지도 못했고, 신경 쓰지 않았을 것이다. 그건 장 밥티스트 역시 마찬가지일 것이다.

와일드는 이제 겨우 23세였다. 씩씩하고, 흥분을 갈망하고, 위험을 무릅쓰는 것을 좋아했다. 하지만 그는 가치관도 신념도 없었다. 양심이 없었다. 애국자가 아니었으며, 조국에 관심이 없었고, 조국을 위해 싸울 생각도 없었다. 와일드가 해군에 들어간 건 돈 때문일 것이다. 펜들턴 캠프에 가긴 했지만, 쓰러진 동료들을 보며 상실감이나 고통을 느낄 정도로 오래 해군에 있지 않았다. 그는 배치된 쿠웨이트로 가는 C-17에 타지 않았다. 캘리포니아에서 돈이 다 떨어질 때까지 즐겁게 놀았다. 와일드에 관해 유일하게 영감이 필요했던 건 그 상징적이고 진지한 문신의 의미였는데, 그것 역시 FBI가 만나 본 다른 군인의 말에 따르면 그냥 "멋있으니까" 한 것에 불과했다.

와일드는 배치되기 전 주말에 휴가를 받아 고향인 디트로이트로 돌아오자마자 그 문신을 새겼고, 해군 기지로 돌아가지 않았다. 그리고 마지막으로 목격된 건, 고등학교를 같이 다녔다는 사람이 그랑 팔레 호텔 카지노에서 와일드가 슬롯머신을 하고 있는 것을 봤다고 했다. 호텔 보안 카메라 기록을 통해 그의 모습을 확인할 수 있었다. 슬롯머신을 하기도 하고, 룰렛 테이블에도 앉았다가 어느 순간, 잘 차려입은 노인과 매장을 걷고 있었다. FBI는 그 노인이 프레디 마에스트로라는 것을 확인했다. 프레디 마에스트로는 조직범죄와 깊은 연계가 있으며, 뉴욕에 있는 하이 롤러 레인스를 비롯, 다른 영업장을 많이 가지고 있었다. 6월 초에서 2주일이 지난 뒤에, 디트로이트타워 근처에 있는 은행 지점이 단정치 못하게 리넨 슈트를 입은 백인 여자에게 털렸고, 그 여자는 도난당한 셰비 말리부를 모는 흑인 남자와 함께 도망갔다.

벤턴은 멍했다. 그리고 자신이 바보처럼 느껴졌다. 그는 자신의 인생을 재점검해야 할 필요가 있었다. 물론 지금은 그럴 때가 아니었다. SAC 회의실 안에 있는 사람들과 함께 사건에 대해 논의하고 있는 중에는 그럴 수 없었다. 여러 실질적인 이유로 그는 법집행관의 자리, 법원 직원의 자리를 나와 학계로 들어갔다. 그가 담당한 환자가 은행 강도였지만, 전혀 알지 못했다. 도디 호지의 뒷조사를 할 수 없었기 때문이다. 햅 저드의 이모라고 주장하는 심각한 성격 이상을 가진 지겨운 여자가 무슨 일을 하는지, 어떤 사람인지 알아볼 수 없었던 것이다.

벤턴은 그저 그 여자의 뒷조사를 하고, 무슨 일을 하는지 알아보고 싶었던 것이 전부였을까? 논리적으로 말하면 그 대답은 '아니다'였다. 그는 다시 FBI가 되고 싶어 하고, 자신이 원하는 것은 무엇이든 알아낼 수 있게 해 주는 총과 배지를 가지고 싶어 하는 자신에게 화가 나고 자존심이 상했다. '하지만 넌 아무것도 찾아내지 못했을 거야.' 그는 회의실에 놓여 있는 테이블에 앉은 채 속으로 생각했다. 당연히 그랬을 것이다. 양탄자부터 벽, 의자 씌우개까지 전부 다 파란색이었으니까. '벽에 걸린 사진을 보기 전까지는 아무것도 찾아낼 수 없었을 거야.' 그는 속으로 생각했다. 그녀를 알아차리지 못했을 것이다. 컴퓨터로 검색해도 아무것도 나오지 않았을 것이다.

문신 같은 것은 데이터베이스에 있었지만, 도디의 얼굴은 알아낼 수 없었을 것이다. 그녀는 브롱크스 버스 안에서 소동을 일으킨 것과 지난달에 디트로이트 상점에서 난동을 부린 것 말고는 체포된 기록이 없었다. 어느 때, 어떤 이유로든 이 과장되고 불쾌한 56세 여자는 누군가와 손을 잡고 은행 강도 범행을 잇달아 성공시킨 것이고, 그녀가 맥린에 입원해 있는 기간 동안 그 범죄가 중단된 것은 우연이 아니었다. 벤턴은 자신이 도디의 뒷조사를 했더라도 제롬 와일드나 샹도니 일가와 연결시킬 생각은 하지 못했을 거라는 것을 계속해서 되새겼다. 그 연결은 뜻밖의 행운이었다. 장 밥티스트는 운이 아주 없었다. 그리고 나머지 운도 따르지 않았다. 장 밥티스트는 훔친 메르세데스에 부주의하게 DNA를 남겼으며, 최근 들어 도를 넘는 일들을 너무 많이 저질렀다. 그는 심장이 덜컥 내려앉게 될 것이다. 그리고 이제 그는 그들 앞에, 벤턴 앞에 다시 나타났다. 단순한 연결고리나 가지가 아니라 뿌리였다.

장 밥티스트의 얼굴 사진이 벤턴의 맞은편에 걸려 있는 평면 스크린 위에 올라왔다. 거의 10년 전, 텍사스 법원에서 찍은 사진이었다. 저 자식은 지금 어떤 모습일까? 벤턴은 벽에 걸린 평면 스크린에 나온 사진에서 눈을 뗄 수가 없었다. 마치 두 사람이 서로 마주보며 싸울 준비를 하고 있는 것 같았다. 빡빡 밀어 버린 머리에 비대칭 얼굴로, 한쪽 눈이 다른 쪽보다 아래 있었고, 눈 주위는 장 밥티스트가 장님이 됐다고 주장하는 화학 화상 때문에 살들이 벌겋게 변해 있었다. 그는 장님이 되지 않았다. 폴런스키 교도소 경비 두 명이 콘크리트 벽에 처박힌 채, 목이 꺾인 상태로 발견되었다. 장 밥티스트의 짓이었다. 2003년 봄, 장 밥티스트는 자기가 죽인 경비의 제복을 입고, 명찰을 달고 사형수 감방에서 밖으로 걸어 나갔다. 편리하게도 그 제복 주머니에는 자동차 열쇠까지 들어 있었다.

"다른 사안 없으면 넘어가죠." 레이너가 버거에게 말했다. 두 사람이 많이 다투는 것 같았지만, 벤턴은 하나도 듣고 있지 않았다.

마리노가 또다시 메일을 보냈다.

루시와 박사를 만나러 DNA 건물로 가는 중이오.

"시각 자료가 있으면 좀 더 확실해질 거예요. 난 벤턴 선생님의 생각에 동의해요. 하지만 제롬은 폭력 전과가 없어요. 그는 항상 폭력은 쓰지 않았어요. 무단이탈을 한 것도 그 때문이었어요. 군대에 들어갔던 건 직업이 없었기 때문이었고, 군대에서 나온 것도 우연히 불법적인 기회를 잡았기 때문이었죠." 레이너가 말했다.

벤턴은 마리노에게 이메일을 보냈다.

왜요?

레이너가 계속 말하고 있었다. "샹도니의 촉수는 디트로이트에 뻗어 있어요. 루이지애나, 라스베이거스, 마이애미, 파리, 몬테카를로와 마찬가지로요. 항구 도시들이고, 카지노 도시들이죠. 어쩌면 할리우드까지 뻗어 있을지도 몰라요. 뭐가 됐든 조직범죄를 끌어당기는 곳이니까."

벤턴은 그 자리에 있는 사람들에게 상기시켰다. "하지만 더 이상 장 밥티스트의 아버지는 없어요. 그자의 동생도 없고. 우리는 2003년에 그 썩은 사과를 도려냈어요. 그 씨까지 없애진 못했지만, 그자가 같은 품종은 아니에요."

마리노의 답장이 왔다.

토니 다리엔의 시계.

벤턴은 말을 이었다. "당신들은 지금 정욕 살인자에 대해 이야기하고 있는 겁니다. 그렇게 강박증이 심하고, 지나치게 충동적인 사람이 성공적으로 조직을 이끌어 나간다는 건, 그것도 샹도니 패밀리의 사업처럼 복잡한 조직을 이끌어 나간다는 건 백년이 지나도 힘들 거예요. 그러니 이번 사건은 조직범죄로 볼 수 없습니다. 반복되는 성적 살인사건을 수사하는 것처럼 해야 해요."

"그건 진짜 폭탄이었어요. 케이가 심하게 다칠 뻔했고, 하마터면 목숨을 잃을 수도 있었어요. 어떻게 그자를 비폭력적인 인물이라고 규정할 수 있는 거죠?" 벤턴이 아무 말도 하지 않은 것처럼 버거가 레이너를 보며 말했다.

"내 말의 요점은 그게 아니에요. 이번 일은 그자의 의도가 아니었다는 거죠. 실제로 와일드는 단순한 배달부였고, 그 페덱스 상자 안에 뭐가 들어 있는지 몰랐을 수도 있어요." 레이너가 대답했다.

"그게 그 남자의 방식인가 보죠? 은행 강도 사건들도 전부 그렇잖아요? 폭력적인 일은 아무것도 없었죠. 그자는 겁쟁이라 차 안에만 있었어요. 심지어 총도 가짜였죠." 스톡맨이 평면 스크린 위에 의사 결정 나무, 아니 그의 말대로 의사 결정 숲을 만들다가 끼어들었다. "난 그 남자와 그러니, 그러니까… 그 도디라는 여자에 대해서는 마티의 의견과 같아요. 지난 6개월간 그래니라고 불렀더니 입에 붙어 버렸나 봐요. 어쨌든 제롬과 도디는 단순한 졸개들이라고 생각해요."

"도디 호지는 다른 사람의 졸개가 될 수 없는 사람입니다. 그 여자는 무슨 일이든 기쁨을 얻을 수 있는 일만 하니까요. 재미있는 일이면 하죠. 하지만 도디는 다른 사람의 조종을 받진 않아요. 그 여자도 어느 정도까지는 협조도 할 것이고 관리가 되겠지만, 그 때문에 장 밥티스트가 그 여자나 제롬, 누구든 자기가 좋아하는 사람을 뽑은 건 실수인 겁니다."

"그 여자는 도대체 그 DVD를 왜 훔친 걸까요? 햅 저드의 영화가 체포당해도 좋을 만큼 가치가 있는 건가요?" 버거가 라이너에게 물었다.

"그런 이유 때문이 아니에요. 그 여자 본인도 어쩔 수 없었을 겁니다. 그러면서 그 조직에도 문제가 생겼죠. 은행 강도들 중 한 명이 체포되었으니까. 그들은 자기들과 한패인 변호사를 보내죠. 그리고 그 변호사는 자기들과 관계가 있는 정신과 의사와 엮어 보려고 시도합니다. 하지만 결국에는 도디의 자기도취증과 극적인 성격 때문에 내가 담당 의사가 된 거예요. 도디는 부자들이나 유명인사들이 다니는 병원에 가고 싶어 했으니까요. 다시 한 번 말하지만, 도디는 졸개가 아닙니다. 사람을 잘못 뽑은 셈이죠." 벤턴이 말했다.

"DVD들을 훔친 건 어리석은 행동이었어요. 만약 그 여자가 그 DVD들을 바지 속에 쑤셔 넣다가 체포되지만 않았어도 그들은 여전히 은행 강도 질을 하고 있을 테니까요." 스톡맨이 버거의 말에 동조했다.

"햅 저드에 대한 이야기를 떠든 것도 어리석은 행동이었죠. 그 여자도 어쩔 수 없는 일이긴 하지만, 문제를 일으키고, 자꾸 폭로를 해요. 우린 이번 일과 햅 저드가 어떻게 연관이 있는지는 정확하게 알지 못하지만, 그 자는 도디와 연관이 있고, 해나 스타와도 연관이 있어요. 그리고 프레디 마에스트로와 함께 찍은 사진이 하이 롤러 레인스에 걸려 있죠. 그러니 햅이 토니 다리엔을 알고 있을 가능성도 있습니다. 그래서 그 모든 관계를 눈으로 볼 수 있게 벽 위에 나무를 그려야 하는 거예요. 이 모든 일들이 어떻게 연관되어 있는지 알게 될 겁니다." 벤턴이 덧붙였다.

"다시 폭탄 이야기로 돌아가죠. 확실히 하고 넘어가야겠어요. 그러니까 그 소포 배달의 배후에 다른 사람이 있다고 생각한다는 거죠. 그 이론의 근거가 장 밥티스트인가요?" 버거가 레이너에게 물었다.

"상식적으로 그렇게 말한 게 아니라…" 레이너가 말했다.

"당신은 그런 뜻으로 말을 했어요. 그것도 방금. 거들먹거리는 건 이 상황에 전혀 도움이 되지 않아요." 버거가 대답했다.

"내 말부터 끝까지 들으세요. 난 정말 아무 뜻도 없이 한 말이에요. 더군다나 당신한테 거들먹거린 적도 없어요. 이 자리에 있는 다른 사람들한테도 마찬가지예요. 분석적인 시각에서 봤을 때…" 레이너가 정말로 말하고 싶었던 것은 'FBI 범죄 분석가이자 프로파일러로서 분석적인 시각에 따르면…'일 것이다. "…스카페타 박사에게 있었던 일은, 그 범행 미수는 개인적인 문제예요." 레이너가 벤턴을 쳐다보았다. "아주 개인적인 일이라고요." 그 말은 마치 아내에게 폭탄을 남기고 간 범인들 중에 벤턴도 포함되어 있다는 것처럼 들렸다.

"난 상식적인 선에서 받아들일 수 없어요." 버거가 레이너의 눈을 똑바로 쳐다보며 말했다.

버거는 레이너를 싫어했다. 질투나 불확신, 힘 있는 여자들끼리 서로를 공격하는 일반적인 이유 때문은 아니었다. 실질적인 문제가 직면해 있기 때문이었다. 만일 FBI가 이 수사에 개입하게 될 경우, 도디 호지나 햅 저드를 포함해서 이 회의실에서 논의된 사람들 중 해나 스타와 관계가 있을 수 있는 모든 사람들이 다 수사 대상이 될 것이다. 그렇게 되면 뉴욕 지방검사인 버거가 아니라 연방검사가 이 사건들을 기소하게 될 수도 있었다. '어쩔 수 없지.' 벤턴은 생각했다. 이 사건은 뉴욕 시 다섯 개 자치구보다 범위가 훨씬 커질 수도 있었다. 이건 연방 사건이었다. 국제적인 사건이었다. 지저분하고 아주 위험한 사건이었다. 만일 버거가 그런 것을 조금만 더 생각한다면, 이 사건에서 완전히 손을 떼고 싶어 할 수도 있었다.

"폭탄의 종류를 보면 알 수 있잖아요. 그건 협박을 내포하고 있어요. 위협이죠. 조롱이에요. 범인은 피해자인 스카페타 박사에 대한 사전 지식이 있고, 습관이 뭔지, 박사에게 가장 중요한 것이 무엇인지 알고 있어요. 도디 호지도 주요 범인일 수 있겠죠. 하지만 이런 상황에 부합하는 대상은 상도니 일가일 수밖에 없어요." 레이너가 버거에게 말했다.

"나도 저기 가 보고 싶네요." 스톡맨이 컴퓨터에서 뭔가를 보며 말했다. "에지워터에 있는 도디 호지의 집." 그는 이메일을 보내기 시작했다. "저 여자 알코올 중독증이 있나요? 사방이 와인 병이네요."

"저 안에도 들어가 봐야 할 것 같은데." 오델이 스톡맨의 컴퓨터 화면에서 뭔가를 쳐다보며 말했다. "혹시 메모나, 은행 강도와 연관된 물건들을 찾을 수 있을지도 모르니까. 저기 간 사람들은 그냥 대충 보고 나올 거예요. 우리가 알고 있는 사실을 모르고 있으니까."

"그보다 긴급한 사안은 장 밥티스트입니다." 벤턴이 말했다. 도디는 경찰과 FBI가 찾고 있지만, 상도니는 아무도 찾고 있지 않기 때문에.

"지금까지는 메모도, 장난감 권총도 발견되지 않았는데." 경찰과 FBI 요원들로 이루어진 은행 강도 합동 대책반이 도디의 집을 수색하면서 실시간으로 전송하는 화면을 보면서 오델이 스톡맨에게 말했다. "빙고." 스톡맨이 책을 읽는 것처럼 말했다. "마약이라. 그래니가 코카인을 하는 모양이네. 게다가 담배까지. 이봐요, 벤턴 선생님. 도디가 프랑스 담배를 피우는 거 알고 있었어요? 골루아즈? 이 발음이 맞는지 모르겠는데."

"어쩌면 그 여자가 다른 사람과 같이 있었을 수도 있지." 스톡맨이 현장에 나간 동료에게 대답하는 것처럼 말했다.

벤턴이 말했다. "잠깐 조용히 좀 합시다."

거의 예외 없이 모든 전화가 다 연결되어 있었다. 사람들이 왈가왈부하고 주의가 산만해지면서, 의제들이 수면처럼 떠오르고 고래 떼처럼 웅얼거리고 있을 때, 벤턴이 조용히 하라고 하자, 모든 사람들이 말을 멈췄다.

"이제 내 생각을 말할 겁니다. 여러분 모두 들을 필요가 있을 거예요. 이 벽 위에 보이는 연결고리들이 다 만들어지면 여러분들이 무엇을 알고 이해해야 할 것인지에 대해 도움이 될 테니까 말입니다. 우리 수형도는 어떻게 되고 있죠?" 벤턴이 날카롭게 물었다.

"커피 더 필요한 사람 없습니까? 한꺼번에 너무 많이 마셔서 그런지 화장실에 갔다 와야 할 것 같아요." 오델이 불만스럽게 말했다.

20

종이 신발

스카페타와 루시, 마리노는 법의국의 DNA 건물 8층에 있는, 과학 교육실로 사용되던 연구실 안에 있었다. 더 이상 이곳에서 사건 증거들을 분석하진 않지만, 규정에 따라 여전히 청정 구역으로 유지되고 있었다.

세 사람은 작업 공간으로 통하는 에어로크 앞 연결 통로에서 일회용 보호복을 걸치고, 모자, 신발 커버, 마스크, 장갑, 보호경을 썼다. 그 덕에 누가 누군지 알아보기 힘들 정도였다. 오염되지 않은 그 작업 공간에는 마리노가 신기한 장치들이라고 부르는 최신 분석 기기들이 놓여 있었다. 게놈 분석기들, 유전자 증폭기들, 원심기들, 시험관 혼합기들, 실시간 처리 로터리 사이클러들, 피와 같은 많은 양의 액체들을 다루기 위한 추출 로봇들이 있었다. 마리노는 쉴 새 없이 부산스럽게 움직이고 있었다. 종이 소리를 내면서 파란색 타이벡을 잡아 당겼고, 보호경과 마스크를 가만히 두지 못했고, 그가 "샤워캡"이라고 부르는 모자를 계속 붙잡고 이리저리 잡아당기고 있었다.

"고양이한테 종이 신발 신겨 본 적 있어?" 마리노가 마스크를 내리면서 말했다. "그 신발을 벗으려고 고양이들이 얼마나 뛰는지 알아? 지금 내가 딱 그런 느낌이야."

"난 어릴 때부터 동물들을 괴롭히지도 않았고, 불을 지르지도 않았고, 침대에 오줌을 싼 적도 없어요." 루시가 마이크로 USB를 꺼내 소독한 뒤 감싸면서 말했다.

그녀 앞에 있는 갈색 종이가 덮여 있는 카운터 위에는 이소프로필알코올로 닦아 낸 뒤, 투명한 폴리프로필렌으로 감싼 맥북 두 대와 시계처럼 생긴 바이오그래프 기기가 놓여 있었다. 그 바이오그래프 기기는 어젯밤 늦게 증거 실험실에서 면봉으로 DNA를 채취했기 때문에 이제 편안하게 조사할 수 있게 되었다. 루시는 그 바이오그래프에 케이블을 꽂고, 노트북 중 한 대에 연결했다.

"아이팟이나 아이폰을 연결했을 때처럼 동기화가 됐어. 뭐가 있나 한번 볼까?" 루시가 말했다.

노트북 화면이 검은색으로 변하면서 사용자명과 암호를 입력하는 칸이 나타났다. 화면 상단에 있는 배너에서 0과 1이 번갈아 가면서 길게 연이어 나타났다. 스카페타는 그것이 2진 부호라는 것을 알아차렸다.

"이상한데." 그녀가 말했다.

"정말 이상하네. 이건 사이트 이름조차 알려 줄 마음이 없다는 거야. 2진 부호로 암호화되어 있다는 건, 장애물로 지연시키겠다는 의미니까. 이 통신망을 쓰는 사람 중 누군가가 어쩌다 이 사이트를 발견했을 경우, 무슨 사이트인지 짐작이라도 하려면 제법 고생을 해야 한다는 거지. 뿐만 아니라 인증을 받거나 만능열쇠라도 있지 않는 한 들어갈 수도 없고." 루시가 말했다.

여기서 만능열쇠는 루시가 해킹을 에돌려 말할 때 쓰는 표현 중 하나였다.

"이 2진 암호 주소는 바이오그래프(BioGraph)라는 철자로는 텍스트로 변환되지 않을 거야." 루시가 다른 맥북의 자판을 두드리더니 다른 파일을 열었다. "만일 그런 거였다면 내 검색 엔진들이 찾아냈을 테니까. 내 검색 엔진들은 비트 문자열과 대표 단어들, 배열들을 어떻게 찾아야 하는지 확실하게 알고 있으니까 말이야."

"맙소사. 난 네가 무슨 말을 하는지 하나도 모르겠다." 마리노가 말했다.

스카페타와 건물 8층으로 올라오기 전, 로비에서 만났을 때부터 마리노의 기분은 좋지 않았다. 그는 폭탄 때문에 마음이 어지러웠다. 그녀에게 폭탄에 대한 이야기를 할 수가 없었다. 앞으로 20년 뒤에도 말할 수 없을 것이다. 스카페타는 마리노에 대해 그 자신보다 더 잘 알고 있었다. 마리노는 겁이 날 때 짜증을 냈다.

"다시 말해 주면 되잖아요. 이번에 말할 때는 입술까지 제대로 움직여 줄게요." 루시가 쏘아붙였다.

"마스크로 입을 가리고 있잖아. 네 입술이 보이지 않는단 말이야. 다른 건 몰라도 이 모자라도 벗어야 되겠다. 난 머리카락도 없으니까. 벌써 땀이 흐르기 시작했어."

"그럼 아저씨 대머리에서 피부 세포가 떨어질걸요. 아마 그것 때문에 아저씨 아파트에 먼지가 그렇게 쌓여 있나 봐요. 이 시계처럼 보이는 물건은 노트북에 동기화되게 설계되어 있어요. 마이크로 USB 포트만 있다면 어떤 종류의 컴퓨터 기기와도 인터페이스할 수 있단 말이죠. 아마 온갖 사람들이 이 시계처럼 생긴 걸 차고 다니면서, 토니 다리엔처럼 데이터를 수집했을 거예요. 이제 이 2진 부호를 미국 정보 교환 표준 부호로 바꿀 거예요." 루시가 말했다.

그녀는 다른 한 대의 맥북 필드에 여러 개의 1과 0을 입력한 뒤, 리턴키를 눌렀다. 즉시 그 암호는 텍스트로 변환되었고, 그걸 보자마자 스카페타는 순간, 실제로 소름이 끼쳤다.

"칼리굴라"라고 쓰여 있었다.

"로마를 불태웠다는 그 황제 아니오?" 마리노가 물었다.

"그건 네로예요. 칼리굴라는 그보다 훨씬 나쁜 사람이죠. 아마 로마 제

국 역사상 가장 미치고, 사악하고, 잔인한 황제였을 거예요." 스카페타가
대답했다.

"지금 난 이 사용자명과 암호로 접속하기 위해 기다리고 있는 중이에
요. 아주 간단하게 말하자면 내가 이 사이트를 강탈했다는 거예요. 이제
내 서버에 있는 프로그램들이 이 바이오그래프 안에 뭐가 들어 있는지 찾
아내는 걸 도와줄 거예요." 루시가 말했다.

"칼리굴라에 대한 영화를 본 적이 있소. 그자는 누이동생과 섹스를 했
고, 말인지 뭔지와 같이 궁전에 살았는데. 어쩌면 그 말하고도 섹스를 했
을지도 몰라요. 추잡한 놈 같으니라고. 아주 기분 나쁜 놈이오." 마리노가
말했다.

스카페타가 말했다. "웹사이트 이름이 소름끼치네요."

"어서." 루시는 자기가 원하는 대로 접속이 가능하게 해 주는 프로그램
들을 가동시키고, 컴퓨터 앞에서 조바심을 내고 있었다.

"내가 박사한테 혼자서 여기저기 걸어 다니지 말라고 했을 거요." 마리
노가 스카페타에게 말했다. 그는 지금 폭탄에 대해서, 로드맨스넥에서 겪
었던 일에 대해 생각하고 있었다. "박사는 TV에 얼굴이 나갔으니, 좀 더
안전에 신경을 써야 해요. 그러니 그 문제로는 더 이상 아무 말 말아요."

그는 지난밤, 만일 자기가 스카페타 옆에 있었더라면, 그 수상한 페덱
스 소포에 절대로 손도 대지 못하게 했을 거라고 생각했다. 마리노는 그
녀의 안전에 책임감을 느꼈고, 지나치다고 할 만큼 열심이었다. 그런데 아
이러니하게도, 스카페타의 안전이 가장 위협받았던 순간이 자신과 함께
있을 때였다.

"아무래도 칼리굴라는 특허 프로젝트 이름인 것 같네요." 루시가 다른
맥북으로 분주히 작업했다. "내가 보기엔 그래요."

"그다음은 뭘 것 같소? 누군가 일을 벌이기 시작했다는 생각이 들어요.
벤턴이 받은 노래가 나오는 카드는 어제 벨뷰로 배달되었고, 그로부터 반
나절도 채 지나지 않아 박사 집으로 부두 인형이 붙어 있는 페덱스 폭탄

이 배달됐소. 상황이 심각해요. 제프너가 먼저 말해 줄 때까지 기다릴 수가 없었어요." 마리노가 스카페타에게 말했다.

제프너는 퀸스에 있는 뉴욕 경찰국 범죄 연구소 소속 증거 조사관이었다.

"그래서 여기로 오는 길에 제프너한테 전화를 걸었소. 그 폭탄 잔해가 도착하자마자 현미경으로 조사하는 게 좋을 거라고 말했지." 마리노는 라텍스 장갑을 낀 손으로 푸른색 종이 소매를 걷어 올리더니, 시간을 확인했다. "지금쯤은 뭔가 나왔을 거요. 이런, 전화를 해 봤어야 하는 건데. 맙소사. 벌써 정오가 다 됐군. 뜨거운 아스팔트나, 썩은 달걀, 개똥 냄새 같기도 했고, 정말 고약한 화재 현장에서 나는 냄새 같기도 했고, 누군가 촉매제로 쓰려고 지저분한 변소를 태운 것 같은 냄새 같기도 했소. 속이 울렁거려서, 하마터면 토할 뻔했을 정도니까. 거기다 개털까지. 벤턴의 환자가 한 짓 같소? CNN으로 박사한테 전화를 걸었던 미치광이? 난 그 여자가 그런 짓을 했을 거라고 생각하기가 힘들어요. 로보와 앤의 말로는 굉장히 잘 만든 거라고 했으니까."

마치 사람 손을 날려 버리거나, 그보다 더 험한 꼴을 보게 할 수도 있는 폭탄을 칭찬하는 것 같았다.

루시가 말했다. "들어갔어요."

2진 부호로 된 배너가 떠 있던 검은색 화면이 암청색으로 바뀌더니, 한복판에 3차원 은색 금속으로 만든 글자처럼 보이는 "칼리굴라"라는 이름이 떴다. 눈에 익은 서체였다. 스카페타는 속이 울렁거리는 것 같았다.

"고담. 이거 재미있네. 서체가 고담이야." 루시가 말했다.

마리노가 종이로 된 옷을 부스럭거리며 몸을 앞으로 내밀더니, 보호경을 쓴 충혈된 눈으로 루시가 가리키는 화면을 쳐다보며 말했다. "고담? 배트맨은 아무 데도 안 보이는데."

화면이 깜박거리고 있었다. 다음 단계로 넘어가려면 아무 자판이나 누르면 된다. 하지만 루시는 그대로 넘어가지 않았다. 그녀는 고담 서체와 그것이 무슨 의미가 있을지도 모른다는 것에 흥미가 있었다.

"권위 있고, 실용적이고, 공공장소에서 제일 많이 사용하는 것으로 알려진 서체예요. 아저씨도, 거리의 간판이나 벽, 건물 위에 활자 서체로 이름이나 숫자가 새겨진 걸 봤을 거예요. 세계 무역 센터 자리에 있는 프리덤 타워 초석도 이 서체를 쓰고 있죠. 하지만 최근 들어서는 오바마 때문에 많은 주목을 받았어요." 루시가 말했다.

"고담이라는 서체는 처음 들어보는데. 하지만 잘 생각해 보면, 난 신문이나 잡지에선 이런 서체를 보지 못한 데다가, 애초에 서체 같은 것엔 관심이 없었지." 마리노가 대답했다.

"이 고담 서체는 오바마 진영 사람들이 선거 운동 기간 내내 썼어요. 그리고 내가 여러 번 말했죠? 아저씨도 서체에 관심을 가져야 한다고. 서체는 21세기 문서들을 조사하기 위해서는 알아야 하는 거예요. 이런 걸 무시하다가 아저씨가 위험해질 수도 있어요. 누군가 특정 서체를 이용해서 자기들끼리 연락을 하거나 중요한 신호를 보낼 수 있으니까요." 루시가 말했다.

"이 웹사이트는 어째서 고담체를 쓴 걸까?" 스카페타는 페덱스 운송장의 깔끔하고 거의 완벽했던 손글씨를 떠올리며 말했다.

"모르겠어. 이 서체가 신뢰를 준다는 것 말고는. 믿을 수 있게 보이잖아. 무의식적으로라도 이 웹사이트를 진지하게 보게 되겠지." 루시가 대답했다.

"칼리굴라라는 이름으로 봐서는 신뢰를 줄 것 같지 않은데." 스카페타가 말했다.

"고담체가 유행이긴 해. 멋있기도 하고. 만일 다른 사람들에게 자기 자신이나, 자신이 만든 물건, 자신이 지지하는 정치적 후보를 받아들이게 하고 싶거나, 어떤 연구 프로젝트를 진지하게 받아들이게 하고 싶다면 대체로 이 서체를 사용하지." 루시가 말했다.

"위험한 소포도 진지하게 받게 만들고 말이지." 스카페타는 갑자기 화가 치밀어 올랐다. "이 서체와 내가 어젯밤에 받은 소포에 쓰여 있던 서체가 완전히 똑같진 않을지 몰라도 많이 비슷했어요. PAN 분해기가 그 상자를 맞추기 전에 소포 상자를 살펴볼 새는 없었겠죠?" 스카페타가 마리노에게 물었다.

"이미 말했다시피, 주소를 적은 오른쪽 뒤쪽에 배터리가 있었소. 박사를 고담 시 법의국장이라고 썼다는 그 부분 말이오. 그런데 여기서 또 고담이란 말이 나오는군. 햅 저드가 아주 대놓고 배트맨 영화를 찍고, 사체에 그런 짓까지 해 대니 이렇게 성가신 놈이 또 어디 있겠소?" 마리노가 말했다.

"햅 저드가 어째서 아저씨가 말하는 악취 폭탄을 케이 이모한테 보낸단 말이에요?" 루시가 다른 맥북으로 분주히 작업을 하면서 물었다.

"그 역겨운 놈이 해나를 죽였을지도 모르잖아? 어쩌면 토니 다리엔한테도 무슨 짓을 했을지 몰라. 그 자식은 하이 롤러 레인스를 드나들었으니, 거기서 토니를 만났을 수도 있잖아. 박사는 토니의 부검을 담당했고, 해나의 시신이 발견되면 그 사건도 담당하게 될 테니까 말이야."

"그래서 케이 이모한테 폭탄을 보냈단 말이에요? 해나의 시신이 발견되었을 경우, 거기서 뭔가 알아내지 못하도록 햅 저드가 그런 짓을 했다는 거예요?" 루시는 마치 스카페타가 그 자리에 없는 것처럼 말했다. "그렇다고 그 자식이 해나에게 아무 짓도 저지르지 않았다거나, 해나가 어디에 있는지 모를 거라는 말은 아니지만요."

"그래, 그자는 사체에 관심이 많아. 이제 보니 시신이 발견되기 며칠 전에 토니가 죽었을지도 모른다는 사실이 아주 흥미로운걸. 그자가 어딘가에서 토니와 같이 있으면서 재미를 봤을 수도 있으니까 말이지. 그자는 아마 병원 냉장고에 있던 그 여자애한테도 그 짓을 했을 거야. 그렇지 않고서야 그 안에서 15분이나 있다가, 장갑도 한 짝만 끼고 나올 리가 없잖아?" 마리노가 말했다.

"하지만 케이 이모가 그 사건들을 맡지 못하게 하려고 그자가 폭탄을 보냈을 것 같진 않아요. 지진아가 아닌 다음에야. 그리고 고담체는 배트맨과 아무 관계없어요." 루시가 말했다.

"어쩌면 이상 심리 소유자가 게임을 하는 걸 수도 있어." 마리노가 반박했다.

불길과 유황 냄새, 스카페타는 그 폭탄에 대해 생각하고 있었다. 악취 폭탄은 방사능 물질이 들어 있는 폭탄과는 다른 종류로, 파괴력이 강한 폭탄이다. 스카페타에 대해 알고 있는 자였다. 벤턴에 대해 알고 있는 자였다. 그들의 과거를 거의 두 사람만큼 잘 알고 있는 자였다. '게임, 고약한 게임.' 스카페타는 생각했다.

루시가 리턴키를 누르자, 칼리굴라가 사라지고 다음과 같은 문구가 나타났다.

환영합니다, 토니.

다음 문구.

데이터의 동기화를 원합니까? 네 아니요

루시가 '네'라고 대답하자, 다음 메시지가 나왔다.

토니, 당신은 설문 조사를 한 지 3일이 지났습니다. 지금 전부 다 끝내기를 원합니까? 네 아니요

루시가 '네'라고 대답하자, 그 화면이 사라지고 다른 화면이 나타났다.

오늘 느낀 기분에 대해 다음 형용사 중에서 등급을 매겨 보시오.

그 아래로 보기가 나왔다. '의기양양하다, 혼란스럽다, 만족한다, 행복

하다, 짜증난다, 화가 난다, 열광적이다, 활기차다' 중에 선택을 할 수 있게 되어 있었고, 그 아래로 등급을 매기게 되어 있었다. '조금'이나 '전혀 아니다'인 1에서부터 '아주 많이 그렇다'인 5까지 있었다.

"만일 토니가 매일 이 검사를 했다면, 노트북으로 했겠지? 어쩌면 이것 때문에 노트북이 없어진 게 아닐까?" 마리노가 물었다.

"노트북으로 하지 않았을 수도 있어요. 무엇으로든 이 웹사이트 서버에 들어가기만 하면 되는 거니까." 루시가 대답했다.

"하지만 토니의 노트북에도 그 시계를 연결할 수 있잖아." 마리노가 말했다.

"맞아요. 내용을 업로드하거나, 충전할 수는 있을 거예요. 하지만 이 손목시계 비슷한 장치로 모은 데이터는 토니가 이용할 수 없는 것이니까 그 노트북에는 아무것도 남아 있지 않을 수도 있어요. 토니는 이 데이터들을 전혀 이용하지 못할 뿐만 아니라, 그 데이터들을 모으고, 분류하고, 의미를 파악하는 데 필요한 소프트웨어를 가지고 있지 않을 테니까요." 루시가 말했다.

루시는 화면에 뜨는 좀 더 많은 질문들에 대답을 했다. 그다음에는 어떤 일이 일어날지 알고 싶었기 때문이다. 그녀는 자신의 기분을 전부 '조금'이나 '전혀 아니다'로 매겼다. 바로 지금 스카페타가 그 질문들에 대답을 했다면, 자신의 기분을 '아주 많이 그렇다'로 매겼을 것이다.

"난 모르겠소. 이 칼리굴라 프로젝트 때문에 누군가 토니의 집에 들어가서 노트북과 휴대전화, 그 밖의 물건들을 가져갔을 거라는 생각이 자꾸 드니까." 마리노가 말했다. 그는 보호경을 통해 스카페타를 쳐다보며 말했다. "박사도 봐서 알겠지만, 보안 카메라에서 봤던 사람이 정말 토니인지 알 수가 없어요. 우리가 본 건 토니의 외투와 비슷한 옷을 입은 사람이었으니까. 체격이 비슷한 사람이 그런 옷을 입고, 비슷한 운동화를 신고 있다면 구분하기 힘들지 않겠소? 토니는 키가 작지 않았어요. 몸은 말랐지만, 키는 컸지. 아마 176센티미터쯤 될 거요. 안 그렇소? 수요일 저녁 6시

15분쯤 집에 들어갔다가 7시에 나간 사람이 그 여자인지 확실하지 않아요. 박사는 토니가 화요일에 죽었다고 했지. 그리고 지금 칼리굴라도 같은 말을 했소. 토니가 3일 동안 이 설문에 응하지 않았다고 했으니까."

"만일 보안 카메라에 비친 게 토니인 척한 다른 사람이라면, 그 사람은 토니의 외투나, 아니면 그와 비슷한 옷을 가지고 있고, 집 열쇠도 가지고 있다는 말이잖아요." 루시가 말했다.

"토니는 최소 36시간 전에 죽었어. 만일 토니가 주머니 속에 집 열쇠를 가지고 있었고, 범인이 토니의 집이 어딘지 알고 있었다면 아주 수월하게 토니인 척하고, 그 열쇠로 집에 들어가 집 안에서 치우고 싶은 물건들을 치워 버렸을 거야. 그런 다음 다시 열쇠를 토니의 주머니 속에 집어넣은 다음, 시신을 공원에 버린 거지. 아마 그 사람이 토니의 외투도 가지고 있을 거야. 토니가 마지막에 입고 나갔던 옷 말이야. 그런 거라면 토니의 시신이 발견되었을 때 날씨에 비해 옷을 얇게 입고 있었던 것도 말이 돼. 토니의 옷이 없어진 것일 수 있다는 거지." 스카페타가 말했다.

"그럼 위험 부담도 크고, 일이 많았을 텐데. 계획을 잘 세운 건 아닌가 봐. 범행을 저지르기 전이 아니라, 범행을 저지른 후에 모든 일들을 계산한 것처럼 보여. 어쩌면 충동적으로 저지른 범행으로, 토니가 아는 사람이 범인일 수도 있어." 루시가 말했다.

"만일 토니가 그자와 연락을 한 거라면, 노트북과 휴대전화가 없어진 것도 말이 되지. 문자 메시지는 휴대전화에 저장되어 있으니까. 아니면 토니가 쓴 이메일 때문일 수도 있어. 어쩌면 토니가 칼리굴라 사람들에게 이메일을 보냈기 때문이거나, 컴퓨터에 보관한 문서들이 원인이었을 수도 있지." 마리노가 말했다.

"그런 거라면 토니의 시신에 바이오그래프를 왜 남겨 둔 거죠? 지금 우리가 말한 대로라면 이 바이오그래프도 가져갈 수 있는 기회가 있었을 텐데?" 루시가 말했다.

스카페타가 대답했다. "다른 합리적인 이유 없이 범인이 그냥 토니의 노트북과 휴대전화를 원했을 수도 있어. 다른 이유가 없었기 때문에 바이오그래프를 토니의 시신에서 가져가지 않았을 수도 있지."

"모든 일엔 이유가 있는 법이오." 마리노가 말했다.

"당신이 말하는 것 같은 이유가 아닐 수도 있어요. 어쩌면 이번 사건은 당신이 말하는 유형의 범죄가 아닐 수도 있으니까요." 스카페타가 말했다. 그리고 그녀는 자신의 블랙베리에 대해 생각하기 시작했다.

스카페타는 자신의 블랙베리를 훔쳐 간 동기를 다시 생각해 보았다. 칼리 크리스핀이 그 블랙베리를 원했던 이유를 잘못 생각했을 수도 있다는 느낌이 들었다. 두 사람이 CNN을 나와 콜럼버스서클을 지날 때 칼리가 했던 말은 단순히 그런 의미가 아니었던 것이다. "박사님과 같은 연줄이 있다면, 원하기만 하면 누구하고든 이야기를 나눌 수 있겠죠." 그 말은 스카페타가 자기 이름을 건 쇼를 진행하게 될 경우, TV에 초대 손님을 부르는 것은 문제가 없을 거라는 것처럼 들렸고, 그런 동기에서 그녀의 휴대전화를 훔쳐 갔을 거라고 생각하고 있었다. 칼리는 정보를 원했고, 스카페타의 연줄을 원했다. 아마 기회가 되자, 실제 그런 의도로 사건 현장 사진을 빼내 갔을 것이다. 하지만 궁극적으로 그 블랙베리를 원했던 사람은 칼리나 에이지가 아닌 다른 사람이었을 가능성도 있었다. 아주 사악하고 교활한 자일 수 있었다. 에이지가 스카페타의 블랙베리를 그 누군가에게 건네주기로 되어 있을 수 있었다. 자살을 하지 않았더라면 에이지는 그 제삼자에게 그녀의 블랙베리를 건네주었을지도 몰랐다.

"범행을 저지른 사람들이 범죄 현장으로 되돌아오는 것이 항상 그들이 편집증 환자이거나, 증거를 없애야 한다는 이유 때문만은 아니에요. 가끔 폭력적인 행동을 되새김으로써 만족하는 사람도 있어요. 어쩌면 이번 토니 다리엔 사건의 경우에는 그 동기가 한 가지 이상일 수도 있어요. 토니의 휴대전화와 노트북은 기념품일 수도 있고, 누군가 시신이 발견되기 전에 토니의 대역을 한 것이나, 토니의 휴대전화로 수요일 밤 8시에 그 어머니에게 문자를 보낸 것도 사망 시간을 착각하게 만들기 위해서일 수도 있어요. 감정적이고, 성적이며, 가학적인 조작이자, 게임이며, 망상일 수 있다는 거죠. 이처럼 동기들이 복합되어 있을 경우, 심한 부조화가 나타날 수 있어요. 인생이 대부분 그런 것처럼 말이에요. 그저 한 가지가 아닌 거예요." 스카페타가 설명했다.

루시가 기분을 묻는 질문들의 대답을 끝내자, 화면에 상자가 나타났다. 루시가 그 상자를 클릭하자, 질문이 끝났다는 확인과 함께 평가를 위해 사이트로 무사히 전송되었다는 표시가 나왔다. '누가 평가를 하는 걸까?' 스카페타는 궁금했다. 이건 정신과 의사나 심리학자, 신경 과학자, 연구 보조원이나 졸업생의 연구 후원일 것이다. 누군지는 몰라도 한 명 이상일 것이다. 어쩌면 엄청난 인원이 참가하고 있을 수도 있었다. 누구나 될 수 있고, 어디에나 존재할 수 있는 그 보이지 않는 후원자들은 분명히 누군가에게 유용한 것으로 입증된 인간 행동의 예측을 위해 이 프로젝트에 참가했을 것이다.

"이거 약자였어." 루시가 말했다.

화면 위에 다음과 같은 글이 떠 있었다.

> 빛과 활동을 업로드한 GPS의 계획적 통합 연구에 참가해 주셔서 감사합니다(Thank you for participating in the CALculated Integration of Gps Uploaded Light and Activity study).

"칼리굴라(CALIGULA). 어째서 이런 식으로 약자를 쓰는 건지 모르겠네."

"악몽과 불면증에 만성적으로 고통을 받았다." 루시가 다른 한 대의 맥북으로 칼리굴라에 대해 검색으로 찾은 구글 자료들을 대충 살펴보았다. "태양이 떠오르기만을 밤새도록 기다리며, 궁전을 헤매곤 했다. 칼리굴라는 여기서 나온 이름인 것 같은데. 만일 이 연구가 수면 장애와 기분에 미치는 빛과 어둠의 효과와 관련된 거라면 말이야. 작은 부츠를 뜻하는 '칼리가(caliga)'라는 라틴어에서 나온 말일 수도 있어."

마리노가 스카페타에게 말했다. "박사 이름은 '작은 신발'을 뜻하잖소."

"자, 어서." 루시가 뉴럴 네트워크 프로그램들과 검색 엔진들에게 작은 소리로 속삭였다. "내 사무실로 가져왔더라면 훨씬 쉬웠을 텐데." 그건 바이오그래프 기기를 뜻하는 말이었다.

"인터넷에 보면 스카페타는 이탈리아 말로 '작은 신발'이라고 나와 있어요." 두꺼운 플라스틱 보호경 뒤에 보이는 불안한 눈빛으로 마리노가 말을 이었다. "작은 신발, 작은 고무 덧신, 발로 힘껏 걷어차는 작은 여자."

"이제 요리 좀 해 볼까." 루시가 말했다.

화면 위에서 데이터가 문자들과 기호들과 숫자들의 스튜로 떨어졌다.

"자기가 아침, 점심, 저녁으로 손목에 차고 다녔던 이 물건으로 어떤 정보를 수집하는 건지, 토니가 정확하게 알고 있었는지 궁금하네. 그 여자가 그 내용을 정확하게 알게 돼서 범인이 죽인 건지도 몰라." 루시가 말했다.

"토니가 알아냈을 것 같진 않아. 연구가들은 어떤 이론이든, 세상에 알려져 있지 않은 내용을 입증하고 싶어 하니까. 연구 대상들은 일반적인 내용만 알았지, 자세한 건 몰랐을 거야. 그렇지 않으면 대상들이 결과를 왜곡할 수도 있거든." 스카페타가 말했다.

"토니한테도 뭔가 있었던 게 분명해요. 계속 그 시계를 차고 다녔고, 매일같이 이런 질문들에 대답을 했으니까." 마리노가 말했다.

"토니가 수면 장애나, 계절성 정서 장애에 대해 개인적으로 관심이 있었을 수도 있어요. 그리고 이 연구 실험 대상을 모집한다는 것을 누군가에게 들었거나 광고를 봤을 거예요. 토니의 어머니 말로는 토니가 날씨가 우울하면 기분이 나빠진다고 했으니까요. 그리고 대개 연구 실험에 참가하면 돈을 받아요." 스카페타가 말했다.

그녀는 토니의 아버지, 로렌스 다리엔이 토니의 소지품과 시신을 가져가겠다고 적극적으로 나섰던 것을 떠올렸다. MIT 출신의 생체 전기 엔지니어. 조직범죄에 연루되었던 도박꾼이자, 알코올 중독자. 그 사람이 시체 안치소 앞에서 그 소란을 피운 건, 어쩌면 그 바이오그래프 시계를 봤기 때문일지도 모른다.

"이 안에 정말 놀라운 게 들어 있는데." 루시가 맥북 앞으로 의자를 바짝 당겨 앉으며, 토니의 바이오그래프 기기 안에 저장되어 있던 미가공 데이터를 쳐다보면서 말했다. "총 모터 활동을 기본적으로 측정하는 두 장의 압전 센서 안에 있는 바이모르프 소자나, 감도가 아주 좋은 가속도계가 달린 동작 기록 장치 데이터 로거의 암호가 확실해. 난 군대에서든 정부에서든 이런 놀랄 만한 건 본 적이 없어."

"그럼 뭐야? 그게 CIA 같은 곳에서 나왔을 가능성도 있는 거야?" 마리노가 물었다.

"그건 아니에요. 정부에서 일급비밀을 분류할 때 이런 암호를 쓰는 걸 본 적이 없으니까. 이건 대칭키 암호화에 쓰는 알고리즘에 결합된 비트와 블록 크기의 일반적인 수준의 3겹 암호가 아니에요. 알다시피 정말 긴 암호들은 40비트보다 길어요. 수출하기로 되어 있지만, 해커들이 그 암호를 깨기는 정말 어려워요. 우린 아직 그 단계까진 가지 못했죠. 이런 건 군대나 어떤 정보기관에서도 본 적이 없어요. 민간 부문이죠."

"네가 일급비밀 정보에 쓰는 정부 암호들을 어떻게 알고 있는 건지는 물어보면 안 되겠지." 마리노가 말했다.

"이 기기의 사용 목적은 염탐이나, 전쟁, 테러범들을 위한 것이 아니라, 어떤 연구를 위한 데이터 수집이에요." 루시가 데이터들을 살펴보면서 말했다. "실수요자를 위한 것이 아니라 연구원들을 위한 물건. 컴퓨터광들이 데이터를 계산하고 있는 거예요. 하지만 누구를 위한 것일까요? 수면 일정 변화, 수면량, 낮 시간의 활동 패턴, 빛의 노출과의 상관관계. 자, 알아보기 편하게 정렬해서 모아 봐." 루시는 다시 프로그램에게 말을 걸고 있었다. "도표를 내놔. 지도를 줘. 데이터를 종류별로 분류해. 데이터량이 엄청난데. 1톤도 넘겠어. 15초에 한 번씩 데이터가 녹화되고 있으니까. 하루에 5,760번씩 기록되고 있고, 다른 종류의 데이터들이 얼마나 있는지 아무도 몰라. GPS와 만보계 수치, 위치 수집, 속도, 거리, 높이, 사용자의 바이털사인. 심장 박동과 SPO2까지."

"SPO2? 네가 잘못 봤을 거야." 스카페타가 말했다.

"SPO2를 보고 있어. 수천 수백 만이야. 15초에 한 번씩 SPO2가 수집되고 있어." 루시가 말했다.

"어떻게 그런 게 가능하지? 센서가 어디에 있는 거야? 어떤 종류든 센서가 없다면 맥박이나 혈액 내 산소포화도를 잴 순 없어. 센서는 보통 손가락 끝이나, 가끔은 발가락, 때로는 귓불에 부착해. 인체 중에서도 아주 얇은 부분이어야 빛이 조직을 통과할 수 있으니까. 빛이 산화, 혈액 내 산소포화도의 비율을 결정하는 빨간색과 적외선 파장, 양쪽에 해당되어야 하니까 말이야." 스카페타가 말했다.

"이 바이오그래프에는 블루투스 기능이 있어. 그러니까 어쩌면 맥박 산소포화도 기기에도 블루투스 기능이 있을지도 모르지." 루시가 말했다.

"무선이든 아니든, 지금 우리 눈앞에 그런 측정을 할 수 있는 건 하나밖에 없네. 토니는 사실상 센서를 계속 차고 다녔던 거야." 스카페타가 대답했다.

빨간 레이저 점이 평면 스크린을 가득 채우고 있는 나무처럼 생긴 그래프에 그려진 이름과 장소들, 그리고 그것들을 연결하고 있는 가지들 위로 움직였다.

"알고 계신 대로, 그자의 아버지인 무슈 샹도니입니다. 이젠 아무 힘이 없죠." 벤턴이 설명을 하면서 레이저 포인터로 화면을 가리켰다. "그리고 그자가 떠나자 패밀리 조직원들은 뿔뿔이 흩어집니다. 지금 무슈 샹도니와 그 심복들은 대부분 감옥에 있죠. 샹도니 가의 후계자인자, 장 밥티스트의 동생은 죽었습니다. 그러자 요원들 대부분은 다른 국제적인 문제들로 눈을 돌렸죠. 알카에다, 이란, 북한, 세계 경제 위기로 말입니다. 그 패밀리에서 살아남은 장 밥티스트가 패밀리를 이어받고, 새로운 인생을 시작하기에 지금보다 더 적기는 없습니다."

"어떻게 그럴 수 있는지 모르겠군요. 그자는 미치광이잖습니까." 오델이 말했다.

"그자는 미치광이가 아닙니다. 아주 지능이 높고, 직관력이 뛰어난 자예요. 한동안은 그자의 지성이 자신의 강박증과 망상을 압도할 수 있을 겁니다. 문제는 그게 얼마나 오래 지속되느냐는 거죠." 벤턴이 말했다.

"난 그 생각에 동의할 수 없어요. 그자가 조직폭력단 두목이 된다고요? 장 밥티스트는 머리에 봉투라도 뒤집어쓰지 않으면 사람들 사이를 돌아다닐 수 없을 겁니다. 그자는 인터폴의 적색 수배를 받고 있는 국제적인 도망자니까요. 게다가 얼굴도 기형인 괴물이죠." 오델이 벤턴에게 말했다.

"그렇게 생각할 수도 있을 겁니다. 당신은 그자를 모르니까." 벤턴이 말했다.

"그자는 유전병이 있잖아요. 지금 병명은 생각이 나지 않습니다만." 오델이 말을 이었다.

"선천성 털 과다증이요. 보통은 털이 나지 않는 부위까지 포함해서 온몸이 털로 뒤덮이거나 털이 지나치게 많이 나는 희귀한 질병이죠. 이 병에 걸리면 이마, 손바닥, 팔꿈치까지 털이 나요. 그리고 다른 장애도 있었다고 들었어요. 치은증식증으로 작은 치아들이 넓게 퍼져 있었죠." 마티 레이너가 말했다.

"이미 말했다시피 그자는 늑대인간처럼 보이는 괴물이에요. 그런 병에 걸린 사람들 때문에 여기저기서 늑대인간 전설이 나온 것 같아요." 오델이 그 자리에 있는 모든 사람들에게 말했다.

"그자는 늑대인간도 아니고, 무서운 이야기 속에 나오는 그런 상황이 아닙니다. 이건 전설이 아니에요. 실제로 벌어지고 있는 일이지." 벤턴이 말했다.

"그런 병에 걸린 사람이 얼마나 되는지는 아무도 몰라요. 50명, 100명 정도 될 거예요. 전 세계에 알려진 사례가 얼마 없으니까요." 레이너가 덧붙였다.

"알려진다는 게 중요한 거죠. 그런 사례들이 그리 알려지지 않아서 얼마나 되는지 셀 수 없기 때문에, 털 과다증이 부정적인 의미의 낙인이 된 것과 그 병으로 고통받는 사람들이 괴물이나 악마 취급을 당하게 된 원인을 이해할 수 있으니까요." 버거가 감정을 가라앉힌 목소리로 말했다.

"그리고 그때 그 사람을 치료했다면 어쩌면 달라졌을 수도 있겠네요." 레이너가 덧붙였다.

"가족들은 그런 병을 가진 가족이 있으면 숨깁니다. 장 밥티스트도 예외가 아니었죠. 그자는 지하실에서 자랐습니다. 파리의 일 생 루이에 있는 샹도니 가문의 17세기 저택에 있는 창문 하나 없는 지하 감옥에서 말입니다. 장 밥티스트는 15세기 중반, 헨리 2세가 파리에 있을 때 온몸에 털이 난 아이를 선물 받아, 궁전에서 구경거리이자, 놀림거리, 일종의 애완동물처럼 키웠다고 하는 이야기에 나오는 사람의 유전자를 물려받았을 가능성이 있어요. 그 남자는 프랑스 여자와 결혼했고, 아이들 몇 명에게 그 장애를 물려줬다고 하죠. 18세기 후반에 그 남자의 후손들 중 한 명이 샹도니 일가와 결혼을 했고, 그로부터 100년이 지난 뒤에 그 열성 유전자가 장 밥티스트에게는 우성으로 나타난 것일 수도 있어요." 벤턴이 말을 이었다.

"내가 하고 싶었던 말은 그렇게 생긴 자가 나타나면 사람들이 모두 비명을 지르며 도망갈 거란 겁니다. 그런데 어떻게 장 밥티스트가 조직을 이어받고, 파리에 있는 집 밖으로 나와 이런 범죄를 저지를 수 있단 말인가요?" 오델이 말했다.

"우린 지금 장 밥티스트가 어디에 살고 있는지 모릅니다. 지난 5년간 그자가 무슨 일을 했는지 몰라요. 지금 그자의 외모가 어떤지도 모릅니다. 레이저 제모, 치과 보철, 성형 수술과 같은 최신 의학의 도움을 받았을 수도 있으니까요. 우리는 장 밥티스트가 사형수 감방에서 도망친 뒤로 어떻게 됐는지 모릅니다. 우리가 아는 건 마이애미 은행 강도 사건에서 사용된 도난당한 메르세데스 뒷좌석에서 그자의 DNA가 나왔다는 것뿐이에요. 그 말인즉 제롬 와일드와 도디 호지가 저지른 은행 강도 사건이 장 밥티스트와 확실히 관련이 있다는 뜻입니다. 그 두 사람이 디트로이트와 연관이 있으니, 장 밥티스트 또한 디트로이트와 연관이 있다고 볼 수 있다는 거죠. 마이애미와 뉴욕도 마찬가지고요." 벤턴이 대답했다.

"도박 산업과도 연관이 있죠. 어쩌면 영화 산업과도 관련이 있을지 몰라요." 레이너가 말했다.

"샹도니 패밀리는 수익성만 좋으면 어디든 손을 댔으니까요. 연예 산업, 도박, 매춘, 마약, 불법 무기, 모조품, 온갖 종류의 밀수까지. 조직범죄 하면 떠오르는 모든 것들이 장 밥티스트에게는 익숙할 것이고, 잘 알고 있을 겁니다. 가족 사업이었고, 핏줄을 타고났으니까요. 장 밥티스트가 지난 5년간 강력한 수사망을 피할 수 있었던 것도 전부 다 그 패밀리의 연줄 덕분이었을 겁니다. 그자는 돈도 가지고 있죠. 장 밥티스트는 무언가를 계획했을 겁니다. 그리고 조직적인 계획에는 부하들이 필요하죠. 그자는 군대가 필요했습니다. 만일 장 밥티스트가 샹도니 범죄 패밀리를 재건할 생각이거나, 자신의 왕국을 건설하거나, 자신을 재발견하고, 재창조하기 위해서는 많은 인원이 필요했을 거예요. 그래서 아무나 뽑았을 수도 있습니다. 학대를 받았거나, 정신 병력이 있거나, 특히 폭행 전과가 있는 사람들은 현명하고 성공적인 지도자가 될 수 없죠. 설사 그렇게 됐다고 해도 오래 버티지 못합니다. 그리고 장 밥티스트는 성적 폭력 충동에서 힘을 얻어요. 복수심으로 힘을 얻고 있죠."

벽에 떠 있는 나무 모양 그래프의 뿌리에 장 밥티스트가 있었다. 그의 이름은 화면 중앙에 떠 있었고, 다른 이름들은 직접적이든 간접적이든 가지 쪽에 나와 있었다.

"그래서 우리는 도디 호지와 제롬 와일드를 장 밥티스트와 연결시킬 수 있는 겁니다." 벤턴이 레이저로 가리키자, 그가 언급한 이름들 위로 빨간 점이 이동했다.

"여기에 햅 저드를 추가해야 할 것 같아요." 버거가 말했다. 그녀는 유난히 우울해 보였다. "자기는 더 이상 아무 관계가 없다고 우기고 있긴 하지만, 햅 저드는 도디와 연관이 있으니까요."

버거는 자신이 없는 것 같았다. 그리고 벤턴은 무슨 일이 있었는지 알지 못했다. 사람들이 모두 커피를 마시러 나갔을 때, 그녀는 그 자리에 없는 요원의 책상을 빌려 유선 전화로 통화를 했다. 그리고 그때부터 갑자기 조용해졌다. 버거는 더 이상 자신의 의견이나 주장을 밝히지 않았고, 레이너가 입을 열 때마다 반박하던 것도 그만두었다. 벤턴이 보기에는 관할권이나, 영역 다툼, 누가 기소를 하느냐의 시시한 싸움 때문에 그러는 것 같지는 않았다. 제이미 버거는 좌절한 것처럼 보였다. 그녀는 지친 것처럼 보였다.

"햅 저드는 일정 기간 동안 영적인 조언을 얻기 위해 도디를 만났답니다." 버거가 단조로운 목소리로 말했다. "오늘 새벽 그자를 심문하면서 알아낸 내용이에요. 햅 저드는 도디가 귀찮게 자꾸만 LA에 있는 자기 사무실로 전화를 한다면서, 그 여자를 피하고 있다고 말했어요."

"도디와는 어떻게 만났다고 하던가요?" 레이너가 물었다.

"도디가 해나 스타에게 영적인 조언과 점을 봐 주었던 모양이에요. 그다지 이상한 일은 아니에요. 유명인사들과 정치인을 포함한 부자들 중 많은 사람들이 이처럼 심령술사나 집시, 마녀, 점쟁이, 예언가라고 주장하는 사람들을 찾아 상담을 받고 있으니까요. 대부분은 사기꾼이지만." 버거가 대답했다.

"그 사람들 중 대부분이 은행 강도는 아니죠." 스톡맨이 말했다.

"그 사람들 중 많은 사람들이 무슨 짓을 저질렀는지 알면 놀랄 거예요. 아주 자연스럽게 절도, 강탈, 금융 사기를 저지르죠." 버거가 말했다.

"도디 호지가 파크애비뉴에 있는 스타 가의 맨션을 드나들었던 말인가요?" 레이너가 버거에게 물었다.

"햅 저드 말로는 그렇다고 했어요."

"검사님은 해나 스타 사건의 용의자로 햅 저드를 생각하고 있는 겁니까? 그자가 해나의 소재를 알고 있거나, 무슨 짓을 저질렀을 거라고 보시나요?"오델이 물었다.

"이 시점에서는 그자가 주요 용의자라고 생각해요."버거가 말했다. 그녀의 목소리는 기운이 없고 무신경한 듯 들렸다. 어쩌면 낙심한 것일 수도 있었다.

단순히 피곤해서 그런 것은 아닐 것이다. 뭔가 다른 게 있었다.

"햅 저드는 저 벽에서 도디나 해나와 연결시켜야 해요."버거는 그 자리에 앉아 있는 사람들에게 말했다. 특정 인물에게 하는 말이 아니라, 마치 배심원단 앞에서 이야기하는 것 같았다. "그리고 토니 다리엔과도요. 햅저드는 하이 롤러 레인스와 관련이 있고, 어쩌면 프레디 마에스트로와도 연관이 있을지 몰라요. 할렘에 있는 파크 종합병원도 추가해야 할 거예요. 토니의 시신이 발견된 104번가에서 그리 멀지 않은 곳이죠."

평면 스크린 위에 가지들이 추가되었다. 해나 스타는 햅 저드에게 연결되었고, 햅 저드는 도디와 연결되었고, 간접적으로는 제롬 와일드와도 연결이 되었다. 이제 모든 가지들이 토니 다리엔, 하이 롤러 레인스, 파크 종합병원으로 연결되었고, 나무뿌리에 있는 장 밥티스트 샹도니로 이어졌다. 버거는 어릴 때 죽은 파라 레이시에 대해 이야기하면서, 할렘에 있는 그 병원에서 햅 저드가 과거에 저지른 짓에 대해 설명했다. 그리고 버거는 햅과 해나 스타와의 연관성에 대해 말했다. 햅이 파크애비뉴에 있는 스타 가의 저택에 적어도 한 번은 만찬에 초대받아 갔고, 그 외 몇 번 정도는 섹스를 하러 갔었다고 설명했다. 그때 오델이 버거의 말을 가로막더니, 루프 스타가 50만 달러 정도밖에 투자하지 못할 이류 배우를 자택에 초대했을 리가 없다고 말했다.

"루프와 같은 거물들은 엄청난 부자가 아닌 이상 말도 걸지 않는다고 했어요."오델이 설명했다.

"그땐 루프 스타가 죽기 1년 전이었어요. 해나가 보비 풀러와 결혼했을 때죠."버거가 말했다.

"그 가족이 대장을 몰아내고 자기들이 원하는 대로 하기 시작했던 때였을지도 모르죠." 스톡맨이 말했다.

"그쪽에서도 해나의 재정 상태를 확인했다는 건 알고 있어요." 버거가 말했다. 그쪽은 FBI를 지칭하는 것이었다. "그래서 우리가, 그러니까 루시와 내가 발견한 정보에 대해 알려 주기로 한 거예요."

그녀는 그 자리에 있는 사람들이 모두 루시를 알고 있고, 루시와 자신과의 관계가 의미심장하다는 것을 알고 있기라도 하는 것처럼 말했다.

"이곳은 물론, 해외에 있는 수많은 은행에서 거래를 했더군요. 2년 전부터 시작됐어요. 그리고 지난 5월, 루프 스타가 죽은 뒤에 그 돈들은 대부분 다 사라졌죠." 스톡맨이 말했다.

"햅은 해나가 실종된 추수감사절 전날 밤, 뉴욕에 있었다고 했어요. 그리고 다음 날 LA로 날아갔다고 하더군요. 수색 영장을 받아서 트라이베카에 있는 햅 저드의 아파트를 조사해야 해요. 지체해선 안 돼요. 그자는 해나와 보비가 절대로 잠을 자지 않았다고 하더군요." 버거는 말을 이었다. 그녀의 목소리에는 평소와 같은 강단도 없었고, 비꼬는 것 같은 유머 감각도 찾아볼 수 없었다. "그자의 말대로라면 단 한 번도 말이에요."

"맞아요. 누구나 아는 거죠. '난로에 불이 없으면 다른 곳에 가서 몸을 덥혀라.'" 오델이 비꼬듯 말했다.

"해나 스타는 사교계 명사였고, 사람들과 방탕하게 놀아나면서, 여기서든 해외에서든 유명하고 부유한 사람들과 어울렸지만, 그 저택에서만은 그러지 않았어요. 그 여자는 훨씬 대중적이었어요. 오히려 가족 식당 안에서는 〈포스트〉 6면에나 나올 위인과 어울렸죠. 그 여자의 방식은 자기 아버지와 대조적이었어요. 확실하게 우선순위가 달랐죠. 햅의 말에 따르면 해나가 먼저 접근했다고 했어요. 두 사람은 멍키 바에서 만났죠. 그리고 얼마 지나지 않아 햅은 루프 가의 만찬에 초대되었고, 고객이 되었어요. 해나는 개인적으로 햅의 돈을 관리했어요. 햅은 해나가 보비를 두려워했다고 주장했어요." 버거가 말을 이었다.

"해나가 실종되던 날 밤, 시내에 있었고 그다음 날 비행기를 타고 떠난

475

사람은 보비가 아니잖아요." 레이너가 신랄하게 말했다.

"맞아요. 나는 햅이 모든 사람들과 연루되어 있다는 점이 마음에 걸려요. 그리고 그자의 성향도요. 케이는 토니 다리엔이 공원에서 시신으로 발견되었을 때보다 하루 반나절은 먼저 죽었을 거라고 했었죠. 그동안 토니는 어딘가 실내에 있는 서늘한 곳에 있었을 거예요. 이제는 앞뒤가 맞아떨어지는 것 같아요." 버거가 벤턴을 돌아보며 말했다.

벽에 띄운 그래프에는 좀 더 많은 이름들이 추가되었다.

"그리고 워너 에이지와 칼리 크리스핀도 있어요. 그 사람들도 저 안에 추가해야 해요." 벤턴이 스톡맨에게 말했다.

"에이지나 칼리는 이 벽에 나와 있는 사람들과 연결시킬 이유가 없잖아요." 오델이 말했다.

"칼리는 케이와 연관이 있죠. 에이지는 나와 연관이 있고." 벤턴이 말했다.

자판을 두드렸다. 스카페타와 벤턴의 이름이 평면 화면 위에 떴다. 그 이름들이 화면에 나온 걸 보니 기분이 좋지 않았다. 그리고 그들의 이름은 모든 사람들과 다 연관되어 있었다. 뿌리에 있는 장 밥티스트 샹도니까지.

벤턴이 말을 이었다. "에이지의 호텔 방에서 루시와 케이가 조사한 바에 따르면, 에이지는 카지노 사업과 연관이 있을 겁니다."

벽에 "카지노"라는 항목이 추가되었다.

"에이지는 초자연적인 현상에 대한 관심을 이용해, 뭔가를 조작하고, 뭔가 연구하는 일에 영향력을 행사하고 있었어요."

"초자연적 현상"이라는 항목이 또 다른 가지가 되었다.

"르 코크라는 이름을 가진 부유한 프랑스인의 후원을 받고 있었죠." 벤턴이 말했다. 그러자 그 이름도 벽에 떠올랐다. "누군가 에이지에게 현금을 지급했어요. 어쩌면 그 사람이 무슈 르 코크일지도 모르죠. 아니면 프레디 마에스트로일 수도 있습니다. 따라서 르 코크와 마에스트로 역시 연

476

관이 있는 셈이죠. 그리고 디트로이트와 프랑스도 연관이 있습니다."

"르 코크가 누구인지, 실제로 존재하는 사람인지조차 모르잖아요." 레이너가 벤턴에게 말했다.

"그자는 존재합니다. 하지만 우린 그 사람이 누군지 모르죠."

"그 르 코크란 자가 늑대인간일 거라고 생각하는 겁니까?" 오델이 벤턴에게 물었다.

"그자를 그렇게 부르지 말아요. 장 밥티스트 샹도니는 고정된 틀에 박혀 있는 인물이 아니니까. 그자는 신화가 아니에요. 현 시점에서 장 밥티스트는 완전히 정상적으로 보일 수도 있는 사람이니까, 그자에게는 수많은 별명이 붙을 수 있습니다. 실제로 그렇기도 하고."

"그자는 프랑스 억양으로 말을 하나요?" 스톡맨이 노트북으로 벽 위의 나무에 가지를 그리면서 물었다.

"장 밥티스트는 억양을 넣어 말을 할 때도 있고, 억양 없이 말을 할 때도 있어요. 프랑스어뿐만 아니라 이탈리아어, 스페인어, 포르투갈어, 독일어, 영어까지 유창하게 하니까. 지금쯤은 다른 언어들을 더 배웠을지도 모릅니다. 알 수 없죠." 벤턴이 말했다.

"그럼 칼리 크리스핀은 무슨 연관이 있는 거죠?" 스톡맨이 그래프를 그리면서 물었다. "그리고 그 여자가 왜 에이지의 호텔 방값을 냈던 겁니까? 누군가 그 여자를 통해 돈을 건넨 걸까요?"

"아마 사소한 돈세탁이겠죠." 레이너가 메모를 하면서 말했다. "상대적으로 작은 방식이라도 해도, 여기서 보면 많은 일들이 벌어지고 있는 것처럼 느껴지죠. 사람들은 현금을 써요. 사람들이 다른 사람에게 현금을 주면, 또 다른 사람에게 현금을 주는 거예요. 기록이 남는 신용카드나 송금, 수표는 쓰지 않아요. 적어도 합법적으로 보이지 않을 사업에서는 현금만 쓰죠."

"칼리는 이번 주말에 에이지를 그 호텔방에서 내보낼 생각이었어요." 버거와 벤턴의 시선이 마주쳤다. 그녀의 눈빛은 돌처럼 딱딱했다. "어째서

477

그런 걸까요?"

"그건 내가 설명할 수 있을 것 같군요. 에이지는 칼리에게 목격자에게서 들었다는 정보를 이메일로 보냈어요. 그런데 우리가 알아낸 바로는 그게 가짜였죠. 에이지는 웹 자막 서비스를 이용해 하비 팔리인 척한 겁니다. 루시가 에이지의 컴퓨터에서 그 사본과 다른 것들을 발견했어요. 〈크리스펀 리포트〉의 제작진은 지난밤, 칼리 크리스펀이 해나 스타의 머리카락이 노란 택시에서 발견되었다는 말을 방송에서 터트린 뒤 엄청난 곤경에 처하게 됐어요. 에이지가 만든 거짓 전화 인터뷰에 칼리가 속은 거죠. 아니면 속아 넘어갈 수밖에 없었거나. 어느 쪽이든, 칼리는 이제 방송국에서 그보다 더 큰 문제를 일으키고 싶진 않았을 겁니다." 벤턴이 말했다.

"그래서 칼리가 에이지를 해고한 거군요." 레이너가 벤턴에게 말했다.

"그러지 않을 이유가 없잖아요? 그 여자는 자기 역시 프로그램에서 잘릴 거라는 것을 알고 있었어요. 더 이상 에이지가 필요 없어졌으니, 방값을 내 줄 이유도 없는 거죠. 어쩌면 개인적인 문제가 있었을 수도 있습니다. 어젯밤 11시경, CNN에서 칼리가 전화로 에이지에게 무슨 말을 했는지 아직 모르니까요. 그게 에이지가 죽기 전 마지막 통화였을 겁니다." 벤턴이 말했다.

"그자는 정말 멍청한 짓을 저질렀어요. 에이지는 법의학 심리학자였잖아요. 그래 봐야 소용없다는 걸 알았어야 하는데. 그 하비 팔리라는 남자는 에이지에게 전화를 한 적이 없다고 할 거예요." 오델이 말했다.

버거가 말했다. "맞아요. 다들 커피를 마시러 갔을 때 보넬 형사와 전화 통화를 했어요. 어젯밤 쇼가 끝난 후, 보넬은 팔리와 통화를 했어요. 그 사람은 에이지에게 이메일을 보낸 건 맞지만, 통화를 한 적도 없고, 해나의 머리카락이 발견되었다는 말도 한 적이 없다고 했다는군요."

"만일 하비 팔리가 에이지와 통화를 했다면 통화 내역이 남아 있을 텐데…." 오델이 말을 꺼냈다.

"트랙폰으로 전화를 했고, 그 트랙폰은 사라졌어요." 벤턴이 오델의 말을 가로막았다. "에이지의 서랍 속에 빈 트랙폰 상자들이 잔뜩 들어 있었다고 하더군요. 팔리와의 인터뷰는 가짜라고 생각하고, 루시도 그렇게 생각해요. 하지만 에이지가 해고당하겠다는 의식적인 목적을 가지고 그런 거짓 인터뷰를 했을지도 모른다는 생각이 들어요."

"무의식적인 목적이었겠죠." 레이너가 말했다.

"내 생각도 그래요." 벤턴은 워너 에이지가 자살할 준비를 한 거라고 생각하고 있었다. "간밤에 자살을 처음으로 떠올린 건 아닐 겁니다. 에이지 소유의 워싱턴 D. C.에 있는 콘도가 경매로 넘어간 상황이었죠. 신용카드들도 전부 다 쓸 수 없는 상태였어요. 오직 들어오는 현금에 의지해 살아가다 보니, 우울증에 나쁜 마음이 생겼을 것이고, 머릿속에서 어떤 생각이 자라나기 시작했을 겁니다. 그리고 에이지는 자기가 그 생각에 사로잡히게 될 거라는 걸 알고 있었던 거죠."

"부하 한 명을 또 잘못 고른 셈이네요." 레이너가 말한 뒤, 벤턴을 쳐다보았다. "선생님께서는 장 밥티스트가 이 일을 알고 있을 거라고 생각하세요?"

"무엇을 말입니까?" 벤턴은 화가 치밀어 오르기 시작했다. "에이지가 내 인생에서 나를 몰아내고, FBI가 내게 한 보답이라는 것이 날 피하는 것이었고, 또 그가 그렇게 한 이유가 샹도니 때문이었다는 것을 말하는 거요?"

FBI 회의실 안이 침묵으로 뒤덮였다.

"에이지가 장 밥티스트를 만난 적이 있는지, 그들이 어떻게든 안면이 있을 거라고 생각하느냐고? 맞아요. 그럴 거라고 생각해요. 에이지는 장 밥티스트 샹도니처럼 소위 괴물이라고 불리는 자와 말을 해 보고 싶어 미칠 지경인 위인이었으니까. 설령 상대가 가명을 말해서 장 밥티스트인지 몰랐다고 해도 에이지는 틀림없이 그자에게 끌렸을 거요. 에이지는 장 밥티스트의 정신병에, 그자가 뿜어내는 사악함에 끌렸을 테니까. 그 때문에 워너 에이지는 가장 큰 실수를 저지르게 된 거죠." 벤턴이 말했다.

"그건 확실해요. 그자는 지금 이 순간 시체 안치소에 있으니까." 잠시 뒤에 레이너가 말했다.

"엘리제 호텔은 파크애비뉴의 스타 가의 저택과 아주 가까워요." 버거의 태도는 차분했다. 지나칠 정도였다. "겨우 서너 블록 떨어져 있어요. 호텔에서부터 5분이나 10분 정도 걸으면 그 저택에 도착할 거예요."

스톡맨이 자판을 두드렸다. 엘리제 호텔과 스타 가의 저택이 평면 스크린 위에 떴고, 나무에서 새로운 가지로 뻗어 나왔다.

"그리고 거기에 루시 파리넬리의 이름도 올려야 할 것 같아요. 그 말은 내 이름도 올려야 한단 말이에요. 내가 해나의 실종사건을 수사하고 있고, 그 여자의 남편과 햅 저드를 심문해서가 아니라, 루시와 관련이 있기 때문이에요. 루시는 루프 스타의 고객이었어요. 10년도 넘게 알고 지낸 사이죠. 그러니 루시가 해나를 한 번도 보지 못했을 리가 없어요. 어쩌면 보비도 만났을지 몰라요." 버거가 말했다.

벤턴은 버거가 하는 말에 대해 전혀 모르고 있었다. 아니, 버거가 그 정보를 어디서 알아냈는지 몰랐다. 그는 어떻게 된 일인지 물어보는 눈빛으로 버거를 쳐다보았다. 소리 내서 물어보고 싶지 않았다. 그리고 버거의 표정에서 답을 얻었다. 아니, 루시가 말한 게 아니다. 버거는 다른 경로로 그 사실을 알게 된 것이었다.

"사진을 보고 알았어요. 루프 스타의 희귀 서적들을 모아 놓은 서재에는 가죽 장정을 한 앨범들이 있어요. 오랜 세월 동안 그 집에서 열린 파티나 만찬에 초대받았던 고객들의 사진들이 담겨 있어요. 그 앨범들 중 하나에 있더군요, 루시가." 버거가 사람들 앞에서 큰 소리로 말했다.

"그 사실을 언제 알게 된 겁니까?" 벤턴이 물었다.

"3주 전에 알았어요."

만일 그녀가 그 사실을 그렇게 오래전에 알고 있었다면, 그렇게 갑자기 태도가 변한 데는 다른 이유가 있을 것이다. 보넬이 전화로 알려 준 정보들 중에 그보다 더 당혹스러운 내용이 있었던 것이 분명했다.

"1996년이었어요. 루시는 스무 살로, 아직 대학생일 때였죠. 다른 앨범에서는 루시의 사진을 찾지 못했어요. 그건 아마 루시가 대학 졸업 후에 FBI 요원이 됐기 때문에, 그런 파티나 만찬에서 모습을 드러내는 일에 극도로 조심하느라, 사진을 찍지 않았기 때문일 거예요. 모두 알고 있겠지만, 해나의 실종은 남편인 보비가 신고를 했어요. 그래서 우리는 보비에게 파크애비뉴 자택의 집 안 수색과 해나의 DNA를 수집할 수 있게 해 달라고 요청했어요. 그리고 보비의 이야기를 들어 볼 필요가 있었죠." 버거가 말을 이었다.

"해나가 실종됐을 때 보비는 플로리다에 있었죠?" 오델이 물었다.

"그날 밤, 해나는 식당에서 나와 집으로 돌아오지 않았어요. 그때 보비는 노스마이애미비치에 있는 아파트에 있었어요. 그리고 우린 그 아파트의 IP 주소로 보낸 이메일들과 통화 내역을 확인했고, 플로리다 집에 있는 가정부 로지에게도 확인을 했어요. 내가 직접 로지와 통화를 했고, 추수감사절 전날인 11월 26일 밤, 보비가 그 집에 있었다는 것을 확인했어요." 버거가 말했다.

"그 이메일을 보내거나 전화 통화를 보비가 직접 한 건지 어떻게 알죠? 로지라는 가정부도 주인을 지키기 위해 거짓말을 하는 것일 수도 있잖아요?" 레이너가 물었다.

"보비가 범죄를 저질렀다는 증거가 없는 상황에서, 나한테는 그자를 감시할 합당한 근거도 의심할 이유가 없었어요. 그렇다고 내가 그자를 믿느냐고요? 난 아무도 믿지 않아요." 버거는 단조로운 목소리로 대답했다.

"해나의 유언장 내용을 알 수 있을까요?" 레이너가 물었다.

"해나는 루프 스타의 외동딸이었어요. 그래서 지난 5월, 루프가 죽었을 때 전 재산을 상속받았죠. 그 직후 해나는 유언장 내용을 고쳤어요. 자기가 죽으면 전 재산을 재단에 남기는 것으로요." 버거가 대답했다.

"그럼 보비를 배제했다는 말이군요. 약간 드문 경우 아닌가요?" 스톡맨이 물었다.

"가장 좋은 혼전 계약은 배우자를 배신하거나 죽여도 아무 이익이 없다는 것을 확실하게 하는 거니까요. 그리고 그런 건 이제 아무 의미가 없게 돼 버렸죠. 해나 스타는 몇 백만 달러를 남겼지만, 엄청난 빚이 있으니까요. 주식 시장에서 거의 모든 재산을 잃었고, 지난 9월 피라미드 사기로 남은 재산까지 다 잃었으니까." 버거가 대답했다.

"그 여자는 지금 지중해에서 요트를 타고 있거나, 칸이나 몬테카를로에서 손톱을 칠하고 있을지도 몰라요. 결국 보비에겐 아무것도 얻는 게 없군요. 그자의 인상은 어떻던가요? 아무도 믿지 않는다는 검사님의 성향은 잠깐 접어 두고 말이에요." 레이너가 말했다.

"많이 당황한 것처럼 보였어요." 버거는 아무에게도 시선을 주지 않았다. 여전히 배심원단 앞에서 이야기를 하는 것처럼 행동하고 있었다. "그 집에서 보비를 만났을 때 그 사람은 근심이 가득했고, 스트레스를 많이 받고 있었어요. 보비는 해나가 살인사건의 희생자가 되었을 거라고 믿고 있었어요. 그녀가 도망쳤거나 자기를 남겨 놓고 떠나는 일은 절대 없을 거라고 주장했어요. 나도 그런 것이 아닐지 심각하게 생각하고 있었어요. 루시가 그 금융 정보를 알아내기 전까지는 말이에요."

"해나가 실종되었던 날을 다시 생각해 보죠. 보비는 해나가 실종된 것을 어떻게 알았다고 하던가요?" 오델이 물었다.

"해나에게 전화했지만 통화가 되지 않았다고 했어요. 그건 통화 내역으로 확인했죠. 추수감사절인 다음 날, 해나는 비행기를 타고 마이애미로 와서 주말 내내 보비와 같이 지내다가, 세인트바츠 섬으로 가기로 되어 있었다는군요." 버거가 대답했다.

"혼자서요, 아니면 두 사람이 같이요?" 스톡맨이 물었다.

"세인트바츠에는 해나 혼자 가기로 되어 있었다고 했어요." 버거가 대답했다.

"그렇다면 그 여자는 이 나라를 떠날 생각이었을지도 몰라요." 레이너가 말했다.

"나도 그렇게 생각해요. 만일 그렇게 했더라도, 해나는 전용기인 걸프

스트림을 타지 않았어요. 화이트플레인스의 운항 지원 사업국에 모습을 드러내지 않았으니까요." 버거가 말했다.

"보비는 그 일에 대해 뭐라고 하던가요? 우리가 알고 있는 게 사실입니까?" 벤턴이 물었다.

"보비 말로는 비행이 예정되어 있었는데, 해나가 운항 지원 사업국에 나타나지 않았다고 했어요. 해나는 그 비행기에 타지 않았어요. 세인트바츠로 가는 승객 명단에 없었고요. 그리고 해나는 전화를 계속 받지 않았어요. 뉴욕에 있던 가정부가…" 버거가 대답했다.

"그 여자는 이름이 뭐죠?" 레이너가 물었다.

"나스티아." 그녀가 철자를 불러 주자, 그 이름이 벽 위에 떴다. "그 가정부는 그 저택에 같이 살고 있는데, 11월 26일 밤, 해나가 빌리지에서 저녁 식사를 끝마친 뒤에도 집에 돌아오지 않았다고 했어요. 하지만 경찰에 신고할 상황은 아니었죠. 가끔 해나가 집에 들어오지 않을 때도 있었으니까. 그날 저녁 식사는 해나의 생일을 축하하는 자리였어요. 배로스트리트에 있는 '랜드'나 '투 이프 바이 시' 중 한 곳이었을 거예요. 해나는 친구들이 보는 앞에서 노란 택시를 타고 식당을 떠났어요. 그게 우리가 알고 있는 전부예요."

"보비는 해나가 다른 남자들이랑 놀아나는 걸 알고 있었나요?" 오델이 물었다.

"보비라면 '그들의 단란함에는 많은 여지가 있다'고 설명할 거예요. 그 사람이 얼마만큼 알고 있는지 모르겠어요. 어쩌면 햅 저드의 말이 사실일지도 몰라요. 보비와 해나는 그저 사업상의 파트너일 수도 있어요. 보비는 해나를 사랑한다고 주장하지만, 우리한테 와서 하는 말이니까요." 버거가 말했다.

"다시 말하자면 두 사람이 합의를 했다는 거군요. 그럼 두 사람 다 다른 상대가 있을지도 모르겠네요. 음…. 보비의 재산은 어느 정도죠?" 오델이 물었다.

"해나가 가진 재산만큼은 아니에요. 하지만 보비는 캘리포니아의 부유한 집안 출신으로, 스탠퍼드에 진학했고, 예일에서 경영학 석사를 땄어요. 성공한 대체 자산 관리사로, 영국과 모나코에 기반을 둔 펀드 두 개를 운영하고 있죠."

"헤지 펀드 쪽 일을 하는군요. 그쪽 일을 하는 사람들 중에 수억 달러를 버는 사람들도 있대요." 오델이 말했다.

"지금은 아니야. 대부분 그런 결과를 얻지 못하고 있지. 그중 일부는 감옥에 들어가 있고." 스톡맨이 버거에게 물었다. "보비는 어때요? 그자도 빈털터리가 됐나요?"

"많은 투자자들처럼 그 사람 역시 금융 위기가 계속되는 동안 치솟은 에너지 가격과 광업주에 의지하고 있다고 했어요. 보비가 직접 한 말이긴 하지만." 버거가 대답했다.

"그러다 7월에 하락이 있었죠." 스톡맨이 말했다.

"보비는 '피바다'라고 말하더군요. 스타 가의 재산이 없다면 그 사람이 평소와 똑같은 생활 방식을 유지할 여유는 없을 거예요. 그건 확실해요." 버거가 말했다.

"그렇다면 그 두 사람은 결혼을 했다기보다는 합병을 했다고 보는 편이 맞겠네요." 오델이 말했다.

"보비의 감정이 어떤지는 알 수 없었어요. 사람들이 무엇을 느끼는지 정말로 알 수 있는 사람이 어디 있겠어요." 버거는 아무 감정 없이 말했다. "내가 만나러 갔을 때 보비는 제정신이 아닌 것처럼 보였어요. 추수감사절에 해나가 비행기를 타고 오지 않자, 보비는 미친 듯이 걱정하기 시작했고 경찰에 신고를 했다고 했어요. 그리고 경찰은 내게 연락했죠. 보비는 아내가 폭력의 희생자가 되었을까 봐 걱정이라고 했어요. 그리고 해나가 예전에 스토킹을 당한 적도 있었다고 했어요. 보비는 뉴욕으로 날아왔고, 우리는 그 집에서 만났어요. 그리고 그 집 안을 살펴보면서, 필요에 따라 DNA 대조를 해야 할 수도 있을 것 같아 해나의 칫솔을 수거했어요. 만일 살해당한 거라면 어디선가 시신이 나타날 테니까 말이에요."

"그 앨범 말인데, 보비는 그걸 왜 보여 준 겁니까?" 벤턴은 여전히 루시에 대해 생각하고 있었다. 그리고 루시가 또 어떤 비밀을 간직하고 있을지 궁금했다.

"만일 해나를 노린 사람이 고객들 중에 있을지도 모르니, 고객들의 정보가 필요하다고 했어요. 보비는 해나의 고객은 대부분 장인인 루프 스타의 고객들이기 때문에 자기는 잘 모른다고 하더군요. 그러더니 우리한테…."

"우리라니?"

"마리노와 같이 갔으니까요. 보비는 우리한테 앨범을 살펴보라고 했어요. 루프는 새 고객이 생기면 저택에 불러서 즐거운 시간을 가지는 습관이 있었다고 하면서 말이에요. 그건 초대라기보다는 가입이라고 봐야 할 거예요. 만일 당신이 그 만찬에 초대받지 못했다면, 루프가 당신을 받아 주지 않는다는 뜻이니까. 루프는 고객들과 인간관계를 맺기를 원했고, 실제로 그렇게 했어요."

"그래서 1996년에 찍은 루시의 사진을 본 거군요." 벤턴이 말했다. 그리고 그는 버거가 그때 어떤 느낌이었을지 상상할 수밖에 없었다. "마리노도 그 사진을 봤어요?"

"난 그 사진에서 루시를 금세 알아봤어요. 내가 그 사진을 찾았을 때 마리노는 서재에 같이 있지 않았어요. 그 사람은 보지 못했죠."

"그래서 보비에게 그 사진에 대해 물어본 거요?" 벤턴은 버거가 마리노에게 그 사진을 발견했다는 것을 숨긴 이유를 묻지 않았다.

그는 그 대답을 알고 있다고 생각했다. 버거는 루시가 직접 그 사실을 이야기해 주기를 바라고 있었던 것이다. 하지만 버거는 그 상황에 이르지 못했다. 루시가 말을 하지 않았으니까.

"난 보비에게 그 사진을 보여 주지도 않았고, 그 사진에 대해 물어보지도 않았어요. 그 사람은 그 당시 루시에 대해 모를 테니까요. 해나와 보비가 결혼한 지 2년도 되지 않았으니까." 버거가 말했다.

"그렇더라도 보비는 루시에 대해 알 수도 있어요. 해나가 루시에 대해 말했을 수도 있으니까. 해나가 그런 이야기를 남편에게 하지 않았다면 그게 더 놀라운 일일 거요. 그보다 제이미, 서재에 들어갔을 때 당신이 책장에서 그 앨범을 직접 꺼낸 겁니까? 루프 스타한테는 그런 앨범이 여러 권 있었을 텐데." 벤턴이 말했다.

"앨범이 아주 많았어요. 보비가 그중에서 앨범을 한 무더기 꺼내 내 앞에 놔 주었어요." 버거가 말했다.

"그렇다면 보비는 당신이 루시 사진을 찾아내기를 바란 것일 수도 있지 않을까요?" 벤턴은 뭔가 느낌이 왔다. 직감적으로 알 것 같았다.

"보비는 그 앨범들을 탁자 위에 내려놓고, 서재에서 나갔어요." 버거가 대답했다.

게임이다. 만일 보비가 의도적으로 그런 짓을 한 거라면 아주 잔인한 게임이다. 벤턴은 생각했다. 만일 보비가 버거의 사생활에 대해 알고 있는 거라면, 스타 가의 저택에서, 법과학 컴퓨터 전문가이자 파트너인 루시의 사진을 보게 될 경우 버거가 당황할 것도 알았을 것이다. 그래서 일부러 다른 사진들과 같이 섞어 놓고, 그 사진에 대해 아무 말도 하지 않았을지도 모른다.

"만일 루시가 피해자인 해나와 관계가 있다면 어째서 이번 수사에서 법과학 컴퓨터 담당을 그녀에게 맡긴 건지 물어봐도 될까요? 사실상 스타가 전체와 연관이 있잖아요?" 레이너가 버거에게 물었다.

버거는 바로 대답하지 않았다. 이윽고 그녀가 말했다. "루시가 그 일에 대해 설명해 주기를 기다리고 있었어요."

"무슨 설명이요?" 레이너가 물었다.

"난 여전히 기다리고 있는 중이에요."

"알았어요. 그 일은 앞으로 문제가 될 수도 있어요. 만일 이 사건으로 재판을 하게 되면 말이에요." 스톡맨이 말했다.

"지금도 문제라고 생각해요. 내가 지금 말하는 것보다 훨씬 큰 문제죠."
버거가 암울한 표정으로 말했다.

"보비는 지금 어디 있죠?" 레이너가 이제까지보다 조금 더 부드러워진
목소리로 물었다.

"뉴욕에 다시 나타났어요. 보비는 해나에게 이메일을 보내요. 매일 보
내고 있죠." 버거가 말했다.

"기가 찰 노릇이네요." 오델이 말했다.

"상대가 읽든 말든 계속해서 보내고 있어요. 우리가 해나의 이메일을
계속 살피고 있으니까 그건 확실해요. 보비는 어젯밤 늦게 해나에게 이메
일을 보냈어요. 그리고 사건에 진전이 있다는 말을 들었으니 오늘 아침 일
찍 뉴욕으로 돌아오겠다고 했어요. 그러니 아마도 지금쯤은 뉴욕에 있을
거예요."

"그자가 바보가 아닌 이상, 누군가 자기 이메일을 감시하고 있을 거라
는 걸 알고 있을 거예요. 보비가 그런 짓을 하는 게 우리를 위한 건지는 좀
의심스러운데요." 오델이 말했다.

"나도 그렇게 생각해요." 레이너가 말했다.

'게임.' 벤턴은 생각했다. 불편한 느낌이 점점 더 커졌다.

"보비가 무엇 때문에 의심을 받는지 모르겠네요. 일단 겉으로 보기에
그 사람은 해나가 어딘가에 살아 있기를 바라고 있고, 자기가 보낸 메일
을 읽길 바라고 있어요. 아마 보비는 어젯밤 〈크리스핀 리포트〉에서 해나
의 머리카락이 택시 안에서 발견되었다고 하는 걸 봤을 거예요. 갑자기
뉴욕으로 돌아온 건 그 때문이겠죠." 버거가 말했다.

"해나가 죽었다는 소리도 같이 들었겠죠. 망할 기자들. 시청률을 위해
서라면 다른 사람의 인생을 망가뜨릴 수도 있는 일들에 대해 아무 생각
없이 떠들어 대잖아요." 스톡맨이 벤턴을 보며 말했다. "그분은 정말 우리
에 대해서 그렇게 말한 건가요? 선생님도 그분이 FBI가, 프로파일링이 고
루하다고 했다는 거 아시죠?"

스톡맨은 어젯밤 CNN 자막 뉴스로 나간 뒤로 밤새 인터넷을 뜨겁게 달구었던 스카페타가 했다는 그 말에 대해 이야기하고 있었다.

"그 사람이 잘못 인용했을 겁니다. 좋았던 시절이 지나가고 앞으로 다시 좋아지지 않을 거라는 의미에서 한 말이라고 생각해요." 벤턴이 온화하게 말했다.

21

수집품

　길고 거친 보호 털은 끝부분이 점점 가늘어지는 굴대에 네 개의 하얀색과 검은색 줄로 고정되어 있었다.

　"종이 뭔지 확인하고 싶다면 DNA 검사를 해야 할 거예요." 제프너가 스피커폰으로 말했다. "펜실베이니아의 미토타이핑 테크놀로지에는 동물의 종을 확인하는 일만 하는 연구실이 있어요. 하지만 일단은 내가 알아낸 것만 말해 줄게요. 늑대 종류예요. 그러니까 대평원 늑대, 회색 늑대의 아종(亞種)이란 말이죠."

　"그렇다면 개가 아니란 말이잖아요. 내가 보기엔 독일산 셰퍼드 털처럼 보였는데." 스카페타는 과학 교육실로 건너와서 제프너가 그녀에게 보내준 이미지들을 보면서 전화 통화를 하고 있었다.

　건너편 연구실에서는 루시와 마리노가 맥북 화면을 들여다보고 있었다. 그리고 스카페타가 앉아 있는 곳에서도 도표와 지도를 통해 데이터들이 빠르게 합산되는 과정을 볼 수 있었다.

　"이 털들 중에 독일산 셰퍼드의 털은 없었어요." 제프너의 목소리가 들렸다.

"그럼 내가 지금 보고 있는 이 가느다란 회색 털은 뭐예요?" 스카페타가 물었다.

"보호 털들 속에 섞여 있던 거요. 속 털인 것 같아요. 카드 앞에 붙어 있던 부두교 인형 있잖아요? 그 인형 속이 털로 가득 차 있었는데, 보호 털과 속 털, 그리고 작은 똥이나 낙엽에서 나온 것 같은 부스러기들이 섞여 있었어요. 그건 그 털이 가공되지 않았다는 것을 말해 줘요. 그 동물의 서식지, 어쩌면 우리 안에서 가져온 털이란 말이에요. 물론 내가 이 털들을 한 개도 빼지 않고 전부 다 살펴본 건 아니에요. 하지만 내가 보기엔 이건 늑대 털이에요. 보호 털과 속 털 전부 다요."

"그런 털은 어디서 구할 수 있어요?"

"가능성이 있을 만한 곳을 몇 군데 찾아봤어요. 야생 동물 보호 지구, 늑대 성지, 동물원. 늑대 털은 매사추세츠 살렘에 있는 헥스라는 유명한 마법 용품 파는 곳에서도 팔아요." 제프너가 대답했다.

"역사적인 지역인 에섹스스트리트에 있죠. 나도 거기 가 봤어요. 좋은 오일과 양초들이 많이 있었죠. 흑마술에 이용되거나, 악마가 될 만한 물건들은 없었는데." 스카페타가 말했다.

"악마가 될 수 있는 물건이 아니라 악마가 쓰던 물건들을 파는 거겠죠. 헥스에서는 부적이나 약, 작은 금색 비단 주머니 속에 들어 있는 늑대 털을 살 수 있어요. 그게 사람을 지켜 주고, 치유해 주는 힘이 있다고 믿거든요. 내가 보기에 거기서 가공된 털을 팔 것 같진 않아요. 그러니까 인형 속에 들어 있던 늑대 털도 그런 마법 용품 가게에서 구했을 수도 있어요." 제프너가 말했다.

루시가 건너편 연구실에서 스카페타를 쳐다보고 있었다. 스카페타가 보고 싶어 할 만한 뭔가 중요한 것을 찾은 것처럼 보였다.

제프너가 설명하기 시작했다. "늑대는 털이 두 겹이에요. 속 털은 보온을 위한 모와 비슷한 부드러운 털로, 난 필러 털이라고 불러요. 그리고 그

위를 거칠거칠한 보호 털이 덮고 있는데, 물대포 맞고 빠져나와 있던 털도 그 털이에요. 지금 내가 보낸 이미지를 보고 있으면 무슨 색인지는 알 거예요. 종의 차이는 색으로 구분해요. 대평원 늑대는 이 지역에는 분포하지 않아요. 대부분 중동 지역에 있죠. 게다가 범죄 현장에서 늑대 털이 나오는 경우는 별로 없잖아요. 여기 뉴욕이 아니더라도 말이에요."

"나도 그런 게 나왔다는 게 믿어지지 않아요. 여기서든, 어디서든." 스카페타가 말했다.

보호복을 입고 있는 루시와 마리노가 자리에서 일어나 긴박하게 대화를 나누고 있었다. 스카페타는 두 사람이 무슨 말을 하고 있는지 들을 수 없었다. 무슨 일이 생긴 모양이었다.

"난 이런저런 이유로 본 적 있어요." 제프너가 테너 목소리로 느긋하게 말했다. 그는 흥분하는 일이 거의 없었다. 오랫동안 현미경을 들여다보며 범죄의 흔적을 쫓아 왔기 때문일 것이다. "사람이 사는 집의 쓰레기에서요. 현미경으로 먼지 더미 들여다본 적 없죠? 천문학보다 더 흥미롭다니까요. 그 집에 사는 사람이 누군지 무슨 일을 하는지에 대한 정보들이 우주처럼 펼쳐져 있으니까 말이에요. 온갖 종류의 털들이 다 나오죠."

마리노와 루시는 맥북 화면에 뜬 도표들을 쳐다보고 있었다.

"이런 젠장." 마리노가 큰 소리로 말하더니, 보호경을 쓴 눈으로 스카페타를 쳐다보았다. "박사? 이걸 좀 봐야 할 것 같소."

제프너가 계속해서 말하고 있었다. "늑대를 키우는 사람들도 있어요. 대부분 늑대와 개의 혼혈이긴 하지만. 그렇지만 그 부두 인형인지, 작은 인형 속에 들어 있던 건 가공하지 않은 순종 늑대 털이잖아요? 아무래도 그 폭탄의 의식적인 동기와 관련이 있는 것 같아요. 내가 조사한 바로는 그건 일종의 흑마술을 가리키고 있어요. 비록 그 상징이 상충되긴 하지만 말이죠. 일종의 모순이죠. 늑대들은 나쁜 게 아니에요. 그 외 나머지 것들이 박사님이나 다른 사람을 다치게 할 수도 있고, 실제로도 위험한 폭발물이나 폭죽처럼 나쁜 것이어서 그렇지."

"그 안에서 뭘 찾아냈는지 아직 말씀하지 않으셨어요." 스카페타는 지금 폭탄 잔해에서 나온, 마리노가 개털이라고 생각했던 것이 사실은 늑대털이었다는 것밖에 모른다는 사실을 제프너에게 상기시켰다.

건너편 실험실에서는 맥북 한 대의 화면에 지도가 떠 있었다. 거리 지도들 사진, 고도, 지형도.

"사전에 내가 말이 너무 많았나 보네요. 그 안에 지독한 냄새가 나는 게 하나 있더군요. 타르 냄새 같기도 하고, 똥냄새 같기도 한 것 말이에요. 내 프랑스어 발음은 무시하고 들어요. 아사푀티다에 대해서는 잘 알고 있죠?" 제프너의 목소리가 들렸다.

"인도 요리는 하지 않지만, 그게 뭔지는 알아요. 지독하다 못해 역겨운 냄새가 나는 허브잖아요."

마리노가 부스럭거리며 스카페타 옆으로 다가와서 말했다. "전체 시간을 다 알아냈소."

"그게 무슨 말이에요?" 스카페타가 마리노에게 물었다.

"그 센서라는 시계 말이오." 마스크와 모자 사이로 보이는 그의 얼굴은 벌겋게 달아오른 채, 땀에 젖어 있었다.

"잠깐만요." 스카페타가 제프너에게 말했다. "미안해요. 잘못 알아들었어요. 한꺼번에 스무 가지 일을 하고 있는 중이라서 말이에요. 악마가 어떻게 됐다고요?"

"그래서 그 허브를 악마의 똥이라고 부른다고 했어요. 여기서 흥미로운 점은 늑대들이 아사푀티다의 냄새에 끌린다고 알려져 있다는 거예요." 제프너가 다시 말했다.

종이가 바닥에 끌리는 것 같은 발소리가 들렸다. 루시가 이쪽으로 들어와 흰색 타일 바닥 위를 가로질러 걸어가더니, 플러그가 꽂혀 있지 않은 커다란 평면 스크린 모니터와 연결 기기들을 살피기 시작했다.

"누군가 엄청난 양의 아사푀티다를 갈아서, 아스팔트처럼 보이는 물질에 포도씨유나 아마씨유 같은 깨끗한 기름을 넣고 섞은 거예요."

루시는 스카페타가 앉은 곳에서도 보이게끔 비디오를 책상 위에 설치했다. 그녀가 포트 허브에 모니터들의 플러그를 꽂자, 화면이 밝아지면서 이미지들이 천천히 흐릿하게 떠오르기 시작하다가 갑자기 선명해졌다. 루시가 다시 발소리를 내며 맥북 앞으로 돌아가자, 마리노와 대화를 나누기 시작했다. 스카페타는 두 사람 사이에 오가는 말 중에 "빌어먹게 느리다"와 "잘못 입력했다"라는 말을 알아들었다. 루시가 화를 내고 있었다.

"가스 크로마토그래프 질량분석계로 검사를 해 볼 생각이에요. FTIR 분석 말이에요. 하지만 지금까지 현미경으로 알아낸 것도 있어요." 제프너가 말하고 있었다.

화면에 도표와 지도들, 스크린샷들이 떠올랐다. 바이털사인과 데이터, 시간. 이동과 주변 빛의 노출. 스카페타는 그 바이오그래프 기기에서 나온 데이터를 살펴보았다. 그리고 조금 전에 받은 파일을 띄우고 있는 앞에 놓여 있는 컴퓨터 화면을 쳐다보았다. 현미경 사진이었다. 녹 가루 같은 것을 뒤집어쓴, 돌돌 감겨 있는 은색 리본들과 총알 파편들처럼 보이는 사진이었다.

"쇳가루가 확실해요. 육안으로 봐도 쉽게 알아볼 수 있고, 자석으로 확인했죠. 이 안에는 둔탁하고 묵직한 회색 입자들이 섞여 있어요. 시험관에 물을 채웠더니 그대로 바닥에 가라앉더군요. 아마 납일 거예요." 제프너의 목소리가 들렸다.

토니 다리엔의 바이털사인, 위치, 날씨, 날짜, 시간이 15초에 한 번씩 기록되어 있었다. 지난 화요일인 12월 16일 오후 2시 12분, 기온은 21도였고, 주변 백색광의 발광은 전형적인 실내 밝기인 500룩스였다. 맥박 산소량은 99퍼센트였고, 심박수는 64, 15초당 다섯 걸음을 걸었으며, 위치는 세컨드애비뉴에 있는 토니의 맨션이었다. 그녀는 잠에서 깨어나 집 안을 걷고 있었다. 그 바이오그래프 기기를 차고 있었던 모양이었다. 스카페타는 그렇게 가정했다.

제프너가 설명했다. "엑스레이 형광분석기로 확인해 볼 셈이에요. 아스팔트 부서진 조각일 거라고 생각했던 건, 석영 조각이었어요. 그 짙은 갈색과 검은색의 끈적거리고 들러붙는 반고체 액체 물질이 녹는지 확인하려고 뜨거운 텅스텐 바늘로 건드려 봤더니 그대로 녹더군요. 특유의 아스팔트 석유 냄새가 났어요."

스카페타가 페덱스 상자를 가지고 올라갈 때 맡았던 냄새였다. 아사푀티다와 아스팔트. 그녀는 천천히 올라오는 도표와 지도를 쳐다보았다. 스카페타는 죽음을 향해 다가가는 토니 다리엔의 여정을 뒤따라가고 있었다. 12월 16일, 오후 2시 15분, 그녀의 걸음걸이가 빨라지고, 기온은 3.8도로 떨어졌다. 습도 85퍼센트, 주위 빛은 800룩스, 북동쪽에서 바람이 불어오고 있었다. 토니는 밖에 나와 있었다. 춥고 흐린 날씨였다. 그녀의 맥박 산소량은 99퍼센트였고, 심박수가 올라가기 시작했다. 65, 67, 70, 85, 시간이 지날수록 계속 올라갔다. 15초당 33걸음으로 이스트 86 스트리트의 서쪽으로 향하고 있었다. 토니는 달리고 있었다.

제프너가 설명을 이어나갔다. "물리적 속성과 형태로 보아, 검은색, 흰색, 빨간색 후추라는 것을 알아냈어요. 가스 크로마토그래프 질량분석계로 확인해 볼 생각이에요. 아사푀티다, 철, 납, 후추, 아스팔트. 이 구성물은 저주를 의미해요."

"마리노가 부르는 것처럼 악취 폭탄이기도 하죠." 스카페타가 제프너에게 말했다. 그동안 토니 다리엔은 계속해서 이스트 86 스트리트 서쪽으로 가고 있었다.

그녀는 파크애비뉴에서 남쪽으로 꺾어졌다. 맥박 산소 함유량은 99퍼센트였고, 심박수는 분당 123이었다.

"흑마술 의식이에요. 하지만 특정 종교나 교파를 알려 주는 특징은 찾지 못했어요. 팔로 마욤베(사이비 종교, 부두교의 일종—옮긴이)나 산테리아(아프리카 기원의 쿠바 종교—옮긴이)는 아니에요. 그쪽 의식이나 마법을 연상시키는 건 없는 것 같으니까. 하지만 그 안에 들어 있는 것들이 박사님에게 나쁜 의미라는 것만은 확실해요. 아까도 말했지만 거기서 모순이 발생하는 거죠. 늑대는 좋은 의미를 가지고 있어요. 평화와 화합을 부르는 커다란 힘을 가지고 있고, 사냥에서도 행운을 가져다주거나 치유력을 가지고 있다고 생각하니까 말이에요."

3시에서 4분 30초가 지났을 때, 토니 다리엔은 63번가를 지나가고 있었다. 여전히 파크애비뉴를 향해 남쪽으로 달려가고 있었다. 주변 빛의 강도는 700룩스가 되지 않았고, 상대 습도는 100퍼센트였다. 하늘이 점점 어두워지고, 비가 내리기 시작한 것이다. 그녀의 맥박 산소량은 아까와 똑같았고, 심박수는 140까지 올라갔다. 그레이스 다리엔은 토니가 날씨가 안 좋을 때 달리는 것을 싫어했다고 했다. 하지만 그녀는 비가 오고 추운 날씨에 달리고 있었다. 어째서? 스카페타는 제프너가 하는 이야기를 들으며 계속해서 데이터를 지켜보고 있었다.

"내가 찾아낸 유일한 마법과의 연관성은 '울프(늑대)'의 나바호 어의 뜻이에요. 'mai-coh'로 '마녀'를 뜻하죠. 늑대 가죽을 걸치면 다른 사람이나 다른 존재로 변신할 수 있는 존재예요. 신화에 따르면, 마녀들이나 늑대들은 다른 사람의 눈에 띄지 않게 변신을 할 수 있다고 해요. 그리고 포니 족(북미 평원 인디언─옮긴이)은 늑대 가죽과 털을 이용해 자신들의 보물을 지켰고, 다양한 마법 의식을 행했다고 하더군요. 이건 전부 여기서 증거들을 검사하는 동안 알아본 거예요. 날 마법 세계나 멈보 점보(미신적인 주문─옮긴이)나 민속학의 전문가라고 생각하진 않았으면 좋겠어요."

"내가 궁금한 건, 이 소포를 보낸 사람이 노래가 나오는 크리스마스카드를 보낸 사람과 동일인이냐는 거예요." 스카페타는 벤턴의 환자였던 도디 호지를 떠올리고 있었다. 그러면서 계속해서 데이터를 살피고 있었다.

맥박 산소량은 똑같았지만, 토니의 심박수는 떨어지고 있었다. 파크와 이스트 58 스트리트 교차점에서 달리기를 멈춘 것이다. 심박수는 132, 131, 130으로 떨어졌다. 토니는 비를 맞으며, 파크애비뉴에서 남쪽으로 걸어갔다. 이제 시간은 오후 3시 11분을 가리키고 있었다.

제프너가 말했다. "박사님에게 보낸 악취 폭탄을 만든 자가 토니 다리엔 살인사건과 관계가 있을지도 모른다는 것도 문제죠."

"다시 한 번 말씀해 주시겠어요?" 스카페타는 토니 다리엔의 시계처럼 생긴 바이오그래프 기기에 저장된 화요일 오후 3시 14분의 자료가 나와 있는 스크린샷을 쳐다보며 물었다. 지형도에 뜬 빨간색 화살이 파크애비뉴의 한 주소를 가리키고 있었다.

해나 스타의 자택이었다.

"지금 토니 다리엔에 대해 뭐라고 하셨죠?" 스카페타가 GPS 스크린샷을 자세히 들여다보며 물었다. 잘못 본 것일 수도 있다고 생각했지만, 그렇지 않았다.

토니 다리엔은 스타 가의 저택을 향해 달려가고 있었다. 그것이 그녀가 그 궂은 날씨에 달리기를 했던 이유였다. 토니는 누군가를 만나기로 한 것이었다.

"늑대 털 때문이에요. 잘린 보호 털들." 제프너가 말했다.

맥박 산소량은 99퍼센트였다. 심박수는 83으로 떨어졌다. GPS 스크린샷이 계속 이어지는 동안, 토니의 심박수는 계속 떨어지더니, 쉬고 있을 때의 수치로 떨어졌다. 타일 바닥을 스치는 발소리가 들렸다. 마리노와 루시가 스카페타가 있는 쪽으로 걸어오고 있었다.

"토니가 어디 있는지 봤지?" 보호경 뒤로 보이는 루시의 눈이 빛나고 있었다. 그녀는 그 GPS 좌표의 의미를 스카페타가 알아차렸을 거라고 확신하고 있었다.

"박사님이 보내 준 다리엔 사건 관련 증거 분석이 거의 끝났거든요." 제프너의 목소리가 과학 교육실 안에 울려 퍼졌다. "그런데 어제 보내 준 샘플들 중에 잘린 늑대 털, 그러니까 보호 털 조각 같은 게 섞여 있었어요. 현미경으로 보니, 부두 인형에서 나온 털과 비슷한 거예요. 흰색, 검은색의 거친 털이죠. 다만 그 털 조각이 온전하지 않기 때문에 늑대 털이라고 단정 지을 순 없었지만, 그때도 그런 생각을 하긴 했어요. 늑대나 개의 털일 수도 있다고 말이에요. 그런데 그 폭탄에서 비슷한 털이 발견된 거예

496

요. 난 그 두 개가 같은 털이라고 생각해요. 내기해도 좋아요."

마리노가 얼굴을 찌푸리더니, 갑자기 큰 소리로 물었다. "그러니까 그게 개털이 아니란 말이잖소. 늑대 털이고, 양쪽 사건에 다 나왔단 말이오? 토니 다리엔 사건과 소포 폭탄 사건에?"

"마리노? 당신이에요?" 제프너가 깜짝 놀란 듯 물었다.

"나도 여기 있어요. 박사와 같이 말이오. 도대체 그게 무슨 말이오? 당신 착각이 아닌 게 확실해요?"

"그 말은 안 들은 걸로 하죠. DNA 연구실에서 확인해 볼까요, 박사님?"

"그래요. 그 늑대가 어떤 종인지 알아봐야겠어요. 양쪽 사건에서 나온 털이 정말 똑같은 대평원 늑대 털인지 말이에요." 그녀가 대답했다.

스카페타는 제프너의 말에 귀를 기울이면서, 데이터를 쳐다보고 있었다. 기온 3.3도, 상대습도 99퍼센트, 심박수 77. 2분 15초가 지나, 오후 3시 17분이 되었다. 기온 20도, 습도 30퍼센트. 토니 다리엔은 해나 스타의 집 안으로 걸어 들어갔다.

보넬 형사는 석회암 저택 앞에 차를 세웠다. 버거는 그 저택을 볼 때마다 로드아일랜드의 뉴포트를 떠올렸다. 더 이상은 보기 힘든 유용한 자원들, 바로 석탄, 면직물, 은, 강철로 쌓아 올린 부유함이 흔들리기 시작한 미국의 거대한 기념비처럼 보이기도 했다.

"이해가 안 가요. 8,000만 달러? 그런 돈을 누가 가지고 있단 말이에요?" 보넬이 센트럴파크 남쪽에서 걸어서 몇 분이면 도착하는 가장 좋은 도심 구획에 당당하게 자리 잡고 있는 석회암 건물을 쳐다보면서 말했다. 그녀의 표정에는 경외감과 혐오감이 뒤섞여 있었다.

"이제 보비한테는 없겠죠. 적어도 우리가 알고 있기론 말이에요. 그 사람이 이 집을 팔려고 내놔도 두바이의 족장이 아니고서야, 아무도 사지 않을 거예요." 버거가 말했다.

"해나가 나타나면 또 어떻게 될지 모르죠."

"그 여자와 이 집 재산은 오래전에 전부 사라졌어요. 어느 쪽으로든 말이에요." 버거가 말했다.

"젠장." 보넬은 그 집을 쳐다보았다. 그리고 지나가는 보행자들과 자동차들을 쳐다보았다. 그녀는 버거만 빼고, 모든 것을 쳐다보고 있었다. "저런 사람들은 우리와 같은 행성에 살고 있는 것 같지 않아요. 퀸스에 있는 우리 집은 어떤지 아세요? 아침이고, 점심이고, 저녁이고 미친놈들의 고함 소리나, 자동차 경적 소리가 들리지 않는 곳에서 살게 되면 어떨지 상상이 가지 않을 정도라니까요. 저번 주에는 쥐도 나왔어요. 욕실 바닥을 가로지르더니 변기 뒤로 사라졌죠. 그 뒤로 거기 들어갈 때마다 계속 생각이 나요. 무슨 뜻인지 아실 거예요. 어쩌면 쥐들이 하수구에서 나온다는 건 사실이 아닐 수도 있어요."

버거는 안전벨트를 풀고, 블랙베리로 마리노에게 다시 전화를 걸었다. 그는 전화를 받지 않았다. 루시도 마찬가지였다. 그들이 아직도 DNA 건물에 있다면 연구실에 휴대전화를 가지고 들어갈 수 없으니, 전화가 온 것도 모를 것이었다. 법의국의 생물 과학 시설은 아마 이 세상에서 가장 크고, 수준 높은 곳 중 하나일 것이다. 마리노와 루시는 그곳 어딘가에 있을 것이다. 버거는 교환원을 거치면서까지 통화하고 싶은 기분은 아니었다.

"파크애비뉴에 나와 있어요. 전화를 받지 못할 수도 있을 거예요. 연구실에서 알아낸 게 있는지 궁금하네요." 버거는 마리노에게 음성 메시지를 남겼다.

그녀의 목소리는 차갑고, 단조로웠으며, 불친절했다. 버거는 마리노에게 화가 났고, 루시에 대한 감정은 슬픔인지 분노인지, 사랑인지, 증오인지 알 수가 없었다. 그것과 별개로 죽어 가는 것 같은 느낌도 들었다. 어쨌든 버거가 알고 있는 건 죽어 가고 있다는 느낌이었다. 그녀는 절벽에서 미끄러져서, 힘이 빠질 때까지 매달려 있는 것을 상상해 보았다. 그리고 떨어지면서 누구 탓을 할지 생각했다. 버거는 루시를 비난할 것이다. 그리고 자기 자신을 비난할 것이다. 외면하고 부인하는 건, 어쩌면 보비가 매일 해나에게 이메일을 보낼 때 느끼는 감정과 똑같은 것일 것이다.

버거가 보넬과 함께 들어갈 이 집에서 3주일 전, 1996년에 찍은 루시의 사진을 발견했다. 그 순간 버거의 반응은 그 자리를 피했고, 그 감당할 수 없는 사실에서 서둘러 도망쳤다. 만일 누군가 그 거짓과 탈선에 대해 알았더라도 그녀는 그렇게 했을 것이다. 버거는 그 뒤로 사람들에게 사실이 아닌 내용과 종잡을 수 없는 말만 했다. 아무리 고통스럽고, 모든 것을 다 잃게 되더라도 절대 그러지 말아야 한다는 것을 잘 알고 있었지만, 아무 소용이 없었다. 그리고 버거는 그날 아침까지 그 사실을 잘 숨겨 왔다. 보넬이 그 사실을 알아낸 뒤, 검사가 알고 싶어 할 거라고 생각해 FBI 사무실로 연락을 하기 전까지는.

"안에 들어가기 전에 할 말이 있어요. 난 약한 사람이 아니에요. 비겁한 사람도 아니고요. 12년 전에 찍은 사진 몇 장에서 알 수 있는 건 한 가지밖에 없어요. 당신이 했던 말과 다른 거죠. 분명히 루시가 대학생일 때 루프 스타를 알았을 거라고 생각할 근거는 있어요. 하지만 루시가 최근 6개월 동안 해나와 재정적으로 얽혀 있다는 것을 믿을 근거는 없어요. 이제 상황은 변했고, 그에 따라 행동하게 될 거예요. 아무래도 당신이 날 잘 모르니까 직접 말하고 싶었어요. 그리고 이 일의 시작이 좋지 않다는 것도요."

"무슨 문제가 있다는 뜻으로 한 말은 아니었어요. 하지만 루시가 워너에이지의 호텔 방에서, 그자의 컴퓨터에서 뭔가를 찾아냈죠? 그리고 이번 사건에 에이지가 목격자인 하비 팔리를 흉내 낸 것까지 포함되어 버렸어요. 게다가 우리는 이번 사건이 어디까지 뻗어 있는지, 어떤 사람들이 연루되어 있는지도 모르고 있고, 조직범죄와 검사님이 말해 준 유전병을 가졌다는 그 프랑스 남자와의 관계도 모르고 있으니까요."

"그렇게 자기 자신에게 계속 설명할 필요는 없어요."

"경관으로서 특권이나 지위를 남용해 기웃거리거나 호기심을 채우고 싶은 건 아니에요. 합법적으로 우려할 일이 아니었다면 루시의 신용에 대해 실시간 범죄 정보 센터에 물어보지 않았을 거예요. 난 루시에 대해 결정해야 했고, 그리고 어떤 이야기들을 들었어요. 루시는 한때 준군사 조직에 있었죠, 아닌가요? 그리고 FBI와 ATF에서 해고됐어요. 루시가 해나 스타 사건에 대해 검사님을 돕고 있는 건 나와는 아무 상관없었어요. 하지만 이젠 상관이 있죠. 난 토니 다리엔 사건을 담당하고 있는 형사니까요."

"이해해요." 버거가 말했다.

"난 검사님이 확실하게 해 주길 바라고 있어요. 당신은 지방검사고, 성범죄 전담반의 책임자니까요. 난 강력반에 들어온 지 1년밖에 안 됐고, 지금까지 검사님과 같이 일해 본 적이 없었어요. 나 역시 일이 이렇게 시작된 건 좋지 않다고 생각해요. 하지만 여러 말할 것 없이, 나는 루시가 검사님이 아는, 친구라는 이유만으로 목격자로 받아들일 수가 없어요. 루시는 내 사건의 목격자가 될 테니까요. 그래서 몇 가지 확인을 할 수밖에 없었어요." 보넬이 말했다.

"루시는 친구가 아니에요."

"만일 토니 사건이 법정에 가게 되면, 루시는 증언대에 서야 할 거예요. 해나 사건도 마찬가지고요."

"루시는 단순한 친구가 아니에요. 당신도 나도 루시가 어떤지는 알고 있으니까요." 버거가 말했다. 마음속에서 감정이 요동치고 있었다. "모든 것을 다 보여 주는 실시간 범죄 정보 센터의 그 망할 데이터 벽에 나도 들어가 있었을 거예요. 루시는 친구 이상이에요. 당신도 그렇게 순진하지 않을 거예요."

"그 존경하는 분석가들도 루시의 정보를 벽 위에 올려놓지 못했어요. 검사님에 대한 것도요. 데이터들을 샅샅이 뒤지고, 모든 링크를 다 찾았는데도 말이에요. 검사님과의 관계는 아무래도 상관없어요. 법을 어기지만 않으면 사람들의 사생활에 대해서는 신경 쓰지 않으니까요. 그리고 실시간 범죄 정보 센터에서 베이브리지 파이낸스에 대한 것을 찾아낼 줄은 몰랐어요. 루시는 해나와 직접 연락을 한 적이 있었어요. 그렇다고 루시가 그 사기극과 연관이 있다는 말은 아니에요."

"지금부터 알아보면 되겠네요." 버거가 말했다.

"그 사람이 알고 있다면 말을 해 주겠죠." 보넬은 보비를 말하고 있었다. "그리고 말을 해 주지 않을 수도 있을 거예요. 루시가 말을 해 주지 않았던 것과 같은 이유로 말이에요. 그 정도로 돈을 가지고 있는 사람들 중에는 투자나 관리, 그런 것들 때문에 다른 사람들에게 자세히 말을 하지 않는 경우도 있으니까요. 바로 버니 메도프 때문에 손해를 본 사람들도 그랬죠. 똑같을 거예요. 그들은 몰랐어요. 아무 잘못도 하지 않았고요."

"루시는 그런 걸 모를 사람이 아니에요." 버거가 말했다. 그리고 그녀는 루시가 그런 것을 그대로 내버려 둘 사람이 아니라는 것도 잘 알고 있었다.

알려진 대로라면 베이브리지 파이낸스는 포트폴리오 분산 투자를 전문적으로 다루는 중개업자였다. 목재, 광산, 석유 추출, 사우스플로리다의 고급 해안가 아파트를 포함한 부동산과 같은 것을 다루었다. 버거가 알아낸 바에 따르면 그 회사는 오래지 않아 피라미드 사기를 벌인 것으로 밝혀졌으며, 만일 거기 들어갔다면 루시의 손실도 상당할 것이었다. 버거는 보비 풀러에게서 해나의 재정 상태뿐만 아니라, 정신 상태가 불안정했고, 어쩌면 위험할 수도 있는 기질을 가진 햅 저드와 그녀가 바람을 피운 것에 대해서도 물어볼 작정이었다. 이제 보비가 햅과 많은 일들에 대해 마주해야 할 때이며, 그가 그런 희망을 안고 있을 수 있고, 그런 마음을 기꺼이 먹을 수 있는 많은 일들에 대해 밝혀야 할 때가 된 것이다. 한 시간 전, 버거가 보비의 휴대전화로 연락을 했을 때 그는 공공장소만 아니라면 얼마든지 그녀와 보넬과 함께 대화를 나누겠다고 했다. 지난번처럼 그들은 이곳에서 보비를 만나기로 했다.

"들어가죠." 버거가 보넬에게 말했다. 그리고 두 사람은 표시가 없는 순찰차에서 내렸다.

춥고 바람이 많이 부는 날씨였다. 하늘에 짙게 깔려 있는 먹구름들이 앞에서 흘러가고 있었다. 고기압 때문인 것 같았다. 내일은 루시가 "무서울 정도로 맑다"고 부르는 것 같은 맑은 하늘을 볼 수 있겠지만, 매섭게 추울 것이다. 두 사람은 길을 따라 걸었다. 저택의 거대한 대문에는 스타 가의 문장인 사나운 사자와 투구, "Vivre en espoir", 즉 희망을 갖고 살라는 좌우명이 새겨져 있는 초록색과 하얀색 깃발이 걸려 있었다. 버거는 아이러니하다고 생각했다. 지금으로선 그녀가 전혀 느낄 수 없는 감정이 희망이었다.

버거는 "스타 가, 사유지"라고 쓰여 있는 아래 초인종을 눌렀다. 그녀는 코트 주머니에 손을 집어넣었다. 보넬도 아무 말 없이 바람을 맞으며 기다리고 있었다. 깃발이 큰 소리를 내며 펄럭거리고 있었다. 두 사람이 여기서 무슨 말이라도 했다가는 머리 위에 달려 있는 폐쇄회로 카메라로 엿들을 수도 있다는 것을 염두에 두고 있었다. 큰 소리와 함께 대문이 열렸다. 이어서 정교하게 조각한 마호가니 현관문이 열리고, 검은색과 흰색으로 된 제복을 입은 가정부가 나오는 모습이 철제 대문의 빈틈 사이로 보였다.

버거는 그 가정부가 나스티아일 거라고 생각했다. 누군지 물어보지 않고 문을 열어 주는 것으로 보아 그들이 올 것을 알고 있었고, 보안 카메라로 신원을 확인한 모양이었다. 나스티아는 합법 이민자 출신이라는 것이 뉴스를 통해 알려졌고, 보비에게 저녁 식사를 만들어 주고 침대 정리를 해 주는 것 이외에 다른 서비스도 제공해 준다는 소문과 더불어 사진 몇 장이 함께 돌기도 했다. 30대 중반에, 광대뼈가 도드라지고, 올리브색 피부에, 눈에 띄는 파란 눈동자를 가진 가정부에게 언론에서는 "내스티"라는 별명을 붙여 주었다.

"들어오세요." 나스티아가 물러서며 말했다.

현관은 개방형 구조로 석회암 대리석으로 되어 있었으며, 6미터 높이에, 정간이 있는 천장 중앙에는 자수정과 연수정으로 된 골동품 상들리에가 달려 있었다. 한쪽에는 정교한 철 난간과 함께 2층으로 올라가는 계단이 있었다. 나스티아는 두 사람을 서재로 안내했다. 버거는 서재가 3층에 있었고, 저택 뒤쪽에 있었다는 것이 기억났다. 화려하게 꾸며진 서재에는 루프 스타가 평생 동안 모은 대학이나 궁전에 맞먹는 가치를 지닌 귀한 고서들이 가득했다.

"풀러 씨는 밤늦게까지 못 주무시고, 아침에도 일찍 일어나셨어요. 우리 모두 그 뉴스를 보고 마음이 너무 안 좋았어요. 사실인가요?" 나스티아가 계단에서 멈춰 서더니, 버거를 돌아보고 물었다. 그녀는 다시 대리석 위에 발소리를 내면서 계단을 올라가다가, 다시 반쯤 고개를 돌리고 말을 이었다. "늘 택시를 타는 게 걱정이었어요. 아시겠지만, 일단 택시에 타게 되면 낯선 사람이 어디로든 데려갈 수도 있는 거잖아요. 마실 것 좀 드릴까요? 커피, 차, 물, 아니면 술을 한잔하시겠어요? 책장 근처에 컵을 놓지만 않으시면 서재에서 드셔도 돼요."

"괜찮아요." 버거가 대답했다.

3층에 올라가자, 진한 빨간색과 장밋빛으로 명암을 넣은 긴 양탄자가 깔려 있는 복도를 따라갔다. 닫혀 있는 여러 개의 문을 지나 서재에 도착했다. 서재에 들어서자, 버거는 3주일 전과 똑같이 곰팡이 냄새가 났다. 은색 샹들리에의 불빛은 어두컴컴했고, 추수감사절에 버거가 들어온 뒤로 아무도 들어오지 않았는지, 실내에 온기가 없고 쌀쌀했다. 그녀가 봤던 피렌체 가죽 장정의 앨범들도 그대로 서재 탁자 위에 쌓여 있었다. 그리고 그 앞에는 버거가 루시의 사진을 발견했을 때 앉아 있었던 자수를 놓은 의자가 있었다. 다리에 그리핀 모양이 새겨진 작은 탁자 위에는 텅 빈 크리스털 잔이 놓여 있었다. 버거는 3주일 전에 보비가 마음을 진정시키겠다며 코냑을 마신 뒤에 그 위에 잔을 내려놓았던 것이 생각났다. 벽난로 옆에 있는 뚜껑이 달린 괘종시계도 멈춰져 있었다.

"이곳 상황에 대해 다시 한 번 말해 주겠어요?" 버거가 나스티아에게 물었다. 그러자 보넬은 가죽 의자에 앉았다. "당신 방은 어디죠?"

"4층 뒤쪽이에요." 나스티아가 대답했다. 그리고 그녀의 시선은 버거의 시선이 머물렀던 곳을 똑같이 지나쳤다. 태엽을 감지 않은 시계와 지저분한 유리잔. "사실은 계속 이곳에서 지내지 않았어요. 풀러 씨가 떠나면서…."

"플로리다로 말이죠." 버거가 말했다.

"실은 풀러 씨가 검사님이 오실 거라고 말씀하셔서 서둘러 달려왔어요. 호텔에서 지내고 있거든요. 풀러 씨가 여기서 멀지 않은 곳에 방을 잡아주신 덕에, 여기서 혼자 지내지 않고 필요한 때만 오고 있어요. 아무래도 지금 당장은 이곳이 불편하니까 말이에요."

"어느 호텔이요?" 보넬이 물었다.

"엘리제 호텔이요. 스타 가는 오래전부터 집에서 묵고 싶어 하지 않는 동업자나 시외에서 손님들이 왔을 때는 그 호텔을 이용하곤 했어요. 여기서 몇 분 거리에 있으니까요. 지금은 제가 여기에서 지내고 싶어 하지 않는 이유를 아실 거예요. 지난 몇 주 동안은 너무 힘들었어요. 해나에게 일이 생기자마자 언론사들이 카메라를 들고 몰려왔으니까요. 기자들이 언제 나타날지도 모르는 데다가, 어젯밤 CNN에서 떠들던 여자는 한술 더 떴어요. 풀러 씨와 인터뷰를 하고 싶다고 매일 밤 괴롭혔으니까요. 사람들은 존경심이 없어요. 그래서 풀러 씨는 제게 휴가를 주셨죠. 제가 어째서 이 집에서 지내지 않았는지 아시겠죠?"

"칼리 크리스펀. 그 여자가 보비 풀러를 괴롭혔어요?" 버거가 물었다.

"정말 그 여자는 꼴도 보기 싫지만, 어떻게 된 일인지 알고 싶어서 TV를 봤어요. 하지만 무슨 말을 믿어야 할지 모르겠어요. 어젯밤에 그 여자가 끔찍한 소리를 했잖아요. 전 그걸 보고 눈물을 흘렸어요. 너무 마음이 아팠죠." 나스티아가 말했다.

"그 여자가 풀러 씨를 어떻게 괴롭히던가요? 연락이 쉽게 되진 않았을 텐데." 보넬이 물었다.

"제가 아는 건 예전에 그 여자가 이 집에 왔다는 것뿐이에요." 나스티아가 의자를 끌어당겨 자리에 앉으며 말했다. "예전에 파티에도 한두 번 참석했었어요. 백악관에서 일했을 때, 그걸 뭐라고 부르죠? 공보관이요.

제가 이 집에서 일하기 전이었죠. 하지만 아시다시피 스타 씨가 파티와 만찬을 여는 걸로 유명했잖아요. 그래서 앨범이 저렇게 많은 거죠." 나스티아가 서재 탁자 위에 쌓여 있는 앨범들을 가리켰다. "책장에 그것보다 많이, 훨씬 많이 있어요. 30년간 모은 거니까. 검사님도 전부 다 보시진 않았죠?" 그녀가 물었다. 전에 버거와 마리노가 이 집에 찾아왔을 때 나스티아는 없었다.

그때 집에는 보비밖에 없었다. 버거는 그 앨범들을 다 보지 못하고, 몇 권만 보았다. 그러다 1996년 사진을 발견했고, 더 이상 앨범을 보지 않았다.

"칼리 크리스핀이 이곳 만찬에 참석했다고 해도 놀랄 일은 아니죠." 나스티아가 자랑스럽게 말을 이었다. "예전에는 세계 유명인사 절반이 이 집을 거쳐 갔으니까요. 그러니 해나도 아마 그 여자를 알았거나, 적어도 만나긴 했을 거예요. 이렇게 집이 조용해지니까 정말 싫어요. 스타 씨가 돌아가신 뒤로, 그런 날들도 다 끝나 버렸죠. 이 집에서 얼마나 많은 축하연이 있었고, 얼마나 신나는 일이 많았으며, 얼마나 많은 사람들이 찾아왔었는데 말이에요. 풀러 씨는 개인 시간을 즐기시는 편이에요. 이 집에 계신 시간도 얼마 되지 않고요."

그 가정부는 지난 3주일간 청소도 하지 않고, 정리도 하지 않은 서재에 앉아 있는 것이 무척 편안해 보였다. 제복만 아니었으면, 이 집의 여주인으로 보일 지경이었다. 흥미로운 점은 나스티아는 해나 스타의 이름을 막 불렀고, 과거형으로 말을 했다. 그렇지만 보비는 풀러 씨로 불렀다. 그리고 그는 늦었다. 4시 20분이 다 됐지만, 보비의 모습은 보이지 않았다. 버거는 그가 집에 없거나, 그들을 만날 생각이 없는 것인지 궁금했다. 집 안은 무척 조용했다. 심지어 석회암 벽을 뚫지 못하는지, 밖에서 지나다니는 자동차 소리조차 들리지 않았다. 이 서재는 묘지나 납골당처럼 창문이 없었다. 아마 희귀 서적들과 미술품, 골동품들을 원치 않는 햇빛과 습기로부터 지키기 위해서일 것이다.

"그 여자는 계속해서 해나에 대한 끔찍한 이야기를 늘어놓았어요. 매일 밤마다 말이에요. 검사님이 만났다는 사람은 어떻게 됐어요?" 나스티아가 계속해서 칼리 크리스핀에 대해 말했다.

"칼리가 이 집에 마지막으로 온 게 언젠지 알아요?" 버거가 휴대전화를 꺼내면서 물었다.

"모르겠는데요."

"그 여자가 풀러 씨를 괴롭혔다고 했잖아요. 칼리가 풀러 씨를 알고 있다면, 그건 해나 때문이 아닐까요?" 보넬이 다시 물었다.

"제가 아는 건 그 여자가 전화를 걸었다는 것뿐이에요."

"전화번호는 어떻게 알았을까요?" 보넬이 물었다.

버거는 보비에게 전화를 걸어 어디에 있는지 물어보려고 했지만, 서재에서는 신호가 잡히지 않았다.

"모르겠어요. 번호에 대해선 아무것도 몰라요. 전 그저 기자들이 무서울 뿐이에요. 요즘엔 사람들이 많은 것들을 알아낼 수 있으니까요. 누가 어떤 식으로 전화번호를 알아내는지 절대 알 수가 없다니까요." 나스티아는 몬터규 도슨의 작품처럼 보이는 범선이 그려진 커다란 캔버스를 쳐다보며 대답했다. 마호가니 액자에 끼워진 그 그림은 바닥에서 천장까지 짜인 책장 사이에 걸려 있었다.

"해나는 그날 왜 택시를 탔을까요? 평소에는 저녁 식사를 하러 나갈 때 뭘 타고 나갔죠?" 보넬이 물었다.

"직접 운전을 했어요." 나스티아가 그 그림에 시선을 고정한 채 대답했다. "하지만 술을 몇 잔 마시면 운전을 하지 않았어요. 가끔은 고객이나 친구들이 바래다주기도 했고, 리무진을 이용할 때도 있었죠. 하지만 뉴욕에 살다 보면 누구라도 필요할 때는 택시를 탈 수밖에 없잖아요. 그래서 가끔 다른 방법이 없을 땐 택시를 타고 다녔어요. 이 집에 있는 자동차들은 아주 오래된 차들이 많아서 타고 나갈 수 없는 것들이 많죠. 스타 씨의 수집품 아시죠? 본 적 있으실 거예요. 혹시 여기 왔을 때 풀러 씨가 보여 주

506

지 않던가요?"

버거는 보지 못했지만, 대답하지 않았다.

"지하 차고에 있어요." 나스티아가 덧붙였다.

전에 버거와 마리노가 이 집에 왔을 때, 보비 풀러는 지하 차고를 보여 주지 않았다. 그때 당시엔 골동품 자동차 수집품들이 중요하게 느껴지지 않았을지도 모른다.

"가끔 그 차들 중 한 대가 가로막고 있을 때가 있어요." 나스티아가 말했다.

"가로막고 있다고요?" 버거가 물었다.

"벤틀리를 막고 있다고요. 풀러 씨가 자리를 옮겨 놓기도 하거든요." 나스티아가 그림에서 다시 시선을 돌렸다. "그분은 그 자동차들을 무척 자랑스럽게 여기고, 거기서 시간을 많이 보내세요."

"해나가 저녁 식사 자리에 벤틀리를 몰고 가지 못한 건, 다른 차가 가로막고 있었기 때문이란 말이죠?" 버거가 말했다.

"날씨가 나빴거든요. 그럴 때는 그 자동차들을 다 차고 안에 집어 넣어 두니까요. 듀센버그. 부가티. 페라리." 나스티아는 발음이 정확하지 않았다.

"아무래도 내가 착각했나 보네요. 그날 밤에 보비는 이 집에 없었다고 생각했는데." 버거가 말했다.

22

토니 다리엔의 시간

스카페타는 혼자 과학 교육실에 앉아 있었다. 루시와 마리노는 조금 전에 버거와 벤턴을 찾으러 나갔다.

그녀 앞에 놓여 있는 두 대의 모니터 중 한 대에는 제프너가 보내 준 페인트 조각들, 밝은 노란색 조각과 다른 새빨간색 조각에 대한 자료들이 나와 있었고, 다른 한 대에는 토니 다리엔이 죽음을 향해 다가가며 남기고 있는 데이터들이 계속 올라오고 있었다. 스카페타는 두 개를 다 살펴보고 있었다.

"토니 다리엔의 머리 상처, 특히 머리카락에서 찾아낸 것들이에요. 지금 보고 있는 건 그 조각을 자른 단면인데, 아직 녹여서 올릴 기회가 없었어요. 그래서 정말 빠르긴 하지만, 거칠고 지저분하죠. 이미지 받았어요?" 제프너의 목소리가 스피커폰으로 흘러나왔다.

"받았어요." 스카페타는 모니터를 통해 그 페인트 조각들의 이미지를 들여다보았다. 그런 다음 다른 모니터에 나와 있는 도표와 지도, 여러 가지 그래프들을 보았다.

그 바이오그래프에는 수천 개의 자료들이 담겨 있었고, 스카페타는 그 이미지들을 멈출 수도 없었고, 되돌려 보거나, 건너뛰면서 볼 수도 없었다. 루시의 프로그램이 자료들을 조사해서 분류해 주는 대로 볼 수밖에 없었다. 그 진행 과정은 속도가 빠르지도 않았고, 수월하지도 않았으며, 혼란스러웠다. 칼리굴라가 문제였다. 그건 바이오그래프 기기가 모은 광대한 데이터들을 종합하고, 처리하기 위해 개발된 전용 소프트웨어가 아니었기 때문이다.

"그 밝은 노란색 조각은 아크릴 멜라민과 알키드 수지로 된 유성 페인트로, 오래된 차량에서 나온 거예요. 그리고 그 빨간색 조각은 그보다는 새 차인 것 같아요. 왜냐하면 무기중금속에 색소는 유기염기 염료니까요." 제프너가 설명했다.

스카페타가 지켜보고 있는 가운데, 토니 다리엔이 해나 스타의 집에 들어간 지 27분이 지났다. 지난 화요일, 오후 3시 26분에 들어갔고, 이제는 오후 3시 53분이 되었다. 그 사이, 파크애비뉴 저택 주위 기온은 토니의 움직임에 따라 20도에서 22도를 오가고 있었다. 걷는 속도는 느려졌고, 산발적이었으며, 심박수는 가만히 있는 것처럼 67을 넘지 않았다. 어쩌면 집 안을 걸어 다니고 있거나, 누군가와 이야기를 했을 수도 있다. 그런데 갑자기 기온이 떨어지기 시작했다. 20도에서 18도, 다시 17도로 떨어지고 있었다. 그 사이 토니는 계속 이동하고 있었다. 15초당 열 걸음에서 스무 걸음 정도로 느긋하게 걷고 있었다. 토니는 스타 가의 저택 내에서 어딘가 추운 곳으로 걸어가고 있는 모양이었다.

"그 페인트 조각이 살해 도구에서 떨어진 게 아니라는 건 확실해졌군요. 그 도구를 자동차 페인트로 칠한 것이 아닌 이상 말이에요." 스카페타가 제프너에게 말했다.

"수동 전달된 것일 수도 있어요. 피해자가 어딘가에 부딪혔을 수도 있고, 시신을 자동차로 옮기다가 묻었을 수도 있고." 제프너의 목소리가 들렸다.

15.5도, 15도, 14.5도, 토니가 이동할수록 기온은 계속 떨어졌고, 걷는 속도도 느려졌다. 15초당 여덟 걸음, 세 걸음. 열일곱 걸음. 걷지 않는다. 한 걸음. 네 걸음. 기온은 12.7도였다. 추웠다. 토니는 계속해서 이동하고 있었다. 그녀는 걷다가 멈춰 섰다. 아마 이야기를 하거나, 뭔가를 보고 있을 수도 있었다.

"또 다른 수동 전달이 있었던 게 아니라면, 출처가 다르다는 말이군요. 노란색 페인트 조각은 오래된 차량에서 나왔고, 빨간색 페인트 조각은 그보다는 새 차에서 나왔다고 했으니까요." 스카페타가 말했다.

"맞아요. 밝은 노란색 페인트 조각에 있는 색소는 무기질이고, 납이 함유되어 있었어요. 난 마이크로 FTIR 검사나, 가스 크로마토그래프 질량분석계로 검사하지 않아도 납이 나올 거라는 걸 이미 알고 있었죠. 그 조각들에 남아 있는 페인트들이 각각 시대가 다르다는 것을 쉽게 알아볼 수 있으니까요. 빨간색 조각은 붉은색 유기색소로 얇게 밑칠을 하고, 칠을 보호하기 위해 마무리는 두껍고 투명하게 칠한 다음, 페인트 접착을 위한 초벌 도료를 세 번 칠한 거예요. 반면 밝은 노란색 조각은 마무리가 투명하지 않고, 밑칠이 두껍게 칠해져 있어요. 페인트 접착을 위한 초벌 도료도 한 번만 칠했어요. 검은색 페인트 조각 두 개는 뭐냐고요? 그것 역시 새 차에서 나온 거예요. 노란색 페인트만 오래된 차에서 나온 거죠." 제프너가 말했다.

좀 더 많은 도표와 지도들이 천천히 화면에 올라오고 있었다. 오후 3시 59분. 토니 다리엔의 시간. 오후 4시 1분. 오후 4시 3분. 그녀의 맥박 산소량은 99퍼센트였고, 심박수는 66이었다. 걷는 속도는 15초당 여덟 걸음에서 열여섯 걸음이었고, 빛은 계속해서 300룩스였다. 토니는 어딘가 춥고, 어두운 곳을 걸어가고 있었다. 그녀의 바이털사인은 어떤 종류의 고통도 겪고 있지 않다는 것을 보여 주고 있었다.

"페인트에 납이 들어가지 않게 된 지 얼마나 됐죠? 20년쯤 됐나요?" 스카페타가 물었다.

"중금속 색소들은 1970년대와 1980년대 초에 많이 썼죠. 그때만 해도 환경 문제에는 신경을 쓰지 않았으니까요. 피해자의 상처에서 나온 섬유들과 모발은 몸 전체에서 나온 것들과 일치했어요. 검은색으로 물들인 합성 모노아크릴인데, 지금까지 본 것만 해도 열다섯 개의 다른 종류가 나왔어요. 길이가 짧은 양탄자 같은 것이나 오래된 차량의 트렁크 깔개에서 나온 찌꺼기 섬유들이었죠."

"새 자동차에서 나온 섬유들은 어때요?" 스카페타가 물었다.

"지금까지 알아본 바로는 찌꺼기 섬유들이 많아요."

"그렇다면 토니의 시신을 차로 옮겼다는 말이 되겠군요. 하지만 그 차가 노란 택시는 아닐 것 같은데." 스카페타가 말했다.

오후 4시 10분. 토니 다리엔의 시간. 그때 무슨 일이 일어났다. 갑자기 순식간에 급격하게 벌어진 일이다. 30초가 지나자, 토니는 두 걸음에서 더 이상 걷지 않았고, 움직임이 멈췄다. 그녀는 팔이나 다리, 신체 어느 부위도 움직일 수가 없었다. 토니의 맥박 산소량이 떨어지기 시작했다. 98퍼센트, 이어서 97퍼센트. 심박수도 60으로 느려졌다.

"그 뉴스쇼에 나왔던 내용을 말해 주기를 기다리고 있었어요. 뉴욕 시에 있는 노란 택시들의 평균 연차는 4년 미만이에요. 업종이 그렇다 보니 주행 거리가 얼마나 될지 상상하실 수 있을 거예요. 그렇기 때문에 그 노란색 페인트 조각이 택시에서 떨어졌다는 건 사실상 불가능한 일이에요. 오래된 차량이 어떤 건지, 그런 것까지는 묻지 마시고요." 제프너가 말했다.

오후 4시 16분. 토니 다리엔의 시간. 그녀는 다시 움직이기 시작했다. 하지만 걸어가는 게 아니다. 그 바이오그래프에 장착되어 있는 만보계는 0을 가리키고 있었다. 움직이지만, 걷는 것이 아니라면, 아마 몸을 일으키지도 못했을 것이다. 누군가 토니를 끌고 가고 있었다. 맥박 산소량은 95퍼센트, 심박수는 57이었다. 주변 기온과 빛의 세기는 동일했다. 토니는 아까와 마찬가지로 그 저택 어딘가에 있었고, 죽어 가고 있었다.

"…다른 입자들 중에는 녹이 있었어요. 그리고 현미경으로 들여다보니, 모래나, 암석, 진흙, 부패한 유기 물질에, 곤충의 일부분도 나왔죠. 한마디로 먼지예요."

스카페타는 토니 다리엔이 뒤에서 공격당하는 모습을 상상했다. 머리의 좌측 후두부를 아주 세게 얻어맞았을 것이다. 그 즉시 그녀는 바닥에 쓰러졌을 것이다. 이제 토니는 의식을 잃었다. 오후 4시 21분. 혈액 내 산소포화량은 94퍼센트고, 심박수는 55였다. 그녀가 다시 움직였다. 동작이 많았지만, 여전히 걸음 수는 0이었다. 그녀는 걷고 있지 않았다. 누군가 토니를 옮기고 있었다.

"…그 이미지도 보내 드릴 수 있어요." 제프너가 말하고 있었지만, 스카페타는 거의 듣고 있지 않았다. "꽃가루, 곤충들이 갉아 먹은 모발, 곤충 배설물, 먼지 진드기. 피해자 몸에 남아 있는 많은 것들이 센트럴파크에서 묻은 것 같진 않아요. 아무래도 어딘가에서 옮겨진 것 같아요. 어딘가 먼지가 많은 장소에서 말이에요."

도표들이 계속 올라오고 있었다. 동작 감지 그래프들이 오르내리고 있었다. 15초, 1분, 또 1분… 계속 동작이 감지되고 있었다. 누군가 그녀를 반복적으로, 리드미컬하게 움직이고 있는 것이다.

"…현미경으로 보니 거미류의 절지동물이었는데, 그런 건 오래된 양탄자나 먼지가 많은 방에서 주로 발견돼요. 먼지 진드기들도 떨어진 피부 세포 같은 먹을 게 없어지면 죽어요. 그런 건 주로 집 안 어딘가…"

오후 4시 29분. 토니 다리엔의 시간. 맥박 산소량 93퍼센트, 심박수 분당 49회. 토니는 저산소증이었고, 혈액 내 산소포화도가 낮아지면서 뇌로 공급되지 못하면서, 그 치명적인 상처 부위가 부풀어 오르고 출혈이 시작될 것이다. 동작 감지 그래프는 여전히 오르내리고 있었다. 동작 감지 시간이 점점 길어지는 가운데, 그녀의 몸은 계속 같은 방식으로 움직이고 있었다.

"…다시 말해, 집 안 먼지…"

"고마워요. 그만 가 봐야 할 것 같아요." 스카페타는 제프너에게 인사를 한 뒤 전화를 끊었다.

과학 교육실은 조용했다. 커다란 평면 스크린 두 대에는 여전히 그래프와 도표, 지도들이 떠 있었다. 그녀는 계속 데이터들이 올라오는 화면을 쳐다보며 최면에 걸린 것처럼 자리에 앉아 있었다. 하지만 그 순간 데이터들의 올라오는 속도가 변하기 시작했다. 띄엄띄엄 단속적으로 올라오기 시작하더니, 점차 간격이 벌어지다가 조용해졌고, 그러다가 다시 올라오기 시작했다. 오후 5시. 토니 다리엔의 시간. 그녀의 맥박 산소량 79이고, 심박수는 33이었다. 토니는 코마 상태였다. 1분 뒤, 동작 감지 그래프가 수평이 되었다. 동작이 감지되지 않았기 때문이다. 몇 분 뒤, 더 이상 움직임이 없어졌고, 그 주변 빛이 갑자기 300룩스에서 0으로 떨어졌다. 누군가 불을 끈 것이다. 오후 5시 15분. 토니 다리엔은 어둠 속에서 죽었다.

루시가 마리노의 트렁크를 열고 있을 때, 벤턴과 어떤 여자가 검은색 SUV에서 내리더니 파크애비뉴를 빠르게 가로질러 걸어왔다. 오후 5시가 지난 시간이었다. 저녁이 되자 추워졌다. 변덕스러운 바람에 스타 가의 저택 입구에 걸려 있는 깃발이 펄럭거리고 있었다.

"어떻게 된 겁니까?" 벤턴이 코트 깃을 세우며 물었다.

"주위를 돌면서 안에서 어떤 움직임이 없는지, 창문을 살피고 있었소. 지금까지는 아무 일도 없는 것 같아요. 루시는 저 안에 전파 방해 장치가 있다고 생각해요. 내 생각에는 더 이상 ESU를 기다리지 말고 망치와 산탄총을 들고 뛰어 들어가야 할 것 같소." 마리노가 말했다.

"왜요?" 벤턴과 같이 온 여자가 루시에게 물었다.

"날 알아요?" 루시가 날카롭고, 불친절하게 물었다. 지금 그녀는 미칠 것 같은 심정이었다.

"FBI 요원, 마티 레이너예요."

"예전에 여기 왔던 적이 있어요." 루시는 가방의 지퍼를 열고, 마리노가 트렁크에 설치해 놓은 트럭 금고 서랍을 열었다. "루프는 휴대전화를 싫어해서, 자기 집 안에서는 사용하지 못하게 했죠."

"산업 스파이라서…." 레이너가 말을 꺼냈다.

루시는 그녀의 말을 가로막았다. "루프가 휴대전화를 싫어한 건, 무례하다고 여겼기 때문이에요. 저 집 안에서는 휴대전화를 사용하려고 한다거나, 인터넷을 쓰려고 해도 신호가 잡히지 않아요. 루프는 산업 스파이가 아니에요. 도리어 다른 사람들이 그렇게 할까 봐 걱정했죠."

"저 안에서는 통화권 이탈 지역이 많을 수도 있겠다는 생각은 했어." 파리 한복판에 있는 생 루이 섬의 루시와 관련 있는 '대저택'을 연상시키는 커다란 창문과 철제 발코니로 된 석회암 건물을 보며 벤턴이 말했다.

루시는 부패한 귀족 장 밥티스트가 물려받은 호텔 샹도니에 대해 잘 알고 있었다. 스타 가의 저택도 크기나 구조 면에서 그와 비슷했다. 그리고 저 안 어딘가에 보넬과 버거가 있었다. 루시는 무슨 수를 써서든 저 안으로 들어가 두 사람을 찾아낼 것이다. 그녀는 가방 안에 몰래 래빗 툴을 집어넣었다. 그런 다음 저번 마리노의 생일에 선물로 주었던 열 감지기를 꺼냈다. 그건 휴대용 FLIR 기기로, 루시의 헬리콥터에 달려 있는 것과 똑같은 것이었다.

"사실 나도 정치적인 생각들은 좋아하지 않아요." 레이너가 말했다.

"도움이 되겠군." 벤턴은 초조한 목소리로 말했다. 그의 목소리에는 근심과 좌절이 담겨 있었다. "우리가 저 문을 걷어차고 안으로 들어갔을 때, 안에 있는 사람들은 거실에 앉아서 커피를 마시고 있을 수도 있으니까. 지금 가장 큰 걱정은 그들이 인질로 붙잡혀 있는데, 우리 때문에 일이 커졌을 때요. 난 무기가 없으니까." 벤턴은 마리노를 비난하는 것처럼 말했다.

"그거 있잖아." 마리노가 루시에게 말했다. 말이 필요 없었다.

레이너 특수 요원은 아무 말도 듣지 못한 것처럼, 루시가 베레타 CX 4라고 새겨진 테니스 라켓 크기의 검은색 케이스를 꺼내는 것을 모르는 척하고 있었다. 루시가 그 케이스를 벤턴에게 건네주자, 그는 어깨에 걸쳤다. 그리고 루시는 트렁크 뚜껑을 닫았다. 그들은 그 저택 안이나 그 근방에 누가 있는지는 알지 못했지만, 장 밥티스트 샹도니가 나타나기를 기대하고 있었다. 그는 보비 풀러일 수도 있고, 다른 사람일 수도 있었다. 그리고 그자는 다른 사람들과 같이 일하고 있었다. 그의 명을 따르는 사악한 자들로, 어딘가에 몸을 숙이고 있을 수도 있었다. 만일 벤턴이 그들 중 누군가와 마주친다면, 맨주먹으로는 자기 몸을 지키지 못할 것이다. 하지만 9밀리미터 총알을 발사하는 소형 기관총을 가지고 있으면 상황이 달랐다.

"ESU를 불러서 진입을 시도하는 게 좋을 것 같은데요." 레이너가 조심스럽게 말했다. 뉴욕 경찰이 어떻게 이런 일을 알 수 있겠냐는 식으로 말하고 싶진 않았다.

마리노는 레이너를 무시한 채 저택을 쳐다보며 루시에게 물었다. "그게 언제야? 마지막으로 여기 왔을 때 전파 방해 장치를 본 건가?"

"2년 전이요. 적어도 1990년대 초반에는 한 개가 있었어요. 고성능 전파 방해 장치로, 20에서 3000메가헤르츠의 RF 주파수를 막을 수 있는 거예요. 뉴욕 경찰국의 무전기는 800메가헤르츠니까 저 안에서는 쓸 수가 없어요. 휴대전화도 마찬가지고요. 전술적인 조언 하나 해 줄까요?" 루시가 레이너를 쳐다보며 말했다. "지금 ESU를 투입하면 문을 부수고 들어가는 건 쉽겠죠. 그럴 경우 만일 상대방의 저항이 있어도, 안에 누가 있는지 무슨 일이 벌어지고 있는지 알 수가 없게 돼요. 당신 혼자 밀고 들어갔을 경우에는 큰코다치거나, 희생양이 될 수도 있어요. 어느 쪽이든 당신이 택해요."

루시는 목소리를 차분하게 가라앉혀야만 했다. 마음속에서는 더 이상 아무도 기다릴 수 없다고 비명을 지르고 있었기 때문이다.

"혹시 누군가를 보게 되면 어떻게 해요?" 그녀가 마리노에게 물었다.

"택 아이다(Tac Ida)로 연락해." 마리노가 대답했다.

루시는 재빨리 센트럴파크 남쪽으로 걸어가 모퉁이를 돌자마자 달리기 시작했다. 저택 뒤쪽은 나무로 된 출입문으로 이어지는 포장도로가 있었다. 검은색으로 칠한 회전문을 열자 그 왼편에 루시가 좀 전에 만났던 정복을 입은 경찰이 서 있었다. 그는 손전등으로 덤불을 찌르고 있었다. 그 위로 우뚝 솟아 있는 4층 건물에는 창문에 불이 들어와 있는 방이 한 곳도 없었다.

"좋은 생각이 있어요." 루시가 가방 지퍼를 열고, 열 감지기를 꺼내면서 말했다. "내가 여기서 뒤쪽 창문에 불이 들어오는지 살펴볼게요. 당신도 정문 쪽으로 가 보세요. 지금 모두 문을 걷어차고 들어갈 생각인 것 같던데." 루시가 말했다.

"아무도 날 부르지 않았습니다만." 그 경관이 루시를 돌아보았다. 가로등의 흐릿한 불빛 속에서 경관의 얼굴을 구분하기 힘들었다. 그는 지금 버거 밑에 있는 컴퓨터광에게 좋은 식으로 꺼지라고 말하고 있었다.

"A 팀이 가고 있는 중이라서 당신을 부를 수 없었을 거예요. 마리노 형사에게 물어보세요. 지금 택 아이디로 연락할 수 있으니까." 루시가 열 감지기의 전원을 넣고 창문 쪽으로 돌리자, 적외선에 탁한 초록색으로 보였다. 그리고 커튼 너머로 희끄무레한 반점이 떠올랐다. "복도에서 복사열이 나오는 모양인가 봐요." 루시가 말하자, 경관은 그 자리를 떠났다.

그 경관의 모습이 사라졌다. 실은 그쪽으로 가도 무단 침입 같은 건 하지 않을 것이다. 도리어 무단 침입은 그 경관이 떠난 이 자리에서 있을 예정이었다. 루시는 래빗 툴과 평방인치당 만 파운드의 압력을 발사할 수 있는 휴대용 수압 살포기를 꺼냈다. 그녀는 왼쪽에 있는 차고 문과 문틀 사이에 그 죄는 부분의 반대쪽 끝을 고정하고, 발로 밟는 펌프를 밟기 시작했다. 그러자 나무들이 팽창하면서 펑 소리가 몇 번 나더니 철로 된 경첩이 구부러지다가 뚝 끊어졌다. 루시는 도구들을 붙잡고, 그 열린 틈으로 들어갔다. 그런 다음 다시 문을 닫으니, 밖에서 보기에는 아무 일도 없는 것처럼 보일 것이다. 루시는 춥고 어두컴컴한 실내에 들어서자, 스타 가의 차고 아래에 있는 지하실의 상황을 파악하기 위해 귀를 기울였다. 여기서는 열 감지기는 별 도움이 되지 않을 것이다. 그래서 그녀는 슈어파이어 손전등을 집어 들었다.

이 저택의 경보 체계에 무기는 없었고, 보넬과 버거가 왔을 때, 두 사람을 들여보내 준 사람이 보안 시스템을 다시 맞추진 않았을 것이다. '아마 나스티아겠지.' 루시는 생각했다. 지난번 이곳에 왔을 때 만났던 그 가정부는 부주의하고, 자만심이 강한 여자였다. 최근 해나가 고용했는데, 아마 보비가 그녀를 골랐을 것이다. 하지만 루시는 루프의 생활공간에 갑자기 나스티아 같은 사람이 나타났다는 것에 깜짝 놀랐다. 그 여자는 루프의 타입이 아니었다. 틀림없이 나스티아를 고용하기로 결정한 것도 루프가 아닐 것이다. 루시는 루프에게 정말 무슨 일이 있었던 건 아닌가 하는 생각이 들었다. 살모넬라균으로 누군가를 죽이는 것이 가능할 것 같진 않았다. 그리고 그 진단을 잘못했을 가능성도 많지 않았다. 애틀랜타는 질병 통제 예방 센터가 있는 것으로 알려진 도시였으니까. 어쩌면 루프는 스스로 죽음을 선택한 것일지도 모른다. 해나와 보비가 그의 인생을 갉아먹고 있었고, 자신의 앞날이 어떨지 알고 있었을 것이다. 아무것도 남지 않은 채, 늙고 힘이 없어지면 그들의 처분에 따라야 할 것이다. 그럴 수도 있었다. 사람들은 그렇다. 암에 걸리거나, 사고를 당하거나, 불가피하게 단락 짓게 되는 경우가 있다.

루시는 가방을 내려놓고, 발목에 달고 있던 권총집에서 글록을 꺼냈다. 손전등으로 주위를 살피며, 백색 도료를 칠한 돌벽과 테라코타 타일을 조심스럽게 지나갔다. 차고 문을 지나치면 곧장 세차 구역이 나타났다. 적당히 감겨 있는 호스 끝에서 물방울이 천천히 떨어지고 있었다. 지저분한 수건들이 바닥에 흩어져 있었고, 플라스틱 양동이는 뒤집어져 있었다. 그리고 그 옆에는 클로락스 세정제 몇 갤런이 놓여 있었다. 신발 자국과 수많은 타이어 자국들이 보였고, 시멘트가 말라붙어 있는 외바퀴 손수레와 삽이 놓여 있었다.

루시는 바닥에 나 있는 바퀴 자국을 따라 걸어갔다. 발자국들이 점점 많아졌다. 신발 종류도 다르고, 크기도 달랐다. 먼지도 많이 쌓여 있었다. 어쩌면 운동화일 수도 있고, 부츠일 수도 있었다. 적어도 두 명 이상의 사람이 드나들었고, 어쩌면 더 많은 사람들이 드나들었을 가능성도 있었다. 루시는 귀를 기울이면서, 손전등 불빛을 비추었다. 지하실의 상황을 보니 평소와 다른 것을 알 수 있었다. 이곳에서 구형 자동차들을 관리하는 것과는 관계없는 일들을 했다는 증거가 도처에서 발견되었다. 손전등으로 정비 구역을 비추자, 작업대, 압력 도구, 계기, 공기 압축기, 배터리 충전기, 잭, 기름통, 바퀴들이 아무 곳에나 지저분하게 놓여 있었다. 마치 익숙지 않고, 이곳의 진가를 모르는 사람이 마구 손을 댄 것처럼 보였다.

바닥에 앉아 음식을 먹어도 될 정도였던 예전과는 많이 달라져 있었다. 차고는 서재와 함께 루프의 자랑이자 기쁨이었기 때문에 그 두 곳은 범선 그림 뒤에 비밀 문으로 연결되어 있었다. 원래 있던 자동차 정비 구멍이 자동차 엔진에서 나오는 일산화탄소 때문에 위험하다는 이유로 사용이 금지되는 바람에, 새로 설치한 리프트 위를 손전등으로 비춰 보니, 먼지와 거미줄로 잔뜩 뒤덮여 있었다. 그리고 예전에는 없었던 매트리스 한 개가 벽에 붙어 있었다. 그 위에는 마치 피처럼 보이는 커다란 갈색 얼룩들이 남아 있었다. 루시는 긴 갈색 머리카락, 금발 머리카락이 떨어져 있는 것을 보았다. 그리고 냄새를 맡을 수 있었다. 아니면 냄새가 난다고 생각한 것일지도 모른다. 옆에는 수술용 장갑 상자가 놓여 있었다.

옛날 자동차 정비 구멍이 있던 곳에 예전에는 없던 페인트받이 방수포가 깔려 있었다. 그 주위는 루시가 앞서 본 다른 것들과 비슷한 바퀴 자국들로 어지럽게 뒤덮여 있었고, 마른 콘크리트 얼룩들이 사방에 흩어져 있었다. 그녀는 쭈그리고 앉아, 그 방수포 가장자리를 살짝 들어 올렸다. 그 아래에는 커다란 합판이 깔려 있었고, 그 아래 구멍이 뚫려 있었다. 루시가 깊이가 60센티미터 정도밖에 되지 않는 것 같은 얕은 구멍을 손전등으로 비추자, 바닥에 콘크리트가 울퉁불퉁 발라져 있었다. 그 위를 누군가 젖은 시멘트로 대충 덮은 모양이었다. 표면이 울퉁불퉁한 것은 상관없었던 것 같았다. 그걸 보자 루시는 다시 냄새가 나는 것 같다고 생각했다. 실제로 속이 뒤집어질 것 같았다.

걸음을 약간 빨리 옮겨, 그 벽과 가까운 경사로로 향했다. 루프 스타가 수집한 자동차들이 있는 위층으로 연결되는 경사로로 살짝 굽어져 있다는 것을 알 수 있었다. 루시는 발소리를 죽이고, 이탈리아 마루 위를 걸어갔다. 예전에는 먼지 하나 없던 바닥이 이제는 자동차 바퀴 자국들이 남아 있었고, 제법 많은 양의 모래와 소금들이 바닥에 흩어져 지저분했다. 루시는 목소리가 들리자 걸음을 멈췄다. 여자들 목소리였다. 루시는 버거의 목소리를 들은 것 같다는 생각이 들었다. 뭔가 "가로막았다"는 말을 하자, 다른 사람의 목소리가 들렸다. "누군가 다른 사람이 그랬겠죠.", "우린 원래 그렇게 말해요.", 그리고 몇 번인가 "그건 사실이 아니에요."라는 말이 들렸다.

그때 버거가 물었다. "어떤 친구요? 그리고 전에는 왜 이런 말을 하지 않았죠?"

그 뒤로 누군가 억양이 강한 목소리로 웅얼거리며 빠르게 대답을 했다. 루시는 그 말을 하는 사람이 나스티아라고 생각했다. 그리고 남자 목소리, 보비 풀러의 목소리가 들리는지 귀를 기울여 보았다. 그는 어디에 있을까? 루시와 마리노가 휴대전화 없이 연구실에 들어가 있는 동안, 버거는 마리노에게 보넬과 같이 보비를 만나러 간다는 메시지를 남겼다. 보비 풀러가 오늘 아침 일찍 포트로더데일에서 비행기를 타고 온 모양이었다. 해나의 머리카락이 발견되었다는 뉴스를 들었기 때문일 것이다. 그리고 버거는 그에게 물어볼 것이 많았기 때문에 만나자고 청했다. 보비는 지방검사 사무실이나, 공공장소에서 만나고 싶지 않다고 한 뒤, 이 집에서 만나자고 제안했다. 지금 그는 어디에 있는 것일까? 루시는 확인을 했어야 했다. 웨스트체스터 공항 관제탑에 있는 무례하게 구는 그 관제사에게 전화를 걸어 보았다.

그 관제사는 폴란드인으로 이름은 레치 페테렉이며, 전화 통화를 할 때도 역시 뚱하고 불친절했다. 그는 원래 그런 사람이었기 때문에, 루시가 누구든 무슨 일을 하는 사람이든 상관없었다. 실제로 그는 루시가 헬기 번호를 외치기 전까지는 그녀가 누군지 알 수가 없었을 것이다. 심지어 헬기 번호를 알려 줬을 때도 확실하게 모르는 것 같았다. 레치는 오늘 사우스플로리다에서 오는 비행기는 없다고 했다. 또한 보비 풀러와 해나 스타가 항상 타고 다니는 걸프 스트림도 비행 예정이 없다고 했다. 지난 몇 주일간 원래 루프 것이었던 그 걸프 스트림은 루시가 사용하는 것과 같은 격납고에 들어 있었다. 루시에게 헬기를 중개한 것도 루프였기 때문이다. 루프는 벨 헬리콥터와 페라리와 같은 놀라운 탈것들을 소개해 주었다. 딸인 해나와 달리 루프는 선의를 보여 준 것이었고, 그가 죽기 전까지 루시는 자신의 생계에 대해 불안해 본 적이 한 번도 없었으며, 누군가 그 모든 것을 무너뜨리고 싶어 할 거라는 것을 상상조차 해 본 적이 없었다.

루시는 경사로 위에 도착했다. 왼쪽 끝에 달려 있는 조명 덕분에, 희미한 어둠 속에서 그녀는 벽에 바짝 붙어 서 있었다. 목소리가 들렸지만, 누군지 확인할 수는 없었다. 아마 버거와 보넬, 나스티아는 마호가니 상자들이 쌓여 있고, 차문이 찌그러지지 않도록 보호하기 위해 검은색 네오프렌으로 덮어 놓은 자동차들이 죽 늘어서 있는 뒤쪽에 있을 것이다. 그들이 곤경에 처해 있거나 위험한 기미는 없는지 귀를 기울이면서 루시는 좀 더 가까이 다가갔다. 하지만 들려오는 목소리들은 차분했다. 간격을 두고 격렬한 대화가 오가고 있었다.

"누군가 분명히 그렇게 한 거잖아요." 틀림없이 버거의 목소리였다.

"사람들이 늘 드나드니까요. 손님이 많이 찾아와요. 항상 그렇죠." 억양이 강한 목소리가 대답했다.

"루프 스타가 죽은 뒤에는 사람들이 별로 찾아오지 않는다고 했잖아요."

"맞아요. 그렇게 많이는 오지 않아요. 하지만 여전히 찾아오는 사람들이 있어요. 전 잘 몰라요. 풀러 씨는 개인적인 시간을 많이 보내시니까요. 풀러 씨와 친구 분들이 여기 오셨어요. 전 방해하지 않았어요."

"당신이 이 집에 누가 드나들었는지 모른다는 말을 믿으란 말인가요?" 세 번째 목소리는 보넬이었다.

루프 스타의 자동차들. 희귀하고, 인상적인 차들로, 모두 진심 어리고, 감상적인 수집품들이었다. 1940년형 패커드는 루프의 아버지가 소유했던 차와 같은 종류였다. 1957년형 선더버드는 루프가 고등학생으로 폭스바겐 버그를 몰고 다니던 시절 꿈꾸던 차였다. 1969년형 카마로는 루프가 하버드에서 경영학 석사를 딴 후에 타고 다녔던 것과 똑같은 차였다. 1970년형 메르세데스 세단은 월스트리트에서 시작을 잘한 자신에게 주는 보답이었다. 루시는 루프가 자랑하던 1933년형 듀센버그 스피드스터와 페라리 355 스파이더를 지나쳤다. 루프가 죽기 직전 마지막으로 구입한 것은 1979년형 노란색 체커 택시로, 아직 복원도 하지 못한 것이었다. 루프는 그 차를 보면 자신의 전성기 때 뉴욕이 떠오른다고 했다.

그 수집품들에 더해 해나와 보비가 최근에 구입한 페라리와 포르쉐, 람보르기니가 서 있었고, 하얀색 벤틀리 아주어 컨버터블이 벽에 바짝 붙어서 주차되어 있었다. 그 앞을 보비의 빨간색 카레라 GT가 가로막고 있었다. 버거, 보넬, 나스티아는 벤틀리의 뒤쪽 펜더 옆에 서 있었고, 루시는 그들 뒤쪽에 서 있었다. 하지만 아직 아무도 루시가 있다는 것을 알아차리지 못했다. 그녀는 소리 내어 인사를 한 뒤, 깜짝 놀라지 말라고 말하며, 체커 택시가 있는 쪽으로 다가갔다. 그리고 여기까지 이어진 바퀴 자국과 타이어 옆에 모래가 쌓여 있다는 것을 알아차렸다. 루시는 권총을 꺼내 들고, 그 자리에 있는 사람들에게 큰 소리로 경고하며 가까이 다가갔다. 그들이 돌아보았을 때, 루시는 버거의 얼굴을 보았다. 전에도 본 적이 있는 표정이었다. 두려움. 불신. 고통.

"안 돼." 버거가 말했다. 지금 그녀가 두려워하는 건 루시였다. "총을 내려. 제발."

"무슨 일이에요?" 루시가 깜짝 놀라 물었다. 그리고 그녀는 보넬의 오른손이 움찔거리는 것을 보았다.

"제발 총을 내려놔." 버거가 감정을 싣지 않은 단조로운 목소리로 말했다.

"계속 전화했어요. 무전기로도 연락했고요. 조심해요. 천천히 움직여요." 루시가 보넬에게 경고했다. "천천히 양손을 몸에서 떼요. 그런 다음 앞으로 내밀어요." 루시가 총을 겨눈 채 말했다.

버거가 말했다. "이럴 필요 없어. 제발 총 좀 내려놔."

"천천히. 진정해요. 가까이 갈 테니까, 얘기 좀 해요." 루시가 그들 앞으로 다가가면서 말했다. "무슨 일이 일어났는지 모르잖아요. 연락이 돼야 말이죠. 이런 젠장!" 그녀는 보넬에게 소리쳤다. "다시는 손을 움직이지 말아요!"

나스티아는 러시아어로 뭔가를 중얼거리더니 울음을 터트렸다.

버거가 루시에게 다가서며 말했다. "총을 이리 주고, 얘기 좀 해. 하고 싶은 말이 있으면 해 봐. 모든 게 잘될 거야. 네가 무슨 짓을 했든 그건 중요하지 않아. 그게 돈이든 해나든 말이야."

"난 아무 짓도 안 했어요. 내 말부터 들어요."

"괜찮을 거야. 그러니까 총부터 이리 내놔." 보넬이 무기를 꺼내지 않는다는 것이 확실해질 때까지 루시가 보넬을 지켜보고 있는 동안, 버거는 루시를 보고 있었다.

"괜찮지 않아요. 저 여자가 누군지 모르잖아요." 루시는 나스티아를 말하고 있었다. "그들과 한패일 수도 있어요. 토니가 여기 왔었어요. 계속 연락이 안 돼서 몰랐을 거예요. 토니가 차고 있던 시계에 GPS 기능이 있었는데, 여기에 왔었어요. 토니는 화요일에 이곳에 왔고 여기서 죽었어요." 루시는 노란색 체커 택시를 흘깃 쳐다보았다. "그리고 그자인지, 그들인지가 토니를 이 안에 놔둔 거예요."

"여긴 아무도 없어요." 나스티아가 고개를 저으며 울부짖었다.

"당신은 끔찍한 거짓말쟁이야. 보비는 어디 있어?" 루시가 물었다.

"전 아무것도 몰라요. 아는 건 다 말했어요." 나스티아가 소리쳤다.

"지난 화요일 오후에 보비는 어디 있었어? 당신과 보비는 어디에 있었지?" 루시가 나스티아에게 물었다.

"그 사람들이 차에서 내렸을 때 전 여기 오지 않았어요."

"여기 누가 왔었는데?" 루시가 물었다. 나스티아는 대답하지 않았다. "지난 화요일 오후와 수요일 내내 여기 온 사람이 누구야? 어제 새벽 4시쯤 여기서 차를 몰고 나간 사람은 누구지? 저 차 말이야." 루시가 고갯짓으로 노란색 체커 택시를 가리켰다. 그런 다음 버거에게 말했다. "토니의 시신이 저 안에 있었어요. 연락이 안 돼서 알려 줄 수가 없었어요. 토니의 시신에서 나온 노란색 페인트 조각들은 오래된 차에서 나온 거래요. 노란색으로 칠한 오래된 차."

버거가 말했다. "엄청난 손해를 입은 거 알아. 그건 어떻게든 해결할 수 있을 거야. 그러니까 총을 이리 줘, 루시."

루시는 버거가 무슨 말을 하고 있는지 알아차렸다.

"무슨 짓을 했어도 상관없어. 루시."

"난 아무 짓도 안 했어요." 루시는 버거에게 말했다. 하지만 보넬과 나스티아에게서 시선을 떼지 않았다.

"그런 건 상관없어. 지난 일들은 잘 헤쳐 나갈 수 있을 거야. 하지만 이제는 그만해야 해. 지금이라면 멈출 수 있어. 그 총을 나한테 줘." 버거가 말했다.

"듀센버그 근처에 상자들이 있어요. 그 무선 차단 장치 때문에 당신 휴대전화와 무전기가 먹통이었던 거예요. 저쪽에 가면 볼 수 있을 거예요. 내 왼쪽 벽 쪽에 붙어 있을 거예요. 작은 세탁기 겸용 건조기처럼 생겼는데, 앞에 불이 들어오고 있을 거예요. 다른 RF 주파수를 고주파로 바꾸는 거죠. 루프가 설치한 거예요. 저기 가면 바로 알 수 있을 거예요. 주파수들을 차단하고 있기 때문에 지금 전부 빨간 불이 들어와 있을 테니까."

아무도 움직이지 않았고, 아무도 그쪽을 보지 않았다. 그들의 시선은 루시에게 고정되어 있었다. 마치 루시가 그들을 어느 순간 죽일지도 모른다는 것처럼. 버거는 그들에게 루시가 해나를 죽였을지도 모른다고 생각하게 만들었다. "그날 넌 집에 있었지. 아무것도 보지 못했다는 게 유감이네." 버거는 몇 주일 전, 해나가 배로스트리트에서 마지막으로 목격되었을 때, 루시의 로프트가 배로스트리트에 있다는 이유로 그렇게 말했었다. 그리고 버거는 루시가 무슨 짓이든 할 수 있고, 그녀를 믿을 수 없다는 것을 알게 되자, 루시를 무서워하게 된 것이고, 낯선 사람처럼, 괴물처럼 생각하고 있었다. 루시는 버거의 그런 생각을 바꾸기 위해, 예전의 삶으로 돌아가기 위해 무슨 말을 해야 할지 알 수가 없었다. 하지만 더 이상 이대로 무너질 수는 없었다. 더 이상은 조금도 용납할 수 없었다. 그녀는 끝을 내기로 했다.

"제이미, 저쪽으로 가서 봐요. 제발요. 상자들이 있는 쪽으로 가서 봐요. 다른 메가헤르츠 주파수로 바꾸는 스위치가 있을 거예요." 루시가 말했다.

버거는 뚝 떨어진 채 루시의 옆을 지나갔다. 루시는 버거를 쳐다보지 않았다. 그녀는 보넬의 손을 감시하는 것만 해도 바빴다. 마리노는 보넬이 강력반 형사가 된 지 얼마 되지 않았다고 했다. 루시가 보기에 보넬은 경험도 없고, 무슨 일이 일어나고 있는지 모르고 있었다. 본능에 귀를 기울이지 않고, 이성적으로만 들으려고 하고 있었기에 어쩔 줄을 몰라 하고 있었다. 만일 보넬이 본능에 귀를 기울였다면, 루시가 공격적인 것이 자신 때문이라는 것을 알아차릴 수 있었을 것이다. 지금과 같은 교착 상태와 이런 상황을 만든 건, 루시가 아니었다.

"상자 앞에 왔어." 버거가 말했다.

"스위치들을 모두 올려요." 루시는 버거를 보지 않았다. 시선을 한 번이라도 돌렸다가는 저 망할 경찰한테 목숨을 잃을 수도 있는 상황이었다. "불빛이 초록색으로 바뀌면, 당신과 보넬 형사는 그 사이 휴대전화에 쌓여 있던 메시지들을 받을 수 있을 거예요. 그럼 모두들 당신한테 얼마나 연락을 많이 했는지, 그리고 내가 사실만 말하고 있다는 걸 알게 될 거예요."

상자의 스위치들을 내리는 소리가 들렸다.

루시가 보넬에게 말했다. "무전부터 해 봐요. 마리노 아저씨가 저 밖에 있으니까. 만일 A 팀이 현관문을 부수지 않았으면 아저씨와 다른 사람들은 아직 밖에 있을 거예요. 무전기를 꺼내요. 택 아이디로 연락하면 될 거예요."

그녀는 보넬에게 일반 무선 주파수를 이용하는 대신 디스패처를 거쳐, 택 아이디로 바꾸는 법을 차례차례 알려 주었다. 보넬은 벨트에서 무전기를 꺼낸 뒤, 채널을 맞추고, 전송 버튼을 눌렀다.

"스모커, 듣고 있나?" 그녀가 루시를 쳐다보며 말했다. "스모커, 듣고 있으면 나와라."

"듣고 있다. 로스앤젤레스." 마리노의 긴장한 목소리가 들렸다. "이상 없나?"

"핫 샷과 함께 지하실에 있다." 보넬은 마리노의 질문에 대답하지 않았다.

마리노는 그녀가 괜찮은지를 물었는데, 보넬은 서로에게 붙여 준 개인적인 호칭을 이용해서 자신과 루시가 어디에 있는지를 알렸다. 루시가 핫 샷이었다. 보넬은 그녀를 믿지 않고 있었다. 보넬은 마리노에게 자신이나 다른 사람이 안전하다는 것을 알리지 않았다. 그녀는 반대로 말했다.

"핫 샷도 같이 있나? 이글은 어떤가?" 마리노의 목소리가 들렸다.

"둘 다 있다."

"다른 사람은?"

보넬이 나스티아를 쳐다본 뒤 대답했다. "헤이즐." 지금 막 또 다른 호칭을 만들어 낸 것이다.

"내가 차고 문을 열었다고 전해 줘요." 루시가 말했다.

보넬이 마리노에게 그 말을 전하고 있을 때, 버거가 돌아와 블랙베리를 꺼냈다. 그러자 빠른 속도로 연달아 메시지가 도착했다는 알람이 울리기 시작했다. 먼저 온 전화들은 마리노와 스카페타에게서 온 전화였다. 그리고 루시는 버거가 여기 와 있느라 무슨 일이 일어났는지도 모르고, 중요한 정보를 모르고 있다는 사실을 알고 다섯 번도 넘게 전화를 걸었었다. 루시는 계속 전화를 걸었다. 그녀는 겁에 질려 있었다. 지금까지 평생 이렇게 무서웠던 적은 없었다.

"이상 없나?" 마리노가 보넬에게 모두 무사한지 물었다.

"이 안에 누가 있는지 확실하지 않고, 무전에 문제가 있었다." 보넬이 대답했다.

"언제 밖으로 나올 수 있겠나?"

루시가 말했다. "아저씨한테 차고로 들어오라고 하세요. 문은 열려 있고, 경사로를 따라 올라오면 위층 차고가 나온다고 말이에요."

보넬은 마리노에게 그 말을 전했다. 그런 다음 루시에게 말했다. "이젠 괜찮아요." 그 말은 이제 자기는 총을 꺼내지 않을 것이며, 루시도 총을 쏘지 않아도 된다는 의미였다.

루시는 글록을 들고 있던 손을 내렸다. 하지만 발목에 있는 권총집에 집어넣지는 않았다. 그녀와 버거는 주위를 돌아보기 시작했다. 그리고 루시는 노란색 체커 택시의 지저분한 바퀴와 바닥을 살폈다. 하지만 그들은 아무것도 손대지 않았다. 차문을 열지 않은 채, 뒷좌석 창문을 통해 해지고 찢어진 검은색 바닥 깔개를 살폈다. 그 깔개와 접이 좌석에는 거무스름한 얼룩이 남아 있었다. 바닥에는 외투가 떨어져 있었다. 초록색 파카처럼 보였다. 목격자인 하비 팔리는 노란색 택시를 봤다고 했다. 그가 자동차광이 아닌 이상, 이 노란 택시가 30년 전에 나온 것이며, 요즘 택시들과 다르게 체스판 문양을 가지고 있다는 것을 알아차리지 못했을 것이다. 보통 사람들은 어둠 속에서 차를 몰고 지나가다가 밝은 노란색 차량을 보면 상자처럼 생긴 제너럴 모터스 차체로 알아볼 것이다. 지붕에 달린 등을 보고, 팔리는 택시의 승차 여부를 알리는 등이 꺼져 있었다고 말했던 것이다.

버거와 보넬에게 무슨 일이라도 생길까 봐 겁에 질린 루시와 마리노가 이곳으로 달려오고 있을 때 스카페타가 알아낸 정보들을 전화로 알려 주었다. 루시는 그 정보들을 간략하게 설명해 주었다. 보넬과 버거는 경찰 무선이나 휴대전화를 받을 수 없었기 때문에, 토니 다리엔이 지난 화요일 뛰어간 곳이 이 저택이었고, 지하실에서 죽었으며, 피해자가 더 있을지도 모른다는 사실을 전혀 모르고 있었다. 루시와 버거는 이야기를 나누면서 마리노가 오기를 기다렸다. 루시는 버거가 그만하라고 할 때까지 계속 미안하다고 사과를 했다. 두 사람 모두 서로에게 정직하지 못하고, 사실을 숨긴 것에 대해 죄책감을 느끼고 있었다. 그들은 서랍이 달려 있는 작업대들이 놓여 있는 쪽으로 향했다. 그중 두 개는 플라스틱이었고, 쓰레기통도 있었다. 작업 도구들, 다양한 부품들, 후드 장식, 밸브, 크롬 이음 고리, 나사, 헤드볼트들이 어지럽게 놓여 있었다. 조립식 수동 변속기 한 개에는 강철 손잡이에 핏자국이 남아 있었다. 어쩌면 녹슨 것일 수도 있었다. 두 사람은 그 수동 변속기나 가느다란 전선이 감겨 있는 패, 루시가 보기에는 녹음 모듈처럼 보이는 작은 회로판, 공책과 같은 물건들에 손을 대지 않았다.

노란색 별이 새겨진 검은색 천으로 표지를 씌운 공책이었다. 루시가 총신으로 그 공책을 넘겨 보았다. 보호와 승리, 행운을 위한 마법 주문과 마법의 약 조제법들이 고딕 서체로 인쇄라도 한 것처럼 정확한 글씨로 완벽하게 정리되어 있었다. 그리고 그 작업대 위에는 작은 금색 비단 주머니들도 놓여 있었는데, 그 주머니 안에 들어 있던 기다란 검은색과 흰색 털들과 헝클어진 솜털 뭉치들이 빠져 나와 있었다. 늑대 털 같은 그 털들은 작업대 위와 마루 위에 흩뿌려져 있었다. 그리고 오렌지색의 람보르기니 디아블로 VT가 있는 바닥을 최근에 뭔가로 닦아 냈는지 넓게 문지른 자국이 남아 있었다. 그 차의 조수석 위에 손바닥에 갈색 소가죽을 댄 헤스트라 올리브 나일론 벙어리장갑이 놓여 있었다. 루시는 토니 다리엔이 이 집까지 뛰어온 뒤, 이 저택에 들어왔을 때의 모습을 상상해 보았다.

토니는 그 사람이 함께 있는 것이 편안했을 것이다. 그 사람은 문을 열고 토니를 맞이해 주고, 함께 지하실로 내려갔다. 지하실의 온도는 12도였다. 토니는 외투를 입고 있었을지도 모른다. 그녀는 주위를 둘러보고, 자동차들을 구경했을 것이다. 그중에서도 특히 깊은 인상을 받은 차가 람보르기니였을 것이다. 토니는 운전석에 앉아, 벙어리장갑을 벗고 탄소섬유의 감촉을 느끼며 공상에 잠겼을지도 모른다. 그리고 그녀가 그 차에서 내렸을 때, 바로 그 일이 벌어졌을 것이다. 토니가 잠깐 돌아섰을 때, 누군가 뭔가를 집어 들고, 어쩌면 수동 변속기를 집어 들고 그녀의 머리를 내리친 것이다.

"그런 다음 그 여자를 강간했지." 버거가 말했다.

"토니는 걷지 못했지만 계속 돌아다녔어요. 케이 이모 말로는 그런 상태가 한 시간 정도 계속 지속됐다고 해요. 그리고 토니가 죽은 뒤에, 그 모든 일들이 시작됐겠죠. 토니를 이곳에 남겨 두고, 아마 저 매트리스 위에 눠두고 갔을 거예요. 그런 다음 그자가 다시 돌아오죠. 그 상태로 하루 반을 보낸 거예요." 루시가 버거에게 말했다.

"그자가 처음 살인을 시작했을 때…." 버거는 장 밥티스트를 말하고 있었다. "…동생인 제이와 함께했었지. 제이는 잘생긴 남자였으니까, 그 여자들과 섹스를 했을지도 몰라. 그런 다음에 장 밥티스트는 그 여자들을 죽을 때까지 두들겨 팼지. 그자는 그 여자들과 섹스를 하지 않았어. 장 밥티스트는 사람을 죽일 때 흥분을 느끼니까 말이야."

"제이는 그 여자들과 섹스를 했을 거예요. 어쩌면 장 밥티스트가 또 다른 제이를 찾은 것일 수도 있어요." 루시가 말했다.

"당장 햅 저드가 어디 있는지 찾아야겠어."

"보비와는 어떻게 약속을 잡은 거예요?" 루시가 물었다. 그때 마리노가 SWAT 옷을 입은 경찰 네 명과 함께 경사로 위에서 모습을 드러내더니, 두 사람을 향해 다가왔다. 그들은 모두 손에 무기를 들고 있었다.

"FBI 지부에서 회의가 끝난 뒤 내가 보비의 휴대전화로 전화를 걸었어." 버거가 대답했다.

"그때 그자는 집에 있지 않았거나, 집 안에 없었겠네요. 보비가 전파 차단기를 껐다가 당신과 통화한 뒤에 다시 켠 게 아니라면 말이에요." 루시가 말했다.

"위층 서재에 코냑 잔이 있어. 그걸로 보비가 그자인지 확인해 볼 수 있을 거야." 버거는 이번에도 장 밥티스트 상도니를 말한 것이었다.

마리노가 두 사람 앞으로 다가오자, 루시가 말했다. "벤턴 이모부는 어디 있어요?"

"벤턴과 마티는 박사를 데리러 갔어." 마리노는 주위를 돌아보다가, 작업대 위에 있는 물건들을 보고는 체커 택시를 돌아보았다. "범죄 현장을 조사하면 여기서 어떤 끔찍한 일이 벌어졌는지 알게 되겠지. 박사가 탐지기도 가져올 거야."

23

작고 볼품없는 재료들

DNA 건물의 직원이 "혈흔 패턴실"이라고 불렀던 곳에서 스카페타는 핵산 병 안에 면봉을 적셨다. 그녀는 그 면봉으로 에폭시 타일 바닥 위에 내려놓은 페트리 접시 안에 있는 잔여물을 건드렸다. 매장된 유해와 부패한 냄새를 위한 경량 분석기(Lightweight Analyzer for Buried Remains and Decomposition Odor), 바로 래브라도(LABRADOR)의 전원을 눌렀다.

그 전자 코, 또는 탐지견을 보면 〈젯슨 가족〉(1962년 방영된 로봇 애니메이션─옮긴이)에 나오는 로봇 개가 떠올랐다. S형 막대기에 귀처럼 보이는 양쪽 손잡이 위에 스피커들이 달려 있고, 개가 냄새를 분간하는 것과 똑같은 방식으로 다른 화학물질의 특징을 감지하는 열두 개의 센서들로 이루어진 벌집 모양의 금속 코가 달려 있었다. 배터리는 스카페타가 어깨에 메고 있는 끈에 부착되어 있었다. 그리고 그녀는 그 S형 막대기를 조종하여, 그 페트리 접시 위에 있는 견본 위에 코를 가깝게 댔다. 래브라도는 제어판 위에 나타나는 막대그래프와 핵산의 독특한 고주파 패턴인 하프 소리를 합성한 것 같은 소리로 반응을 보였다. 그 전자 코는 행복했다. 단순한 용매인 알칸탄화수소에 경보를 알리고, 시험에 통과했다. 이제는 더 우울한 임무만이 남아 있었다.

스카페타의 전제는 단순했다. 토니 다리엔이 스타 가의 저택 안에서 살해당했다는 것은 밝혀졌다. 문제는 그곳에 이끌려 간 피해자들이 더 있는 것인지, 아니면 토니 다리엔이 유일한 피해자인지 하는 것이다. 스카페타는 토니 다리엔이 그 지하실 중 한 곳에 있을 거라고 추정했다. 바이오그래프 기기에 남아 있는 기온과 부검 결과 시신이 어딘가 서늘한 곳에 놓여 있었을 거라는 사실이 근거였다. 그곳이 어디든 그녀의 시신에는 화학 제품과 혼합물의 분자들이 남아 있었다. 사람의 코는 남아 있는 향기들을 분간할 수 없지만, 래브라도라면 가능할 것이다. 스카페타는 전원을 끄고, 검은색 나일론 가방 안에 전자 코를 집어넣었다. 그녀는 천장에 설치한 이동식 조명을 치우다가 TV 세트장이 떠올랐고, 칼리 크리스핀이 떠올랐다. 스카페타는 코트를 입었다. 그녀는 그곳에서 벗어나 로비로 통하는 유리 계단을 내려갔다. 그리고 건물 밖으로 나갔다. 오후 8시가 다 된 시간이었다. 세찬 바람과 어둠 때문인지, 건물 앞 정원과 화강암 벤치에는 아무도 없었다.

그녀는 퍼스트애비뉴에서 오른쪽으로 돈 뒤, 벨뷰 병원 센터 옆 보도를 지나쳤다. 사무실에서 벤턴과 만나기로 했기 때문이다. 이 시간이면, 그녀의 사무실이 있는 건물의 정문은 잠겨 있을 것이다. 그래서 스카페타는 30번가에서 다시 오른쪽으로 돌았을 때, 격실 문들 중 한 곳에서 거리로 빛이 새어 나오고 있는 것을 알아차렸다. 그 격실 문이 열려 있었다. 그 안에는 흰색 밴이 한 대 서 있었다. 시동도 걸려 있고, 뒷문이 열려 있었지만 사람은 보이지 않았다. 스카페타는 전자 카드를 이용해 경사로 위쪽에 있는 안쪽 문을 열었다. 안으로 들어가자 익숙한 하얀색과 암녹색 타일이 나타났고, 음악 소리가 들렸다. 소프트 록이었다. 필렌이 근무 중에 음악을 듣고 있는 모양이었다. 격실 문을 열어 둔 채로 놔둔 것은 평소 그녀답지 않은 행동이었다.

스카페타는 시체 안치소가 있는 층을 지나쳤다. 아무도 보이지 않았다. 플렉시 유리창 앞에 놓인 의자는 한쪽으로 돌아가 있었고, 필렌의 라디오는 바닥에 놓여 있었다. 그녀의 법의국 보안 요원용 재킷은 문 뒤쪽에 걸려 있었다. 스카페타는 누군가의 발소리를 들었다. 그리고 탈의실 쪽에서 짙은 청색 옷을 입은 보안 요원이 나왔다. 어쩌면 남자 화장실에서 나온 것일지도 모른다.

"격실 문이 열려 있어요." 스카페타는 그 남자에게 말했다. 그녀가 처음 보는 남자였고, 이름도 알 수가 없었다.

"배달 때문에요." 그 남자가 익숙한 일이라는 것처럼 말했다.

"어디서요?"

"할렘에서 차에 치인 여자랍니다."

그는 호리호리했지만, 튼튼해 보였다. 혈관이 다 보이는 하얀 손에, 모자 밑으로 가느다란 검은색 머리털이 흘러 내려와 있었다. 눈은 알이 회색인 안경으로 가리고 있었다. 말끔하게 면도한 얼굴에, 치아는 지나치게 하얗고 곧았다. 아마 의치일 것이다. 하지만 그 남자는 의치를 하기에는 너무 젊었다. 그리고 그는 어딘지 불안하고 흥분한 것처럼 보였다. 어쩌면 밤에 시체 영안실에서 일하는 것이 불편한 모양이라고 스카페타는 생각했다. 아마 임시 직원일 것이다. 경기가 안 좋다 보니, 임시 직원들을 채용했다. 예산이 심하게 삭감되면서, 실제로 시간제 직원들과 외주 직원들이 많아졌다. 그리고 많은 직원들이 독감으로 나오지 못하고 있었다. 온갖 생각들이 머릿속을 스쳐 지나가던 스카페타는 갑자기 머리끝이 곤두서고, 맥박이 빨라지는 것을 느꼈다. 입이 바짝 타들어 갔다. 그녀가 도망치려는 순간, 남자가 팔을 붙잡았다. 스카페타가 어깨에 걸치고 있던 나일론 가방이 미끄러지는 걸 잡으려고 하는 순간, 남자가 무시무시한 힘으로 스카페타를 격실 쪽으로 끌고 가기 시작했다. 뒷문이 열려 있고, 시동이 걸려 있던 그 흰색 밴이 있던 곳이었다.

그녀는 생각이나 말이 정리가 되지 않아, 알아들을 수 없는 소리를 냈다. 하지만 극심한 공포감에 도망치려 했고, 어깨에 걸치고 있던 가방을 벗어 던지려고 애를 쓰며, 남자를 발로 걷어찼다. 그 남자는 그녀를 잡아당기면서 조금 전에 스카페타가 지나갔던 문을 힘껏 밀었다. 그러자 그 반동에 문이 벽에 부딪치면서, 콘크리트 벽을 망치로 내려치는 것 같은 엄청난 소리가 여러 번 울렸다. 래브라도가 들어 있는 긴 가방이 문틀에 가로로 걸렸을 때, 스카페타는 어째서 남자가 그녀를 갑자기 놓아주고 바닥에 쓰러진 건지, 경사로에 고인 피가 밑으로 흘러 내려가는 건지 알 수가 없었다. 벤턴이 기관총을 든 채 흰색 밴 뒤에서 걸어 나왔다. 그는 쓰러진 남자를 겨냥하면서, 스카페타가 있는 쪽으로 다가왔다. 그녀는 미동도 없이 쓰러져 있는 남자 옆에서 물러섰다.

총알이 관통된 남자의 이마에서 피가 솟구쳐 오르기 시작했다. 핏방울이 스카페타가 서 있는 문틀에까지 튀었다. 그녀는 얼굴과 목이 서늘한 것을 느끼고, 자신에게 묻은 남자의 피와 뇌 조직을 떼어 냈다. 스카페타가 가방을 하얀 타일 바닥에 떨어뜨리는 순간, 격실 안쪽에서 여자가 나타났다. 양손으로 잡은 총으로, 이쪽을 겨냥하고 있었다. 그 여자는 가까이 다가오자, 총을 밑으로 내렸다.

"놈이 쓰러졌다." 스카페타는 그 남자에게 총을 쏜 사람이 다른 사람일 수도 있다는 생각이 들었다. "지원 바란다."

"여긴 다 정리됐어." 벤턴이 그 남자의 시신을 뛰어넘으며, 그녀에게 말했다. 경사로로 피가 흐르고 있었다. "저 안에서 정리할 일이 있을 거야." 벤턴은 주위를 둘러보며, 스카페타에게 말했다. "다른 사람은 없었어? 안에 누가 있었는지 알아?"

스카페타가 말했다. "이게 대체 어떻게 된 거야?"

"같이 가자." 벤턴이 말했다.

그는 그녀 앞에서 걸으며 복도를 확인하고, 영안실 사무실 쪽도 확인했다. 남자 탈의실과 여자 탈의실 문을 걷어차고, 그 안쪽도 확인했다. 벤턴은 계속 스카페타가 괜찮은지 물었다. 그는 스타 가의 저택 지하실에서 법의국 보안 요원들이 입는 것과 비슷한 옷과 모자들이 발견됐다고 말했다. 이번 일도 계획의 일부였던 것이다. 벤턴은 이번 일이 스카페타를 노린 계획이었다고 다시 한 번 말했다. 어쩌면 버거가 '그'를 노리니까, '그'가 이런 짓을 저질렀을지도 모른다. 벤턴은 그자가 항상 모든 사람들이 어디에 있는지, 어디에 없는지 알아내는 방법을 가지고 있다고 계속 말했다. 벤턴은 '그'에 대해 계속 말하면서, 스카페타가 다친 곳은 없는지, 괜찮은지를 계속해서 물어봤다.

마리노가 전화해서 그 옷에 대해, 그들이 누구를 노릴지 걱정이라고 말을 하자, 레이너와 벤턴은 이곳으로 달려왔다. 그리고 격실 문이 열려 있는 것을 보자 즉시 사람들을 불러 모았다. 어둠 속에서 나타난 햅 저드가 그 흰색 밴에 올라타기 위해 격실을 향해 걸어가고 있을 때, 그들은 30번가에 있었다. 햅 저드는 그들을 보자 도망쳤고, 레이너가 쫓아갔다. 그와 동시에 장 밥티스트 샹도니가 안쪽 문을 열고 스카페타와 함께 나타났다

벤턴은 흰색 타일이 깔린 복도를 지나가며, 대기실을 확인했고, 부검실 안을 확인했다. 벤턴은 햅 저드가 무기를 꺼냈다가 결국 죽었다고 말했다. 그리고, 벤턴이 장 밥티스트 샹도니라고 믿고 있는 보비 풀러도 죽었다. 복도 끝에서 시신을 운반하는 리프트 옆을 지나쳤을 때, 바닥에 핏방울이 떨어져 있는 것을 발견했다. 그 핏방울은 계단으로 이어져 있었고, 층계참에 필렌이 쓰러져 있었다. 그녀 옆에는 피 묻은 망치가 떨어져 있었다. 조립식 나무 상자를 만들 때 쓰는 것 같은 망치였다. 여기로 유인당한 것처럼 보였다. 스카페타는 필렌 옆으로 달려가 손가락으로 목을 짚었다.

"구급차를 불러 줘." 스카페타가 벤턴에게 말했다.

그녀는 필렌의 오른쪽 머리 뒤쪽에 난 상처가 부어오르고, 피가 나는 것을 알아차렸다. 그녀는 필렌의 눈꺼풀을 열고 동공을 확인했다. 오른쪽 동공이 팽창된 상태였다. 숨소리가 규칙적이지 않았고, 맥박도 빠르고 불규칙했다. 스카페타는 뇌간 아래쪽이 압축되었을까 봐 걱정이었다.

"난 여기 있어야겠어. 이제 구토를 시작할 수도 있고, 발작을 일으킬 수

534

도 있으니까. 내가 옆에서 기도를 확보해야지." 벤턴이 구급차를 요청하는 동안, 스카페타가 말했다. 그리고 그녀는 필렌에게 말했다. "괜찮아질 거예요. 구급차가 오고 있어요."

6일 뒤

2호 트럭이 있는 차고 내 추모실 안. 콜라 자판기와 무기 금고 근처에 의자와 벤치들을 가져다 놓았다. 주방이 너무 좁아 모두 앉을 수 없었기 때문이었다. 스카페타는 음식을 지나치게 많이 가져왔다.

탁자 위에 놓여 있는 큰 그릇들에는 스페인식 달걀 파파르델레, 마카로니, 펜네, 스파게티가 가득 담겨 있었다. 스토브 위에서는 소스 냄비들을 데우고 있었다. 포치니 머시룸이 들어간 라구(이탈리아 볼로냐 지방 특산 요리로 파스타와 함께 나가는 고기 소스―옮긴이)와 볼로네즈, 프로슈토 디 파르마가 들어간 또 다른 소스였다. 단순하게 겨울 토마토로 만든 소스는 리코타 치즈와 고기가 듬뿍 들어간 라자냐를 좋아하는 마리노를 위한 것이었다. 벤턴은 마살라 소스를 넣고 팬에 구운 빌 찹을 원했고, 루시는 가장 좋아하는 펜넬로 만든 샐러드를 원했다. 버거는 레몬 치킨을 좋아했다. 파르미지아노 레지아노(이탈리아 치즈―옮긴이)와 버섯, 마늘 냄새가 풍기기 시작하자, 알 로보 경위는 군중 통제를 걱정하기 시작했다.

"이 구역 사람들이 전부 여기로 몰려올 것 같아요." 그가 빵이 구워진 정도를 확인하며 말했다. "어쩌면 할렘 전체에서 몰려올지도 모릅니다. 마음 단단히 먹어야 할 것 같은데요."

"거길 톡톡 두드려서 비어 있는 것 같은 소리가 나면 다 된 거예요." 스카페타가 앞치마에 손을 닦으며, 오븐에서 나오는 열기와 향긋한 냄새를 확인한 뒤 말했다.

"텅 빈 소리처럼 들리는데요." 로보가 빵을 두드린 손가락을 핥아 먹으며 말했다.

"폭탄 확인할 때도 저러지." 마리노가 주방에 들어왔다. 그 뒤를 복서인 맥과 루시의 불도그 제트 레인저가 바닥을 발톱으로 긁으며 따라왔다. "쾅 쳐서 터지지 않으면 집에 일찍 가는 거죠. 그게 일상이에요. 이 애들 줄 건 없소?" 마리노가 개들을 가리키며 물었다.

"안 돼요. 사람이 먹는 음식은 주면 안 돼요." 루시가 추모실에서 큰 소리로 말했다.

맞은편에 있는 추모실 안에서 루시와 버거는 진열대 위를 전구로 장식하고 있었다. 진열대 안에는 2호 트럭에서 일하다가 9·11 때 숨진 구급요원, 조 비지아노, 존 달라라, 미키 커틴의 소지품들이 들어 있었다. 폐허 속에서 찾은 그들의 장비가 선반 위에 가지런히 놓여 있었다. 수갑, 열쇠, 권총 케이스, 전선 절단기, 손전등, 로코의 안전벨트에서 빠진 녹고 굽어진 클럽과 D자형 고리. 그리고 그 바닥에는 세계 무역 센터의 철재 조각이 놓여 있었다. 벽에는 그 세 사람과 2호 트럭을 타다가 근무 중에 숨진 다른 대원들의 사진들이 들어 있는 단풍나무 액자들이 걸려 있었다. 그리고 맥의 침대 위에는 문법학교에서 만든 퀼트 성조기가 깔려 있었다. 경찰 무전기에서는 지지직거리며 계속해서 크리스마스 음악이 흘러나오고 있었다. 스카페타는 계단을 올라오는 발소리를 들었다.

벤턴과 보넬은 남아 있는 다른 음식들을 가지러 갔다. 냉동 초콜릿 피스타치오 무스, 버터가 들어 있지 않은 스펀지케이크, 말린 소시지와 치즈 요리였다. 스카페타는 안티 파스토(이탈리아식 전채 요리─옮긴이)를 듬뿍 만들었다. 보관하기도 편했고, 담당 구역을 지키고 있는 경찰들이나, 긴급 상황이 벌어질 경우에 대비해 차고에서 대기하고 있는 경찰들이 먹기에 좋은 음식이었기 때문이다. 지금은 크리스마스 오후였다. 춥고 눈발이 날리는 날씨였다. 6구역에 있는 로보와 앤 드로이덴까지 모두 2호 트럭 차고지로 모였다. 스카페타가 이번 크리스마스 만찬을 최근에 알게 된 사람들과 함께하기로 마음먹었기 때문이었다.

벤턴이 상자를 들고 문 앞에 나타났다. 추위 때문에 얼굴이 빨개졌다.

"L. A.는 주차하는 중이야. 이 근처에서는 경찰도 주차할 때가 없다니까. 이건 어디 둘까?" 그가 안으로 들어와 주위를 둘러보며 말했다. 주방에 있는 식탁과 조리대 위에는 빈 공간이 없었다.

"여기." 스카페타가 그릇 몇 개를 치웠다. "그 무스는 바로 냉장고에 집어넣어야 할 거야. 와인도 가져왔네. 설령 비상 사태가 발생하더라도 당신은 별 도움이 안 될 테니까. 여기서 와인 마셔도 돼요?" 스카페타가 추모실에 있는 사람들에게 물었다. 그곳에는 로보와 드로이덴이 버거와 루시와 함께 있었다.

"뚜껑을 돌려서 여는 와인이나, 상자에서 꺼낸 것만 돼요." 로보가 대답했다.

"5달러 넘는 건 금지예요." 드로이덴이 덧붙였다.

"누가 나갈래요? 난 안 돼. 제이미도 안 되고. 맥이 볼일 보고 싶은 모양인데." 루시가 말했다.

"또 방귀 꼈어요?" 로보가 물었다.

그 얼룩무늬 복서는 늙었고, 관절염도 있었고, 제트 레인저도 마찬가지였다. 두 마리 다 구해 줘야 할 상황이었다. 스카페타는 피넛 버터와 스펠트 밀가루로 직접 구운 건강 쿠키가 담겨 있는 봉투를 찾았다. 그녀가 휘파람을 불자 개들이 달려왔다. 기운이 넘치는 건 아니지만, 열의가 사라진 건 아니었다. 그녀가 "앉아."라고 말했다. 개들은 쿠키를 상으로 받았다.

"사람들도 이렇게 수월하면 좋을 텐데." 스카페타가 앞치마를 벗으면서 말했다. "가자." 그리고 그녀는 벤턴에게 말했다. "맥을 운동시켜야 할 것 같아."

벤턴이 목줄을 가지고 오자, 두 사람은 코트를 걸쳤다. 스카페타는 주머니 속에 비닐봉지 몇 개를 집어넣었다. 두 사람은 맥을 데리고 나무 계단을 내려간 뒤, 지나가기 힘들 정도로 소방 트럭들과 장비들이 가득 차 있는 거대한 차고를 통과해 옆문으로 나갔다. 10번가로 건너가자 세인트

537

메리 성당 옆에 작은 공원이 있었다. 그녀와 벤턴은 맥을 데리고 그쪽으로 갔다. 얼어붙은 마른 잔디라도 보도보다는 나았기 때문이다.

"상황 확인 좀 하지. 당신 꼬박 이틀 동안 요리했어." 벤턴이 말했다.

"알아."

"난 음식 가지고 여기로 오고 싶지 않았어." 벤턴이 말했다. 맥은 킁킁거리기 시작하더니, 나무가 있는 쪽으로 갔다가 다시 관목 쪽으로 향했다. "어쨌든 저 사람들은 밤새 이야기할 거야. 그러니까 저 사람들은 잠깐 내버려 두고 우리 둘이 집에 갔다 왔으면 좋겠다고 생각했어. 우리 둘만 있게 말이야. 이번 주 내내 우리 둘만 있었던 적 별로 없었잖아."

그동안 두 사람 다 잠을 별로 자지 못했다. 스타 가의 저택 지하실을 파헤치는 데 며칠이 걸렸다. 전자 코, 그러니까 래브라도가 지금 맥처럼 여기저기 가리켰기 때문이다. 스카페타는 도처에서 썩은 피의 흔적을 찾아냈다. 순간 그녀는 루프 스타가 자동차를 보관하던 이 지하실에 얼마나 많은 시신들이 묻혀 있을지 두려웠다. 하지만 그렇진 않았다. 그 콘크리트로 덮어 버린 구멍 속에서 발견된 건 해나뿐이었다. 그녀도 토니 다리엔과 비슷한 방식으로 죽었다. 해나의 상처가 더 크고 깊다는 것만 제외하면. 그녀는 얼굴과 머리를 열여섯 번 가격당했다. 토니를 죽일 때 쓴 것으로 보이는 당구공 크기의 커다란 강철 손잡이가 달린 수동 변속기를 똑같이 사용했다.

루시 말로는 그 수동 변속기는 루프가 스파이커라는 차를 개조할 때 쓰던 것으로, 그 차는 5년 뒤에 팔아 버렸다고 했다. 그 수동 변속기에서는 여러 사람의 DNA가 발견되었는데, 그중 세 사람의 신원이 확인되었다. 해나, 토니, 그 두 사람을 죽을 때까지 때렸을 거라고 생각하는 장 밥티스트 샹도니, 일명 보비 풀러. 샹도니의 수많은 가명들처럼 가짜로 만들어 낸 미국인 사업가. 스카페타는 샹도니의 부검을 직접 하지 않았다. 하지만 그 과정을 지켜보았다. 그 일이 그녀의 과거만큼이나 미래에도 중요할 거라는 느낌이 들었다. 에디슨 박사가 그 부검을 담당했고, 다른 뉴욕 법의국에서 담당하는 사건들과 똑같이 검사했다. 만일 그 사실을 알게 된다면 샹도니가 정말 실망할 거라고 스카페타는 생각했다.

그는 더 이상 특별한 존재가 아니었다. 그저 부검대 위에 올라온 시신일 뿐이었다. 복원과 개선을 위한 화장품 잔해가 남들보다 조금 더 많이 나왔을 뿐이다. 장 밥티스트 샹도니의 교정 수술은 몇 년에 걸쳐 진행되었을 것이고, 엄청난 고통 속에 아주 오랜 요양 생활을 거쳐야만 했을 것이다. 스카페타는 온몸의 털을 제모하는 것과 치관을 완전히 새로 끼운다는 게 얼마나 큰 고통이었을지 상상만 할 따름이었다. 하지만 그는 아마 그 결과에 만족했을 것이다. 시체 안치소에서 그를 보았을 때 기형의 흔적을 전혀 찾아볼 수 없었기 때문이다. 그저 벤턴의 9밀리미터 총알이 장 밥티스트 샹도니의 이마를 관통한 상처와 머리카락을 밀었을 때 외과 수술 자국이 철로처럼 남아 있는 것만 제외하면 말이다.

장 밥티스트 샹도니는 죽었다. 그리고 스카페타는 죽은 남자가 그 사람이라는 것을 잘 알고 있었다. DNA는 틀리지 않는다. 이제 그녀는 그를 공원 벤치나 시체 안치소, 집 앞이나 다른 어느 곳에서도 다시 볼 일이 없다는 사실에 안심할 수 있었다. 햅 저드도 죽었다. 그는 이제껏 자신의 도착적인 성향과 최악의 범죄를 제법 잘 숨겨 왔음에도 불구하고, DNA가 여기저기서 나왔다. 먼저, 토니의 바이오그래프 시계에 묻어 있었는데, 그녀가 그 바이오그래프 시계를 차고 있었던 것은 샹도니의 후원을 받은 칼리굴라라는 연구 조사의 일환으로, MIT를 나왔다는 폭력단원 같은 토니의 아빠가 그녀를 끌어들인 것이었다. 그다음으로 그녀의 질 안에서도 그의 DNA가 검출됐는데, 라텍스 장갑을 이용하는 것이 콘돔을 쓰는 것보다는 쉽지 않았기 때문이었을 것이다. 그리고 토니가 목에 두르고 있던 빨간 스카프, 마리노가 토니 집 쓰레기통에서 수거해 온 종이 타월에도 그의 DNA는 남아 있었다. 아마 햅은 자기가 그녀의 맨션에 들어갔던 증거를 모두 지웠다고 생각했을 것이다. 또 토니의 침대 옆 탁자 서랍에 들어 있던 범죄 소설 두 권 위에도 DNA가 남아 있었다. 결국 보안 카메라에 찍혔던 사람은 햅 저드였고, 그는 생애 마지막 연기를 한 셈이었다.

그는 토니의 파카를 입고, 그녀의 것과 비슷한 운동화를 신었다. 하지만 장갑이 틀렸다. 토니가 올리브색의 헤스트라 스키용 벙어리장갑을 꼈다가 람보르기니 앞좌석에 놔두었기 때문이다. 그 장갑 안쪽에는 아직도 무선으로 손가락 끝에 붙이는 펄스 산소 농도계가 남아 있을 것이다. 햅은 토니의 시신에서 찾은 열쇠를 이용해 그녀 집에 들어갔고, 나중에 다시 열쇠를 갖다 놓았다. 비록 스카페타는 햅이 무슨 생각을 했는지 정확하게 알 수 없었지만, 그것이 의도의 결합이었을지도 모른다는 생각을 했다. 그는 그녀와 자신이 관련 있다는 증거들을 없애 버리고 싶었다. 햅 저드의 트라이베카의 아파트에서 찾아낸 토니의 휴대전화와 노트북에는 그와 연관된 자료들이 많이 남아 있었다. 그리고 가방과 충전지를 포함한 많은 물건들도 함께 발견되었다. 그건 그녀가 그곳에서 그와 오랜 시간을 함께 보냈다는 것을 보여 주는 것이었다. 토니는 그에게 수백 통의 문자 메시지를 보냈고, 햅이 이메일로 자신에게 보내 준 심란한 내용의 영화 대본도 저장해 놓고 있었다. 그녀가 그에게서 받은 문자 메시지들을 보면, 햅 저드의 유명세 때문에 두 사람의 관계를 비밀로 하고 있다는 사실을 확실히 알 수 있었다. 스카페타는 토니가 그 유명한 남자친구가 쓰고 읽는 내용처럼 기괴한 성적 판타지를 자신에게 가지고 있었다는 것을 알고 있었을지도 모른다는 생각이 들었다.

샹도니 가와 그 조직, 그리고 지금까지 있었던 사건들과 관련된 사람들은 모두 FBI에게 검거되었다. 도디 호지와 제롬 와일드라는 무단이탈한 해군은 지명 수배자 명단에 올랐다. 스카페타의 블랙베리에 지문을 남긴 칼리 크리스핀은 유명한 변호사를 고용했지만, 더 이상 방송에 나오진 못했다. 어쩌면 다시는 방송에 나오지 못할 수도 있었다. CNN에서 볼일이 없다는 건 확실했다. 가정부인 로지와 나스티아도 심문을 받았다. 그들에게서는 죽은 루프 스타의 시신을 파내야 할 이야기들이 나왔다. 하지만 스카페타는 그렇게 하고 싶지 않았다. 그렇게 하는 것이 범죄 입증에 도움이 된다고 생각하지도 않았고, 쓸데없이 시끄러운 뉴스거리만 만들어 낼 것이기 때문이다. 벤턴은 샹도니가 고용한 악당들의 명단이 아주 길고, 독특한 인물들로 구성되어 있다고 말했다. 머지않아 프레디 마에스트로 처럼 실제로 존재하는 인물에서부터 장 밥티스트의 또 다른 형태라고 할 수 있는 무슈 르 코크라는 이름의 프랑스 자선가의 정체도 밝혀질 것이 었다.

"잘했어." 스카페타가 볼일을 잘 봤다고 맥을 칭찬했다.

그녀는 비닐봉지에 맥의 배설물을 담은 뒤, 벤턴과 함께 다시 10번가를 건너갔다. 오후의 빛이 사라지고 있었다. 흩날리는 작은 눈송이가 쌓이진 않았지만, 적어도 하얗긴 했다. 벤턴은 그것이 크리스마스를 알리는 것이 라고 했다.

"어째서? 우리 죄를 지워 버리라는 뜻인가? 이쪽 손은 잡아도 돼. 다른 쪽은 잡을 수 없지만." 스카페타가 말했다.

그녀는 벤턴에게 비닐봉지를 들지 않은 쪽 손을 내밀었다. 벤턴이 초인 종을 눌렀다.

"만일 우리 죄를 지워 버릴 수 있다면 뭐가 남게 될까?" 벤턴이 말했다.

"재미있는 건 아무것도 남지 않겠지." 스카페타가 말했다. 문이 열렸다. "사실 난 오늘 밤 집에 돌아가면 가능한 한 많은 죄를 저지를 생각이거든. 미리 경고하는 거예요, 웨슬리 특수 요원님."

작은 주방이 있는 위층으로 올라가자, 모두들 모여 있었다. 벤턴은 와 인을 따고, 플라스틱 컵에 부었다. 누구나 즐길 수 있는 맛있는 키안티였 다. 마리노가 냉장고를 열더니, 로보와 드로이덴을 위해 소다수와 자신이 마실 무알콜 맥주를 꺼냈다. 그때 보넬까지 모습을 보이자, 모두 축배를 들기로 했다. 그들이 추모실 안을 어슬렁거리고 있을 때, 마지막으로 갓 구운 빵이 담겨 있는 바구니를 들고 스카페타가 나타났다.

"모두들 괜찮으시면 우리 가족의 전통에 대해 말씀드리고 싶어요. 이건 추억의 빵이에요. 내가 어릴 때 어머니는 이 빵을 구울 때마다 그렇게 부르셨어요. 한 조각을 먹을 때마다 중요한 순간을 기억할 수 있게 되기 때문이라면서요. 여러분들의 어린 시절도 괜찮아요. 어느 순간, 어느 곳이든 상관없어요. 그래서 난 축배를 올리면서 이 빵을 먹으면 우리가 어떤 사람이었는지, 무슨 일을 거쳐 왔는지 기억하게 될 거라고 생각했어요. 왜냐하면 우리는 역시 우리니까요."

"여기서 이렇게 해도 정말 괜찮을까요? 예의에 어긋나는 게 아닌지 모르겠어요." 보넬이 물었다.

"이 친구들 말입니까?" 로보가 죽은 동료들을 가리켰다. 진열장을 장식한 전구 탓에 쓸쓸해 보이지 않았다. "지금 우리가 여기 이렇게 모여 있는 걸 제일 원하는 사람이 바로 이 친구들일 겁니다. 난 접시에 이 친구들의 얼굴이라도 새기고 싶은 심정이에요. 존이 동물들을 얼마나 사랑했는지 기억납니다." 그는 마리노가 맥을 쓰다듬는 동안, 달라라의 사진을 쳐다보았다. "아직도 이 친구의 사물함에는 뱀 막대기가 들어 있죠."

"맨해튼에서는 뱀을 본 적이 없는 것 같은데요." 버거가 말했다.

"매일 볼 수 있어요. 뱀을 기르는 사람들이 있으니까." 루시가 말했다.

"사람들이 뱀을 공원에 풀어 놔요. 더 이상 비단뱀을 애완동물로 키우고 싶지 않다는 거죠. 한번은 악어가 나왔던 적도 있어요. 그때 누굴 불렀겠어요?" 드로이덴이 말했다.

"우리요." 모두가 말했다.

스카페타가 빵 바구니를 돌렸다. 모든 사람들이 그 빵을 한 조각씩 뜯어 먹었다. 그리고 스카페타는 이 추억의 빵의 비밀은 무엇이든 자기가 좋아하는 것으로 만들 수 있다는 것이라고 설명했다. 남아 있는 곡식 가루나, 감자, 치즈, 허브를 넣어도 된다. 그들이 조금만 관심을 가진다면 버리는 것도 없고, 맛도 더욱 좋아질 것이다. 스카페타는 추억이란 이렇게 주방에서 찾아내는 것들, 서랍장이나 찬장에 들어 있던 작고 볼품없는 재료들과 같은 거라고 말했다. 전혀 상관없는 것처럼 보이거나, 더 안 좋아질 것처럼 보이지만, 실제로는 자신이 만들고 있는 무언가를 더 좋게 만

들어 주는 거라고.

"친구들을 위하여." 스카페타가 잔을 들어 올리며 말했다.

끝.

스카페타 팩터

1판 1쇄 인쇄 2015년 9월 25일
1판 1쇄 발행 2015년 10월 2일

지은이 퍼트리샤 콘웰
옮긴이 권도희

발행인 양원석
편집장 김지연
편집 한지은
해외저작권 황지현
제작 문태일
영업마케팅 이영인, 전연교, 김민수, 장현기, 정미진, 이선미

펴낸 곳 ㈜알에이치코리아
주소 서울시 금천구 가산디지털2로 53, 20층 (가산동, 한라시그마밸리)
편집문의 02-6443-8847   **구입문의** 02-6443-8838
홈페이지 http://rhk.co.kr
등록 2004년 1월 15일 제2-3726호

ISBN 978-89-255-5584-3 (04840)
    978-89-255-3038-3 (set)